तख़्त पर बैठे बादशाह हुमायूँ को बालक अकबर सलाम करते हुए

सौजन्य : इंडियन म्यूज़ियम, कोलकाता

जब अकबर को अपने पिता हुमायूँ की मृत्यु की ख़बर मिली

सौजन्य : इंडियन म्यूज़ियम, कोलकाता

अकबर

उपन्यास

अकबर

शाज़ी ज़माँ

राजकमल प्रकाशन

पुस्तक के आवरण पर बादशाह अकबर की ढाल का चित्र : छत्रपति शिवाजी महाराज वास्तु संग्रहालय (मुंबई), जो पहले प्रिंस ऑफ़ वेल्ज़ म्यूज़ियम ऑफ़ वेस्टर्न इंडिया था, के न्यासियों के सौजन्य से। इसके अन्यत्र प्रकाशन के लिए न्यासियों की अनुमति लेना अनिवार्य है।

ISBN : 978-81-267-2952-4

मूल्य : ₹799

पहला संस्करण : दिसम्बर, 2016

प्रकाशक : राजकमल प्रकाशन प्रा. लि.
1-बी, नेताजी सुभाष मार्ग, दरियागंज
नई दिल्ली-110 002

शाखाएँ : अशोक राजपथ, साइन्स कॉलेज के सामने, पटना-800006
पहली मंज़िल, दरबारी बिल्डिंग, महात्मा गांधी मार्ग, इलाहाबाद-211001
36 ए, शेक्सपियर सरणी, कोलकाता-700017

वेबसाइट : www.rajkamalprakashan.com
ई-मेल : info@rajkamalprakashan.com

मुद्रक : यश प्रिंटोग्राफिक्स
सी-37, सेक्टर 58, नोएडा-201301 (उत्तर प्रदेश)

AKBAR
by Shazi Zaman

सेन्ट स्टीफ़ंस कॉलेज के
मेरे उस्ताद
अमीन साहब
के नाम

शुरुआत

हमारी पीढ़ी ने अकबर को नहीं देखा। अगर हम उस दौर में जन्म लेते तो बहुत मुमकिन है उन्हें देख लेते। पचास बरस की हुकूमत के दौरान जलालुद्दीन मोहम्मद अकबर का लगभग आधा वक़्त हिंदुस्तान में सफ़र करते गुज़रा। चंद दिनों को छोड़ कर पचास साल हर सुबह उन्होंने अपनी रिआया को झरोखा दर्शन दिया और अपने दरबार, अपने इबादतख़ाने और अपनी महफ़िलों में बड़ी तादाद में अलग-अलग तरह के लोगों से सीधे मुलाक़ात की और बात की।

यह उपन्यास अकबर की ज़िंदगी के बहुत अहम लम्हे से शुरू होता है। उस वक़्त उन पर एक कैफ़ियत तारी हुई जिसे उस दौर के एक इतिहासकार ने 'हालते अजीब' कहा था। अकबर के मुरीद, उनके दिल की आवाज़ और उनके इतिहासकार शेख़ अबुल फ़ज़ल ने *अकबरनामा* में, निज़ामुद्दीन अहमद ने *तबक़ाते अकबरी* में और मुल्ला अब्दुल क़ादिर बदायूँनी ने *मुंतख़बुत्तवारीख़* में इसका ज़िक्र किया है। बादशाह की हालत को उस वक़्त कोई पूरी तरह समझ नहीं पाया। मौजूदा दौर में इतिहासकार प्रोफ़ेसर अतहर अली ने इसे समझने की कोशिश की है। इस कैफ़ियत की छानबीन के दौरान मुझे *दलपत विलास* नाम की एक किताब मिली, जिससे

मालूम हुआ कि इस 'हालते अजीब' के दौरान रात के हालात तो और भी ज़्यादा अजीब थे। किताब से ज़ाहिर है कि राजपूताने का ये गुमनाम लेखक ठीक बादशाह सलामत के सामने मौजूद था जब उन पर वो कैफ़ियत तारी हुई। *दलपत विलास* में दर्ज बादशाह सलामत के प्रलाप से उनके दिमाग़ की कुछ परतें खुलीं। इसलिए मैंने उसी प्रसंग से उपन्यास की शुरुआत की।

उस दौर के इतिहासकारों ने जिस तरह की हालत का ज़िक्र किया है उसे आज बाइपोलर डिस्ऑर्डर माना जा सकता है। मुमकिन है कि इस कैफ़ियत से गुज़रने वाले इंसान की सोच बाक़ी लोगों की समझ से बाहर हो, लेकिन इस आधार पर इसे सिर्फ़ दीवानगी नहीं माना जा सकता। यह एक ऐसी समझ भी हो सकती है जो आम समझ से ऊपर हो। दुनिया में बहुत सारे प्रतिभाशाली और अलग तरह से सोचने वाले लोगों को बाइपोलर डिस्ऑर्डर रहा है। जलालुद्दीन मोहम्मद अकबर की 'हालते अजीब' को आज की ज़बान में टेंपोरल एपिलेप्सी भी माना जा सकता है। यह मुमकिन है कि टेंपोरल एपिलेप्सी के दौरे के बाद इंसान का दिमाग़ बिलकुल रौशन हो जाए और कई अनसुलझे मुद्दे सुलझ जाएँ। इन सब के अलावा ये भी सच है कि अकबर को पढ़ने लिखने में मुश्किल होती थी, जिस से ज़ाहिर है कि उन्हें डिस्लेक्सिया भी था।

ज़ाहिर है, अकबर की दिमाग़ी कैफ़ियत को पूरी तरह समझना मुश्किल है क्योंकि वो जाँच के लिए रूबरू मौजूद नहीं हैं। ये और बात है कि जो शख़्सियतें रूबरू मौजूद हैं उनको भी हम पूरी तरह नहीं समझ पाते। फिर भी आज की समझ से उनकी हालत का विश्लेषण करें तो लगता है कि वो बहुत तेज़ दिमाग़ के मालिक थे, जो दुनिया की विसंगतियों से बेचैन थे और हालात को बदलने के बहुत ख़्वाहिशमंद। *दलपत विलास* के लेखक का जितना शुक्रिया अदा करूँ, कम है। उनकी वजह से जलालुद्दीन मोहम्मद अकबर की संवेदनशील शख़्सियत के कुछ पहलू मेरे सामने खुले और दीन-दुनिया को लेकर उनकी बेचैनी पर से पर्दा उठा।

यह उपन्यास इतिहास से कितना दूर या कितना पास है, इसका कोई आसान जवाब नहीं है। आज तो ये भी कहना मुश्किल है कि जिसे इतिहास कहा जा रहा है या कहने की कोशिश की जा रही है, वो इतिहास से कितना पास या कितना दूर है। इतना ही कह सकता हूँ कि इस उपन्यास की एक-एक घटना, एक-एक किरदार, एक-एक संवाद इतिहास पर आधारित है। अकबर और उनसे जुड़े किरदारों ने जो किया वो काफ़ी हद तक इतिहास में दर्ज है। इसके लिए मैं शुक्रगुज़ार हूँ शेख़ अबुल फ़ज़ल का जिन्होंने *अकबरनामा* लिखा, जो न सिर्फ़ अकबर की ज़िंदगी का

बल्कि उनके दिल के हालात का बारीक ब्योरा है और मुल्ला अब्दुल क़ादिर बदायूँनी का, जिन्होंने अकबर से नाराज़गी की वजह से ख़ुफ़िया तौर पर *मुंतख़बुत्तवारीख़* लिखी। मैं शुक्रगुज़ार हूँ रहीम, तानसेन, बनारसीदास और वैष्णव कवियों का जिनकी लेखनी से पता चलता है कि ज़माना अकबर को और अकबर ज़माने को कैसे देख रहे थे। ईसाई पादरी, महदवी मुस्तफ़ा गुजराती और जैन संतों ने अपने-अपने तजुर्बे दर्ज कर के अकबर के दीन और दिमाग़ को समझने में मेरी मदद की। इन सभी संतों और धर्मपुरुषों का शुक्रिया। मैं शुक्रगुज़ार हूँ अकबर के दादा ज़हीरुद्दीन मोहम्मद बाबर का *तुज़ुके बाबरी* (फ़ारसी में *बाबरनामा*) के लिए, अकबर के पिता नसीरुद्दीन मोहम्मद हुमायूँ की बहन गुलबदन बेगम का *हुमायूँनामा* के लिए, बादशाह हुमायूँ के मुलाज़िम जौहर आफ़ताबची का *तज़्किरातुल वाक़्यात* के लिए, बादशाह हुमायूँ के ही मुलाज़िम बायज़ीद बयात का *तारीख़े हुमायूँ* के लिए, अकबर के दौर की पहली तारीख़ लिखने वाले आरिफ़ क़ंधारी का *तारीख़े अकबरी* के लिए, अकबर के बेटे जहाँगीर का *तुज़ुके जहाँगीरी* के लिए, अब्बास सरवानी का *तारीख़े शेर शाही* के लिए, अमृत राय का *मानचरित* और नरोत्तम का *मानचरित्र रासो* के लिए और ख़ुद मुग़ल बादशाहों का उन इमारतों और तस्वीरख़ाने की बेशुमार तस्वीरों के लिए, जिन्हें देख कर आज भी उनके ज़िंदगी जीने के तरीक़े का पता चलता है।

अकबर सिर्फ़ ऐसे बादशाह नहीं थे जिन पर इतिहास लिखा जा रहा था, वो ऐसे बादशाह भी थे जिन्हें मालूम था कि वो इतिहास रच रहे हैं। ये इतिहास आनेवाला दौर किस तरह से देखेगा और समझेगा इसका इंतज़ाम भी ख़ुद अकबर ने करने की कोशिश की। अकबर के तस्वीरख़ाने की हर तस्वीर—जिसे 'मुग़ल मिनिएचर' कहते हैं—और उस दौर की शाही इमारतें उनकी मर्ज़ी और मिज़ाज के मुताबिक़ बनीं और *अकबरनामा* का एक-एक लफ़्ज़ उनकी इजाज़त और उनके नज़रिए से दर्ज किया गया।

एक उपन्यासकार के तौर पर मेरे लिए ये जानना ज़रूरी था कि अकबर ने जो कहा और किया उसके पीछे उनके दिलो-दिमाग़ में क्या हलचल थी। मैंने उस दौर की किताबों, दस्तावेज़ों, शिलालेखों और फ़रमानों के मुताबिक़ ही अकबर का हाले ज़िंदगी और हाले दिल बताने की कोशिश की है। जहाँ ऐतिहासिक स्रोत साथ छोड़ देते हैं वहाँ मैंने किरदारों के ज़हन में झाँकने की कोशिश की लेकिन ये अंदाज़ा भी हवाई नहीं है बल्कि उस दौर की समझ के मुताबिक़ है।

जब बादशाह अकबर और दूसरे किरदारों का हाल बताने के लिए या मंज़र खींचने के लिए मुझे पूरे तथ्य नहीं मिले तो मैंने सच के उतना करीब जाने की कोशिश की जितना क़रीब जाना मुमकिन था। मिसाल के तौर पर, बादशाह अकबर का दीन और दुनिया की बड़ी जंगें लड़ना इतिहास में दर्ज है लेकिन उनका आख़िरी

वक़्त में इन जंगों को याद करना पूरी तरह मेरा क़यास है। मंज़र खींचने के लिए जहाँ मुझे पूरे तथ्य नहीं मिले वहाँ मैंने कई तरह से तस्वीर को पूरा करने की कोशिश की। मिसाल के तौर पर, 'हालते अजीब' की रात के बारे में *दलपत विलास* में ये तो दर्ज है कि जलालुद्दीन मोहम्मद अकबर ने उत्तेजित होकर अपनी कमर से कटार निकाल ली लेकिन इस बात का ज़िक्र नहीं कि ये कटार कैसी थी। ऐसे में मैंने माना कि ये कटार वैसी होगी जैसी बादशाह सलामत की अगली सुबह की एक तस्वीर में दिखाई गई है। ये क़यास कुछ हद तक इसलिए दुरुस्त माना जा सकता है क्योंकि एक चश्मदीद के मुताबिक़ बादशाह सलामत सुबह के वक़्त रात के कपड़ों में ही नज़र आए थे। जहाँ सूत्रों से इतनी मदद भी नहीं मिली वहाँ कल्पना का सहारा लिया गया। बादशाह अकबर की आख़िरी बीमारी के वक़्त ज़मीन पर बिछी क़ालीन की बनावट का हमें पता नहीं चलता लेकिन उस काल की क़ालीन पर क्या नक़्श होता था इसकी कई मिसालें हमारे पास हैं। इन्हीं में से एक नक़्श का इस्तेमाल करके मैंने जलालुद्दीन मोहम्मद अकबर की आख़िरी बीमारी का मंज़र खींचा। इस लिहाज़ से ये उपन्यास सच नहीं तो सच के क़रीबतरीन ज़रूर है। मैं ये ज़रूर कहूँगा कि ऐतिहासिक होने के बावजूद ये उपन्यास जिस तरह से बुना गया है वो पूरी तरह मेरे अपने दिमाग़ की उपज है। ऐसी इजाज़त सौ फ़ीसदी सिर्फ़ उपन्यासकार को है, इतिहासकार को नहीं।

चूँकि उपन्यास में पात्र और घटनाएँ पूरी तरह ऐतिहासिक हैं इसलिए मुग़लिया ख़ानदान की पेचीदगी को समझने के लिए एक वंश-वृक्ष और अहम तारीख़ों का ब्योरा दिया गया है। वंश-वृक्ष में पहले मुग़ल बादशाह ज़हीरुद्दीन मोहम्मद बाबर से शुरू हो कर उनकी पाँचवीं पीढ़ी तक के वो किरदार शामिल हैं जो इस उपन्यास में प्रासंगिक हैं।

इस उपन्यास की ज़बान वही है जो अकबर की होती अगर वो आज ज़िंदा होते। यह ज़बान आज की हिंदुस्तानी में ज़िंदा है। इसीलिए मैंने उसी ज़बान में लिखना मुनासिब समझा जो अकबर की ज़बान की वारिस है। एक जगह एक ऐसे लफ़्ज़ का इस्तेमाल हुआ है जो ना सिर्फ़ बाज़ारी है बल्कि अश्लील भी है। चूँकि दस्तावेज़ के मुताबिक़ बादशाह सलामत की ज़बान से वाक़ई ये लफ़्ज़ निकला था इसीलिए मैंने इसे छुपाया नहीं। इससे ज़ाहिर होता है कि तनाव की घड़ी में बादशाह सलामत के मुँह से वो निकला जो उनके दिल में था। ज़ाहिर है कि ये लफ़्ज़ उस वक़्त आम लोगों की ज़बान पर था, और आज भी है। ऐसे कई शब्दों का मैंने हूबहू इस्तेमाल किया है जो उस दौर में आम ज़बान का हिस्सा थे लेकिन जिनका आज कोई मायने नहीं जानता या वक़्त के साथ जिनके मायने बदल गए। ऐसे लफ़्ज़ों का मैंने फुटनोट में मायने बताकर इस्तेमाल किया है। कहीं-कहीं उपन्यास के पात्रों का अंदाज़े बयाँ कुछ पाठकों को घुमावदार लग सकता है। पाठकों से मेरी उम्मीद है कि वो इसे

संयम के साथ पढ़ेंगे क्योंकि उस ज़माने को समझने के लिए उस वक़्त के अंदाज़े बयाँ को जानना भी ज़रूरी है।

मैंने इस उपन्यास के प्रमुख पात्र को बादशाह सलामत, बादशाह अकबर या अबुल मुज़फ़्फ़र जलालुद्दीन मोहम्मद अकबर कहा है। जहाँ किसी और पात्र ने बादशााह सलामत या हज़रत बादशाह या मेरे बादशाह कहा है तो ये माना जाए कि ज़िक्र उस पात्र के समकालीन बादशाह का है। इसी तरह से मैंने हुमायूँ को नसीरुद्दीन मोहम्मद हुमायूँ, हुमायूँ बादशाह या जन्नत आशियानी हुमायूँ बादशाह—जो कि गुज़र जाने के बाद उनका नाम हुआ—और बाबर को ज़हीरुद्दीन मोहम्मद बाबर, बाबर बादशाह या फ़िरदौस मकानी बाबर बादशाह—जो कि गुज़र जाने के बाद उनका नाम हुआ—के नाम से पुकारा है।

अकबर के दौर में बड़े दरबारियों, मंसबदारों और ओहदेदारों के नाम के साथ ख़िताब जुड़ते थे। ये ख़िताब वक़्त के साथ बदल सकते थे और एक इंसान से दूसरे इंसान को भी दिए जाते थे। मसलन अब्दुर्रहीम को पहले मिर्ज़ा ख़ान का ख़िताब मिला और फिर ख़ानेख़ानां का। ख़ानेख़ानां का ख़िताब उनके पिता बैराम ख़ान को भी मिला था और बैराम ख़ान के बाद मुनीम ख़ान को भी। इसलिए सिर्फ़ ख़ानेख़ानां किसी को पहचानने के लिए काफ़ी नहीं था। इसी तरह से मान सिंह अपने पिता राजा भगवंत दास की ज़िंदगी में कुँवर थे। उनके गुज़र जाने के बाद वो राजा मान सिंह हुए। चूँकि इस उपन्यास की कोई भी घटना काल्पनिक नहीं है इसलिए कोशिश की गई है कि हर पात्र को उसी ख़िताब से जोड़ा जाए जो उस वक़्त उसके पास था।

लोगों के नाम को बोलने का तरीक़ा जगह और वक़्त के साथ बदलता जाता है। इस उपन्यास में हिंदू, जैन, मुस्लिम, पारसी, ईसाई किरदार हैं जिनमें से कुछ के नाम के उच्चारण पर मतभेद हो सकता है। कुछ नाम आज वैसे नहीं बोले जाते जैसे अकबर के दौर में बोले जाते थे। कुछ नाम उस वक़्त भी दुनिया के अलग हिस्सों में, या एक ही हिस्से के अलग-अलग तबक़ों या समुदायों में, अलग-अलग तरह से बोले जाते थे। मिसाल के तौर पर ईसाई पादरी का नाम जिस तरह से शेख़ अबुल फ़ज़ल ने लिया, उस तरह से शायद पादरी ने ख़ुद भी नहीं लिया होगा। इस तरह की उलझनों को आसान करने के लिए मैंने कोशिश की है कि लोगों के नाम वैसे इस्तेमाल किए जाएँ जैसा कि आज की दुनिया समझती है। अगर किसी मूल दस्तावेज़ में बीरबल को 'बीरबर' कहा गया है तो मैंने उसे ज्यों का त्यों पेश कर दिया है लेकिन बाक़ी हर जगह पर मैंने उन्हें बीरबल या राजा बीरबल ही कहा है।

इस उपन्यास में जिन जगहों का ज़िक्र है, उनमें बेशतर आज भी मौजूद हैं। लेकिन वक़्त के साथ जगहों के नाम कहीं बहुत ज़्यादा या कहीं मामूली तौर पर बदल गए हैं। उपन्यास में ये नाम उस तरह से इस्तेमाल हुए हैं जैसे आज सुने जाते

हैं। अगर कोई ऐसी जगह है जो आज नक़्शे से ग़ायब है तो ज़ाहिर है उसके नाम का इस्तेमाल वैसे ही हुआ है जैसे उस समय होता था जब वो जगहें मौजूद थीं।

फ़ारसी में ट, ड और ड़ की ध्वनि न होने की वजह से कई शब्द फ़ारसी में अलग तरह से लिखे गए हैं। मसलन पटके के लिए अकबर का ईजाद किया गया लफ़्ज़ 'कटिज़ेब' फ़ारसी में 'कतिज़ेब' हो गया। ऐसे में जहाँ मुमकिन हो सका, मैंने मूल शब्द का इस्तेमाल करने की कोशिश की है।

जलालुद्दीन मोहम्मद अकबर ने एक नया सन् शुरू किया। ये इलाही सन् (जिसे जलाली या जुलूसी सन् भी कहा गया) उनकी तख़्तनशीनी से शुरू माना गया। हालाँकि उनकी तख़्तनशीनी 14 फ़रवरी, 1556 ईसवी बमुताबिक़ 2 रबीउस्सानी 963 हिज्री बमुताबिक़ 4 फाल्गुन 1612 विक्रम संवत को हुई लेकिन इलाही सन् का पहला दिन 25 दिन बाद नवरोज़ से माना गया जोकि इस सन् के पहले महीने फ़रवरदिन का पहला दिन हुआ। ये दिन हिज्री सन् के मुताबिक़ रबीउस्सानी की 28, विक्रम संवत 1612 के चैत्र महीने की 30 और ईसवी सन् 1556 के मार्च महीने की 11 तारीख़ थी। इस किताब के आख़िर में दी गई तालिका में इलाही सन् को बुनियाद मानकर हुकूमत के हर साल के शुरुआत की तारीख़ हिज्री, विक्रमी और ईसवी सन् में दी गई है क्योंकि उपन्यास में कहीं न कहीं इन चारों सन् का ज़िक्र आता है।

मैंने बादशाह सलामत से पहले के दौर के लिए हिज्री और बादशाह सलामत के दौर के लिए इलाही सन् का इस्तेमाल किया है। ऐसा इसलिए क्योंकि अकबर से पहले ज़हीरुद्दीन मोहम्मद बाबर और नसीरुद्दीन मोहम्मद हुमायूँ ने वक़्त को हिज्री सन् से नापा था और अकबर ने अपने दौर को इलाही सन् से। ख़ुद शेख़ अबुल फ़ज़ल ने *अकबरनामा* में अकबर की तख़्तनशीनी से पहले के बयान में हिज्री सन् और तख़्तनशीनी के बाद के बयान में हिज्री के साथ-साथ इलाही सन् का इस्तेमाल किया है। इस उपन्यास में मैंने सहूलियत और समझ के लिए हिज्री और इलाही सन् के साथ-साथ ईसवी सन् की तारीख़ें भी दी हैं। मूल दस्तावेज़, बयान या इमारतों में विक्रम, हिज्री, इलाही और ईसवी सन् की तारीख़ को ज्यों का त्यों बता दिया गया है।

हिज्री, इलाही या विक्रम सन् की किसी भी तारीख़ को ईसवी सन् में तब्दील करने में कुछ पेचीदगियाँ हैं। जलालुद्दीन मोहम्मद अकबर के दौर के बीचोबीच, 1582 में, ईसवी सन् जूलियन से ग्रेगोरियन में तब्दील हो गया, हालाँकि इस तब्दीली के बावजूद दुनिया के अंग्रेज़ी बोलने वाले देशों में 1752 तक जूलियन सन् ही चलता रहा। हिज्री, इलाही या विक्रम सन् की तारीख़ को जूलियन और ग्रेगोरियन में तब्दील किया जाए तो दोनों तारीखों में दस दिन का फ़र्क़ आ जाता है। इसके अलावा, हिज्री सन् के मुताबिक़ दिन सूर्यास्त से शुरू होता है और ईसवी सन् के

मुताबिक़ आधी रात से। मोटे तौर पर ये माना जाता है कि 1582 से पहले की ईसवी तारीख़ें जूलियन और उसके बाद की तारीख़ें ग्रेगोरियन सन् के मुताबिक़ ही गिनी जाएँ। लेकिन फिर भी ऊपर बताई गई पेचीदगियों की वजह से अगर किसी तारीख़ में चंद दिनों का फ़र्क़ आ जाए तो उम्मीद है आप मुझे माफ़ करेंगे।

उस दौर के ख़ासो-आम की ज़िंदगी में शगुन और अपशगुन की बहुत अहमियत थी, और आज भी है। ज्योतिष के ज़रिये या जानवर, परिंदे और इंसान की किसी हरकत को देखकर किसी काम को करने या ना करने का फ़ैसला होता था। इसी तरीक़े से ये फ़ैसला भी होता था कि किसी काम को करने का सही वक़्त क्या है। भविष्य की घटनाओं को भी इन्हीं तरीक़ों से जानने की कोशिश होती थी। इस किताब में जहाँ भी इस तरह की किसी बात का ज़िक्र है, उसे मनगढ़ंत ना माना जाए। उस दौर में ये कोई ऐसी बात नहीं थी जिसे बताने में किसी को कोई झिझक हो। रोज़मर्रा की ज़िंदगी के हिस्से के तौर पर ही इन बातों को उपन्यास में जगह दी गई है।

इस उपन्यास की शुरुआत मेरे बचपन में हो गई थी। मेरी उम्र शायद चार-पाँच बरस की रही होगी। मैं अपने मोहल्ले के बच्चों के साथ खेल रहा था कि एक हमउम्र ने कहा, "मुसलमान बुरे होते हैं!" उस कमउम्री में भी मेरे लिए ये कोई चौंकाने वाली बात नहीं थी। तबक़ा या इलाक़ा कोई भी हो, हमारे समाज में बच्चा ऐसी बातें कहना या सुनना बहुत जल्दी शुरू कर देता है। ज़ाहिर है, ये बुज़ुर्गों के शुरुआती असर का नतीजा होता है। चौंकाने वाली बात वो थी जो इसके बाद हुई। एक और हमउम्र ने कहा, "नहीं। इनका अकबर भगवान था!" चार साल की उम्र में भी मुझे लगा जैसे किसी ने इज़्ज़त रख ली। फिर पढ़ाई-लिखाई का सिलसिला शुरू हुआ तो अकबर को और क़रीब से जानने का मौक़ा मिला। स्कूल के दिनों में शिक्षा विभाग का एक दल अचानक क्लास में पहुँचा। उस दल की एक सदस्या ने अकबर के ख़यालात को आधुनिक भारत की सेक्युलर सोच से जोड़ा तो मैंने अकबर को पढ़ना शुरू किया। मुझे शिक्षा विभाग की उन महिला का नाम नहीं मालूम लेकिन इस शुरुआत के लिए उनका बहुत शुक्रिया। उसके बाद सेन्ट स्टीफ़ंस कॉलेज में अपने उस्ताद मोहम्मद अमीन (अमीन साहब) के क़दमों में बैठने का मौक़ा मिला तो अकबर के सुलहे कुल का असली मतलब समझ आया। मैं ज़िंदगी भर उनका शागिर्द रहा और वो ज़िंदगी के आख़िरी दौर तक मुझ से अकबर की बातें करते रहे। ये उपन्यास अमीन साहब की तालीम और दुआओं का नतीजा है। वो दुनिया में नहीं हैं लेकिन अपने सभी शागिर्दों के दिलों में ज़िंदा हैं।

अपने दौर की उन सभी किताबों और विद्वानों के नाम गिनाना मुमकिन नहीं

जिनकी मदद से मैंने अकबर को समझा। आप ये मान सकते हैं कि अकबर पर लिखी गई बेशतर किताबों ने मेरी मदद की। उन सब के लेखकों का तहे दिल से शुक्रिया। बड़ी तादाद में दोस्तों, सहयोगियों, मेहरबानों और सरपरस्तों ने हर तरह से मेरा साथ दिया। बहुत आभार डॉ. अमित गुप्ता और ऑक्सफ़र्ड के उनके सहयोगियों का जिन्होंने बक्तर के नाप से मुझे बता दिया कि अकबर का डीलडौल क्या था। इस्लाम और तारीख़ से जुड़ी बातों पर रौशनी डालने के लिए और इस पूरी खोज में मेरा साथ देने के लिये साजिद शापू (न्यू यॉर्क सिटी), तारीख़ और ज़बान की पेचीदगी को आसान करने के लिए और इल्म के दरवाज़े खोलने के लिए नवेद मसूद (दिल्ली), ज़बान और अदब की बारीकियों के लिए मधुकर उपाध्याय (दिल्ली), अकबर के दरबार के अदब-आदाब के लिए प्रो. हरबंस मुखिया (गुड़गाँव), ब्रज और अवधी भाषा के दस्तावेज़ों के अनुवाद के लिए डॉ. विश्वनाथ त्रिपाठी, कुमार अनुपम, रविकांत और विजय विद्रोही (दिल्ली), राजस्थान से जुड़े दस्तावेज़ों के मायने के लिए मनीष शर्मा और भंवरदान रतनू (जयपुर), डॉ. महेंद्र सिंह तंवर और करणी सिंह जसोल (जोधपुर), गुजरात के दस्तावेज़ों के मायने के लिए ब्रजेश कुमार सिंह (अहमदाबाद), अकबर की जन्मकुंडली के मायने के लिए पवन सिन्हा (दिल्ली), मूल फ़ारसी दस्तावेज़ों के अनुवाद के लिए अब्दुस्सलाम जीलानी (अलीगढ़), अकबरी दौर की बारीकियों के लिए प्रो. इक़्तिदार आलम ख़ान (अलीगढ़), चित्रों को हासिल करने में मदद के लिए पंकज राग (दिल्ली), दीपिका पोखरना (रामपुर रज़ा लाइब्रेरी) और डॉ. जयंत सेनगुप्ता (इंडिया म्यूज़ियम, कोलकाता), उस दौर की चित्रकला को समझने के लिए प्रो. एस.पी. वर्मा (अलीगढ़), शिकार के घेरे में फँसे जानवरों की शिनाख़्त के लिए दिव्यभानुसिंह (जयपुर), डॉ. महेश रंगराजन और नित्या रामाकृष्णन् (दिल्ली), मुग़लों के तुर्की और मंगोल सिलसिले पर रौशनी डालने के लिए डॉ. फ़िरोज़ अहमद (इस्तांबुल), ईसाइयत से जुड़े शब्दों के मायने के लिए फ़ादर फ्रांसिस डिब्रिटो (मुम्बई), संस्कृत दस्तावेज़ों के अनुवाद के लिए प्रोफ़ेसर भागीरथि नंद (दिल्ली), फ़तहपुर सीकरी पर मेरे सवालों के जवाब के लिए डॉ. अली नदीम रिज़वी (अलीगढ़), यूरोप के नामों के उच्चारण के लिए डॉ. मोहम्मद मुदस्सिर (गोवा), किशोर अजवाणी और राधिका बोर्डिया (दिल्ली), और दौरे अकबरी के अलग-अलग पहलुओं के लिए और इस किताब से जुड़े—और इसे लिखने के दौरान उठने वाले—मसलों को आसान करने के लिए दीपक सरीन (जयपुर), ख़ालिद बिन उमर (दुबई), दानिश ख़ान (ऑक्सफ़र्ड), एजाजुर्रहमान, प्रो. नजफ़ हैदर (दिल्ली), डॉ. मोहम्मद सज्जाद (अलीगढ़), अभिजीत दास, राजीव खांडेकर (मुम्बई), सुमन दे (कोलकाता), पंकज झा (लखनऊ), प्रकाश कुमार (पटना), जगविंदर पटियाल (चंडीगढ़), अभिलाष कुमार, अनिरुद्ध सरकार, अभिषेक उपाध्याय, यासिर उस्मान, रवि गोयल,

रजनीश आहूजा, और ख़ास तौर पर मिलिंद खांडेकर (दिल्ली) का शुक्रिया।

मैं फ़ैज़ हबीब का बहुत एहसानमंद हूँ जिन्होंने इस उपन्यास के लिए अकबर की सल्तनत और उसके आसपास की दुनिया का नक़्शा बहुत कम वक़्त में तैयार किया। इसमें पड़ोस की वो सल्तनतें भी शामिल हैं जिनसे अकबर का ताल्लुक़ था। मुग़लिया सल्तनत के अंदर की सारी अहम जगहों के अलावा इस नक़्शे में वो जगहें ख़ासतौर पर दिखाई गई हैं जिनका इस दास्तान से ताल्लुक़ है।

मेरे हर उपन्यास की टाइपिंग को बख़ूबी निभाने के लिए उबैद अहमद ख़ान का शुक्रिया। उन्होंने नुक़्तों को दुरुस्त रखा और कई जगहों पर ज़बान को ग़लत होने से बचा लिया।

राधिका बोर्डिया, मधुकर उपाध्याय, डॉ. अमित गुप्ता, साजिद शापू और आनंद बोर्डिया इस उपन्यास से उस वक़्त से जुड़े हैं जब ये सिर्फ़ ज़हन में था। इनकी इनायतों और मेहरबानियों ने अकबर को समझने और समझाने के सफ़र को आसान किया।

ज़ाहिर है कि अम्मी, कबीर-शिल्पी, मेरे भाई-बहन (शाहिदा परवीन, अफ़रोज़ ज़माँ, शीबा नुदरत) और मेरे चचा शफ़ी मशहदी के बिना ज़िंदगी भी अधूरी होती और किताब भी।

पहले उपन्यास से अब तक आदरणीय नामवर सिंह जी का स्नेह और आशीर्वाद मुझे मिलता रहा है। वो मेरा पिता के समकालीन हैं और उस ज़माने की यादगार हैं जो मेरे दिल के बहुत क़रीब है। आदरणीय राजेंद्र यादव जी आज होते तो उनके उस सवाल का जवाब दे पाता जो मुझसे हर बार पूछते थे, ''क्या लिखा? जल्दी दो *हंस* को।'' बचपन का एक रुक़्क़ा मुझे आज भी याद है जो उन्होंने पापा को एक किताब के साथ भेजा था, ''ख़्वाजा साहब, इस किताब को पढ़ लेना। ना पढ़ पाओ तो शाज़ी साहब से पढ़वा लेना।'' उनकी ज़िंदगी में मैंने जो भी लिखा वो उनकी हौसला अफ़ज़ाई की वजह से *हंस* में ही छपा।

अपने मरहूम पिता सय्यद मोहम्मद ख़्वाजा बदीउज़्ज़माँ को कैसे याद कर सकता हूँ। याद उन्हें किया जाता है जिन्हें आपने कभी भी भुलाया हो। जो शख़्सियत आपके अपने वजूद का हिस्सा हो उस से अपने दिल के अंदर मुख़ातिब हो कर यही कहता हूँ, ''मैंने आपके सिलसिले को आगे बढ़ाया।''

मेरे अब तक के सभी उपन्यासों के प्रकाशक अशोक महेश्वरी का धन्यवाद। उन्होंने राजकमल प्रकाशन और मेरे ख़ानदान की दो पीढ़ियों के ताल्लुक़ को और मज़बूत किया। राजकमल के संपादकीय निदेशक सत्यानन्द निरुपम ने जिस निष्ठा और अपनेपन से इस किताब पर तवज्जो दी, उसके लिए वो बधाई के पात्र हैं। किताब से जुड़ी हर ज़िम्मेदारी को उत्साह से निभाने के लिए राजकमल की पूरी टीम का धन्यवाद।

जलालुद्दीन मोहम्मद अकबर के जज़्बात को आवाज़ देने वाले शेख़ अबुल फ़ज़ल ने *अकबरनामा* के शुरुआती पन्नों में जो लिखा उसी के साथ मैं इस दास्तान को शुरू करता हूँ।

"अफ़सोस कि मैं कोई लफ़्ज़ों को बेचने वाला नहीं कि लोगों की दाद की उम्मीद करूँ। इससे बड़ा इनाम क्या हो सकता है कि मेरे वफ़ादार दिल में शाही दास्तानें हैं, कि मेरा दिमाग़ इन ख़ुदाई बारीकियों की आरामगाह है और ये कि मैं रातों को रौशन करने वाले इन जवाहरात को ख़ुशनसीब लोगों के दिमाग़ में बतौर यादगार छोड़ रहा हूँ।"

—शाज़ी ज़माँ

15 अक्तूबर, 2016
नई दिल्ली

पहला भाग

बादशाह अकबर एकाएक शिकार समाप्त करने का ऐलान करते हुए

"गाइ है सु हिंदू खावो। और मुसलमान सूअर खावो। नाजे हुडियार नांजे अैन खावो तो हुडियार कड़ाहि विचि वाहो अर राँधो, जे हुडियार हुंता सूअर होइ तो हिंदू मुसलमान रलि खावो। जे गाइ होइ तो हिंदू मुसलमान रल खावो। जे सूअर होइ तो मुसलमान खावो जे गाइ होइ तो हिंदू खावो। क्युं ऊं देवीमिश्र होइगा।"

पूनम की चाँदनी रात में अबुल मुज़फ़्फ़र जलालुद्दीन मोहम्मद अकबर बादशाह चीख़ रहे थे कि हिंदू गाय खाएँ। मुसलमान सूअर खाएँ। जो नहीं खाएँ तो हुडियार[1] को कड़ाही में राँधो और जो हुडियार से सूअर हो जाए तो हिंदू मुसलमान मिल कर खाएँ, जो गाय हो जाए तो हिंदू मुसलमान मिलकर खाएँ। जो सूअर हो तो मुसलमान खाएँ और जो गाय हो तो हिंदू खाएँ तो कुछ दैवी चमत्कार होगा। ख़ौफ़ज़दा अमीर[2] उमरा बादशाह सलामत के लफ़्ज़ों को तो समझ रहे थे लेकिन इन लफ़्ज़ों के पीछे के मायने को नहीं।

इलाही सन् के चौबीसवें साल बमुताबिक़ 1578 की 3 मई। दस दिन पहले ही जलालुद्दीन मोहम्मद अकबर ने झेलम नदी पार की और भेरा में ख़ेमा लगाया। तैमूरी तारीख़ के एक बहुत बड़े क़मरग़ह[3] की शुरुआत हो गई। बादशाह सलामत के हुक्म से रोहतास के सरहदी क़िले के पास के पहाड़ से लेकर ख़ुशाब तक अस्सी कोस का घेरा पड़ा। एक तरफ़ अमीर-उमरा की फ़ौज, दूसरी तरफ़ नदी। लगभग पचास हज़ार फ़ौजी उस जगह क़मरग़ह खेलने लगे जो सल्तनत की सरहद से दूर नहीं था। हाँका लगाकर दिन पर दिन घेरा कसता गया और अस्सी कोस के जानवर अब हैरान परेशान दौड़ते भागते नंदना के कसे हुए घेरे में फँस गए। शिकार बस एक रोज़ दूर था।

सूरज डूबने से एक घड़ी पहले बादशाह सलामत के सामने बारह काफ़ूरी शम्अएँ जलाकर मुबारक बादशाह की सलामती की दुआ की गई।

"चढ़ौ चिरंजीव साह अकबर साहनसाह
बादशाह तखत बैठौ छत्र फिरै निसान।

---

1. हुडियार—नर भेड़
2. अमीर—सरदार, सामंत, सल्तनत के बड़े ओहदेदार। अमीर का बहुवचन उमरा है।
3. क़मरग़ह—एक इलाक़े में घेरा डालकर उसे लगातार कसा जाता था। फिर जानवरों को एक छोटी जगह में जमा करके उनका शिकार होता था। ये शिकार के अलावा युद्ध अभ्यास और शक्ति प्रदर्शन का तरीक़ा भी था।

दिल्लीपति तुम नबी जी के नायब अति सुंदर सुलतान।
चारौं देस लिये कर जोर कमान,
राजा राव, उमराव सब मानत तेरी आन।
कहैं 'मियाँ तानसेन' सुनियौ महाजान,
तुम से तुम ही और नाहीं दूजौ गुनीं जनन के राखत मान॥''

बादशाह सलामत की रगों में तैमूरी और चंगेज़ी लहू दौड़ रहा था। अमीर तैमूर बरलास क़बीले के तुर्क थे लेकिन उनकी शादी तुकुल ख़ानम से हुई जिनके वालिद का सिलसिला सीधे जुड़ता था मंगोल हुक्मरान चंगेज़ ख़ान के दूसरे बेटे चग़ताई ख़ान से। ये भी सच है कि चंगेज़ ख़ान की ज़िंदगी में ही बरलास क़बीला चग़ताई ख़ान से जुड़ गया था। अमीर तैमूर का दावा था कि उनके और चंगेज़ ख़ान के पूर्वज एक हैं लेकिन सही मायने में तैमूरी और चंगेज़ी ख़ानदान में रिश्तेदारी शादी के ज़रिये ही बनी। अमीर तैमूर ने अपने अलावा तीन बेटों की शादी चंगेज़ ख़ान के ख़ानदान में की।

गेहुँए से रंग के, मँझोले क़द के अकबर बादशाह की चमकीली काली आँखें, काली भवें, चौड़ा माथा, नाक सीधी और छोटी, नाक और होंठ के बीच मस्सा, कमर पतली, सीना चौड़ा और गठा हुआ बदन था। न बहुत दुबले, न मोटे। लंबे हाथ-पाँव और बाहर की तरफ़ मुड़ी टाँगें थीं जो घुड़सवारी के लिए बिलकुल सही थीं। दाढ़ी नहीं रखते थे लेकिन मूँछें थीं। वो बुलंद आवाज़ के मालिक थे।

बादशाह सलामत के शुरू किए गए दस्तूर के मुताबिक़, सभी मुसलमानों का जामा[1] सीने के दाईं तरफ़ बाँह के नीचे बँधता था, जैसा कि ख़ुद बादशाह सलामत का बँधा था, और हिंदुओं का बाईं तरफ़। कमर में वो पटका था जिसे बादशाह सलामत ने कटिज़ेब नाम दिया था। सुनहरे रंग का बड़ा पटका और हल्के गुलाबी रंग का छोटा पटका आगे की तरफ़ से बँधा था। गुलाबी पटके का एक किनारा दुज़ानू[2] बैठे बादशाह सलामत की बाईं जाँघ को छू रहा था और सुनहरे पटके के दोनों लंबे किनारे घुटनों के नीचे तक थे। पटके में लाल और सुनहरी म्यान की कटार लगी थी। आस्तीनें हाथ से लंबी थीं और इस तरह मुड़ी हुई थीं कि कलाइयों के पास सिलवटें थीं। चूँकि जामे के साथ पायजामा पहना जाता था इसलिए बादशाह सलामत ने इसे यार पैराहन[3] का नाम दिया था। जन्नत आशियानी[4] हुमायूँ बादशाह के अपने ही कपड़े में फँस कर गिरने के बाद बादशाह सलामत के दौर में जामे की

1. जामा—ऊपर से नीचे तक का लंबा चोग़ानुमा कपड़ा जो सीने के दाईं या बाईं तरफ़ कंधे के नीचे बाँधा जाता था।
2. दुज़ानू—दोनों पाँव को पीछे की तरफ़ मोड़ कर बैठने का तरीक़ा।
3. यार पैराहन—कपड़े का यार, ऊपर के कपड़े जामा का दोस्त, एक तरह का पायजामा।
4. जन्नत आशियानी—जिनका मुक़ाम जन्नत में है। हुमायूँ बादशाह को मौत के बाद इसी नाम से याद किया जाता था।

लंबाई घुटनों के आसपास तक हो गई थी। उन्होंने भूरे रंग के जामे के साथ हरे रंग का यार पैराहन पहना था। बादशाह सलामत के सर पर जो ताज था वो वैसा क़तई ना था जैसा जन्नत आशियानी हुमायूँ बादशाह या फ़िरदौस मकानी[1] बाबर बादशाह के सर सजता था। बचपन में तो उन्होंने बहुत सारे पेंचों वाली ऊँची पगड़ी पहनी जो जन्नत आशियानी हुमायूँ बादशाह ने ख़ास तौर पर बनवाई थी। लेकिन बादशाह बनने के बाद उन्होंने बुज़ुर्गों के ऊँचे ताज को तब्दील करके अपने मिज़ाज की सादगी के मुताबिक़ ऐसा ताज बनवाया जो उतना ऊँचा और पेचीदा न था, बल्कि सर से लगा हुआ था। इसे बादशाह सलामत ने 'शीशशोभा' का नाम दिया। लाल शीशशोभा पर सफ़ेद रंग का काम था। बादशाह सलामत के बदन पर कोई ख़ास ज़ेवरात नहीं थे। सिर्फ़ दो मालाएँ थीं जिनमें एक मोती की थी। शाही रुतबे के निशान के तौर पर शीशशोभा पर सोने का सरपेंच ज़रूर था जिसमें पर लगे थे।

बादशाह सलामत की ज़िंदगी और उनके दौर की पहली तारीख़ लिखने वाले आरिफ़ क़ंधारी ने कहा, "जब ताक़तवर तुर्की और हिंदी नौजवान पगड़ी बाँधते तो उसका हर घेरा एक जाल होता और हर पेंच इतना चमकदार और ख़ूबसूरत कि हज़रत[2] से अक़ीदत रखने वालों के लिए एक ज़ंजीर जैसा था।"

पिछले दस दिनों से बादशाह सलामत भेरा का जायज़ा ले रहे थे और क़मरग़ह का मुआयना कर रहे थे। आदत के मुताबिक़ वो हर रात किताबें सुना करते। फ़िरदौस मकानी बाबर बादशाह की ज़िंदगी का हाल उन्हें वैसे भी बहुत पसंद था और इस वक़्त तो वो ख़ास उसी जगह पर ख़ेमा लगाए मौजूद थे जहाँ फ़िरदौस मकानी बाबर बादशाह ने क़दम रखा था।

रात के इस वक़्त बादशाह सलामत को दरबार ख़ान की याद आती थी। बुलंद आवाज़ और क़िस्सा कहने का फ़न उसने अपने वालिद तकलू ख़ान से पाया था, जो फ़ारस के शाह तहमास्प के दरबार में क़िस्साख़्वाँ[3] थे और उनके बड़े चहेते थे। नाम इनायत था लेकिन जब हिंदुस्तान आए तो क़िस्साख़्वानी के पुश्तैनी पेशे में बादशाह सलामत की नौकरी पाई और दरबार ख़ान का ख़िताब। उन्हें सात सौ की मंसब[4] मिली। चौदहवें इलाही सन् में जब बादशाह सलामत मुईनुद्दीन चिश्ती की दरगाह की ज़ियारत के लिए अजमेर गए तो दरबार ख़ान बीमारी की वजह से इजाज़त लेकर आगरा आ गए। वसीयत के मुताबिक़ वो बादशाह सलामत के वफ़ादार कुत्ते के क़दमों में दफ़्न हुए। इस कुत्ते का मक़बरा ख़ुद दरबार ख़ान ने

---

1. फ़िरदौस मकानी—जिनका मुक़ाम जन्नत में है। बाबर बादशाह को हुमायूँ की मौत के बाद इसी नाम से याद किया जाता था।
2. हज़रत—सम्मानसूचक शब्द। यहाँ बादशाह अकबर के लिए इस्तेमाल किया गया।
3. क़िस्साख़्वाँ—जिनका काम था क़िस्से सुनाना।
4. मंसब से किसी व्यक्ति की तनख़्वाह, ज़िम्मेदारी और सल्तनत में मुक़ाम का पता चलता था।

बनवाया था। दरबार ख़ान के जाने के बाद बादशाह अकबर को वैसा क़िस्साख़्वाँ नहीं मिला। लेकिन क़िस्साख़्वाँ के चले जाने से क़िस्से ख़त्म नहीं होते।

बादशाह सलामत की दोआशियाना मंज़िल[1] के अंदर और बाहर मशालें जल रही थीं। तैमूरी तरीक़े से शाही ख़ेमे उत्तर-दक्षिण लगाए गए थे। बादशाह सलामत दक्षिण की तरफ़ मुँह किए बैठे थे और पश्चिम सीधे हाथ पर था। उनकी रिहाइशगाह, शाही हरम और नक़्क़ारख़ाना पंद्रह सौ तीस गज़ के इलाक़े में थे। इस जगह के बीचोबीच खुली जगह थी जो माहताबी कहलाती थी। इसी पर एक चबूतरा था जिस पर शामियाने के नीचे बादशाह सलामत शाम को बैठा करते थे। इस ख़ास इलाक़े के दाएँ, बाएँ और पीछे शाही पहरेदारों के लिए तीन सौ गज़ की खुली जगह थी। पीछे की तरफ़ ही कुछ दूरी पर कारख़ाने लगे थे और कारख़ानों से तीस गज़ की दूरी पर बाज़ार थे। दोआशियाना मंज़िल के अंदर की दीवारों पर गोटे और मख़मल की चमक थी और बाहर की तरफ़ रेशम से बँधा गहरे लाल रंग का कपड़ा था। दस्तूर के मुताबिक़ पूरे लश्कर में सिर्फ़ शाही ख़ेमा ही लाल रंग का था। चूँकि पूनम की रात थी इसलिए एक बत्ती की मशालें ही माहौल को रौशन करने के लिए काफ़ी थीं। चालीस गज़ की ऊँचाई पर सोलह रस्सियों से बँधा आकाशदीया दूर-दूर तक जलालुद्दीन मोहम्मद अकबर बादशाह ग़ाज़ी की मौजूदगी का सुबूत दे रहा था।

एक पूरा शहर चलता था जब बादशाह सलामत सफ़र करते। ख़ेमों से बने इस शहर को सौ हाथी, पाँच सौ ऊँट, चार सौ बैलगड़ियाँ और कई सौ पैदल सवार और मज़दूर लाद कर लाए थे। जब लश्कर यहाँ आराम कर रहा था तो ऐसी ही एक और टोली बादशाह सलामत के अगले पड़ाव की तैयारी के लिए आगे जा चुकी थी।

दोआशियाना मंज़िल में बादशाह सलामत *तुज़ुके बाबरी* सुन रहे थे।

''हम लोग बजौर से भेहरा[2] के इरादे से रवाना हुए थे। जब मैं काबुल पहुँचा तब से मैं लगातार हिंदुस्तान पहुँचने के बारे में सोचा करता था लेकिन कई वजहों से ये मुमकिन नहीं हो सका। तीन-चार महीनों से हम फ़ौज लिए इधर-उधर फिर रहे थे लेकिन कोई अहम चीज़ हमें नहीं मिली।

''भेहरा हिंदुस्तान का फाटक है। पास ही था। सोचा थोड़े से आदमियों को लेकर ही अचानक टूट पड़ें तो शायद कुछ ना कुछ हाथ आ ही जाएगा। मैं इसी पर क़ायम रहा लेकिन मेरे ख़ैरख़्वाहों ने अफ़ग़ानों पर हमला करने और मुक़ाम पर पड़ाव करने के बाद मेरे सामने हालात को बयान किया, 'यदि हम लोगों को हिंदुस्तान जाना ही है तो मंसूबा बनाकर जाना चाहिए। फ़ौज का एक हिस्सा काबुल

---

1. दोआशियाना मंज़िल—दो मंज़िला ख़ेमा जिसे बादशाह अकबर सफ़र के दौरान आराम और इबादत के लिए इस्तेमाल करते थे।
2. भेहरा—भेरा का उस वक़्त का नाम।

में है, कुछ क़ाबिल बहादुरों की टोली बजौर में है, फ़ौज का एक ख़ासा हिस्सा लग़मान चला गया। वजह ये है कि उनके घोड़े थक गए थे और जो लोग यहाँ पहुँच गए हैं उनके घोड़े इतने थक चुके हैं कि वो एक दिन का मुश्किल सफ़र नहीं कर सकते।' इस में कहना ही क्या कि बात ठीक थी। पर इरादा कर लिया था। कुछ परवाह ना की। सवेरे मुँह अँधेरे सिंधु के घाट की ओर बढ़े। घाटों का पता लेने के लिए मीर मोहम्मद नाविक और उसके भाइयों को इधर-उधर दौड़ाया।

''लश्कर नदी की ओर भेजकर ख़ुद स्वाती की तरफ़ चला गया। वहाँ गैंडे बहुत हैं। इसी से स्वाती को कर्गख़ाना[1] भी कहते हैं। कई गैंडे दिखे पर जंगल घना था। वो बाहर ना निकले। एक गैंडा बच्चे समेत निकला भी तो भागा। उसे तीर तो लगे पर जंगल पास था। घुस गया। जंगल में आग लगा दी गई। वो घायल भगोड़ा तो ना मिला, एक और अधजला गैंडे का बच्चा पड़ा हाथ पैर मार रहा था। उसे ज़िबह करके हरेक ने हिस्सा लिया।

''स्वाती से लौटने में हम बहुत भटके। इशा[2] तक छावनी तक पहुँच गए। घाट देखने को भेजे गए लोग घाटों का पता लगाकर वापस लौट आए।

''अगले दिन जुमेरात सोलहवीं को सामान के साथ घोड़ों और ऊँटों ने पायाब[3] जगह से सिंधु नदी पार की। बाज़ार और पैदल सवारों को नाव से उतारा गया। पायाब घाट पर कुछ नीलाबी आए। एक बक्तरपोश घोड़ा और तीन सौ शाहरुख़ी[4] भेंट लाए थे। जुहर तक सिंधु पार करके सब आगे चले। रात के पहले पहर तक कचाकोट[5] नदी के किनारे उतरे। वहाँ से कुछ-कुछ अँधेरा रहते ही चले और नदी पार करके दोपहर तक संगदकी दर्रा पार करके ठहरे। कुछ गूजर पीछे लगे आ रहे थे। लश्कर के पिछले हिस्से की ज़िम्मेदारी सय्यद क़ासिम ईशक आक़ा की थी। उसने इन्हें पकड़ लिया। कुछ के सिर काट लाया।

''भोर को वहाँ से कूच करके ज़ुहर तक सूहान नदी पार की और ठहर गए। लश्कर का पिछला हिस्सा आधी रात तक आता रहा। रास्ता कुछ कड़ा था। घोड़ों को थका मारा। अक्सर घोड़े बेकार हो गए। भेहरा से सात कोस उत्तर पर पहाड़ है।

---

1. कर्गख़ाना—गैंडों का घर।
2. पाँच वक़्त की नमाज़ जो मुसलमानों के लिए ज़रूरी मानी गई है—
   फ़ज्र—सुबह सूरज उगने से पहले की नमाज़।
   जुहर—दोपहर की नमाज़।
   अस्र—सूरज डूबने से पहले की नमाज़।
   मग़रिब—सूरज डूबने के फ़ौरन बाद की नमाज़।
   इशा—रात की नमाज़।
3. पायाब—जो गहरा न हो
4. शाहरुख़ी—एक तरह का सिक्का।
5. कचाकोट—हरू नदी जो सिंधु नदी में मिलती है।

ज़फ़रनामा[1] और दूसरी किताबों में उसे कोहे जूद लिखा है। इस नाम को मैं समझता ना था। अब पता चला कि इस पहाड़ पर रहने वाले एक ही बुज़ुर्ग की औलाद हैं। एक से ही दो क़ौमें हुई हैं—जूद और जनजूआ। नीलाब और भेहरा के बीच के इलाक़े और पहाड़ों में जो लोग और क़बीले हैं, उसके ये दोनों ही हाकिम और सरदार रहे होंगे। इनका राजकाज दोस्ती और भाईचारे से चलता रहा। हाकिम न मनमानी करते, ना मनचाही लेते हैं। लगान में जितना लेना सदा से बँधा है, उतना ही लेते हैं। घट कोई देता नहीं और बढ़ वो ले नहीं सकते। उन लोगों में वो रवायत थी कि हर बैल के जोड़े पर एक शाहरुख़ी और घराने का सरदार सात शाहरुख़ी अदा करता है। सिपाही का काम भी करना पड़ता है। जूद और जनजूआ दोनों की कई कई ज़ात हैं। कोहे जूद भेहरा से चौदह किलोमीटर के भीतर है और कश्मीर के पहाड़ों से निकलता है, जो उन्हीं पहाड़ों का हिस्सा है जिनमें हिंदूकुश है। ये पहाड़ी वहाँ से दक्षिण-पश्चिम की ओर होती हुई सिंधु नदी पर दीनकोट तक जाती है। आधे पहाड़ में जूद हैं, आधे में जनजूआ। पर नाम जूद पर ही है। इनके सबसे बड़े सरदार राय कहलाते हैं। उसके भाई-बेटे मलिक। जनजूआ का सरदार लंगर ख़ान का मामा लगता है। सूहान नदी के आसपास का हाकिम मलिक हस्त था। असल में ये नाम असद है। कभी-कभी ये हिंदुस्तानी चलते को भी ठहरा बोलते हैं, जैसे ख़बर को ये ख़ब्र कहेंगे। इसी तरह असद का अस्द हो गया होगा। धीरे-धीरे अस्द ही बदल कर हस्त बना।

"पड़ाव करते ही हमने लंगर ख़ान को मलिक हस्त के पास भेजा। वो मेरी मेहरबानी का भरोसा देकर इशा तक उसे ले आया। हस्त ने एक बक्तरपोश घोड़ा भेंट करके नौकरी ले ली। वो बाईस-तेईस साल का रहा होगा।

"यहाँ वालों के भेड़-बकरियों के रेवड़ के रेवड़ लश्कर के इधर-उधर फिर रहे थे।"

भेरा में बैठे बादशाह सलामत उस वक़्त की दास्तान सुन रहे थे जब फ़िरदौस मकानी बाबर बादशाह ने हिंदुस्तान में दस्तक दी थी और ठीक उस जगह पहुँचे जहाँ बादशाह सलामत मौजूद थे।

फ़िरदौस मकानी ज़हीरुद्दीन मोहम्मद बाबर बारह साल की उम्र में तूरान[2] की फ़रग़ाना रियासत के बादशाह बने। बारह, उन्नीस और बाईस साल की उम्र में समरक़ंद के तख़्त पर बैठे। फ़िरदौस मकानी के बुज़ुर्ग अमीर तैमूर ने समरक़ंद से एक बहुत बड़ी रियासत पर हुकूमत की थी। समरक़ंद के तख़्त पर बैठना बहुत फ़ख़्र

1. ज़फ़रनामा—अमीर तैमूर के बारे में शर्फ़ुद्दीन यज़दी की किताब।
2. तूरान—आज के उज़्बेकिस्तान और ताजिकिस्तान का पूरा इलाक़ा और किर्गीज़िस्तान और क़ज़ाकिस्तान का दक्षिणी इलाक़ा।

की बात हुआ करती थी। जद्दोजहद के लंबे दौर में सल्तनत हारते-हारते फ़िरदौस मकानी बाबर बादशाह अपनी पुश्तैनी ज़मीन तूरान को छोड़ कर अफ़ग़ानिस्तान और फिर हिंदुस्तान तक आ पहुँचे थे। हिंदुस्तान की मुहिम पर निकलने से पहले फ़िरदौस मकानी बाबर बादशाह अपने अमीर-उमरा से मुख़ातिब हुए—

"अजनबी और पुराने दुश्मन जैसे कि शैबक़ ख़ान[1] और उज़बक, उन सभी मुल्कों पर क़ाबिज़ हैं जो तैमूर बेग के वारिसों के पास थे। जहाँ तुर्की और चग़ताई[2] कोनों में या सरहदी इलाक़ों में हैं भी तो वो चाहे अनचाहे उज़बक के साथ मिल गए हैं। एक बचा है। काबुल में। दुश्मन बहुत मज़बूत और मैं बहुत कमज़ोर। न शर्त रखने की ताक़त, न मुख़ालिफ़त का दम। इतनी ताक़त के सामने हमें अपने लिए कोई जगह ढूँढ़नी थी। ऐसे मुश्किल वक़्त में अपने और मज़बूत दुश्मन के बीच बड़ा फ़ासला रखना है। बदख़्शाँ और हिंदुस्तान के बीच का फ़ैसला है और ये फ़ैसला अब करना है।"

भेरा के शाही लश्कर में जलालुद्दीन मोहम्मद अकबर *तुज़ुके बाबरी* सुन रहे थे।

"...क्योंकि मैं तो मुद्दतों से हिंदुस्तान लेने की सोच रहा था। और ये कि भेहरा, ख़ुशाब, चिनाब[3] और चीनी ऊत[4] के इलाक़े कभी तुर्कों के थे। इसलिए इसे मैं अपना ही मानता था। मुझे पूरा भरोसा था कि चाहे तलवार से हो चाहे सुलह से, इसे तो ले ही लूँगा। इसलिए पहाड़ों के इन लोगों के साथ अच्छा सुलूक बहुत ज़रूरी था। मैंने ताकीद कर दी कि इनकी एक भी भेड़, बल्कि सूत के किसी टुकड़े या टूटी सुई को भी कोई नुक़सान न पहुँचाए।"

जलालुद्दीन मोहम्मद अकबर बादशाह ग़ाज़ी आँख बंद किए सुन रहे थे। नौबत सुन कर उन्होंने नज़र उठाई। जहाँ तक सुना था वहाँ ख़ुद अपनी क़लम से निशान लगाया और क़िस्साख़्वाँ को पन्नों के हिसाब से इनाम दिया।

भेरा के शाही लश्कर के नक़्क़ारख़ाने से नौबत की आवाज़ दूर-दूर तक जा रही थी। रात के सन्नाटे में अट्ठारह दमामों[5], बीस नक़्क़ारों[6], चार दुहुल[7], चार कर्ना[8],

---

1. शैबक़ ख़ान—यानी शैबानी ख़ान जो उज़बक ताक़त का अगुआ था। उज़बक चंगेज़ ख़ान के बेटे जोची के वारिसों में से थे।
2. चग़ताई—वो लोग जो चंगेज़ ख़ान के बेटे चग़ताई से अपना सिलसिला जोड़ते थे, जैसे कि ख़ुद मुग़ल बादशाह।
3. चिनाब—चिनाब नदी से लगता हुआ इलाक़ा
4. चीनी ऊत—संभवत: यहाँ मतलब चिनिओट से है जो पंजाब के झंग इलाक़े की एक जगह है।
5. दमामा—एक प्रकार का नगाड़ा।
6. नक़्क़ारा—नगाड़ा।
7. दुहुल—ढोल।
8. कर्ना—सींगनुमा साज़।

नौ सुरना[1], कई नफ़ीर[2], दो सींग[3] और तीन संज[4] की आवाज़ शाही पड़ाव के ऊँचे दरवाज़े से गूँज रही थी। रात के सन्नाटे में नक़्क़ारख़ाने की आवाज़ ख़ासो आम के लिए जलालुद्दीन मोहम्मद अकबर बादशाह ग़ाज़ी और तैमूरी ख़ानदान की सलामती का पैग़ाम दे रही थी। ये अमनपसंद अवाम और दोस्तों के लिए चैन और बाग़ियों और दुश्मनों के लिए चेतावनी थी।

पास ही रोहतास के शाही क़िले से काबुल में तख़्तनशीन बादशाह सलामत के सौतेले भाई मिर्ज़ा हकीम की सरहद दिख रही थी।

जहाँ शाही ख़ेमा लगा था उस जगह से ख़ानदाने तैमूरिया[5] की गहरी यादें जुड़ी थीं। बहुत दूर की बात नहीं जब शेर शाह से शिकस्त खाकर जन्नत आशियानी हुमायूँ बादशाह को हिंदुस्तान छोड़ना पड़ा था।

लोगों को वो दावत याद थी जिसमें फ़िरदौस मकानी बाबर बादशाह ने देखा कि शेर ख़ान के सामने एक सख़्त चीज़ लाई गई जिसे खाने का तरीक़ा उन्हें मालूम न था। ये शेर ख़ान का शुरुआती दौर था जब वो बिहार में एक ताक़त बन कर उभर रहे थे और फ़िरदौस मकानी बाबर बादशाह के साथ आ गए थे। शेर ख़ान अफ़गान थे और उनके दादा सुल्तान बहलूल लोदी के ज़माने में हिंदुस्तान आ गए थे। बाबर बादशाह की दावत में शेर ख़ान ने अपनी कटार से उस खाने की चीज़ को काटा और चम्मच से उठा कर खा लिया। उस वक़्त फ़िरदौस मकानी बाबर बादशाह ने कहा था—

"शेर ख़ान पर नज़र रखना। चालाक इंसान है और उसके माथे पर बादशाहत के निशान हैं। हमने कई बड़े अफ़ग़ान उमरा[6] देखे हैं, इन से बड़े लोग देखे हैं लेकिन उनका मुझ पर कोई असर ना हुआ। लेकिन जैसे ही हमने इस आदमी को देखा, हमें लगा कि इसे गिरफ़्तार कर लेना चाहिए क्योंकि हमें इसमें बड़प्पन और ताक़त की ख़ूबियाँ दिखती हैं।"

उस वक़्त शेर ख़ान ने दावत से लौट कर अपने लोगों से कहा, "बादशाह ने मुझे देर तक देखा, अपने वज़ीर से कुछ कहा और मुझे बुरी नज़र से देखा। मेरे लिए यहाँ रहना मुनासिब नहीं है। मुझे चले जाना चाहिए।"

---

1. सुरना—शहनाई जैसा साज़
2. नफ़ीर—तुरही
3. सींग—सींगनुमा साज़।
4. संज—दोनों हाथों से बजाया जाने वाला साज़, करताल का बड़ा रूप।
5. ख़ानदाने तैमूरिया—हिंदुस्तान के मुग़ल बादशाह अपने आपको ख़ानदाने तैमूरिया यानी अमीर तैमूर के ख़ानदान का कहलाना पसंद करते थे।
6. उमरा—अमीर का बहुवचन।

ये दिन था और फिर वो दिन जब गंगा किनारे चौसा की जंग से पहले जन्नत आशियानी हुमायूँ बादशाह ने एलची भेजा तो शेर ख़ान तेज़ गर्मी में ख़ुद अपनी आस्तीन ऊपर किए, हाथ में कुदाल लिए क़िले की मोर्चेबंदी में लगे हुए थे। एलची[1] के लिए शामियाना लगवाकर वो वहीं बैठ गए और बोले, ''मेरी तरफ़ से बादशाह को ये पैग़ाम दे दीजिए, 'आप जंग चाहते हैं लेकिन आपकी फ़ौज नहीं चाहती। दूसरी तरफ़, मैं जंग नहीं चाहता, मेरी फ़ौज चाहती है, बाक़ी फ़ैसला बादशाह का है।' ''

जलालुद्दीन मोहम्मद अकबर के हुक्म से शेर शाह की ज़िंदगी का जो हाल अब्बास ख़ान सरवानी ने लिखा, उस से ज़ाहिर था कि जन्नत आशियानी हुमायूँ बादशाह और शेर ख़ान की फ़ौज के बीच बस कोई पच्चीस गज़ की दूरी थी। बीच में छोटी सी नदी थी, लेकिन थे दोनों गंगा के एक ही तरफ़। उस वक़्त एक समझौता हुआ। जन्नत आशियानी हुमायूँ बादशाह शेर ख़ान के लिए बंगाल छोड़ने को तैयार हो गए लेकिन एक शर्त पर। चूँकि शेर ख़ान ने बादशाह के सामने ख़ेमा लगाकर अपनी हदों को पार किया इसलिए वो अदब से पीछे हटेंगे और नदी का रास्ता जन्नत आशियानी हुमायूँ बादशाह के लिए खुला छोड़ देंगे। इसके बाद जन्नत आशियानी हुमायूँ बादशाह नदी पार करके उस रास्ते पर कूच करेंगे जिस तरफ़ शेर ख़ान गए हैं और फिर वापिस मुड़ जाएँगे। ये समझौता होते ही शेर ख़ान पीछे की तरफ़ मुड़ गए। जन्नत आशियानी हुमायूँ बादशाह ने पूरी फ़ौज और ख़ानदान के साथ नदी पार की और अपना ख़ेमा लगा लिया। हुमायूँ बादशाह ने चिश्तिया सिलसिले के सूफ़ी शेख़ फ़रीदुद्दीन शकरगंज के ख़ानदान के शेख़ ख़लील को एलची के तौर पर अपने कई लोगों के साथ भेजा। भरी महफ़िल में तो शेख़ ख़लील ने समझौते की शर्तों को दोहराया लेकिन जब अकेले में मुलाक़ात हुई तो शेर ख़ान पलट गए।

शेर ख़ान ने कहा, ''अफ़ग़ान लोग शेख़ फ़रीद शकरगंज की पाक शख़्सियत का बहुत एहतराम करते हैं। हमारा और उनका वतन एक ही है। क्या आप बिना झिझक सलाह दे सकते हैं कि हमारे लिए क्या सही है? बादशाह से सुलह या जंग?''

शेख़ ख़लील ने झिझकते हुए कहा, ''सलाह माँग कर आपने हमें दो तरह से मुश्किल में डाल दिया। पहले तो मैं बादशाह के एलची के तौर पर आया हूँ। इसलिए ये मुनासिब नहीं कि ऐसा कुछ भी कहूँ जो उनके ख़िलाफ़ हो। दूसरा, आपने सलाह माँगी है और पुराने वक़्तों के लोग कहते हैं, 'दुश्मन भी सलाह माँगे तो सच बोलिए।' इसलिए अगर मैं आपको अपनी राय के ख़िलाफ़ सलाह दूँगा तो ये बेईमानी होगी। अफ़ग़ानों ने कई पुश्तों से मेरे बुजुर्ग का एहतराम किया है और पैग़ंबर मोहम्मद सइलल्लाहो वआलहि वसल्लम[2] की करामाती हिदायत से लगता

---

1. एलची—दूत।
2. सइलल्लाहो वआलहि वसल्लम—आप पर अल्लाह की रहमत और मेहरबानी हो।

है कि सलाह देने वाले के लिए मुनासिब है कि दिल से सलाह दे। इसलिए सच बोलने के लिए मजबूर हूँ। आप के लिए हुमायूँ बादशाह के साथ जंग करना सुलह करने से बेहतर है क्योंकि उनकी फ़ौज में अफ़रातफ़री है। उनके पास घोड़े या बैल नहीं हैं। उनके अपने भाई बाग़ी हो गए हैं। अभी वो अपनी ग़रज़ से सुलह करना चाहते हैं और आख़िरकार समझौते पर क़ायम नहीं रहेंगे। ऐसे देखिए कि इस मौक़े पर आपने कितना पाया। इस मौक़े को जाने ना दीजिए क्योंकि ये फिर नहीं आएगा।''

ये सुन कर शेर ख़ान ने अपना इरादा पक्का किया और अगले ही रोज़ आधी रात को अपने अमीर-उमरा को बुलाकर कहा—

''हम ने हुमायूँ बादशाह से सुलह का वादा किया है लेकिन हमने सोचा है कि हमारी नेक ख़िदमात का कोई अच्छा नतीजा नहीं हुआ...वो सुलह चाहते हैं और उनका रवैया दोस्ताना है क्योंकि उनकी फ़ौज को घोड़े, बैल और साज़ोसामान की कमी है और क्योंकि उनके भाई बग़ावत पर हैं। वो मेरे साथ खिलवाड़ कर रहे हैं और आख़िरकार सुलह पर क़ायम नहीं रहेंगे, बल्कि आगरा पहुँच कर भाइयों की बग़ावत को ख़त्म कर के और अपनी फ़ौज को दुरुस्त कर के हमें ख़त्म करने से बाज़ नहीं आएँगे। हमें अक्सर लगा है कि मैदाने जंग में अफ़ग़ान मुग़लों से ज़्यादा बहादुर हैं। मुग़लों को ये मुल्क अफ़ग़ानों की फूट की वजह से मिला। अगर मेरे भाई सलाह दें तो मैं सुलह तोड़ कर अपनी तक़दीर को आज़माऊँ।''

अमीर-उमरा ने जवाब दिया, ''आपकी दुआ से अफ़ग़ानों की फूट अब दूर हो गई है और आप हम सबके सरपरस्त हैं। हम अपनी पूरी ताक़त से वफ़ादारी और बहादुरी में पीछे नहीं हटेंगे। सुलह तोड़ने का आपका मक़सद बिलकुल सही है।''

समझौते के मुताबिक़ फ़ौज को पीछे की तरफ़ ले जाने के बाद शेर ख़ान ने कहा, ''दो दिन मैं अपनी फ़ौज को पीछे की तरफ़ ले गया ताकि बादशाह गुमराह हो जाएँ और ये ना समझें कि फ़ौज उनकी तरफ़ आ रही है। अब मुड़ो, और बादशाह की तरफ़ रुख़ करो। अफ़ग़ानों की आबरू जाने ना पाए, ना ही मुकम्मल वफ़ादारी से पीछे हटो क्योंकि ये मौक़ा है हिंदुस्तान की सल्तनत को फिर से पाने का!''

जन्नत आशियानी हुमायूँ बादशाह की फ़ौज के दाएँ मोर्चे पर इतना ज़बरदस्त हमला हुआ कि फ़ौज में अफ़रातफ़री फैल गई। आनन-फ़ानन में नगाड़ा बजा और फ़ौज जैसे-तैसे जमा हुई लेकिन पस्ती के हाल में। यहाँ तक कि जब जन्नत आशियानी हुमायूँ बादशाह पर एक हाथी का सीधा हमला हुआ तो बचाने के लिए कोई सामने ना आया। उन्होंने ख़ुद भाला हाथ में लेकर हाथी के माथे में भोंक दिया। हाथी पर सवार तीरअंदाज़ ने जन्नत आशियानी हुमायूँ बादशाह को ज़ख़्मी कर दिया। उन्होंने गरज कर कहा, ''आगे आओ!''

कोई सामने नहीं आया लेकिन हालात इतने बेक़ाबू हो गए कि किसी ने उनके घोड़े की लगाम को पकड़ कर कहा, ''ये यहाँ खड़े रहने का वक़्त नहीं है!''

चौसा पर हुए हमले के बाद जन्नत आशियानी हुमायूँ बादशाह को आनन-फ़ानन में कूच करना पड़ा। यहाँ तक कि वो अपने ख़ानदान को भी पीछे छोड़ गए। इस वक़्त उनकी जान जाते-जाते बची। उन्होंने नदी पार करने की कोशिश की तो घोड़ा उनके नीचे से बह गया। निज़ाम नाम के भिश्ती ने बचा लिया वरना डूब जाते। हुमायूँ बादशाह ने इस एहसान के बदले में निज़ाम को एक दिन के लिए दिल्ली का बादशाह बनाया और हुक्म दिया कि सभी अमीर-उमरा उसके सामने कोर्निश[1] करें। यहाँ तक कि इस भिश्ती को मंसब देने का इख़्तियार भी दिया। जन्नत आशियानी हुमायूँ बादशाह के छोटे और सौतेले भाई मिर्ज़ा कामरान बीमारी की वजह से दरबार नहीं आए लेकिन उन्होंने कहलवाया, "इसको कुछ और इनाम दिया जा सकता था। इसे तख़्त पर बिठाने की क्या ज़रूरत थी? ऐसे वक़्त पर जब शेर ख़ान इतना नज़दीक है, हज़रत ये क्या कर रहे हैं?"

दूसरी तरफ़, फ़तह के बाद एक अफ़ग़ान अमीर ईसा ख़ान ने शेर ख़ान से कहा—"आपको इस फ़तह की ख़बर फ़रमान की शक्ल में लिख कर भेजनी चाहिए।"

इस पर शेर ख़ान ने कहा, "आप लोग सुल्तान बहलूल और सिकंदर के वक़्त के उमरा हैं। आपने अफ़ग़ानों की ख़ातिर हमारे साथ आकर हमें इज़्ज़त बख़्शी है। ये हमारे लिए मुनासिब नहीं कि हम आपको फ़रमान भेजें, आप लोग हमारे आसपास खड़े रहें और हम तख़्त पर बैठे रहें। हिंदुस्तान के बादशाह बच के भाग निकले हैं और मुल्क का ज़्यादातर हिस्सा अब भी उनके पास है।"

ईसा ख़ान ने कहा, "जिसे परवरदिगार सल्तनत देता है और बाक़ी इंसानों से ऊँचे मुक़ाम तक पहुँचा देता है, उसके लिए मुनासिब है कि वो पहले के बादशाहों के तौर-तरीक़े अपनाए।"

जब और अफ़ग़ान अमीर-उमरा ने भी उनके बादशाह बनने की हिमायत की तो शेर ख़ान ने कहा, "बादशाह का नाम बहुत बुलंद होता है और ये दुश्वारियों से ख़ाली नहीं है लेकिन चूँकि मेरे दोस्तों के आला दिमाग़ से ये बात तय हुई है कि हम बादशाह बनें तो हम मान जाते हैं।"

ज्योतिषियों ने राय दी, "आपकी पैदाइश की घड़ी के मुताबिक़ एक शुभ घड़ी आ पहुँची है। अगर आप अभी तख़्त पर बैठेंगे तो आपकी फ़तहयाब फ़ौज कभी शिकस्त का मुँह नहीं देखेगी।"

तब शेर ख़ान ने शेर शाह के नाम से तख़्त पर बैठ कर अपने नाम के सिक्के निकाले और ख़ुतबा[2] पढ़वाया।

---

1. कोर्निश—बादशाह को झुक कर सलाम करने का एक तरीक़ा।
2. ख़ुतबा—जुमा और ईद की नमाज़ के वक़्त दिया जाने वाला उपदेश। इस में ईश्वर की वंदना, पैग़ंबर मोहम्मद और उनके परिवार के लिए शुभकामनाओं के साथ-साथ उस वक़्त के बादशाह का भी ज़िक्र होता है।

चौसा की लड़ाई हारने के कुछ ही वक़्त बाद जन्नत आशियानी हुमायूँ बादशाह ने फिर चढ़ाई की। कन्नौज में एक तरफ़ जन्नत आशियानी हुमायूँ बादशाह और दूसरी तरफ़ शेर शाह ने मोर्चा सँभाला।

मोर्चाबंदी के बाद शेर शाह ने पैग़ाम भेजा, ''हम कुछ वक़्त से यहाँ मोर्चा लगाए बैठे हैं। बादशाह तय करें। अगर वो नदी पार करेंगे तो इस तरफ़ लड़ लें मुझसे। या चाहें तो हम नदी पार करें और बादशाह से उस तरफ़ लड़ें।''

जन्नत आशियानी हुमायूँ बादशाह ने जवाब भेजा, ''कह दो शेर ख़ान से कि अगर नदी से वो कुछ कोस पीछे चला जाए तो हम गंगा पार कर के जंग लड़ेंगे।''

जब जन्नत आशियानी हुमायूँ बादशाह की फ़ौज ने गंगा पार कर ली तो 947 हिज्री के मोहर्रम की दसवीं तारीख़, बमुताबिक़ 17 मई, 1540, को दोनों फ़ौजें आमने-सामने हुईं।

शेर शाह ने अफ़ग़ानों से कहा, ''हमने आप सबको एक जगह करने में पूरी मेहनत की। आपको सिखाने के लिए जितना हो सके काम किया और आज जैसे दिन के लिए तैयार किया। आज इम्तिहान का दिन है।''

अफ़ग़ानों ने जवाब दिया, ''ताक़तवर बादशाह ने हमारी हिफ़ाज़त की और हम पर इनायत की है। ये वक़्त है कि हम उनकी ख़िदमत करें और वफ़ादारी दिखाएँ।''

दोपहर के वक़्त जन्नत आशियानी हुमायूँ बादशाह की ख़िदमत में सतरह हज़ार लोग थे और जब उन्होंने भागते-भागते नदी पार की तो वो अकेले थे, न सर पर कुछ था ना पाँव में। इस जंग में पाँव ऐसे उखड़े कि वो फिर कभी शेर शाह के जीते जी अफ़ग़ान ताक़त का मुक़ाबला नहीं कर पाए।

भेरा के शाही लश्कर में आकाशदीया दूर-दूर तक के इलाक़े को रौशन कर रहा था।

बस कोई अड़तीस बरस पहले की तो बात थी, जब जन्नत आशियानी नसीरुद्दीन मोहम्मद हुमायूँ बादशाह गाज़ी शेर शाह से भागते-भागते लाहौर तक पहुँच गए।

लाहौर से उन्होंने शेर शाह को पैग़ाम भेजा, ''ये कैसा इंसाफ़ हुआ? हमने तुम्हारे लिए पूरा हिंदुस्तान छोड़ दिया। लाहौर छोड़ दो और सरहिंद को, जहाँ तुम हो, हमारे बीच की सरहद मानो।''

''आपके लिए काबुल छोड़ा है। वहीं जाइए'' शेर शाह का जवाब आया।

जन्नत आशियानी हुमायूँ बादशाह ने लाहौर छोड़ कर रावी को पार किया ही था कि शेर शाह का एलची आया। सौतेले भाई कामरान मिर्ज़ा ने कहा, ''एलची के सामने क्या मैं हज़रत बादशाह के क़ालीन के कोने में जगह पा सकता हूँ ताकि एलची को भी लगे कि मैं दूसरे भाइयों से फ़र्क़ हूँ?''

हुमायूँ बादशाह फ़िरदौस मकानी बाबर बादशाह की बेगम माहम से थे तो

मिर्ज़ा कामरान गुलरुख़ से थे। फ़िरदौस मकानी बाबर बादशाह ने इस दुनिया से जाने के चार रोज़ पहले अपने आख़िरी दरबार में कहा था—

''बरसों से दिल में था कि अपनी सल्तनत हुमायूँ मिर्ज़ा को सौंप दूँ और ख़ुद बाग़े-ज़र-अफ़शाँ के किसी कोने में बैठ जाऊँ। अल्लाह तआला के फ़ज़्लोकरम से सभी ख़्वाहिशें पूरी हुईं मगर सिर्फ़ ये नहीं हुआ कि मैं अपनी ख़्वाहिश के मुताबिक़ सेहतमंद ज़िंदगी गुज़ार पाता। मुख़्तसर ये कि इसी सोच और फ़िक्र ने मुझे बदहाल कर दिया। इसलिए मैं वसीयत करता हूँ कि सभी वज़ीर और उमरा हुमायूँ को मेरी जगह समझें, उसकी सल्तनत के मामले में कोई कोताही न करें और उसके साथ एकजुट हो कर रहें। अल्लाह तआला की ज़ात से उम्मीद है कि हुमायूँ भी उमरा और रिआया के साथ अच्छा सुलूक करेगा। ऐ हुमायूँ तुझको, तेरे भाइयों को और अपने लोगों को ख़ुदा के सुपुर्द करता हूँ।''

फिर फ़िरदौस मकानी बाबर बादशाह ने अपने अमीर-उमरा की तरफ़ देखा, जिनके साथ जद्दोजहद करके उन्होंने हिंदुस्तान फ़तह किया था, और अपने बेटे से कहा, ''...और इन लोगों को तेरे सुपुर्द करता हूँ।''

जन्नत आशियानी हुमायूँ बादशाह ने हमेशा सौतेले भाई कामरान मिर्ज़ा का लिहाज़ किया लेकिन बादशाही क़ालीन पर उन्हें जगह नहीं दी जा सकती थी। फ़िरदौस मकानी बाबर बादशाह ने *तुज़ुके बाबरी* में शेख़ सादी[1] का एक शेर लिखा :

''एक लबादे में रह लेंगे दस दरवेश
लेकिन दो बादशाह एक मुल्क में नहीं समाएँगे।
मर्दे ख़ुदा एक टुकड़ा खा कर दूसरा दरवेश को देगा,
लेकिन सात मुल्क फ़तह करने वाला बादशाह
और मुल्कों के लालच में होगा।''

मिर्ज़ा कामरान को हुमायूँ बादशाह ने जवाब लिख दिया—

''चाहे आईने में ख़ुद को देखें,
वो अक्स अपने से जुदा है,
ख़ुद को किसी और रूप में देखना अजब है,
ये तो ख़ुदा का करिश्मा होगा।''

शेर शाह से भागते-भागते चिनाब और फिर इसी झेलम नदी को पार किया जन्नत आशियानी हुमायूँ बादशाह ने जिस के किनारे अभी बादशाह सलामत का ख़ेमा लगा था।

उस वक़्त हुमायूँ बादशाह ने कहा, ''भाइयों की मर्ज़ी हुई तो बदख़्शाँ चला जाऊँगा। काबुल मिर्ज़ा कामरान के पास ही रहेगा।''

---

1. शेख़ सादी—शीराज़ के तेरहवीं सदी के लेखक जिनकी कहानियाँ आज भी दुनिया भर में पढ़ी जाती हैं।

मिर्ज़ा कामरान चाहते ही नहीं थे कि जन्नत आशियानी हुमायूँ बादशाह बदख़्शाँ जाएँ। बदख़्शाँ का रास्ता काबुल से हो कर जाता था और उन्हें शायद डर था कि हुमायूँ बादशाह उधर से गुज़रेंगे तो काबुल छीन लेंगे।

''अपनी ज़िंदगी में बादशाह फ़िरदौस मकानी ने काबुल मेरी माँ गुलरुख़ बेगम को दिया था। आपका काबुल जाना ठीक नहीं,'' मिर्ज़ा कामरान ने कहा।

जन्नत आशियानी हुमायूँ बादशाह ने जवाब दिया, ''हज़रत बादशाह फ़िरदौस मकानी अक्सर कहा करते थे, 'काबुल किसी को नहीं दूँगा। यहाँ ख़ुदा ने मुझे सारी औलाद दी, और काबुल जीतने के बाद कई फ़तहें हासिल हुईं।' और ये बात उनके *वाक़यानामे*[1] में कई बार आई है। मिर्ज़ा के साथ मेहरबानी और भाईचारे के बर्ताव का क्या फ़ायदा अगर वो ऐसी बातें करते रहेंगे!''

एक वक़्त था जब जन्नत आशियानी हुमायूँ बादशाह को ख़ुश करने के लिए मिर्ज़ा कामरान तारीफ़ें लिख-लिख कर भेजा करते थे। एक बार ये ग़ज़ल भेजी—

''आपका हुस्न दम ब दम बढ़ता जाए,
आपके सितारों से ख़ुशनसीबी आए।
आपकी राह के ग़ुबार के हर ज़र्रे से,
मेरी उदास आँखों में नूर आए।
लैला की राह की ख़ाक,
मजनूँ की आँखों में सही जगह पाए।
जो आपके गिर्द परकार की तरह न घूमे,
वो इस दायरे से बाहर जाए।
ऐ कामरान रहती दुनिया तक,
हुमायूँ ज़माने की बादशाहत पाएँ।''

भेरा में बादशाह सलामत के दोआशियाना मंज़िल से ज़रा सी दूरी पर ख़ुशाब था जहाँ क़मरग़ह का एक सिरा था। उस से थोड़ा आगे जाएँ तो रास्ता एक घाटी से गुज़र कर बँट जाता है। एक काबुल की तरफ़ और दूसरा सिंध की तरफ़। कामरान मिर्ज़ा सबसे पहले जाना चाहते थे ताकि जन्नत आशियानी हुमायूँ बादशाह को काबुल जाने से रोक सकें। जन्नत आशियानी हुमायूँ बादशाह ने कहा कि पहले जाना उनका हक़ है। मिर्ज़ा कामरान ज़िद पर अड़ गए। उनके पास जन्नत आशियानी से बड़ी फ़ौज थी। आख़िरकार हुमायूँ बादशाह पहले गए ज़रूर लेकिन काबुल के रास्ते को छोड़ कर सिंध की तरफ़ मुड़ गए।

---

1. ये पता नहीं चलता कि बाबर ने ख़ुद इस किताब को क्या नाम दिया। अलग-अलग लोगों ने इसे *वाक़यात, वाक़यानामा, तुज़ुके बाबरी* या *बाबरनामा* के नाम से याद किया।

यहीं पैदा हुए अबुल मुज़फ़्फ़र जलालुद्दीन मोहम्मद अकबर बादशाह बिन नसीरुद्दीन मोहम्मद हुमायूँ बादशाह बिन ज़हीरुद्दीन मोहम्मद बाबर बादशाह बिन उमर शेख़ मिर्ज़ा बिन सुल्तान अबू सईद मिर्ज़ा बिन सुल्तान मोहम्मद मिर्ज़ा बिन जलालुद्दीन मीरान शाह बिन साहिबे क़िरान[1] कुतुबुद्दीन अमीर तैमूर गुरकान[2] बिन अमीर तराग़ाई बिन अमीर बरकल बिन एलंगर बहादुर बिन एंजिल नोयान, बिन क़राचार नोयान बिन सुग़ुचिजिन बिन एरदमची बरलास बिन क़ाचुलाई बहादुर बिन तुमिना ख़ान बिन बाय सिनग़ोर ख़ान बिन क़ायदू ख़ान बिन दुतुम्मनान ख़ान बिन बुक़ा ख़ान, बिन बोज़नचर ख़ान बिन आलंक़ुआ।

बादशाह सलामत के दिल की आवाज़, उनके बहुत क़रीबी दरबारी और उनकी ज़िंदगी और ख़ानदान की तारीख़ को क़लमबंद करने वाले शेख़ अबुल फ़ज़ल ने कहा कि अगर मरियम की कहानियाँ सुनते हो तो आलंक़ुआ की भी मानो। शेख़ अबुल फ़ज़ल ने *अकबरनामा* में लिखा कि बादशाह सलामत की पूर्वज, अपने दौर की बादशाह, आलंक़ुआ एक रात आराम कर रही थीं कि अचानक एक शानदार नूर उनके ख़ेमे पर पड़ा और फिर मुँह के ज़रिए उन में दाख़िल हो गया। इससे वो गर्भवती हो गईं। चूँकि आलंक़ुआ के पति गुज़र चुके थे इसलिए उन्होंने लोगों का मुँह बंद करने के लिए कहा, ''ख़ुदाई ताक़त को नहीं समझने वाले कमज़ोर दिमाग़ के नासमझ लोग अगर शक-शुब्हा करने लगें और उनके दिलों पर ग़लत ख़यालात के बादल छा जाएँ तो वो पूरा वक़्त नुक़सान में रहेंगे। ज़रूरी है कि लोगों के दिमाग़ में आने वाले शक को हम दूर कर दें। इसलिए ज़रूरी है कि कुछ खुले दिमाग़ के दीनदार लोग और वफ़ादार दोस्त हमारे ख़ेमे के पास चौकस रहें ताकि दूसरी दुनिया की रौशनी से और ख़ुदा की भेजी हुई रौशनी से उनके दिलों का अँधेरा दूर हो जाए, और काली रूहों वाले इंसानों के अंदर से काले ख़यालात निकल जाएँ।''

शेख़ अबुल फ़ज़ल ने लिखा, ''...इसलिए कुछ ऐसे दीनदार, अक़्लमंद और खुले दिमाग़ के पहरेदारों को उनके ख़ेमे के आसपास तैनात कर दिया गया जो तारों की तरह ही चौकस और जागे हुए थे। अचानक रात के बीचोबीच, जबकि रहमते-इलाही के नाज़िल होने का वक़्त होता है, चमकते हुए चाँद सी तेज़ रौशनी नीचे आई, ठीक वैसे ही जैसे मुबारक ख़ातून ने कहा था, और उनके ख़ेमे में दाख़िल हो गई। मौजूद लोगों की चीख़ निकल गई। पहले वो कुछ समझ ना पाए। फिर डर दूर हुआ...आलंक़ुआ ने तीन लड़कों को जन्म दिया...तीसरा था बोज़नचर ख़ान...इन नामी-गिरामी औलाद के जो बेटे हुए वो निरउन कहलाए, यानी जो नूर से पैदा हुए

1. साहिबे क़िरान—ऐसा शख़्स जिसकी पैदाइश के वक़्त शुक्र और बृहस्पति का मिलाप हो। ज्योतिष में ऐसे शख़्स को ख़ुशनसीब माना जाता है। ये अमीर तैमूर का ख़िताब भी था।
2. गुरकान—अमीर तैमूर का ख़िताब। इस शब्द का मतलब है दामाद। अमीर तैमूर को इस बात का गर्व था कि वो चंगेज़ ख़ान के ख़ानदान के दामाद हैं। इसलिए वो ख़ुद को गुरकान कहते हैं।

हों, और मुग़लों में सबसे बड़े कहलाए। बोज़नचर ख़ान चंगेज़ ख़ान की नौवीं पीढ़ी ऊपर का पूर्वज था, साहिबे क़िरान अमीर तैमूर की चौदहवीं पीढ़ी ऊपर का और बादशाह सलामत की बाईसवीं पीढ़ी ऊपर का।''

आलंक़ुआ की कोख में नूर दाख़िल होने की बात शेख़ अबुल फ़ज़ल के लिए बहुत मायने रखती थी। उन्होंने उस बात को बादशाह सलामत की पैदाइश से जोड़ कर कहा, ''उसी दिन हज़रत शहंशाह के आने की शुरुआत हुई ताकि कई मंज़िलों को पार करके वो हज़रत मरियम मकानी[1] की मुक़द्दस रगों के ज़रिए दुनिया में दाख़िल हों।''

जन्नत आशियानी हुमायूँ बादशाह शेर शाह से भागे-भागे फिर रहे थे कि 4 रबीउल अव्वल 947 हिज्री, बमुताबिक़ 9 जुलाई, 1540, को उन्हें ख़्वाब में एक बुज़ुर्ग आए। सर से पाँव तक हरे कपड़ों में। अपने हाथ की छड़ी जन्नत आशियानी हुमायूँ बादशाह को देकर कहने लगे, ''ग़म ना करो! ख़ुदा तुम्हें एक बेटा देगा जिसका नाम जलालुद्दीन मोहम्मद अकबर होगा।''

जन्नत आशियानी हुमायूँ बादशाह ने पूछा, ''आपका नाम?''

जवाब मिला, ''ज़ंदा पील अहमदे जाम[2]। तुम्हारा बेटा मेरी ही नस्ल का होगा।''

जब जन्नत आशियानी हुमायूँ बादशाह ने अपने सौतेले भाई मिर्ज़ा हिंदाल के घर एक सय्यद की बेटी हमीदा बानो को देखा तो उसके बारे में पूछा।

हुमायूँ बादशाह की माँ माहम बेगम ने कहा, ''इनके वालिद मीर बाबा दोस्त हमारे रिश्तेदार हैं।''

अहमदे जाम मरियम मकानी हमीदा बानो बेगम के पूर्वज थे और हुमायूँ बादशाह की माँ माहम बेगम के भी। वो ख़ुरासान के जाम शहर के ग्यारहवीं-बारहवीं सदी के बड़े बुज़ुर्ग थे। जब जन्नत आशियानी हुमायूँ बादशाह हिंदुस्तान से भाग कर फ़ारस पहुँचे तो उन्होंने मशहद और हेरात के बीच अहमदे जाम के मज़ार की ज़ियारत की थी।

हुमायूँ बादशाह ने हमीदा बानो के बारे में अपनी माँ से पूछा, ''इनकी शादी तय हुई?''

माहम बेगम ने जवाब दिया, ''नहीं। अभी शादी नहीं हुई।''

जन्नत आशियानी हुमायूँ बादशाह ने कहा, ''मीर बाबा दोस्त हमारे रिश्तेदार हैं। ये मुनासिब होगा अगर उनकी बेटी से हमारा रिश्ता जुड़ जाए।''

इस रिश्ते पर सौतेले भाई मिर्ज़ा हिंदाल बोले, ''ये मेरी बहन-बेटी जैसी है। आप बादशाह हैं। ख़ुदा ना करे कोई नाराज़गी की वजह बन जाए। आप यहाँ हमारा

---

1. मरियम मकानी—जिनका मरियम जैसा मुक़ाम हो। अकबर की माँ हमीदा बानो बेगम को इसी ख़िताब से जाना जाता था।
2. ज़ंदा पील अहमदे जाम—जाम के अहमद जिन्हें ज़ंदा पील यानी ग़ुस्सैल हाथी भी कहा जाता है।

साथ देने आए हैं या शादी करने। अगर आपने ऐसा किया तो हम आपका साथ छोड़ देंगे।''

मिर्ज़ा हिंदाल की माँ दिलदार बेगम ने डाँटा, ''तुम हुज़ूर बादशाह से गुस्ताख़ी कर रहे हो। उन्होंने तुम्हारी परवरिश की है क्योंकि तुम ने फ़िरदौस मकानी को देखा ही नहीं।''

जब मिर्ज़ा हिंदाल ने अपनी बात को वापिस लेने से मना कर दिया तो जन्नत आशियानी हुमायूँ बादशाह नाराज़ हो कर चले गए। इस पर सौतेली माँ दिलदार बेगम ने उनको ख़त लिखा, ''लड़की से ज़्यादा नाज़ नख़रे तो उसकी माँ के हैं। हैरत है कि आप इतनी सी बात पर रंजीदा होकर चले गए।''

हुमायूँ बादशाह ने जवाब दिया, ''आपकी बात से बहुत ख़ुशी मिली। आप मनाने का जो भी तरीक़ा सोचेंगी हमें क़ुबूल है। पैसे के बारे में इंशा अल्लाह वैसा ही होगा जैसा आप कहेंगी। हम इंतज़ार में राह देख रहे हैं।''

फिर एक दिन जन्नत आशियानी हुमायूँ बादशाह ने दिलदार बेगम के पास आकर हमीदा बानो को बुलाया।

हमीदा बानो ने कहला भेजा, ''बादशाह को एक बार देखना जायज़ है। नामहरम[1] को दूसरी बार देखना जायज़ नहीं।''

जन्नत आशियानी हुमायूँ बादशाह बोले, ''अगर ये नामहरम है तो हम उसे महरम[2] बना लेंगे।''

चालीस दिन तक हमीदा बानो ना-नुकुर करती रहीं। जन्नत आशियानी हुमायूँ बादशाह की सौतेली माँ दिलदार बेगम ने नसीहत दी, ''आख़िर किसी से तो शादी करनी है। बादशाह से अच्छा कौन है?''

हमीदा बानो बोलीं, ''हाँ किसी से तो शादी करूँगी। लेकिन वो ऐसा आदमी हो जिसका गरीबाँ पकड़ सकूँ, ना कि वो जिसका दामन भी न छू सकूँ।''

आख़िरकार हमीदा बानो मान गईं और ख़ुद जन्नत आशियानी हुमायूँ बादशाह ने अस्तरलाब[3] से एक अच्छा वक़्त तय किया। चालीस रोज़ के बाद 948 हिज्री के जमादीउल अव्वल, बमुताबिक़ सितंबर 1541, में सोमवार के रोज़ दोपहर के वक़्त पाट शहर में निकाह हुआ और हमीदा बानो उनकी बीवी बन गईं।

सिंध के अरग़ून हुक्मरान मिर्ज़ा शाह हुसैन से मदद के इंतज़ार में जन्नत आशियानी हुमायूँ बादशाह का लश्कर भक्कर के क़िले के बाहर महीनों पड़ा रहा। वो मिर्ज़ा हिंदाल से मिलने सिंधु नदी पार करके पाट आए थे और निकाह के बाद तीन दिन रुक कर वापिस भक्कर चले गए। जब मिर्ज़ा शाह हुसैन ने उनके दस

1. नामहरम—शरीयत के मुताबिक़ जिसके साथ पर्दा करना ज़रूरी हो।
2. महरम—शरीयत के मुताबिक़ वो लोग जिनके सामने बेपर्दा होकर जाना जायज़ हो।
3. अस्तरलाब—वो आला जिसका इस्तेमाल सूरज और सितारों की स्थिति को जानने के लिए किया जाता था। ये ज्योतिष में और सफ़र में रास्ता जानने के काम आता था। इसी को अंग्रेज़ी में एस्ट्रोलेब कहते हैं।

हज़ार फ़ौजियों को डुबा कर मार डाला तो मारवाड़ के राजा मालदेव का ही आसरा बचा। हैरान-परेशान वो राजा मालदेव के इलाक़े के फलोदी परगने में दाख़िल हुए तो राजा का पैग़ाम मिला, "ख़ुश आमदीद!"

साथ ही राजा मालदेव ने एक बक्तर और ऊँट भर के अशरफ़ी भेजी। अब जन्नत आशियानी हुमायूँ बादशाह ने शम्सुद्दीन मोहम्मद को राजा मालदेव के पास रवाना किया।

शम्सुद्दीन मोहम्मद ने जन्नत आशियानी हुमायूँ बादशाह को कन्नौज में डूबने से बचाया था। जब वो शेर शाह से भाग रहे थे तो जैसे-तैसे एक हाथी मिला जिस पर नदी पार की। लेकिन पार करके ऊपर आना मुश्किल हो रहा था। एक सिपाही ने रस्सी लटकाई तो ऊपर आए। पूछने पर पता चला कि वो मिर्ज़ा कामरान के सिपाही हैं जिनकी पैदाइश ग़ज़नी की है। उस वक़्त जन्नत आशियानी हुमायूँ बादशाह बदहाल थे लेकिन उन्होंने इनायतों का वायदा किया। जब वो सिपाही कुछ वक़्त के बाद उनके पास लाहौर आए तो उन्हें मुलाज़िमत पर रख लिया गया। उसके बाद इस सिपाही का जन्नत आशियानी हुमायूँ बादशाह के साथ ज़िंदगी भर का ताल्लुक़ हो गया।

कन्नौज की लड़ाई के बारे में शेख़ अबुल फ़ज़ल ने कहा, "जब वो वक़्त लगभग हो चला कि हज़रत आलंक़ुआ से शुरू हुआ मुक़द्दस नूर बहुत तरह से ज़ाहिर होता हुआ जिस्मानी और इंसानी तौर पर दुनिया में आए तो उस नूर पर ख़ास ख़ुदाई इनायत हुई। और अब चूँकि इस नूर के आख़िरी मुक़ाम के वजूद में आने का वक़्त हो गया था—जो कि हज़रत बादशाह की मुक़द्दस शख़्सियत थी—इस दुनिया के कारख़ाने को चलाने वाले के हुक्म से ये अफ़सोसनाक बात हुई ताकि इस ख़ुशनसीबी को नज़रे बद से बचाने के लिए बुरा वाक़या हो जाए।"

जन्नत आशियानी हुमायूँ बादशाह को मालदेव के इलाक़े में ठिकाने की ज़रूरत भी थी और उम्मीद भी। उनकी बीवी हमीदा बानो बेगम माँ बनने वाली थीं। हैरान-परेशान लश्कर साथ था। ख़ुद शम्सुद्दीन मोहम्मद की बीवी भी माँ बनने वाली थी। हमीदा बानो बेगम ने उनसे कहा था, "जब तुम माँ बनोगी तो मेरे बेटे को दूध पिलाना।"

शम्सुद्दीन मोहम्मद की बीवी को बादशाह सलामत जीजी कह कर पुकारते थे। सबसे ज़्यादा दूध उन्होंने जीजी अंगा[1] का ही पिया। दूध के इसी रिश्ते से शम्सुद्दीन अतका ख़ान कहलाए।

शम्सुद्दीन मोहम्मद के मालदेव के पास से लौटने से पहले ही बादशाह सलामत को अंदर से एक ख़बर मिली। हिंदुस्तान के हालात बिगड़ने के बाद हुमायूँ बादशाह के किताबदार मुल्ला सुर्ख़ राजा मालदेव की मुलाज़िमत में आ गए थे। उन्होंने पैग़ाम

1. जिन्होंने दूध पिलाया उन्हें सम्मान के साथ अंगा, उनके पति को अतका और उनके बेटे को कोका कहा जाता था। ये बहुत क़रीब के रिश्ते माने जाते थे।

भेजा, ''हज़ार बार ख़बरदार! जहाँ भी हों, यहाँ से चले जाइए, मालदेव आपको क़ैद करना चाहता है। उसकी बातों का भरोसा ना कीजिए। शेर शाह ने एलची के ज़रिए ये ख़त भेजा है, 'जैसा चाहें तरीक़ा अपनाकर बादशाह को क़ैद कर लें। अगर आमने ऐसा किया तो आपको नागौर और अलवर और जो चाहेंगे, दूँगा'।''

जब शम्सुद्दीन मोहम्मद मालदेव के पास से लौटे तो उन्होंने भी कहा, ''ये रुकने का वक़्त नहीं है।''

लश्कर को इतनी जल्दी में निकलना पड़ा कि हमीदा बानो बेगम के लिए घोड़ा तक नहीं था। जन्नत आशियानी हुमायूँ बादशाह अपना घोड़ा उन्हें देकर ऊँट पर सवार होने को थे कि एक क़रीबी ने अपनी माँ को ऊँट पर बिठा कर उनका घोड़ा जन्नत आशियानी हुमायूँ बादशाह को दे दिया।

अब सिंध में उमरकोट का रुख़ किया क्योंकि वहाँ के राणा प्रसाद से मदद की उम्मीद थी। राजा मालदेव के इलाक़े में फलोदी से निकलने के बाद कई-कई दिन पानी के लिए तरसे। एक तो रेगिस्तान का इलाक़ा और ऊपर से गर्मी के दिन। एक जगह पानी के लिए ऐसी भगदड़ मची कि कई लोग कुएँ में गिर पड़े। अगले मुक़ाम पर प्यासे घोड़ों और ऊँटों ने इतना पानी पी लिया कि उनकी मौत हो गई।

जब जन्नत आशियानी हुमायूँ बादशाह उमरकोट के क़िले तक पहुँचे तो उनके साथ सिर्फ़ सात घुड़सवार थे। राणा प्रसाद के तीनों भाइयों ने रिकाब को चूमा और कहा, ''आज की घड़ी शुभ नहीं है। कल सुबह राणा प्रसाद तख़्त के सामने पेश होंगे।''

अगले रोज़ राणा प्रसाद ने पेश होकर सात हज़ार फ़ौजी देने की पेशकश की और कहा, ''हज़रत का आना मुबारक हो। हमारे पास दो हज़ार फ़ौजी सोदा क़ौम के हैं और पाँच हज़ार समीचा क़ौम के जो हमारे रिश्तेदार हैं। इन कुल सात हज़ार का एक-एक आदमी वफ़ादार है और दिलो-जान से ठट्ठा और भक्कर पर फ़तह करने के लिए हज़रत बादशाह के साथ है।''

उस वक़्त फ़ौजियों को पैसे देने के लिए जन्नत आशियानी हुमायूँ बादशाह ने एक तरकीब सोची। सभी अमीर-उमरा को पास बुलाया और दो लोगों को उनके सामान की तलाशी के लिए भेज दिया। जो सोना और क़ीमती कपड़ा मिला उसका आधा उन्हें लौटा दिया और बाक़ी फ़ौजियों को दे दिया।

उमरकोट पहुँचते-पहुँचते मरियम मकानी हमीदा बानो बेगम का सातवाँ महीना हो चुका था। यहाँ आ कर चैन मिला। ना पानी की कमी हुई, ना ख़ातिर की। राणा प्रसाद ने उमरकोट के क़िले के अंदर बेहतरीन इंतज़ामात किए।

सात हफ़्ते आराम करके जन्नत आशियानी हुमायूँ बादशाह भक्कर के लिए निकले। हमीदा बानो बेगम को उन्होंने उमरकोट में ही छोड़ा। ज्योतिषी मुल्ला चाँद को भी वहीं तैनात किया ताकि वो पैदाइश का सही वक़्त जानकर कुंडली बना सकें।

कहने वालों ने कहा कि जो हज़ारों साल में एक बार आता है, उसकी आहट मिलने लगी थी। शम्सुद्दीन मोहम्मद अतका ख़ान ने अपने पिता मीर यार मोहम्मद ग़ज़नवी को बताया कि ख़्वाब में एक चाँद उनकी बाँहों में आ गया। पिता ने ख़्वाब का मायने समझाया कि ख़ुदा शम्सुद्दीन को कोई बड़ी इज़्ज़त बख़्शने वाला है।

ख़ुद जीजी अंगा ने कहा, "बादशाह सलामत के पैदा होने से पहले की बात है। एक सुबह एक तेज़ रौशनी मेरी तरफ़ आई और मेरे सीने में समा गई। ऐसा लगा जैसे सूरज मेरे सीने में आ गया है। ख़ुशी से मेरे जिस्म का ज़र्रा-ज़र्रा हिल गया। मैं सोचती रही कि या अल्लाह! इस पुरसुकून जज़्बे का अंजाम क्या होगा।"

जलालुद्दीन मोहम्मद अकबर की पैदाइश से थोड़ा पहले की बात है। मरियम मकानी हमीदा बानो बेगम ऊँट की सवारी कर रही थीं। रास्ते में आम का बाग़ दिखा। ऐसे हाल में खट्टा-मीठा खाने का दिल किया तो अपने सौतेले भाई ख़्वाजा मुअज़्ज़म से आम लाने को कहा। जब ख़्वाजा मुअज़्ज़म ने आम दिए तो उन्हें मरियम मकानी के माथे पर ऐसी चमक दिखी जैसे कोई आईना हो।

कहने वाले कहते हैं कि एक रोज जन्नत आशियानी हुमायूँ बादशाह ज्योतिष के ज़रिए जलालुद्दीन मोहम्मद अकबर की पैदाइश का वक़्त जानने की कोशिश कर रहे थे। तभी कमरे के दरीचे से ख़ुदाई नूर दिखने लगा। जन्नत आशियानी हुमायूँ बादशाह ने मौजूद लोगों को इसका सबब समझाया, "एक रौशनी नन्हे से बच्चे की शक्ल में इस दुनिया में अपना पाँव रखेगी। इस रौशनी से सल्तनत के दुश्मनों के दिल पिघल जाएँगे और हमारे ख़ानदान और क़ौम का नाम और शान ऊँचाइयों को छुएगा।"

सुना है कि 949 हिज्री के रजब की पाँचवीं तारीख़, बमुताबिक़ 15 अक्तूबर, 1542, को जन्नत आशियानी हुमायूँ बादशाह सोच में डूबे हुए थे कि एकाएक सर उठाया और बोले, "अलहम्दोलिल्लाह[1], हमारे ख़ानदान का चिराग़ रौशन हो चुका है। चमकते सितारे को उगते और ऊँचा, और ऊँचा होते देखा। एक बुज़ुर्ग ने बताया कि ये मेरे वारिस का नूर है। और ये रौशनी जहाँ-जहाँ पड़ रही है वो इसकी सल्तनत का हिस्सा होगा।"

दो रोज़ बाद जब तरदी बेग नाम का एक क़रीबी जन्नत आशियानी के बेटे की पैदाइश का पैग़ाम लेकर आया तो पता चला कि पैदाइश का वक़्त तो ठीक वही था जो सितारे के उगने और चमकने का था।

भेरा के शाही ख़ेमे में जलालुद्दीन मोहम्मद अकबर ने याद किया कि यहाँ आते वक़्त हिसार में शिकार कर के हाँसी पहुँचे तो वहाँ मीर अली अकबर मशहदी ने उन्हें वो जन्मकुंडली दिखाई जो पैदाइश के वक़्त बनी थी। उस में साफ़ लिखा था कि बादशाह सलामत की पैदाइश से कई रोज़ पहले जन्नत आशियानी हुमायूँ बादशाह ने ये देखा

1. अलहम्दोलिल्लाह—अल्लाह की तारीफ़।

कि ख़ुदा उन्हें बुलंद तक़दीर वाला बेटा दे रहा है। जलालुद्दीन मोहम्मद अकबर ने मेहरबान होकर मीर अली अकबर मशहदी को नदीना का परगना दिया।

949 हिज्री के रजब की पाँचवीं तारीख़ बमुताबिक़ 25 अक्तूबर, 1542 ईसवी को उमरकोट के राणा प्रसाद के महल में हलचल थी।

मरियम मकानी हमीदा बानो बेगम को दर्द शुरू हो चुका था। उनकी ख़ास ख़िदमत में रहने वाली औरतें और हाथ में चूड़ियाँ पहने और खुले बालों वाली राणा प्रसाद के घराने की बांदियाँ काम में जुटी हुईं थीं। औषधि कूटी जा रही थी। मरियम मकानी के चारों तरफ़ पर्दा कर दिया गया था। राणा प्रसाद के घर के दरवाजे पर बंदनवार लगी थी। ऐसा लगा कि बादशाह सलामत के दुनिया में आने की घड़ी आ पहुँची है। दहलीज़ पर मौजूद ज्योतिषी मुल्ला चाँद ने अस्तरलाब सँभाला लेकिन दिल बैठा जा रहा था। उन्होंने कहा, "बस चंद लम्हों में ऐसा वक़्त आएगा जो हज़ार साल में भी एक बार नहीं आता। क्या ये पैदाइश ज़रा रुक के हो सकती है?"

वहाँ मौजूद लोगों ने मौलाना चाँद की बात पर कहा, "आप किस बात पर परेशान हो रहे हैं? ये कोई हमारे बस की बात है?"

अभी ये बातें हो ही रही थीं कि गाँव की दाई की शक्ल-सूरत से मरियम मकानी हमीदा बानो बेगम का मिज़ाज बिगड़ गया। उनका ध्यान बँटा तो वो चंद अशुभ घड़ियाँ गुज़र गईं जिनसे मौलाना डर रहे थे।

अब जो शुभ घड़ी आई तो मौलाना फिर बेचैन हो गए कि कहीं ये वक़्त निकल ना जाए। मरियम मकानी हमीदा बानो बेगम की आँख लग गई थी। मौलाना चाँद ने हिम्मत कर के अंदर कहला भेजा कि उन्हें जगा के देखें। जवाब आया, "उठाना मुनासिब नहीं है। जो परवरदिगार ने तय किया है, वही होगा।"

अभी मौलाना चाँद ने ये सुना ही था कि मरियम मकानी हमीदा बानो बेगम की आँख खुली और अबुल मुज़फ़्फ़र जलालुद्दीन मोहम्मद अकबर बादशाह की पैदाइश की मुबारक घड़ी आ गई। रात के लगभग एक बज कर छह मिनट का वक़्त था।

बादशाह सलामत की पैदाइश की ख़बर आई तो जन्नत आशियानी हुमायूँ बादशाह उस वक़्त उमरकोट से तीस मील दूर थे। ख़बर सुनते ही उन्होंने दुआ के लिए हाथ उठाए। वहाँ मौजूद अमीर-उमरा को मुश्क बाँटी। सबने मुबारकबाद दी और दुआ के हाथ उठाए। जन्नत आशियानी हुमायूँ बादशाह ने दुआ की कि बेटे की शोहरत इस तरह से दूर-दूर तक फैले जैसे मुश्क की ख़ुशबू। जन्नत आशियानी हुमायूँ बादशाह ने दो बरस चार महीने पहले के ख़्वाब को याद किया और अपनी बीवी और माँ के ख़ानदान के बुज़ुर्ग अहमदे जाम के कहे के मुताबिक़ बेटे का नाम रखा जलालुद्दीन मोहम्मद अकबर।

बादशाह सलामत की जन्मकुंडली कई लोगों ने बनाई। सबसे पहले मुल्ला चाँद

ने यूनानी तरीक़े से कुंडली बनाई। फिर जोतिक राय ने हिंदुस्तानी तरीक़े से। मुल्ला चाँद ने माना कि बादशाह सलामत का लग्न कन्या राशि में है। हिंदुस्तान के बड़े ज्योतिषी जोतिक राय ने जो कुंडली बनाई उसके मुताबिक़ बादशाह सलामत का लग्न सिंह राशि में था। इस मतभेद के बाद फ़लसफ़े और गणित के माहिर मीर फ़तहुल्ला शीराज़ी ने फ़ारसी और यूनानी तरीक़ों से देख-परख कर माना कि लग्न सिंह राशि में ही है।

शेख़ अबुल फ़ज़ल ने लिखा कि हिंदुस्तानी ज्योतिष के मुताबिक़, ''सिंह राशि में लग्न होने का मतलब है जातक में पूरी ताक़त होना और उसका सबसे बड़ा होना। इस लग्न का स्वामी सूर्य है जो आम लोगों से ज़्यादा हुक्मरानों पर मेहरबान रहता है। साफ़ लक्षण है कि जातक नामी राजाओं और ताकतवर सिपहसालारों पर भारी पड़ेंगे। रोज़बरोज़ उनकी हुकूमत की बुनियाद मज़बूत होती जाएगी।''

जोतिक राय ने बादशाह सलामत की कुंडली को इस तरह से पढ़ा, ''बादशाह सलामत की मुकम्मल सादगी और बेतकल्लुफ़ी के बावजूद, उनकी मज़बूत पेशानी से निकलने वाली किरणों से ज़ाहिर है कि हिंदुस्तान के ज्योतिषियों की ये बात सचाई से दूर नहीं कि उनका लग्न सिंह राशि में है। ऐसा शख़्स सचाई के क़रीब होता है। ज्योतिष की किताबों से ये साबित होता है कि जातक धनवान होंगे, दुश्मनों पर भारी पड़ेंगे। वो गुनहगारों को बख़्शेंगे, इंसाफ़पसंद होंगे और भेदभाव नहीं करेंगे। अपनी अक़्ल और फ़ैसला लेने की सलाहियत के बूते पर अपने मक़सद में कामयाब होंगे। सफ़र करने की ख़्वाहिश रखेंगे और उन्हें सफ़र से फ़ायदा होगा। बेहतरीन औलाद उन्हें ख़ुशियाँ देगी।

''बृहस्पति और शुक्र दोनों एक साथ दूसरे घर में हैं। ऐसा होना जातक को तरह-तरह के हुनर और इल्म की तरफ़ ले जाएगा। चूँकि बृहस्पति बुध के घर में बैठा है इसलिए जातक के चेहरे पर नूर होगा। सभी तत्वों का तन और मन में मुकम्मल संतुलन होगा और अनेक विधाओं का ज्ञान होगा, बोलचाल में संजीदगी होगी, महफ़िल में उठने-बैठने का तरीक़ा होगा, आला दर्जे की अक़्ल होगी, ख़ुदा और दीनी इल्म की बेहतर समझ होगी, दान-पुण्य की प्रवृत्ति होगी और हर काम को सही तरीक़े से पूरा करने की ख़ूबी होगी। कन्या राशि में शुक्र के होने की वजह से उनसे जुड़ने वाली औरतें पाकीज़ा होंगी।

''सूर्य के तीसरे घर में होने की वजह से जातक बुद्धि-विवेक के मामले में किसी पर निर्भर हुए बिना बड़े काम कर सकेंगे। उनके भाई उनके मुक़ाम तक नहीं पहुँचेंगे। ऐसा जातक सबका प्रिय होता है।

''चूँकि बुध तीसरे घर में है इसलिए जातक हुनरमंद होंगे और हमेशा काम में लगे रहेंगे। वो नाकारा लोगों को कभी पसंद नहीं करेंगे। वो पराक्रमी होंगे और दुश्मन को ख़त्म करेंगे। दीनी इल्म और दूसरे तरह के फ़लसफ़ों की उन्हें गहरी

समझ होगी। वो बेइंतहा ख़ुशी की मंज़िल तक पहुँचेंगे। चूँकि बुध तुला राशि में है इसलिए पूरी दुनिया में उनका नाम होगा और वो बहादुरी के कई काम करेंगे। वो इलाक़ों को फ़तह करेंगे और दुनिया पर लंबे वक़्त तक हुकूमत करेंगे। उनके इरादे और ख़याल सही और सटीक होंगे।

''चूँकि शनि तीसरे घर में है इसलिए वो बहुत ऐशो-आराम पाएँगे। उनके पास बेशुमार आज्ञाकारी नौकर-चाकर होंगे। कुंडली में शनि की स्थिति के कारण वो बहुत बहादुर और अक़्लमंद होंगे। चूँकि शनि तुला राशि में है और इस वजह से उच्च है, वो पूरी दुनिया के ख़ज़ानों के मालिक होंगे और चूँकि शनि सूर्य के साथ है इसलिए उनका राज योग अखंड रहेगा। वो लगातार सफ़र का आनंद लेंगे और ख़ुशी के साथ कामयाबी भी पाएँगे। उनके रहते उनकी हैसियत का कोई और नहीं हो सकता। उनके दरवाज़े पर बड़े-बड़े हाथी-घोड़े होंगे। जैसे-जैसे उम्र बढ़ेगी, उनकी ताक़त, उनके सिपाही और उनकी हैसियत बढ़ती जाएगी। चूँकि शनि सबसे धीमी गति से चलने वाला सितारा है इसलिए इस से मिलने वाली शानो-शौकत को ख़त्म होने में लंबा वक़्त लगेगा। अखंड साम्राज्य और ख़ुशियाँ उनको क़ुदरत के तोहफ़े के तौर पर मिली हैं।

''सूर्य, शनि और बुध एक ही राशि में हैं, इसलिए दोस्त उनसे जुड़े रहेंगे और दुश्मन ख़त्म होते जाएँगे। वो दोस्ती तो अच्छी तरह निभाएँगे ही, दुश्मनी भी अच्छी तरह निभाएँगे।

''मंगल धनु राशि में है तथा लग्न से त्रिकोण में है और अपने मित्र ग्रह यानी बृहस्पति की राशि में है। इस वजह से दुनिया भर में उनका नाम होगा और वो लोगों के दुख-दर्द और चिंताएँ ख़त्म करने में कामयाब होंगे। जातक ख़ुशदिल और कामयाब होंगे और महानों में भी महान होंगे और राजाओं के भी सम्राट होंगे। साथ ही उन्हें दीनी और दुनियावी कामयाबी इतनी मिलेगी और वो दुनिया पर ऐसे छा जाएँगे जैसे कोई इंद्रधनुष दूर तक अपने रंग बिखेरता है। उनकी बड़ाई का चर्चा एक साहिल से दूसरे साहिल तक होगा। कई सुल्तान और हाकिम उनके अधीन होंगे और डर से उनका हुक्म मानेंगे। चूँकि मंगल बृहस्पति के घर में है और सूर्य से साठ अंश से संबंध बना रहा है, इसलिए दुनिया के बड़े लोग उनका हुक्म मानेंगे और उनके दर की ख़ाक़ पर फ़रमाबरदारी से सर झुकाएँगे। चंद्रमा छठे घर में है और मकर राशि में है जो ये संकेत देता है कि उनके दुश्मन कमज़ोर होंगे और जातक हर विवाद और मसले में न्याय करेंगे। दुश्मन उन से दोस्ती रखेंगे ताकि उनकी इनायत के नूर से वो तबाही से बचे रहें। चूँकि वो अलग-अलग दीन और फ़िरक़ों की खोजबीन करेंगे इसलिए वो हर तबक़े की रहबरी करके उसे सही रास्ते पर ले जाएँगे। वो लोगों को अंधविश्वास के रास्ते पर फिसलने से बचाएँगे और सचाई जानने के सीधे रास्ते पर ले जाएँगे। चूँकि बृहस्पति चंद्रमा को देख रहा है, इसलिए उनकी बादशाही ताक़त

इतनी होगी कि उसका अंदाज़ा नहीं लगाया जा सकता और उनकी औलाद बहुत लायक़ होगी। चूँकि शुक्र से भी चंद्रमा पाँचवें घर में है इसलिए पाकीज़ा औरतें उनकी ख़िदमत में लंबी उम्र पाएँगी और वो बेहतरीन औलाद का सुख भोगेंगे।

''भारत के ऋषियों के लिखे सिद्धांतों के मुताबिक़ इस जन्मपत्री की विशेषताएँ ज़ाहिर होती हैं। उदाहरण के लिए यदि कोई ग्रह चंद्रमा के भाव में स्थित हो तो ऐसा व्यक्ति लंबी उम्र तो पाता ही है, वो बीमार भी बहुत कम पड़ता है। यदि उस भाव में बैठा वो ग्रह मज़बूत या उच्च अवस्था में हो और रश्मियों से पूर्ण हो तो ये जातक को बड़ी बादशाहत, लंबी उम्र और बहुत बरकत और ऊँचे मुक़ाम वाला बना देता है। जातक की कुंडली में मंगल चंद्रमा की राशि में है और बहुत मज़बूत स्थिति में है। ये स्थिति बताती है कि ये चीज़ें जातक को सर्वश्रेष्ठ रूप में मिलेंगी। ऐसे जातक फ़तहयाब फ़ौज के मालिक होंगे और मैदाने जंग में अपने दुश्मनों को खदेड़ देंगे और जिसे भी ग़ुस्से में देखेंगे, ख़त्म कर देंगे। सूर्य और मंगल की राशि का दृष्टि योग ये बताता है कि जातक दुरुस्त मिज़ाज के बादशाह होंगे। उन में बोलने की ख़ूबी होगी, इल्म होगा और वो ख़ुशनसीब होंगे। जहाँ जंग के मैदान में अच्छे-अच्छे तजुर्बेकार दिलेर डरते हैं, वहाँ ऐसे जातक मज़बूती से मोर्चा सँभालते हैं और किसी भी हाल में साहस का साथ नहीं छोड़ते। उनका बुद्धि-बल, उद्देश्य और विवेक इतना मज़बूत होता है कि घबराहट और झिझक रास्ते की रुकावट बन ही नहीं पाते। इस कुलीन जन्मपत्री में दो ग्रहों का एक ही राशि में मौजूद होना, एक वरदान की तरह है। सूर्य की तीसरे भाव में मौजूदगी ऐसे जातक को शांति और संप्रभुता की ऊँचाइयों तक ले जाती है। जब चंद्र के साथ बुध, बृहस्पति तथा शुक्र का किसी भी तरह से दृष्टि-संबंध बनता है तो ये इस बात का साफ़ संकेत है कि जातक कई राज्यों को अपने अधीन करते हुए हुकूमत करेंगे। जब लग्न या चंद्रमा एक राशि में योग करते हैं और चार या उससे ज़्यादा ग्रह चंद्रमा से दृष्टि योग करते हैं तो ऐसा शख़्स बाईस राज्यों का राजा होता है और दूसरे राज्य भी धीरे-धीरे उसके क़ाबू में आ जाते हैं। इस जन्मकुंडली में ऐसी स्थिति बनती है। इस जन्मकुंडली में लग्न का मालिक सूर्य तीसरे भाव में मौजूद है, जो इस बात का संकेत है कि यदि जातक के भाई हुआ तो वो ज़्यादा नहीं जिएगा। ऐसे जातक के इर्द-गिर्द ऐसे दोस्त होंगे जो सब कुछ न्यौछावर करने को तैयार रहेंगे। ऐसे जातक विवेकी, उदार और ताक़तवर होंगे और बिना किसी विघ्न के राज करेंगे।

''दूसरे भाव का स्वामी बुध है जो तीसरे भाव में है। इससे पता चलता है कि जातक महान कार्य करेंगे। वो वैभव और विवेक का राज स्थापित करेंगे। वो उच्च कोटि के लोगों की हिफ़ाज़त करेंगे और चिंता नहीं करेंगे।

''तीसरे भाव का स्वामी शुक्र दूसरे भाव में मौजूद है। इसके प्रभाव से ऐसे जातक ग़रीबों का साथ देंगे, अपने ख़ुशनसीब रिश्तेदारों के साथ अच्छा बर्ताव रखेंगे

और सभी अच्छे दिल के लोगों के लिए उनके मन में बहुत उदारता होगी और ऐसे सभी लोग उनसे हर तरह की मदद पाएँगे। ये एक स्थापित सिद्धांत है कि यदि तीसरे भाव का स्वामी शुभ है तो ऐसा व्यक्ति श्रेष्ठ सत्ता भोगता है। चूँकि इस कुलीन कुंडली में तीसरे भाव का स्वामी अत्यधिक शुभ है, इसलिए ऐसा योग बन रहा है। ऐसा व्यक्ति दुनिया में सर्वश्रेष्ठ ऐश्वर्य का स्वामी होगा।

''चौथे भाव का स्वामी मंगल पाँचवें भाव में मौजूद है जो इस बात का संकेत है कि उन्हें अपने पिता से दिव्य सहयोग मिलेगा और उनकी औलाद भी लंबा जिएगी और नाम कमाएगी।

''पाँचवें भाव का स्वामी बृहस्पति दूसरे भाव में मौजूद है। उनके ख़ज़ाने भरे होंगे और बड़े मुल्क उनके क़ाबू में आ जाएँगे। चूँकि शुक्र भी उसी यानी दूसरे भाव में है, इस वजह से जातक संगीत की गहरी समझ रखेगा।

''छठे भाव का स्वामी शनि तीसरे भाव में है। उनके कुछ दरबारियों के मन में ग़लत ख़याल आएँगे जिसे ये बुलंद इक़बाल अपने पाँव तले रौंद देंगे।

''सातवें भाव का स्वामी, जो कि शनि ही है, तीसरे भाव में है। इसकी वजह से जातक हमेशा चतुराई से जीत हासिल करते हैं और ऐसे शख़्स को ये मलाल रहता है कि उनका भाई इस क़ाबिल नहीं हुआ कि उनकी मुलाज़िमत में बुलंदी तक पहुँचता।

''आठवें भाव का स्वामी बृहस्पति जो दूसरे भाव में है ये इशारा करता है कि ऐसा जातक अपनी अक़्ल और सही नीतियों से बेहिसाब धन-दौलत हासिल करेगा। ये योग ये भी कहता है कि ऐसे जातक ख़ज़ाने को विरासत में पाएँगे।

''नौवें भाव का स्वामी मंगल पाँचवें भाव में है। ये बृहस्पति का घर है। ऐसे जातक की याददाश्त बहुत ज़बरदस्त होती है। वो लोगों के साथ उचित व्यवहार करते हैं। वो दुनिया को बनाने वाले की इबादत को पसंद करेंगे और रिआया का ख़याल रखने और इंसाफ़ करने के अच्छे तौर-तरीक़ों का पालन करेंगे। उनकी औलाद फ़रमाबरदार और ख़ुदा को मानने वाली होगी।

''दसवें भाव के स्वामी शुक्र के दूसरे भाव में होने के कारण वो अपने माता-पिता और बुज़ुर्गों को ख़ुश रखने की कोशिश करेंगे।

''ग्यारहवें भाव का स्वामी बुध तीसरे भाव में है। इसका मायने ये है कि वो अपने ख़िदमतगारों और मुलाज़िमों से प्यार करेंगे। दुनिया के लोग उनकी छत्रछाया में पनाह लेंगे और दुश्मन बिना किसी ख़ास कोशिश के ख़त्म हो जाएँगे।

''बारहवें भाव के स्वामी चंद्रमा के छठे भाव में होने की वजह से उनके विरोधी और विद्रोही बहुत होंगे लेकिन उनकी बुलंद तक़दीर के नक़्क़ारे की आवाज़ से तितर-बितर हो जाएँगे और गुमनामी में डूब जाएँगे।

''यदि बृहस्पति और शनि दूसरे भाव में हों तो जातक बुलंद बादशाह होते हैं और दुश्मन पर फ़तह हासिल करते हैं। जब चंद्र मकर राशि में हो, जो शनि का घर

है, और शनि से योग बनाता हो, तब ऐसे में ज़्यादातर दुनिया जातक की फ़रमाबरदार होगी और उनकी सल्तनत खारे समुद्र तक फैली होगी। जब शनि जन्मकुंडली में उच्च स्थिति पर है तो जातक एक बड़े बादशाह होंगे और लंबी उम्र पाएँगे। ये सारे संकेत इस मुबारक कुंडली में मिलते हैं।''

क़रीबी लोगों ने बताया कि जब जन्नत आशियानी हुमायूँ बादशाह ने कुंडली देखी और उस पर ग़ौर किया तो कई बार अपने कमरे के दरवाज़े को बंद करके ख़ुशी से घूम-घूम कर नाचे। कहते थे, ''कई मायने में ये कुंडली साहिबे क़िरान अमीर तैमूर की कुंडली से भी बेहतर है।''

जन्नत आशियानी हुमायूँ बादशाह ने वादा किया था कि शम्सुद्दीन मोहम्मद की बीवी जीजी उनके बेटे को दूध पिलाएँगी लेकिन जब बादशाह सलामत दुनिया में आए तो उस वक़्त तक वो माँ नहीं बनी थीं। फिर भी बादशाह सलामत को नहला-धुला कर चादर में लपेट कर लाया गया और जीजी अंगा की गोद में दिया गया। कहने वालों ने कहा कि बादशाह सलामत सबसे पहले अपनी माँ का ही दूध पीना चाहते थे। माँ के बाद उन्होंने फ़ख़रुन्निसा अंगा का दूध पिया और जन्नत आशियानी हुमायूँ बादशाह की ख़ास ख़िदमतगार भावल अंगा का भी। इसके बाद ख़्वाजा ग़ाज़ी की बीवी[1] का और फिर हकीमा का दूध पिया। तब तक जीजी अंगा माँ बन गईं और बादशाह सलामत ने उनका दूध पिया। उनके बाद कोकी अंगा, बीबी रूपा, ख़ालदार अंगा और सबसे आख़िर में पीचा जान अंगा का दूध पिया।

शेख़ अबुल फ़ज़ल से सुना है, ''इसमें अलग-अलग तबक़ों के ज़रिए अलग-अलग मिज़ाज पाने की ख़ुदाई तदबीर है ताकि शाही जिस्म अलग-अलग मंज़िलों तक पहुँच सकें।''

जीजी अंगा पैदाइश के थोड़े दिन बाद का एक ऐसा क़िस्सा सुनातीं जो लोगों में हैरत पैदा कर देता। वो कहतीं कि बादशाह सलामत ने उस वक़्त दूध पीना छोड़ दिया जब वो सात महीने के हो चुके थे और आठवाँ शुरू हो रहा था। लोगों ने कहना शुरू कर दिया कि जीजी अंगा ने कोई जादू कर दिया। जीजी ग़म में डूबी बैठी थीं कि गोद में लेटे बादशाह सलामत ने कहा, ''जीजी ग़म ना करो, दूध तुम्हारा ही पियूँगा और ख़बरदार इस बात का किसी से ज़िक्र ना करना।''

जीजी अंगा क़िस्सा सुनातीं, ''ये सुनकर मुझे बहुत ताज्जुब हुआ लेकिन एकाएक दिल से परेशानी दूर हो गई और रोज़बरोज़ मुझे और ज़्यादा ख़ुशी मिलती गई। सबसे बड़ी नेमत के मिलने से मैंने पूरे दिल से ख़िदमत की और दोनों दुनिया की तक़दीर मुझ पर मुस्कुराई। मैंने ये राज़ बादशाह सलामत के तख़्त पर बैठने तक छुपाए रखा।''

1. मुमकिन है कि यही माहम अंगा हों। अंगा कहे जाने के बावजूद अकबर को दूध पिलाने वाली महिलाओं की फ़ेहरिस्त में माहम अंगा का ज़िक्र नाम से नहीं आता।

जीजी अंगा को उनके बेटे ने बताया, ''एक रोज़ जब बादशाह सलामत शिकार के लिए दिल्ली से पालम के लिए निकले तो उन्हें रास्ते में इतना बड़ा ख़ौफ़नाक साँप दिखा कि बड़े-बड़े ताक़तवर काँप जाते। बादशाह सलामत ने हज़रत मूसा की तरह करामात की और बिना एक पल रुके साँप को उसकी पूँछ से पकड़ा और फेंक दिया।''

तब जीजी अंगा ने बचपन की करामात सुनाई और कहा, ''बचपन में बादशाह सलामत ने करामात दिखाई तो कोई अजीब बात नहीं कि बड़े होकर भी करामात दिखाएँ। हर काम का अपना वक़्त होता है और लफ़्ज़ की अपनी जगह। अगर मैंने ये बात पहले बताई होती तो कोई मानता नहीं या कहता कि ये मेरे कमज़ोर दिमाग़ की उपज है।''

भेरा के शाही लश्कर पर पूनम का चाँद चमक रहा था।

दो सौतेले भाई मिर्ज़ा मोहम्मद हकीम और जलालुद्दीन मोहम्मद अकबर बादशाह ग़ाज़ी के बीच की सरहद के बिलकुल पास क़मरग़ह अपनी आख़िरी मंज़िल पर था।

मिर्ज़ा मोहम्मद हकीम और जलालुद्दीन मोहम्मद अकबर दोनों ही जन्नत आशियानी हुमायूँ बादशाह की औलाद थे लेकिन मिर्ज़ा हकीम माह चूचक बेगम से थे और बादशाह सलामत हमीदा बानो बेगम से। जलालुद्दीन मोहम्मद अकबर हिंदुस्तान के बादशाह थे लेकिन काबुल में उनके सौतेले भाई मिर्ज़ा मोहम्मद हकीम की हुकूमत थी। मिर्ज़ा मोहम्मद हकीम 961 हिज्री की जुमादा अव्वल की पंद्रह तारीख़ बमुताबिक़ 18 अप्रैल, 1554 ईसवी को पैदा हुए थे। वो बादशाह सलामत से बारह बरस छोटे थे।

शेख़ अबुल फ़ज़ल ने बिलकुल सही कहा था, ''गुज़रे वक़्त के अक़्लमंद लोग काबुल और क़ंधार को हिंदुस्तान के दो दरवाज़े मानते हैं। क़ंधार ईरान से और काबुल तूरान से। इन दोनों दरवाज़ों की हिफ़ाज़त करके हिंदुस्तान हमलावरों से महफ़ूज़ रहेगा और इन दोनों रास्तों के ज़रिए दुनिया भर से कारोबार फले-फूलेगा।''

जहाँ बादशाह सलामत इस वक़्त मौजूद थे, बिलकुल यहीं ख़ुशाब और भेरा के पास ही तो सौतेले भाई मिर्ज़ा कामरान को क़ैद करके जन्नत आशियानी हुमायूँ बादशाह के सामने लाया गया था। मिर्ज़ा कामरान फ़िरदौस मकानी बाबर बादशाह के छोटे बेटे थे और उनकी बीवी गुलरुख़ बेगम से थे, जबकि जन्नत आशियानी हुमायूँ बादशाह माहम बेगम से थे।

मिर्ज़ा कामरान छोटी दाढ़ी और मूँछ रखते थे। वो ज़माने के दस्तूर के मुताबिक़

टोपी के चारों तरफ़ पगड़ी बाँधते थे और लंबे जामे पर पटका। बहुत ठोकरें खाने के बाद वो जन्नत आशियानी हुमायूँ बादशाह के सामने पहुँचे थे।

मिर्ज़ा कामरान अफ़ग़ान बादशाह इस्लाम शाह के दरबार मदद माँगने गए थे लेकिन वहाँ ज़लील और नाकाम हुए। जब इस्लाम शाह के दरबार के बारबक[1] के कहने पर कामरान मिर्ज़ा ने कोर्निश की तो लोगों ने उन्हें गर्दन से पकड़कर झुकाया और कई बार ज़ोर से कहा, ''बादशाह इस तरफ़ भी नज़र करें, काबुल का मुक़द्दमज़ादा[2] आपकी दुआ चाहता है।''

इस्लाम शाह ने कई बार सुनी-अनसुनी करने के बाद एक बार मग़रूर निगाहों से उस तरफ़ देखा और कहा, ''ख़ुश आमदीद।''

मिर्ज़ा कामरान का दरबार में बहुत मज़ाक़ बनता था। जब वो आते तो अफ़ग़ान हिंदी में कहते, ''ये लो मोर आ गया।''

जब मिर्ज़ा कामरान ने पूछा कि मोर का क्या मायने है तो उन्हें बताया गया, ''ये उस शख़्स को कहा जाता है जिसकी बहुत इज़्ज़त हो।''

इस पर मिर्ज़ा कामरान ने कहा, ''तब तो सलीम शाह[3] बहुत अच्छे मोर हैं और शेर शाह उससे भी अच्छे।''

इसके बाद इस्लाम शाह ने इस तरह के मज़ाक़ पर रोक लगा दी।

जन्नत आशियानी हुमायूँ बादशाह की नज़र के सामने मिर्ज़ा कामरान एक क़ैदी के तौर पर खड़े थे। बहुत मुश्किल घड़ी थी। एक तरफ़ फ़िरदौस मकानी बाबर बादशाह की नसीहत और यहाँ हर ख़ासो-आम की फ़रियाद, ''भाईचारे का हुकूमत से कोई ताल्लुक़ नहीं। अगर भाई की तरह बर्ताव करना चाहते हैं तो तख़्त छोड़ दीजिए। अगर बादशाह की तरह बर्ताव करना चाहते हैं तो भाईचारा छोड़ दीजिए।''

उन्हें अपने पिता फ़िरदौस मकानी बाबर बादशाह का ख़त याद आया—

''हुमायूँ के लिए नेक ख़्वाहिशात, जिसे देखने को जी तरसता है। पहली बात ये कि रबीउल अव्वल की दसवीं को मिली चिट्ठियों से हिंदुस्तान के इधर और उधर के सब हालात मालूम हुए।

''शुक्र अल्लाह का तुझे बेटा दिया और मुझे दिली ख़ुशी। दोनों जहान का मालिक तुझे और मुझे ऐसी ही ख़ुशियाँ बराबर नसीब करे। तू कहता है कि नाम अल-अमान रखा है। अल्लाह करे वो फले-फूले। पर तू भूल गया कि आम लोग अल-आमा या अल-आमान कहेंगे। और फिर नामों में अल शायद ही कभी लगता हो। अल्लाह करे वो और उसका नाम ऊँचा रहे। अल्लाह करे हमें बरसों तक

1. बारबक—दरबार का सबसे बड़ा मुलाज़िम।
2. मुक़द्दमज़ादा—सिपहसालार या प्रमुख का बेटा।
3. सलीम शाह—इस्लाम शाह का ही एक और नाम।

अल-अमान[1] नसीब हो। अल्लाह हमारे काम सँवारे। ऐसे दिन दसियों बरस में आते हैं।

''ग्यारह तारीख़ मंगल को अफ़वाह सुनी कि बल्ख़ के लोगों ने क़ुर्बान को अंदर बुला लिया है।

''कामरान और काबुल के लोगों को कहा है कि वो तेरे पास आएँ और तुम सब हिसार, समरक़ंद या जिस तरफ़ भी तक़दीर तेरा साथ दे हमला करो। अल्लाह करे तू दुश्मनों को कुचल डाले, उनका इलाक़ा तेरा हो जाए और दोस्त ख़ुश हो जाएँ और दुश्मन नाख़ुश। इंशा अल्लाह ये तुम लोगों के जान पर खेलने और तलवार चलाने के दिन हैं। जो मौक़ा आए पूरा फ़ायदा उठाना। आलस और आरामतलबी बादशाहों के लिए नहीं है।

''दुनिया आलस से नहीं जीती जाती, दुनिया है उसकी जो तेज़ी से काम करता है, बादशाह हर काम छोड़ कर आराम कर सकता है लेकिन बादशाहत नहीं छोड़ सकता।

''अगर अल्लाह बल्ख़ और हिसार जिता दे तो अपने लोगों में से एक को हिसार में रखना, कामरान के लोगों में से एक को बल्ख़ में। अगर अल्लाह ने समरक़ंद भी दे दिया तो वहाँ ख़ुद रहना। इंशा अल्लाह हिसार को ख़ालिसा[2] में मिला दूँगा। अगर कामरान को बल्ख़ छोटा लगे तो मुझे बताना। इंशा अल्लाह मैं दूसरे इलाक़ों से भरपाई कर दूँगा। तू जानता है, ये क़ायदा रहा है कि तुझे छह हिस्से मिलते हैं तो कामरान को पाँच। ये क़ायदा कभी न तोड़ना।

''छोटे भाइयों के साथ अच्छा सुलूक करना। बड़े भाइयों को सब्र से काम करना पड़ता है। उम्मीद करता हूँ कि तुम्हारी उससे अच्छी निभेगी क्योंकि वो अब मज़हबी रुझान का तेज़ और अक़्लमंद नौजवान हो गया है। ऐसा भी न हो कि तेरी इज़्ज़त करने में वो कोई कमी करे...''

जन्नत आशियानी हुमायूँ बादशाह को जाड़े की वो रात याद आई जब फ़िरदौस मकानी बाबर बादशाह ने शराब का प्याला पिया और किसी काम से उन्हें बुलवाया। उनके पहुँचते-पहुँचते बाबर बादशाह को नशा चढ़ गया और उनकी आँख लग गई। जब आधी रात को आँख खुली और बेटे को सामने हाथ बाँधे खड़ा देखा तो पूछा, ''तू कब आया?''

''जब आपने बुलवाया था,'' बेटे ने कहा।

ख़ुश होकर फ़िरदौस मकानी बाबर बादशाह ने कहा, ''यदि अल्लाह तुझे तख़्तो-ताज दे तो भाइयों का क़त्ल ना करना और उन्हें माफ़ करते रहना।''

उस वक़्त जन्नत आशियानी हुमायूँ बादशाह ने ज़मीन पर सर रखकर उनकी बात को माना था।

---

1. अमान—शांति।
2. ख़ालिसा—वो इलाक़ा जो सीधे बादशाह के अधीन हो।

सामने अमीर–उमरा की आवाज़ें आ रही थीं।

''आपके मुबारक सर पर क़िबचाक़ में इसी मिर्ज़ा कामरान की वजह से कैसी चोट लगी!''

क़िबचाक़ में मिर्ज़ा कामरान के एक सिपाही ने जन्नत आशियानी हुमायूँ बादशाह के सर पर ज़ोर से वार किया था। वो दोबारा हमला करने को था कि हुमायूँ बादशाह ने ग़ुस्से से उसकी तरफ़ देखा और कहा, ''बेवक़ूफ़ आदमी!''

यह सुन कर सिपाही के हाथ–पाँव ठंडे पड़ गए।

जन्नत आशियानी हुमायूँ बादशाह के जिस्म के ऊपर का लिबास वहीं रह गया, जो मिर्ज़ा कामरान तक पहुँचा। हुमायूँ बादशाह को पता चला कि मिर्ज़ा कामरान ये लिबास देखकर बहुत ख़ुश हुए क्योंकि उन्हें लगा कि भाई अब इस दुनिया में नहीं हैं। यहाँ तक कि उन्होंने काबुल में इस लिबास को मौत की निशानी के तौर पर दिखाया भी।

जन्नत आशियानी का ध्यान एक बार फिर सामने मौजूद छोटे–बड़े और अमीर–उमरा की तरफ़ गया।

''अफ़ग़ानों के साथ उनकी साज़िश से मिर्ज़ा हिंदाल की जान गई।''

मिर्ज़ा हिंदाल की पैदाइश का फ़िरदौस मकानी बाबर बादशाह को उस वक़्त पता चला जब वो हिंदुस्तान फ़तह करने को निकले थे। उन्होंने इसे अच्छा शगुन मानकर बेटे को हिंदाल नाम दिया, यानी वो जो हिंद को फ़तह करे।

मिर्ज़ा हिंदाल सगे भाई नहीं थे। वो फ़िरदौस मकानी बाबर बादशाह और उनकी बीवी दिलदार बेगम के बेटे थे। उन्हें जन्नत आशियानी हुमायूँ बादशाह की सगी माँ माहम बेगम ने गोद लिया था। हुमायूँ बादशाह उन्हें सगे भाई की तरह मानते थे। ये और बात है कि जब जन्नत आशियानी हुमायूँ बादशाह शेर शाह के ख़िलाफ़ मुहिम पर थे तो मिर्ज़ा हिंदाल ने दिल्ली में अपने नाम का ख़ुतबा पढ़वा कर एलान कर दिया कि वो ख़ुद ही बादशाह हैं। उस वक़्त मिर्ज़ा कामरान के कहने पर जन्नत आशियानी हुमायूँ बादशाह ने उन्हें माफ़ किया था।

जब चौसा की हार के बाद हुमायूँ बादशाह आगरा पहुँचे तो मिर्ज़ा कामरान ज़रअफ़शां बाग़ में थे। ख़बर सुनते ही दौड़ कर आए और मुलाज़िमत[1] की। हुमायूँ बादशाह ने मिर्ज़ा कामरान को गले लगाया। फिर दोनों आराम करने के लिए ख़ेमे में बैठे। मिर्ज़ा कामरान ने कहा, ''मेरे बादशाह थक कर आए होंगे। क्यों न आप अपने तख़्त पर बैठें और हिंदाल के गुनाह को मेरी ख़ातिर माफ़ कर दें।''

जन्नत आशियानी हुमायूँ बादशाह ने कहा, ''तुम्हारी ख़ातिर माफ़ किया। उसको लिखो कि वो आए।''

---

1. मुलाज़िमत—इस संदर्भ में इसका मायने है किसी बड़े की ख़िदमत में हाज़िर होना, किसी बड़े के लिए आदर और सम्मान ज़ाहिर करना।

जिसके कहने पर माफ़ किया, उसी की वजह से मिर्ज़ा हिंदाल की जान भी गई।

काबुल के पास नंगरहर पर मिर्ज़ा कामरान ने अपनी फ़ौज जमा की तो जन्नत आशियानी हुमायूँ बादशाह मिर्ज़ा हिंदाल को लेकर वहाँ पहुँचे।

हालात का जायज़ा लेकर मिर्ज़ा हिंदाल ने उनसे कहा, ''आप जलालुद्दीन मोहम्मद अकबर के साथ पहाड़ी पर रहें ताकि वहाँ से नज़र रखी जा सके।''

फिर मिर्ज़ा हिंदाल ने अपने फ़ौजियों का हौसला बढ़ाया, ''आज की ख़िदमत पिछली सभी ख़िदमत से ज़्यादा मानी जाएगी। इंशा अल्लाह जो रुतबा चाहोगे मिलेगा।''

मिर्ज़ा हिंदाल के तोशकची[1] ने उनका सामान लाने में देर की तो उससे सबब पूछा गया। तोशकची ने मिर्ज़ा हिंदाल को बताया, ''अभी सामान उठाया ही था कि छींक आ गई तो मैंने सामान रख दिया। इसीलिए देर हुई।''

मिर्ज़ा हिंदाल ने कहा, ''तुमने ग़लत किया। बस ये कहो इंशा अल्लाह शहादत मुबारक हो!''

फिर मिर्ज़ा हिंदाल ने वहाँ मौजूद लोगों से कहा, ''आप सब इसके गवाह हैं कि मैं सभी नाजायज़ चीज़ों से और ग़लत हरकतों से तौबा करता हूँ।''

लोगों ने फ़ातिहा[2] पढ़ा और मुबारकबाद दी।

जब मिर्ज़ा हिंदाल हौसला बढ़ाने ख़ंदक़ की तरफ़ पहुँचे तो अपने तबक़ची[3] की आवाज़ सुनी जिस पर हमला हो रहा था। फ़ौरन घोड़े से उतर कर बोले, ''ये मर्दानगी नहीं है कि वो मेरे तबक़ची पर हमला करें और मैं उसकी मदद ना करूँ।''

वो ख़ुद ख़ंदक़ में उतर गए और इसी लड़ाई में शहीद हो गए।

जौहर आफ़ताबची[4] उस दौर में जन्नत आशियानी हुमायूँ बादशाह की ख़िदमत में थे और उनके साथ-साथ चला करते थे। जौहर आफ़ताबची ने कहा, ''मौत के दो रोज़ पहले हिंदाल मिर्ज़ा ने एक हिरन पर तीर चलाया तो उसने एकाएक रुक कर तीन बार आसमान को देखा और जान दे दी। देखने वालों ने हैरत की और सोचा कि कहीं हिरन ने ख़ुदा से फ़रियाद तो नहीं की थी।''

जंग के वक़्त जन्नत आशियानी हुमायूँ बादशाह पूछते रहे लेकिन अमीर-उमरा में से किसी की हिम्मत न हुई कि उन्हें मिर्ज़ा हिंदाल की मौत की ख़बर सुनाएँ। जब हुमायूँ बादशाह ने ख़ास तौर पर एक शख़्स को भेजा तो उसने लौट कर ये शेर पढ़ा—

---

1. तोशकची—कपड़े-लत्ते का इंतेज़ाम देखने वाला।
2. फ़ातिहा—क़ुरान की वो आयतें जो सलामती के लिए, किसी काम को शुरू करने से पहले या किसी के गुज़र जाने पर पढ़ी जाती हैं।
3. तबक़ची—वो व्यक्ति जो खाने के बर्तन का ज़िम्मेदार होता है।
4. आफ़ताबची—पानी का बर्तन उठाने वाले।

"ऐ बादशाह कई नवरोज़[1] हवा में बह गए,
सौ पंखुड़ी का गुलाब सलामत रहे।"

जन्नत आशियानी समझ गए और ग़म में डूब गए। अमीर-उमरा ने उनके ख़ेमे में आकर सोग मनाया और कहा, "ये उनकी ख़ुशक़िस्मती थी कि हज़रत की ख़िदमत में शहीद का दर्जा पाया। हज़रत बादशाह सलामत रहें।"

जन्नत आशियानी हुमायूँ बादशाह के सामने अमीर-उमरा अब भी अपने दिल की बात बोल रहे थे।

"कितने ही चग़ताई इनकी वजह से मारे गए। औरतें, बच्चे क़ैद हुए, बेइज़्ज़त हुए। हमारे बीवी-बच्चे आयंदा कभी क़ैदख़ाने में न तड़पें। हमारी जान, हमारा माल, हमारे बीवी-बच्चे सब हज़रत के सर के एक बाल पर क़ुर्बान! हज़रत ये भाई नहीं, ये हज़रत का दुश्मन है।"

जन्नत आशियानी हुमायूँ बादशाह का ध्यान उस दिन की तरफ़ चला गया जब उन्होंने बदख़्शाँ पर हमला किया था और मिर्ज़ा कामरान गले में कोड़ा लटका कर मुजरिम की तरह पेश हुए। उनके हुक्म से अमीर-उमरा ने मिर्ज़ा कामरान का इस्तक़बाल किया। नक़्क़ारे बजाए गए। हुक्म के मुताबिक़, मिर्ज़ा हिंदाल की चौकी पर उतरने के बाद वो उनकी क़ालीन पर बैठने ही वाले थे कि घुटने के क़ालीन को छूने से पहले उनसे कहा गया कि हुमायूँ बादशाह ने बुलाया है। जन्नत आशियानी ने मिर्ज़ा कामरान के गले में कोड़ा देखा तो कहा, "हाय हाय, इसकी ज़रूरत नहीं है! हटा दो!"

मिर्ज़ा कामरान ने तीन बार तस्लीम[2] किया तो जन्नत आशियानी हुमायूँ बादशाह ने दाहिनी तरफ़ बैठने को कहा। दरबार के दस्तूर के मुताबिक़ खास लोगों को ही दाहिनी तरफ़ बिठाया जाता था। मिर्ज़ा कामरान एक बार फिर तस्लीम करके बैठ गए और माफ़ी माँगने लगे। इस पर जन्नत आशियानी हुमायूँ बादशाह ने कहा, "अब तक हम तोरा[3] के मुताबिक़ मिले। अब भाइयों की तरह मिलेंगे।"

दोनों भाई उठे और गले मिल कर ख़ूब रोए। ऐसा लगा जैसे सारे गिले-शिकवे धुल गए।

जब शर्बत आया तो जन्नत आशियानी हुमायूँ बादशाह ने आधा ख़ुद पिया और आधा मिर्ज़ा कामरान को पिलाया।

---

1. नवरोज़—फ़ारसी सन् में नए साल का पहला दिन।
2. तस्लीम—बादशाह को झुक कर सलाम करने का एक तरीक़ा।
3. तोरा—ये चंगेज़ ख़ान का क़ानून, रख-रखाव और अदब-आदाब का तरीक़ा था जिस पर तैमूरी ख़ानदान अमल किया करता था।

उस दिन चारों भाई एक दस्तरख़ान पर बैठे तो जन्नत आशियानी हुमायूँ बादशाह ने कहा, "आफ़ताबा[1] और चिलमची[2] लाओ ताकि हम सब हाथ धोएँ और मिलकर खाएँ।"

जन्नत आशियानी हुमायूँ बादशाह और मिर्ज़ा कामरान के हाथ धोने के बाद दूसरे भाई मिर्ज़ा असकरी और मिर्ज़ा हिंदाल ने आफ़ताबा और चिलमची को अपने रिश्ते के भाई मिर्ज़ा सुलेमान के आगे कर दिया क्योंकि वो बड़े थे। जब मिर्ज़ा सुलेमान ने हाथ धोकर नाक भी साफ़ की तो दोनों भाई भड़क गए।

"क्या बदतमीज़ी है। पहले तो ये कि हज़रत बादशाह के सामने हाथ धोने का हमें क्या हक़? लेकिन जब वो ख़ुद हुक्म करें तो हमें मानना होगा। इस तरह से नाक साफ़ करने का क्या मतलब?"

मिर्ज़ा सुलेमान शर्मिंदा हो गए और मिर्ज़ा असकरी और मिर्ज़ा हिंदाल हाथ धोने बाहर चले गए।

उस दिन सब ने एक ही दस्तरख़्वान पर खाना खाया। उस वक़्त जन्नत आशियानी हुमायूँ बादशाह ने अपनी बहन गुलबदन को याद किया।

गुलबदन अपने पिता फ़िरदौस मकानी बाबर बादशाह की गोद में खेली थीं। वो दिलदार बेगम की बेटी थीं और इस तरह से जन्नत आशियानी हुमायूँ बादशाह की सौतेली बहन थीं। दो बरस की उम्र में गुलबदन को फ़िरदौस मकानी बाबर बादशाह की बड़ी बीवी, हुमायूँ बादशाह की सगी माँ, माहम बेगम ने गोद ले लिया था। गुलबदन आठ बरस की थीं जब फ़िरदौस मकानी बाबर बादशाह का साया उनके सर से उठ गया। उन्होंने फ़िरदौस मकानी बाबर बादशाह, जन्नत आशियानी हुमायूँ बादशाह और फिर बादशाह जलालुद्दीन मोहम्मद अकबर का दौर देखा। बादशाह सलामत के कहने पर उन्होंने *हुमायूँनामा* लिखा ताकि शेख़ अबुल फ़ज़ल को *अकबरनामा* लिखने में मदद मिले।

दस्तरख़्वान पर हुमायूँ बादशाह ने कहा, "लाहौर में गुलबदन की आरज़ू थी कि वो सभी भाइयों को एक साथ देखे। आज सुबह जब से हम साथ बैठे हैं, उनकी बात याद आ रही है। इंशा अल्लाह तआला हमारा मेल बना रहे। बख़ुदा ये मेरे ज़मीर में नहीं कि किसी को नुक़सान पहुँचाने की सोचूँ, भाइयों को तो बिलकुल नहीं। अल्लाह करे कि तुम साथ निभाओ और वफ़ादार रहो।"

इस महफ़िल के कुछ वक़्त बाद मिर्ज़ा कामरान एक बार फिर बाग़ी हो गए।

जन्नत आशियानी हुमायूँ बादशाह का फिर ध्यान टूटा। अमीर-उमरा एक आवाज़ में कह रहे थे, "मुल्क तोड़ने वाले का सर झुकना चाहिए।"

---

1. आफ़ताबा—पानी का बर्तन।
2. चिलमची—जिस बर्तन में हाथ धुलाया जाता है।

हुमायूँ बादशाह बोले, ''मेरा दिमाग़ तुम्हारी बात मानना चाहता है लेकिन मेरा दिल नहीं। अगर तुम सबकी ख़्वाहिश है तो लिख कर दो।''

सभी अमीर-उमरा ने लिखा, ''मुल्क तोड़ने वाले का सर नीचा होना चाहिए।''

जन्नत आशियानी हुमायूँ बादशाह का ध्यान उस दिन की तरफ़ चला गया जब मिर्ज़ा कामरान काबुल पर क़ब्ज़ा किए बैठे थे और ख़ुद उनकी फ़ौज का बाहर घेरा था। पौने पाँच बरस के बेटे जलालुद्दीन मोहम्मद अकबर अंदर काबुल में मिर्ज़ा कामरान के पास थे। शाही लश्कर के ना जाने कितने ऐसे थे जिनका ख़ानदान अंदर काबुल में था और वो ख़ुद काबुल पर हमला कर रहे थे। मिर्ज़ा कामरान ने उनके घरों को लूट लिया, उनके बच्चों को मार-मार कर फ़सील पर से फिंकवा दिया और उनकी औरतों को छातियों से बाँध कर लटका दिया।

एक रोज़ जन्नत आशियानी हुमायूँ बादशाह की फ़ौज शहर पर हमला कर रही थी। अचानक मीरे आतिश[1] संुबुल ख़ान को लगा कि जिस तरफ़ सबसे ज़्यादा गोलीबारी हो रही है वहाँ कोई बैठा है। हक़ीक़त पता चली तो हुमायूँ बादशाह के होश उड़ गए। मिर्ज़ा कामरान ने गोलीबारी का सामना करने के लिए जलालुद्दीन मोहम्मद अकबर को क़िले की फ़सील पर बैठा दिया था।

जन्नत आशियानी हुमायूँ बादशाह ने अपने ख़ास ख़ादिम जौहर आफ़ताबची को मिर्ज़ा कामरान की निगरानी के लिए रखा था। मिर्ज़ा कामरान ने जौहर से पूछा, ''रमज़ान के महीने में मेरे छह रोज़े छूट गए। तुम मेरी तरफ़ से रख लोगे?''

''हाँ मैं रख लूँगा। लेकिन हज़रत ख़ुद भी ये रोज़े रख लेंगे। हिम्मत रखें और ऐसी बातें ना सोचें,'' जौहर आफ़ताबची ने कहा।

मिर्ज़ा कामरान ने पूछा, ''क्या मुझे मार दिया जाएगा?''

''बादशाहों के दिमाग़ को बादशाह ही समझ सकते हैं, लेकिन मैं इतना जानता हूँ कि कोई अपने बाज़ू नहीं तोड़ता। और फिर हज़रत बादशाह मोहम्मद हुमायूँ का दिल बहुत बड़ा है।''

शाही क़ाफ़िले के रोहतास पहुँचते-पहुँचते हुमायूँ बादशाह ने फ़ैसला कर लिया। उन्होंने कहा, ''मिर्ज़ा कामरान को दोनों आँखों से अंधा कर दो।''

जन्नत आशियानी हुमायूँ बादशाह के हुक्म पर फ़र्राशख़ाने[2] के दारोग़ा गुलाम अली ने मिर्ज़ा कामरान से कहा, ''ऐ मिर्ज़ा, ये लफ़्ज़ हमारे हों तो हमारी ज़ुबान काट दी जाए। लेकिन बादशाहों के हुक्म के आगे किसी का बस नहीं चलता। हुक्म हुआ है कि आपकी आँखों को नश्तर लगा दिया जाए।''

---

1. मीरे आतिश—तोपख़ाने का दरोग़ा।
2. फ़र्राशख़ाना—वो जगह जहाँ दरबार या दूसरी महफ़िलों के लिए दरी वग़ैरह रखी जाती है।

"मुझे मार डालो!" मिर्ज़ा कामरान ने कहा।

"आपको कौन मार सकता है?" ग़ुलाम अली ने कहा।

जब ग़ुलाम अली ने मिर्ज़ा कामरान को पकड़ने के लिए हाथ बढ़ाया तो उन्होंने उसके मुँह पर पैसे फेंक दिए। अब मिर्ज़ा कामरान को ख़ेमे से बाहर घसीट कर लिटा दिया गया।

पचास दफ़ा आँखों में नश्तर घोंपा गया। एक बार भी उनके मुँह से आह नहीं निकली। लेकिन जब आँखों में नमक डाला गया तो वो बिलबिला कर चीख़ उठे।

आँखें खोने के बाद मिर्ज़ा कामरान ने कहा, "ऐ ख़ुदा, इस दुनिया में जैसा मैंने किया, वैसा पाया। अब दूसरी दुनिया से उम्मीद है।"

जन्नत आशियानी हुमायूँ बादशाह मिर्ज़ा कामरान को काबुल भेजना चाहते थे लेकिन मिर्ज़ा ने कहा, "मैंने काबुल पर हुकूमत की है। अब इस हाल में काबुल कैसे जाऊँ? मुझे मार ही देते। चूँकि बादशाह ने मेरी जान बख़्श दी है तो कम से कम मुझे काबुल की जगह मक्का जाने दें। नहीं तो मैं अपने आपको मार डालूँगा और मेरा ख़ून उनके सर पर होगा।"

हुमायूँ बादशाह ने कहा, "अंधा करने के बाद इस हाल में कैसे जाने दें।"

बहरहाल, जन्नत अशियानी हुमायूँ बादशाह को बहुत मनाया गया और जब उनका लश्कर सिंधु नदी के किनारे नीलाब पहुँचा तो उन्होंने मिर्ज़ा कामरान को मक्का जाने की इजाज़त दे दी।

उन्हें विदा करने के लिए जन्नत आशियानी अपने कई क़रीबी लोगों के साथ उनके ख़ेमे में गए लेकिन इस शर्त पर कि मिर्ज़ा कामरान रोएँगे नहीं। आधी रात के वक़्त जब हुमायूँ बादशाह वहाँ पहुँचे तो मिर्ज़ा कामरान को हाथ पकड़ कर ख़ेमे की रस्सी तक लाया गया। मिर्ज़ा कामरान की आँखों पर बँधी पट्टी को देखकर जन्नत आशियानी हुमायूँ बादशाह एकाएक रो पड़े। मिर्ज़ा कामरान ना रोने का वादा कर चुके थे, इसलिए ख़ामोश रहे। ख़ेमे में दाख़िल होकर हुमायूँ बादशाह ने जूते उतारे और बैठ गए। उन्होंने इशारा किया कि मिर्ज़ा कामरान को ख़ेमे के दूसरे कोने पर बैठाया जाए ताकि दोनों भाई आमने-सामने हो जाएँ।

मिर्ज़ा कामरान ने शेर पढ़ा—

"दरवेश की टोपी का सिरा फ़लक को छू गया,
जब आप जैसे बादशाह का साया सर पर पड़ा।"

इसके बाद उन्होंने पढ़ा—

"तेरी तरफ़ से मेरे लिए जो भी आए उसका शुक्रिया,
चाहे ज़ुल्म का तीर हो या सितम का ख़ंजर।"

मिर्ज़ा कामरान ने उन लोगों का नाम पूछा जो वहाँ मौजूद हैं और फिर कहा, ''आप लोग इस बात के गवाह हैं कि अगर मैं बेक़सूर होता तो इस मौक़े पर ज़रूर कह देता जबकि हज़रत बादशाह मुझसे मिलने आए हैं। मुझे यक़ीन है कि मुझे मौत मिलनी चाहिए। हज़रत बादशाह ने मुझे ज़िंदगी दी और हिजाज़[1] जाने की इजाज़त दी। हज़रत बादशाह की रहमत के लिए मैं हज़ार बार शुक्रगुज़ार हूँ क्योंकि मैंने उनके साथ बुरा किया लेकिन उन्होंने उसका बदला नहीं लिया।''

मिर्ज़ा कामरान ने जब अपने बाल-बच्चों को जन्नत आशियानी हुमायूँ बादशाह की हिफ़ाज़त में दिया तो वो बोले, ''इत्मिनान रखो, इनका ख़याल अपने बच्चों की तरह रखूँगा।''

जन्नत आशियानी हुमायूँ बादशाह ने फ़ातिहा पढ़कर विदा ली तो मिर्ज़ा कामरान देर तक रोते रहे।

भेरा के शाही ख़ेमे में बादशाह सलामत ने उस वक़्त को याद किया जब वो अपने चचा मिर्ज़ा कामरान की हिरासत में थे। चंगेज़ ख़ान की रिवायत के मुताबिक़ ये लाज़मी था कि बेटा चलना शुरू करे तो बाप उस पर अपनी पगड़ी इस तरह फेंके कि वो गिर जाए। चूँकि जन्नत आशियानी हुमायूँ बादशाह उस वक़्त भागे-भागे फिर रहे थे इसलिए ये फ़र्ज़ मिर्ज़ा कामरान ने निभाया। उन्होंने मिर्ज़ा अकबर पर अपनी पगड़ी फेंकी ताकि इस बार वो गिर जाएँ और इसके बाद ज़िंदगी में कभी ना गिरें।

मिर्ज़ा कामरान ने चार बार हज किया और इलाही सन् के दूसरे साल बमुताबिक़, 1557 ईसवी के अक्तूबर महीने की पाँच तारीख़ को इस दुनिया से चले गए। उनके सगे भाई मिर्ज़ा असकरी को पहले ही मक्का जाने की इजाज़त मिल चुकी थी लेकिन वो दूसरे इलाही सन् बमुताबिक़, 1558 ईसवी में बदख़्शाँ और दमिश्क़ के रास्ते में ही इस दुनिया से चले गए।

जन्नत आशियानी हुमायूँ बादशाह ने दोनों भाइयों को हराकर मक्का रवाना कर दिया लेकिन वो जीत कर भी हार गए। दोनों हारे हुए भाइयों से पहले ही वो इस दुनिया से चले गए।

जन्नत आशियानी हुमायूँ बादशाह के ख़ास ख़ादिम जौहर आफ़ताबची से सुना है—

''जब हज़रत बादशाह को इस्कंदर सूर पर फ़तह मिली तो वो दिल्ली के तख़्त पर बैठे। मुझे, जौहर को, उन्होंने लाहौर में पंजाब और मुल्तान का ख़ज़ानची बनाया। मैं उनके लिए दिन-रात दुआएँ करता था। अचानक एक ख़्वाब आया। ऐसा लगा गोया हज़रत बादशाह मुझ से कह रहे हैं, 'जगह तैयार करो।' मैं पहाड़ी की चोटी

1. हिजाज़—अरब का वो इलाक़ा जहाँ मक्का और मदीना हैं।

तक गया जहाँ हरी क़ालीन बिछी थी। उस क़ालीन पर बादशाह की बारगाह[1] लगी थी और उसकी रस्सियाँ समुद्र से आगे तक खिंची हुई थीं। जब जगह तैयार हो गई तो मैंने बादशाह से कहा, 'जगह तैयार है।' वो बोले, 'जलालुद्दीन मोहम्मद अकबर बादशाह को वहाँ लेकर जाओ।' जब मैंने 'बादशाह' सुना तो सोचा, 'बादशाह उन्हें हमेशा मिर्ज़ा कहा करते थे। अब उन्हें बादशाहत कैसे दे दी?' बहरहाल, मैंने शहज़ादे को वहाँ बिठाया। मैंने देखा कि शहज़ादे के हाथ में एक सफ़ेद शाल है जिसे वो लपेट रहे हैं और खोल रहे हैं। मैंने कहा, 'हज़रत आपको यहाँ खेलने के लिए नहीं लाया गया है।' मेरा यह कहना था कि शहज़ादे ने खड़े होकर मेरे हाथ में देग़ दी और कहा, 'ये लो। तुम्हें क्या मैं खेलूँ या ना खेलूँ।' इतने में मेरी आँख खुल गई।

"इस ख़्वाब के सात दिन बाद ख़ुदा ने तक़दीर को बुलंद किया और दुनिया का ताज जलालुद्दीन मोहम्मद अकबर बादशाह ग़ाज़ी के सर पर रख दिया।"

963 हिज्री के रबीउल अव्वल महीने में जुमे का दिन था, जो कि ईसवी सन् 1556 के जनवरी महीने की चौबीस तारीख़ थी। जन्नत आशियानी हुमायूँ बादशाह दिल्ली के उस क़िले में थे जिसे अधूरा छोड़ कर वो हिंदुस्तान से भागे थे। उन्होंने हिज्री 940 के मुहर्रम महीने बमुताबिक़ ईसवी 1533 के जुलाई महीने के आसपास एक अच्छा शगुन देख कर दीन पनाह के नाम से ये शहर हज़रत निजामुद्दीन औलिया की दरगाह के पास यमुना के किनारे बनाना शुरू किया था। हुमायूँ बादशाह ने ख़ुद अपने हाथों से पहला पत्थर रखा था। जब हिंदुस्तान हाथ से निकला तो ये इलाक़ा भी शेर शाह के क़ब्ज़े में चला गया। जब ये शहर जन्नत आशियानी हुमायूँ बादशाह को दोबारा मिला तो शेर शाह इसमें काफ़ी तब्दीली कर चुके थे।

उस शाम जन्नत आशियानी ख़ुद इसी शहर की छह तरफ़ा इमारत शेर मंडल की पहली मंज़िल पर मौजूद थे। लाल पत्थर के ख़ूबसूरत छतरीदार शेर मंडल को जन्नत आशियानी हुमायूँ बादशाह ने अपना किताबख़ाना बनाया था। ग्रहों के मुताबिक़ हफ़्ते के हर रोज़ वो एक अलग रंग का कपड़ा पहनते थे और उस दिन जुमे के हरे रंग में थे। उस रोज़ उनकी मक्का से आने वाले पुराने दोस्तों से मुलाक़ात हुई और भाइयों का हालचाल पता चला। शेर मंडल से झरोखा दर्शन देने के बाद उन्होंने गणित के माहिर लोगों को बुलाया। चूँकि वो शुक्र के उगने की रात थी इसलिए जन्नत आशियानी का इरादा था कि इस तारे के उगने की शुभ घड़ी में वो एक बड़ा दरबार करेंगे।

शेर मंडल से नीचे उतरते वक़्त जन्नत आशियानी हुमायूँ बादशाह अभी दूसरी सीढ़ी पर थे कि पास ही शेर शाह की बनाई मस्जिद से अज़ान की आवाज़ आई।

"अल्लाहो अकबर अल्लाहो अकबर
अल्लाहो अकबर अल्लाहो अकबर

---

1. बारगाह—बहुत बड़ा ख़ेमा।

अश्हदु अन ला इला-ह इलल्लाह
अश्हदु अन ला इला-ह इलल्लाह
अश्हदु अन-न मुहम्मदुर रसूल अल्लाह
अश्हदु अन-न मुहम्मदुर रसूल अल्लाह
हअय अलअ सअलाह
हअय अलअ सअलाह
हअय अलअ फ़अलाह
हअय अलअ फ़अलाह
अल्लाहो अकबर अल्लाहो अकबर
ला इला-ह इल्लल्लाह।"

मस्जिद से कहा जा रहा था—

"अल्लाह सबसे बड़ा है,
मैं गवाही देता हूँ कि कोई और रब नहीं अल्लाह के सिवा,
मैं गवाही देता हूँ कि मोहम्मद अल्लाह के पैग़ंबर हैं,
इबादत के लिए आओ,
बेहतरी के लिए आओ,
अल्लाह सबसे बड़ा है,
उसके सिवा कोई और रब नहीं।"

जन्नत आशियानी हुमायूँ बादशाह का तरीक़ा था कि अज़ान सुनते ही जहाँ भी होते बैठ जाते थे। अज़ान के बाद उठ कर नीचे उतरने लगे तो शेर मंडल की सीढ़ी पर कपड़े में पाँव फँस गया। ज़ीने के पत्थर में फिसलन थी। लुढ़कते हुए नीचे गिरे। सर के दाहिनी तरफ़ गहरी चोट आई और बेहोशी की हालत में ही तीन दिन बाद वो दुनिया से चले गए। लेकिन लोगों से ये बात सतरह दिन तक छिपाई गई। जन्नत आशियानी हुमायूँ बादशाह की क़द-काठी का एक आदमी झरोखे से दर्शन देता रहा। उनके ठीक होने का जश्न भी मनाया गया। यहाँ तक कि उनकी तरफ़ से बेटे को एक फ़रमान भी भेजा गया—

"सबसे प्यारे बेटे...सल्तनत की आँख के तारे जलालुद्दीन मोहम्मद अकबर, ख़ुदा उन्हें लंबी उम्र से नवाज़े। मालूम हो कि इस महीने की ग्यारहवीं को जुमा के रोज, अस्त्र की नमाज़ के वक़्त हम अपने उस किताबख़ाने की छत पर गए जो फिर से बनाया जा रहा है और वहाँ मग़रिब तक हम लोगों से मिले। मग़रिब की नमाज़ का वक़्त हुआ तो हम उतरने की जल्दी में थे। ग्यारह पायदान वाली सीढ़ी से चंद क़दम ही उतरे कि अज़ान हो गई। हम बैठना चाहते थे और बैठने में हमारा पाँव हमारे

फ़र के कपड़े में आ गया और हम सीढ़ी से लुढ़कते हुए नीचे आ गिरे। ख़ुदाई हिफ़ाज़त से बचे और सर और कंधे की मामूली चोट के अलावा कोई दर्द नहीं हुआ। ख़ुदा की इनायत है कि सब ठीक रहा और कोई नुक़सान नहीं हुआ। हमारा प्यारा बेटा किसी तरह की फ़िक्र ना करे। कोई झूठी ख़बर मिले तो उस पर यक़ीन ना करो क्योंकि ख़ुदाई इनायत से परेशानी की कोई बात नहीं। जो भी होगा उसकी रोज़ाना इत्तिला दी जाएगी।''

शेख़ अबुल फ़ज़ल से सुना है कि मौत के कुछ वक़्त पहले जलालुद्दीन मोहम्मद अकबर को ख़्वाब में आया कि कोई उनके बाल खींच रहा है। माहम अंगा ने कई लोगों से इस ख़्वाब का मतलब पूछा। जन्नत आशियानी हुमायूँ बादशाह ने कहा, ''बला इसके सर से दूर रहेगी।''

कहते हैं कि बाद में जन्नत आशियानी हुमायूँ बादशाह ने चुपचाप मिर्ज़ा अकबर को बताया था कि ये उनकी ही मौत की बात है।

सुनने में आया कि जिस रोज़ जन्नत आशियानी हुमायूँ बादशाह ज़ीने से गिरे, मिर्ज़ा अकबर ने कहा, ''एक बड़े शख़्स के साथ बहुत बुरा होगा और लगता है कि मौत हो जाएगी।''

जब जन्नत आशियानी हुमायूँ बादशाह गुज़रे तो मिर्ज़ा अकबर पंजाब की मुहिम पर थे। बतौर उस्ताद और सिपहसालार बैराम ख़ान उनके साथ थे। जुमा रबीउस सानी 963 हिज्री बमुताबिक़ 14 फ़रवरी, 1556 ईसवी को मिर्ज़ा अकबर की कलानौर में तख़्तनशीनी हुई। बैरम ख़ान के ख़ादिम आरिफ़ क़ंधारी ने इस मौक़े का मंज़र खींचा—

''मैं कह नहीं सकता कि लोगों ने आसमान पर चौदहवीं का चाँद देखा या कि चौदह बरस के बादशाह को तख़्त पर बैठते देखा। जो लोग सचाई की तलाश में हैं और दानिशमंद हैं वो जानते हैं कि चौदह की उम्र चालीस के बराबर होती है, जैसे कि चौदहवीं का चाँद पूरा होता है।''

मस्जिदों में जलालुद्दीन मोहम्मद अकबर के नाम का ख़ुतबा पढ़ा गया और उनके नाम के सिक्के निकले। बैराम ख़ान सल्तनत के वकील[1] बने। जलालुद्दीन मोहम्मद अकबर ग़ाज़ी का दौर शुरू हुआ लेकिन पूरे इख़्तियार वकीले सल्तनत बैराम ख़ान के पास रहे।

हालाँकि बैराम ख़ान ख़ानेख़ानां ने तैमूरी सल्तनत को एक नाज़ुक वक़्त पर बचा लिया लेकिन ये मसला तो देर-सवेर उठना ही था कि सल्तनत की बागडोर बादशाह सलामत के हाथ में होगी या वकीले सल्तनत के हाथ में।

शेख़ अबुल फ़ज़ल से सुना है—

---

1. वकील—सल्तनत के सबसे बड़े वज़ीर को वकील कहा जाता था। ये हुकूमत के हर मामले में बादशाह के नुमाइंदे होते थे।

"हुकूमत करने के सबसे अहम क़ायदे क़ानून में एक यह है कि ख़ास ख़िदमतगारों और क़रीबी मुलाज़िमों के मामले में बहुत एहतियात बरती जाए। अक़्लमंद और दूरअंदेश लोगों को तैनात करके हर जमात की आमदो-रफ़्त का पता रखें और बुरी सोहबत से ख़बरदार रहें क्योंकि बुरी सोहबत से ही तबाही पैदा होती है, ख़ासतौर से ऐसे वक़्त पर जब बादशाह अहम मामलों में मसरूफ़ हों और बारीकियों पर ध्यान ना दे पाएँ। इतना भी काफ़ी नहीं। सच्चे ख़बरी तैनात होने चाहिए जो बादशाह को सही हालात के बारे में और ऐसे लोगों के असली इरादों के बारे में बता सकें। वरना कई उतावले लोग लंबी ख़िदमत की वजह से बादशाह की इज़्ज़त करना बंद कर देंगे और ज़रूरत से ज़्यादा क़रीब होने का नशा उन्हें तबाही की तरफ़ ले जाएगा। ऐसे नशे से बहुत फ़साद होते हैं।"

पाँचवें इलाही सन् बमुताबिक़ 1560 ईसवी की गर्मियों के दिन थे जब बादशाह सलामत ने बैराम ख़ान ख़ानेख़ानां को ख़त लिखा।

"ख़ान बाबा! आपको इंतिहाई मेहरबानी का सलाम और प्यार भरा पैग़ाम मिले। साथ ही ये भी मालूम हो कि इससे पहले कुछ ज़रूरी काम और हालात की वजह से हम दारुल मुल्क[1] दिल्ली आए। हम सुन रहे हैं कि आप हमारी ख़िदमत में आने का इरादा कर रहे हैं...चूँकि हमको आपसे जो भी दुख और तकलीफ़ हुई है उसकी वजह से दिल को क़रार और इत्मिनान नहीं होता कि आप इस ख़िदमत में आएँ। वहीं अपने हाल पर रहें और जो भी अहम काम पेश आए उसे अंजाम दें...हमारे आगरा आने से पहले आप ग्वालियर और उसके आसपास के इलाक़ों में चले जाएँ। फिर जब हम बुलाएँ तो आप ख़िदमत में आएँ। आप की तसल्ली की ख़ातिर आपको लिख रहे हैं कि वैसे तो बाप-बेटे के बीच भी रंजिश और तकलीफ़ हो जाती है लेकिन नफ़रत और नाराज़गी मुमकिन नहीं है। चूँकि आप हमारे ख़ान बाबा हैं, यही रिश्ता हमारे लिए काफ़ी है। उस रंजिश, तकलीफ़ और बहुत सी नापसंदीदा बातों के बावजूद हम आपको पसंद करते हैं और आप से प्यार और मेहरबानी का बर्ताव करते हैं और आपको इसी वजह से ख़ान बाबा कहते हैं। चूँकि बेहतर होगा कि हमारी मुलाक़ात न हो, इसलिए जैसा कि आपने दरख़्वास्त की है, हज की तैयारी करें। किसी को भेज दें जो सरहिंद और लाहौर में छूटा आपका नक़द पैसा ले जाए।"

बैराम ख़ान ईरानी थे और तैमूरी सल्तनत के पुराने वफ़ादार थे। नसीरुद्दीन मोहम्मद हुमायूँ अभी शहज़ादे ही थे जब बैराम ख़ान उनकी ख़िदमत में आए। इसी दौर में फ़िरदौस मकानी बाबर बादशाह की नज़र पड़ी तो उनकी ख़िदमत में आ गए। जब जन्नत आशियानी बादशाह बने तो बैराम ख़ान को फिर से उनकी ख़िदमत में ले लिया गया। ज़हीरुद्दीन मोहम्मद बाबर से लेकर जलालुद्दीन मोहम्मद अकबर

1. दारुल मुल्क—राजधानी

तक उन्होंने तैमूरी ख़ानदान की तीन पुश्तों की ख़िदमत की। चौसा और कन्नौज की लड़ाई में वो जन्नत आशियानी हुमायूँ बादशाह के साथ थे।

हुमायूँ बादशाह के परेशानी के दिनों की बात है। बैराम ख़ान को क़ंधार का हुक्म देकर वो ख़ुद काबुल की तरफ़ जा रहे थे। उस वक़्त ख़ास ख़ादिम बायज़ीद बयात उनका एक ख़त लेकर बैराम ख़ान के पास पहुँचे।

बायज़ीद बयात फ़ारस से जन्नत आशियानी हुमायूँ बादशाह के साथ जुड़े थे। वो तबरेज़ के रहने वाले थे और जन्नत आशियानी के बावर्चीख़ाने में काम करते थे। बाद में जन्नत आशियानी हुमायूँ बादशाह और जलालुद्दीन मोहम्मद अकबर के दौर के बड़े अमीर मुनीम ख़ान ख़ानेख़ानां से जुड़े। बायज़ीद बयात ने पुरानी बातों की अच्छी याद्दाश्त पाई। जब बादशाह सलामत ने शेख़ अबुल फ़ज़ल को उनकी और उनके ख़ानदान की तारीख़ लिखने का हुक्म दिया तो उन लोगों को भी अपनी यादें क़लमबंद करने को कहा जो इस तारीख़ के गवाह थे। बायज़ीद बयात ने जो ज़बानी सुनाया वो *तारीख़े हुमायूँ* के तौर पर क़लमबंद हुआ।

बायज़ीद बयात घोड़े से उतरने के बाद रुक कर खड़े हो गए तो बैराम ख़ान ने कहा, ''आगे क्यों नहीं आते?''

तब बायज़ीद बयात ने कहा, ''मेरे पास हज़रत बादशाह का ख़त है।''

फ़ौरन घोड़े से उतर कर बैराम ख़ान ने कहा, ''पहले क्यों नहीं बताया?''

बैराम ख़ान ने ख़त लेकर जन्नत आशियानी हुमायूँ बादशाह की दिशा में तस्लीम किया और फिर घोड़े पर सवार हुए।

कन्नौज की हार के बाद एक बार उनका शेर शाह से सामना हुआ। शेर शाह ने उन्हें अपनी तरफ़ करने के लिए कहा, ''वफ़ादार आदमी ग़लती नहीं करेगा।''

बैराम ख़ान ने जवाब दिया, ''बिलकुल। जो वफ़ादार है वो ग़लती कैसे करेगा।''

एक बार वो जन्नत आशियानी हुमायूँ बादशाह का पैग़ाम उनके बाग़ी भाई मिर्ज़ा कामरान के पास लेकर गए। वो जानते थे कि मिर्ज़ा कामरान बैठे-बैठे ही ये पैग़ाम और फ़रमान लेंगे। तब बैराम ख़ान ने एक रास्ता निकाला। उन्होंने मिर्ज़ा कामरान को क़ुरान दी तो वो खड़े हो गए। जैसे ही मिर्ज़ा खड़े हुए, बैराम ख़ान ने उन्हें हुमायूँ बादशाह का पैग़ाम और फ़रमान दे दिया।

जन्नत आशियानी की महफ़िलों में बैराम ख़ान की ख़ास जगह थी। एक रात हुमायूँ बादशाह उनसे मुख़ातिब थे लेकिन बैराम ख़ान का ध्यान कहीं और था। इस पर जन्नत आशियानी ने कहा, ''हम आपसे कह रहे हैं।''

बैराम ख़ान का ध्यान एकदम से टूटा तो उन्होंने कहा, ''हज़रत बादशाह मैंने सुना है कि शाहों के सामने उनकी आँखों पर ध्यान देना चाहिए, दरवेशों के सामने उनके दिल की तरफ़ और अक़्लमंद लोगों के सामने ख़ुद अपनी ज़बान पर ध्यान देना चाहिए। मैं सोच रहा था कि हज़रत बादशाह में तीनों शख़्सियतें हैं तो किधर ध्यान दूँ।''

बैराम ख़ान ख़ानेख़ानां के बाग़ी होने की बुनियाद बहुत पहले पड़ गई थी।

हिज्री सन् 952 बमुताबिक़ 1545 ईसवी में शेर शाह कालिंजर के क़िले पर गोलीबारी कर रहे थे। इस वक़्त वो हादसा हुआ जिसने जन्नत आशियानी हुमायूँ को एक नया मौक़ा दिया। शेर शाह के हुक्म पर दाग़ा गया एक गोला क़िले की दीवार से टकरा कर बहुत तेज़ी से लौटा और फूट गया। इस गोले के टुकड़े से कई और गोले फूटे जिससे शेर शाह के सारे कपड़े जल गए और वो सर से पाँव तक झुलस गए। वो अपने जिस्म के नंगेपन को छिपाते हुए भागे और पास के अपने ख़ेमे में बेहोश हो गए। उनके जिस्म पर संदल और गुलाब जल का छिड़काव होता रहा लेकिन तकलीफ़ बढ़ती गई। जब भी होश आता, वो मोर्चे का हाल पूछते।

जब उन्हें क़िले पर फ़तह की ख़बर मिली तक जाकर उनकी आँख हमेशा के लिए बंद हुई।

शेर शाह अक्सर आईने में अपनी सफ़ेद दाढ़ी को देखकर कहा करते थे, ''हाय! ज़िंदगी की शाम हो गई, तब जाकर सल्तनत मिली।''

दुनिया से जाने से पहले शेर शाह ने चार ख़्वाहिशें बताईं जो पूरी नहीं हुईं—

''पहला तो ये कि रोह के इलाक़े को ख़ाली करके वहाँ के बाशिंदों को नीलाब और लाहौर के बीच बसा देता। इसमें नंदना के नीचे के पहाड़ और शिवालिक तक का इलाक़ा शामिल होता। इससे होता ये कि मुग़लों की आमद को लेकर वो हमेशा चौकन्ना रहते और किसी को काबुल से हिंद तक ना आने देते और पहाड़ी इलाक़े के ज़मींदारों को क़ाबू में रखते। एक और ये कि लाहौर को पूरी तरह बरबाद कर देता ताकि हमलावर के बिलकुल रास्ते में इतना बड़ा शहर ना हो जिसे वो क़ब्ज़ा करते ही रसद का और ज़रूरतों का इंतज़ाम कर ले। एक और ये कि सराय जितने बड़े जहाज़ों के दो बेड़े बनवाता जिससे लोग हिंदुस्तान से मक्का जाते। ये इतने मज़बूत होते कि आँधी-तूफ़ान का सामना कर पाते और सब लोग आराम से उस मुक़द्दस मुक़ाम तक आ जा सकते। आख़िरी ये कि पानीपत में इब्राहीम लोदी का एक मक़बरा बनाता लेकिन इस शर्त पर कि उसके सामने चग़ताई सुल्तानों का भी मक़बरा हो जिन्हें हमने शहीद किया। ये दोनों मकबरे ऐसी आलीशान बनावट के होते कि दोस्त और दुश्मन की वाहवाही मिलती और क़यामत तक इस ज़मीन पर मेरा नाम बुलंद रहता। ख़ुदा ने मौक़ा नहीं दिया कि इनमें से एक भी ख़्वाहिश पूरी होती और अब ये अफ़सोस लिये दुनिया से जा रहा हूँ।''

शेर शाह और फिर उनके बेटे इस्लाम शाह की मौत के बाद अफ़ग़ान ताक़त पहले जैसी नहीं रही। इस्लाम शाह के कमउम्र बेटे फ़िरोज़ ख़ान को मार कर उसके मामू मुबारिज़ ख़ान ने मोहम्मद शाह आदिल उर्फ़ अदली के नाम से दिल्ली के तख़्त पर क़ब्ज़ा किया। कहते हैं कि इस्लाम शाह ने अपने साले मुबारिज़ ख़ान की जान लेने की कई बार कोशिश की। वो अपनी बीवी से कहा करते थे, ''अपने बच्चे की

जान चाहती हो तो अपने भाई से बच के रहो। एक को बचाना है तो दूसरे की ज़िंदगी की उम्मीद न रखो।''

इस्लाम शाह की बीवी बीबी बाई जवाब देतीं, ''मेरे भाई का सारा वक़्त तफ़रीह में गुज़रता है और बादशाह बनना उनकी ख़्वाहिश नहीं है, इसलिए उन्हें मारने का ख़याल छोड़ दें।''

फिर भी इस्लाम शाह कहते, ''आख़िर एक दिन पछताओगी जब पछताने से कुछ होगा नहीं।''

जब बारह बरस के फ़िरोज़ ख़ान के बादशाह बनने के बाद मुबारिज़ ख़ान ने उसे मारने का इरादा किया तो बीबी बाई ने क़दमों पर गिर कर कहा, ''मेरे भाई इस मासूम बच्चे की जान बख़्श दो। मैं इसे किसी ऐसी जगह ले जाऊँगी जहाँ इसे कोई ना जानेगा और इसका सल्तनत से कोई ताल्लुक़ ना होगा। यहाँ तक कि वो बादशाहत का नाम तक ना लेगा।''

मुबारिज़ ख़ान ने बहन की बात को अनसुना करके उनकी आँखों के सामने बारह बरस के बादशाह फ़िरोज़ ख़ान का सर क़लम कर दिया।

साल भर के अंदर शेर शाह के ख़ानदान के इब्राहीम ख़ान ने अदली को दिल्ली छोड़ने पर मजबूर किया। मोहम्मद शाह आदिल ने पूरब की तरफ़ चुनार में अपनी हुकूमत क़ायम की। यही वो दौर था जब रेवाड़ी का बनिया हेमू बाईस जंगों को जीत कर मोहम्मद शाह आदिल का सबसे ख़ास और सबसे वफ़ादार बन गया। जिस इब्राहीम ख़ान ने मोहम्मद शाह आदिल को दिल्ली से निकाला, उसे भी शेर शाह के ही भतीजे ने दिल्ली से बेदख़ल कर दिया। शेर शाह का ये भतीजा अब सिकंदर शाह सूर के नाम से दिल्ली के तख़्त पर बैठा लेकिन तैमूरी ताक़त के हाथों 962 हिज्री बमुताबिक़ ईसवी 1555 के फ़रवरी महीने में माछीवाड़ा में हारा और फिर सरहिंद में। दिल्ली पर एक बार फिर जन्नत आशियानी हुमायूँ बादशाह की हुकूमत हो गई। उसके बाद फिर कभी कोई अफ़ग़ान दिल्ली के तख़्त पर नहीं बैठा। हिंदुस्तान का आख़िरी अफ़ग़ान बादशाह सिकंदर सूर दिल्ली से बेदख़ल तो हुआ लेकिन अभी उसकी ताक़त बाक़ी थी। शिवालिक की पहाड़ियों में वो मिर्ज़ा अकबर और बैराम ख़ान से लोहा ले रहा था। मोहम्मद शाह आदिल के सबसे भरोसेमंद सिपहसालार हेमू इन हालात को देख रहे थे। जिस मौक़े की उन्हें तलाश थी वो मिला जन्नत आशियानी हुमायूँ बादशाह की मौत से।

हेमू ने पचास हज़ार पैदल सिपाही, एक हज़ार हाथी, इक्यावन भारी और पाँच सौ हल्की तोपों से दिल्ली पर चढ़ाई कर दी और 963 हिज्री के ज़िल हिज्ज महीने की पहली बमुताबिक़ 6 अक्तूबर, 1556 ईसवी के दिन दिल्ली के पास तुग़लक़ाबाद में ख़ेमा लगाया। दिल्ली और आगरा के हाकिम[1] तरदी बेग थे जो जन्नत आशियानी

1. हाकिम—पदाधिकारी, सरदार।

हुमायूँ बादशाह के बहुत क़रीबी थे और उनके मुश्किल के दिनों के साथी थे। तरदी बेग ने हेमू के ख़िलाफ़ मोर्चा सँभाला। अगले रोज़ जब लड़ाई हुई तो एक बार तो लगा कि हेमू के पाँव उखड़ जाएँगे। शाही फ़ौज ने हेमू की बाईं पाँत को होडल और पलवल तक खदेड़ दिया और बहुत सामान लूट लिया। लेकिन इधर तुग़लक़ाबाद के पास अचानक बाज़ी पलट गई। यहाँ अपनी फ़ौज से ज़रा अलग हट कर, तीन सौ हाथियों और बहादुरों की टुकड़ी के साथ हेमू हालात का जायज़ा ले रहे थे। उन्होंने देखा कि तरदी बेग भी थोड़े से फ़ौजियों के साथ मैदाने जंग का मुआयना कर रहे हैं। मौक़ा देख कर हेमू ने सीधे तरदी बेग पर हमला कर दिया। इस हमले ने शाही फ़ौज की जीत को हार में बदल दिया। तरदी बेग मैदान छोड़ कर भाग गए। जब मग़रिब की नमाज़ के वक़्त शाही फ़ौज पलवल और होडल की तरफ़ से मैदान जीत कर लौटी तो दिल्ली और आगरा जलालुद्दीन मोहम्मद अकबर के हाथ से निकल चुका था।

जब ये ख़बर बादशाह सलामत को मिली तो वो जालन्धर में थे। दरबार में मायूसी छा गई। अभी जलालुद्दीन मोहम्मद अकबर को बादशाह बने कुछ ही महीने हुए थे। ये ख़तरा मँडराने लगा कि हिंदुस्तान का तख़्त एक बार फिर हाथ से निकल जाएगा। अंदाज़ा लगा कि हेमू के पास इस वक़्त एक लाख की फ़ौज थी और शाही फ़ौज में लगभग बीस हज़ार लोग थे।

''इस वक़्त मुक़ाबला मुनासिब नहीं। काबुल चलना चाहिए। वहाँ से फ़ौज लेकर आएँगे और अगले साल अफ़ग़ानों का बख़ूबी इलाज करेंगे,'' किसी ने दरबार में वो कह दिया जो ज़्यादातर के दिल में था।

बैराम ख़ान ने कहा, ''जिस मुल्क को दो दफ़ा लाखों जानें दे कर लिया, उसे बिना तलवार चलाए छोड़ना डूब मरने की तरह है।''

बादशाह सलामत ने कहा, ''ख़ान बाबा दुरुस्त कहते हैं। अब कहाँ जाना और कहाँ आना। बिन मरे मारे हिंदुस्तान नहीं छोड़ा जा सकता।''

अब दिल्ली की तरफ़ कूच का हुक्म हो गया। शाही लश्कर सरहिंद पहुँचा तो तरदी बेग आ पहुँचे। बैराम ख़ान और तरदी बेग दोनों ही जन्नत आशियानी हुमायूँ बादशाह के वफ़ादार थे। शुरू के वक़्त से ही तरदी बेग जन्नत आशियानी हुमायूँ बादशाह के साथ रहे थे। लेकिन उनकी हरकतों से बहुत परेशान भी हुए थे। उमरकोट में तरदी बेग ने फ़ौज के लिए अपनी दौलत देने से इन्कार कर दिया था। उस वक़्त जन्नत आशियानी हुमायूँ बादशाह ने तरदी बेग की दौलत को ज़ब्त करने का हुक्म दिया था। तरदी बेग ही वो शख़्स थे जो उमरकोट से जलालुद्दीन मोहम्मद अकबर की पैदाइश की ख़बर लेकर आए थे और जन्नत आशियानी हुमायूँ बादशाह ने इस ख़ुशी के मौक़े पर उनकी सभी ख़ताओं को माफ़ कर दिया था। लेकिन इसके बाद भी वो परेशानी का सबब बने रहे। तरदी बेग के झगड़ालू मिज़ाज की वजह से

पहले उमरकोट के राणा और फिर एक और क़रीबी मुनीम ख़ान ने जन्नत आशियानी हुमायूँ बादशाह का साथ छोड़ दिया था। फिर जब हुमायूँ बादशाह फ़ारस के लिए निकले तो तरदी बेग उनके सौतेले भाई मिर्ज़ा असकरी से मिल गए। जब जन्नत आशियानी फ़ारस से लौटे तो तरदी बेग शर्मिंदा होकर फिर साथ आए। उन्होंने मेवात की जागीर पाई। जब जन्नत आशियानी हुमायूँ बादशाह की मौत हुई तो तरदी बेग ने दिल्ली में जलालुद्दीन मोहम्मद अकबर के नाम का ख़ुतबा पढ़वाया और सल्तनत के निशान पंजाब भेज दिए। उस वक़्त उन्होंने मिर्ज़ा कामरान के बेटे मिर्ज़ा अबुल क़ासिम[1] को भी मुलाज़िमत के लिए दरबार भेजा।

सरहिंद में एक दिन बादशाह सलामत शिकारगाह से लौटे तो एक चौंकाने वाली ख़बर मिली।

दोपहर को बैराम ख़ान ख़ानेख़ानां तरदी बेग को अपने ख़ेमे में ले आए। मग़रिब की नमाज़ के वक़्त बैराम ख़ान वज़ू के बहाने उठे तो उनके आदमियों ने इशारा पाते ही तरदी बेग का क़त्ल कर दिया।

ख़बर के साथ ही बादशाह सलामत को बैराम ख़ान ख़ानेख़ानां का पैग़ाम मिला—

''जो किया वफ़ादारी के लिए किया। तरदी बेग ने जान–बूझकर दग़ा किया और मैदाने जंग से भाग आया। उसकी बेईमानी का सबको पता है क्योंकि शुरू से आख़िर तक उसका बर्ताव बुरा रहा है। ऐसी ग़लतियों को माफ़ कर दिया जाए तो हज़रत बादशाह के जो इरादे हैं वो पूरे नहीं हो पाएँगे। इजाज़त नहीं लेने की शर्मिंदगी है। यह हिम्मत इसलिए हुई क्योंकि हज़रत बादशाह बहुत रहमदिल हैं। वो सज़ा–ए–मौत की इजाज़त कभी ना देते। अगर हज़रत बादशाह का मनाही का हुक्म आता तो उसके ख़िलाफ़ जाने के बारे में सोचा भी नहीं जा सकता और हुक्म के मानने का मतलब होता मुल्क में अफ़रातफ़री और फ़ौज में बग़ावत। उम्मीद है माफ़ करेंगे ताकि दूसरे लोगों को सबक़ मिले।''

एक पाँच हज़ारी मंसबदार को बिना इजाज़त मौत की सज़ा देना बादशाहत को चुनौती थी लेकिन जलालुद्दीन मोहम्मद अकबर ने बैराम ख़ान ख़ानेख़ानां के इस पैग़ाम को क़ुबूल कर लिया। उस नाज़ुक दौर में कुछ और करना उनके लिए मुमकिन भी नहीं था। रेवाड़ी के बनिया हेमू दिल्ली के तख़्त पर बैठ कर एलान कर चुके थे कि वो विक्रमादित्य हैं। तैमूरी सिंहासन डाँवाडोल था।

बादशाह सलामत की फ़ौज अब सरहिंद से दिल्ली की तरफ़ बढ़ी तो विक्रमादित्य हेमू और पठानों की फ़ौज शाही लश्कर की तरफ़। दोनों ताक़तें आख़िर टकराईं उसी

1. मिर्ज़ा कामरान के एक ही बेटे का सबूत मिलता है लेकिन दो अलग–अलग नाम मिर्ज़ा इब्राहीम और मिर्ज़ा अबुल क़ासिम का ज़िक्र आता है। ये माना जा सकता है कि ये एक ही इंसान के दो नाम हैं।

पानीपत के मैदान में जहाँ लगभग तीस बरस पहले फ़िरदौस मकानी बाबर बादशाह ने अफ़ग़ानों को शिकस्त देकर दिल्ली का तख़्त जीता और हिंदुस्तान में तैमूरी सल्तनत की नींव रखी।

हिज्री 932 के रजब महीने बमुताबिक़ अप्रैल, 1526 में सख़्त गर्मी पड़ने लगी थी जब फ़िरदौस मकानी बाबर बादशाह ने सुल्तान इब्राहीम लोदी से लड़ाई के लिए पानीपत का मैदान चुना।

पानीपत की तरफ़ कूच के दौरान सुल्तान इब्राहीम लोदी ने अपने ज्योतिषियों से पूछा, "हमारी कुंडली देख कर बताओ कि किसकी फ़तह होगी?"

ज्योतिषियों ने कहा, "सितारों को देख कर लगता है कि हमारे सारे हाथी और घोड़े मुग़ल फ़ौज में दाख़िल हो जाएँगे।"

सुल्तान इब्राहीम लोदी ने पूछा, "तो इसका मायने ये कि हम मुग़लों पर फ़तह पाएँगे?"

ज्योतिषियों ने कहा, "ऐसा ही होगा।"

फिरदौस मकानी बाबर बादशाह ने मोर्चाबंदी शुरू की तो पानीपत शहर को अपने दाईं तरफ़ रखा। बाईं तरफ़ खाईयाँ खोद दीं और सामने गाड़ियों की क़तार लगा दी, जिन्हें ज़ंजीर और चमड़े की रस्सी से जोड़ दिया। हर दो गाड़ियों के बीच की जगह को भरने के लिए छह से सात बड़ी ढालें लगाईं ताकि उनकी आड़ लेकर बंदूक़ची गोलियाँ बरसा सकें। छह दिनों की तैयारी के दौरान सुल्तान इब्राहीम लोदी की तरफ़ से कोई हमला नहीं हुआ। लड़ाई का वक़्त आया सातवें दिन जब क़रावल[1] दस्ते ने आकर ख़बर दी कि इब्राहीम लोदी की फ़ौज तेज़ी से आ रही है। फ़िरदौस मकानी बाबर बादशाह ने मोर्चा इस तरह बाँधा कि ग़ोल[2] में वो ख़ुद रहें। जरनग़ार[3], बरनग़ार[4] और हरावल[5] को तैयार किया। जरनग़ार में ख़ुद जन्नत आशियानी हुमायूँ बादशाह तैनात हुए। तूलग़मा[6] के लिए दाईं और बाईं तरफ़ के दस्ते तैयार थे कि हुक्म मिलते ही दोनों तरफ़ से चक्कर लगा कर सुल्तान इब्राहीम लोदी की फ़ौज के पीछे की तरफ़ जा कर हमला करें। फ़िरदौस मकानी बाबर बादशह का अंदाज़ा था कि उनकी बारह हज़ार की फ़ौज का सामना सुल्तान इब्राहीम लोदी की एक लाख की फ़ौज से है।

---

1. क़रावल—सबसे आगे की फ़ौज, टोही दल।
2. ग़ोल—मैदाने जंग में फ़ौज के बीच का हिस्सा जहाँ बादशाह आम तौर पर ख़ुद हाथी पर तैनात होते थे।
3. जरनग़ार—फ़ौज की बाईं पाँत।
4. बरनग़ार—फ़ौज की दाईं पाँत।
5. हरावल—सामने की पाँत।
6. तूलग़मा—चक्कर लगा कर धावा करने वाला दस्ता।

इब्राहीम लोदी की फ़ौज बहुत तेज़ी से आगे बढ़ रही थी लेकिन क़रीब आकर सामने की फ़ौज की तरतीब देखकर ठिठक गई। उसके बाद फ़ौज ना ठीक से रुक सकी और ना ही तेज़ी से बढ़ सकी। सुल्तान इब्राहीम लोदी ने पाया कि फ़िरदौस मकानी बाबर बादशाह की फ़ौज का सामने का हिस्सा बहुत सँकरा है। जब तक वो अपनी फ़ौज को दुश्मन के मोर्चे के मुताबिक़ दुरुस्त करते, बाबर बादशाह ने अपने दो दस्तों को तूलग़मा के तरीक़े से दाएँ और बाएँ से भेजा और सुल्तान इब्राहीम लोदी की फ़ौज पर पीछे से तीरों की बौछार कर दी और सामने से भी तीर और तोप से हमला कर दिया। इब्राहीम लोदी की फ़ौज ने दाईं और बाईं तरफ़ से हमले किए लेकिन इसका जवाबी हमला इतना तेज़ हुआ कि वो पिस कर रह गए। फ़ौज ऐसे घिरी कि ना आगे जा सकी और ना ही पीछे।

इन हालात को देखकर एक वफ़ादार ने सुल्तान इब्राहीम लोदी से कहा, ''बेहतर हो कि आप इस वक़्त मैदाने जंग से चले जाएँ। अगर आप महफ़ूज़ रहेंगे तो फिर से बड़ी फ़ौज जमा हो जाएगी और हम मुग़लों से जंग कर सकेंगे।''

कहते हैं सुल्तान इब्राहीम लोदी ने जवाब दिया, ''बादशाहों के लिए मैदाने जंग से भागना बहुत शर्म की बात है। देखो कितने अमीर-उमरा, साथी और वफ़ादार दोस्त शहीद हुए पड़े हैं। अब हम कहाँ भाग कर जाएँ! मेरे घोड़े का पाँव सीने तक ख़ून में डूबा हुआ है। जितना तक़दीर में था मैंने हुकूमत की और अपनी ख़्वाहिशों को पूरा किया। इस वक़्त दग़ाबाज़ तक़दीर मुग़लों के साथ है तो मेरी ज़िंदगी से क्या फ़ायदा! अच्छा यही है कि हम और सभी साथी एक ही जगह पर धूल और ख़ून में मिल जाएँ। देखते नहीं कि बादशाह लोग सुर्ख़[1] ख़ेमे लगाते हैं। ये इनकी सुर्ख़रूई[2] की निशानी है। हमने अपने ख़ून से अपने आपको सुर्ख़ कर लिया। सुर्ख़ पहनने के बाद पीले किस तरह से हों।''

फिर सुल्तान इब्राहीम लोदी ने शेर पढ़ा—

''हम किसी और तरफ़ जाएँ ये मर्दानगी नहीं है,
सुर्ख़रूओं का काम नहीं पीला होना।''

सुबह शुरू हुई लड़ाई आधे दिन में ख़त्म हो गई लेकिन सुल्तान इब्राहीम लोदी का पता नहीं चला। चूँकि कुछ लोगों का ख़याल था कि वो भाग गए हैं इसलिए फ़िरदौस मकानी बाबर बादशाह ने हुक्म दिया कि आगरा तक उनका पीछा किया जाए। लेकिन कुछ ही देर बाद सुल्तान इब्राहीम लोदी का सर बाबर बादशाह के सामने पेश हुआ। उनकी लाश वाक़ई धूल और ख़ून में सनी हुई मिली। सर का ताज और आफ़ताबगीर[3] अलग पड़ा था।

1. सुर्ख़—लाल।
2. सुर्ख़रूई—इज़्ज़त और कामयाबी।
3. आफ़ताबगीर—वो छत्र जो शाही हुकूमत का निशान है।

कहते हैं फ़िरदौस मकानी बाबर बादशाह ख़ुद उस जगह पहुँचे जहाँ सुल्तान इब्राहीन लोदी की लाश थी। उन्होंने मिट्टी से लाश को उठाया और कहा, "तेरी बहादुरी को सलाम!"

फ़िरदौस मकानी के हुक्म पर इब्राहीम लोदी के जनाज़े को नहला कर वहीं दफ़्न कर दिया गया जहाँ वो मारे गए थे।

अकेले इब्राहीम लोदी के साथ पाँच-छह हज़ार फ़ौजियों की लाश मिली। कुल मिलाकर पंद्रह-सोलह हज़ार मारे गए। सुल्तान इब्राहीम लोदी के कुछ ज्योतिषी मैदाने जंग से भाग गए। बाक़ी मारे गए या क़ैद कर लिये गए। मैदाने जंग में मौजूद एक शख़्स ने जंग को इस तरह से ब्यान किया।

"नौ से ऊपर हता बत्तीसा[1],
पानीपत में भारत दीसा[2],
सातवीं रजब आपत डारा,
बाबर जीता, बराहम हारा।"

पानीपत की लड़ाई जीतने के बाद फ़िरदौस मकानी बाबर बादशाह ने लिखा—

"हिंदुस्तान की सल्तनत भेहरा से बिहार तक अफ़ग़ानों के हाथ में है जिनके बादशाह सुल्तान इब्राहीम थे। ज़मीन के हिसाब से उनके पास पाँच लाख की फ़ौज होनी चाहिए थी। लेकिन इस वक़्त पूरब के अमीर बग़ावत पर थे और उनकी फ़ौज एक लाख आँकी गई। उनके और उनके अमीरों के पास एक हज़ार हाथी हैं। ऐसे में हमने ख़ुदा पर यक़ीन किया...और सुल्तान इब्राहीम जैसे हुक्मरान का मुक़ाबला किया जिनके पास बड़ी फ़ौज और सल्तनत थी। हमारे यक़ीन की वजह से ख़ुदा ने हमारी तकलीफ़ों को ज़ाया नहीं होने दिया और हमने इतने मज़बूत मुख़ालिफ़ को हराया और हम हिंदुस्तान जैसी बड़ी सल्तनत को जीत गए।"

अब पानीपत की दूसरी लड़ाई में ख़ुद बादशाह जलालुद्दीन मोहम्मद अकबर और बैराम ख़ान ख़ानेख़ानां मैदाने जंग से तीन कोस की दूरी पर थे। शाही लश्कर का क़रावल दस्ता आगे पानीपत के बिलकुल पास मौजूद था। उसके सिपहसालार अली क़ुली ख़ान ऐसे जाँबाज़ थे कि उन्होंने आगे बढ़कर सबसे पहले हेमू का तोपख़ाना छीन लिया। बदले में हेमू ने पूरी ताक़त से हमला कर दिया।

मैदाने जंग में हेमू हवाई नाम के हाथी पर सवार थे। उनकी फ़ौज में पंद्रह सौ जंगी हाथी थे। इनमें ऐसे भी थे जो अरबी घोड़ों से भी तेज़ दौड़ते थे, घुड़सवारों में अफ़रातफ़री मचा सकते थे, ऊँची इमारतों को हिला सकते थे और मज़बूत पेड़ों को

---

1. नौ सौ बत्तीस हिज्री।
2. दीसा—दिशा या दशा।

खेल–खेल में उखाड़ सकते थे। ये हाथी मैदाने जंग में इंसान और घोड़ों को उठा कर हवा में फेंक सकते थे। इन हाथियों पर बंदूक़ची और तीरंदाज़ तैनात थे। हेमू के पास कुल तीस हज़ार क़ाबिल अफ़ग़ान और राजपूत घुड़सवार थे। इसके मुक़ाबले में शाही फ़ौज का क़रावल दस्ता छोटा था। उसमें लगभग दस हज़ार लोग थे जिनमें पाँच हज़ार ही लड़ाके थे। जंगी हाथियों के सामने शाही फ़ौज के क़रावल दस्ते के पाँव उखड़ ही जाते लेकिन तीरंदाज़ों ने हाथियों पर वो हमला किया कि हेमू की फ़ौज में अफ़रातफ़री फैल गई। ख़ुद हेमू की आँख में एक तीर लगा और ख़ून बहने लगा। ये देखकर उनकी फ़ौज का हौसला टूट गया। हेमू अपने हाथी हवाई पर मैदाने जंग से भाग ही रहे थे कि ग़लती से पकड़े गए। अली क़ुली ख़ान हेमू को शक्ल से नहीं जानते थे इसलिए सिर्फ़ हाथी पकड़ने के इरादे से महावत को मारने लगे। तब महावत ने कहा, ''मुझे क्यों मारते हो; बसंत राय[1] तो यही हैं!''

बादशाह सलामत और बैराम ख़ान ख़ानेख़ानां के साथ जो फ़ौज पीछे थी उसके कूच करने से पहले ही ख़बर आ गई कि क़रावल दस्ते ने मैदान मार लिया। अली क़ुली ख़ान ने हेमू को बाँध कर ख़ुद बादशाह सलामत के सामने पेश किया।

बैराम ख़ान ख़ानेख़ानां ने कहा, ''बादशाह सलामत अपने हाथ से इसे मार कर ग़ाज़ी हो जाएँ।''

ज़ख़्मी हेमू नंगे सर चुपचाप खड़े थे।

बादशाह सलामत ने कहा, ''मुझ से तो ना मारा जाएगा। मुझे नहीं लगता एक क़ैदी को मारने से कोई सवाब मिलेगा।''

दो चार उमरा ने ज़िद की लेकिन बादशाह सलामत नहीं माने और कहने लगे, ''इस मग़रूर के मैं पहले ही टुकड़े कर चुका हूँ। जन्नत आशियानी के सिकंदर शाह सूर को हराने के बाद की बात है। मैं दिल्ली में जन्नत आशियानी के किताबख़ाने में तस्वीर बना रहा था। मेरे हाथों से एक ऐसी तस्वीर बनी जिसमें एक आदमी के चारों हाथ–पाँव अलग थे। जन्नत आशियानी के दरबार के एक अमीर ने पूछा तो मैंने कहा ये हेमू है। उस वक़्त तक हेमू हमारे लिए एक अनजाना नाम था। इसलिए ना किसी ने समझा, ना ही कुछ और पूछा।''

इस क़िस्से पर लोगों ने हैरत ज़ाहिर की। शेख़ अबुल फ़ज़ल ने कहा, ''बेशक वो आज हो, आने वाला कल हो, गुज़रा हुआ कल हो, हाज़िर हो, ग़ैर हाज़िर हो, ये सब आम इंसान के लिए मायने रखता है...जिनकी पाक शख़्सियत में ख़ुदाई नूर है, उन्हें तो आज में ही गुज़रा हुआ कल और आने वाल कल दिखता है, जो ग़ैर हाज़िर है वो हाज़िर दिखता है...एक बार मैंने हज़रत बादशाह से पूछा कि ये करिश्मा कैसे हुआ तो उन्होंने कहा, 'एक ना दिखने वाली शय ने ये बात हमारी ज़बान पर रख दी, वही जाने इसका राज़।' ''

1. बसंत राय—हेमू का ही नाम।

आख़िरकार, बैराम ख़ान ख़ानेख़ानां ने समझ लिया कि बादशाह सलामत मानेंगे नहीं। उन्होंने अपनी तलवार से हेमू को वहीं मौत के घाट उतार दिया।

सभी ख़ासो-आम को सबक़ मिले इसलिए हेमू की लाश को दिल्ली में सरे-आम लटका दिया गया। उनका सर काबुल भेजा गया कि वहाँ के लोग भी देख लें। उस वक़्त काबुल में बायज़ीद बयात मौजूद थे। उनसे सुना, ''मुनीम ख़ान ने मुझे ख़त लिखा, 'जैसे ही सर मिले उसे लोहे के दरवाज़े पर लटका देना और जश्न का नक़्क़ारा बजा देना।' रात की तीन या चार घड़ी गुज़री होगी कि सर मेरे पास पहुँचा। मैंने मुनीम ख़ान के हुक्म पर अमल किया...और फ़तह की ख़बर बेगमात तक पहुँचा दी...बेगमात ने पुछवाया क्या वाक़ई ये हेमू का सर है और फ़तह की ख़बर सही है? मैंने मुनीम ख़ान का ख़त भेज दिया क्योंकि ज़्यादातर बेगमात उनकी लिखाई को पहचानती थीं। जब इत्मिनान हो गया तो उन्होंने मुझे एक घोड़ा और सरोपा[1] देने का वादा किया।''

फ़तह के अगले ही रोज़ पानीपत में दाख़िल होकर बादशाह सलामत ने कल्ला मीनार[2] बनवाया। फिर फ़ौरन दिल्ली पहुँच कर अपने नाम का ख़ुतबा पढ़वाया।

हेमू ख़त्म हो गए। दिल्ली के तख़्त पर बैठने वाले आख़िरी अफ़ग़ान सिकंदर शाह सूर भी तैमूरी सल्तनत के मंसबदार बन गए। अफ़ग़ान ताक़त अभी पूरी तरह ख़त्म नहीं हुई लेकिन तैमूरी ताक़त मज़बूत हो रही थी। ये ताक़त बादशाह सलामत के पास नहीं थी, वकीले सल्तनत बैराम ख़ान ख़ानेख़ानां के हाथ में थी।

पाँचवें इलाही सन् के आते-आते अकबर बादशाह ने ये तय कर लिया कि सल्तनत की बागडोर अब वो ख़ुद सँभालेंगे। कहते हैं उनके इस फ़ैसले में माहम अंगा का बड़ा हाथ था। हिज्री 967 के जुमादीउस सानी की बीस तारीख़ बमुताबिक़ 19 मार्च, 1560 को वो शिकार के लिए आगरा से निकले और फिर माँ मरियम मकानी हमीदा बानो बेगम की बीमारी का बहाना बना कर फ़ौरन दिल्ली आ गए। इस से पहले कि ख़ानेख़ानां कुछ समझ पाते, बादशाह सलामत ने दिल्ली पहुँच कर अपने ख़ास लोगों के बीच ऐलान कर दिया कि बैराम ख़ान रास्ते से भटक गए हैं, इसलिए वो उन्हें नज़रअंदाज़ करके दिल्ली आ गए हैं।

माहम अंगा ने चालाकी से बादशाह सलामत से कहा, ''जब ख़ानेख़ानां को पता चलेगा कि शाही लश्कर मेरे कहने पर दिल्ली आया तो वो बदला लेंगे। मेरे पास

1. सरोपा—यानी सर से पाँव तक। आमतौर पर सर की पगड़ी और बदन पर पहनने के कपड़े को सरोपा कहा जाता था। बादशाह का अपने जिस्म का सरोपा देना बहुत बड़ी इनायत मानी जाती थी। अक्सर सरोपा बादशाह की पीठ से छुआ कर ही दे दिया जाता और इसकी भी बहुत अहमियत थी।
2. कल्ला मीनार—जंग के बाद इंसानों के सर से बनाया जाने वाला मीनार।

उनका सामना करने की ताक़त नहीं है। तो यही बेहतर है कि मुझे मक्का जाने की इजाज़त दी जाए।''

माहम अंगा का डर दूर करने के लिए बादशाह सलामत ने बैराम ख़ान को कहला भेजा, ''चूँकि हम यहाँ आपकी इजाज़त के बग़ैर आए हैं, मेरे साथ के लोग बहुत ख़ौफ़ज़दा हैं। इसलिए यही सही है कि आप का रवैया अच्छा रहे ताकि वो बिना डर के मेरी ख़िदमत करते रहें।''

घबराहट में बैराम ख़ान ख़ानेख़ानां का ध्यान मिर्ज़ा कामरान के बेटे मिर्ज़ा अबुल क़ासिम की तरफ़ गया। चूँकि बादशाह सलामत को ये शक था कि बैराम ख़ान तख़्त पर किसी और को बिठाने की कोशिश कर सकते हैं, इसलिए वो शिकार के बहाने आगरा से निकले तो मिर्ज़ा अबुल क़ासिम को साथ लेते गए।

मिर्ज़ा अबुल क़ासिम के साथ बादशाह सलामत की बचपन की यादें जुड़ी हुई थीं। तीन बरस के मिर्ज़ा अकबर उस वक़्त जन्नत आशियानी हुमायूँ बादशाह और मरियम मकानी हमीदा बानो बेगम के साथ नहीं थे। वो अपने चचा मिर्ज़ा कामरान की गिरफ़्त में काबुल के अंदर थे। शबे बरात[1] के मौक़े पर मिर्ज़ा कामरान ने एक दावत दी और अपने बेटे मिर्ज़ा अबुल क़ासिम को नक़्क़ारा दिया। फ़िरदौस मकानी बाबर बादशाह की बहन ख़ानज़ादा बेगम खड़ी देख रही थीं जब तीन बरस के मिर्ज़ा अकबर का दिल नक़्क़ारे के लिए मचल गया। मिर्ज़ा कामरान ने कहा कि जो कुश्ती जीत ले, नक़्क़ारा उसी का। काबुल के बाहर शहरआरा बाग़ में लगी क़नात के नीचे मसनद पर बैठे मिर्ज़ा कामरान और हाथ बाँधे अमीर-उमरा देखते ही रह गए जब मिर्ज़ा अकबर ने अपने बड़े भाई की कमर के पीछे हाथ डालकर उन्हें हवा में उठाया और पलट दिया। कहते हैं मिर्ज़ा अकबर के चाहने वालों ने इसे अच्छा शगुन माना और मिर्ज़ा कामरान ने अपशगुन। जब मिर्ज़ा अकबर ने जीते हुए नक़्क़ारे को बजाया तो उनके अपने लोगों ने उसे जीत का नक़्क़ारा माना।

अब बैराम ख़ान ख़ानेख़ानां के पास ना तो बादशाह सलामत थे और ना ही तख़्त का कोई और वारिस। बादशाह सलामत ने ख़ानेख़ानां के वफ़ादारी के पैग़ाम को नामंज़ूर कर दिया और पैग़ाम लाने वाले को अपने पास ही रोक लिया। बैराम ख़ान ने वफ़ादारी साबित करने के लिए दिल्ली आना चाहा तो बादशाह सलामत ने मना कर दिया और उन्हें हज पर जाने का हुक्म दे दिया।

अब एक-एक करके सल्तनत के अमीर-उमरा बैराम ख़ान का साथ छोड़ कर बादशाह सलामत के दरबार में पेश होने लगे। बादशाह सलामत के दौर की ख़ुफ़िया तारीख़ लिखने वाले मुल्ला अब्दुल क़ादिर बदायूँनी ने इन हालात पर इस शेर को याद किया—

1. शबे बरात—हिज्री सन् के शाबान महीने के चौदह और पंद्रह तारीख़ के दरमियान की रात। माना जाता है कि इस रात को दुआ करने से गुनाहों की माफ़ी होती है और इबादत का कई गुना ज़्यादा सवाब मिलता है। दुनिया के कुछ हिस्सों में इसे त्यौहार के तौर पर भी मनाया जाता है।

"जब तक़दीर ग़ुलाम पर मेहरबान होती है,
तो सभी ग़ैर भी रिश्तेदार हो जाते हैं,
लेकिन अच्छा वक़्त जाते ही
ख़ुद के दरो-दीवार काटने लगते हैं।"

बैराम ख़ान हज का इरादा करके आगरा से बयाना और फिर नागौर पहुँचे। नागौर से उन्होंने अपने ओहदे और रुतबे का सारा साज़ो-सामान, नक़्क़ारा और अलम[1] दरबार भेज दिया। फिर भी बादशाह सलामत के ख़ैरख़्वाहों को उन पर यक़ीन नहीं था। उन्होंने बैराम ख़ान को ना तो हज पर जाने दिया और ना ही बादशाह सलामत के सामने आने दिया।

पीर मोहम्मद ख़ान बैराम ख़ान के वकील[2] थे। एक मामूली मुल्ला को बैराम ख़ान ने ऐसे मुक़ाम तक पहुँचा दिया कि बड़े-बड़े अमीर-उमरा उनके दरवाज़े से लौट जाते। उनकी ताक़त इतनी बढ़ गई कि वो बैराम ख़ान के वकील के बजाय ख़ुद को वकीले सल्तनत समझने लगे। सुना है कि एक बार बैराम ख़ान ख़ानेख़ानां को दिल्ली से आगरा के रास्ते में भूख लगी। उस वक़्त पीर मोहम्मद ख़ान ने उनके लिए जो दस्तरख़्वान लगवाया उस में तीन सौ शर्बत के प्याले और सात सौ खाने की रिकाबियाँ थीं। अपने वकील की ये ऐश देखकर बैराम ख़ान की आँखें फटी की फटी रह गईं। उन्होंने कुछ कहा नहीं लेकिन इस बात को भूले भी नहीं। दिल्ली में एक दिन जब पीर मोहम्मद ख़ान बीमार थे तो बैराम ख़ान उन्हें देखने पहुँचे। एक ग़ुलाम ने उन्हें दरवाज़े पर ही रोक दिया क्योंकि अमीर-उमरा को रोकने का हुक्म था। जब पीर मोहम्मद को पता चला तो वो दौड़े आए और कहा, "दरबान ने आपको पहचाना नहीं।"

"और तुमने भी नहीं, "बैराम ख़ान ख़ानेख़ानां ने कहा।

इसके दो-तीन दिन बाद बैराम ख़ान ख़ानेख़ानां ने पीर मोहम्मद को पैग़ाम भेजा—

"उन दिनों को भूल गया है जब तू ख़स्ता हाल में क़ंधार पहुँचा था। हमने उस वक़्त तेरी क़ाबिलियत और ख़ुलूस के जज़्बे को देखकर और चंद उम्दा ख़िदमत बजा लाने की वजह से ज़मीन से उठा कर आसमान तक पहुँचाया...ऐसा मालूम होता है कि तू इस दौलत और रुतबे के लायक़ नहीं और तेरी तरफ़ से फ़ितना और फ़साद का अंदेशा हो चला है। इसलिए हम चंद दिनों के लिए वो साज़ो-सामान तुझ से छीन लेते हैं जो तेरे इस ग़ुरूर की वजह बने हैं ताकि तेरा दिमाग़ ठिकाने आ जाए। तेरे लिए यही मुनासिब है कि तू फ़ौरन ही अलम और नक़्क़ारा और साज़ो-सामान सरकारी आदमियों के हवाले कर दे।"

1. अलम—झंडा।
2. वकील—यहाँ इसका मतलब है नुमाइंदा।

अब पीर मोहम्मद ख़ान एक अमीर से दोबारा मुल्ला पीर मोहम्मद बन गए। बैराम ख़ान ख़ानेख़ानां के हुक्म से उन्हें बयाना के क़िले में क़ैद किया गया और फिर मक्का के लिए रवाना कर दिया गया। अभी वो रास्ते में ही थे कि उन्हें माहम अंगा के बेटे अधम ख़ान कोका का पैग़ाम मिला। अधम ख़ान ने कहलवाया, ''जहाँ हैं वहीं रुक जाएँ और एक अच्छी ख़बर का इंतज़ार करें।''

अधम ख़ान कोका का पैग़ाम सुनने के बाद पीर मोहम्मद ख़ान रणथंभोर में रुके तो बैराम ख़ान ने उन्हें पकड़ने के लिए कुछ लोगों को भेजा। पीर मोहम्मद ख़ान अपना सारा साज़ो-सामान छोड़ कर भाग गए। अभी वो गुजरात तक ही पहुँचे थे कि पता चला कि बादशाह सलामत ने बैराम ख़ान के हाथ से हुकूमत ले ली है। वो उलटे दरबार लौटे तो बादशाह सलामत ने उन्हें अलम और नक़्क़ारे के साथ ख़ान का ख़िताब दिया और बैराम ख़ान के पीछे भेजा ताकि वो जल्द से जल्द हिंदुस्तान से रवाना हों। पीछा करते-करते पीर मोहम्मद ख़ान नागौर तक पहुँचे और वहाँ से बैराम ख़ान को ये शेर भेजा—

''मैं आया तो दिल में इश्क़ की बुनियाद मज़बूत थी,
मेरी ग़मज़दा जान में तुम्हारे लिए ग़म है मेरे हमदम।''

बैराम ख़ान ने जवाब लिखा—

''तुमने यहाँ आकर मर्दानगी का सुबूत दिया,
लेकिन क़रीब आकर रुक गए ये नामर्दी है।''

ख़ानेख़ानां बैराम ख़ान को ये बात चुभ गई कि उनके पुराने ख़ादिम को उनका पीछा करने के लिए भेजा गया। अब ख़ानेख़ानां ने गुजरात की जगह पंजाब का रुख़ कर लिया।

उन्होंने सरहद पर तैनात उमरा को लिखा, ''मैं तो हिजाज़ जा ही रहा था लेकिन पता चला है कि कुछ लोगों ने बादशाह सलामत के कान भरे हैं। ख़ास तौर पर माहम अंगा ने जो कहती हैं कि उन्होंने बैराम ख़ान को निकाल दिया है। अब इन सबको सबक़ सिखा कर हज पर जाऊँगा।''

इस खुली बग़ावत के बाद बादशाह सलामत ने भी एक कड़ा फ़रमान भेज दिया—

''ख़ानेख़ानां को मालूम हो कि इस आला ख़ानदान ने उनकी सरपरस्ती की है और हज़रत बादशाह जन्नत आशियानी ने उन पर इनायत रखी है और उन्हें हमारा सरपरस्त बनाने की इज़्ज़त बख़्शी है। जन्नत आशियानी के इस तंग दुनिया से एक बड़ी और कभी न ख़त्म होने वाली दुनिया में चले जाने के बाद उन्होंने वकील की ज़िम्मेदारी को वफ़ादारी से निभाया और हमने उनकी चुस्ती और ख़ूबियों को देखते हुए जहाँ तक मुमकिन हो सके ये काम उन पर छोड़ा। अच्छा या बुरा, जो उन्होंने

चाहा वो हुआ। इसलिए इन पाँच सालों में कुछ ऐसे काम हुए जो सबको नागवार गुज़रे। शेख़ गदाई को सद्र बनाया सिर्फ़ इसलिए कि वो उनके क़रीबी हैं जबकि इस ओहदे के लिए मुकम्मल क़ाबिलियत और इल्म की ज़रूरत है। न सिर्फ़ शेख़ गदाई को सद्र बनाया बल्कि उन्हें अपनी मोहर से फ़रमान की तसदीक़ करने की इजाज़त दी और तसलीम करने से छूट दे दी। ऊँचा रुतबा रखने वाले जिन सय्यदों और नामी उलेमा की हम इज़्ज़त करते थे, उनसे बड़ा मुक़ाम शेख़ गदाई को दिया जबकि उनमें क़ाबिलियत और इल्म की कमी थी। हमारे बुजुर्गों की मुबारक रूहों के सामने कोई शर्मिंदगी महसूस नहीं की जब शेख़ गदाई को घोड़े पर बैठे-बैठे ही तसलीम की इजाज़त दी गई। अपने घरेलू नौकरों को—जिनकी हालत और ख़ूबी से सब वाक़िफ़ हैं—सुल्तान और ख़ान का ख़िताब दिया और झंडे, नक़्क़ारे और अच्छे इलाक़े दिए, जबकि जन्नत आशियानी के ख़ान, शहज़ादे, उमरा और वफ़ादार—जिनके ओहदे और क़ाबिलियत का सबको पता है—सूखी रोटी तक के मोहताज हो गए। उन पुराने ख़ादिमों के बारे में ज़रा भी नहीं सोचा जो बरसों से ख़िदमत कर रहे थे और मदद के हक़दार थे। उन्हें छोटा ओहदा भी ना दिया जो उनकी रोज़ी-रोटी का ज़रिया बनता। मुहिम में और शिकार में जिन्होंने ख़िदमत की और तकलीफ़ें उठाईं, उनके ख़ून के प्यासे हुए। उनके ख़िलाफ़ जब तब झूठी बात बनाईं। उन्होंने कई ग़लत और बेजा हरकतें की हैं। उनके अपने ख़ादिम क़त्ल, लूट, रहज़नी जैसी सौ हरकतें करते और उनकी नज़र में ये बातें आतीं भी तो वो इस तरफ़ से आँखें बंद कर लेते। अगर दरबार के ख़ादिम से कोई छोटी सी ख़ता हो जाती है या उन पर कोई झूठा इल्ज़ाम लगता तो बिना हिचक उन्हें क़ैद कर लिया जाता या मौत के घाट उतार दिया जाता या उनकी दौलत छीन ली जाती।''

बादशाह सलामत को बैराम ख़ान के कई फ़ैसले एक के बाद एक याद आए।

एक बार बादशाह सलामत का हाथी मस्त हाल में महावत के क़ाबू से बाहर हो गया। मस्त हाथी ने बैराम ख़ान के एक हाथी को ऐसा जख़्मी किया कि उसकी आँतें बाहर निकल आईं। इस पर बैराम ख़ान ने शाही महावत को मरवा दिया।

एक बार बैराम ख़ान यमुना नदी पर हवाख़ोरी कर रहे थे। उस वक़्त बादशाह सलामत का एक हाथी मस्त हालत में नदी में घुस आया और उनकी नाव की तरफ़ बढ़ने लगा। बहुत मुश्किल से महावत ने शाही हाथी को क़ाबू में किया और बैराम ख़ान बच गए। जब बादशाह सलामत को पता चला तो उन्होंने महावत को बँधवाकर बैराम ख़ान के पास भेज दिया ताकि उन्हें इत्मिनान हो जाए। बादशाह सलामत ने सोचा भी नहीं था कि बैराम ख़ान उस बेक़सूर महावत को मौत के घाट उतार देंगे।

बैराम ख़ान ख़ानेख़ानां ने शम्सुद्दीन मोहम्मद अतका ख़ान से कहा था, ''बादशाह सलामत के आला ख़ानदान के लिए हमारे दिल में ज़रा भी ग़लत ख़याल नहीं है। हम जानते हैं कि बादशाह सलामत के दिल में हमारे लिए बिना शक-शुब्हा नेक

ख़याल हैं। इसलिए हमें किसी दरार का डर नहीं। फिर भी अगर कभी-कभी बादशाह सलामत का बर्ताव हमारे ख़िलाफ़ हो जाता है तो ये ज़रूर आपकी साज़िशों की वजह से होगा। हमने ऐसा क्या किया है कि आप ख़ून के प्यासे हो गए और आपने बादशाह सलामत के मुबारक दिल को हमारे ख़िलाफ़ कर दिया?''

शम्सुद्दीन मोहम्मद अतका ख़ान ये सुन कर इतना परेशान हुए कि अपने पूरे ख़ानदान के साथ ख़ानेख़ानां के सामने पेश हुए। उन्होंने क़समें खा-खाकर बैराम ख़ान को यक़ीन दिलाया कि उनके ख़िलाफ़ ना कभी मुँह खोला है, ना खोलेंगे।

बादशाह सलामत ने अपने फ़रमान में कई नाफ़रमानियों को गिनाया जो बहुत चुभी थीं लेकिन वो चुप रह गए थे—

''कई गिरे हुए लोग उनकी ख़िदमत में रहे हैं और उनकी चापलूसी करते हैं...अपने सीधेपन की वजह से वो उनकी बातों को सच मानते रहे और उनकी सरपरस्ती करते रहे। शाह क़ुली ने बदतमीज़ी की और हुक्म नहीं माना। मोहम्मद ताहिर ने इतनी बदतमीज़ी से जवाब दिया कि इस के लिए उनकी ज़बान काट दी जानी चाहिए या उन्हें सज़ा-ए-मौत दे देनी चाहिए। उन्होंने सब सुना लेकिन कुछ नहीं किया। लंग सारबान ने उनके और कई लोगों के सामने इतनी बदतमीज़ी की कि वो सज़ा के हक़दार हैं...कई महफ़िलों में ऐसी हरकतें हुईं जिससे हमें दुख पहुँचा। चूँकि हम उन्हें ख़ुश करना चाहते हैं और उन्हें ख़ानदान का ख़ैरख़्वाह मानते रहे हैं, उनकी बातों पर और काम पर भरोसा करते रहे हैं, इसलिए हमने समझा कि उनकी ये ग़ैरमुनासिब हरकतें भी एक तरह की वफ़ादारी और ख़ैरख़्वाही हैं। हम जानते-बूझते सब नज़रअंदाज़ करते रहे...अब हम ख़ुद सल्तनत की ज़िम्मेदारियों को सँभाल रहे हैं, तो ये मुनासिब था कि वो अपनी तरफ़ से मुनासिब काम करते और फिर हम उस पर फ़ैसला करते। हम कई मौक़ों पर ज़ाहिर कर चुके थे कि वक़्त आ गया है कि हम सल्तनत की ज़िम्मेदारियों पर ख़ुद ध्यान दें। हमें लगा कि ये अच्छी ख़बर सुन कर वो ख़ुश होंगे और वफ़ादार बने रहेंगे लेकिन हमें मालूम हुआ कि वो हमारी इनायत को बिलकुल भूल गए, हमारे आला ख़ानदान ने चालीस बरस तक जो इनायत और सरपरस्ती की उसे भूल गए, जब वो पालने में थे तब से जो मदद हुई उसे भूल गए और बाग़ियों की बातों में आ गए। बाग़ियों ने तो अपनी ख़ुदग़र्ज़ी में उन्हें अपने साथ मिलाना चाहा ताकि ज़िंदगी की आख़िरी मंज़िल में उन्हें दूसरी दुनिया की ख़ुशियों से महरूम कर दें और हमेशा के लिए रुसवा कर दें। बाग़ियों ने मुकम्मल तौर पर गिरी हुई मग़रूर हरकतों से उन्हें अपनी तरफ़ कर लिया और सही रास्ते से भटका दिया।

''उन्होंने सल्तनत में फूट डाली और उस ख़ानदान की हुकूमत के चिराग़ को बुझाना चाहा जो ख़ुदाई हिफ़ाज़त में है। लगता है कि ग़ुरूर ने उन्हें अंधा कर दिया है और उन्हें ये नहीं पता—

"ख़ुदा ने जिस शमा को जलाया है,
उसे बुझाने वाले की दाढ़ी में आग लगती है।

"उनके तौर-तरीक़ों से जो ईमानदारी दिखती रही है, उस से लगता रहा है और अब भी लगता है कि इन हरकतों के लिए ये बुरे लोग ज़िम्मेदार हैं, वो ख़ुद नहीं। ऐसा नहीं लगता कि ये हरकतें उनकी अपनी हैं क्योंकि इस आला ख़ानदान ने उनकी सरपरस्ती की है और हमारे हुक्म की तामील उनके लिए सही और मुनासिब रास्ता है। इसलिए हमने हुक्म दिया कि वो ये हरकतें ना करें और उन बाग़ियों को हिरासत में लेकर दरबार भेजें जो उनकी इज़्ज़त और तक़दीर की बर्बादी के लिए ज़िम्मेदार हैं, और जो अपने ही फ़ायदे के लिए उनकी बग़ावत और दुश्मनी की हिमायत कर रहे हैं। चूँकि हमने इन पाँच बरसों में उनकी ख़्वाहिशों को माना है, और हमें वो पसंद हो या ना हो, उनकी ख़्वाहिशों से बाहर कोई काम नहीं किया, तो उन्हें भी चाहिए कि फ़ौरन हमारे हुक्म को मानें। जब भी वो इस हुक्म को मान लेंगे, हम अपना दिल उनकी तरफ़ से साफ़ कर लेंगे और उनकी तमाम ग़लतियों को माफ़ कर देंगे और जब भी वो ख़िदमत में आना चाहें, तो मौक़े के मुताबिक़ हम उन्हें ख़िदमत का मौक़ा देंगे। चाहे उनकी ख़िदमत के बदले में हम हज़ार गुना ज़्यादा इनायत कर चुके, लेकिन उनकी ख़िदमत का अब भी हमें मान है और हम चाहेंगे कि उनका नाम, जो बरसों से सभी मुल्कों और शहरों में ईमानदारी और वफ़ादारी, फ़रमाबरदारी और भरोसे के लिए लिया जाता है, बग़ावत के लिए बदनाम ना हो, इसलिए हम उन्हें फ़रमाबरदारी की ज़िम्मेदारी समझा रहे हैं। किसी और तरह के ख़याल से बाज़ आएँ और ये यक़ीन रहे कि अगर नासमझी की वजह से फ़रमाबरदारी की राह छोड़ी, और अगर ग़रूर ने दिमाग़ ख़राब किया और बाग़ियों की सफ़ में खड़ा कर दिया तो हम अपनी फ़तह पाने वाली फ़ौज को लेकर उनके ख़िलाफ़ चढ़ाई करेंगे, मज़बूत इरादों के साथ उन्हें कुचल देंगे, और ख़ुदाई मदद से इस ज़मीन पर से उनका नामो-निशान मिटा देंगे। अब जबकि हमारी सल्तनत का सितारा चढ़ रहा है और उनका सितारा डूब रहा है, उम्मीद है कि एक बड़ी फ़तह होगी और वो रुस्वा होंगे और क़ैद कर लिये जाएँगे। ये सोचने की बेवक़ूफ़ी न करें कि पाँच बरसों में आपने जिन लोगों पर इनायत की है, वो ज़रूरत के वक़्त काम आएँगे। नासमझी है अगर ये नहीं जानते कि तक़दीर तो ख़ुदाई मर्ज़ी से जुड़ी होती है। जिस ख़ादिम में वफ़ादारी नहीं, उसका ख़ुदा साथ नहीं देता और वो कामयाब नहीं हो सकता। साफ़ है कि भाई और बेटा कहने वाले ज़्यादातर लोग, जो उन्होंने सोचा था कि कभी अलग नहीं होंगे, अब उनसे दूर हो चुके हैं। जो रह गए हैं वो भी एक-एक करके अलग हो कर दरबार आ रहे हैं। धीरे-धीरे सब साथ छोड़ देंगे। इन हालात में हथियार डालने के अलावा कोई और रास्ता नहीं बचा है।

"सर का और गर्दन का झुकना ज़रूरी है,
इंसाफ़पसंद बादशाह जो करता है सही करता है।"

जब बैराम ख़ान के बीकानेर से पंजाब की तरफ़ जाने की ख़बर आई तो गुनाचौर में शम्सुद्दीन मोहम्मद अतका ख़ान ने रास्ता रोका। पहली बार में तो ख़ानेख़ानां की फ़ौज ने ऐसा हमला किया कि शाही फ़ौज के ज़्यादातर लोग भाग खड़े हुए, लेकिन जब बैराम ख़ान के हाथी दलदल में फँसे तो शाही तीरंदाज़ों को उन पर हमला करने का मौक़ा मिला। बैराम ख़ान को मोर्चा छोड़ना पड़ा। उनकी तरफ़ के कई घायल हुए, कई पकड़े गए।

बैराम ख़ान ने पीछे हट कर ब्यास नदी के किनारे तलवाड़ा में पनाह ली। वहाँ के राजा गणेश की मदद से वो शाही फ़ौज पर हमला करते रहे। इन्हीं हमलों के दौरान दोनों तरफ़ से सुलह की बातें भी होने लगीं। पैग़ाम आते और जाते लेकिन बात वहीं की वहीं रही।

अब एक ऐसा शख़्स वहाँ आ पहुँचा जो दूर क़ाबुल में बैठ कर बरसों से बैराम ख़ान की हरकतों को देख रहा था। ये मुनीम ख़ान चग़ताई थे और जन्नत आशियानी हुमायूँ बादशाह के साथ उस दौर से थे जब वो सिंध में हैरान-परेशान घूम रहे थे। उस दौर में उनकी वफ़ादारी पक्की नहीं थी लेकिन जब हुमायूँ बादशाह फ़ारस से लौटे तो मुनीम ख़ान ने उनका साथ दिया। मुनीम ख़ान ने ऊँचा मुक़ाम पाया और काबुल के हाकिम बने।

बादशाह सलामत के बचपन की बात है। एक रोज़ उन्होंने अधम ख़ान कोका से कहा, "मुनीम से कहो आज हमें पढ़ाई से छुट्टी दे दें।"

चूँकि मुनीम ख़ान का रुतबा बड़ा था इसलिए उनके कहने पर मिर्ज़ा अकबर को छुट्टी मिल गई। जब जन्नत आशियानी हुमायूँ बादशाह को पता चला तो उन्होंने मिर्ज़ा अकबर से कहा, "कल तुमने हाजी मोहम्मद सुल्तान से कहा था कि पढ़ाई से छुट्टी दे दें। आईंदा ऐसा ना करना।"

जब मिर्ज़ा अकबर चले गए तो हुमायूँ बादशाह ने मुनीम ख़ान से कहा, "मुनीम हमें पता है कि आपने उन्हें छुट्टी दी। हमने जान-बूझकर शहज़ादे को कहा कि हाजी मोहम्मद ने छुट्टी दी। वो अभी छोटे हैं। ऐसा ना हो कि वो याद रखें कि मुनीम बेग ने छुट्टी दे कर बादशाह को बता दिया और मेरे जाने के बाद आपको नुक़सान पहुँचाएँ। चूँकि हाजी मोहम्मद बदतमीज़ हैं, उसके साथ जो भी बुरा हो ठीक है।"

जन्नत आशियानी हुमायूँ बादशाह के गुज़र जाने के बाद भी मुनीम ख़ान काबुल में बने रहे। उनका रुतबा कोई बैराम ख़ान से कम नहीं था। इसलिए हिंदुस्तान की तरफ़ का इरादा किया भी तो तरदी बेग के क़त्ल के बाद छोड़ दिया कि कहीं बैराम ख़ान उनका भी वही हाल ना करें। जब मुनीम ख़ान को यक़ीन हो गया कि बैराम ख़ान का ओहदा छिन गया है तब जाकर वो हिंदुस्तान आए।

शम्सुद्दीन मोहम्मद अतका ख़ान के हाथों बैराम ख़ान की हार के बाद मुनीम ख़ान सरहिंद में बादशाह सलामत के सामने पेश हुए। उसी दिन उन्हें वो ख़िताब और ओहदा दे दिया गया जो पहले बैराम ख़ान का था। अब वो मुनीम ख़ान ख़ानेख़ानां थे और सल्तनत के वकील।

एक दिन बैराम ख़ान ने क़िले के अंदर से मुनीम ख़ान को पैग़ाम भेजा, ''मैं काफ़िरों की पनाह लेने पर मजबूर हुआ। अगर तुम आओ और मेरा हाथ पकड़ कर इस पहाड़ी से नीचे ले जाओ तो मैं चलूँगा...अगर हज़रत बादशाह और उनके वज़ीरों को ख़ून का एक चम्मच भी चाहिए, मैं तैयार हूँ।''

बादशाह सलामत को यह पैग़ाम मिला तो उन्होंने जवाब दिया, ''मुनीम ख़ान से कहना कि वो हमारे वालिद जैसे हैं। बैराम ख़ान को मनाने और यहाँ लाने के लिए जो भी हो सके, करें।''

मुनीम ख़ान हिम्मत करके सीधे क़िले के अंदर जा पहुँचे। वो और बैराम ख़ान जन्नत आशियानी हुमायूँ बादशाह की मौत के बाद पहली बार मिल रहे थे। दोनों जन्नत आशियानी के वफ़ादार थे और उन्हें याद करके ख़ूब रोए। ये तय हुआ कि बैराम ख़ान बादशाह सलामत के सामने पेश होंगे।

मुनीम ख़ान के ख़ादिम बायज़ीद बयात बादशाह सलामत को ख़बर करने के लिए आगे गए। बादशाह सलामत उस वक़्त माहम अंगा के ख़ेमे में थे। उन्होंने दूर से ही बायज़ीद को पहचान लिया। वहाँ मौजूद ख़ादिमों ने चिल्ला कर पूछा, ''ख़ैर है?''

बायज़ीत बयात ने कहा, ''ख़ैर है। बादशाह का इक़बाल बुलंद है। बैराम ख़ान आ रहे हैं।''

मग़रिब और इशा की नमाज़ के बीच का वक़्त था जब ख़बर आई कि बैराम ख़ान माहम अंगा के ख़ेमे की तरफ़ आ रहे हैं।

बादशाह सलामत के हुक्म से दरबार के अमीर–उमरा ने बैराम ख़ान का पहले की तरह ही इस्तक़बाल किया। जब बादशाह सलामत के ख़ेमे का कलश दिखा तो बैराम ख़ान ने घोड़े से उतर कर अपनी तलवार को गुनहगार की तरह गले में डाल लिया, पटके से अपने हाथ बाँधे और पगड़ी सर से उतार कर गले में लपेट ली।

बादशाह सलामत के सामने आते ही उन्होंने अपना सर क़दमों में रख दिया। जब बैराम ख़ान ने पाँव चूमे तो बादशाह सलामत ने उनके कंधों पर हाथ रख कर उन्हें उठाया। इसके बाद जलालुद्दीन मोहम्मद अकबर ने अपने ख़ान बाबा को गले लगाया और दाहिनी तरफ़ उनकी पुरानी जगह पर बिठा कर उनके हाथ खोले और उनके सर पर पगड़ी रखी।

बैराम ख़ान ने कहा, ''आरजू थी कि हज़रत की नमकहलाली में जान को क़ुर्बान करता। अफ़सोस कि तमाम उम्र की जाँनिसारी ख़ाक़ में मिल गई। ख़ुदा जाने

अभी क़िस्मत में क्या लिखा है। यही शुक्र है कि आख़िरी वक़्त में हज़रत के क़दम देखने को नसीब हुए।''

मुनीम ख़ान ख़ानेख़ानां ने कहा, ''हमने ख़ान को यक़ीन दिलाया है कि उन्हें मक्का मदीना जाने की इजाज़त मिलेगी।''

बादशाह सलामत ने कहा, ''हम तो उन्हें अपनी ख़िदमत में रखना चाहते थे लेकिन बैराम ख़ान की ख़्वाहिश है तो हम इजाज़त देते हैं।''

बादशाह सलामत ने ख़ुद अपना सरोपा उतार कर उन्हें दिया। दरबार के छोटे-बड़े लोगों ने चंदा कर के उनके लिए रुपया-पैसा और साज़ो-सामान जमा किया।

बैराम ख़ान के बारे में जो शेख़ अबुल फ़ज़ल ने कहा वो बादशाह सलामत के दिल की आवाज़ थी।

''सच कहें तो बैराम ख़ान एक अच्छे इंसान थे और उनमें बड़ी ख़ूबियाँ थीं। बुरी सोहबत इंसान के लिए सब से बुरी चीज़ है। अपनी ख़ूबियों को पहले उन्होंने ख़ुद देखा और फिर ज़रूरत से ज़्यादा चापलूसी की वजह से उनका अपने लिए मोह बढ़ गया...लेकिन इन चापलूसों ने उनका इतना नुक़सान नहीं किया जितना उनके ईमानदार लेकिन नातजुर्बेकार और ग़ैर दूरअंदेश दोस्तों ने। चूँकि उनका मुबारक मन था और उनकी तक़दीर जाग रही थी इसलिए सही रास्ता दिखाए जाने पर आख़िरकार उनका अंत बग़ावत और नाफ़रमानी में नहीं हुआ और वो अपने किए पर पछताने के लिए ज़िंदा रहे...आख़िरकार वो वक़्त आया कि उन्हें माफ़ी मिली और पूरी इज़्ज़त के साथ सामान असबाब और ख़ानदान को लेकर हज के लिए रवाना हुए...''

बादशाह सलामत के दिल में जो एहतराम था वो गोवर्धन की बनाई तस्वीर से ज़ाहिर था। गोवर्धन ने बादशाह सलामत के तस्वीरख़ाने में काम शुरू किया, फिर शहज़ादे सलीम के लिए काम किया और फिर उसके बाद बादशाह सलामत का दौरे हुकूमत ख़त्म होने से पहले लौट आए। वो तस्वीरें ऐसी बनाते थे जैसे अपने किरदारों से क़रीब से वाक़िफ़ हों। शाही हुक्म से गोवर्धन ने बादशाह सलामत के बचपन की जो तस्वीर बनाई उसमें वो बाक़ायदा बैराम ख़ान की हिदायत के मुताबिक़ बंदूक़ चलाना सीख रहे थे।

हज के रास्ते में बैराम ख़ान गुजरात रुके। यहीं हिज्री 968 की जमादीउल अव्वल बमुताबिक़ जनवरी, 1561 को वो पटन की सहस्त्रलिंग झील के बीच के टापू की सैर कर के मग़रिब की नमाज़ के लिए लौट रहे थे कि तीस-चालीस पठानों ने हमला कर दिया। पठानों की इस टोली का सरदार मुबारक ख़ान था जिसके वालिद ने माछीवाड़ा की जंग में जान गँवाई थी। एक पठान ने पीछे से इतनी ज़ोर का वार किया कि ख़ंजर आर-पार हो गया। एक और पठान ने तलवार से सर पर हमला किया और बैराम ख़ान इस दुनिया से उठ गए। रोज़ फ़ज्र की नमाज़ में शहादत की दुआ करते थे जो उस दिन क़ुबूल हो गई। हमला इतना ज़बरदस्त था कि बैराम ख़ान

के अपने भी उनकी लाश नहीं उठा पाए। पास ही हज़रत निजामुद्दीन औलिया के मुरीद शेख़ हिसाम की दरगाह थी। कुछ ग़रीबों और फ़क़ीरों ने उसी दरगाह के अहाते में बैराम ख़ान को मिट्टी दी। बाद में वसीयत के मुताबिक़ उन्हें मशहद ले जाकर सुपुर्दे ख़ाक़ किया गया।

साथ के लोग, बीवी सलीमा सुल्तान बेगम और चार साल के अब्दुर्रहीम का क़ाफ़िला बचते-बचाते अहमदाबाद पहुँचा। शाही हुक्म के मुताबिक़ अब्दुर्रहीम जब दरबार पहुँचे तो बादशाह सलामत उन्हें गोद में लेकर रोते रहे। उन्होंने हिदायत दी, ''याद रहे कि ये मेरा बेटा है। इसे हमेशा मेरी नज़र के सामने रखें।''

बादशाह सलामत ने मिर्ज़ा अब्दुर्रहीम की परवरिश की ज़िम्मेदारी अपने ऊपर ली। उन्होंने हकीम अबुल फ़तह और कुँवर मान सिंह को हुक्म दिया कि वो मिर्ज़ा अब्दुर्रहीम को तालीम देने की ज़िम्मेदारी निभाएँ।

जब मिर्ज़ा अब्दुर्रहीम रातों को जाग कर बैराम ख़ान के बारे में पूछते तो बादशाह सलामत की हिदायत के मुताबिक़ उन्हें बताया जाता, ''हज पर गए हैं। ख़ुदा के घर गए हैं।''

बैराम ख़ान से हुई जंग में तैमूरी ख़ानदान का एक अहम शख़्स मारा गया। जन्नत आशियानी हुमायूँ बादशाह ने अपने सौतेले भाई मिर्ज़ा कामरान को मक्का रवाना करते वक़्त वादा किया था कि उनके बच्चों की हिफ़ाज़त करेंगे। इन बच्चों में मिर्ज़ा अबुल क़ासिम भी थे जिन्हें बैराम ख़ान ने शायद तख़्त पर बिठाना चाहा था। अब बादशाह जलालुद्दीन मोहम्मद अकबर के हुक्म से मिर्ज़ा अबुल क़ासिम को ग्वालियर के क़िले में क़ैद कर के क़त्ल कर दिया गया।

भेरा की रात क़मरग़ह के जानवरों की चीख़-पुकार से गूँज रही थी। अभी शिकार शुरू नहीं हुआ था लेकिन घेरा कसता जा रहा था।

दोआशियाना मंज़िल में बादशाह सलामत को अपनी हुकूमत के सातवें साल का एक बहुत अहम वाक़या याद आया। सल्तनत के वकील शम्सुद्दीन मोहम्मद अतका ख़ान और मुनीम ख़ान ख़ानेख़ानां आगरा के क़िले के दीवानख़ाने में काम कर रहे थे। कुछ ही महीने पहले बादशाह सलामत ने मुनीम ख़ान से वकील का ओहदा लेकर उन्हें नए वकील शम्सुद्दीन मोहम्मद अतका ख़ान के साथ काम करने की ज़िम्मेदारी दी थी।

बैराम ख़ान को समझा-बुझा कर बादशाह सलामत के सामने लाने का काम मुनीम ख़ान ने किया था लेकिन उससे पहले जंग के मैदान में शिकस्त तो दी थी शम्सुद्दीन मोहम्मद अतका ख़ान ने। इसलिए जब बैराम ख़ान का ओहदा और

ख़िताब दोनों मुनीम ख़ान को मिल गये तो शम्सुद्दीन मोहम्मद अतका ख़ान ने बादशाह सलामत को ये अर्ज़ी लिखी—

''शम्सुद्दीन अतका दुआ और बंदगी के बाद अर्ज़ करता है कि जब इस ख़ैरख़्वाह ने दिल्ली में आपके दर को चूमा और हुज़ूर ने इनायत की और बैराम ख़ान के अलम, नक़्क़ारे और तूमनतोक़[1] से नवाज़ा और सरकारे पंजाब की हुकूमत और हिफ़ाज़त की ज़िम्मेदारी दी तो इस ख़ैरख़्वाह को वाजिब हुआ कि इस इनायत के लायक़ ख़िदमत बजा लाए, ताकि दूसरे वफ़ादारों को कुछ बोलने का मौक़ा न मिले। जब पता चला कि फ़साद फैलाने वाले और हरामख़ोर लोग बैराम ख़ान को ख़त और ख़बरें भेज-भेज कर फ़िरोज़पुर के पास तक ले आए हैं तो शाही हुक्म हुआ कि जो लोग सल्तनत की ताक़त हैं वो जमा हों और सल्तनत के हक़ में अपनी बात कहें। उसी मजलिस में बैराम ख़ान का वो ख़त पढ़ा गया जो उन्होंने भटिंडा के हाकिम दरवेश मोहम्मद को लिखा था। उसमें कहा गया था, 'मैं ग़ुलाम और बंदा हूँ हज़रत बादशाह का लेकिन चाहता हूँ कि उनके वकीलों से बदला लूँ।' हर ख़ैरख़्वाह ने अपने-अपने हिसाब से तदबीर पेश की। चूँकि दो दिन पहले ही बैराम ख़ान का अलम, नक़्क़ारा और तूमनतोक़ इस ख़ैरख़्वाह को इनायत हुए थे, इसलिए दिल ने कहा कोई अच्छी ख़िदमत करने का वक़्त आ गया है। सल्तनत के छोटे-बड़े लोगों के बीच इस फ़क़ीर ने बढ़ कर कहा कि बैराम ख़ान की मुहिम ख़ुदा की इनायत और हुज़ूर की तवज्जो से मेरे ज़िम्मे हो। उनसे आमना-सामना होने पर अपना पाँव खींचूँ तो मैं कनीज़ों और बुरी औरतों से भी नीचा हूँ! सल्तनत के मज़बूत लोगों ने कहा कि बैराम ख़ान की मुहिम तो बड़ी मुहिम है। जब तक हज़रत बादशाह ख़ुद ध्यान ना दें, काम का बनना मुश्किल है। ये सुनकर मैं ज़्यादा कुछ ना बोला। बुज़ुर्गों की ख़िदमत में अर्ज़ किया कि मोहम्मद क़ासिम ख़ान और मेहदी क़ासिम ख़ान मुल्तान और लाहौर को रुख़्सत हुए हैं। ऐसा हो सकता है कि बंदा क़रावल के तौर पर आगे जाए और जो हाल हो अर्ज़ करता रहे। इस ख़ैरख़्वाह की अर्ज़ क़ुबूल हुई। हुक्म हुआ कि बड़े उमरा के साथ बैराम ख़ान की तरफ़ रवाना हों। हज़ार आदमी की कुमुक का भी हुक्म हुआ। रुख़्सत हो कर चार पाँच दिन रोहतक के पास और परगना माहिम में ठहरा लेकिन कुमुक का निशान भी नज़र नहीं आया। अर्ज़ी भेजी तो हज़ार में से पंद्रह आदमी की कुमुक पहुँची। पुराने सिपाही भी साथ थे। सिपहगिरी का मामला है। उन्हें कई अंदेशे थे। कीचड़, पानी, बरसात का मौसम भी था। रवानगी में चंद रोज़ की देर हुई। मालूम होता है कि हज़रत के सामने अर्ज़ माहम[2] के ज़रिए ही होती थी। लोगों ने हज़ार बातें बनाईं और कहा अतका ख़ान रोज़ दो कोस चलता है। डर के मारे आगे नहीं बढ़ता। उससे ये काम नहीं हो सकता।

1. तूमनतोक़—बादशाहों और अमीर-उमरा के ऊँचे रुतबे का निशान।
2. माहम—यहाँ मतलब माहम अंगा से है।

उसकी जागीर और वज़ीफ़ा[1] वापिस ले लेना चाहिए। मेरी बीस बरस की ख़िदमत और ख़ातिर का ख़याल ना किया गया और जो कहने वालों ने कहा वो हज़रत बादशाह तक पहुँचाया गया। मेरे बेटे अज़ीज़ मोहम्मद से लोगों की बातें और इशारे सहे ना गए। उसने इस ख़ैरख़्वाह को लिखा, 'लोगों की बातों ने हलाक कर डाला। जो आपकी क़िस्मत में होना है वो होगा। जिस हाल में हैं बैराम ख़ान की मुहिम पर चले जाएँ।' ये ख़ैरख़्वाह इसका मतलब समझ गया। मददे-इलाही और शाही इक़बाल पर भरोसा कर के बैराम ख़ान की तरफ़ चला। बैराम ख़ान की मुहिम हज़रत की बदौलत सरअंजाम की। उनके साथ के कई लोग क़त्ल किए। उनके रिश्तेदार क़ैद करके दरबार लाया। ख़ुदा बचाए! अगर मामलात उलट जाते तो हज़रत को मालूम है कि क्या नौबत पहुँचती। मुहिम की हक़ीक़त ख़ुद बैराम ख़ान ने अर्ज़ की ही होगी। फ़तह के बाद जो ख़ैरख़्वाह मोर्चे पर मौजूद नहीं थे, जिनकी ख़िदमत के बारे में हुजूर को पता है, उन पर कितनी इनायतें हुईं! और जो मोर्चे पर मौजूद थे उनमें से एक को भी नहीं पूछा गया। जान मोहम्मद बहसूदी जालन्धर के क़िले में बैठा रहा। उसे ख़ान का ख़िताब मिला। बहुतों को ख़िदमत से दस गुना ज़्यादा इनाम और वज़ीफ़ा मिला। जब सब के बाद इस ख़ैरख़्वाह की और उस बड़ी जंग में तलवार चलाने वाले बेटे यूसुफ़ मोहम्मद की नौबत आई तो बड़ी मेहरबानी रही और अतका का नाम फ़तह के फ़रमान पर आया। आलमपनाह! ये ख़ैरख़्वाह बेगम माहम को माँ समझता है, उनकी बुराई नहीं करता। ख़ुदा क़ुबूल करे। इस ख़ैरख़्वाह ने हज़रत के लिए जान हथेली पर रख कर बारह बरस के बेटे को साथ लेकर बैराम ख़ान और उनके दस-बीस क़रीबी और मुलाज़िमों के मुँह पर तलवारें चलाई हैं। बड़े-बड़े उमरा अपने परगनों में बैठे रहे। मदद को ना आए। जो साथ थे उन्होंने क्या हरकतें कीं, वो बैराम ख़ान ने अर्ज़ किया होगा। इस बूढ़े ग़ुलाम के साथ यह सुलूक हुआ। बैराम ख़ान ने जो सिपाही हुजूर की मुलाज़िमत में जासूसी के लिए छोड़े थे, वो हुजूर की बदौलत ख़िताब पा कर दो करोड़ और तीन करोड़ का वज़ीफ़ा लें। यूसुफ़ मोहम्मद ने बैराम ख़ान और उनके साथियों पर तलवारें चलाईं। उसे ख़ान का ख़िताब मिला। बुज़ुर्गाने-दरबार ने एक करोड़ के वज़ीफ़े का परवाना जारी किया लेकिन ये नहीं पता वो कहाँ से मिलेगा। इस बंदे को ख़ाने आज़म का ख़िताब दिया। एक करोड़ इनाम फ़रमाया जिसमें कुल चालीस लाख फ़िरोज़पुर पर मिला। आलमपनाह उम्र गुज़र गई कि इस ख़ैरख़्वाह के भाई-बेटों समेत तमाम लोगों ने उम्मीद से ख़िदमत की। अब हज़रत की बदौलत हर शख़्स ख़ान और सुल्तान के ख़िताब से नवाज़ा गया। जब बैराम ख़ान का अलम, नक्कारा और तूमनतोक़ इस ख़ाक़सार को इनायत हुए और फ़तह के बाद उनके जामा-ए-दाक़ू[2] और

1. वज़ीफ़ा—गुज़ारे के लिए पैसे।
2. जामा-ए-दाक़ू—इज़्ज़त के तौर पर दिया जाने वाला फ़र का लिबास।

ख़िलअते फ़त्ताही[1] और उनके रुतबे के निशान देकर इज़्ज़त बढ़ाई गई, तो उनका मंसब भी ख़ाक़सार को ही मिले।''

जब साल भर में ही बादशाह सलामत ने मुनीम ख़ान से वकीले सल्तनत के इख़्तियार लेकर शम्सुद्दीन मोहम्मद अतका ख़ान को दे दिए तो इसकी चोट दो लोगों पर पड़ी। मुनीम ख़ान ख़ानेख़ानां और माहम अंगा ने अतका ख़ान की तरक़्क़ी का बुरा माना। मुनीम ख़ान चुपचाप माहम अंगा के बेटे अधम ख़ान को उकसाने लगे जो कि जवानी और दौलत के नशे में चूर थे।

भेरा की दोआशियाना मंज़िल में जलालुद्दीन मोहम्मद अकबर को वो दिन याद आ रहा था जब तैमूरी ख़ानदान के दो क़रीबी लोग इस दुनिया से उठ गए। सातवें इलाही सन् बमुताबिक़ 1562 ईसवी की गर्मियों के दिन थे। अधम ख़ान कोका और उनके लोग आगरा के क़िले के दीवानख़ाने में हंगामा करते हुए आ गए जहाँ वकीले सल्तनत शम्सुद्दीन मोहम्मद अतका ख़ान काम कर रहे थे। मुनीम ख़ान खानेख़ानां भी उनके साथ बैठे थे। अधम ख़ान को देखकर दीवानख़ाने में मौजूद लोग उठ खड़े हुए। शम्सुद्दीन मोहम्मद ख़ान ज़रा सा उठे। अधम ख़ान अपनी तलवार पर हाथ रखकर उनकी तरफ़ बढ़े और फिर अपने एक आदमी से बोले, ''खड़े-खड़े क्या देखते हो?''

उस आदमी ने तलवार को शम्सुद्दीन मोहम्मद अतका ख़ान के सीने के आर-पार कर दिया। अतका ख़ान इस हमले के लिए बिलकुल तैयार न थे। ज़ख़्मी हालत में वे दीवानख़ाने के दरवाज़े की तरफ़ भागे तो अधम ख़ान के दूसरे आदमी ने तलवार से वार कर के उन्हें मौत के घाट उतार दिया।

दीवानख़ाने में अफ़रा-तफ़री मच गई। हर इंसान अपनी जगह छोड़ कर भागा। मुनीम ख़ान ख़ानेख़ानां को डर लगा कि उन पर इस क़त्ल की साज़िश का इल्ज़ाम लगेगा। इसलिए वो ना सिर्फ़ आगरा छोड़ कर भागे बल्कि जाते-जाते यमुना पर बने नाव के पुल को भी तोड़ गए ताकि कोई आसानी से पीछा ना कर पाए। ख़ुद अधम ख़ान भागने के बजाए ज़ीना चढ़ कर हरम में घुसने लगे लेकिन ख़्वाजा सरा[2] नियामत ने हरम का दरवाज़ा अंदर से बंद कर लिया।

शोरग़ुल से बादशाह सलामत की आँख खुली तो उन्होंने जल्दी से लुंगी पहनी और शमशीर लेकर नंगे बदन ही बाहर निकले। उस हाल में भी उनके लाल रंग के ताज पर सरपेंच लगा था और कमर में लाल रंग का पटका बँधा था। नंगे बदन पर दो मालाएँ थीं और एक झीना सा कपड़ा। बादशाह सलामत उस दरवाज़े से नहीं निकले जहाँ अधम ख़ान कोका खड़े थे। दूसरे दरवाज़े से बाहर निकलते ही उन्हें

1. ख़िलअते फ़त्ताही—फ़तह के लिए दिया जाने वाला लिबास।
2. ख़्वाजा सरा—वो किन्नर जो हरम के पहरेदार हुआ करते थे।

रफ़ीक़ चारमंसब मिला जो फ़िरदौस मकानी बाबर बादशाह की सगी बहन ख़ानज़ादा बेगम का ख़ानदानी ख़ादिम था। बादशाह सलामत ने पूछा, "किसकी लाश है ये?"

रफ़ीक़ चारमंसब ने जवाब दिया, "मेरे बादशाह ये आपके अतका हैं!"

"किसने मारा?" बादशाह सलामत ने पूछा।

"अधम ख़ान ने," रफ़ीक़ चारमंसब ने कहा।

उसी वक़्त बादशाह सलामत की नज़र अधम ख़ान कोका पर पड़ी जो उनकी तरफ़ ही आ रहे थे। आगबबूला होकर बादशाह सलामत ने हिंदुस्तानी में पूछा, "गांडू[1], तूने हमारे अतका को क्यों मारा?"

"वो दग़ाबाज़ था," अधम ख़ान ने जवाब दिया।

बादशाह सलामत का हाथ अपनी शमशीर पर था लेकिन अधम ख़ान ने दौड़ कर उनका हाथ पकड़ लिया और कहा, "बादशाह सलामत ज़रा ग़ौर कीजिए! बस ज़रा सा झगड़ा हुआ है!"

बादशाह सलामत ने अधम ख़ान के चेहरे की तरफ़ देखा। वो रिश्ते में बादशाह सलामत के कोका थे। अधम ख़ान की माँ माहम अंगा ने बादशाह सलामत को पाला था। जलालुद्दीन मोहम्मद अकबर वो दिन कभी भूल नहीं सकते थे जब हुमायूँ बादशाह के भाई मिर्ज़ा कामरान ने नन्हे मिर्ज़ा अकबर को तोप के गोलों के सामने कर दिया था और माहम अंगा ढाल बन कर सामने बैठ गई थीं।

बादशाह सलामत की नज़र के सामने उन्हें दूध पिलाने वाली जीजी अंगा के शौहर शम्सुद्दीन मोहम्मद अतका ख़ान की लाश पड़ी थी, और सामने ही वो क़ातिल खड़ा था जिसकी माँ माहम अंगा ने उन्हें पाला था।

बादशाह सलामत को अधम ख़ान की नाफ़रमानियाँ याद आईं। जब अधम ख़ान ने मालवा में बाज़ बहादुर पर फ़तह का ब्योरा लिख कर भेजा था तो फ़तह का सामान अपने पास ही रख लिया था। सिर्फ़ कुछ हाथी बादशाह सलामत को भेजे। इससे नाख़ुश हो कर जलालुद्दीन मोहम्मद अकबर ख़ुद मालवा की तरफ़ कूच कर गए थे। दिन-रात सफ़र कर के वो सोलह दिन में सारंगपुर के पास पहुँचे तो अधम ख़ान के होश उड़ गए। रिकाब को चूम कर उन्होंने बादशाह सलामत के लिए नए कपड़े पेश किए। बादशाह सलामत ने पहले तो उन कपड़ों को लेने से इन्कार कर दिया लेकिन आख़िरकार अधम ख़ान कोका की बेचैनी देखकर राज़ी हुए। जब बादशाह सलामत के पीछे-पीछे माहम अंगा पहुँचीं तब जाकर उनके बेटे अधम ख़ान ने जीत का हिसाब दिया और बाज़ बहादुर के साज़ो-सामान को और उनके हरम की औरतों और नाचने वालियों को पेश किया। जब शाही क़ाफ़िला सारंगपुर से आगरा की तरफ़ लौट रहा था तो बादशाह सलामत को पता चल गया कि अधम ख़ान ने फिर एक चालाकी की है। बाज़ बहादुर के हरम से बादशाह

1. ये गाली सौ फ़ीसदी अकबर की ज़बान से निकली थी। ये इतिहास में दर्ज है।

सलामत के हरम में ली गई दो ख़ूबसूरत लड़कियों को अधम ख़ान ने चोरी छिपे अपने क़ब्ज़े में ले लिया था। जब ये राज़ खुला तो फ़ौरन लश्कर रोक कर लोग दौड़ाए गए। दोनों लड़कियाँ मिल गईं लेकिन माहम अंगा ने उन्हें मौत के घाट उतार कर हमेशा के लिए ख़ामोश कर दिया ताकि अधम ख़ान का नाम सामने ना आए।

बादशाह सलामत वो रात भी नहीं भूल सकते थे जो उन्होंने मालवा में अधम ख़ान की छत पर गुज़ारी। कहते हैं उस रोज़ अधम ख़ान ने तय कर लिया था कि अगर बादशाह सलामत ने छत से उनके हरम में झाँका भी तो वो उनका क़त्ल कर देंगे।

बादशाह सलामत ने अपनी शमशीर को छोड़ा और अधम ख़ान से हाथ छुड़ाया। उन्होंने अधम ख़ान की तलवार लेने के लिए हाथ बढ़ाया।

ये देख कर अधम ख़ान ने अपनी तलवार पर हाथ रख दिया जिसे बादशाह सलामत ने फ़ौरन वहाँ से हटा दिया। उसके बाद बादशाह जलालुद्दीन मोहम्मद अकबर ने अपने कोका को इतनी ज़ोर का घूँसा मारा कि वो ज़मीन पर गिर पड़े। फिर उन्होंने पास खड़े लोगों से कहा, ''खड़े-खड़े क्या देखते हो, इस पागल के हाथ-पाँव बाँध दो!''

बादशाह सलामत के हुक्म से अधम ख़ान कोका को छत से नीचे फेंक दिया गया। पहली बार में वो नहीं मरे तो दूसरी बार सर के बल फेंका गया। इस बार उनकी गर्दन टूट गई और वो ख़त्म हो गए।

इसके बाद बादशाह सलामत ने माहम अंगा के पास जाकर कहा, ''मामा[1]! अधम ख़ान ने हमारे अतका को मार डाला। हमने उसका बदला लिया है।''

''ठीक किया,'' माहम अंगा ने इतना ही कहा।

उस वक़्त माहम अंगा ने समझा कि बादशाह सलामत ने सिर्फ़ अधम ख़ान कोका को क़ैद कर लिया है। कुछ देर बाद जब सचाई का पता चला तो माहम अंगा ने अपने बेटे के घर जाना चाहा। बादशाह सलामत को लगा कि माहम अंगा बेटे का ऐसा हाल देख नहीं पाएँगी इसलिए दिलासा देकर उन्हें वहाँ जाने से रोक दिया।

शम्सुद्दीन मोहम्मद अतका ख़ान के ख़ानदान को भी अधम ख़ान की मौत का यक़ीन नहीं हुआ। वो अधम ख़ान के ख़ून के प्यासे हो गए। आख़िरकार जब बादशाह सलामत ने उनके नुमाइंदे को अधम ख़ान की लाश देखने की इजाज़त दी, तब जाकर अतका ख़ानदान के कलेजे को ठंडक पहुँची।

शम्सुद्दीन मोहम्मद अतका ख़ान और अधम ख़ान कोका दोनों का जनाज़ा दिल्ली गया और बादशाह सलामत ख़ुद थोड़ी दूर तक साथ गए। हालाँकि अधम ख़ान कोका शम्सुद्दीन मोहम्मद अतका ख़ान से कुछ देर बाद इस दुनिया से गए लेकिन दफ़्न उनसे एक दिन पहले हुए। अधम ख़ान के जाने का माहम अंगा को

1. मामा—माँ।

इतना सदमा हुआ कि चालीसवें का खाना खिला कर वो भी इस दुनिया से उठ गईं। बादशाह सलामत के हुक्म से क़ुतुबुद्दीन बख़्तियार काकी के मज़ार के पास माहम अंगा और उनके बेटे अधम ख़ान कोका के लिए एक आलीशान मक़बरा बना जिसके आठ तरफ़ महराबदार बरामदे थे।

शम्सुद्दीन मोहम्मद अतका ख़ान का मज़ार उनके बेटे मिर्ज़ा अज़ीज़ कोका ने हज़रत निज़ामुद्दीन औलिया की दरगाह के पास बनवाया। इस चौकोर इमारत के लाल पत्थर पर कई रंग के पत्थरों का काम था और सफ़ेद संगेमर्मर पर क़ुरान की आयतें लिखी थीं।

फ़रार हुए मुनीम ख़ान ख़ानेख़ानां को बहला कर वापिस बुला लिया।

इस हादसे के कुछ दिन बाद बादशाह सलामत ने मुनीम ख़ान से पूछा, "लोग हमारी सल्तनत के बारे में क्या कहते हैं?"

मुनीम ख़ान बोले, "बादशाह एक सौ बीस बरस जिएँ! जबसे आपने अपने अतका के ख़ून के लिए अधम की मौत का हुक्म दिया और बीबी फ़ातिमा की बेटी के ख़ून के लिए मुअज़्ज़म की मौत का, लोग आपकी बहुत तारीफ़ करते हैं। बिलकुल सही इंसाफ़ किया आपने।"

ख़्वाजा मुअज़्ज़म बादशाह सलामत की माँ मरियम मकानी हमीदा बानो बेगम के सौतेले भाई थे और कई बार ख़ताएँ कर के माफ़ी पा चुके थे। लेकिन बादशाह सलामत के सब्र का बाँध उस रोज़ टूट गया जब ख़्वाजा मुअज़्ज़म की सास बीबी फ़ातिमा फ़रियाद लेकर आईं।

"अब वो मेरी बेटी को अपने परगने में ले जा रहे हैं। बादशाह सलामत के डर से यहाँ तो मेरी बेटी की जान नहीं ले पाए लेकिन वहाँ क्या होगा?"

बीबी फ़ातिमा जन्नत आशियानी हुमायूँ बादशाह की मुलाज़िमत में रही थीं और अब बादशाह सलामत के हरम में ऊँचे ओहदे पर थीं। उनकी बेटी बीबी ज़हरा की शादी ख़्वाजा मुअज़्ज़म से हुई थी।

बीबी फ़ातिमा की फ़रियाद सुन कर बादशाह सलामत फ़ौरन नाव पर सवार हुए और यमुना नदी पार करके ख़्वाजा मुअज़्ज़म के घर उतरे ताकि समझाएँ और ताकीद करें।

जलालुद्दीन मोहम्मद अकबर के आने की ख़बर पहुँची ही थी कि ख़्वाजा मुअज़्ज़म ने कहा, "मैं बादशाह सलामत से नहीं मिलूँगा।"

उसी वक़्त बीबी ज़हरा नहा कर निकलीं तो ख़्वाजा मुअज़्ज़म ने ख़ंजर से उन्हें वहीं मार डाला। फिर ख़ूनी ख़ंजर बाहर फेंक कर खिड़की से सर निकाला और कहा, "जाओ जाकर बता दो। मैंने उसका क़त्ल कर दिया है।"

साथ आए लोगों ने ख़ंजर उठा कर दिखाया तो बादशाह सलामत का ख़ून खौल

गया। जब मकान में दाख़िल हुए तो पाया कि ख़्वाजा मुअज़्ज़म का हाथ तलवार पर है। बादशाह सलामत ने कहा, ''ये क्या हरकत है? तलवार पर हाथ है! अगर तलवार निकालने की कोशिश की तो सर पर ऐसा मारूँगा कि ज़िंदा नहीं बचोगे।''

ये सुनकर ख़्वाजा मुअज़्ज़म के हाथ-पाँव ने जवाब दे दिया और वो वहीं बैठ गए।

बादशाह सलामत ने पूछा, ''बेक़सूर औरत का ख़ून क्यों बहाया?''

जब जवाब में ख़्वाजा मुअज़्ज़म ऊलजुलूल बकने लगे तो उन्हें लात और घूँसों से चुप कराया गया। बाल से घसीट कर उन्हें नदी किनारे लाया गया और डुबा कर मारने की कोशिश की गई। इस हाल में भी बादशाह सलामत को सुनाने के लिए वो पीर औलिया की बुराई करते रहे। जब डुबाने की कोशिश के बावजूद मौत नहीं आई तो उन्हें ग्वालियर के क़िले में क़ैद कर दिया गया जहाँ उनकी दिमाग़ी हालत बिगड़ गई और उनकी मौत हो गई।

अधम ख़ान और ख़्वाजा मुअज़्ज़म की मौत का ज़िक्र सुनकर बादशाह सलामत ने कहा, ''हमने इससे बड़े-बड़े काम किए हैं। हैरत है कि लोग उसकी बात नहीं करते। आप उनके बारे में जानते हैं लेकिन बोलते नहीं कि कुछ लोगों का दिल दुखेगा।''

मुनीम ख़ान ने कहा, ''ये कैसे हो सकता है कि जानते हुए भी बादशाह सलामत के सामने चुप रह जाऊँ?''

बादशाह सलामत बोले, ''हमने अतका के ख़ानदान को लाहौर से बुला कर सितारों की तरह बिखेर दिया और हिंदुस्तान के अलग-अलग हिस्सों में जागीरें दे दीं। ये उन कामों से कहीं बड़ा है जिनका आपने ज़िक्र किया।''

अतका ख़ानदान बिखर गया। अधम ख़ान और माहम अंगा की मौत के बाद उनके ख़ानदान का सितारा भी डूबने लगा। मुनीम ख़ान को कुछ ही वक़्त बाद फिर से वकील का ओहदा मिला लेकिन दरबार में इस ओहदे का पहले जैसा दबदबा नहीं था। दरबार में मुनीम ख़ान ख़ानेख़ानां का रुतबा ज़रूर घटा लेकिन उनकी ज़िंदगी में सिपहसालारी का एक अहम दौर शुरू हुआ।

भेरा के शाही लश्कर में मौजूद बादशाह सलामत अपने सौतेले भाई मिर्ज़ा हकीम की सल्तनत से बहुत दूर नहीं थे। उन्हें ग्यारहवें इलाही सन् बमुताबिक़ 1566 ईसवी के सर्दियों के दिन याद आए, जब मिर्ज़ा हकीम पंजाब में दाख़िल हो गए थे। बादशाह सलामत ने उनके लिए काबुल छोड़ रखा था। बदख़्शाँ के हुक्मरान मिर्ज़ा सुलेमान ने जब मिर्ज़ा हकीम को काबुल से निकाला तो उन्होंने लाहौर पर क़ब्ज़ा करने की कोशिश की। बादशाह सलामत के लिए ये मुश्किल वक़्त था। पूरब

में उज़बक उमरा बग़ावत पर उतर आए थे। बादशाह सलामत पंजाब के लिए निकले ही थे कि संभल में मिर्ज़ा ख़ानदान भी बाग़ी हो गया। जल्द ही लाहौर में दाख़िल होकर उन्होंने मिर्ज़ा हकीम के इरादों को नाकाम कर दिया। जब उज़बक उमरा को ये अंदाज़ा हो गया कि बादशाह सलामत अब उनकी तरफ़ रुख़ करेंगे तो उन्होंने एक ऐसा क़दम उठा लिया जिससे सुलह के दरवाज़े हमेशा के लिए बंद हो गए।

बादशाह सलामत का दौरे हुकूमत शुरू होने के कुछ वक़्त बाद से ही उज़बक उमरा का बाग़ी मिज़ाज दिखने लगा था। अली क़ुली ख़ाने ज़माँ, बहादुर ख़ान, सिकंदर ख़ान, इब्राहीम ख़ान और अब्दुल्ला ख़ान जैसे ताक़तवर उज़बक उमरा के पास अवध, जौनपुर, बनारस और मालवा की जागीरें थीं। उनकी ताक़त इतनी थी कि वो मिलकर हुकूमत को आँख दिखा रहे थे। इनमें सबसे क़द्दावर अली क़ुली ख़ाने ज़माँ थे। उनके पिता हैदर सुल्तान उज़बक शैबानी 935 हिज्री बमुताबिक़ 1529 ईसवी के सितंबर महीने की जाम की मशहूर जंग में फ़ारस के शाह तहमास्प की तरफ़ से लड़े थे। जब जन्नत आशियानी हुमायूँ बादशाह हिंदुस्तान लौटने लगे तो वो उनकी फ़ौज में शामिल हो गए। उन्होंने क़ंधार फ़तह में बहादुरी दिखाई। उनके बाद अली क़ुली ने हिंदुस्तान दोबारा फ़तह करने में जाँबाज़ी दिखाई और बहुत तरक़्क़ी पाई। पानीपत की दूसरी लड़ाई में हेमू की फ़ौज को धूल चटाने के लिए उन्हें ख़ाने ज़माँ का ख़िताब मिला और तब से अली क़ुली ख़ाने ज़माँ कहलाए। वो एक ऊँट चलाने वाले के बेटे शाहम बेग के प्यार में मुब्तिला हो गए। शाहम बेग के सामने सजदा कर के वो कहते, "मेरे बादशाह!" इससे उनकी बहुत बदनामी हुई। दरबार बुलाकर उन्हें ऐसी हरकतों से दूर रहने को कहा गया। जब इसका कोई असर नहीं हुआ तो बादशाह सलामत उनसे नाराज़ हुए। बैराम ख़ान के बाद जब अफ़ग़ान ताक़त ने सर उठाया तो अली क़ुली ख़ाने ज़माँ ने उन्हें हराया लेकिन लूट का सामान बादशाह को नहीं भेजा। सातवें इलाही साल बमुताबिक़ 1562 ईसवी के जुलाई महीने में जब जलालुद्दीन मोहम्मद अकबर ने पूरब पर चढ़ाई की तो अली क़ुली ख़ाने ज़माँ और उनके भाई बहादुर ख़ान हाथी और नायाब चीज़ें लेकर गंगा किनारे कड़ा पहुँचे जहाँ बादशाह सलामत का दरबार लगा था।

उज़बक उमरा कभी आँख दिखाते और कभी सर झुकाते। बादशाह सलामत भी कभी ताक़त का इस्तेमाल करते, कभी माफ़ करते। कुछ वक़्त ये सिलसिला यूँ ही चला। एक बार बग़ावत को क़ाबू करने के लिए मुनीम ख़ान ख़ानेख़ानां शाही फ़ौज के साथ बक्सर के पास मौजूद थे। तब अली क़ुली ख़ाने ज़माँ ने सुलह के लिए आग़ा सर्व क़द को भेजा जो फ़िरदौस मकानी बाबर बादशाह के हरम में ख़िदमत में रही थीं और एक ज़माने में मुनीम ख़ान की क़रीबी हुआ करती थीं। अली क़ुली ख़ान का इरादा था कि आग़ा सर्व क़द शाही फ़ौज के हालात के बारे में ख़ुफ़िया

मालूमात हासिल करेंगी, लेकिन मुनीम ख़ान ख़ानेख़ानां ने उलटे उन्हीं से अली क़ुली ख़ाने ज़माँ के हालात का पता कर लिया। आग़ा सर्व क़द के ज़रिए मुनीम ख़ान ने अली क़ुली ख़ान को पैग़ाम भेजा—

"आपके दिमाग़ में कैसी बातें आ गई हैं! गिरी हुई हरकतों को बंद कीजिए और दिल से बादशाह सलामत से दरख़्वास्त कीजिए। अगर आपकी कुछ ख़्वाहिश है तो मुझे बताइए ताकि मैं बादशाह सलामत तक पहुँचा दूँ। आप अफ़ग़ान लोगों को अपना दोस्त समझते हैं। अगर मैं उन्हें लिखूँ तो वो आपको पकड़ कर मेरे पास ले आएँगे।"

आख़िर तय हुआ कि दोनों बक्सर के पास गंगा नदी पर बीच मझधार मिलेंगे। दोनों फ़ौजें नदी किनारे से देख रही थीं। अली क़ुली ख़ाने ज़माँ और मुनीम ख़ान ख़ानेख़ानां अपनी-अपनी नाव से बीच नदी तक पहुँचे। थोड़ी दूरी बची थी जब अली क़ुली कूद कर मुनीम ख़ान की नाव में आ गए। दोनों जन्नत आशियानी हुमायूँ बादशाह की मौत के बाद पहली बार मिल रहे थे, इसलिए गले मिल कर ख़ूब रोए। उसके बाद दोनों ने क़ुरान पर हाथ रख कर बादशाह सलामत की वफ़ादारी की क़समें खाईं।

ऐसी क़समों के बावजूद उज़बक उमरा की बग़ावत थमी नहीं। जब बादशाह सलामत ने मिर्ज़ा हकीम को पंजाब से निकाल दिया तो दोनों तरफ़ से आर-पार की लड़ाई का फ़ैसला हो गया। उज़बक उमरा ने ऐलान कर दिया कि मिर्ज़ा हकीम उनके शहंशाह हैं। जौनपुर में मिर्ज़ा हकीम के नाम का ख़ुतबा पढ़ा गया। टकसाल से उनके नाम के सिक्के निकले। अब किसी तरह के बीच-बचाव की गुंजाइश नहीं रही।

शेख़ अबुल फ़ज़ल कहते हैं, "दूरअंदेश लोग ही दुनिया में अच्छाई के साथ बुराई की वजह समझ सकते हैं। जैसे इलाज में दवा के साथ-साथ ज़हर का भी काम होता है, उसी तरह रूहानी इलाज में अच्छे और बुरे दोनों तरह के लोगों की ज़रूरत होती है। बुरे लोगों को बढ़ावा इसलिए मिलता है ताकि उनका ख़ात्मा हो सके। कोई दीवार से गिरे तो क्या होगा? पहाड़ से गिरे तो क्या होगा? और अगर ऊँचे आसमान से नीचे ज़मीन पर गिरे तो मिट्टी में मिल जाएगा। यानी वफ़ादारी के आसमान से बेवफ़ाई की धूल में गिरे तो क्या अंजाम होगा?"

बादशाह सलामत सड़क के रास्ते लाहौर से आगरा और आगरा से पूरब की तरफ़ कूच कर गए। अली क़ुली ख़ाने ज़माँ का पीछा करते हुए वो रायबरेली पहुँचे। बरसात के मौसम में गंगा उफ़ान पर थी। फिर भी मानिकपुर से गंगा पार की और दुश्मन के ख़ेमे के आधा कोस की दूरी तक पहुँच गए। उस रात अली क़ुली ख़ाने ज़माँ और उनके भाई बहादुर ख़ान ख़तरे से अनजान शराब पीते रहे और नाच देखते रहे। शाही फ़ौज के आने की ख़बर रात भर आती रही लेकिन उन्होंने उस पर ध्यान

नहीं दिया। अगले रोज़ बारहवें इलाही सन् बमुताबिक़ 1567 ईसवी के जून महीने की नौ तारीख़ को जब बादशाह जलालुद्दीन मोहम्मद अकबर का नक़्क़ारा बजा, अलम दिखा और फिर ख़ुद बादशाह सलामत दिखे तो अली क़ुली ख़ाने ज़माँ के होश उड़ गए। आनन-फ़ानन में उन्होंने मोर्चा सँभाला।

ठीक उसी रोज़ आगरा में बादशाह सलामत के तीन-चार ख़ैरख़्वाह उन अफ़वाहों पर ग़ौर कर रहे थे जिन से मायूसी फैल रही थी। एक ख़ैरख़्वाह ने कहा, ''क्यों न हम भी एक आवाज़ में ये ख़बर फैला दें कि ख़ाने ज़माँ और बहादुर ख़ान का सर लाया जा रहा है।''

ये अफ़वाह ऐसे फैली कि पूरे आगरा शहर में आम हो गई।

बादशाह सलामत मुनीम ख़ान ख़ानेख़ानां को आगरा की ज़िम्मेदारी देकर निकले थे। शहर में मायूसी के हाल पर मुनीम ख़ान ने बादशाह सलामत के ख़ैरख़्वाह शेख़ मुबारक नागौरी से बात की।

शेख़ मुबारक के पूर्वजों का ताल्लुक़ पैग़ंबर मोहम्मद के क़ुरैश क़बीले से था। पंद्रहवीं सदी में शेख़ मुबारक के दादा के परदादा शेख़ मूसा यमन से सिंध आ गए। वहाँ से ये ख़ानदान नागौर आया। नागौर में शेख़ मुबारक पैदा हुए। नागौर और फिर अहमदाबाद में उन्होंने तालीम पाई। उस दौर में अहमदाबाद इस्लामी तालीम का एक बड़ा गढ़ था। यहाँ शेख़ मुबारक ने सुन्नियों के मालिकी, शाफ़िई, हनफ़ी और हंबली क़ानून[1] की और शीयों के क़ानून की पढ़ाई की। कहते हैं जब शेख़ मुबारक गुजरात से आगरा पहुँचे तो सबसे पहले शेख़ अलाउल बलाउल से मिले जिनके पास शहर के लोग अक्सर अपनी परेशानियाँ लेकर आया करते थे। शेख़ अलाउल बलाउल ने कहा, ''इसी मुबारक शहर में बस जाओ। तुम्हें लायक़ औलाद होगी। तुम्हें बहुत अक़्ल और बहुत ख़ुशी हासिल होगी। लेकिन यहीं दिल चीर देने वाले दुख, साज़िशें, बदनामी भी तुम्हारा इंतज़ार कर रही हैं। इनको दिल पर मत लेना। आख़िरकार सब ठीक होगा।''

शेख़ मुबारक आगरा में यमुना किनारे उस जगह बसे जहाँ फ़िरदौस मकानी बाबर बादशाह ने चार बाग़ बनवाया था। उनका वक़्त दीन की तालीम देने में गुज़रने लगा। शेर शाह और इस्लाम शाह ने उन्हें जागीरें देने की कोशिशें की लेकिन शेख़ ने इन्कार कर दिया। वक़्त के साथ उनके दो बेटों ने बादशाह सलामत के दरबार में बहुत ऊँचा रुतबा हासिल किया। ये थे शेख़ अबुल फ़ज़ल और शेख़ फ़ैज़ी।

---

1. इस्लाम के क़ानून की विभिन्न व्याख्याएँ हैं। सुन्नी समुदाय चार बड़े विद्वानों—जिन्हें इमाम भी कहा जाता है—द्वारा की गई व्याख्या का पालन करता है। इमाम अबू हनीफ़ा के बताए गए इस्लामी क़ानून को हनफ़ी, मालिक बिन अनस के बताए गए इस्लामी क़ानून को मालिकी, अबू अब्दुल्लाह मोहम्मद बिन इदरीस के बताए गए इस्लामी क़ानून को शाफ़िई और इब्न हंबल के बताए गए इस्लामी क़ानून को हंबली कहा जाता है।

जब बादशाह सलामत पूरब की मुहिम पर थे तो मुनीम ख़ान ख़ानेख़ानां ने शेख़ मुबारक से गुज़ारिश की कि सूफ़ी महफ़िल का इंतज़ाम करें और जानें कि क्या होने वाला है। अगले रोज़ शेख़ मुबारक के चेहरे पर ख़ुशी थी। उन्होंने मुनीम ख़ान को बताया, ''कल रात मुझे ये मालूम हुआ कि अली क़ुली और बहादुर का सर जल्द ही लाया जाएगा।''

इलाहाबाद के पास बादशाह सलामत और अली क़ुली ख़ाने ज़माँ की फ़ौजें आमने-सामने हुईं। जलालुद्दीन मोहम्मद अकबर पहले अपने हाथी बाल सुंदर पर सवार हुए लेकिन महावत की जगह बैठे। उसके बाद वो घोड़े पर सवार हो कर जंग के मैदान में कूद पड़े। अली क़ुली ख़ाने ज़माँ के भाई बहादुर ख़ान शाही फ़ौज की पकड़ में आ गए और उनकी फ़ौज भाग गई। अली क़ुली अपने भाई के बारे में पूछ ही रहे थे कि उनको एक तीर लगा। अगला तीर उनके घोड़े को लगा और वो ज़मीन पर आ गए। अभी वो अपने जिस्म से तीर निकालने की कोशिश कर ही रहे थे कि महावत सोमनाथ शाही फ़ौज के हाथी नरसिंह को लेकर वहाँ पहुँच गया।

अली क़ुली ख़ाने ज़माँ ने कहा, ''मैं फ़ौज का सरदार हूँ। मुझे बादशाह के सामने ज़िंदा ले चलो। तुम्हारी इज़्ज़त होगी।''

''तुम्हारे जैसे हज़ारों बिना नामोनिशान के मिट रहे हैं। बादशाह के बुरा चाहने वाले का मिट जाना ही बेहतर है,'' महावत सोमनाथ ने ये कहकर अली क़ुली ख़ाने ज़माँ को हाथी के नीचे कुचल दिया।

बादशाह सलामत के दौर की ख़ुफ़िया तारीख़ लिखने वाले मुल्ला अब्दुल क़ादिर बदायूँनी ने बताया, ''हाथी ने अपने सूँड और पाँव से उनकी हड्डियाँ पीस दीं और जिस्म का वो हाल कर दिया जैसे बोरे में शतरंज के मोहरे।''

जब एक आदमी अली क़ुली ख़ाने ज़माँ का सर ले कर पहुँचा तो क़ैदियों में मौजूद उनके वकील ने पहचान लिया। ग़मज़दा होकर अली क़ुली के सर पर अपना सर पटक कर कहा, ''हाय हाय! यही अली क़ुली का सर है!''

फिर किसी ने कहा, ''हमेशा दाहिनी तरफ़ से पान खाते थे। दाहिनी तरफ़ का दाँत काला होगा।''

शिनाख़्त होते ही बादशाह सलामत ने घोड़े से उतर कर ख़ुदा का शुक्र अदा किया।

जब अली क़ुली ख़ाने ज़माँ के भाई बहादुर ख़ान को बादशाह सलामत के सामने लाया गया तो उन्होंने पूछा, ''बहादुर कैसे हो?''

अली क़ुली ख़ान की तरह उनके भाई बहादुर ख़ान भी जन्नत आशियानी हुमायूँ बादशाह के क़रीबी हुआ करते थे। एक मुहिम के दौरान हुमायूँ बादशाह ने थक कर अपना सर बहादुर ख़ान की गोद में रख दिया था। तब बहादुर ख़ान ने गीत गा कर उन्हें सुलाया था। आज वो जन्नत आशियानी के बेटे के सामने क़ैदी के तौर पर खड़े थे।

"हर हाल में अल्लाह का करम है," बहादुर ख़ान ने बादशाह सलामत को जवाब दिया।

बादशाह सलामत जान बख़्शना चाहते थे लेकिन अमीर-उमरा की सलाह पर बहादुर ख़ान का सर क़लम कर दिया।

इस मौक़े पर फ़तहनामा जारी हुआ—

"अल्लाह तआला की बड़ी मेहरबानी और मदद, जो कि बादशाह सलामत की सल्तनत के साथ हमेशा होती है। हमने बाग़ियों को सामने से मार भगाया और दुश्मनों की सफ़ों को तोड़ने वाले हमारे बहादुरों ने बहुत से बाग़ियों को तलवार से क़त्ल कर दिया और अली क़ुली को उस हारी हुई जंग में अंजाम तक पहुँचा दिया और बहादुर को पकड़ कर बादशाह की ख़िदमत में लाया गया। बाक़ी बाग़ी लोग बिखर गए और परेशान होकर पैदल ही जंगलों की तरफ़ भागे और उसमें जाकर छिप गए। इस जंग में क़रीब एक सौ हाथी हाथ आए और फ़तह की निशानी बन चुकी इस फ़ौज को बहुत माले-ग़नीमत हासिल हुआ। बेशुमार और लगातार नेमतों और बख़्शिशों के लिए अल्लाह तआला का शुक्र है। इसलिए चाहिए कि इस फ़तह की ख़बर सुन कर खुश होकर ख़ुदा का शुक्र अदा करें और दुआ करने में मशग़ूल हो जाएँ और इस बात को लाज़िमी तौर पर ताकीद से जानें कि बादशाह सलामत की तवज्जो से ही उम्मीद और आरज़ू पूरी होती है।

"बादशाह सलामत के हुक्म के मुताबिक़ इसे लिखा गया। ये हमेशा लागू रहे और हमेशा माना जाए।"

दोनों भाइयों के सर को आगरा, दिल्ली, लाहौर और आगे काबुल तक भेज दिया गया ताकि सभी ख़ासो-आम के शक-शुब्हे दूर हो जाएँ और लोग देख लें कि मिर्ज़ा हकीम के नाम का सिक्का जारी करने वालों का क्या हश्र होता है।

भेरा के बियाबान में ऊँचा आकाशदीया शाही लश्कर को रौशन कर रहा था और पूरे इलाक़े में दूर-दूर तक दिख रहा था। शाही लश्कर इस वक़्त बादशाह सलामत के सौतेले भाई मिर्ज़ा हकीम की सल्तनत से बहुत दूर नहीं था।

बादशाह सलामत को उनकी पसंदीदा किताब *अख़लाक़े नासिरी*[1] सुनाई जा रही थी।

"बादशाह को चाहिए कि वो अपने राज़ दिल में ही रखे ताकि जब चाहे अपना ख़याल बदल भी ले और ये बदक़िस्मती भी सर पर ना आए कि ख़याल बदलते

1. अख़लाक़े नासिरी—ज़िंदगी जीने के तौर-तरीक़ों पर मध्यकालीन फ़ारस में लिखी गई नसिरुद्दीन तूसी की किताब।

दिख जाएँ। इससे ज़्यादा ये कि अगर दुश्मन को बादशाह के इरादों का पता चल गया तो चौकन्ना हो जाएगा। राज़ भी रखना और अक़्लमंदों से सलाह भी लेना, ये दोनों काम एक साथ इस तरह हो सकते हैं—सिर्फ़ ऐसे लोगों से सलाह लेनी चाहिए जो रुतबे, इज़्ज़त, समझ और तदबीर वाले हों और जो अपनी राय सबके सामने बयान न करें। ऐसे लोगों से ना बोलें जो कमज़ोर अक़्ल के हों, जैसे औरतें और बच्चे। जब कोई फ़ैसला हो जाए तो उस फ़ैसले की तरफ़ जाने वाले क़दमों में ऐसे क़दमों को भी मिला दीजिए जो बिलकुल दूसरी तरफ़ जाते हों। ऐसा ना हो कि जिस तरफ़ का फ़ैसला हुआ है बिलकुल उस तरफ़ चल पड़ें, या उससे बिलकुल उलटी तरफ़। दोनों ही सूरत में शक पैदा हो सकता है या असल इरादा खुल सकता है।''

बादशाह सलामत के ख़ास मुसाहिब शेख़ अबुल फ़ज़ल ने लिखा, ''बादशाह सलामत मानते थे कि सैर और शिकार से रिआया को इंसाफ़ मिलता है। शिकार के दौरान उन्हें दुनिया के हालात का पता चलता है और ज़ालिमों को शिकस्त देने का मौक़ा मिलता है। उन्हें लगता था कि जाने कहाँ कोई अच्छा इंसान मिल जाए और सही समझ आ जाए। कोई ख़ामोशी से दीन की बात बता दे और क्यों और कहाँ की जुस्तजू ख़त्म हो जाए। बादशाह सलामत एक-एक मंज़िल पार करते जा रहे थे और शिकार का मज़ा ले रहे थे लेकिन सही मायने में उनकी पूरी ताक़त थी कि दिलों को जीत लें।''

अभी भेरा आते हुए बादशाह सलामत अजमेर रुके थे। उन दिनों तो वो हर साल रजब के महीने में शेख़ मुईनुद्दीन चिश्ती के उर्स के लिए जाया करते थे। दरगाह से उनका जुड़ाव बहुत पुराना था। बैराम ख़ान का दौर ख़त्म होने के बाद की बात है। एक रात बादशाह सलामत शिकार के लिए आगरा से निकले। जब वो फ़तहपुर के रास्ते में मिढ़ाकुर गाँव से गुज़रे तो कई गवय्यों को ख़्वाजा मुईनुद्दीन चिश्ती की करामात गाते सुना। बस उसी वक़्त बादशाह सलामत ने अजमेर जाने का मन बना लिया।

ख़्वाजा मुईनुद्दीन चिश्ती सीस्तान के रहने वाले थे लेकिन उनका ताल्लुक़ जुड़ा सूफ़ियों के उस सिलसिले से जो हेरात से सौ किलोमीटर पूरब में चिश्त शहर से शुरू हुआ। वो पंद्रह बरस के थे जब वालिद का साया सर से उठ गया। एक रोज़ जब कंदूज़ के शेख़ इब्राहीम मजज़ूब उनके बाग़ के सामने से गुज़रे तो ख़्वाजा मुईनुद्दीन चिश्ती ने उन्हें पेड़ के नीचे बिठाया और अंगूर पेश किए। शेख़ इब्राहीम मजज़ूब ने तिल के कुछ बीज निकाले और उन्हें चबा कर ख़्वाजा मुईनुद्दीन चिश्ती के मुँह में डाल दिया। कहते हैं इससे ख़्वाजा मुईनुद्दीन चिश्ती में रूहानी नूर रौशन हो गया और वो दुनिया के बंधन से आज़ाद हो गए। उन्होंने अपना सब कुछ बेच कर दरवेशों में बाँट दिया। इसके बाद उन्होंने समरक़ंद और बुख़ारा में इल्म हासिल किया। फिर हरवान में चिश्ती सिलसिले के बड़े सूफ़ी शेख़ उस्मान हरवानी की

शागिर्दी में मुश्किल से मुश्किल तरीक़ों से अपनी ख़्वाहिशों को क़ाबू में करना सीखा। शेख़ उस्मान हरवानी ने ख़्वाजा मुईनुद्दीन चिश्ती को अपना ख़लीफ़ा[1] बनाया। इसके बाद ख़्वाजा मुईनुद्दीन चिश्ती ने दूर-दूर के सफ़र किए। बग़दाद, हमदान, तबरेज़, ख़रक़ान, अस्त्राबाद, हेरात, हिसार शादमान, बल्ख़ और ग़ज़नी से होते हुए आख़िर मुईजुद्दीन मोहम्मद के दिल्ली पर क़ब्ज़ा करने से पहले वो हिंदुस्तान पहुँच गए। लाहौर और दिल्ली में कुछ वक़्त गुज़ारने के बाद वो अजमेर आए और फिर वहीं रहे।

ख़्वाजा मुईनुद्दीन चिश्ती की इबादत और सादगी ने लोगों को अपना बना लिया। वो कहते थे कि बेसहारा लोगों की मदद करना और भूखे लोगों को खाना खिलाना सबसे बड़ी इबादत है। जब ख़्वाजा मुईनुद्दीन चिश्ती से पूछा गया कि सच्चे दरवेश से क्या उम्मीदें की जानी चाहिए तो उन्होंने कहा कि शरिया के मुताबिक़ ख़ुदा के बताए रास्ते पर चलना और मना की गई बातों से बचना ही सही मायने में दुनिया का त्याग है लेकिन सूफ़ियों के तरीक़े में नौ शर्तें हैं जिसे माने बिना कोई सच्चा दरवेश नहीं हो सकता। ख़्वाजा मुईनुद्दीन चिश्ती के कहने पर उनके शागिर्द ने वो नौ शर्तें लिख दीं ताकि सब लोग इनके बारे में जान सकें।

''पहला, पैसा ना कमाएँ। दूसरा, किसी से पैसा उधार ना लें। तीसरा, अगर सात दिन भी भूखा रहना पड़े तो किसी को बताएँ नहीं, ना ही किसी से मदद माँगें। चौथा, अगर बहुत सा खाना, पैसा, अनाज और कपड़े मिल जाएँ तो भी अगले दिन के लिए ना रखें। पाँचवाँ, किसी को बुरा ना कहें और ख़ुदा से दुआ करें कि दुश्मन को सही रास्ता दिखाए। छठा, अगर कोई नेक काम करें तो ये मानें कि ये पीर की नेकी की वजह से हुआ या पैग़ंबर मोहम्मद की वजह से या ख़ुदा की रहमत से। सातवाँ, कोई बुरा काम करें तो अपने अंदर की बुराई को इसके लिए ज़िम्मेदार मानें और ऐसी बुराइयों से बचें। ख़ुदा से डरें और ऐसी हरकतों से बचें जो फिर से बुराई की तरफ़ ले जाएँ। आठवाँ, दिन में रोज़ा रखें और रात को इबादत करें। नौवाँ, ख़ामोश रहें और तभी बोलें जब बहुत ज़रूरी हो। शरिया के मुताबिक़ लगातार बोलना भी ग़लत है और बिलकुल चुप रहना भी। वही अल्फ़ाज़ ज़बान पर लाएँ जो ख़ुदा को सही लगें।''

ख़्वाजा मुईनुद्दीन चिश्ती मानते थे कि हाजी काबा के चारों तरफ़ तवाफ़[2] करता है और आरिफ़[3] दिल के चारों तरफ़। ख़ुदा से इश्क़ में उनका यक़ीन था। वो मानते थे कि आशिक़, माशूक़ और इश्क़ तीनों एक ही हैं।

बादशाह सलामत के इस दुनिया में आने से लगभग तीन सौ बरस पहले

---

1. ख़लीफ़ा—नुमाइंदा, नायब।
2. तवाफ़—चक्कर लगाना।
3. आरिफ़—ख़ुदा को जानने-समझने वाला।

663 हिज्री की छठी रजब बमुताबिक़ 16 मार्च 1236 ईसवी को ख़्वाजा मुईनुद्दीन चिश्ती ने सत्तानवे साल की उम्र में इस दुनिया से पर्दा कर लिया। अजमेर में जिस जगह पर ज़िंदगी का ज़्यादा वक़्त गुज़रा, ठीक वहीं दफ़्न हुए। सूफ़ियों के चिश्ती सिलसिले को ख़्वाजा मुईनुद्दीन चिश्ती बारहवीं सदी में हिंदुस्तान लाए। उनके बाद दिल्ली के हज़रत ख़्वाजा क़ुतुबुद्दीन बख़्तियार काकी, पाकपट्टन के बाबा फ़रीद शकरगंज, दिल्ली के हज़रत निज़ामुद्दीन औलिया और सीकरी के शेख़ सलीम चिश्ती ने इस सिलसिले को आगे बढ़ाया।

गवय्यों से शेख़ मुईनुद्दीन चिश्ती की करामात सुनने के बाद शाही हरम को माहम अंगा के साथ रवाना कर के बादशाह सलामत छठे इलाही सन्, बमुताबिक़ 1562 ईसवी की चौदह जनवरी को अपनी शिकार की टोली के साथ एक अलग रास्ते से निकले। ये बादशाह सलामत की पहली ज़ियारत थी। इसके बाद अजमेर जाने का सिलसिला शुरू हो गया। दरगाह से बादशाह सलामत का रूहानी रिश्ता बना और अजमेर से दुनियावी रिश्ता। यहाँ से बादशाह सलामत के लिए गुजरात के हालात पर नज़र रखना मुमकिन था।

भेरा के शाही ख़ेमे के पास नदी बह रही थी। बादशाह सलामत ने याद किया कि आज दिन में शेख़ू जी पानी में जाने से डर रहे थे। ख़ुद बादशाह सलामत ने उन्हें पकड़ कर ग़ोते दिलवाए। बादशाह सलामत के वारिस को शेख़ सलीम चिश्ती ने ख़ुद अपना नाम दिया था। इसी वजह से बादशाह सलामत ने कभी बेटे को नाम से नहीं पुकारा। हमेशा अदब से शेख़ू जी कहा। शेख़ू जी को पैदा हुए नौ बरस हो गए थे। जब बादशाह सलामत इस उम्र के थे तो उनमें पीर–फ़क़ीर से मिलने का शौक़ पैदा हो चुका था। हिज्री 959 बमुताबिक़ 1551 ईसवी के दिन थे, जब जन्नत आशियानी हुमायूँ बादशाह ने उन्हें ग़ज़नी भेजा था। वहाँ मिर्ज़ा अकबर ने गुफ़ा में रहने वाले बाबा बिलास से मुलाक़ात की। कहते हैं छोटी सी धोती और हलकी सी शाल ओढ़े सफ़ेद दाढ़ी और सफ़ेद बाल के बाबा बिलास ने शहज़ादे के माथे पर रूहानी और दुनियावी कामयाबी के निशान देखे और उन्हें अंदरूनी और बाहरी बादशाहत के लिए मुबारकबाद दी। जब फूलदार क़ालीन पर बैठे नौ बरस के शहज़ादे और शेर की छाल पर बैठे बुजुर्ग बाबा बिलास के बीच दीनी मसलों पर बात हो रही थी तो बाक़ी सब लोग अदब से खड़े थे।

बादशाह सलामत की कई औलादें पैदा होकर गुज़र गई थीं जब उन्होंने शेख़ सलीम चिश्ती के दर पर हाज़िरी दी। शेख़ सलीम चिश्ती ने आगरा के पास सीकरी की पहाड़ी पर अपनी ख़ानक़ाह बनाई थी। उनका नाम दूर–दूर तक फैल चुका था। कड़ाके की सर्दी में भी वो महीन सा कपड़ा पहनते और दिन में दो बार नहाते। एक बार ज़मीन के रास्ते और एक बार पानी के रास्ते हज के लिए जा चुके थे। कुल

मिला कर उन्होंने बाईस हज किए। पहली बार में चौदह और दूसरी बार में आठ।

सीकरी की पहाड़ी पर ख़ानक़ाह में जलालुद्दीन मोहम्मद अकबर ने शेख़ सलीम चिश्ती से पूछा था, "मेरे कितने बेटे होंगे?"

शेख़ सलीम चिश्ती ने कहा, "ख़ुदा तुम्हें तीन बेटे देगा!"

बादशाह सलामत ने कहा, "पहला बेटा आपकी सरपरस्ती में दूँगा।"

तब शेख़ सलीम चिश्ती ने कहा, "मैंने भी उसे अपना बेटा माना।"

बादशाह सलामत के सबसे क़रीबी और पसंदीदा दरबारी संगीतकार मियाँ तानसेन ने गाया कि चिराग़ अता करने वाले शेख़ चिश्ती से दीन रौशन है; ख़्वाजा का नाम लेते ही दुख दूर होते हैं और कुफ़्र[1] भाग जाता है; उनका दिल मोम जैसा है; ग़रीबनवाज़ अपने सेवक तानसेन पर रहम कर के उसे दीन-ईमान दें।

"नाम लेत दुख टरत मोम दिल ख्वाजा।
सरस होत सुख परसत ही दरगाह रोसन जंबीर,
दस्तगीर हाजी उनके करत मनचीते काजा॥
चिस्ती चिराग अता दीन उजारे भार,
तो पै रटत कीनौ इस्लाम कुफर भाजा।
'तानसेन' सेवक कौं रहम कर, कीजियै दीन इमान,
गरीब निबाज सो करता जा हित पति राजा।"

जैसे ही बादशाह सलामत को पता चला कि उनकी बीवी, आमेर के राजा भार मल की बेटी, मरियम ज़मानी[2] माँ बनने वाली हैं, उन्हें हरम के कई ओहदेदारों के साथ सीकरी भेज दिया ताकि शेख सलीम चिश्ती के साए में ही तैमूरी सल्तनत का वारिस दुनिया में आए। ख़ुद बादशाह सलामत कुछ वक़्त के लिए वहाँ आ गए।

सीकरी की पहाड़ी से उत्तर की तरफ़ बादशाह सलामत को खनवा का मैदान साफ़ दिख रहा था। हिज्री 933 के जमादीउस सानी की तेरह तारीख़ बमुताबिक़ ईसवी 1527 के मार्च महीने की सोलह तारीख़ को सीकरी से सोलह किलोमीटर की दूरी पर वो जंग हुई जिसे फ़िरदौस मकानी बाबर बादशाह हार जाते तो तैमूरी सल्तनत के पाँव उखड़ जाते। बाबर बादशाह से लोहा लिया राणा सांगा ने जो अपने भाइयों के ख़िलाफ़ लंबी जद्दोजहद के बाद मेवाड़ की गद्दी पर बैठ चुके थे। उन्होंने इब्राहीम लोदी से कई जंगें लड़ी थीं और एक टाँग गँवा चुके थे।

इब्राहीम लोदी को हराने के बाद फिरदौस मकानी बाबर बादशाह के साथियों का दिल हिंदुस्तान से उठने लगा था। तब बाबर बादशाह ने उन्हें बुला कर कहा—

1. कुफ़्र—अधर्म।
2. मरियम ज़मानी—अपने ज़माने की मरियम।

''मुल्क जीतना और उस पर हुकूमत करना बिना सामान और औज़ार के नहीं होता। बिना मुल्क और रय्यत के बादशाहत नहीं होती। कुछ सालों से हमने जद्दोजहद की, परेशानियाँ उठाईं, लंबे फ़ासले तय किए, फ़ौजें लेकर चले, ख़ुद को और अपने फ़ौजियों को जंग के जोखिम में डाला, अल्लाह के फ़ज़ल से बहुत सारे दुश्मनों को हराया और बड़े मुल्क जीते। अब क्या मजबूरी है कि बिना किसी वजह के वो सब छोड़ें जो हमने इतनी तकलीफ़ से पाया है? क्या काबुल लौट जाएँ और ग़रीब हो जाएँ। मेरा साथ देने वाला कोई भी आईंदा ऐसा ना कहे। जिसमें ठहरने की ताब न हो और वो जाना ही चाहे तो अभी बिस्मिल्लाह करे!''

इस तरह से लोगों के दिल के शक-शुब्हे दूर हुए लेकिन फिरदौस मकानी बाबर बादशाह के क़रीबी और कई फ़तहों में उनके साथी ख़्वाजा कलाँ हिंदुस्तान से इतना उकताए कि दिल्ली में हौज़े ख़ास के मकान में संगेमर्मर पर लिखवा गए—

''अगर ख़ैर सलामती से सिंध पार कर लूँ,
मुँह काला हो जाए अगर दोबारा हिंद की ख़्वाहिश करूँ।''

फ़िरदौस मकानी बाबर बादशाह ने इस शेर को अपनी शान में गुस्ताख़ी माना और ख़्वाजा कलाँ को जवाब में ये लिख कर भेजा—

''सिंध और हिंद के लिए हों ख़ुदा के हज़ार बार शुक्रगुज़ार,
गरमी से परेशान हैं तो ग़ज़नी की ठंड कर लें याद।''

अब मेवाड़ के राणा सांगा के डर से फ़िरदौस मकानी बाबर बादशाह के लश्कर में मायूसी थी। बाबर बादशाह ने लिखा—

''छोटे-बड़े सब बहुत ही मन मारे और डरे-डरे से थे। एक बात ऐसी ना करते जिसमें मर्दानगी झलके। एक राय ऐसी ना देते जिससे ढाँढस बँधे। ना वज़ीरों से जिन्हें खुल कर बोलना था, ना अमीरों से जिन्हें जागीरों पर क़ब्ज़ा करना था।''

बाबर बादशाह ने जलसे का सोने-चाँदी का सामान तोड़ कर ग़रीबों में बाँट दिया। शराब बहा दी। ग़ज़नी से हाल में आई बेहतरीन शराब में नमक डाल कर उसे सिरका बना दिया। फ़रमान जारी हुआ कि पूरी सल्तनत में ना कोई शराब पिएगा, ना ख़रीदेगा, ना बनाएगा और ना एक जगह से दूसरी जगह ले जाएगा। फिर सब बेगों[1] और बहादुरों को बुलाकर याद दिलाया कि दुनिया में हर आने वाला फ़ना हो जाएगा, जो रहने वाली ज़ात है वो ख़ुदा की है—

''हर कि आमद बजहाँ ज़े अहले फ़ेना ख़ाहद बोवद,
आंके पाइंदा व बाक़ीस्त ख़ोदा ख़ाहद बोवद।''

फ़िरदौस मकानी बाबर बादशाह ने कहा—

1. बेग—सरदार, अमीर-उमरा।

"...अल्लाह ने हमें वो नेक नसीबी दी है कि जो मरे वो शहीद, जो मारे वो ग़ाज़ी। अब हम सबको ये क़सम खानी चाहिए कि कोई इस मौत से ना भागे। जब तक दम में दम है, इस लड़ाई से मुँह ना फेरे।"

बाबर बादशाह ने लिखा—

"आख़िर छोटे-बड़े सबने हाथ में कुरान लेकर क़सम खाई। ये तदबीर अच्छी रही। दूर के या पास के, देखने या सुनने वाले, दोस्त या दुश्मन—सब पर इसका असर बहुत बढ़िया हुआ।"

फ़ातिहा पढ़कर सब ने कहा, "बादशाह! इंशा अल्लाह तआला जब तक जिस्म में जान है, जाँनिसारी से पीछे नहीं हटेंगे!"

खनवा के मैदान में एक पहाड़ी के पास फ़िरदौस मकानी बाबर बादशाह की फौज ने मोर्चा सँभाला। ख़ास बादशाही फ़ौज ग़ोल में थी। ग़ोल के दाएँ और बाएँ हाथ पर भी फ़ौजी दस्ते तैनात थे। बरनग़ार में ख़ुद फ़िरदौस मकानी बाबर बादशाह के बेटे मिर्ज़ा हुमायूँ तैनात थे। जरनग़ार भी मुस्तैद था। फ़ौज के आगे ज़ंजीर से जुड़ी गाड़ियों और पहियेदार तिपाइयों की क़तार थी जिनकी आड़ में बंदूकची और तोपची तैनात थे। गाड़ियों के बीच इतनी जगह थी कि सही मौक़े पर घुड़सवार उसमें से निकल कर धावा बोल दें और पहियेदार तिपाई के पीछे से बंदूकची निशाना लगाते हुए आगे बढ़ सकें। तूलग़मा के लिए भी फ़िरदौस मकानी ने फ़ौज तैनात की जो सही मौक़े पर टूट पड़ने को तैयार थी। जब मोर्चा बाँध दिया गया तो शाही हुक्म हुआ कि कोई भी अपनी जगह से हिले नहीं और बिना इजाज़त मैदाने जंग में दाख़िल ना हो।

फ़िरदौस मकानी बाबर बादशाह ने लिखा—

"बाक़ायदा देखा जाए तो हिंदुस्तान में एक लाख का सूबा सौ घुड़सवारों की परवरिश करेगा। और एक करोड़ का सूबा दस हज़ार की। राणा सांगा का इलाक़ा दस करोड़ का हो गया है, जो एक लाख सिपाहियों की परवरिश कर सकता है और कई ऐसे नामी राजाओं ने उनकी बात मान कर उनकी फ़ौज में शामिल होने का फ़ैसला किया जिनमें से एक भी पहले कभी उनके साथ नहीं आए थे।"

फ़िरदौस मकानी बाबर बादशाह के सामने राणा सांगा के साथ हाड़ौती, नागौर, जालौर, सिरोही, डूँगरपुर, ढूँढार, आमेर, मारवाड़, मेरता, चंदेरी, मेरठ, रायसेन, सारंगपुर और जोहल की ताक़त थी। हसन ख़ान मेवाती अपनी बारह हज़ार की फ़ौज के साथ और सिकंदर लोदी का छोटा बेटा महमूद लोदी दस हज़ार की फ़ौज के साथ राणा सांगा के मोर्चे में शामिल था। बाबर बादशाह का मुक़ाबला करने के लिए राजपूत और अफ़ग़ान साथ आ गए थे। बाबर बादशाह का अंदाज़ा था कि इन सभी राजाओं की कुल ताक़त दो लाख से ज़्यादा थी। ये उनकी अपनी फ़ौज से कहीं ज़्यादा था।

एक पहर बाद बरनग़ार और जरनग़ार की तरफ़ ज़बरदस्त जंग छिड़ी। राणा सांगा की फ़ौज के जरनग़ार ने फ़िरदौस मकानी की फ़ौज के बरनग़ार पर ज़बरदस्त हमला किया। अगर उस तरफ़ और ताक़त ना लगाई जाती तो मोर्चा ही टूट जाता। अब मिर्ज़ा हुमायूँ के मोर्चे की तरफ़ से गाड़ियों की आड़ में तोपची और बंदूकचियों ने आगे बढ़ कर सीधे हमला कर दिया। राणा सांगा की फ़ौज के बरनग़ार से शाही फ़ौज के जरनग़ार पर बार-बार हमला होता रहा और फ़िरदौस मकानी बाबर बादशाह की फ़ौज लोहा लेती रही। जब शाही हुक्म से तूलग़मा के लिए तैनात फ़ौजी हरकत में आए तो उन्होंने राणा सांगा की फ़ौज के पीछे की तरफ़ जाकर धावा बोल दिया। लड़ाई लंबी खिंची तो हुक्म मिलने पर ख़ास बादशाही फ़ौजी गाड़ियों की क़तार के पीछे से निकले और दोनों तरफ़ से राणा सांगा की फ़ौज पर तीर और तलवार से टूट पड़े। फ़िरदौस मकानी बाबर बादशाह ने ग़ोल के सामने की गाड़ियों को आगे बढ़ने का हुक्म दिया और ख़ुद भी राणा सांगा की फ़ौज पर हमला कर दिया। बाबर बादशाह को आगे बढ़ता देख कर उनके लोगों ने नए जोश से एकजुट हो कर हमला कर दिया। दिन ख़त्म होते-होते शाही फ़ौज के दाएँ और बाएँ दस्ते ने राणा सांगा के दाएँ और बाएँ मार्चे को तोड़ दिया। लेकिन पूरी तरह हारने से पहले राणा सांगा की फ़ौज की तरफ़ से एक बड़ा हमला हुआ। उनके फ़ौजी ग़ोल के दाएँ और बाएँ की तरफ़ काफ़ी अंदर तक आ गए। ये हमला नाकाम कर दिया गया और राणा सांगा की फ़ौज के पाँव पूरी तरह उखड़ गए।

हसन ख़ान मेवाती, डूँगरपुर के राजा रावल उदय सिंह, राय चंद्रभान चौहान, चंदेरी के राजा के बेटे नृपत राव, मानिक चंद चौहान, दिलीप राय, गंगू, करम सिंह और राव बिक्रासी मारे गए। इनके अलावा हज़ारों की जान गई। दुश्मनों के सर का कल्ला मीनार बना। ख़ुद राणा सांगा चित्तौड़ भाग गए। उनके पीछे भेजे गए लोग नाकाम रहे। फ़िरदौस मकानी बाबर बादशाह ने कहा, "वो नाजुक वक़्त था। हमें किसी और पर भरोसा नहीं करना चाहिए था। हमें ख़ुद जाना चाहिए था।"

खनवा की फ़तह के बाद फ़िरदौस मकानी बाबर बादशाह ने सजदे में जाकर ख़ुदा का शुक्र अदा किया। इस फ़तह के बाद उन्होंने अपने नाम के साथ ग़ाज़ी जोड़ लिया।

जंग खनवा में लड़ी गई लेकिन फ़िरदौस मकानी ने सीकरी में झील के किनारे ख़ेमा लगाया था। उन्होंने सीकरी में जीत का शुक्र अदा किया इसलिए सीकरी गाँव का नाम बदल कर शुकरी कर दिया। वहीं एक बाग़ लगवाया जिसका नाम हुआ बाग़े-फ़तह। फ़िरदौस मकानी बाबर बादशाह के गुज़र जाने के बाद ये तय किया गया कि इसी सीकरी से मिलने वाली रक़म उनके मक़बरे पर क़ुरान ख़्वांनी करने और फ़ातिहा पढ़ने वालों पर ख़र्च की जाएगी।

जलालुद्दीन मोहम्मद अकबर ने फ़िरदौस मकानी बाबर बादशाह को नहीं देखा

था। बाबर बादशाह के दुनिया से जाने के बारह बरस बाद उनकी पैदाइश हुई थी। वो *तुज़ुके बाबरी* सुनते और ख़ानदान के लोगों से बाबर बादशाह के बारे में सुना करते।

आगरा में ज़रअफ़्शाँ बाग़ के वुज़ूख़ाने को देखकर फ़िरदौस मकानी बाबर बादशाह ने कहा था, ''अब मेरा दिल सल्तनत और बादशाहत से थक गया है। मेरी ख़िदमत के लिए ताहिर आफ़ताबची बहुत है। हुकूमत हुमायूँ को दे दूँगा।''

ये सुनकर बाबर बादशाह की बहन ख़ानज़ादा बेगम और बच्चे रोने-पीटने लगे, ''ख़ुदा आपको बरसों-बरस और बेशुमार नस्लों तक तख़्त पर महफ़ूज़ रखे और आपके बच्चे आपके क़दमों में लंबी उम्र पाएँ।''

कुछ वक़्त बाद फ़िरदौस मकानी बाबर बादशाह के बेटे मिर्ज़ा हुमायूँ की तबीयत बिगड़ी। मिर्ज़ा हुमायूँ उस वक़्त संभल की अपनी जागीर में थे। बाबर बादशाह के हुक्म से उन्हें दिल्ली लाया गया और फिर दिल्ली से नदी के रास्ते आगरा। आगरा में शाही हकीमों ने इलाज की पूरी कोशिश की लेकिन कोई फ़ायदा नहीं हुआ।

एक दिन जब फ़िरदौस मकानी बाबर बादशाह अपने बेटे को देखने पहुँचे तो उनकी बीवी, हुमायूँ की माँ, माहम बेगम ने कहा, ''आप मेरे बच्चे की तरफ़ ग़ाफ़िल[1] हैं। आप बादशाह हैं आप को किस बात का ग़म? आपकी तो कई औलाद हैं। मेरा ग़म ये है कि मेरा एक ही बेटा है।''

बाबर बादशाह ने जवाब दिया, ''माहम मेरे कई बच्चे हैं लेकिन मुझे कोई इतना प्यारा नहीं जितना कि हुमायूँ! ये सल्तनत मैंने उसी के लिए हासिल की है। मैं चाहता हूँ कि किसी और के लिए नहीं, मेरे प्यारे हुमायूँ के लिए ये दुनिया रौशन रहे। वो दुनिया में अपनी तरह का अकेला है।''

इसी बीमारी के दौरान एक रोज़ फिरदौस मकानी बाबर बादशाह आगरा में यमुना किनारे अपने वक़्त के अक़्लमंद लोगों से इलाज के बारे में सलाह-मश्विरा कर रहे थे। तब उनके एक बहुत क़रीबी और ख़ास दरबारी, मज़हब और फ़लसफ़े के माहिर, मीर अबुल बक़ा ने कहा, ''पुराने वक़्त के अक़्लमंद लोगों से ये बात हम तक पहुँची है कि जब हकीम इलाज में नाकाम रहें तो एक ही तरीक़ा बचता है कि अपनी सबसे बेहतरीन चीज़ ख़ैरात कर दी जाए और दरबारे-इलाही से सेहत की दुआ की जाए।''

तब फ़िरदौस मकानी बाबर बादशाह ने कहा, ''हुमायूँ के पास जो बेहतरीन चीज़ है वो हम हैं...हम ख़ुद को क़ुर्बान करते हैं। दुनिया को बनाने वाला ख़ुदा हमें क़ुबूल करे।''

दरबारियों ने कहा, ''इनायते इलाही से वो जल्द सेहतयाब होंगे। और हज़रत के करम के साए में अपनी पूरी उम्र जिएँगे। आप ऐसी बातें क्यों कहते हैं? पुराने

1. ग़ाफ़िल—उदासीन।

वक़्त के अक़्लमंदों की बात का मायने ये है कि अपने दुनियावी माल की बेहतरीन चीज़ ख़ैरात करें। वो बेशक़ीमती हीरा जो इब्राहीम लोदी के साथ लड़ाई में करामाती तरीक़े से मिला था, अब ख़ैरात में दे दिया जाए।''

पानीपत की लड़ाई जीतते ही फ़िरदौस मकानी बाबर बादशाह ने अपने बेटे मिर्ज़ा हुमायूँ को इस हिदायत के साथ आगरा रवाना किया कि ख़ज़ाने को अपनी हिफ़ाज़त में लें और ख़ास तौर पर उस मशहूर हीरे को जिसका वज़न आठ मिस्क़ाल[1] बताया जाता है। मिर्ज़ा हुमायूँ ने पूरा ख़जाना लूट लिया लेकिन वो हीरा नहीं मिला। जब पूछताछ हुई तो एक नौकर ने ज़नानख़ाने की तरफ़ इशारा किया। मिर्ज़ा हुमायूँ ने ज़नानख़ाने में दाख़िल होकर रोती हुई औरतों को यक़ीन दिलाया कि उनके साथ अच्छा सुलूक होगा। तब इब्राहीम लोदी की माँ ने काँपते हाथों से एक सोने का डिब्बा उन्हें सौंप दिया। जब मिर्ज़ा हुमायूँ ने डिब्बा खोला तो वही हीरा पाया जिसका ज़िक्र बाबर बादशाह ने किया था। मिर्ज़ा हुमायूँ ने ये बेशक़ीमती हीरा फ़िरदौस मकानी बाबर बादशाह को पेश किया। बाबर बादशाह ने हीरा क़ुबूल करके उसे वापिस मिर्ज़ा हुमायूँ को ही दे दिया। जौहरियों का अंदाज़ा था कि इस हीरे की लागत उतनी है जितना कि दुनिया के रिहाइशी इलाक़े का रोज़ का आधा ख़र्च।

फ़िरदौस मकानी बाबर बादशाह ने दरबारियों की सलाह सुन कर कहा, ''दुनियावी माल की क्या अहमियत है? हुमायूँ के एवज़ में ये कोई देने वाली चीज़ है? हम ख़ुद को क़ुर्बान करेंगे। वो तकलीफ़ में हैं और अब हमसे उस की तकलीफ़ नहीं देखी जाती।''

बुध को फ़िरदौस मकानी बाबर बादशाह हज़रत अली[2] का रोज़ा रखा करते थे। इस बार मिर्ज़ा हुमायूँ की बीमारी से इतना परेशान हुए कि मंगल को ही रख लिया। बहुत गर्मी के दिन थे। कहते हैं कि रोज़े में फ़िरदौस मकानी ने दुआ की, ''ऐ ख़ुदा, अगर जान के एवज़ में जान मिल सकती है तो मैं बाबर अपनी उम्र और जान हुमायूँ को बख़्शता हूँ।''

ये कह कर फ़िरदौस मकानी बाबर बादशाह ने अपने बेटे मिर्ज़ा हुमायूँ के चारों तरफ़ तीन चक्कर लगाए।

कहने वाले कहते हैं कि फ़िरदौस मकानी को उसी वक़्त एक भारीपन का एहसास हुआ और उनकी ज़बान से निकला, ''हमने ये अपने ऊपर ले लिया! हमने ये अपने ऊपर ले लिया!''

सुना है कि उसी वक़्त से मिर्ज़ा हुमायूँ उठ खड़े हुए और ठीक हो गए। फ़िरदौस मकानी बाबर बादशाह को बुख़ार आ गया और उनकी हालत बिगड़ने लगी। यहाँ तक कि उन्होंने बिस्तर पकड़ लिया। पेट का दर्द बढ़ता गया। हकीमों ने मिर्ज़ा हुमायूँ

1. मिस्क़ाल—आज एक मिस्क़ाल लगभग 4.7 ग्राम का माना जाता है।
2. हज़रत अली—चौथे ख़लीफ़ा और शीया मुसलमानों के मुताबिक़ पहले इमाम।

से कहा, "हमारी बदनसीबी कि कोई दवा काम नहीं आ रही। अब ख़ुदा से ही इलाज की उम्मीद है।"

हकीमों ने बाबर बादशाह की नब्ज़ देख कर कहा, "ये उसी ज़हर का असर है जो सुल्तान इब्राहीम की माँ ने दिया था।"

पानीपत की लड़ाई के बाद की बात है। फ़िरदौस मकानी बाबर बादशाह ने अपनी बीवी माहम बेगम को काबुल ख़त लिखा और पूरा हादसा बयान किया।

"इब्राहीम की बुढ़िया माँ ने सुना कि मैं हिंदुस्तानियों के हाथ का खाना खाने लगा हूँ। बात यूँ थी कि चूँकि हिंदी खाना मैंने देखा ना था, इसलिए तीन-चार महीने पहले इब्राहीम के बावर्चियों को बुलवाया। पचास साठ आए जिनमें से चार मैंने रख लिये थे। ये सब उस बदनसीब ने सुना और अहमद चाश्नीगीर[1] को इटावा से बुलवाया और एक दाई के ज़रिए उसे क़ागज़ की पुड़िया में एक तोला ज़हर भेजा। हिंदुस्तान में खाना चखने वाले को चाश्नीगीर कहते हैं। अहमद चाश्नीगीर ने वो ज़हर हमारे हिंदुस्तानी बावर्ची को दिया और चार परगनों के इनाम का लालच देकर कहा कि जैसे भी हो मेरे खाने में डलवा दो। जिस नौकरानी ने अहमद को पुड़िया दी, उसके पीछे-पीछे बुढ़िया ने एक और नौकरानी भेजी ये देखने के लिए कि मुझे ज़हर दिया गया या नहीं। अच्छा हुआ कि उसने ज़हर रिकाबी में डाला, देग़ में नहीं। ये इसलिए हुआ कि मैंने बकावल[2] को सख़्त हिदायत दे रखी थी कि हिंदुस्तानियों की निगरानी करें और खाना पकते वक़्त देग़ से ही उन से चखाई कराएँ। जब खाना पतीले से रिकाबी में डाला जा रहा था तो हमारे बदनसीब बकावल ग़फ़लत में रहे। एक चीनी की रिकाबी में फुलके रखे गए और उस पर पुड़िया का आधे से कम ज़हर छिड़क दिया गया। उस पर रोग़नदार क़लिया डाल दिया गया। अगर ज़हर क़लिया पर छिड़क दिया जाता या देग़ में डाल दिया जाता तो बड़ा बुरा होता। घबराहट में बावर्ची ने आधे से ज़्यादा ज़हर चूल्हे में डाल दिया। जुमे को अस्र के कुछ देर बाद पका हुआ गोश्त लगाया गया। मैंने ख़रगोश का गोश्त ख़ूब मज़े से खाया और बहुत सी तली हुई गाजर भी। ज़हरीले हिंदुस्तानी खाने के ऊपर-ऊपर से थोड़ा लिया। मज़ा बुरा नहीं लगा। सूखे गोश्त के एक-दो टुकड़े लिए। तबीयत ख़राब लगी। मुझे लगा एक दिन पहले सूखा गोश्त बदमज़ा सा लगा था इसलिए ऐसा लग रहा है। एक बार फिर पेट ऐंठने लगा। दस्तरख़्वान पर ही दो-तीन बार उबकाई आई। लगा यहीं उलटी हो जाएगी। आख़िर मैंने कहा, 'बस बहुत हुआ'। उठकर आबगाह[3] गया। वहाँ

1. चाश्नीगीर—शाही खाने का इंतेज़ाम करने वाला जो बादशाह के सामने खाना चख कर इत्मिनान करता था कि उसमें ज़हर नहीं है।
2. बकावल—शाही बावर्चीख़ाने का दारोग़ा।
3. आबगाह—शौचालय।

बहुत उलटी हुई। मुझे कभी खाने के बाद उलटी नहीं हुई। शराब पीकर भी नहीं। शक हुआ। मैंने हुक्म दिया कि बावर्चियों को पकड़ लो और उलटी कुत्ते को खिलाओ और उस पर नज़र रखो। अगले दिन के पहले पहर तक कुत्ता काफ़ी बेचैन था और उसका पेट फूला हुआ था। चाहे जितने पत्थर फेंको, वो उठता ना था। दोपहर तक यूँ ही पड़ा रहा। फिर उठा और मरा नहीं। एक-दो बहादुरों ने भी वही खाया था। अगले दिन वो भी उलटी कर रहे थे। एक बहुत बीमार हुआ लेकिन आख़िरकार सब बच गए।''

बाबर बादशाह ने माहम बेगम को ख़त में लिखा कि एक बला आई थी लेकिन ख़ैर से टल गई।

''रसीदा बूद बलाई वले बख़ैर गुज़श्त!

''बावर्ची को सख़्त तकलीफ़ देने के लिए लोग ले गए। उसने एक-एक कर के पूरी बात बता दी। सोमवार को दरबार होता था। मैंने हुक्म दिया कि सभी इज़्ज़तदार लोग और अमीर-उमरा मौजूद रहें। आदमियों और औरतों को सवाल-जवाब के लिए पेश किया गया। उन्होंने सब उगल दिया। मैंने हुक्म दिया कि बकावल की बोटी-बोटी करवा दी जाए। और बावर्ची की खाल ज़िंदा खिंचवा दी जाए। दो में से एक औरत को हाथी के नीचे मरवा दिया, दूसरी को तोप के मुँह पर रख उड़वा दिया गया। बदनसीब बुढ़िया को हिरासत में ले लिया। वो अपने किए की सज़ा भुगतेगी।

''सनीचर को एक प्याला दूध पिया। इतवार को मैंने अर्क़ पिया, जिसमें मख़्तूम[1] घुली हुई थी। सोमवार को मख़्तूम और तिर्याक़[2] दूध में घोल कर पिया। इसने मुझे अंदर तक खंगाल दिया। इलाज के पहले दिन की तरह सनीचर को भी पित्त से कोई काली जली हुई सी चीज़ निकली। ख़ुदा का शुक्र है कि अब सब ठीक है। ज़िंदगी कितनी प्यारी है, मुझे मालूम ना था। किसी ने कहा है, 'ज़िंदगी की क़ीमत वही समझता है जो मौत तक पहुँच जाए।' जब भी इस हादसे के बारे में सोचता हूँ, ग़ुस्सा आ जाता है। ख़ुदा का शुक्र है कि मुझे नई ज़िंदगी मिली। कैसे शुक्र अदा करूँ ?

''मैंने तफ़्सील से सब कुछ लिख दिया ताकि तुम घबराओ नहीं। हालाँकि ये एक ख़ौफ़नाक वाक़या था जो पूरी तरह लफ़्ज़ों में बयान नहीं हो सकता। शुक्र है ख़ुदा का कि मुझे ज़िंदा रखा। आख़िर सब ठीक हुआ। फ़िक्र ना करो। मंगल रबीउल अव्वल की बीस तारीख़ को चार बाग़ में लिखा गया।''

फ़िरदौस मकानी बाबर बादशाह को ज़हर देने की कोशिश को बहुत वक़्त गुज़र चुका था लेकिन उनकी ख़िदमत में मौजूद हकीमों ने मिर्ज़ा हुमायूँ को बताया कि

1. मख़्तूम—वो मिट्टी जो मोहर लगाने के काम आती है।
2. तिर्याक़—जिस दवा के बारे में कहा जाता है कि वो ज़हर का असर ख़त्म कर देती है।

उन पर उसी ज़हर का असर है। आख़िर कोई इलाज काम ना आया और फ़िरदौस मकानी बाबर बादशाह कमज़ोर होते गए। इस दुनिया को छोड़ने से चार दिन पहले उन्होंने अपना आख़िरी दरबार किया और अपने सभी अमीर-उमरा से कहा, ''बरसों से दिल में था कि अपनी सल्तनत हुमायूँ मिर्ज़ा को सौंप दूँ और ख़ुद बाग़े-ज़र-अफ़्शाँ के किसी कोने में जा बैठूँ। अल्लाह तआला के फ़ज़्लोकरम से सभी ख़्वाहिशें पूरी हुईं मगर सिर्फ़ ये नहीं हुआ...''

लोग रोने लगे और ख़ुद फ़िरदौस मकानी बाबर बादशाह की आँख में भी आँसू आ गए।

हिज्री 937 के जमादीउल अव्वल की पाँचवीं तारीख़ बमुताबिक़ 25 दिसंबर, 1530, सोमवार के दिन, फ़िरदौस मकानी बाबर बादशाह अड़तालीस साल की उम्र में अपनी सल्तनत और इस दुनिया को छोड़ कर चले गए। ख़ानदान में मातम छा गया लेकिन बाहर वालों से ये बात छुपाई गई। उस वक़्त एक हिंदुस्तानी अमीर आराइश ख़ान ने कहा, ''ऐसी बातों को पोशीदा रखना ठीक नहीं क्योंकि हिंदुस्तान में रिवाज है कि बादशाहों के साथ ऐसा होता है तो लूटपाट मच जाती है।''

तब एक आदमी को लाल कपड़े पहना कर हाथी के ऊपर से ऐलान कराया गया कि फ़िरदौस मकानी बाबर बादशाह दरवेश हो गए हैं और उन्होंने सल्तनत हुमायूँ बादशाह को सौंप दी है। जुमे के रोज़ आगरा की जामा मस्जिद में हुमायूँ बादशाह के नाम का ख़ुतबा पढ़ा गया।

शेख़ अबुल फ़ज़ल ने फ़िरदौस मकानी बाबर बादशाह के बारे में लिखा—

''...उनमें दुनिया पर हुकूमत करने के आठों उसूल मुकम्मल तौर पर मौजूद थे। पहला, बुलंद तक़दीर। दूसरा, ऊँची हिम्मत। तीसरा, दुनिया जीतने की ताक़त। चौथा, मुल्क सँभालने की क़ाबिलियत। पाँचवाँ, शहरों को बेहतर करने की कोशिश। छठा, दिल में रिआया की भलाई। सातवाँ, सिपाहियों को ख़ुश रखने की सलाहियत और आठवाँ, फ़ौज को तबाही फैलाने से रोकने की ताक़त।''

फ़िरदौस मकानी बाबर बादशाह अपनी वसीयत में अपने बेटे मिर्ज़ा हुमायूँ को ये ताकीद कर गए—

''बेटा! हिंदुस्तान की सरज़मीं में हर मज़हब को मानने वाले लोग रहते हैं। अलहम्दोलिल्लाह इस मुल्क की बादशाहत तुम्हें सौंपी गई है। अपने दिल से भेदभाव दूर कर के इंसाफ़ करो। ख़ास तौर पर तुम गाय की क़ुर्बानी ना करो। इससे तुम हिंदुस्तान के लोगों का दिल जीत लोगे और लोग बादशाहत से जुड़ेंगे। सल्तनत में रहने वालों की इबादतगाहों को गिराओ मत। इतना बराबरी का इंसाफ़ करो कि लोग अपने बादशाह से ख़ुश हों और बादशाह लोगों से। इस्लाम ज़ुल्म की तलवार से नहीं, नरमी से आगे बढ़ेगा। शीया-सुन्नी झगड़ों की तरफ़ से आँख मूँद लो वरना इस्लाम कमज़ोर होगा। सल्तनत के अलग-अलग फ़िरक़े जिस्म के चार तत्त्वों की

तरह हैं। सल्तनत की सेहत इनके तालमेल पर टिकी है। हज़रत अमीर तैमूर साहिबे क़िरान की मिसाल हमेशा तुम्हारे सामने रहनी चाहिए। इससे सल्तनत को मज़बूत करने में मदद मिलेगी।''

बाबर बादशाह चार बरस आगरा में रहे और इस दौरान वो हर जुमे को अपने ख़ानदान की बुजुर्ग औरतों से मिलने जाते थे। एक रोज़ उनकी बीवी माहम बेगम ने शिकायत की, ''इतनी गर्मी है। एक जुमा नहीं जाएँगे तो क्या हो जाएगा? बेगमात रंजीदा हो जाएँगी?''

इस पर बाबर बादशाह ने कहा, ''माहम, अजब है कि आपने ऐसी बात कही! हज़रत अबू सईद मिर्ज़ा[1] की बेटियाँ बिना बाप और भाई के हैं। हम ख़याल नहीं रखेंगे तो इनका क्या होगा!''

बाबर बादशाह के बाद जन्नत आशियानी हुमायूँ बादशाह ने भी पूरी ज़िंदगी रिश्तों को निभाने की कोशिश की। बाबर बादशाह के गुज़र जाने के बाद की बात है। उनकी बीवी माहम बेगम को इस बात की फ़िक्र हुई कि उनके बाद उनकी बेटियों पर क्या गुज़रेगी। उन्होंने अपनी बेटी गुलबदन से कहा, ''इस बात की तकलीफ़ है कि हमारे जाने के बाद बादशाह की बेटियाँ अपने भाई[2] से गुलबर्ग बीबी[3] के घर में मिलेंगी।''

पता नहीं हुमायूँ बादशाह को इस बात का पता कैसे चला लेकिन जब तक वो हिंदुस्तान में रहे, गुलबदन बेगम के घर आकर ही अपनी सभी सौतेली बहनों से मिले। गुलबदन बेगम से सुना है, ''मेरे वालिद बादशाह और मेरी माँ के गुज़र जाने के बाद हज़रत बादशाह ने मेरा इतना ख़याल रखा कि मुझे पता ही नहीं चला कि मैं यतीम हूँ।''

एक बार जब जन्नत आशियानी हुमायूँ बादशाह अपनी सौतेली माँ-बहनों के ख़ेमे में मुलाक़ात के लिए हो आए तो उनकी बीवी बेगा बेगम ने ताना दिया, ''कितने रोज़ से आप इस बाग़ में हैं? एक रोज़ भी हमारे ख़ेमे में नहीं आए। हमारे ख़ेमे के रास्ते में काँटे लगे हैं क्या? उम्मीद है कि आप हमारे ख़ेमे भी आएँगे और जश्न मनाएँगे। हम से कब तक बेरुख़ी रखेंगे? हमारा भी दिल है। बाक़ी जगहों पर तीन बार हो आए और एक पूरा दिन और रात तफ़रीह की।''

हुमायूँ बादशाह ने जवाब दिया, ''सुबह-सुबह शिकायत क्यों? ये शिकायत का वक़्त नहीं है। आपको पता है कि हम आपके बुजुर्गों के ख़ेमे में गए थे। उनसे मिलना मेरी ज़िम्मेदारी है। हमें तो शर्मिंदगी है कि इतने वक़्त बाद उन से मिलने आए।''

---

1. अबू सईद मिर्ज़ा—बाबर के दादा।
2. यानी हुमायूँ बादशाह।
3. गुलबर्ग बीबी—हुमायूँ की पत्नी।

सीकरी में बादशाह जलालुद्दीन मोहम्मद अकबर की नज़र के सामने वो ख़ूबसूरत ऐशगाह थी जिसे बाबर बादशाह ने झील के बीचोबीच इस तरह से बनवाया कि पानी उसके नीचे से गुज़र कर जाता था। दो निचले चबूतरों के ऊपर एक ऊँचा चबूतरा था जहाँ शामियाना लगाकर फ़िरदौस मकानी बाबर बादशाह आराम किया करते थे। आगरा की तरह सीकरी भी पानी के किनारे था। बस फ़र्क़ ये था कि सीकरी के किनारे पर झील थी, नदी नहीं।

बादशाह सलामत ने ग़ौर किया कि सीकरी की पहाड़ी पर शेख़ सलीम चिश्ती की ख़ानक़ाह के पास एक छोटी सी मस्जिद थी जो ना किसी बादशाह ने बनवाई थी, ना किसी अमीर-उमरा ने। लगभग पाँच बरस पहले जब बादशाह सलामत ने आगरे का क़िला बनवाना शुरू किया तो सीकरी का लाल पत्थर हर रोज़ हज़ार-हज़ार बैलगाड़ियों में भर कर वहाँ भेजा जाता था। सीकरी में बादशाह सलामत के दौर की ये पहली इमारत उस वक़्त के संगतराशों ने बनाई।

अब सीकरी की हालत तेज़ी से बदलने को थी। मरियम ज़मानी के वहाँ आने के बाद बादशाह सलामत ने हुक्म दिया कि शेख़ सलीम चिश्ती की ख़ानक़ाह के पास ही हरम के लिए एक आलीशान इमारत बनवाई जाए। इस इमारत का नाम रखा गया रंगमहल। एक नई ख़ानक़ाह और मस्जिद बनाने का भी हुक्म हुआ।

977 हिज्री के रबीउल अव्वल महीने की 17 तारीख़ बमुताबिक़ 30 अगस्त, 1569 ईसवी को सीकरी में शेख़ सलीम चिश्ती की ख़ानक़ाह के पास बिलकुल नए बने रंगमहल में बड़ी रौनक़ थी।

सीकरी में बादशाह सलामत के हुक्म से बनी ये पहली इमारत लाल पत्थर की थी। दो आँगन के इस रंगमहल के बड़े दरवाज़े के ऊपर की मुँडेर पर और महल के अंदर छत की मुँडेर पर कँगूरों की सजावट थी। रंगमहल के सुबुक पतले खंबों के नीचे और ऊपर के हिस्सों पर ख़ूबसूरत काम था।

उस रोज़ इसी इमारत में आमेर के राजा भार मल की बेटी मरियम ज़मानी ने शहज़ादे सलीम को जन्म दिया था। पैदाइश के बाद शेख़ सलीम चिश्ती की बेटी ने शहज़ादे को अपना दूध पिलाया।

बादशाह सलामत ने इस अहम मौक़े की जो तस्वीरें बनवाईं उनसे ज़ाहिर था कि एक ही छत के नीचे तैमूरी और हिंदुस्तानी औरतें ज़च्चा और बच्चा के आसपास जुटी हैं। तुर्की टोपी पहने एक औरत बिस्तर पर लेटी ज़च्चा को कुछ पिला रही थी तो एक हिंदुस्तानी लड़की नीचे फूलदार क़ालीन पर नन्हे सलीम को गोद में लिये बैठी थी। एक और हिंदुस्तानी लड़की पास ही बर्तन लिये खड़ी थी, दूसरी धूनी लिये तो तीसरी ज़रा हट कर कुछ कूट रही थी। बाक़ी लड़कियाँ खाना बना रही थीं। पैदाइश के जश्न में, ज़नानख़ाने से बाहर की तरफ़, लेकिन महल के अंदर, नौबत बज रही थी। महल में नक़्क़ारे, कर्ना, सुरना और झाँझ की गूँज थी। दो हिंदुस्तानी

औरतें नाच रही थीं, दो ताली बजा-बजा कर गा रही थीं और एक ढोलक पर संगत कर रही थी। नीचे माँगने वालों और तमाशे वालों पर पैसे लुटाए जा रहे थे और खाना बँट रहा था।

महल के अंदर के मजमे से निकल कर एक तुर्की टोपी वाली औरत ने पर्दे के पार के सात ज्योतिषियों को पैदाइश का वक़्त बताया। इन ज्योतिषियों ने यूनानी और हिंदुस्तानी तरीक़े से शहज़ादे की कुंडली बनाई।

इस ख़ुशी में शामिल होने के लिए ख़ुद बादशाह सलामत मौजूद नहीं थे। वो बारह कोस दूर आगरा में थे। हिंदुस्तान की रिवायत थी कि पिता को मन्नत और मुरादों की औलाद का चेहरा कुछ वक़्त तक नहीं देखना चाहिए।

जब शहज़ादे सलीम की पैदाइश की ख़बर शेख़ सलीम चिश्ती के दामाद शेख़ इब्राहीम ने आगरा आकर दी तो दरबार जश्न में डूब गया। क़ैदियों की रिहाई का हुक्म दिया गया। आलथी-पालथी बैठे जलालुद्दीन मोहम्मद अकबर ने हलके रंग का जामा और हरे रंग का यार पैराहन पहना था। सुनहरे पटके में बाईं तरफ़ ख़ंजर था जिसकी हरे रंग की म्यान पर सुनहरा काम था। हमेशा की तरह बादशाह सलामत के सर पर पुरपेंच पगड़ी थी।

शेख़ अबुल फ़ज़ल ने लिखा—

"वक़्त ने जश्न की महफ़िल सजाई,
जाम लेने वाले बैठे और जाम उठे,
ज़िंदगी की बुनियाद से ज़्यादा पुरलुत्फ़ दावत,
जाम उठाने वालों का सानी नहीं कोई,
दुनिया रौशन हो उठी, बहारों की महफ़िल थी,
बादशाह आए और दोस्तों की मुराद पूरी हुई,
जाम के पास वो आ कर बैठे,
उनका ताज आसमाँ से जा मिला,
अपना सर उन्होंने ज़मीं पर झुकाया,
उन्होंने जश्न का फ़रमान जारी किया,
उन्होंने कायनात को अपना मेहमाँ बना कर बुलाया,
साक़ी ने साग़र खोले,
आसमाँ का दामन भर गया,
ताकि वो दुनिया पर मोती बरसाए।"

बादशाह सलामत के तख़्त के ठीक पास तुर्की टोपी पहने दो औरतें नाच रही थीं। उनके साथ तुर्की टोपी पहने ही दो औरतें दायरे[1] पर और एक औरत नाई[2] पर

1. दायरा—डफ़।
2. नाई—बाँसुरीनुमा साज़।

संगत कर रही थीं। इनके साथ एक आदमी खड़ा घिचक[1] बजा रहा था। इन से ज़रा सी दूरी पर बादशाह सलामत के तख़्त के लगभग सामने एक आदमी दोनों हाथों में तलवार लिये करतब दिखा रहा था। उसके पास एक आदमी सुरना पर था तो एक छोटे नक़्क़ारों को और दूसरा बड़े नक़्क़ारों को पीट रहा था। बादशाह सलामत से थोड़ा और दूरी पर, लगभग दरबार के एक कोने में दीवार के पास, बाँह में डला हुडुक[2] बजाते एक हिंदुस्तानी आदमी के साथ छोटी चोली पहने और लंबी चोटी में खुले सर की हिंदुस्तानी औरत थी जो ताल बजा रही थी। ये हुडुकिए दरबार के कोने से ही वीरों की गाथा गा रहे थे।

मियाँ तानसेन ने कहा कि इस ख़ुशी के मौक़े पर बंदनवार लगाएँ, मृदंग बजाएँ, हाथ से ताल दें और बीन और रबाब[3] बजाएँ—

"एरी आली! आज सुभ दिन गावहु मंगलचार।
चौक पुरावौ, मृदंग बजावौ रिझावौ, बधावौ, बाँधौ बंदनवार॥
गुनी-गंधर्व-अप्सरा-किन्नर, बीन-रवाव बजै करतार।
धन घरी, धन पल-महूरत, 'तानसेन' प्रभु पर बलिहार॥

सीकरी में वारिस की पैदाइश हुई तो जलालुद्दीन मोहम्मद अकबर ने तय कर लिया कि तैमूरी हुकूमत का एक बिलकुल नया शहर अब शेख़ सलीम चिश्ती के साए में बसाया जाएगा। चंद बरसों में सीकरी की शक्ल ऐसी बदली कि बादशाह सलामत के दौर की तारीख़ लिखने वाले आरिफ़ क़ंधारी ने कहा—

"जो ज़मीन आशिक़ों के दिल की तरह वीरान थी और कारीगरों के काम की तरह बेजान, उन में अब हसीनों और गुलरुखों के गालों की तरह ताज़गी, पाकीज़गी और शान दिखने लगी। जो इलाक़े ख़रगोश और भेड़िए का घर थे, वहाँ अब मस्जिदें, बाज़ार, हम्माम, सराय और कई दूसरी शानदार इमारतें बनीं।"

बादशाह सलामत ने सोच रखा था कि बेटे की मन्नत पूरी हुई तो वो आगरा से अजमेर पैदल जाएँगे। चूँकि शेख़ मुईनुद्दीन चिश्ती का उर्स रजब के महीने में होता था, इसलिए रजब में ही तय कर लिया कि वो ये इरादा पूरा करेंगे। चौदहवें इलाही सन् बमुताबिक़ ईसवी 1570 के जनवरी महीने की बीस तारीख़ को जुमे के दिन बादशाह सलामत निकले और हर रोज़ दस बारह कोस पैदल चलते हुए मिढ़ाकुर, फ़तहपुर, खनवा, जूना, करोहा, भसावर, तोदा, कलावली, खारंडी, दीसा, हंसमहल, फूलमहल, सांगानेर, और फिर नेवता के पास से और मुइज़्ज़ाबाद के पास

---

1. घिचक—एक सारंगीनुमा साज़।
2. हुडुक—एक ख़ास तरह का ढोलनुमा साज़ जिसके दोनों कोनों के बीच के तारों को दबा कर ढोल की आवाज़ बदली जाती है।
3. रबाब—सरोद जैसा एक साज़।

झाक से होते हुए सखुन और कजबील के रास्ते अजमेर में ख़्वाजा मुईनुद्दीन चिश्ती की दरगाह पहुँच गए।

यहाँ बादशाह सलामत ने इबादत में वक़्त गुज़ारा और तोहफ़े बाँटे। बादशाह सलामत ने पाया कि ख़ुद को ख़्वाजा मुईनुद्दीन चिश्ती का वारिस बताने वालों और मुजाविरों के बीच तोहफ़े के बँटवारे पर झगड़ा हो गया। इल्ज़ाम ये लगा कि ये लोग असली वारिस नहीं और इन्होंने सारे तोहफ़े अपने लिए ही रख लिये। बादशाह सलामत ने भरोसेमंद लोगों से जाँच करवाई तो पता चला कि ख़्वाजा मुईनुद्दीन चिश्ती के वारिस होने का दावा ग़लत है। इसके बाद बादशाह सलामत ने दरगाह की ज़िम्मेदारी शेख़ मोहम्मद बुख़ारी को सौंप दी जोकि हिंदुस्तान के नामी सय्यद थे और इल्म और वफ़ादारी के लिए जाने जाते थे।

जलालुद्दीन मोहम्मद अकबर के ख़ास मुसाहिब शेख़ अबुल फ़ज़ल से सुना है कि चित्तौड़ फ़तह की मन्नत पूरी होने के बाद जब बादशाह सलामत अजमेर के लिए पैदल निकले और शगुना क़रावल ने उनके आने की ख़बर पहुँचाई तो दरगाह के दरवेशों ने कहा, ''ख़ुद ख़्वाजा मुईनुद्दीन चिश्ती हमारे ख़्वाब में आए और उन्होंने कहा कि दीन और दुनिया में ऊँचा मुक़ाम रखनेवाले बादशाह को पैदल आने से रोकें।''

शेख़ अबुल फ़ज़ल ने तो दरवेशों के हवाले से यहाँ तक कह दिया कि ख़्वाजा मुईनुद्दीन चिश्ती की बादशाह सलामत के बारे में क्या राय है। शेख़ अबुल फ़ज़ल के मुताबिक़, ख़्वाजा मुईनुद्दीन चिश्ती ने कहा, ''अगर उन्हें अपनी रूहानियत का अंदाज़ा होता तो वो मेरी तरफ़ नज़र उठा कर भी नहीं देखते।''

ये पैग़ाम पाकर बादशाह सलामत सवारी पर आ गए लेकिन आख़िरी मंज़िल फिर भी पैदल ही तय की।

चित्तौड़ फ़तह से कुछ बरस पहले बादशाह सलामत ग्वालियर में चीते का शिकार कर रहे थे। उस वक़्त उन्हें मालूम हुआ कि सूफ़ी शेख़ मोहम्मद ग़ौस और उनके रिश्तेदारों के पास बेहतरीन बैल हैं जो शाही शिकार के काम आ सकते हैं। जब बादशाह सलामत मिलने गए तो शेख़ ग़ौस ने उन्हें सभी बैल बतौर तोहफ़े दे दिए। मिठाइयाँ और इत्र पेश करने के बाद उन्होंने बादशाह सलामत से पूछा, ''आप किसी के मुरीद हुए हैं?''

बादशाह सलामत ने कहा, ''नहीं।''

तब शेख़ ने जलालुद्दीन मोहम्मद अकबर का हाथ पकड़ा और कहा, ''हमने आपका हाथ थाम लिया है।''

बादशाह सलामत उस वक़्त तो मुस्कुरा कर चुप रह गए लेकिन बाद में बोले, ''उस रात हम अपने ख़ेमे में वापिस लौटे और शराब की महफ़िल हुई। महफ़िल

में इस बात पर हँसी-ठहाका होता रहा कि कैसे हमने बैल हासिल किए और कैसे शेख़ के हाथ बढ़ाने के बावजूद उनकी बातों में नहीं आए।''

भेरा के शाही ख़ेमे में बादशाह सलामत को *तुज़ुके बाबरी* पढ़ कर सुनाई जा रही थी।

''जिस साल मैंने काबुल और ग़ज़नी जीता, कोहाट, बन्नू, दश्त और अफ़ग़ानिस्तान पर क़ब्ज़ा किया तो ग़ज़नी के रास्ते में दूकी और आबे इस्तादा[1] से गुज़रा। मुझे बताया गया कि गाँव में एक मक़बरा है जो दुरूद[2] पढ़ने पर हिलता है। जब मैं मुआयना करने गया तो मुझे लगा कि मक़बरा हिलने लगा। फिर पाया कि ये मुजाविरों[3] की चाल थी। उन्होंने मकबरे पर एक जाली डाल दी थी जिसके हिलाए जाने पर लगता था कि मक़बरा ही हिल रहा है। ठीक वैसे ही जैसे पहली बार नाव में बैठने वालों को लगता है कि साहिल ही हिल रहा है। मैंने मुजाविरों से कहा कि जाली से दूर रहें। फिर ना जाने कितनी बार भी दुरूद पढ़ा गया, मकबरे में कोई हरकत नहीं हुई। मैंने जाली तुड़वा कर मज़ार पर गुंबद बनाने का हुक्म दिया। मुजाविरों को ख़बरदार किया कि दोबारा ऐसी चाल चली तो सज़ा मिलेगी।''

भेरा आते हुए ख़्वाजा मुईनुद्दीन चिश्ती की दरगाह की ज़ियारत के बाद बादशाह सलामत शिकार करते हुए मेरता की तरफ़ गए। फिर माहरोट, आमेर, कोटपुतली होते हुए नारनौल पहुँचे और चिश्ती सिलसिले के शेख़ निज़ामुद्दीन नारनौली से मिले। मुल्ला अब्दुल क़ादिर बदायूँनी से सुना है कि चंद्रग्रहण के मौक़े पर शेख़ निज़ामुद्दीन नारनौली के हुक्म से ख़ानक़ाह के दरवेश माल कंगनी[4] का तेल लिया करते थे और उसके असर से उन्हें दूसरी दुनिया के राज़ मालूम होते थे। जवानी से बुढ़ापे तक हर साल वो ख़्वाजा क़ुतुबुद्दीन बख़्तियार काकी की दरगाह की ज़ियारत करने पैदल महरौली आते। जब बहुत बुज़ुर्ग हो गए तो क़ुतुबुद्दीन बख़्तियार काकी का उर्स नारनौल में ही मनाने लगे।

शेख़ अबुल फ़ज़ल ने कहा, ''बादशाह सलामत की दूरअंदेश निगाहें ख़ुद अपने ख़ज़ाने की तरफ़ नहीं गईं, ना ही उन्हें ज़माने के आलिमों में या फटा-पुराना पहनने वालों में रूहानियत के राज़ मिले। इसलिए सचाई की प्यास बढ़ती गई। दरबारे-इलाही में मौजूद लोगों ने कहा कि परवरदिगार ही हक़ और सचाई की सबसे ऊँची मंज़िल हैं और उसकी जुस्तजू का दर्द हमेशा ही रहता है। ना तो परवरदिगार लोगों के दिलों में आएँगे और ना उसे तलाश करने वाले पाँव थकेंगे।''

---

1. आबे इस्तादा—अफ़ग़ानिस्तान की एक झील।
2. दुरूद—पैग़ंबर मोहम्मद की शान में कही गई दुआएँ और वाक्य।
3. मुजाविर—दरगाह के ख़िदमती।
4. माल कंगनी—एक पेड़ जिसके बीज का तेल जलाने के काम आता है और बतौर दवा भी इस्तेमाल होता है।

नारनौल से बादशाह सलामत दिल्ली पहुँचे और हज़रत निज़ामुद्दीन औलिया की दरगाह के पास जन्नत आशियानी हुमायूँ बादशाह के मकबरे की ज़ियारत के लिए रुके।

यहाँ के चार बाग़ में दाख़िल होते ही उन्होंने क़ुरान के सूरा अल निसा को याद किया।

''जो ईमान वाले हैं और सच्चे काम करते हैं, उन्हें हम ऐसे बाग़ों में जगह देंगे जिसके नीचे से नदियाँ बहती हैं जहाँ वो हमेशा रहेंगे।''

जन्नत की इसी तस्वीर की तरह बना था जन्नत आशियानी हुमायूँ बादशाह का मक़बरा, जिसके चार बाग़ की नहर मक़बरे के नीचे से होकर दूसरी तरफ़ निकल आती थी। मकबरे के बाग़ में जन्नत आशियानी हुमायूँ बादशाह की पसंद के संतरे और नींबू के पेड़ लगाए गए थे। इमारत बनाने के हश्त बिहिश्त[1] तरीक़े के मुताबिक़ आठ तरफ़ा इमारत के बीच के बड़े गुंबद के नीचे चारों तरफ़ आठ कमरे थे। ऐसा ही पहली मंज़िल पर भी था। गुंबद के नीचे एक मज़ार बना था लेकिन जन्नत आशियानी का असली मज़ार इसके नीचे तहख़ाने में था। लाल पत्थर की इमारत में संगेमर्मर का काम नुमायाँ था और बड़ा गुंबद तो पूरा का पूरा संगेमर्मर से ढँका था। कुछ-कुछ ऐसी ही दिखने वाली इमारत जन्नत आशियानी कई नावों को जोड़ कर बनवाते थे। जब नावों पर बनी इमारतें जुड़तीं तो बीच में पानी का आठ तरफ़ा तालाब बन जाता। जन्नत आशियानी हुमायूँ बादशाह के मकबरे में आठ तरफ़ा तालाब की जगह इसी तरह का एक गुंबददार कमरा था।

जन्नत आशियानी को ये जन्नत जैसी आरामगाह भी आसानी से नसीब नहीं हुई। जैसे ज़िंदगी में मारे-मारे फिरे, वैसे ही मरने के बाद भी। पहली बार उन्हें शेर शाह के उसी क़िले में सुपुर्दे ख़ाक़ किया गया जहाँ वो सीढ़ी से गिर कर मरे थे। इसके बाद जब हेमू दिल्ली पर चढ़ आए तो उन्हें यहाँ से हटा कर सरहिंद में दफ़नाया गया। जब जलालुद्दीन मोहम्मद अकबर की फ़ौज ने हेमू को हरा दिया तो फिर से जन्नत आशियानी को शेर शाह के क़िले में जगह मिली। इसके बाद जब मक़बरा बन कर तैयार हुआ तो उन्हें आख़िरी आरामगाह मिली।

बादशाह सलामत ने अपने वालिद जन्नत आशियानी हुमायूँ बादशाह के मज़ार पर फ़ातिहा पढ़ा। मकबरे की ज़ियारत के बाद वो हौज़े ख़ास, सराय बावली रुकते हुए और पालम में शिकार करते हुए आगे बढ़ गए। दस्तूर के मुताबिक़ बादशाह सलामत के क़ाफ़िले के साथ-साथ ऊँटों और हाथियों पर पूरा नक़्क़ारख़ाना चल रहा था। दमामा, नक़्क़ारा, सींग और संज से ऐसी ज़मीन हिला देने वाली धुन बजती थी कि दूर-दूर तक ख़बर होती कि बादशाह सलामत की आमद है। जलालुद्दीन मोहम्मद अकबर महम और ब्राह्मा होते हुए हिसार पहुँचे। इस इलाक़े में बड़ी तादाद में चीते पाए जाते थे। बादशाह सलामत ने यहाँ भी शिकार किया।

1. हश्त बिहिश्त—यानी आठ जन्नत।

इसके बाद बादशाह सलामत हाँसी पहुँचे, जहाँ के शेख़ जमाल हाँसवी शेख़ फ़रीदुद्दीन शकरगंज के जानशीनों[1] में से थे। शेख़ फ़रीद का शेख़ जमाल पर इतना भरोसा था कि जब किसी को कोई इलाक़ा सौंपते तो कहते कि परवाने पर शेख़ जमाल का दस्तख़त करवा कर लाओ। कहते हैं शेख़ फ़रीद ने अपनी बहन के बेटे को दिल्ली की विलायत[2] देने के लिए जब दूसरी बार परवाना भेजा तो शेर जमाल ने ख़त फ़ाड़ दिया। बाद में उन्होंने दिल्ली के लिए शेख़ निज़ामुद्दीन औलिया के परवाने पर दस्तख़त किए।

हाँसी में शेख़ जमाल हाँसवी की दरगाह पर दुआएँ माँगने के बाद गोहाना और सुनाम होते हुए शादीवाल पहुँचे थे कि बादशाह सलामत के दिल की बात ज़बान पर आ गई। वो बोले, ''अगर मेरे कंधे पर दुनियादारी का बोझ ना होता तो मैं गोश्त खाना छोड़ देता।''

बादशाह सलामत कहा करते थे, ''लोग गोश्त खाने के इतने आदी हैं कि अगर दर्द ना होता तो ख़ुद को भी खा लेते। मेरा जिस्म ही इतना तंदुरुस्त होता कि गोश्तख़ोरों के काम आ जाता और वो जानवरों को बख़्श देते! या मैं अपने जिस्म का टुकड़ा उन्हें खाने को देता और वो हिस्सा फिर से उग आता!''

बादशाह सलामत जुमा को गोश्त खाना छोड़ ही चुके थे। उनका ख़याल था कि इसे धीरे-धीरे कम करना चाहिए वरना आम लोगों पर भारी पड़ेगा।

जब शाही लश्कर क़स्बा तिहारा पहुँचा तो बादशाह सलामत ने सोचा, ''सब कुछ तिहारा है। मैं क्या, मेरा क्या है!''

बादशाह सलामत ममदात, ईसपाणी कोतरी, हेतम और भाटी इब्राहीम की तलवंडी से होते हुए लखी क़ियामपुर पहुँचे। इसके बाद उन्होंने सतलुज नदी पार की। उन्होंने लाहौर का रुख़ तक ना किया। शाही लश्कर में अगर किसी के दिल में शुब्हा हुआ कि बादशाह सलामत सीधे रास्तों को छोड़ कर टेढ़े-मेढ़े रास्ते से क्यों जा रहे हैं तो शायद शेख़ अबुल फ़ज़ल ने इसका जवाब दिया, ''बादशाह सलामत की शख़्सियत में सल्तनत और पीरी फ़क़ीरी कंधे से कंधा मिला कर चलती है।''

भारी शाही लश्कर सतलुज पार कर के पाकपट्टन पहुँचा। बादशाह सलामत ने शेख़ फ़रीद शकरगंज की दरगाह पर ज़ियारत की। दरगाह के शानदार गुंबद के नीचे मज़ार के काले कपड़े पर फूल बिछे थे। दरवाज़े की महराबदार चौखट पर फूल पत्ती का नक़्श था। जो सायबान[3] शाही ताक़त की निशानी के तौर पर हमेशा बादशाह सलामत के सर के पास रहता था, इस वक़्त दरगाह के दरवाज़े के बाहर था। जब

1. जानशीन—वारिस।
2. विलायत—यानी वो इलाक़ा जहाँ रूहानी हिदायत देने का काम सुपुर्द किया जाए।
3. सायबान—ये एक तरह का शाही छत्र था जिसे लेकर ख़ादिम हमेशा बादशाह सलामत के पास रहता था।

बादशाह सलामत नंगे पाँव घुटनों के बल बैठे दुआएँ माँग रहे थे तो पीछे उनके ख़ास वज़ीर राजा टोडर मल अदब से हाथ बाँधे खड़े थे।

यहाँ पंद्रह–सोलह दिन के पड़ाव के बाद बादशाह सलामत ने रावी नदी पार की। फिर चिनिओट के पास चेनाब पार हुए और फिर झेलम पार करके भेरा पहुँचे, जहाँ इस वक़्त उनका लश्कर ख़ेमा डाले मौजूद था। और एक बहुत बड़े क़मरग़ह की शुरुआत हो चुकी थी। इस बड़े शाही लश्कर की थर्राहट को भेरा के जंगली जानवरों ने महसूस किया होगा तो काबुल में बादशाह सलामत के सौतेले भाई मिर्ज़ा हकीम ने भी सुना होगा। मिर्ज़ा हकीम ज़रूर इस लश्कर की आमद से चौंके होंगे क्योंकि शाही लश्कर सीधे रास्ते को छोड़ कर दरगाहों की ज़ियारत करता हुआ टेढ़े मेढ़े रास्तों से अचानक उनकी सरहद के पास तक आ गया।

बादशाह सलामत अपनी दोआशियाना मंज़िल में बैठे *अख़लाक़े नासिरी* सुन रहे थे।

"...जब कोई फ़ैसला हो जाए तो उस फ़ैसले की तरफ़ जाने वाले क़दमों में ऐसे क़दमों को भी मिला दीजिए जो बिलकुल दूसरी तरफ़ जाते हों। ऐसा ना हो कि जिस तरफ़ का फ़ैसला हुआ है बिलकुल उस तरफ़ चल पड़ें, या उससे बिलकुल उलटी तरफ़। दोनों ही सूरत में शक पैदा हो सकता है या असल इरादा खुल सकता है।"

रूहानी और दुनियावी मसलों से अलग एक और बड़ा मसला था जिसने बादशाह सलामत को बहुत परेशान किया। इसके लिए उन्होंने दरगाहों की ज़ियारत की, सूफ़ियों की सोहबत में रहे और परवरदिगार की इबादत की।

जलालुद्दीन मोहम्मद अकबर ने भेरा की दोआशियाना मंज़िल में दरीचे से बाहर आसमान की तरफ़ देखा। चाँद चमक रहा था। उन्हें इत्मिनान हुआ कि अब मनहूस दुमदार तारा डूब चुका है।

लगभग छह महीने पहले अजमेर से निकल कर आमेर रुकते हुए वो मनोहर नगर पहुँचे ही थे कि पश्चिम की तरफ़ से एक चमकता हुआ दुमदार तारा नज़र आया। लोग छतों पर चढ़ कर इसे देखते और क़यास लगाते कि कुछ मनहूस हो कर रहेगा। बादशाह सलामत ने राजा टोडर मल को ज़िम्मेदारी दी कि सितारों को समझने वालों से बात करें और पता लगाएँ कि इस दुमदार तारे के दिखने का अंजाम क्या होगा।

राजा टोडर मल की साख इतनी थी कि उस दौर के कवि गंग ने कहा था कि जैसे गाने में तानसेन, अक़्ल में बीरबल, बादशाहों में बादशाह अकबर, वैसे ही वज़ीरों में टोडर मल।

"तान-हद्द म्याँ तानसेन, बुद्धि-हद बलबीर
साह को साह अकव्वरा टोड़मल वज़ीर।"

राजा टोडर मल लाहौरी खत्री थे और सल्तनत के बहुत अहम वज़ीर थे। अभी अजमेर से पंजाब के लिए निकले थे कि सफ़र की अफ़रातफ़री में वो मूर्तियाँ ग़ायब हो गईं जिनकी वो पूजा करते थे। पूजा के बाद ही वो अन्न-जल ग्रहण करते और सल्तनत का काम करते। मूर्तियाँ गुम होते ही उन्होंने खाना-पीना और सोना छोड़ दिया। बादशाह सलामत के समझाने-बुझाने के बाद ही उनकी हालत थोड़ी बेहतर हुई और वो काम पर लौटे।

सितारों को देख-समझ कर उस दौर के सब से माहिर ज्योतिषी जोतिक राय ने बताया, "जिस सल्तनत की तरफ़ ये दुमदार तारा उगेगा उसके बादशाह की मौत हो जाएगी। जिस सल्तनत की तरफ़ ये झुका होगा उसके शहंशाह की माल-मिल्कियत जाती रहेगी। जिस सल्तनत की तरफ़ ये गिरता हुआ सा होगा वहाँ बीमारी, महामारी और बर्बादी फैलेगी। बादशाह सलामत का इक़बाल बुलंद रहे। ये पश्चिम से उगा है और उत्तर की तरफ़ को झुका है। हज़रत बादशाह की पाकीज़गी से हिंदुस्तान इस मनहूस तारे से महफ़ूज़ है।"

बहरहाल, जोतिक राय के दिलासे के बावजूद बादशाह सलामत ने एहतियातन हिंदू और मुसलमानों के तौर-तरीक़ों के मुताबिक़ ख़ूब दान-दक्षिणा की। कहने वालों ने कहा कि हिंदुस्तान बच गया लेकिन फ़ारस नहीं बचा। अभी ये मनहूस तारा दिखा ही था कि फ़ारस की तरफ़ से एक कारवाँ आया और ख़बर मिली कि दुमदार तारे के दिखने से थोड़ा पहले शाह तहमास्प इस दुनिया से चले गए। ख़बर आई कि उनके बाद उनके तीसरे बेटे सुल्तान हैदर का बहन परी ख़ानम के हाथों क़त्ल हो चुका है। फिर शाह तहमास्प के दूसरे बेटे शाह इस्माइल ने तख़्त पर बैठते ही अपने कई भाइयों को मौत के घाट उतार दिया। मनहूस तारा दिखने के बाद शाह इस्माइल को भी उनकी बहन परी ख़ानम ने ज़हर दे दिया।

लोगों ने कहा कि वहाँ के बादशाहों के दौर में जो सहाबा[1] के ख़िलाफ़ तबर्रा[2] होता था और बनू उमय्या[3] के ख़लीफ़ाओं पर लानत की जाती थी वो अब ख़त्म हो गई। बादशाह सलामत ने कहा, "ये मुल्क अपनी एहसानफ़रामोशी का नतीजा भुगत रहा है।"

---

1. सहाबा—वो लोग जो पैग़ंबर की ज़िंदगी में इस्लाम पर ईमान लाए और पैग़ंबर के साथ रहे और जिन्होंने पैग़ंबर को देखा। पहले चार ख़लीफ़ा अबू बक्र, उमर, उस्मान और अली मशहूर सहाबा थे। उनके बाद के भी कुछ सहाबा ख़लीफ़ा हुए।
2. तबर्रा—पहले तीन ख़लीफाओं की लानत-मलामत।
3. बनू उमय्या—उमय्या क़बीला हिजाज़ के समाज में प्रमुख क़बीलों में से था, विशेषकर व्यापार के क्षेत्र में। हज़रत अली के बाद इस क़बीले के मुआविया ख़लीफ़ा बने और इसके बाद कई पीढ़ियों तक ख़िलाफ़त इसी क़बीले में रही। उमय्या ख़लीफ़ाओं के दौर में इस्लाम एक बड़े भौगोलिक क्षेत्र में फैला।

ज़िक्र तब का है जब बादशाह सलामत बरस भर के थे। जन्नत आशियानी हुमायूँ बादशाह का कारवाँ मिर्ज़ा कामरान और मिर्ज़ा असकरी से भागा-भागा फिर रहा था। उन्हें क़ंधार की सरहद पर अपना ख़ेमा आनन-फ़ानन में छोड़ना पड़ा था। मिर्ज़ा अकबर पीछे छूट गए और उनके भाई मिर्ज़ा असकरी के हाथ पड़ गए। मिर्ज़ा असकरी ने माहम अंगा की गोद से मिर्ज़ा अकबर को लिया। देखने वाले कहते हैं कि उस छोटी सी उम्र में भी बादशाह सलामत मिर्ज़ा असकरी की हँसी-ठिठोली पर मुस्कुराए तक नहीं। लोगों को याद है कि एक साल के बादशाह सलामत ने मिर्ज़ा असकरी के गले में लाल डोरी से बँधी एक अँगूठी की तरफ़ हाथ बढ़ाया था। जब मिर्ज़ा असकरी ने वो अँगूठी उनके गले में डाल दी, तो मिर्ज़ा अकबर के चाहने वालों ने इसे अच्छा शगुन माना।

जन्नत आशियानी हुमायूँ बादशाह का लश्कर मुश्किल रास्तों से गुज़र रहा था। एक बार तो ऐसा हुआ कि पूरी रात बर्फ़ में गुज़री। खाने-पीने की इतनी तंगी हुई कि एक घोड़ा मार कर खाना पड़ा। बलूचियों के इलाक़े से कुछ उम्मीद थी लेकिन उनके सरदार ने हुमायूँ बादशाह से कहा, ''मिर्ज़ा कामरान और मिर्ज़ा असकरी का एक फ़रमान आया है जिसमें कहा गया है, 'बादशाह सलामत आपकी तरफ़ आ सकते हैं। अगर आएँ तो हज़ार बार होशियार! पकड़कर हमें सौंप दें।' लेकिन मैं ऐसा नहीं करूँगा। अपने ख़ानदान की ज़िंदगी दाँव पर लगा दूँगा। आप जहाँ चाहे जाएँ। ख़ुदा आपकी हिफ़ाज़त करे।''

अब जन्नत आशियानी हुमायूँ बादशाह सोच में पड़ गए कि आख़िर कहाँ जाएँ। वो बोले, ''जिस ख़ाक से बाप-दादा उठे, वहीं चल के बैठें!''

उनके साथ मौजूद बैराम ख़ान ने जवाब दिया, ''जिस ज़मीन से हुज़ूर के वालिद ने फल ना पाया, हुज़ूर क्या पाएँगे। ईरान चलिए। वहाँ के लोग मेहमाननवाज़ हैं। वहाँ के शाह ने दो बार फ़िरदौस मकानी बाबर बादशाह की मदद की। और फिर वो मेरे बुज़ुर्गों की ज़मीन है। वहाँ के हालात से ये ग़ुलाम ख़ूब वाक़िफ़ है।''

बैराम ख़ान की दलील में वज़न था। फ़ारस के अलावा कोई और मुनासिब रास्ता था ही नहीं। इसलिए उसी तरफ़ का रुख़ किया।

जब शाह तहमास्प को सीस्तान के हाकिम अहमद सुल्तान शामलू और हेरात के हाकिम मोहम्मद ख़ान शरफ़ुद्दीन ओग़ली तकलू का ख़त मिला तो उन्होंने जन्नत आशियानी हुमायूँ बादशाह की ख़ातिर के लिए हुक्म दिया।

''शाही फ़रमान बनाम मोहम्मद ख़ान शरफ़ुद्दीन ओग़ली तकलू जो कि हमारे अज़ीज़ बेटे के उस्ताद, हेरात के हाकिम, मीर दीवान और बेहिसाब शाही इनायतों को पाने वाले हैं। मालूम हो कि अमीर क़रा सुल्तान शामलू के भाई कमालुद्दीन शाह क़ुली बेग हाजी तक़ाएलू के ज़रिए ख़त मिला और ज़िलहिज्ज 949 को शुरू

से आख़िर तक की तहरीर मालूम हुई। जो बादशाह के बारे में कहा गया उससे बहुत ख़ुशी हासिल हुई...

"जिस दिन आपको इस शाही फ़रमान की इत्तिला हो, पाँच सौ अक़्लमंद और तजुर्बेकार लोगों को तैनात करें जिनके पास घोड़े, लोग और हथियार हों, जो बादशाह को सलाम करने जाएँ। शाही अस्तबल से सौ घोड़े सुनहरी ज़ीन के साथ पेश किए जाएँ। छह पुरज़ोर और सधी हुई चाल वाले ख़ुशरंग घोड़े पेश करें जो शहसवार के लिए मुनासिब हों। उन पर नक़्क़ाशीदार और रँगी हुई लाजवर्दी[1] ज़ीन हो और ज़रबफ़्त[2] और ज़रदोज़[3] का ज़ीन का कपड़ा हो। हर घोड़े पर अपने अमले के दो लोगों को तैनात करो। सिकंदर जैसे ताक़तवर बादशाह की फ़तह के लिए हमने वो बेशक़ीमती जवाहरात से जड़ा हुआ ख़ंजर भेजा है, जो हमें अपने मरहूम वालिद से मिला था। उसके साथ एक सोने की जड़ाऊ शमशीर भी भेजी है। चार सौ कपड़ों के लिए मख़मल और फिरंगी और यज़्दी अतलस[4] भेजी है, जिसमें से एक सौ बीस बादशाह के अपने इस्तेमाल के लिए हैं और बाक़ी मुलाज़िमों के लिए। सोने में बना दोख़्वाबा मख़मली ग़ालीचा, ऊनी तकिए का अतलसी किनारी वाला ग़िलाफ़, बारह हाथ के नौ जोड़े क़ालीन और लाल, हरे और सफ़ेद रंग के बारह ख़ेमे भेजे हैं। जितना जल्दी हो सके पहुँचवा देना। हर रोज़ बादशाह, उनके लश्कर और उनके मुलाज़िमों के लिए हलवा, लज़ीज़ शर्बत और रौग़न और शीर में गूँधी हुई सफ़ेद नान भेजो जिसमें शाह ज़ीरा, ख़सख़स और मेवे डले हों। ये भी हुक्म दिया जाए कि सफ़ेद और रंगीन ख़ेमा, मख़मल और अतलस के सायबान[5], रकाबख़ाना[6], बावर्चीख़ाना और सभी ज़रूरी कारख़ाने उनके रास्ते की हर मंज़िल पर लगाए जाएँ। जब वो आएँ तो उन्हें बर्फ़ से ठंडा किया गया नींबू का शर्बत पिलाएँ। शर्बत के बाद हिदायत के मुताबिक़ बनी सफ़ेद मैदे की नान के साथ मशहद के सेब, ख़रबूज़े और आलू बुख़ारे का मुरब्बा पेश हो। कोशिश हो कि सभी पीने की चीज़ें बादशाह के सामने से गुज़ारी जाएँ और उन में गुलाब जल और अंबर मिलाया जाए ताकि वो लज़ीज़ हों और उनकी ख़ुशबू अच्छी हो। हर रोज़ तरह-तरह के खाने की पाँच सौ चीज़ें हों।

"पाँच सौ लोगों के बाद अपने बेटे और रिश्तेदार क़रा सुल्तान, तातार सुल्तान और जाफ़र सुल्तान को बादशाह के पास इस्तक़बाल के लिए तीन दिन तक भेजो।

---

1. लाजवर्दी—वो चीज़ जिसका रंग बेशक़ीमती पत्थर लाजवर्द जैसा हो, नीला।
2. ज़रबफ़्त—सोने-चाँदी के तार से बना कपड़ा।
3. ज़रदोज़—सल्मे-सितारे और ज़री का काम।
4. अतलस—ख़ालिस रेशम।
5. सायबान—यहाँ मतलब है धूप या बारिश से बचने के लिए ताना गया कपड़ा।
6. रक़ाबख़ाना—खाने-पीने का सामान रखने की जगह।

तीन दिनों में लश्कर और उमरा का एक-एक कर के मुआयना करो। ये हुक्म हो कि पसंदीदा तुर्कमान और अरबी घोड़े तुम्हारे लश्कर को दिए जाएँ क्योंकि फ़ौजी के लिए एक अच्छे घोड़े से बेहतर कोई गहना नहीं है। हज़ार के उमरा के साथ जाने वालों के कपड़े साफ़ और रंगीन हों।

"इन उमरा को हुक्म दो कि जब वो अपने लश्कर के साथ आएँ तो एक-एक कर के अदब से ज़मीन को चूमें और इज़्ज़त दें। घोड़े पर या वैसे, बादशाह के ख़ादिमों के साथ किसी भी तरह की बातचीत की मनाही है और उस आला ख़ानदान के चाकरों को किसी तरह से परेशान ना किया जाए। घुड़सवारी करते हुए और कूच के वक़्त, उमरा के फ़ौजी दूर अपनी-अपनी जगह पर रहेंगे और उमरा जब तैनात होंगे तो क़रीब से तयशुदा जगह पर ख़िदमत[1] करेंगे। अपने ओहदे का निशान हाथ में लेकर वो ऐसी ख़ूबी से ख़िदमत करेंगे जैसे ख़ुद अपने बादशाह की ख़िदमत में हों।

"जहाँ भी वो जाएँ, हाकिम को हुक्म दिया जाएगा कि उनके मशहद पहुँचने तक इसी तरह से मेज़बानी और ख़िदमत की जाए और कम से कम एक हज़ार पाँच सौ खाने की चीज़ें, हलवा और शर्बत पेश किया जाए। जब उमरा लश्कर में शामिल हों तो बादशाह के लिए रखी गई महिफ़ल में हर रोज़ बादशाहों के खाने लायक़ बारह सौ चीज़ें पेश हों। मेज़बान अमीर नौ घोड़े पेश करें जिनमें से बेहतरीन बादशाह के अपने इस्तेमाल के लायक़ हों। इनमें एक अमीर मोहम्मद बैराम ख़ान बहरलू और पाँच बड़े उमरा को दिया जाए। नौ घोड़े बादशाह के मुआयने के लिए पेश किए जाएँ और ये बता दिया जाए कि बादशाह के लिए कौन सा है। ये पहले से तय हो जाए कि कौन सा अमीर किस के साथ होगा। और चाहे जो हो, कोई ख़राब हाल में नहीं दिखेगा। चाहे जैसे भी, इस ताक़तवर बादशाह के मुलाज़िमों को ख़ुश रखें, उन्हें दिलासा दें और यारी का रवैया बनाए रखें। वहाँ मौजूद सबका हौसला बनाए रखने के लिए दिलासा दें और ज़माने की गर्दिश पर अफ़सोस ज़ाहिर करें। हमारे पास आने तक इन बातों पर अमल करें। उसके बाद जो मुनासिब होगा वो हम करेंगे।

"तरह-तरह के खाने-पीने के सामान के बाद, सफ़ेद नान और सफ़ेद साफ़ चीनी से बना हलवा और फ़ालूदा और बिलकुल साफ़ गुलाब जल, मुश्क और अंबर से बने उम्दा मुरब्बे पेश किए जाएँ। इस ख़िदमत और तफ़रीह के बाद सूबे का हाकिम क़िले और सूबे की फ़िक्र छोड़ दे। दारुल सल्तनत[2] पहुँचने से पहले ख़िदमत में किसी तरह की कमी ना होने पाए। जब वो बारह फ़रसख़[3] पर हों तो हाकिम तजुर्बेकार और अक़्लमंद लोगों को मेरे बेटे की ख़िदमत में पेश करें ताकि वो उनसे जैसे चाहें काम लें। शहर, सूबे, सरहद, हज़ारा, निगूदरी और बाक़ी की

1. ख़िदमत—यहाँ मतलब सम्मान से है।
2. दारुल सल्तनत—राजधानी, इस संदर्भ में राजधानी हेरात।
3. फ़रसख़—लगभग सवा दो मील का फ़ासला।

शाही फ़ौज, जिसकी हाकिम तस्दीक़ करे कि तीस हज़ार तक हों, उसके साथ बादशाह का इस्तक़बाल करने जाएँ। अपने साथ चादर, सायबान, ज़रूरी असबाब और ऊँट घोड़े ले जाएँ और बादशाह को ख़ुश करने के लिए उन्हें फ़ौज दिखाएँ।

''बादशाह की मुलाज़िमत के वक़्त, किसी और चीज़ से पहले हमारी तरफ़ से नेक ख़्वाहिशात पेश करें। इसी दिन फ़ौज तरतीब से उतरे। तफ़रीह के इंतज़ाम के लिए बादशाह की इजाज़त लें। मौसम ठीक हो तो ठहरने की इस जगह पर तीन दिन रुकें। पहले ही दिन उनके पूरे लश्कर को अच्छे रंग के मख़मल के बालापोश[1] के साथ, यज़्द के कमख़ाब[2] की ख़िलअत[3]...दें। जैसा कि पहले बताया जा चुका है, तरह-तरह के उम्दा खाने की दावत दी जाए ताकि सब की ज़बान पर तारीफ़ हो। सभी फ़ौजियों का नाम लिख कर उन्हें शाही दरबार बुलाएँ। हेरात और हेरात को सामान मुहैय्या कराने वाले सूबों के लगान में से दो हज़ार पाँच सौ तबरेज़ी तोमान[4] लें और ज़रूरी चीज़ों पर ख़र्च करें और हर तरह से बादशाह की ख़िदमत करें।

''ऊपर बताई गई रुकने की जगह के बाद चार दिनों के अंदर बादशाह को शहर लाएँ और हर रोज़ तफ़रीह का इंतज़ाम और पहले दिन जैसा खाना हो। हर तफ़रीह के मौक़े पर हाकिम के बेटे चाकरों और ख़िदमतगारों की तरह खड़े रहें और पूरे अदब-आदाब से रहें। शुक्र अदा करें कि ऐसा बादशाह जो ख़ुदा की देन है, हमारा और तुम्हारा मेहमान है...वो फ़रिश्ते की सूरत जैसा चाँद है। हर ख़िदमत जितना जल्द हो सके करो और कोई कमी ना हो क्योंकि ताक़त और इक़बाल के चमन की इस पौध के लिए की गई हर ख़िदमत और वफ़ादारी पसंद की जाएगी और हमारी नज़र में हाकिम की क़द्र बढ़ जाएगी।

''शहर में दाख़िल होने के एक दिन पहले ईदगाह बाग़ के ख़याबाँ[5] में तबस[6] की तिरपाल का ख़ेमा ताना जाए, जिसके अंदर अतलस का काम हो और ऊपर इस्फ़हानी क़ालीन हो, जो हाल में बनी और भेजी गई है। बादशाह को माहौल से ख़ुश रखें। अदब के साथ अपना हाथ सीने पर रख कर खड़े हों, आगे जाएँ और हमारी तरफ़ से अर्ज़ करें कि ख़ेमा, फ़ौजी और सारा साज़ो-सामान हमारी तरफ़ से एक तोहफ़ा है। ऐसी शख़्सियतों के साथ चलते वक़्त गुफ़्तगू करना मुनासिब है। इसमें कोताही ना हो और लगातार पूछें कि वो कैसे हैं, और उनके साथ के लोगों का दिल बहलाएँ। उनके शहर में दाख़िल होने के एक दिन पहले उनकी इजाज़त

1. बालापोश—वो कपड़ा जो सब कपड़ों के ऊपर पहना जाए।
2. कमख़ाब—क़ीमती कपड़ा, रेशमी कपड़ा, सोने के तार से बना कपड़ा।
3. ख़िलअत—बादशाह की तरफ़ से दिया जाने वाला कपड़ा, जिसे पाना इज़्ज़त की एक बड़ी निशानी माना जाता था।
4. तोमान—एक तरह का सिक्का।
5. ख़याबाँ—चौड़ी सड़क जिसके दोनों तरफ़ पेड़ हों।
6. तबस—ईरान की एक जगह।

से वहाँ से वापिस आएँ और ऊपर हमारे जिस बेटे का ज़िक्र हुआ है उसके पास जाएँ। अगली सुबह हमारे शहज़ादे जल्द पहुँच कर बादशाह का इस्तक़बाल करें। उन्हें वो कपड़े पहनाएँ जो हमने पिछले साल नवरोज़ पर भेजे थे। और तकलू क़बीले के बुज़ुर्गों में से जिसे ठीक समझो वो हमारे बेटे को घोड़ा चढ़ने में मदद करे। जब बादशाह हेरात में दाख़िल होने को हों तो क़रा सुल्तान उनके साथ हों, और वो उन्हें ख़ेमे दें और ऊँट और घोड़े दें जिनकी अगले दिन सवारी करनी है। लश्कर को बढ़ने दें और हाकिम और जिनका नाम ऊपर लिया गया वो आगे चलें। जब हमारा बेटा शहर से बाहर जाए तो ऐलान हो कि पूरा लश्कर मुआयने के लिए पेश हो। जब वो बादशाह के क़रीब आएँ और एक तीर के निशाने भर तक आ जाएँ तो हाकिम आगे जाएँ और गुज़ारिश करें कि सल्तनत और इक़बाल के गौहर[1] घोड़े से ना उतरें। अगर वो मान जाएँ तो बहुत अच्छा। हाकिम फ़ौरन पीछे जाएँ और हमारे बेटे को घोड़े से उतरने में मदद करें और जल्दी से उसे बादशाह की तरफ़ भेजें। हमारा बेटा बादशाह की रान और रिकाब को चूमे और जहाँ तक मुमकिन हो क़ायदे के मुताबिक़ ख़िदमत और इज़्ज़त करे। अगर बादशाह ना मानें और घोड़े से उतर जाएँ तो पहले हमारे बेटे को घोड़े से उतारें ताकि वो बादशाह के हाथ चूम सकें। फिर बादशाह के घोड़ा चढ़ने के बाद वो घोड़ा चढ़ें। फिर सब अपने ख़ेमे और बसेरे में चले जाएँ। बादशाह हमारे बेटे के पास रहें और हाकिम आसपास रहें ताकि अगर बादशाह हमारे बेटे से कुछ पूछें और हमारे बेटे कमउम्री की वजह से जवाब ना दे पाएँ तो हाकिम मुआफ़िक़ जवाब दें।

''बादशाह के लिए ऊपर बताई गई रुकने की जगह पर तफ़रीह का इंतज़ाम हो। वो जैसे चाहें घोड़े से उतरें। फ़ौरन तैयार खाने के सामान के तीन सौ थाल लाए जाएँ। नमाज़ के बीच के वक़्त में महफ़िल में महमूद ख़ानी थाल के नाम से मशहूर लंगरी[2] थाल और सोने-चाँदी के सरपोश[3] वाले चीनी, सोने और चाँदी के एक हज़ार दौ सौ थाल में बेहतरीन खाना लाया जाए। लज़ीज़ मुरब्बे और सभी मुमकिन फल और हलवे और फ़ालूदे पेश किए जाएँ। हमारे बेटे और हाकिम के अस्तबल से सत्ताईस मुनासिब घोड़े लिये जाएँ। उन्हें मख़मल और अतलस में सजाया जाए और उनमें कपड़े और रेशम की पट्टियाँ हों इस तरह से कि नक़्क़ाशीदार मख़मल पर सफ़ेद पट्टी हो, लाल मख़मल पर काली पट्टी हो, और हरे मख़मल पर पीली पट्टी हो। इन घोड़ों को ऊपर बताए गए रंगों से सजाकर बादशाह को पेश किया जाए। हाफ़िज़ साबिर क़ाक़, बाजा बजाने वाले मौलाना क़ासिम, उस्ताद शाह मोहम्मद और हेरात में रहने वाले हमारे बड़े गाने-बजाने वाले पूरे वक़्त मौजूद रहें ताकि

1. गौहर—मोती।
2. लंगरी—ईरान में लंगर नाम की जगह से जुड़ा।
3. सरपोश—बर्तन का ढक्कन।

बादशाह जब चाहें वो गा-बजा कर उन्हें ख़ुश करें। तरह-तरह के बाज़, जो मेरे बेटे, हाकिम और उसके बेटों की सरकार में मौजूद हैं, उन्हें पेश किए जाएँ। उनके सभी मुलाज़िमों के लिए हर तरह के महीन रेशम की ख़िलअत, और हर इंसान के मुताबिक़ बालापोश दिया जाए। जब बादशाह सोने जाएँ तो हमारा बेटा उनके सामने पेश हो और विरासत में मिले अदब-आदाब के मुताबिक़ हर इंसान को एक घोड़ा, एक सिरोपा और मुनासिब रक़म दी जाए। तीन तूमान से कम किसी को ना दिया जाए। मख़मली रेशम के नौ और कमख़ाब के बारह जोड़े, फिरंगी और यज़्दी कमख़ाब, शाम[1] और दूसरी जगहों के बेहतरीन ताफ़्ता[2] के साथ तीस नीले बटुए में तीन-तीन सौ बराबर-बराबर नक़दी दी जाए। जब तक हेरात में रहें, उनके फ़ौजियों को तीन तूमान नक़द दिया जाए जो तीन सौ शाही के बराबर है।

"तफ़रीह के लिए अहले-साज़ो-नग़्मा-ओ-आवाज़ मौजूद हों और नए-नए तरह के गाने से उनकी तबीयत को ख़ुश रखें। हमेशा लोग मौजूद रहें ताकि कोई भी ज़रूरत पूरी की जा सके। ये हमेशा हो कि वो ख़ुश रहें। तीन दिन तक वो ख़याबाँ, बाग़ और गाज़रगाह की सैर करें। इन तीन दिनों में जब वो बेहतरीन शाही शहर चहर बाग़ से ख़याबाँ के आख़िर में बाग़े ईदगाह जाएँ तो कारोबारियों और कारीगरों की टोली सामान सजाए और हर क़िस्म के कारीगरों और कारोबारियों में एक अमीर हो ताकि अमीर-उमरा के कहे के मुताबिक़ वो साज़ो-सामान दिखाएँ क्योंकि ये बिलकुल मुनासिब है कि जब ताक़तवर बादशाह सरहद पार करें और तुम्हें मिलने की इज़्ज़त बख़्शें तो जो पहला शहर देखें वो बेमिसाल हो। ये बहुत ज़रूरी है कि जाने-माने लोग, जिनमें कुछ आम लोग भी हों, बादशाह की मुबारक नज़र से गुज़रें ताकि इन लोगों की नेकी और गुफ़्तगू से बादशाह का मलाल जाता रहे।

"तीसरे दिन बादशाह अपनी फ़ुर्सत में ख़याबाँ, शहर और बाग़ों की इमारत और उनकी सजावट देखें। सभी शहरी मोहल्लों और आसपास के गाँवों में मुनादी करा दी जाए कि हर औरत और मर्द चौथे दिन ख़याबाँ में हाज़िर रहे और अपने दुकान-बाज़ार को सजाए और क़ालीन बिछाए। जैसा कि उस शहर का दस्तूर है, औरतें एक जगह बैठें और गाने वाली बेगमें मोहल्लों और कूचों में निकल आएँ क्योंकि पूरी दुनिया में कहीं भी ऐसा नज़ारा नहीं, और पूरी आबादी बादशाह को मिलने जाए। उसके बाद पूरी इज़्ज़त और अदब के साथ घोड़े पर सवार आलमपनाह बादशाह को अंदर लाएँ। हमारा बेटा उनके बग़ल में घोड़े पर इस तरह हो कि बादशाह के घोड़े का सर और गर्दन आगे हो और हाकिम थोड़ा ही पीछे घोड़े पर हों और इमारतों और बाग़ों के बारे में पूछे जाने पर संजीदा और नपे-तुले तरीक़े से जवाब दें। जब बादशाह शहर में दाख़िल हों और चहार बाग़ को अपनी मौजूदगी

1. शाम—आज का सीरिया।
2. ताफ़्ता—एक तरह का रेशमी कपड़ा।

से इज़्ज़त बख़्शें तो उस बाग़ में जाएँ जिसे अब बाग़ीचा-ए-शाही कहा जाता है, जहाँ हम उस वक़्त रहते थे जब इस बेहतरीन शहर में पढ़ते थे।

"चहार बाग़ के और दूसरे हम्माम की सफ़ेदी और साफ़-सफ़ाई करा दें, गुलाब जल और गुलाब की सूखी पत्तियों से ख़ुशबूदार कर दें ताकि बादशाह जब चाहें वहाँ आराम करें।

"पहले दिन हमारे बेटे दावत दें, जिसमें खाना बहुत हो और लज़ीज़ हो। जब बादशाह सोने को जाएँ तो हाकिम बड़े उमरा को बुलाएँ और हरेक से कहें कि एक-एक दिन एक-एक बाग़ में बादशाह के लिए दावत रखें। फिर हाकिम तफ़रीह का इंतज़ाम करें जैसा कि अब बताया जाएगा। जिस दिन वो शहर में दाख़िल हों दरबार को पूरा ब्योरा भेजा जाए। ये हुक्म दिया जा चुका है कि हेरात के ओहदेदार मुइज़ुद्दीन हुसैन मिकल एक ख़ुशनवीस[1] को तैनात करें, जो ख़ैरमक़दम के लिए पाँच सौ लोगों के बाहर आने से लेकर हेरात शहर में दाख़िल होने तक का तफ़्सील से रोज़नामचा लिखें, जो ऐसे लोगों के ज़रिए पहुँचाया जाए जो भरोसेमंद हो और तेज़-रफ़्तार हों। इन रोज़नामचों में ख़ुशनवीस बादशाह की महफ़िल में होने वाले हर अच्छे-बुरे वाक़ये को दर्ज करे। ये हाकिम की मोहर से बंद होगा। इसे तजुर्बेकार और जानकार लोग दरबार तक लाएँ ताकि हमें शाही शख़्सियत के बारे में सब पता चले।

"सूबेदार मेहमाननवाज़ी इस तरह करें—हलवा, मुरब्बा और मेवा तीन हज़ार रकाबियों में पेश हों। सफ़र के सामान में ये चीज़ें हों—पहले पचास ख़ेमे, बीस सायबान, बादशाह के अपने इस्तेमाल के लिए बड़ी चादर, बारह, दस और सात हाथ की बारह जोड़ी क़ालीनें, पाँच हाथ की सात जोड़ी क़ालीनें, नौ घोड़ियाँ, फ़रिश्ते जैसे मिज़ाज के नब्बे ऊँट, दो सौ पचास छोटे-बड़े चीनी के थाल, जिन थाल का ज़िक्र ऊपर हुआ है वैसे इक्कीस, साफ़ और क़लई की गई देग़ सरपोश के साथ, और नौ-नौ ऊँटों के दो झुंड पेश किए जाएँ।

"जिन अमीरों से कहा गया है कि वो मेहमाननवाज़ी करें, वो हलवे और फ़ालूदे के पाँच सौ थाल पेश करें और तीन घोड़े, एक क़तार ऊँट और एक क़तार बोझा उठाने वाले घोड़े, जिनका हाकिम ने मुआयना किया हो। ग़ोरियान, पुंशज और कुसु के हाकिम अपने इलाक़े में मेहमाननवाज़ी का इंतज़ाम करें। ख़्वाफ़, तुरशीर, ज़ावा और मुहव्वलात के हाकिम फ़रहादजिर्द में सराय जाम-हल-जाम में मेहमाननवाज़ी का इंतज़ाम करें, जो मशहद से पाँच फ़रसख़ दूर है।"

शाह तहमास्प ने अपने सूबे के हाकिमों को जन्नत आशियानी हुमायूँ बादशाह को बहलाने के तरीक़े लिख कर भेजे लेकिन जो बात असल में उनके दिल में थी वो उन्होंने तुर्की के सुल्तान सुलेमान को लिखी।

---

1. ख़ुशनवीस—सुंदर लिखाई करने वाला।

''दुनिया के सबसे बड़े बादशाहों में से एक हुमायूँ बादशाह के पास पाँच लाख की फ़ौज और बारह हज़ार हाथी थे। फिर उनमें इतना गुरूर आ गया कि ख़ुदाई ताक़त का दावा करने लगे। लोगों के सामने कभी-कभी आते तो इसे ख़ुदाई जलवा कहा जाता। उनकी पूरी सल्तनत और पूरी फ़ौज में शरीयत का नामोनिशान नहीं रहा और बुराई का बोलबाला हो गया। एक दिन अपने ख़ास लोगों, आने वाला वक़्त जानने वालों और ज्योतिषियों को बुलाया और कहा कि ख़्वाब में देखा है कि चाँद, सूरज और तारे उनके तख़्त के नीचे तक आ गए हैं। उन लोगों ने कहा, इस ख़्वाब से ज़ाहिर है कि तुर्की के सुल्तान, फ़ारस के शाह, तूरान के शाह और दूसरे बादशाह जल्द ही हुमायूँ के दरबार में पेश होंगे और उनकी नौकरी करेंगे और इन बादशाहों की सल्तनत उनकी मर्ज़ी पर टिकी होगी। लेकिन तक़दीर ने उन्हें बर्बाद कर दिया। हिंद से आया हुमायूँ मेरा ग़ुलाम बनने को!''

जन्नत आशियानी हुमायूँ बादशाह से मिलने से पहले शाह तहमास्प ने बैराम ख़ान को बतौर वकील बुलवा लिया और कहा, ''बाल उतरवा कर ताज पहन लो।''

ये कोई शाही ताज नहीं था। ये सफ़वी पगड़ी थी जिसे ताजे हैदरी कहा जाता था। सफ़वी रिवायत के मुताबिक़ हज़रत अली ने शाह तहमास्प के दादा शेख़ हैदर से ख़्वाब में कहा कि एक ख़ास ताज बनाएँ। बारह पेंच वाली ये पगड़ी सफ़वी बादशाह की शागिर्दी की निशानी थी। बारह शीया इमामों[1] की याद में कपड़े को टोपी के चारों तरफ़ बारह बार घुमा कर बाँधा जाता था। शाह तहमास्प के वालिद शाह इस्माइल ने ऐलान कर दिया था कि शीया इस्लाम ही पूरे फ़ारस का मज़हब है। सफ़वी बादशाह अपना सिलसिला सातवें इमाम मूसा अल-काज़िम से जोड़ते थे, जिनके बारे में माना जाता था कि उनका सिलसिला हज़रत अली से जुड़ता है। यानी बैराम ख़ान जिस दरबार में पेश हुए उसके सफ़वी बादशाह अपना ताल्लुक़ पैग़ंबर मोहम्मद के दामाद और चौथे ख़लीफ़ा हज़रत अली से जोड़ते थे। सफ़वी बादशाह दीन और दुनिया दोनों ही मामलों में ख़ुद को फ़ारस की अवाम का रहनुमा मानते थे।

बैराम ख़ान ने कहा, ''बंदा किसी और के हुक्म का ताबेदार है। उनका जो हुक्म होगा वो हमें क़बूल है।''

शाह तहमास्प झल्ला कर बुदबुदाए, ''वो तो ख़ुद के ताबेदार हैं।''

---

1. बारह इमाम—अधिकांश शीया इस्ना अशरी होते हैं। इस्ना अशरी बारह इमामों को मानते हैं। ये बारह इमाम हैं—अली अल-मुर्तज़ा, अल-हसन अल-मुजतबा, अल-हुसैन अल-शहीद, अली ज़ैनुल आबिदीन अल-सज्जाद, मोहम्मद अल-बाक़िर, जाफ़र अल-सादिक़, मूसा अल-काज़िम, अली अल-रिज़ा, मोहम्मद अल-तक़ी, अली अल-तक़ी, अल-हसन अल-असकरी अल-ज़की, मोहम्मद अल-मेहदी अल-हुज्जा। सफ़वी बादशाहों के हुक्म से इस्ना अशरीया पूरे फ़ारस का राजधर्म हुआ। इस समुदाय का यक़ीन है कि इमाम ख़ुदाई नूर के वाहक हैं, दुनिया की तक़दीर तय करते हैं और इंसानियत को रास्ता दिखाते हैं और उनके मज़ार की ज़ियारत से सवाब मिलता है। हुमायूँ ने आठवें इमाम के आस्ताने का तवाफ़ किया, जिन्हें इमाम रिज़ा कहा जाता है।

बैराम ख़ान ने देखा कि शाह तहमास्प ने उसी वक़्त कुछ लोगों को सुन्नी होने के इल्ज़ाम में मौत की सज़ा सुना दी। ये हिंदुस्तान से आए सुन्नी मेहमानों के लिए एक इशारा था।

शाह तहमास्प ने जन्नत आशियानी हुमायूँ बादशाह के लिए सिरोपा भेजा। साथ ही एक घोड़ा, जो सधा हुआ नहीं था। जन्नत आशियानी हुमायूँ बादशाह ने सिरोपा पहन लिया। उनके ख़ास ख़ादिम जौहर आफ़ताबची वहीं मौजूद थे। उनसे सुना है, ''जब बादशाह ने अनाड़ी घोड़े की आराम से सवारी कर ली तो शाह तहमास्प के लोगों ने इसे अच्छा शगुन माना और समझा कि बादशाह की तक़दीर बुलंद है।''

अब इसके बाद जो हुआ वो भुलाना मुश्किल था।

जन्नत आशियानी हुमायूँ बादशाह दरबार में दाख़िल हुए तो शाह तहमास्प इस्तक़बाल के लिए क़ालीन के कोने तक आए। उन्होंने हुमायूँ बादशाह के लिए दाहिनी तरफ़ के तकिए का इशारा किया और ख़ुद बैठ गए। इस पहली मुलाक़ात के मौक़े पर शाह तहमास्प ने जन्नत आशियानी हुमायूँ बादशाह के लिए गाने-बजाने की महफ़िल रखी। काली दाढ़ी मूँछ वाले रोबीले शाह तहमास्प के बग़ल में बैठे हुमायूँ बादशाह ने लाल रंग का जामा पहना था जिस पर शाह तहमास्प का भेंट किया हुआ चोग़ा था। उनके सर पर हिंदुस्तानी तर्ज़ की पगड़ी थी। हुमायूँ बादशाह के दाईं तरफ़ हिंदुस्तान से साथ आए लोग खड़े थे जो जामे, पायजामे और हिंदुस्तानी पगड़ी में थे। उनकी कमर में हिंदुस्तानी तरीक़े का पटका बँधा था। शाह तहमास्प की कमर से तलवार बँधी थी लेकिन जन्नत आशियानी हुमायूँ बादशाह निहत्थे थे। उनके दाईं तरफ़ खड़े हिंदुस्तानी के कंधे पर ज़रूर तलवार थी। फ़ारस में इस मौक़े की जो तस्वीर बनी उस में बैठी हुई हालत में भी शाह तहमास्प को हुमायूँ बादशाह से ज़रा लंबा दिखाया गया।

जमादीउल अव्वल 951 हिज्री बमुताबिक़ जुलाई-अगस्त, 1544 ईसवी के क़रीब जब ये मुलाक़ात हुई तो शाह तहमास्प बीस बरस हुकूमत कर चुके थे। अब उनके ख़यालात कट्टर हो रहे थे। यहाँ तक कि उनकी ज़िंदगी का वो दौर ख़त्म हो रहा था जिसमें उन्होंने फ़ारस की चित्रकला को ऊँचाई तक पहुँचाया। कहते हैं उन्होंने ख़ुद उस ज़माने के सबसे बड़े चित्रकार बिहज़ाद से तस्वीरें बनाना सीखा था। अब उनके ख़यालों में ऐसी तब्दीली आ रही थी कि वो चित्रकला से दूर होते जा रहे थे।

जब उन्होंने कई चित्रकारों को अपनी मुलाज़िमत से हटा दिया तो हुमायूँ बादशाह ने दो बड़े उस्ताद, मीर सय्यद अली और ख़्वाजा अब्दुस्समद, को अपनी मुलाज़िमत में रख लिया। मीर सय्यद अली को नादिरुल मुल्क[1] और ख़्वाजा

1. नादिरुल मुल्क—मुल्क में श्रेष्ठ, अद्भुत।

अब्दुस्समद को शीरीं क़लम[1] का ख़िताब मिला। इस तरह से एक ऐसे तस्वीरख़ाने की बुनियाद पड़ी जहाँ जलालुद्दीन मोहम्मद अकबर की तारीख़ को तस्वीरों में क़ैद किया गया।

इतना शौक़ था जन्नत आशियानी को तस्वीरों का कि उमरकोट में अपनी बर्बादी के दिनों में एक बार उन्होंने धोने के लिए कपड़े उतार कर दिए ही थे कि ख़ेमे में एक चिड़िया घुस आई। उन्होंने फ़ौरन ख़ेमे को बंद करवा के चिड़िया के कुछ पर कतरे। फिर उन्होंने एक मुसव्विर[2] को बुलवाकर उस चिड़िया की तस्वीर बनवाई और उसके बाद उसे आज़ाद कर दिया।

नादिरुल-मुल्क मीर सय्यद अली ने एक बार चावल के एक दाने पर चौगान के मैदान के पूरे अट्ठारह लोगों को इतनी सफ़ाई से बनाया कि घोड़ों का रंग और लोगों का चेहरा तक साफ़ दिख रहा था। इतना ही नहीं, चावल के दाने के दोनों कोनों पर ये शेर लिखा था—

"हर दाने पर हज़ार गधों का बोझ है,
एक दिल में एक पूरी दुनिया समा सकती है।"

शीरीं क़लम ख़्वाजा अब्दुस्समद का रुतबा इतना ऊँचा था कि अपने घर पर एक महफ़िल में सल्तनत के बड़े अमीर मिर्ज़ा अज़ीज़ कोका ने उनके बेटे मोहम्मद शरीफ़ से कहा, "आप हम पर मेहरबान नहीं हैं। आपके मरहूम वालिद मुल्ला अब्दुस्समद मुसव्विर हम से कितनी मोहब्बत रखते थे! इस ख़िलवतख़ाने[3] में आप जो भी तस्वीरें देख रहे हैं वो उनके मुबारक हाथों से ही बनी हैं।"

जो तस्वीरख़ाना जलालुद्दीन मोहम्मद अकबर को विरासत में मिला उसमें उन्होंने ऐसी तब्दीलियाँ की कि तस्वीरों की तादाद और तरीक़ा दोनों ही बदल गए। तस्वीर की रेखाएँ बनाना सबसे अहम काम था जो सबसे माहिर उस्ताद करते थे। इस में रंग भरने का काम दूसरे मुसव्विर का था और कभी-कभी सूरत बनाने का काम तीसरे मुसव्विर का। जो जिस काम में माहिर था उसे वो ज़िम्मेदारी मिली और बेहतरीन तस्वीरें तेज़ी से बनती गईं। ख़ुद बादशाह सलामत की पढ़ाई-लिखाई में जो कमी थी उसे उन्होंने तस्वीरों से पूरा किया। वो कहा करते थे, "जो लोग तस्वीरें नापसंद करते हैं, मैं उन लोगों को नापसंद करता हूँ। मुझे ऐसा लगता है कि मुसव्विर को ख़ुदा की ख़ास पहचान है। जब मुसव्विर कोई जानदार चीज़ बनाता है और एक के बाद एक हाथ-पाँव बनाता है तो उसे ज़रूर महसूस होगा कि वो बनाई हुई चीज़ को शख़्सियत में तब्दीली नहीं कर सकता और फिर मजबूर हो कर वो ख़ुदा के बारे में सोचता है जो ज़िंदगी देने वाला है। इस तरह उसका इल्म बढ़ता है।"

1. शीरीं क़लम—जिनकी क़लम में माधुर्य हो।
2. मुसव्विर—चित्रकार।
3. ख़िलवतख़ाना—मकान का निजी हिस्सा, जहाँ एकांतवास हो सके।

बादशाह सलामत ने अपने अमीर–उमरा की तस्वीरें बनवाईं तो शेख़ अबुल फ़ज़ल ने कहा, ''जो गुज़र गए उन्हें नई ज़िंदगी मिली और जो ज़िंदा हैं उन्हें उम्मीद कि वो हमेशा ज़िंदा रहेंगे।''

शाह तहमास्प ने हुमायूँ बादशाह को अपने दरबार में बिठाने के बाद रास्ते का हाल पूछा। उसके बाद उन्होंने जन्नत आशियानी से सीधे ही पूछ लिया, ''ताज पहनेंगे?''

जन्नत आशियानी हुमायूँ बादशाह ने उस पगड़ी की तरफ़ देखा जिसे पहनने वाला शाह तहमास्प का मुरीद हो जाया करता था।

''ये ताजे इज़्ज़त है। हम पहनेंगे,'' जन्नत आशियानी हुमायूँ बादशाह ने जवाब दिया।

जैसे ही शाह तहमास्प ने अपने हाथों से हुमायूँ बादशाह के सर पर एक नया ताज रखा, दरबारी अल्लाह–अल्लाह कहते हुए शाह तहमास्प के सामने सजदे में चले गए। एक बड़ा बादशाह फ़ारस के शाह तहमास्प का शागिर्द बन गया।

जलालुद्दीन मोहम्मद अकबर ने बादशाह बनने के बाद ना कभी वो ताज पहना जिसे जन्नत आशियानी हुमायूँ बादशाह ने शाह तहमास्प के सामने उतारा था, ना ही वो ताजे हैदरी पहना जिसे शाह तहमास्प ने अपने हाथों से पहना कर उन्हें अपनी शागिर्दी में ले लिया था।

इसके बाद जन्नत आशियानी हुमायूँ बादशाह ने अपने साथ आए लोगों का ज़िक्र किया और शाह तहमास्प से कहा, ''हुक्म दिया जाए ये मिर्ज़ा भी बैठ जाएँ।''

शाह तहमास्प ने टका सा जवाब दिया, ''हमारे यहाँ ऐसा दस्तूर नहीं है।''

जन्नत आशियानी हुमायूँ बादशाह के ख़ादिम बायज़ीद बयात से सुना है कि सल्लक़ में दोनों बादशाहों के लिए क़मरग़ह का इंतज़ाम किया गया।

''कई दिनों बाद हज़रत और हज़रत शाह इस जगह पर मिले और एक साथ शिकारगाह पहुँचे। बादशाह के पहुँचने से दस दिन पहले से शिकार को हाँका लगाया जा रहा था। सल्लक़ की चरागाह के पहले पड़ाव पर सावक़ बलाक़ नाम का चश्मा है। वहीं बेशुमार जानवरों के क़मरग़ह के लिए घेरा कस दिया गया। यहाँ वो एक हफ़्ता रहे। इस शिकार का गोश्त और चारा इस्तेमाल हो गया तो फ़ौजियों को हुक्म हुआ कि दस दिन के फ़ासले से हाँका लगा कर तख़्ते सुलेमान पर एक और क़मरग़ह का इंतज़ाम करें। क़मरग़ह के बनते ही जितना शिकार हुआ वो बयान करना मुश्किल है। कई हिरन बच के भागे और घेरे के पीछे की नदी में कूद गए। लश्कर के लोगों ने इन को तीर और शमशीर से मार डाला। एक भी नहीं बचा। इस का ग़ुस्सा उन फ़ौजियों पर उतरा जो उस जगह तैनात थे जहाँ से जानवर निकल भागे थे। कई को मौत की सज़ा दे दी गई।''

फ़ारस में अब एक ऐसा वक़्त आया कि ख़ुद जन्नत आशियानी हुमायूँ बादशाह जाल में फँस गए।

हुमायूँ बादशाह की मेहमाननवाज़ी के लिए आग जलाने का इंतज़ाम किया गया। लकड़ी जमा हो चुकी थी, जब शाह तहमास्प का पैग़ाम पहुँचा। शाह ने कहा, ''आप हमारे दीन को अपना लेंगे तो हम आपकी मदद करेंगे। वरना नहीं। हम आपको और आपके मज़हब के सभी लोगों को इसी आग में जला डालेंगे।''

जन्नत आशियानी ने जवाब दिया, ''हम अपने दीन पर क़ायम हैं। हम यहाँ आए हैं और हमारी बादशाह बनने की कोई बड़ी ख़्वाहिश नहीं है। जो होगा ख़ुदा की मर्ज़ी से होगा। हमें मक्का जाने की इजाज़त दीजिए। वहाँ का रास्ता इधर से होकर जाता है।''

शाह तहमास्प ने कहा, ''हम चाहते हैं कि सुन्नियों पर हमला करने के लिए एक लश्कर हो। अच्छा हुआ कि एक सुन्नी बादशाह ख़ुद-ब-ख़ुद हमारे क़ाबू में आ गया। आप अपने दीन पर बने रहें, ये हम नहीं होने देंगे।''

शाह तहमास्प के वकील क़ाज़ी जहाँ ने जन्नत आशियानी हुमायूँ बादशाह से कहा, ''आप तन्हा नहीं हैं। आप की वजह से सात सौ लोगों की जान जा सकती है। हालात आपको मजबूर करेंगे नाउज़बिल्लाह[1] कि आप ख़ुदा और मुस्तफ़ा[2] से इन्कार करें, अगर ये लोग चाहें तो। आप के पास कोई चारा नहीं है।''

हुमायूँ बादशाह ने कहा, ''ये क्या बात हुई! लिख कर दीजिए!''

जन्नत आशियानी को शाह तहमास्प की तरफ़ से तीन काग़ज़ दिए गए। दो काग़ज़ उन्होंने देख कर लौटा दिए और तीसरे को पढ़कर कहा, ''क्या शाह को नहीं लगता कि दीन के मामले में ज़ोर-ज़बरदस्ती ठीक नहीं?''

था क्या उस काग़ज़ में जो जन्नत आशियानी ने शाह तहमास्प के सामने पढ़ा—बादशाह जलालुद्दीन मोहम्मद अकबर सोच में डूब गए।

जानने वाले जानते हैं कि जन्नत आशियानी हुमायूँ बादशाह तैमूरी ख़ानदान के दूसरे बादशाहों की तरह दिल से सुन्नी थे। उस मुश्किल हाल में जब सात सौ लोगों की ज़िंदगी आग में जल कर ख़त्म हो सकती थी, उनके सामने कोई और रास्ता नहीं था। पीछे हिंदुस्तान था, जो शेर शाह के पास था। काबुल और क़ंधार था, जो भाइयों के पास था।

950 हिज्री की पहली शव्वाल बमुताबिक़ 29 दिसंबर, 1543 ईसवी को हुमायूँ

1. नाउज़बिल्लाह—अल्लाह की पनाह। ये उस वक़्त कहा जाता है जब कोई व्यक्ति किसी बात को कह कर भी अपने आपको उससे दूर रखना चाहता है।
2. मुस्तफ़ा—पैग़ंबर मोहम्मद को मुस्तफ़ा भी कहा जाता था।

बादशाह ने शाह तहमास्प की सरहद में दाख़िल होने से पहले गर्मसीर से एक ख़त भेजा था ।

"क़रीबी दोस्तों की तरह नेक ख़्वाहिशात और दिली दोस्ती का इज़हार करते हुए, ये बताना चाहता हूँ कि मेरी तरफ़ से ख़िदमत कम रही है और शर्मिंदगी ज़्यादा। मैं सूरज के सामने ज़र्रे की तरह हज़रत शाह ज़िल्ले-इलाही[1] के सामने पेश होने की इजाज़त चाहता हूँ, जिनकी ज़ात में अक़्ल और बेहतरीन ख़ुदाई ख़ूबियाँ हैं और ये कहना चाहता हूँ कि अगरचे ज़ाहिरी तौर पर मैंने ख़ुद को उनके ख़ादिमों में नहीं माना, लेकिन मेरे दिल का झुकाव हमेशा हज़रत के दरबार की तरफ़ था, जहाँ नूर है और ख़ुशी है। वक़्त की गर्दिश मुझे हिंदुस्तान के फैले हुए मैदानी इलाक़े से बेहवा, अँधेरे और सँकरे सिंध में ले आई है।"

मिर्ज़ा कामरान के डर से हुमायूँ बादशाह को शाह तहमास्प के जवाब का इंतज़ार किए बग़ैर फ़ारस की सरहद में दाख़िल होना पड़ा। वो हेरात के रास्ते में थे जब ख़त का जवाब आया।

"पूरी इज़्ज़त के साथ, बड़ी ताक़त वाले, इंसाफ़ करने वाले आली जनाब हुमायूँ बादशाह का ख़त मिला जिसमें उन्होंने अपनी सल्तनत के हर तरफ़ के हादसों के बारे में लिखा। जिस मज़बूत दोस्ती और भरोसे के साथ उन्होंने इस तरफ़ का रुख़ किया है और जन्नत में मौजूद जिस आला सल्तनत के बादशाह की रिवायत पर चलते हुए..."

शाह तहमास्प ने फ़िरदौस मकानी बाबर बादशाह को याद किया। बाबर बादशाह ने भी फ़ारस के शाह इस्माईल से मदद ली, समरक़ंद फ़तह किया और शागिर्दी का वो ताज पहना जो बाद में ख़ुद जन्नत आशियानी हुमायूँ बादशाह ने पहना। बाबर बादशाह ने ख़ुतबे में शाह इस्माईल का नाम पढ़वाया और सिक्कों पर बारह इमामों के साथ शाह का नाम भी लिखवाया था। ऐसा करके उन्होंने सुन्नियों को नाराज़ किया। फिर भी फ़ारस के हुक्मरानों को शक था कि बाबर ने उज़बकों के साथ लड़ाई में फ़ारस के साथ धोखा किया।

शाह तहमास्प ने ख़त में आगे लिखा—

"...उन्होंने हिफ़ाज़त चाही है और इस आला सल्तनत से मदद माँगी है ताकि उन के मामलात में जो ग़लत हुआ है वो मासूम[2] इमामों की ग़ैबी[3] मदद से और मेरी कामयाब और मुबारक शख़्सियत से सही हो सके, और उन्हें हर तरह से जीत और कामयाबी मिले। अब हमें आपके तशरीफ़ लाने का और मुलाक़ात का इंतज़ार है।"

इसके बाद जन्नत आशियानी हुमायूँ बादशाह ने मशहद जाने की इजाज़त

---

1. ज़िल्ले इलाही—ख़ुदा का साया।
2. मासूम—यहाँ मासूम का मतलब वो जो कभी ग़लत नहीं होते।
3. ग़ैबी—आसमानी।

माँगी। उनके ख़त से साफ़ ज़ाहिर था कि वो जानते-बूझते एक शीया सल्तनत में दाख़िल हो रहे हैं।

"ख़ुदा के फ़ज़ल से बिना किसी बंदे की मदद के हर ख़्वाहिश जो इंसान सोच सकता है पूरी हुई, सिवाय इसके कि मासूम इमामों और ख़ास तौर पर अल-रिज़ा के मुक़द्दस मकबरे की तवाफ़ का शर्फ़ हासिल नहीं हुआ, जहाँ फ़रिश्ते चलते हैं।

उनके क़दमों की धूल हमारी आँख का काजल है,
वही हमारे रहनुमा और इमाम हैं, दीन में और दुनिया में।

यानी इमाम ग़रीब नवाज़ सुल्तान अबुल हसन अली बिन मूसा अल-रिज़ा।"

मशहद में इमाम रिज़ा के आस्ताने पर जन्नत आशियानी हुमायूँ पहुँचे तो दरबान से दरवाज़े की ज़ंजीर नहीं खुली। तब हुमायूँ बादशाह ने दो क़दम पीछे लिये और आस्ताने की तरफ़ मुँह कर के कहा, "या इमाम जो भी आपके मुबारक आस्ताने पर आता है, अपनी मुराद पाता है। ये बंदा भी आपकी मुबारक दरगाह में पनाह लेने आया है। हमें उम्मीद है कि मुरादें पूरी होंगी।"

कहने वाले कहते हैं कि इसके बाद उन्होंने दरवाज़े पर हाथ रखा तो ज़ंजीरें खुल गईं। उन्होंने दरगाह का तवाफ़ किया और फ़ातिहा पढ़ा।

तीसरे क़ाग़ज़ में क्या था जो जन्नत आशियानी हुमायूँ बादशाह ने पढ़ा—बादशाह सलामत ने इस ख़याल को दूर करना चाहा लेकिन वो हुआ नहीं।

जन्नत आशियानी हुमायूँ बादशाह ने उस तीसरे क़ागज़ पर लिखे शीयों के बुनियादी अक़ीदे को शाह तहमास्प के सामने पढ़ा और पढ़ कर शीया हो गए। वो ख़ुतबे में बारह इमामों के नाम पढ़े जाने पर भी राज़ी हो गए।

जब हुमायूँ बादशाह ने फ़ारस से लौट कर दोबारा हिंदुस्तान फ़तह किया तो उनके एक क़रीबी ने नाराज़ हो कर कहा, "मेरे बादशाह देख रहा हूँ कि आपकी पूरी फ़ौज राफ़ज़ी[1] है।"

जन्नत आशियानी ने पूछा, "आप ऐसा क्यों कह रहे हैं?"

जवाब मिला, "हर तरफ़ आपके फ़ौजियों के नाम ही ऐसे हैं। यार अली, कश्फ़ अली, हैदर अली। एक भी आदमी नहीं मिला जो किसी और सहाबी के नाम पर हो।"

जन्नत आशियानी ने ग़ुस्से में आकर अपनी क़लम फेंकी और कहा, "मेरे दादा का नाम ही उमर[2] शेख़ था और इससे ज़्यादा मैं कुछ नहीं जानता।"

फिर वो उठ कर हरम के अंदर चले गए। उसके बाद लौट कर उन्होंने कहा कि उनका अक़ीदा पक्का है।

---

1. राफ़ज़ी—शीया।
2. उमर—दूसरे ख़लीफ़ा का नाम।

फ़ारस में वो अपनी जान बचाने के लिए शीया हुए थे लेकिन इसके बाद भी जान पर ख़तरा बना रहा।

शाह तहमास्प तक ये बात पहले ही पहुँच चुकी थी कि हिंदुस्तान में जन्नत आशियानी हुमायूँ बादशाह एक ऐसा खेल खेलते थे जिसमें ख़ुद के लिए बारह आला दर्जे के तीर रखते और शाह तहमास्प के नाम से ग्यारह अदना दर्जे के तीर रखते। फ़ारस में जब दोनों की मुलाक़ात हुई तो शाह तहमास्प ने इसकी वजह पूछी। तब हुमायूँ बादशाह ने जवाब दिया, "दुनिया का एक तिहाई हिस्सा ख़ुरासान[1] है जो कि आपका है और दो तिहाई हिंदुस्तान, जो कि हमारा था।"

ये सुनकर शाह तहमास्प बोले, "ये आपके ग़ुरूर का नतीजा है। आपने मुल्क में इतनी सख़्ती की कि लोग आपके ख़िलाफ़ हो गए और आपके अपने लोग और आपका अपना ख़ानदान क़ैद कर लिया गया।"

जन्नत आशियानी ने जवाब दिया, "आप सही कह रहे हैं। लेकिन ये दुनिया एक ख़ुदाई कारख़ाना है और हमें ख़ुदा में पनाह लेनी चाहिए। और चारा क्या है!"

कहते हैं कि एक दिन शाह तहमास्प ने हिंदुस्तान में उनकी हार की वजह पूछी।

"भाइयों की दुश्मनी," जन्नत आशियानी हुमायूँ बादशाह ने जवाब दिया।

"भाइयों से सही तरह से नहीं निपटे आप," शाह ने कहा।

खाने का वक़्त हो गया था और शाह के भाई बहरम मिर्ज़ा हाथ धुलाने के लिए नौकर की तरह खड़े थे।

शाह तहमास्प ने हुमायूँ बादशाह से कहा, "भाइयों से ऐसा सुलूक करना चाहिए।"

ग़ुस्से में आकर बहरम मिर्ज़ा ने शाह तहमास्प के कान भरे कि जिस तरह बाबर बादशाह ने धोखा दिया था वैसे ही उनका बेटा भी देगा।

भाई ने कान भरे तो बहन ने बचा लिया। शाह तहमास्प की बहन सुल्तानम बेगम ने कहा, "हम हमेशा शाह के लिए दुआ करते हैं लेकिन आप हर तरफ़ से दुश्मनों से घिरे हैं। रूमी, उज़बक, चरकस, फ़िरंगी। अगर आप ने हुमायूँ बादशाह को मार दिया तो उनका बेटा और उनके भाई बदला ज़रूर लेंगे। अगर मदद नहीं कर सकते तो जाने दीजिए।"

जब जन्नत आशियानी हुमायूँ बादशाह और उनकी बीवी हमीदा बानो बेगम शाह तहमास्प के मेहमान थे तो एक रोज़ शाह की बहन सुल्तानम बेगम ने दावत की। शहर के बाहर ख़ेमा लगा। ख़रगाह[2], बारगाह, छतरियाँ और मेहराब लगाए गए।

---

1. ख़ुरासान—आज के ईरान और उसके आसपास के इलाक़े को उस वक़्त ख़ुरासान कहा जाता था।
2. ख़रगाह—एक तरह का ख़ेमा।

चारों तरफ़ चिक़[1] लगाया गया। सुल्तानम बेगम ने हमीदा बानो बेगम से पूछा कि, ''हिंदुस्तान में ऐसे छत्र और ताक़ हैं क्या?''

मेहमान होने के बावजूद हमीदा बानो बेगम ने दो टूक कहा, ''दुनिया के छह हिस्सों में से ख़ुरासान दो हैं तो हिंदुस्तान चार। जो चार है, वहाँ दो से ज़्यादा ही होगा ना!''

सुल्तानम बेगम की वजह से शाह तहमास्प ने फ़ैसला कर लिया कि वो हुमायूँ बादशाह की मदद करेंगे। उन्होंने एक बड़े जश्न का इंतज़ाम किया। पहले दिन तरह-तरह के खाने पेश हुए। दूसरे दिन शाह तहमास्प ने उन्हें बग़ल में बिठाया और घोड़ों, ऊँटों और शाही ख़ानदान के लिए ज़रूरी साज़ो-सामान मुआयने के लिए पेश किया। शाह ने अपने बेटे को बारह हज़ार घुड़सवार कुमुक के साथ तैनात किया। उन्होंने जन्नत आशियानी हुमायूँ बादशाह से कहा कि फ़ौज की पूरी गिनती सीस्तान में होगी।

फिर शाह तहमास्प ने खड़े हो कर अपना हाथ सीने पर रखा और कहा, ''मोहम्मद हुमायूँ बादशाह! हमारे पास जो कुछ भी थोड़ा है, आप के लिए है!''

इसके बाद जन्नत आशियानी हुमायूँ बादशाह ने एक दावत दी। जब शाह तहमास्प जन्नत आशियानी हुमायूँ बादशाह के ख़ेमे में दाख़िल हुए तो महफ़िल गवय्यों और साज़िंदों से सजी हुई थी। शाह तहमास्प की फ़रमाइश पर हिंदुस्तानी खाना बना था जिसमें ख़ुश्का पुलाव उन्हें ख़ास तौर पर पसंद आया।

एक दिन शाह तहमास्प ने हुमायूँ बादशाह से पूछा, ''आपके पास इतने क़ाबिल और वफ़ादार अमीर-उमरा हैं। फिर भी आपकी सल्तनत कैसे जाती रही? ये लोग कौन हैं?''

जन्नत आशियानी हुमायूँ बादशाह ने जवाब दिया, ''कुछ अफ़ग़ान हैं, कुछ राजपूत।''

''इन दोनों के बीच के ताल्लुक़ात कैसे हैं?'' शाह तहमास्प ने पूछा।

''अच्छे नहीं हैं,'' हुमायूँ बादशाह ने कहा।

तब शाह तहमास्प ने सलाह दी, ''जो अफ़ग़ान हैं उन्हें कारोबार में लगाएँ। जो राजपूत हैं उन से रिश्ते बनाएँ, शादी करें क्योंकि ज़मींदारों का दिल जीते बिना हिंदुस्तान में रहना मुमकिन नहीं।''

भेरा के शाही लश्कर में जलालुद्दीन मोहम्मद अकबर का ध्यान चौदह बरस पहले के हादसे की तरफ़ चला गया।

1. चिक़—वही जिसे आज चिक कहा जाता है।

आठवें इलाही सन् बमुताबिक़ ईसवी 1564 की सर्दियों के दिन थे। बादशाह सलामत दिल्ली में अपनी शिकारगाह से निकलने के बाद हज़रत निज़ामुद्दीन औलिया की दरगाह पर ज़ियारत कर के माहम अंगा के मदरसे के चौराहे तक पहुँचे थे। भीड़-भड़क्के का मुक़ाम था। कपड़े की दुकान पर एक कारोबारी नापतोल कर रहा था। छज्जे पर से लोग झाँक-झाँक कर बादशाह सलामत को देख रहे थे। एक खिड़की से एक हिंदुस्तानी लड़की भी झाँक रही थी। बादशाह सलामत के सर पर सायबान इस निशानी के तौर पर मौजूद था कि पूरी रिआया उनके साए में महफ़ूज़ है। बादशाह जलालुद्दीन मोहम्मद अकबर के लिए झाँझ, नाई, सींग और नक़्क़ारा बज रहा था कि एकाएक मदरसे की पहली मंज़िल से एक तीर आ कर उनके दाहिने कंधे पर लगा। हड़कंप मच गया। तीरंदाज़ का इरादा क़त्ल करने का था लेकिन बादशाह सलामत को हलकी चोट लगी। उन्होंने घोड़े पर बैठे-बैठे ही तीर निकाला और सब को दिखा दिया। हमलावर को फ़ौरन पकड़ लिया गया। वो फ़ौलाद हब्शी था। मिर्ज़ा शर्फ़ुद्दीन हुसैन का ग़ुलाम।

मिर्ज़ा शर्फ़ुद्दीन हुसैन को काशग़र के सुल्तान अब्दुर्रहीम ने जन्नत आशियानी हुमायूँ बादशाह की मौत पर अफ़सोस करने और बादशाह सलामत को तख़्तनशीनी की मुबारकबाद देने के लिए भेजा था। बादशाह सलामत की हुकूमत के पहले साल में मिर्ज़ा शर्फ़ुद्दीन हुसैन दरबार में हाज़िर हुए और माहम अंगा और उनके बेटे अधम ख़ान की मदद से जल्द ही पाँच हज़ार की मंसब पा गए। उन्होंने अजमेर और नागौर की जागीर पाई। वो अपनी माँ की तरफ़ से ऊँचे ख़ानदान के थे इसलिए हुकूमत के पाँचवें साल में बादशाह सलामत ने अपनी सौतेली बहन बख़्शी बानो बेगम से उनकी शादी की। बादशाह सलामत के आठवें साल में ना जाने क्या हुआ कि मिर्ज़ा शर्फ़ुद्दीन हुसैन बाग़ी होकर फ़रार हो गए।

शेख़ अबुल फ़ज़ल ने कहा, ''कोई ये ना समझे कि इस इंसान को उसकी औक़ात से ज़्यादा का रुतबा देना इंसाफ़ के तक़ाज़ों के ख़िलाफ़ था। इंसाफ़ एक बात है और दरियादिली दूसरी। हालाँकि ऐसे मामलों में बादशाह सलामत का भरोसा बढ़ना एक ऐसा इम्तिहान है जिसमें दुनियावी नशा पिला कर आदमी के किरदार का पता लगा लिया जाता है।''

माहम अंगा के मदरसे के पास हमले की वजह जानने के लिए लोगों ने मिर्ज़ा शर्फ़ुद्दीन हुसैन के ग़ुलाम से तफ़्तीश करनी चाही तो बादशाह सलामत ने कहा, ''ना पूछो! ख़ुदा जाने ये ग़ुलाम क्या-क्या कहे और किन-किन जाँनिसारों की तरफ़ से शुब्हा पैदा कर दे। बात ना करने दो और काम तमाम कर दो!''

कोई समझ ना पाया कि बादशाह सलामत ने ऐसा क्यों किया। इतना ज़रूर था कि इस हमले के वक़्त बादशाह सलामत की शादी को लेकर दिल्ली शहर में बहुत बेचैनी थी।

बादशाह सलामत अब तक कई शादियाँ कर चुके थे। उनकी शादी जन्नत आशियानी हुमायूँ बादशाह के भाई मिर्ज़ा हिंदाल की बेटी रुक़य्या बेगम से हुई। उन्होंने हुमायूँ बादशाह की बहन की बेटी सलीमा सुल्तान बेगम से शादी की, जो कि पहले बैराम ख़ान की बीवी थीं। बैराम ख़ान ने हुमायूँ बादशाह से वादा लिया था कि हिंदुस्तान जीतने के बाद उनकी शादी सलीमा सुल्तान बेगम से कर दी जाएगी लेकिन ये शादी बादशाह सलामत के दौर के शुरू में ही हो पाई। इसके अलावा जलालुद्दीन मोहम्मद अकबर की शादी आमेर के राजा भार मल की बेटी से भी हो चुकी थी। लेकिन इन शादियों से ऐसी कोई बेचैनी नहीं हुई जैसी इस वक़्त दिल्ली शहर में थी।

हुआ ये कि आगरा के एक नामी शख़्स शेख़ बुध की बेवा बहू का अधम ख़ान के बड़े भाई, माहम अंगा के बेटे, बाक़ी ख़ान से रिश्ता बन गया। ये रिश्ता शादी में तब्दील हुआ। शादी-ब्याह और दूसरी महफ़िलों में ये औरत शेख़ बुध की दूसरी बहू फ़ातिमा को भी ले जाने लगी। फ़ातिमा बहुत हसीन थीं और अब्दुल वासी नाम के शख़्स की बीवी थीं। किसी महफ़िल में नज़र पड़ी तो बादशाह सलामत ने फ़ातिमा के लिए शादी का पैग़ाम भेज दिया। मंगोल क़ानून के मुताबिक़, अगर बादशाह का दिल किसी औरत पर आ जाए तो शौहर के लिए लाज़िमी था कि वो उसे तलाक़ दे दे। इसलिए अब्दुल वासी ने तीन बार तलाक़ बोला और ये कहते हुए दकन चले गए, ''ख़ुदा की दुनिया बहुत बड़ी है।''

शाही हरम में दाख़िल होने के बाद, फ़ातिमा ने शेख़ बुध के इशारे पर बादशाह सलामत को उकसाना शुरू किया। उन्होंने कहा कि बादशाह सलामत को दिल्ली और आगरा के दूसरे बड़े ख़ानदानों में भी शादी करनी चाहिए ताकि सब को लगे कि वो बादशाह की नज़र में बराबर हैं। जब बादशाह सलामत दिल्ली आए तो उन्होंने शहर के नामी घरानों से रिश्ता बनाने की ख़्वाहिश ज़ाहिर की। बिचौलियों और किन्नरों को दिल्ली के बड़े घरानों में भेजा गया कि वो बादशाह सलामत के लिए कुँवारी लड़की देखें। अभी लड़की देखने का सिलसिला चल ही रहा था कि माहम अंगा के मदरसे के पास ये हमला हो गया। हमलावर की मंशा का ना तो पता चला और ना ही बादशाह सलामत ने पता चलने दिया। निशाना माहम अंगा के मदरसे के अंदर से लगा था और निशाना लगाने वाला बादशाह सलामत की सौतेली बहन के शौहर का ग़ुलाम था। फ़ौलाद बख़्शी के साथ ही ये राज़ हमेशा के लिए दफ़्न हो गया कि इस साज़िश के पीछे उनके ख़ानदान का कोई अपना था या कि वो दिल्ली वाले जो अभी तैमूरी बादशाह को बेटी देने को तैयार ना थे। जिन लोगों ने इस साज़िश की तह तक जाना चाहा उन्होंने ये ज़रूर ग़ौर किया कि उस दिन के बाद बादशाह सलामत ने दिल्ली वालों में शादी-ब्याह की कोशिश छोड़ दी। बादशाह सलामत के दौर की ख़ुफ़िया तारीख़ लिखने वाले मुल्ला अब्दुल क़ादिर

बदायूँनी ने कहा, ''बादशाह सलामत को ख़ुदा ने चेताया। पीर औलिया की दुआओं से बचे।''

भेरा के शाही ख़ेमे में बादशाह सलामत को *अख़्लाक़े नासिरी* पढ़कर सुनाई जा रही थी।

''जब शौहर को बीवी की सलाहियत और शाइस्तगी का पता चल जाए तो उसे दूसरी बीवी के बारे में नहीं सोचना चाहिए, चाहे वो ख़ूबसूरती, जायदाद और ख़ानदान के मामले में पहली बीवी से बेहतर हो। औरतों के मिज़ाज में जलन है। साथ ही उन में अक़्ल की कमी है। इसका नतीजा ये होता है कि शर्मिंदगी और नफ़रत के हालात बन जाते हैं, घर-बार की बर्बादी होती और अफ़रा-तफ़री फैल जाती है। बेशक ये इजाज़त बादशाह के अलावा किसी और को नहीं होनी चाहिए। बादशाहों के लिए शादी का मक़सद बड़ी तादाद में औलाद पैदा करना है। उनके लिए बीवियाँ ग़ुलाम की तरह हैं। वैसे बादशाहों को भी एहतियात बरतनी चाहिए। क्योंकि घर में आदमी वैसे ही है जैसे जिस्म में दिल। जिस तरह एक दिल दो जिस्मों को ज़िंदगी नहीं दे सकता वैसे ही एक आदमी आसानी से दो घर नहीं रख सकता।''

बादशाह सलामत की हुकूमत के पहले साल में मजनूँ ख़ान क़ाक़शाल को नारनौल का हाकिम बना कर भेजा गया। जब उन्हें शेर शाह के ग़ुलाम हाजी ख़ान ने घेर लिया तो आमेर के राजा भार मल ने बचाया और हिफ़ाज़त से शाही दरबार की तरफ़ रवाना किया। बादशाह सलामत ने जब पूरी बात सुनी तो राजा भार मल को पूरी इज़्ज़त के साथ दरबार तलब किया। जिस वक़्त राजा भार मल ख़िलअत और इनाम पाकर विदा होने को थे तो एक बड़ा हादसा होते-होते रह गया। बादशाह सलामत जिस हाथी पर सवार थे, वो क़ाबू से बाहर हो गया और लोगों में अफ़रातफ़री मच गई। हाथी जिधर जाता, लोग भागने लगते। लेकिन जब हाथी राजपूतों की तरफ़ भागा तो वो निडर हो कर अपनी जगह खड़े रहे। बादशाह सलामत ये मंज़र भूले नहीं। कुछ साल बाद जब वो पहली बार अजमेर की ज़ियारत को निकले तो एक दरबारी ने बताया कि राजा भार मल मिर्ज़ा शर्फ़ुद्दीन हुसैन से परेशान हो कर पहाड़ों में भटक रहे हैं। अजमेर के रास्ते में जब जलालुद्दीन मोहम्मद अकबर का लश्कर दौसा पहुँचा तो वहाँ के ज़्यादातर बाशिंदे इलाक़ा छोड़ कर भाग गए। बादशाह सलामत ने कहा, ''हम तो इंसानियत का भला करना चाहते हैं। ये लोग क्यों भाग रहे हैं? लगता है शर्फ़ुद्दीन हुसैन के ज़ुल्म के सताए हुए हैं, इसलिए हम से भी डर रहे हैं।''

बादशाह सलामत के सांगानेर पहुँचते-पहुँचते राजा भार मल हाज़िर हो गए। दरबार में उन्होंने इज़्ज़त पाई। राजा भार मल ने वफ़ादारी का सुबूत दिया और अपनी

बड़ी बेटी का रिश्ता बादशाह सलामत के लिए भेजा। ये रिश्ता क़ुबूल हुआ और राजा भार मल को विदा किया गया कि जब तक बादशाह सलामत अजमेर से लौटें, वो शादी–ब्याह की तैयारी कर लें। लौटती बार सांभर में शाही ख़ेमा लगा और राजा भार मल की बेटी की शादी जलालुद्दीन मोहम्मद अकबर से हुई। राजा भार मल ने बेटी को विदा किया तो अपने बेटे भगवंत दास और पोते मान सिंह को भी बादशाह सलामत के साथ आगरा रवाना कर दिया। इस शादी के दो साल के अंदर ही बादशाह सलामत ने अपनी सल्तनत में जज़िया ख़त्म कर दिया।

''तुर्कों को बहन–बेटी ब्याहने वाले के साथ राणा जी भोजन नहीं कर सकते।'' कहते हैं अट्ठारहवें इलाही सन् बमुताबिक़ 1573 ईसवी की गर्मियों के दिन थे जब मान सिंह उदयपुर आए और उन्हें ये सुनना पड़ा। मान सिंह के बहुत समझाने–बुझाने के बावजूद, महाराणा प्रताप सिंह बादशाह सलामत की ख़िदमत में जाने को तैयार नहीं हुए।

अभी महाराणा प्रताप सिंह को लगभग साल भर पहले ही बहुत अजीबो–ग़रीब हालात में मेवाड़ का सिंहासन मिला था। रिवायत थी कि मेवाड़ का सिंहासन कभी ख़ाली नहीं रहता था। इसलिए मातम राजपुरोहित के घर पर होता था और उस वक़्त महल को सजाया जाता था। राजा के अंतिम संस्कार में सबसे बड़ा बेटा शामिल नहीं होता था। शवयात्रा के निकलते ही उसे राजगद्दी पर बिठा दिया जाता। महाराणा प्रताप सिंह के पिता उदय सिंह ने अट्ठारह शादियाँ की जिससे उनको चौबीस बेटे और बीस बेटियाँ हुईं। जब उदय सिंह के अंतिम संस्कार में उनका बेटा जगमल नहीं दिखा तो भेद खुला कि राणा ने अपने बड़े बेटे प्रताप की जगह उस बेटे को राजगद्दी दे दी जो वारिसों की फ़ेहरिस्त में नौवीं जगह पर थे।

महाराणा प्रताप सिंह का साथ देने वालों ने कहा, ''सबसे बड़े, सब से हक़दार और सब से बहादुर प्रताप सिंह को किस क़ुसूर से ख़ारिज समझा जाए? बादशाह अकबर जैसा दुश्मन सर पर लगा हुआ है, चित्तौड़ टूट रहा है, मेवाड़ उजड़ रहा है। अब ये घर का बखेड़ा भी खड़ा हो गया तो बर्बादी में क्या शक है?''

जब प्रताप सिंह के समर्थक अंतिम संस्कार के बाद महाराणा के महल पहुँचे तो देखा कि जगमल राजगद्दी पर बैठे हैं। उन्होंने हाथ पकड़ कर जगमल को राजगद्दी से उतारा और उस जगह पर बिठा दिया जहाँ महाराणा के भाई बैठते हैं। राजगद्दी खाली हो गई और प्रताप सिंह को वहाँ बिठा दिया गया।

सुना है जड्डा नाम के चारण ने अब्दुर्रहीम ख़ानेख़ानां की तारीफ़ में चार दोहे लिख कर भेजे। जड्डा ने अचंभित होकर ख़ानेख़ानां से पूछा कि किस तरह से मेरु पर्वत के समान मन को कोमल देह में रचा गया है। जड्डा की कविता में ख़ानेख़ानां आश्चर्य से कहते हैं कि जल जैसे कोमल मन वाला मनुष्य जलता है और तिनके जैसे

रूखे मन वाला मनुष्य जलता नहीं; वो कहते हैं कि ईश्वर को ना मेरु पर्वत जैसे दृढ़ मन की ज़रूरत है, ना मणि की और ना मनके की; वो तो संपूर्ण समर्पण चाहता है और ब्रह्मांड को प्रेम की आग में जलाता है; धन्य है उसका आदमी बनाने का तरीक़ा।

"खानखाना नवाब हो, मोहिं अचंभो अेह।
मायो किमि गिरि मेरुमन, साढ़ तिहस्सी देह॥
खानखाना नवाब रे, खाँड़े आग खिवंत।
जलवाला नर प्राजलै, तृणवाला जीवंत॥
खानखाना नवाबरी, आदमगीरी धन्न।
मह ठकुराअी मेरु-गिरि मनी न राअी मन्न॥
खानखाना नवाबरा, अड़िया भूज ब्रह्मंड।
पूँठे तो है चंडिपुर धार तले नवखंड॥"

ख़ानख़ाना ने ख़ुश हो कर हर दोहे पर एक लाख रुपये देना चाहा लेकिन जड्डा ने गुज़ारिश की कि जहाज़पुर का परगना जगमल को दे दिया जाए। कहते हैं कि ख़ानख़ाना ने अपने रसूख़ का इस्तेमाल करके जड्डा की ख़्वाहिश पूरी की और ये दोहा लिख कर भेजा—

"धर जड्डी अंबर जड़ा, जड्डा महडूँ[1] जोय।
जड्डा नाम अलाहदा, और न जड्डा कोय॥"

चाहे जगमल को जहाज़पुर का परगना मिल गया हो लेकिन मेवाड़ में तो महाराणा प्रताप सिंह का दौर शुरू हो गया। जिस वक़्त महाराणा प्रताप सिंह राज गद्दी पर बैठे, चित्तौड़ की हार यादों में बहुत ताज़ा थी।

लगभग चार बरस पहले बारहवें इलाही सन् के आख़िर में, बमुताबिक़ 23 फ़रवरी, 1568 ईसवी, मंगल के दिन, चित्तौड़ के मज़बूत क़िले ने बादशाह सलामत की फ़ौज के सामने घुटने टेक दिए। इस से एक रात पहले ही क़िले की दीवार को जगह-जगह से भेदा जा चुका था लेकिन चित्तौड़ की फ़ौज अभी तक शाही फ़ौज को रोक पा रही थी। रात के अँधेरे में गोलाबारी की लपक में जलालुद्दीन मोहम्मद अकबर ने हज़ार मेख़ी[2] पहने एक शख़्स को उस मोर्चे पर देखा जहाँ दीवार भेद दी गई थी। बादशाह सलामत ने अपनी पसंदीदा बंदूक़ 'संग्राम' को उठाया। उन्हें बंदूक़ों का बहुत शौक़ था। न सिर्फ़ वो बेहतरीन निशानेबाज़ थे बल्कि उनके ईजाद

1. महडूँ—जड्डा चारणों के जिस सिलसिले से आते थे उसे महडूँ कहते थे।
2. हज़ार मेख़ी—हज़ार कीलों वाला बक्तर।

किए गए तरीक़े से इतनी मज़बूत बंदूक़ें बनीं कि पूरी भरी होने पर भी उनके फटने का अंदेशा नहीं रहा। अब बंदूक़ों को चलाने के लिए आग देने की ज़रूरत नहीं पड़ती थी। सिर्फ़ बंदूक़ के घोड़े की हल्की सी हरकत ही काफ़ी थी। बादशाह सलामत हज़ारों बंदूक़ों में से एक हज़ार पाँच बंदूक़ों को अपने ख़ास इस्तेमाल के लिए चुनते थे। इन ख़ासा[1] बंदूक़ों में भी 'संग्राम' सबसे ख़ास थी। ये उनकी पहली ख़ासा बंदूक़ थी। इसे वो जंग के साथ-साथ शिकार पर भी ले जाते थे। चूँकि बादशाह सलामत के हुक्म से हर बंदूक़ से हुए शिकार का हिसाब रखा जाता था, इसलिए ये पाया गया कि अकेले 'संग्राम' से एक हज़ार उन्नीस जानवर शिकार हुए।

अब जब बादशाह सलामत ने 'संग्राम' से गोली चला दी तो राजा भगवंत दास से कहा, ''जब निशाना सही लगता है तो अच्छा शिकारी जान लेता है।''

अभी घंटा भर भी नहीं हुआ कि चित्तौड़ की फ़ौज ग़ायब हो गई और क़िले में कई जगहों से आग की लपटें उठने की ख़बर आई। अभी दरबारी क़यास लगा ही रहे थे कि राजा भगवंत दास ने कहा, ''ये जौहर है। जब हार तय होती है और मर्द मारे जाते हैं तो औरतें संदल, सूखी लकड़ी और तेल की चिता में समा जाती हैं।''

सुबह होते-होते पता चल गया कि बादशाह सलामत की 'संग्राम' ने चित्तौड़ के क़िलेदार जयमल को निशाना बना लिया था। चार महीने के घेराव के बाद अब जाकर चित्तौड़ का क़िला बादशाह सलामत के क़दमों में आ गया। वो हाथी पर सवार हो कर क़िले में दाख़िल हुए। शाही फ़ौज के लगभग तीन सौ हाथी भी क़िले में घुसे। बादशाह सलामत की नज़र के सामने हाथी ने चित्तौड़ के जाँबाज़ पत्ता को कुचल दिया। इस हाल में भी एक राजपूत ने शाही लश्कर के मधुकर हाथी की सूँड पर हमला किया और कहा, ''बादशाह सलामत को मेरा सलाम कहना।''

भोर से लेकर दोपहर तक क़त्ले आम हुआ। लगभग तीस हज़ार लोग मारे गए। ऐसे मौक़ों के लिए *अख़्लाक़े नासिरी* में जो कहा गया था वो बादशाह सलामत को ख़ूब याद था।

''फ़तह के बाद भी तदबीरें नहीं छोड़नी चाहिए, ना ही सूझ-बूझ में कोई कमी आनी चाहिए। लेकिन जहाँ तक हो सके, जो ज़िंदा पकड़ा जा सके, उसे मारना नहीं चाहिए क्योंकि क़ैद में लेने के कई फ़ायदे हैं। जैसे बंधक बनाना, फ़िरौती वसूल करना, किसी पर एहसान कर देना। मारने के कोई फ़ायदे नहीं हैं। फ़तह के बाद किसी को मारना नहीं चाहिए। ना ही कोई दुश्मनी या भेदभाव रखना चाहिए क्योंकि फ़तह के बाद दुश्मन की हालत ग़ुलाम या रिआया की है। बताया जाता है कि जब सिकंदर ने एक शहर पर क़ब्ज़ा कर के बेहिसाब क़त्ले आम किया तो अरस्तू ने डाँट कर ख़त लिखा, 'फ़तह से पहले दुश्मन को मारने की बात समझ में आती है। फ़तह के बाद अपनी रिआया को मारने की क्या तुक है।' बादशाहों की माफ़ी औरों की

1. ख़ासा—जो बादशाह सलामत के ख़ास इस्तेमाल के लिए हो।

माफ़ी से बड़ी है। ऐसे वक़्त पर माफ़ करना क़ाबिले–तारीफ़ होता है जब माफ़ नहीं भी किया जा सकता था।''

बादशाह सलामत के दौर की तारीख़ लिखने वाले शेख़ अबुल फ़ज़ल ने कहा, ''पिछली बार 703 हिज्री के मुहर्रम[1] की तीन तारीख़ को जब सुल्तान अलाउद्दीन ने इस क़िले पर छह महीने और सात दिन के बाद क़ब्ज़ा किया तो किसानों को मौत के घाट नहीं उतारा गया क्योंकि उन्होंने जंग में हिस्सा नहीं लिया था लेकिन इस बार इस क़त्ले आम की वजह है कि किसानों ने बहुत जोश से हिस्सा लिया।''

चित्तौड़ की लड़ाई बादशाह सलामत ने ख़ुद लड़ी थी। इस थका देने वाली मुहिम के दौरान बादशाह सलामत ने बहुत नुक़सान उठाया था। बारहवें इलाही सन् बमुताबिक़ 1567 की 20 अक्तूबर को चित्तौड़ के क़िले के पास शाही ख़ेमा लगा था। जिस पहाड़ी पर चित्तौड़ का क़िला था, उसके दो कोस के घेरे का जलालुद्दीन मोहम्मद अकबर ने अगले ही रोज़ चक्कर लगाया। महीने भर के अंदर पूरी घेराबंदी कर दी गई। जब सीधे चढ़ाई की कोशिश में शाही फ़ौज के लोग मारे जाने लगे तो बादशाह सलामत ने इस की मनाही कर दी और कहा, ''ये बहादुरी नहीं है। उतावलापन है।''

इसके बाद हुक्म हुआ कि तीन जगहों पर बारूद बिछाने की ऐसी तरकीब निकालें कि क़िले की दीवार में सेंध लगाई जा सके, और दो जगहों पर पहाड़ में से ऐसा रास्ता बने जो सीधे क़िले तक जाए। पाँच हज़ार कारीगर सबात बनाने में जुट गए, जो ऐसा घिरा हुआ रास्ता था कि इससे फ़ौज क़िले के पास पहुँच कर दीवार में सेंध लगा सकती थी। क़िले के अंदर से हमले होते रहे और रास्ता बनाने की कोशिश में हर रोज़ दो सौ लोगों की जान जाती रही। मज़दूरों पर सोना–चाँदी लुटाया गया और सबात तेज़ी से बनता गया। बादशाह सलामत के हुक्म से बारूद भी आगे बढ़ता गया।

क़िले के अंदर के राजपूतों में इन हालात को देखकर खलबली मच रही थी। ख़ुद महाराणा इस वक़्त क़िले में मौजूद नहीं थे। बादशाह सलामत के आने की ख़बर सुनने के बाद उन्होंने जयमल को क़िले की ज़िम्मेदारी दी और अपने ख़ानदान और पाँच हज़ार राजपूतों के साथ पहाड़ी इलाक़ों में छुप गए। इस पूरी जंग के दौरान वो आसपास नहीं आए।

अब सुलह के लिए चित्तौड़ के क़िले के अंदर से दो राजपूत सरदारों को बादशाह सलामत के पास भेजा गया।

चालीस गज़ ऊँचे आकाशदीए से चित्तौड़ के इलाक़े में दूर–दूर तक लोगों को शाही

1. बमुताबिक़ 16 अगस्त 1303 ईसवी।

मौजूदगी का एहसास हो रहा था। लोग इसकी लौ को देखते और कहते, ''अकबर चा दीवा[1]।''

चित्तौड़ के क़िले से आए रावत साहिब ख़ान चौहान और डोडिया ठाकुर सांडा ने बादशाह सलामत से कहा, ''महाराणा तो पहाड़ों में चले गए। जो क़िले में बचे हैं उनका कोई क़सूर नहीं है। क़िले का घेरा उठा लें क्योंकि पहले से बादशाहों का यही दस्तूर है कि पेशकश पाने पर मेहरबानी करते हैं।''

जलालुद्दीन मोहम्मद अकबर ने राजपूत सरदारों की बात को सुना और कहा, ''राणा के आए बग़ैर लड़ाई नहीं रुकेगी। इसके सिवाय जो चाहे माँगो।''

डोडिया ठाकुर सांडा ने कहा, ''अब हम को और क्या ज़रूरत है जो माँगें। जो आप हुक्म देते हैं तो केवल इतना चाहता हूँ कि अगर लड़ाई में मारा जाऊँ तो मेरी लाश हिंदू रीति से जलवा दी जाए।''

बादशाह सलामत ने इस बात को मंज़ूर किया और एक बड़े हमले की तैयारी कर ली। लेकिन ये हमला उनके लिए अफ़सोस की बहुत बड़ी वजह बन गया।

अब तक बारूद बढ़ते-बढ़ते क़िले के नीचे तक आ पहुँचा था। लाखौटा दरवाज़े के दोनों तरफ़ बारूद बिछा दिया गया। एक जगह एक सौ बीस मन और दूसरी जगह अस्सी मन। इरादा था कि दोनों जगहों पर एक साथ धमाका करके क़िले की दीवार को तोड़ दिया जाए और फ़ौज फ़ौरन से अंदर दाख़िल हो जाए। लेकिन अनहोनी हो गई जब एक धमाका पहले हो गया। क़िले की दीवार टूटी। शाही फ़ौज तेज़ी से आगे बढ़ी और क़िले को बचाने के लिए चित्तौड़ के फ़ौजी भी आगे बढ़े। उसी वक़्त दूसरा धमाका हुआ जो इतना ख़ौफ़नाक था कि पचास कोस दूर तक सुनाई दिया। शाही फ़ौज के दो सौ और चित्तौड़ के चालीस फ़ौजी उसी वक़्त मौत के मुँह में चले गए। उनके हाथ-पाँव हवा में उड़ के यहाँ-वहाँ जा गिरे।

ये बादशाह सलामत के लिए बड़ा सदमा था। मरने वालों में बीस तो ऐसे थे जिनसे उनका ज़ाती ताल्लुक़ था। बादशाह सलामत ने पहले ही कहा था कि दो जगहों के बारूद को एक साथ आग लगाने के लिए ज़रूरी है कि आग अलग-अलग जगह से लगाई जाए। उन्होंने ताकीद की थी कि एक जगह से बारूद के दोनों ढेर को आग लगाई जाएगी तो दूसरे ढेर में आग लगने में वक़्त लग सकता है। हुआ भी यही।

इस हादसे के बाद जलालुद्दीन मोहम्मद अकबर ने तय किया कि अब वो सबात को पूरा करने पर ध्यान देंगे। वो जान जोख़िम में डालकर ख़ुद आकर मुआयना करते और निशाना भी लगाते। एक बार तो क़िले की तरफ़ से गोली चली और बादशाह सलामत से दो आदमी छोड़ कर खड़े एक शख़्स को लग गई, लेकिन उसे ज़्यादा चोट नहीं आई। उन्होंने जवाब देने के लिए अपनी बंदूक़ उठाई तो क़िले की तरफ़ कोई बंदूक़ची नहीं दिखा, सिर्फ़ क़िले से बंदूक़ की नाल निकली हुई नज़र

1. अकबर चा दीवा—अकबर का दीया।

आई। बादशाह सलामत ने बंदूक को ही निशाना बनाया तो गोली बंदूक़ के साथ-साथ बंदूक़ची को भी लग गई। बाद में पता चला कि बादशाह सलामत की गोली का निशाना बनने वाला बंदूक़चियों का सरदार इस्माईल था।

एक बार तो एक गोला बिलकुल उन के पास आकर फटा। शाही फ़ौज के बीस लोग इस हमले में मारे गए लेकिन ख़ुद बादशाह सलामत को कुछ नहीं हुआ।

आख़िर सबात बनाने का काम पूरा हुआ। एक ऐसा रास्ता बन गया जो ऊपर से भी घिरा हुआ था और दाएँ-बाएँ से भी। इसकी ऊँचाई इतनी थी कि भाला लिये हुए हाथी सवार भी निकल जाए और चौड़ाई इतनी कि दस घुड़सवार कंधे से कंधा मिलाकर चले जाएँ। इस रास्ते से क़िले तक पहुँच जाने के बाद दीवार भेदने में वक़्त नहीं लगा। इसी मुक़ाम से बादशाह सलामत ने अपनी बंदूक़ संग्राम से जयमल पर निशाना लगा कर इस मुश्किल जंग को जीत लिया था।

कहते हैं, चित्तौड़ खोने के ग़म में महाराणा प्रताप सिंह ने हुक्म दिया कि जुलूस में या जंग में उनका नक़्क़ारा हमेशा पीछे चलेगा, आगे नहीं। ख़ुद बादशाह सलामत ने इस जंग को कई तरह से याद रखा। चित्तौड़ से आगरा लौटते हुए उन्होंने फ़तहनामा-ए-चित्तौड़ जारी किया।

''अल्लाह ने अपना वादा निभाया। अपने गुलाम की मदद की, अपने फ़ौजियों को इज़्ज़त बख़्शी, दुश्मनों को हराया। अल्लाह के बाद कोई नहीं। सारी तारीफ़ें और सारा शुक्र उसी का जिसने क़िलों और सल्तनतों के दरवाज़े खोले। सही रास्ते पर चलने वाले मज़हबी सुल्तानों के फ़तह की चाबी जिसके पास है... ख़ुदा करीम जिसकी ताक़त ने ईमान वालों को फ़तह दिलाई। सारी ताक़त वाले ख़ुदा ने मुजाहिदों से कहा कि वो शैतान काफ़िरों को ख़त्म कर दें। 'उनसे जंग करो! अल्लाह तुम्हारे हाथों उन्हें सबक़ सिखाएगा और तुम्हें फ़तहयाब करेगा।' उसकी शान बड़ी है। उसकी सल्तनत किसी दोस्त या मददगार के भरोसे नहीं है। अल्लाह ने हमें मुमालिके हिंदुस्तान की हुकूमत बख़्शी जो दुनिया के सबसे बड़े मुल्कों में से है। सब से बड़े बादशाह के दीवानख़ाने से हमारी...सल्तनत के लिए परवाना भेजा। ज़माने की तकलीफ़ों और हादसों से महफ़ूज़ अवाम ख़ुदा की अमानत है। हमारी दरियादिल सल्तनत में अवाम ख़ुदा की इबादत में मशग़ूल है। इस ज़िम्मेदारी के लिए हम शुक्रगुज़ार है। हम जहाँ जाएँगे फ़तहयाब होंगे। जिस तरफ़ जाएँगे तक़दीर हमें सलाम करेगी...हम अपना क़ीमती वक़्त अपनी सलाहियत के मुताबिक़ जंग और जिहाद में गुज़ारते हैं, उस ख़ुदा की मदद से जो हमारी लगातार बढ़ती हुई सल्तनत को ताक़त देता है। ख़ुदा ग़ारत करे इन काफ़िरों को जिनके शहरों को क़ाबू करने में हम मसरूफ़ रहे। और इस तरह से हर जगह इस्लाम का झंडा बुलंद किया और कुफ़्र और गुनाह के अँधेरे को तलवार से दूर किया। हमने उन जगहों में और हिंदुस्तान के दूसरे इलाक़ों में बुतपरस्ती की जगहों को ख़त्म किया।

''अल्लाह का शुक्र जिसने हमें रास्ता दिखाया और अगर ये रास्ता ना दिखाया होता तो हमें रास्ता ना मिलता। कहने का मायने ये कि फ़तह के इस दौर में अली क़ुली और उसके अहसानफ़रामोश गिरोह को ख़त्म कर के हम दारुल-सल्तनत आगरा पहुँचे। फिर हाथी के शिकार की तफ़रीह के लिए हम चित्तौड़ के पास रुके। यहाँ हमें बताया गया कि ख़ुदा ग़ारत करे राणा उदय सिंह को जिसने ग़ुरूर और ज़िद्द का मुज़ाहिरा किया जब कि उम्मीद थी कि वो आगे बढ़ कर ख़ैरमक़दम करता, मुलाज़िमत करता और शाही दर को चूम लेता या अपने बेटे को पेशकश के साथ भेज देता। वो अपनी पुश्तैनी रिहाइशगाह, हिंदुस्तान के क़िलों में मज़बूती और शान के मामले में नुमायां, चित्तौड़ के क़िले में इस इरादे से सामान जमा करने लगा कि वहाँ मोर्चा सँभाल के बैठ जाए। चूँकि जंग और जिहाद के ख़याल सुलझे दिमाग़ में सबसे ऊपर होते हैं, इसलिए बादशाह नाराज़ हुए। हालाँकि पिछली फ़तह के बाद ज़्यादातर शाही फ़ौजी अपनी जागीरों पर लौट गए थे और दारुल-सल्तनत में मौजूद कुछेक ही शिकार के लिए शाही लश्कर के साथ थे, फिर भी हमने काफ़िर को हराने की तरफ़ ध्यान दिया...

''...अहले इस्लाम इबादत में मसरूफ़ थे। ऐ अल्लाह! हमें सब्र दे, हमारे क़दम मज़बूत कर, काफ़िरों के ख़िलाफ़ हमें मदद दे...जन्नत से ख़ुशख़बरी आ रही थी। शैतान काफ़िरों के ख़िलाफ़ टोली बना कर हमला हुआ और उस जगह क़ब्ज़ा हो गया जहाँ क़िला खुलता था। बिना डरे वो डटे रहे और उनका पलड़ा भारी रहा। अपनी ख़ून की प्यासी तलवारों से एक के बाद एक क़त्ल करते गए और क़त्ल हुए लोगों का अंबार हो गया। बाक़ी बचे हुए लोगों का पीछा हुआ जैसे वो डरे हुए गधे हों। शेर से भागते हुए। उन्हें सबसे नीचे का जहन्नुम मिले। कामयाबी और बुलंद तक़दीर का सितारा इस पैग़ाम के साथ निकला कि फ़तह अल्लाह की मदद से उसे ही मिलती है जिसके पास पूरी ताक़त और समझ है। फ़तहयाब फ़ौज क़िले में दाख़िल हुई। काफ़िरों को मारने के हुक्मे इलाही के मुताबिक़, जो लोग दो-तीन सौ लोगों के गिरोह में अब भी बग़ावत कर रहे थे, उन्हें मौत के घाट उतार दिया गया और उनकी औरतों और बच्चों को क़ैद में ले लिया गया।

''जैसा कि अल्लाह ने वायदा किया था, बेशुमार साज़ो-सामान और नक़्द हासिल हुआ। जो नाइंसाफ़ी में यक़ीन करते थे उनकी जड़ें काट दी गईं। अलहम्दोलिल्लाह!

''सल्तनत की ताक़त, शानदार ख़िलाफ़त के राज़दार, इस दौर के बड़े ख़ान में अव्वल, ओहदे और इज़्ज़त की ऊँचाई तक पहुँचने वाले वफ़ादार और ख़िदमतगार, निडर घुड़सवार, बहादुरी में आगे मुबरिज़्ज़ुद्दीन मीर मोहम्मद ख़ान बहादुर, सल्तनत की ताक़त, इस दौर के वफ़ादारों में बेहतरीन, जंग और बहादुरी के मैदान के शहसवार क़ुतुबुद्दीन मोहम्मद ख़ान बहादुर[1], और सरकारे पंजाब के बाक़ी बड़े ख़ान, उमरा, सय्यद उलेमा, शेख़ और शरीयत के क़ाज़ी, दूसरे बड़े लोग, इलाक़े के

---

1. क़ुतुबुद्दीन मोहम्मद ख़ान और मीर मोहम्मद ख़ान दोनों शम्सुद्दीन अतका ख़ान के भाई थे।

बाशिंदे, चौधरी, क़ानूनगो, रिआया, किसान जो इस मुबारक फ़तहनामे से मिलने वाली ख़ुशख़बरी, जो आने वाली फ़तहों की आहट है, का जश्न मना रहे हैं, वो शुक्राने की बेहिसाब दुआएँ करें। जिन मुबारक लम्हों में दुआएँ क़बूल होने की ज़्यादा गुंजाइश है, उनमें माबदौलत की लंबी उम्र, सल्तनत के हमेशा क़ायम रहने की दुआ करें और माबदौलत को और लियाक़त देने की दुआएँ दें ताकि हम जिहाद, इबादत और नेक कामों की ज़िम्मेदारी को निभा सकें। दुआ करें कि रोज-ब-रोज़ नई फ़तहों और कामयाबियों के दरवाज़े हमारे सामने खुलते जाएँ।

"चित्तौड़ के मामलात सँभालने के बाद हमने मज़बूत इरादे से दारुल ख़िलाफ़त[1] आगरा का रुख़ किया। हमारे नीचे घोड़ा और ऊपर फ़तह का छत्र।

"फ़तह साथ और राह दिखाने के लिए इलाही मदद।"

चित्तौड़ के बाद भी बादशाह सलामत ने बहुत जंगें लड़ीं और हर जंग में फ़तह हासिल की लेकिन उन्होंने फिर कभी ना तो ऐसा क़त्ले आम किया और ना ही इन लफ़्ज़ों में फ़तहनामा जारी किया।

वापिस लौट कर जलालुद्दीन मोहम्मद अकबर ने जयमल और पत्ता को एक बहुत बड़ी इज़्ज़त बख़्शी। उन्होंने आगरा के शाही क़िले के दिल्ली दरवाज़े पर दोनों की मूर्ति को जाँबाज़ी की यादगार के तौर पर लगवाया। जयमल और पत्ता की लाल पत्थर की मूर्ति काले संगेमर्मर के हाथी पर सवार थी।

चित्तौड़ की फ़तह के बाद और हल्दी घाटी की फ़तह से पहले जब कुँवर मान सिंह मेवाड़ पहुँचे तो उदय सागर तालाब के किनारे गोठ[2] का इंतज़ाम हुआ। कहते हैं जब मान सिंह खाने पर बैठे तो पाया कि महाराणा प्रताप सिंह मौजूद नहीं हैं। पूछने पर जवाब मिला, "महाराणा के पेट में गिरानी[3] है।"

"गिरानी की दवा मैं ख़ूब जानता हूँ। अब तक तो आपकी भलाई चाही लेकिन आगे होशियार रहिए।"

कुँवर मान सिंह का ये जवाब जब महाराणा प्रताप सिंह तक पहुँचा तो उन्होंने ठाकुर भीम सिंह के ज़रिए कहलवा दिया, "आप अपनी ताक़त से आएँगे तो मालपुरे[4] तक पेशवाई की जाएगी। अगर अपने फूफा के ज़ोर से आएँगे तो जहाँ मौक़ा होगा वहाँ ख़ातिर करेंगे।"

महाराणा प्रताप सिंह ने सीधे मान सिंह के फूफा जलालुद्दीन मोहम्मद अकबर का ज़िक्र किया। मान सिंह बिना खाए उठ गए। अन्न का अनादर ना हो इसलिए

1. दारुल ख़िलाफ़त—राजधानी।
2. गोठ—सामूहिक भोज।
3. गिरानी—हाज़मे की ख़राबी।
4. मालपुरा—उस वक़्त का आमेर का एक क़स्बा।

बस कुछ दाने उठा कर पगड़ी में रख लिये और कहा, "आपके सम्मान की रक्षा के लिए हम ने अपने सम्मान का बलिदान दिया और अपनी बहन–बेटियाँ तुर्कों की दीं। परंतु यदि यही आपकी इच्छा है तो अब आप संकटों में ही रहें क्योंकि ये देश तो अब आपको अपने में रख नहीं सकेगा।"

ठाकुर भीम सिंह ने कहा, "तुम जिस हाथी पर चढ़कर आओगे उसी पर भाला मारूँ तो मेरा भी नाम भीम सिंह है।"

कुँवर मान सिंह उदय सागर से तमतमा कर चल दिए तो ठाकुर भीम सिंह ने पीछे से कहा, "अपने फूफा को लेकर जल्दी आना।"

कहते हैं कि कुँवर मान सिंह के जाते ही महाराणा ने पूरा खाना और सोने–चाँदी के बर्तन तालाब में फिंकवा दिए। जिस जगह पर खाना लगा वहाँ पर दो–दो गज़ ज़मीन खुदवा कर गंगाजल छिड़का गया और सभी राजपूतों ने नहा कर कपड़े बदले।

तीन साल के अंदर ही हल्दी घाटी के मैदान में वो मौक़ा आ गया जब भीम सिंह और मान सिंह आमने–सामने हुए।

जब बादशाह सलामत ने कुँवर मान सिंह को राणा प्रताप सिंह के ख़िलाफ़ भेजा तो मुल्ला अब्दुल क़ादिर बदायूँनी ने भी मोर्चे पर जाने की ख़्वाहिश ज़ाहिर की। मुल्ला अब्दुल क़ादिर बदायूँनी ने अच्छी आवाज़ पाई थी। इसलिए बादशाह सलामत ने उन्हें बुध के रोज़ नमाज़ पढ़ाने की ज़िम्मेदारी थी। जब उन्होंने सल्तनत के दीनी मामलात के सबसे बड़े ओहदेदार सद्रुस्सुदूर शेख़ अब्दुन्नबी से दरख़्वास्त की तो उन्होंने अर्ज़ी को मंजूर कर लिया लेकिन बादशाह सलामत तक बात पहुँचाने की ज़िम्मेदारी अपने वकील को दे दी। जब कुछ वक़्त तक बात आगे नहीं बढ़ी तो मुल्ला बदायूँनी ने अपने एक क़रीबी नक़ीब ख़ान से सिफ़ारिश की। नक़ीब ख़ान ने कहा, "अगर एक हिंदू इस फ़ौज का मुखिया ना होता तो मैं ख़ुद लड़ने की इजाज़त लेता।"

मुल्ला अब्दुल क़ादिर बदायूँनी ने कहा, "बादशाह सलामत के किसी भी सच्चे ख़ादिम के पीछे मैं लड़ने को तैयार हूँ। क्या फ़र्क़ पड़ता है वो मान सिंह हों या कोई और। बस नीयत सच्ची होनी चाहिए।"

जब नक़ीब ख़ान ने बादशाह सलामत के सामने अर्ज़ी पेश की तो उन्होंने कहा, "अभी तो इन्हें दरबार का इमाम बनाया गया है। ये कैसे जा सकते हैं।"

नक़ीब ख़ान बोले, "इनकी बहुत ख़्वाहिश है जिहाद में हिस्सा लेने की।"

तब बादशाह सलामत ने मुल्ला बदायूँनी से पूछा, "क्या तुम बहुत ख़्वाहिशमंद हो?"

मुल्ला बदायूँनी ने जवाब दिया, "हाँ।"

"क्यों?"

मुल्ला अब्दुल क़ादिर बदायूँनी बोले, "मैं हज़रत के लिए वफ़ादारी दिखा कर अपनी काली दाढ़ी को ख़ून में रँगना चाहता हूँ।"

ये सुनकर बादशाह सलामत ने कहा, "इंशा अल्लाह तुम जीत का पैग़ाम लेकर लौटोगे।"

ये सुनकर मुल्ला अब्दुल क़ादिल बदायूँनी पाँव चूमने के लिए आगे बढ़े। चूँकि बादशाह के पाँव चूमने का मौक़ा बहुत गिने-चुने ख़ुशनसीब लोगों को दिया जाता था, इसलिए बादशाह सलामत ने अपने पाँव खींच लिये।

मुल्ला अब्दुल क़ादिर बदायूँनी दरबार से निकल ही रहे थे कि बादशाह सलामत ने उन्हें वापिस बुलाया और सामने रखे ढेर से ख़ुद छप्पन अशरफ़ियाँ उठा कर दीं।

इसके बाद मुल्ला बदायूँनी ने जाकर शेख़ अब्दुन्नबी से विदा ली। शेख़ अब्दुन्नबी ने कहा, "हदीस[1] है मैदाने जंग में जब दो फ़ौजें मिलती हैं तो ये दुआ क़ुबूल होने का सब से सही वक़्त और मुक़ाम होता है। उस वक़्त मुझे दुआओं में याद रखना। भूलना नहीं।"

कहते हैं महाराणा प्रताप सिंह बीस हज़ार और कुँवर मान सिंह अस्सी हज़ार की फ़ौज लेकर हल्दी घाटी के मैदान में उतरे। महाराणा प्रताप सिंह ने अपनी फ़ौज को दो हिस्सों में बाँट दिया। सब से पहले हकीम सूर अफ़ग़ान ने कुँवर मान सिंह की फ़ौज के क़रावल और हरावल पर ऐसा हमला किया कि उनके पाँव उखड़ गए। बरनग़ार की तरफ़ से बारहा के सय्यदों ने कड़ा मुक़ाबला किया और दोनों तरफ़ से जान-माल का भारी नुक़सान हुआ। इसके बाद फ़ौज के दूसरे दस्ते को लेकर ख़ुद महाराणा प्रताप सिंह ने जरनग़ार पर हमला कर के उसे तितर-बितर कर दिया। इस हालत को देखकर नक़्क़ारा पीट कर ऐलान हुआ कि अब बादशाह सलामत ख़ुद आ रहे हैं। जोश में आकर शाही फ़ौज के चंदावल[2] ने मोर्चा सँभाला और बाज़ी पलटने लगी। महाराणा की तरफ़ के लूणा हाथी ने शाही फ़ौज के गजमुक्त हाथी को जख़्मी किया। लेकिन जब महावत को गोली लगी तो लूणा हाथी पीछे मुड़ गया। महाराणा का रामप्रसाद हाथी शाही फ़ौज के पंजू रणमदार से लड़ रहा था जब उसके महावत को तीर लगा और रामप्रसाद शाही फ़ौज के हाथ पड़ गया।

ठाकुर भीम सिंह ने कुँवर मान सिंह पर सीधे हमला कर दिया और कहा, "मैं भीम सिंह आ गया हूँ, सँभलना!"

भीम सिंह का बरछा कुँवर मान सिंह के हौदे पर ही लगा। लड़ाई में ठाकुर भीम सिंह मारे गए।

अब वो लम्हा आ गया जब महाराणा प्रताप सिंह और कुँवर मान सिंह का मैदाने

1. हदीस—वो जो पैग़ंबर ने अपने जीवन में कहा।
2. चंदावल—फ़ौज का पीछे का हिस्सा।

जंग में आमना–सामना हुआ। महाराणा ने कहा, "तुझ से जहाँ तक हो सके बहादुरी दिखला, प्रताप सिंह आया!"

महाराणा प्रताप सिंह का बरछा भी कुँवर मान सिंह के हौदे से टकरा कर रह गया। कुँवर मान सिंह साफ़ बच गए लेकिन महाराणा प्रताप सिंह के घोड़े के दोनों पाँव हाथी के सर पर लगे खांडे से टकराए। घोड़ा ज़ख़्मी हो गया। महाराणा प्रताप सिंह अपने ज़ख़्मी घोड़े पर भाग निकले और फिर ज़िंदगी भर शाही फ़ौज के हाथ नहीं आए।

कवि नरोत्तम ने *मानचरित्र रासो* में लिखा है कि जंग इतनी ख़ौफ़नाक थी कि लाशों पर लाशें गिरने लगीं, इतनी कि उनका नाम तक कोई नहीं जानता था; दोनों तरफ़ के योद्धाओं ने ग़ुस्से में एक–दूसरे से लोहा लिया; राजा, रावत, घुड़सवार की क्या गिनती, झंडे लेकर चलने वाले भी अपने मालिक की इज़्ज़त के लिए लड़े; राजा मान सिंह डंके की चोट पर विजयी हुए और महाराणा प्रताप सिंह युद्ध क्षेत्र से खिसक गए।

"परिय लोथि तिहिं खेत नांउ तिनि कोउ न जानइ।
इतहि उतहि बहु जोध क्रोध करि भीरहि भानइ॥
राउत राजा राउ सूर चौडरा जि केउव।
कहत न आवहि पारु औरु चींधरया ति तेउव॥
भिरि स्वाँम काँम संग्राम महि, लगी लोह सब लाज जिहि।
जीत्यौ जु माँन नीसाँन हनि, खस्यौ खेत परताप तिहि॥"

उस रोज़ कुँवर मान सिंह ने राणा प्रताप सिंह का पीछा नहीं किया तो इस पर तरह–तरह की बातें हुईं। किसी ने कहा कि कुँवर मान सिंह के पुरखों ने मेवाड़ से वफ़ादारी निभाई थी इसलिए उन्होंने महाराणा प्रताप सिंह को जाने दिया। कुछ ने कहा कि तेज़ गर्मी में शाही फ़ौज में पीछा करने की ताक़त ही नहीं बची थी। वजह कुछ भी हो, बादशाह सलामत ने ख़फ़ा हो कर कुँवर मान सिंह को कुछ वक़्त तक दरबार में पेश नहीं होने दिया।

मुल्ला अब्दुल क़ादिर बदायूँनी ने इस जंग में शामिल होने के बाद कुँवर मान सिंह की बहादुरी पर मुल्ला शीरी का ये मिसरा याद किया—

"एक हिंदू लिये जाता है इस्लाम की तलवार!"

मुल्ला बदायूँनी जब महाराणा प्रताप सिंह के हाथी राम प्रसाद को लेकर दरबार आए तो बादशाह सलामत ने पूछा, "तुम्हारी इतनी तारीफ़ें लिख कर आई हैं। सच बताओ, तुम किस फ़ौज में थे और तुमने किया क्या?"

मुल्ला अब्दुल क़ादिर बदायूँनी ने जवाब दिया, "ये ख़ाक़सार तो हज़रत के सामने सच भी सौ बार काँप कर बोलता है, तो वो कैसे बोल सकता हूँ जो सच नहीं है।"

जंग का पूरा हाल सुनने के बाद बादशाह सलामत ने मुल्ला बदायूँनी को छियानवे अशरफ़ियाँ दीं और पूछा, ''तुम शेख अब्दुन्नबी से मिले?''

मुल्ला बदायूँनी ने जवाब दिया, ''रास्ते के ग़ुबार से सीधे दरबार आया हूँ। उन से कैसे मिलता?''

बादशाह सलामत ने उन्हें शेख़ अब्दुन्नबी के लिए एक शाल दी और कहा, ''कहना कि ये हमारी तरफ़ से है। हमने ख़ास उनके लिए बनवाई है। ज़रूर इस्तेमाल करें।''

शेख़ अब्दुन्नबी शाल पाकर बहुत ख़ुश हुए। उन्होंने मुल्ला बदायूँनी से मैदाने जंग में दुआ माँगने के बारे में पूछा। मुल्ला बदायूँनी बोले, ''मैंने दुआ पढ़ी थी कि या ख़ुदा! ईमान वाले औरत-मर्दों को माफ़ कर। जो दीने मोहम्मदी के हैं, उन्हें रख; जो दीने मोहम्मदी को छोड़ देते हैं, उन्हें छोड़ दे।''

सल्तनत के सद्रुस्सुदूर शेख़ अब्दुन्नबी ने कहा, ''अल्हम्दोलिल्लाह ये काफ़ी है।''

चित्तौड़ की लड़ाई के दौरान एक ऐसा शख़्स दरबार में पेश हुआ जो ज़िंदगी भर के लिए बादशाह सलामत का क़रीबी हो गया।

दरबार के दस्तूर के मुताबिक़, बादशाह सलामत का तख़्त ज़रा ऊँचाई पर था और ये जगह सोने की जाली से घिरी हुई थी। उसके बाद चाँदी और लकड़ी की जाली के बीच अमीर-उमरा मौजूद थे। दरबार के अदब-आदाब के मुताबिक़ सभी अमीर-उमरा नंगे पाँव और ढके सर थे।

शेख़ मुबारक नागौरी का सबसे बड़ा बेटा, बीस बरस का नौजवान, फ़ैज़ी के नाम से शायरी करने वाला शेख़ अबुल फ़ैज़, दरबार में बहुत पीछे खड़ा इंतज़ार में था कि बादशाह सलामत की उन पर नज़र पड़ जाए। अभी फ़ैज़ी के दिल में कई तरह के शक-शुब्हे थे।

दरबार में शेख़ मुबारक नागौरी के दुश्मनों की कमी नहीं थी। जब बादशाह सलामत ने फ़ैज़ी की शायरी के बारे में सुना तो उन्हें बुलवा भेजा। दरबार के दुश्मनों ने फ़ौजियों को फ़ैज़ी के घर का घेराव करने लिए ऐसे भेजा जैसे उन्हें ज़बरदस्ती बुलवाया गया है। जब फ़ैज़ी चित्तौड़ के लिए रवाना हुए तो उनका पूरा ख़ानदान परेशान था कि दुश्मन अब जाने क्या करेंगे।

शेख़ अबुल फ़ैज़ 'फ़ैज़ी' सोने-चाँदी की जाली के पार से बादशाह सलामत को देख रहे थे। ये एक ऐसा मौक़ा था जो उनके ख़ानदान की तंगहाली को दूर कर सकता था। एक बार वो अपने वालिद शेख़ मुबारक के साथ सल्तनत के सद्रुस्सुदूर

शेख़ अब्दुन्नबी से गुज़ारे के लिए सौ बीघा ज़मीन माँगने गए थे। उस वक़्त शेख़ अब्दुन्नबी ने बाप-बेटे को शीया मानते हुए जागीर देने से इन्कार कर दिया और बेइज़्ज़त करके बाहर निकाल दिया। तब से फ़ैज़ी बादशाह सलामत से मिलने की कोशिश में थे। आख़िरकार चित्तौड़ के क़िले से कुछ दूर लगे दरबार में वो लम्हा आ पहुँचा जब फ़ैज़ी ने ज़िंदगी भर के लिए बादशाह सलामत का दिल जीत लिया।

फ़ैज़ी ने सीधी हथेली को माथे पर रखा और सर झुका कर दस्तूर के मुताबिक़ तीन बार तस्लीम किया। बादशाह सलामत के अलावा किसी और को इस तरह से सलाम नहीं किया जा सकता था। ये तरीक़ा बादशाह सलामत के बचपन से शुरू हुआ जब जन्नत आशियानी हुमायूँ बादशाह ने उन्हें अपनी पगड़ी दी। मिर्ज़ा अकबर ने उस वक़्त झुक कर सलाम किया लेकिन छोटे सर पर लगी बड़ी पगड़ी गिर ना जाए इसलिए हथेली से उसे सँभाले रखा। जन्नत आशियानी को ये तरीक़ा इतना पसंद आया कि इसे दस्तूर बना दिया।

सोने-चाँदी की जाली के बाहर से फ़ैज़ी ने बादशाह सलामत को रुबाई सुनाई।

"बादशाहा बेरून पिंजरह अम।
अज़ सरे लुत्फ़ ख़ुद मरा जादह।
ज़ाके मन तूतिए शकर ख़ायम।
जाए तूती दरून पिंजरह बह॥"

बादशाह सलामत ने जाली के पार से उस नौजवान शायर को सुना जो ख़ुद को मीठी ज़बान का तोता मान कर पिंजरे के अंदर आने की इजाज़त माँग रहा था। फ़ैज़ी की शायरी ने बादशाह सलामत का दिल जीत लिया।

दीन के मामले में फ़ैज़ी के दिल में एक बेचैनी थी। कभी वो ख़ुद को मस्जिद में बैठा मज़हबी मानते, कभी सोमनाथ में बैठा काफ़िर।

"गह ज़ाहिद मस्जिदस्त फ़ैज़ी,
गह काफ़िर सोमनात बाशद।"

चित्तौड़ के मोर्चे पर बादशाह सलामत को एक ऐसा दरबारी मिल गया जो आने वाले वक़्त में उनकी ज़िंदगी की सबसे बड़ी लड़ाई का साथी बना। फ़ैज़ी ने जलालुद्दीन मोहम्मद अकबर के बारे में कहा—

"ये शाह जिसकी अक़्ल ख़ुदा का रास्ता दिखाती है,
एक समंदर जो पल भर भी ख़ुदा से जुदा नहीं,
लोग उसे ख़ुदा का साया कहते हैं,
हम साया नहीं कहते, वो तो ख़ुदा का नूर है।"

इसके कुछ बरस बाद जब बादशाह सलामत पूरब की मुहिम पर निकल रहे थे तो शेख़ अबुल फ़ैज़ 'फ़ैज़ी' के छोटे भाई शेख़ अबुल फ़ज़ल दरबार में पेश हुए। उन्होंने बादशाह सलामत को आयतुल कुर्सी[1] की एक तफ़्सीर[2] पेश की और तारीफ़ पाई।

शेख़ अबुल फ़ज़ल की पैदाइश 958 हिज्री की छठी मुहर्रम, बमुताबिक़ 14 जनवरी, 1551 ईसवी, को हुई। पंद्रह बरस की उम्र तक आते-आते उन्होंने तालीम पूरी की। उन्हें अकेलापन पसंद था इसलिए कोई काम या मुलाज़िमत पसंद नहीं आई। शेख़ अबुल फ़ज़ल ने अपने दिल का हाल इस तरह बयान किया—

"मैं अपनी सरज़मीं के आलिमों से तंग आ चुका था। मेरे भाई और दूसरे रिश्तेदारों ने इस उम्मीद से मुझे सलाह दी कि मैं दरबार में हाज़िर हो जाऊँ ताकि बादशाह की शख़्सियत मुझे सोच की ऊँची दुनिया में रास्ता दिखाए। मैं बेकार मना करता रहा। बेशक अब मैं ख़ुश हूँ कि मेरे बादशाह ने काम की दुनिया में और तन्हाई में मुझे राह दिखाई है। दीन की जुस्तजू और दुनिया में अपना काम करने की जुस्तजू बादशाह सलामत ने पूरी की। वो ऐसे पूरब की तरह हैं जिधर रौशनी पहले दिखती है। उन्होंने ही मुझे सिखाया है कि दुनिया के काम चाहे कितने सारे क्यों ना हों, उनका रूहानी सचाई से तालमेल हो सकता है।"

ये बादशाह सलामत की ज़िंदगी का बहुत अहम मुक़ाम था। वो गुजरात जीत चुके थे और अब पूरब की तरफ़ देख रहे थे, जहाँ की अफ़ग़ान ताक़त को वो हमेशा के लिए क़ाबू में लेना चाहते थे। शेख़ अबुल फ़ज़ल ने जब *अकबरनामा* की शक्ल में बादशाह सलामत की तारीफ़ और तारीख़ लिखी तो कहा कि नए-नए इलाक़ों को जीतना इसलिए ज़रूरी था ताकि इंसाफ़ और अमन क़ायम हो सके और इन इलाक़ों को ज़ालिम हुकमरानों से निजात मिल सके।

उन्नीसवें इलाही सन् बमुताबिक़ 1574 ईसवी के 4 अगस्त का दिन था जब पटना के लोगों ने ज़मीन हिला देने वाला शोर सुना। बादशाह सलामत बरसात के बावजूद नदी के रास्ते जौनपुर से पटना पहुँचे थे और मुनीम ख़ान ख़ानेख़ानां ने नदी के रास्ते ही दो कोस आगे आकर उनका इस्तक़बाल किया था। बादशाह सलामत के तस्वीरख़ाने के मुसव्विर गोवर्धन ने नीम क़लम[3] में बादशाह सलामत के दरबार का जो नक़्शा खींचा उसमें गंगा किनारे के दरबार में मुनीम ख़ान मुलाज़िमत

1. आयतुल कुर्सी—क़ुरान की एक आयत।
2. तफ़्सीर—व्याख्या।
3. नीम क़लम—तस्वीर बनाने का तरीक़ा जिसमें आम तौर पर सफ़ेद और काले रंग का ही इस्तेमाल होता था।

के लिए हाज़िर थे। शाही ख़ेमे में एक बड़ी छतरी के नीचे, फूलदार क़ालीन पर रखे पायदान पर एक पाँव टिकाए, नक़्क़ाशीदार तख़्त पर बैठे बादशाह सलामत मुनीम ख़ान से मुख़ातिब थे।

नाव पर तैनात तोपों, बंदूक़ों और आतिशबाज़ी से वो धुआँ उठा कि दूर-दूर तक अँधेरा छा गया। तोपें बादशाह सलामत के लिए दाग़ी गईं थीं लेकिन उनकी आवाज़ को सबसे साफ़ सुना ख़ुद को बादशाह कहने वाले अफ़ग़ान दाऊद ख़ान कर्रानी ने, जो कई महीनों से पटना में मोर्चा सँभाले बैठे थे। उन्होंने अब तक मुनीम ख़ान ख़ानेख़ानां की पटना की मुहिम को कामयाब नहीं होने दिया था। मुनीम ख़ान ने दाऊद ख़ान कर्रानी को डर दिखाया था कि सुलह करके शाही मंसबदार बन जाएँ, वरना बादशाह सलामत आते ही होंगे। बादशाह सलामत के जौनपुर तक पहुँचने की ख़बर दाऊद ख़ान कर्रानी को मिल चुकी थी। फिर भी उन्हें ये उम्मीद नहीं थी कि जलालुद्दीन मोहम्मद अकबर बरसात के मौसम में पटना आ पहुँचेंगे। घबरा कर दाऊद ख़ान कर्रानी ने अपने एलची के ज़रिए फ़रियाद की—

''हम अपने लिए बादशाह का ख़िताब मुनासिब नहीं समझते...अब हमारे दिल में शहंशाह के लिए फ़रमाबरदारी ने घर कर लिया है। जो भी जागीर हमें दी जाए, हम उसे अपनी ख़ुशनसीबी मानेंगे। चूँकि नौजवानी और नासमझी की वजह से हम से ग़लतियाँ हुई हैं, इसलिए हम उस वक़्त तक आपका दर नहीं चूमेंगे जब तक कि बेहतरीन ख़िदमत से अपनी ग़लतियों को दुरुस्त ना कर लें।''

बादशाह सलामत ने दाऊद ख़ान कर्रानी की फ़रियाद को ख़ारिज कर के कहा—

''हम ज़िल्ले इलाही हैं। इसलिए हमें सिर्फ़ देना है, लेना नहीं। हमें बदला नहीं लेना, माफ़ करना है, बशर्ते कि दाऊद सचाई की रौशनी में देखें और हमारे दर पर सर झुकाएँ ताकि हम उनकी तक़दीर बदल दें और फ़ना होने से बचा लें। वरना तीन में से कोई एक काम करें ताकि हज़ारों के जान-माल का नुक़सान होने से बच जाए। पहला, उनकी तरफ़ से कोई आए और चश्मदीद बने और हमारी तरफ़ से कोई उनकी फ़ौज में जाए और पहरेदार बने ताकि दोनों में से किसी तरफ़ से भी जंग ना हो। फिर हम दोनों मैदाने जंग में आएँ और जिन हथियारों से हम वाक़िफ़ हैं उन से लड़ लें, ताकि ख़ुदाई मर्ज़ी से जो जीते, सल्तनत उसकी हो। अगर उनमें ऐसा करने की हिम्मत ना हो तो अपने किसी फ़ौजी को चुनें जो ताक़तवर, बहादुर और जंग लड़ने में माहिर हो। उसके ख़िलाफ़ हम भी अपनी तरफ़ से मज़बूत बाजुओं वाले ताक़तवर को भेजेंगे। इन दोनों का मुक़ाबला होगा। दोनों में से जो जीतेगा, उसकी फ़ौज की जीत मानी जाएगी। अगर उनकी फ़ौज में कोई शेरदिल मर्द नहीं तो अपने हाथियों में से किसी एक को चुनें। हम भी ऐसा हाथी पेश करेंगे जो आसमान जैसा बुलंद और काफ़ी भारी भरकम होगा। जिसका हाथी जीतेगा, जीत उसकी होगी।''

बादशाह सलामत की इस पेशकश से दाऊद ख़ान कर्रानी के हौसले पस्त हो

गए। दो दिन तक हालात का जायज़ा लेने के बाद जलालुद्दीन मोहम्मद अकबर ने हुक्म दिया कि हाजीपुर पर हमला किया जाए जहाँ से पटना को रसद पहुँच रही है। रात को छह हज़ार फ़ौजी और जंगी बेड़े ने हमला बोला। ये हमला अगले रोज़ शाम तक जाकर ख़त्म हुआ। हाजीपुर जीत लिया गया और कई बड़े अफ़ग़ान लड़ाकों के सर नाव में सजा कर दाऊद ख़ान कर्रानी को भेज दिए गए। अगले ही रोज़ दाऊद नशे की हालत में पटना छोड़ कर भाग गए। हज़ारों अफ़ग़ान फ़ौजी भगदड़ में मारे गए। बादशाह सलामत अपनी फ़ौज के साथ पटना के दिल्ली दरवाज़े से शहर में दाख़िल हुए।

इसके बाद अफ़ग़ान ताक़त को बंगाल में ख़त्म करने की ज़िम्मेदारी मुनीम ख़ान ख़ानेख़ानां को देकर बादशाह सलामत ने दिल्ली में जन्नत आशियानी हुमायूँ बादशाह के मक़बरे और अजमेर में ख़्वाजा मुईनुद्दीन चिश्ती की दरगाह की ज़ियारत की। मन्नत के मुताबिक़ उन्होंने दाऊद ख़ान कर्रानी के नक़्क़ारों को दरगाह पर पेश किया और फ़तहपुर सीकरी वापिस लौट आए।

लगभग चौदह महीने बाद जब मुनीम ख़ान ख़ानेख़ानां के लश्कर में महामारी फैली और उन्होंने आख़िरी साँस ली तो बिहार, बंगाल और उड़ीसा में अफ़ग़ान ताक़त के पाँव उखड़ चुके थे। मरने से पहले मुनीम ख़ान ख़ानेख़ानां के आख़िरी लफ़्ज़ थे—

"ख़ज़ाने, हाथीख़ाने और बुयुतात[1] के सामान का ख़याल रखें। मजनूँ क़ाक़शाल, मोहम्मद मुराद ख़ान और दूसरे ख़ान अपने परगनों और विलायतों के बंदोबस्त को मज़बूत करें और वहीं रहें। दरबार ख़बर भेजें और शाही हुक्म के मुताबिक़ काम करें।"

कुछ ही वक़्त बाद बादशाह सलामत के सामने दाऊद ख़ान कर्रानी का कटा हुआ सर पेश हुआ। शेख़ अबुल फ़ज़ल ने लिखा कि बादशाह सलामत ने उसी रोज़ अपने क़रीबी लोगों को बताया था, "कल रात ख़्वाब की हालत में रूहानी दुनिया की खिड़की खुली और हमें पता चला कि कुछ ही वक़्त में पूरब के इलाक़े पर फ़तह की ख़बर आएगी और वहाँ के बाशिंदे चैन और रोज़-ब-रोज़ बढ़ता हुआ इंसाफ़ पाएँगे।"

हुआ ये कि जब दाऊद ख़ान कर्रानी का घोड़ा जंग के दौरान दलदल में फँस गया तो वो पकड़ में आ गए। जब उन्होंने पीने के लिए पानी माँगा तो उन्हें उनके ही जूते में पानी पेश किया गया। दाऊद ख़ान कर्रानी के इन्कार करने पर बर्तन में पानी दिया गया। मूँछ और हलकी दाढ़ी वाले गोरे रंग के दाऊद ख़ान कर्रानी का सर तीसरी कोशिश में जाकर क़लम हो पाया। भूसा भर के, इत्र लगाकर, ये सर बादशाह सलामत को भेज दिया गया।

1. बुयुतात—शाही कारख़ानों और गोदामों का विभाग, जो हुकूमत की साज़ो-सामान की हर ज़रूरत को पूरा करता था।

एक बार जब दाऊद ख़ान कर्रानी सुलह के लिए पेश हुए थे तो मुनीम ख़ान ख़ानेख़ानां ने आगे बढ़कर क़ालीन के कोने पर अगवानी की। दाऊद ख़ान कर्रानी ने अपनी तलवार खोल कर पीछे छोड़ दी। मुनीम ख़ान ने उन्हें बादशाह सलामत की भेजी हुई ख़िलअत दी। पटका और ख़ंजर भी उनकी कमर से बाँधा गया। बादशाह सलामत के तस्वीरख़ाने के चित्रकार हीरानंद ने जो तस्वीर खींची उसमें दाऊद ख़ान ख़िलअत में एक बाँह डाल चुके थे और दूसरी डालने की कोशिश में थे। ऐसा लगता था जैसे शाही ख़िलअत पहनने में मुश्किल आ रही है। ज़ाहिर है जब ये तस्वीर बनी तो दाऊद ख़ान कर्रानी एक बार फिर बाग़ी होकर शाही फ़ौज का निशाना बन चुके थे और दूसरी दुनिया में जा चुके थे।

बाद में एक रोज़ बादशाह सलामत ने राजा टोडर मल से कहा, ''हमें मालूम हुआ है कि बहुत से अफ़ग़ान पंजाब के शहर और गाँव में बस गए हैं। हालाँकि कुछ का दावा है कि वो कारोबारी हैं और कुछ का कि वो किसान हैं, लेकिन ऐसा दिखता है कि वो बदगुमान हैं। ऐसा लगता है कि वक़्त-वक़्त पर ग़रीबों पर जुल्म करते हैं और ऐसी बातों की फ़ौरन तहक़ीक़ात नहीं हुई है। ये भी कि ग़रीब लोग सुबूत नहीं पेश कर पाए। हमें लगता है कि इन लोगों को छितरा देना चाहिए ताकि लोगों को जुल्म से निजात मिले और अफ़ग़ान आवारगी का रास्ता इख़्तियार ना करें।''

जब बादशाह सलामत अफ़ग़ान ताक़त को शिकस्त देकर पूरब से लौटे तो उन्हें देखने के इरादे से शेख अबुल फ़ज़ल फ़तहपुर सीकरी की जामा मस्जिद गए। दूर से ही उन्होंने बादशाह सलामत को देखा और सोचा, 'चाहे शहंशाह आपको ना देखें लेकिन आप तो उस पाक नूर को देख रहे हैं। चाहे शहंशाह की एक निगाह की इनायत ना हो लेकिन मुझे उस पाक शख़्सियत को देखकर एक समझ हासिल हुई।'

शेख़ अबुल फ़ज़ल को उम्मीद नहीं थी लेकिन बादशाह सलामत ने दूर से ही उन्हें पहचान लिया और बुलवा भेजा।

ये एक ऐसा वक़्त था जब बादशाह सलामत की सोच में बड़ी तब्दीली आ रही थी और इस तब्दीली की वजह से दोनों भाई, शेख़ अबुल फ़ज़ल और शेख़ फ़ैज़ी, एक अहम मुक़ाम पाने वाले थे।

भेरा के आसमान पर पूरा चाँद और उसके नीचे का आकाशदीया लश्कर को रौशन कर रहा था। तैमूरी तारीख़ का एक बहुत बड़ा शिकार अगले रोज़ होने

को था। लेकिन आज दिन में जो हो चुका था, उसकी थर्राहट बादशाह सलामत की दोआशियाना मंज़िल से लेकर उर्दू बाज़ार[1] तक महसूस हो रही थी।

दिन में तीसरे पहर का वक़्त रहा होगा। शाही लश्कर के ठाकुरों को नदी किनारे कबड्डी खेलते कुछ ही देर हुई थी कि बादशाह सलामत के उस तरफ़ आने की ख़बर हुई। पहले ठाकुरों को लगा कि बादशाह सलामत भी कबड्डी खेलेंगे, इसलिए वो अपना कच्छा ही पहने रहे। फिर जब ख़बर आई कि बादशाह सलामत शेख़ जमाल के डेरे पर आएँगे तो ठाकुरों ने कपड़े पहन कर जलालुद्दीन मोहम्मद अकबर के सामने वहीं कोर्निश की।

शेख़ जमाल का ख़ानदान अकबराबाद[2] के सूबे के पास चंदवार और जलेसर में लंबे वक़्त से रहता आया था। उनकी बहन गौहरुन्निसा बादशाह सलामत के हरम के महलों की सर आमद[3] थीं और इसी रुसूख़ की वजह से शेख़ जमाल एक हज़ारी मंसबदार थे। सुनते हैं कि जब दुश्मनों ने उनके पानी में ज़हर मिला दिया और वो बीमार पड़ गए तो बादशाह सलामत ने ख़ुद अपने हाथों से इस ज़हर की काट की और उन्हें ठीक कर दिया।

शेख़ जमाल के ख़ेमे में जाने से पहले बादशाह सलामत ने पेशरौ ख़ान को नदी किनारे आबगाह का तंबू लगाने का हुक्म दिया।

पेशरौ ख़ान बादशाह सलामत के ख़ानदानी ख़िदमतगार थे, वो तबरेज़ में पढ़े थे। फ़ारस के बादशाह शाह तहमास्प ने उन्हें गुलाम के तौर पर हुमायूँ बादशाह को तोहफ़े में दिया था। वो पहले जन्नत आशियानी हुमायूँ बादशाह की ख़िदमत में रहे और उनके बाद बादशाह सलामत की ख़िदमत में। उनका नाम था मेहतर सआदत और ज़िम्मेदारी थी बादशाह सलामत के पहुँचने से पहले शाही ख़ेमे का इंतज़ाम करने की। उन्हें ख़िताब मिला पेशरौ ख़ान।

जब पेशरौ ख़ान ने आबगाह का तंबू लगा दिया तो बादशाह सलामत ने वहाँ जाकर पेशाब किया और लुंगी पहन ली। उसके बाद शहज़ादे को अपनी बाँह में लेकर नदी में सात-आठ ग़ोते लगाए।

शेख़ जमाल के ख़ेमे में कपड़े बदल कर वो दरबार पहुँच ही रहे थे कि खूँटे से बँधे हिरनों का मुआयना करने के लिए रुके। यहीं वो अनहोनी हो गई जिससे शाही लश्कर में सन्नाटा छा गया।

बादशाह की नज़र उस ठाकुर पर पड़ी जो कोर्निश के लिए पेश नहीं हुए थे। बादशाह सलामत ने पूछा, ''अब तक कहाँ थे?''

''अदब के वास्ते कपड़े पहनने में देर हुई। ख़ता हो गई,'' ठाकुर ने जवाब दिया।

---

1. उर्दू बाज़ार—फ़ौज के साथ चलने वाला बाज़ार।
2. अकबराबाद—आज का आगरा।
3. सर आमद—प्रमुख।

ये सुनकर बादशाह सलामत ने ताबड़तोड़ चार-पाँच चाबुक़ लगा दिए।

इसके बाद जब पृथीदीप नाम के ठाकुर वहाँ पहुँचे तो जलालुद्दीन मोहम्मद अकबर ने पूछा, "कहाँ थे तुम?"

पृथीदीप ने कहा, "महसलों[1] ने नहीं आने दिया।"

इस पर सात-आठ कोड़े पृथीदीप भी खा गए।

जब बादशाह सलामत ने महसलों से पूछा तो वो बोले, "हमारा क्या क़ुसूर बादशाह सलामत। इनके मामूँ ने नहीं आने दिया।"

इस पर पृथीदीप के मामूँ ने कहा, "बादशाह सलामत मेरी इतनी हद कि मैं आपके पास आने वालों को रोकूँ!"

अभी पृथीदीप के मामूँ पर बादशाह सलामत का पहला ही कोड़ा पड़ा था कि उन्होंने ख़ुद को कटार मार ली। ग़ुस्से से बादशाह सलामत ने कहा, "मारो, मारो हरामज़ादे को।"

पृथीदीप के मामूँ को मारने के लिए बादशाह सलामत ने हाथी मँगवा लिया लेकिन जब हाथी भी आगे नहीं बढ़ा तो बादशाह सलामत ग़ुस्से में अपनी दो आशियाना मंज़िल में चले गए।

सभी ठाकुर डर से अपने-अपने ख़ेमों में चले गए और ये सोचने लगे कि जाने बादशाह के ग़ुस्से का क्या अंजाम होगा।

उसी वक़्त कुँवर मान सिंह के आने की ख़बर हुई। वो आमेर के राजा भगवंत दास के बेटे और राजा भार मल के पोते थे। उनकी सगी फूफी से बादशाह सलामत की शादी हुई थी। इस रिश्ते से जलालुद्दीन मोहम्मद अकबर उनके फूफा लगते थे। राजपूतों में ये बादशाह सलामत की पहली शादी थी। इसके बाद कई और ठाकुरों की बेटी से उनकी शादी हुई लेकिन आमेर से रिश्ता सब से पक्का रहा। कुँवर मान सिंह को दरबार में बड़ा रुतबा हासिल था और बादशाह सलामत से फ़रज़ंद[2] का ख़िताब मिल चुका था।

अभी कुछ ही बरस पहले की बात थी। सूरत की फ़तह के बाद बादशाह सलामत की महफ़िल में शराब का दौर चल रहा था। रात का वक़्त था और हिंदुस्तान की बहादुरी का ज़िक्र छिड़ गया। महफ़िल में ये दावा हुआ कि राजपूत एक ऐसा भाला लेकर खड़े हो जाते हैं जिसके दोनों तरफ़ नोक हो। दोनों तरफ़ से राजपूत दौड़कर आते हैं और भाला उनके आर-पार हो जाता है।

जलालुद्दीन मोहम्मद अकबर ये क़िस्सा सुनकर खड़े हो गए। उन्होंने अपनी तलवार के एक सिरे को दीवार से टिका कर उसकी नोक सीने पर लगाई और

1. महसल—सलाहकार।
2. फ़रज़ंद—बेटा।

कहा, ''अगर राजपूत ऐसा कर सकते हैं तो हम भी कर सकते हैं।''

इसके बाद जो हुआ वो बादशाह सलामत के हुक्म से शाही तस्वीरख़ाने के चित्रकार दौलत की बनाई तस्वीर में और शेख़ अबुल फ़ज़ल के बयान में क़ैद किया गया। शराबनोशी की महफ़िल में लोगों के चेहरे पर हवाइयाँ उड़ने लगी थीं। किसी को समझ ना आया कि क्या किया जाए। उस वक़्त सिर्फ़ कुँवर मान सिंह ने होश दिखाया और तेज़ी से आगे बढ़ कर ऐसा वार किया कि तलवार गिर गई। बादशाह सलामत के अँगूठे और तर्जनी के बीच चोट आई लेकिन अनहोनी टल गई। महफ़िल के अमीर-उमरा ने झट से तलवार उठा कर रख ली। बादशाह सलामत कुँवर मान सिंह को ज़मीन पर पटक कर पीटने लगे। हलके रंग के जामे, लाल रंग के यार पैरहन और सफ़ेद पगड़ी पहने कुँवर मान सिंह बादशाह सलामत की पकड़ में छटपटा रहे थे। ऐसी चीख़-पुकार मची हुई थी कि दरवाज़े के बाहर के लोग दरबान से अंदर का हाल पूछने लगे। पास ही खड़े एक दरबारी ने कुँवर मान सिंह को छुड़ा लिया। छुड़ाने में बादशाह सलामत की ज़ख़्मी उँगली मुड़ गई लेकिन बहुत जल्दी ये चोट ठीक हो गई।

भेरा की दोआशियाना मंज़िल पहुँच कर कुँवर मान सिंह ने पाँव चूमे ही थे कि जलालुद्दीन मोहम्मद अकबर ने कहा, ''देखा उस हरामज़ादे राजपूत ने कैसे पेट पर वार किया। यदि जीता हो तो उसके घाव पर पट्टी बँधवाओ। मर गया हो तो दाग़ दो।''

बाहर आकाशदीया चमक रहा था। झेलम नदी का पानी शाही ख़ेमे और ठाकुरों के ख़ेमे के पास से बहता हुआ जा रहा था।

कुँवर मान सिंह के पहुँचते ही पृथीदीप के मामूँ ने दम तोड़ दिया। अब कुँवर मान सिंह उलटे पाँव लौटे तो देखा बादशाह सलामत को पहले ही ख़बर हो चुकी है। वो चीख़-चिल्ला रहे थे और उनके सामने ज़ैन ख़ान कोका, फ़तहुल्ला ख़्वाजगी और शेख़ फ़रीद मुर्तज़ा ख़ान बुख़ारी खड़े थे। इन सब के चेहरे का रंग उड़ा हुआ था।

ज़ैन ख़ान कोका सल्तनत के बड़े मंसबदार थे। उनका गठा हुआ बदन था। दाढ़ी नहीं रखते थे लेकिन बड़ी-बड़ी मूँछें थीं जो नीचे की तरफ़ झुकी हुई थीं। उनकी माँ पीचा जान अंगा ने बादशाह सलामत को दूध पिलाया था। ज़ैन ख़ान कोका ईरानी थे और उनके पिता हेरात के ख़्वाजा मक़सूद अली ने मरियम मकानी हमीदा बानो बेगम की बहुत ख़िदमत की थी।

बादशाह सलामत से कुछ ही दूरी पर फ़तहुल्ला ख़्वाजगी खड़े थे जो अपनी अक़्ल और सूझ-बूझ की वजह से बादशाह के ख़ास माने जाते थे। वो अक्सर कहते, ''अगर मैं बादशाह सलामत की शागिर्दी में ना होता तो ख़ुदाई इल्म की राह का मुसाफ़िर ना होता...उनकी शख़्सियत की वजह से मैंने इल्म को समझा, वरना आजकल के इल्म ने तो सचाई की जुस्तजू पर पर्दा डाल दिया है।''

फ़तहुल्लाह ख़्वाजगी के पास शेख़ फ़रीद मुर्तज़ा ख़ान बुख़ारी खड़े थे। कहा जाता है कि चार पीढ़ी पहले उनके बुजुर्ग दिल्ली के सय्यद अब्दुल ग़फ़्फ़ार ने आने वाली नस्लों को ये हुक्म दिया कि मददे मआश[1] जागीर को छोड़ कर फ़ौजी पेशा इख़्तियार करें। शेख़ फ़रीद ने कम उम्र में बादशाह सलामत की ख़िदमत शुरू की और अपनी वफ़ादारी और क़ाबिलियत से उनके क़रीब आए।

कुँवर मान सिंह ने देखा कि बादशाह चीख़ रहे थे।

''हिंदू गाय खाएँ, मुसलमान सूअर खाएँ, जो नहीं खाएँ तो हुडियार कड़ाही में राँधो, जो हुडियार से सूअर हो जाए तो हिंदू मुसलमान मिल कर खाएँ, जो गाय हो जाए तो हिंदू मुसलमान मिलकर खाएँ, जो सूअर हो तो मुसलमान खाएँ और जो गाय हो तो हिंदू खाएँ तो कुछ दैवी चमत्कार होगा।''

अभी कुछ ही वक़्त पहले बादशाह सलामत को फ़तहपुर सीकरी में एक बड़ा सदमा पहुँचा था।

मथुरा के क़ाज़ी ने सल्तनत के सद्रुस्सुदूर शेख़ अब्दुन्नबी से एक ब्राह्मण की शिकायत की जिसने मस्जिद बनाने के लिए रखे गए सामान से एक मंदिर बना लिया। जब रोका गया तो उस ब्राह्मण ने मुसलमानों को बुरा-भला कहा और पैग़ंबर की शान में गुस्ताख़ी की। शेख़ अब्दुन्नबी के बुलाने पर भी वो ब्राह्मण नहीं आया तो बादशाह सलामत ने शेख़ अबुल फ़ज़्ल और अपने बहुत क़रीबी दरबारी राजा बीरबल को भेजा। ब्राह्मण को लाने के बाद शेख़ अबुल फ़ज़्ल ने बादशाह सलामत को बताया कि बेअदबी का इल्ज़ाम सही है। अब कुछ उलेमा ने जुर्माना लगाने का फ़तवा दिया, कुछ ने मौत का। ख़ुद शेख़ अब्दुन्नबी ने बादशाह से ब्राहमण को सज़ा-ए-मौत देने की बार-बार इजाज़त माँगी। बादशाह सलामत ने कोई इजाज़त नहीं दी। वो पसोपेश में थे। एक निजी महफ़िल में उन्होंने बस इतना कहा, ''शरई मामलों पर हुक्म देना उलेमा के हाथ में है। हम से क्या पूछते हैं?''

जलालुद्दीन मोहम्मद अकबर की नज़र में शेख़ अब्दुन्नबी का रुतबा बहुत बड़ा था। शेख़ अब्दुन्नबी वल्द शेख़ अहमद बिन शेख़ अब्दुल क़ुद्दूस गंगोह के रहने वाले थे। उनका ताल्लुक़ इमाम अबु हनीफ़ा के ख़ानदान से था। वो ख़ुद चिश्तिया सिलसिले से थे और कहा जाता है कि एक पहर तक दम रोक कर ज़िक्र[2] कर सकते थे। मक्का और मदीना से इल्मे हदीस हासिल करने के बाद उन्होंने सूफ़ियों के तौर-तरीक़ों को छोड़ दिया। बादशाह सलामत के दौर में उन्हें सद्रुस्सुदूर

1. मददे मआश—धर्म से जुड़े लोगों को मिलने वाली जागीर।
2. ज़िक्र—ख़ुदा का नाम लेने का सूफ़ी तरीक़ा।

का ओहदा मिला। इस ओहदे का दबदबा इतना था कि दीन के मामले में उनकी राय सबसे अहम मानी जाती। उलेमा को और दूसरे दीन के लोगों को जागीरें देने का भी उन्हें इख़्तियार था। दीन और जागीर के इस अहम इख़्तियार पर बादशाह सलामत की नज़र थी लेकिन वो अभी चुप थे। अभी तो ये हाल था कि वो ख़ुद हदीस सुनने शेख़ अब्दुन्नबी के घर जाया करते थे।

शेख़ अब्दुन्नबी ने दिल्ली में जो मस्जिद बनवाई उसके दरवाज़े के संगेमर्मर के लिए फ़ैज़ी ने लिखा—

"अल्लाह बादशाह अकबर की ज़ात को क़ायम रखे जिनके दौर में,
ये मुक़द्दस इमारत बनी जैसी किसी भी और मुल्क में नहीं,
जिसे बनवाया शेख़ुल इस्लाम[1] ने जो ज़ाईरुल हरमैन[2] हैं
और जिन्हें सब शेख़े-अहले-हदीस[3] मानते हैं,
नाम जिनका शेख़ अब्दुन्नबी नुमानी जिन से इल्म
और अच्छे काम शुरू होते हैं,
फ़ैज़ी ने अक़्ल से पूछा इमारत बनने की तारीख़,
अक़्ल ने कहा, "ख़ैर बक़ा[4]।"

एक बार सालगिरह के मौक़े पर बादशाह सलामत के लिबास पर केसर का रंग लगाया गया तो शेख़ अब्दुन्नबी ने ग़ुस्से में छड़ी फेंक कर मारी जो बादशाह के जामे पर जाकर लगी। शेख़ अब्दुन्नबी का रोब इतना था कि बादशाह सलामत तमतमा गए लेकिन चुप रहे। माँ मरियम मकानी हमीदा बानो बेगम से शिकायत की तो उन्होंने समझाया, "जाने दो। कोई रंज की बात नहीं है। किताबों में लिखा जाएगा कि एक ग़रीब पीर ने एक बादशाहे आलीजाह[5] को छड़ी मारी और बादशाह सिर्फ़ शरीयत का अदब कर के बर्दाश्त कर गया।"

कुछ वक़्त बाद बादशाह सलामत के दस्तरख़्वान पर शेख़ अब्दुन्नबी ने खाना खाया जिसमें केसर डला था। शेख़ अबुल फ़ज़ल ने फ़ौरन पूछा, "अगर केसर हराम

---

1. शेख़ुल इस्लाम—इस्लाम के बड़े विद्वान; वो जिनकी ज़िम्मेदारी थी लोगों को दीन के रास्ते पर चलने की हिदायत देने की।
2. ज़ाईरुल हरमैन—मक्का और मदीना की ज़ियारत करने वाले।
3. शेख़े-अहले-हदीस—हदीस जानने वालों में सब से बड़े।
4. अरबी, फ़ारसी, उर्दू इत्यादि में ये पुरानी परंपरा है कि किसी विशेष घटना जैसे जन्म, मृत्यु, युद्ध, विजय, निर्माण इत्यादि के साल को याद करने के लिए पद्य या गद्य में कुछ ऐसे शब्द लिखे जाते हैं जिनका योग घटना विशेष के साल का होता है। हर वर्ण का संबंध एक ख़ास अंक से माना जाता था और वर्णों के अंकों को जोड़ कर जो अंक निकलता है उसे तारीख़ माना जाता है। ख़ैर बक़ा का मतलब है बेहतरीन जगह। ख़ैर बक़ा से मस्जिद बनाने की तारीख़ निकलती है 983 हिज्री।
5. बादशाहे आलीजाह—बड़े रुतबे वाला बादशाह।

है तो उसे खाना कैसे हलाल हो सकता है। और अगर केसर हलाल है तो आपका वो ऐतराज़ क्या था?''

कहते हैं शेख़ अब्दुन्नबी में ओहदे का बहुत ग़ुरूर था। जब वो दीवानख़ाने में बैठ कर वज़ू करते तो इस बात की फ़िक्र नहीं होती कि अमीर-उमरा पर पानी के छींटे पड़ रहे हैं। एक बार बादशाह सलामत का हुक्म हुआ कि सल्तनत के इमामों की पुरानी जागीरों के लिए भी शेख़ अब्दुन्नबी के दस्तख़त ज़रूरी होंगे। जिनकी सिफ़ारिश थी उन्होंने तो शेख़ अब्दुन्नबी से अपना काम करवा लिया, जो बिना सिफ़ारिश के थे वो शेख़ के नौकरों को रिश्वत देकर उन तक पहुँचे।

शेख़ अबुल फ़ज़ल ने वो दिन देखा था जब शेख़ अब्दुन्नबी, मख़दूमुल-मुल्क मुल्ला अब्दुल्ला सुल्तानपुरी और दूसरे सभी उलेमा ने उनके वालिद शेख़ मुबारक नागौरी के ख़िलाफ़ साज़िश की और बादशाह सलामत के सामने एक आवाज़ में कहा, ''शेख़ मुबारक मेहदवी[1] बिदअती[2] हैं और सख़्त गुमराह हैं।''

बादशाह सलामत ने कहा, ''जब सल्तनत के मामलों में आपकी राय ली जाती है तो ये मामला तो पूरे तौर पर दीन का है। इसलिए फ़ैसला मुकम्मल तौर पर आपके हाथ है। उनको अदालत के सामने बुलाएँ और शरीया और बड़े आलिमों के फ़ैसलों के मुताबिक़ क़दम उठाएँ।''

शेख़ मुबारक को लाने के लिए भेजे गए फ़ौजियों को घर ख़ाली मिला तो उन्होंने दस साल के बेटे अबुल ख़ैर को ही हिरासत में ले लिया। जब उलेमा ने कहा कि शेख़ का फ़रार होना उनके जुर्म का सुबूत है तो बादशाह सलामत बोले, ''एक बुजुर्ग दरवेश के ख़िलाफ़ इतना ग़ुस्सा क्यों? किस बात पर इतना हंगामा? छोटे-छोटे सफ़र पर जाना शेख़ की आदत है। घूमने-फिरने और आराम करने गए होंगे। इस बच्चे को क्यों लाए हो? उनके घर पर पहरा क्यों लगा है?''

परेशानी के इस दौर में शेख़ मुबारक ने शेख़ सलीम चिश्ती से मदद माँगी तो उन्होंने कुछ रक़म भेज कर कहा, ''तुम्हारे लिए यही बेहतर है कि तुम भाग कर गुजरात चले जाओ।''

जब शेख़ मुबारक ने मिर्ज़ा अज़ीज़ कोका से फ़रियाद की तो उन्होंने बादशाह सलामत से कहा, ''क़यामत आने को है क्या? इस दरबार में बद इरादे वाले पागल लोग चैन की ज़िंदगी गुज़ार रहे हैं और अच्छे लोग परेशान हैं...शेख़ मुबारक के पास सरकारी इनाम की ज़मीन नहीं है। उनमें दरवेश की ख़ूबियाँ हैं। ऐसे आदमी को तकलीफ़ पहुँचाना मुनासिब नहीं है।''

---

1. मेहदवी—वो फ़िरक़ा जिसका मानना है कि क़यामत के क़रीब इमाम मेहदी आएँगे। मेहदी का मतलब वो जिन्हें अल्लाह से हिदायत मिली है।
2. बिदअती—वो जिसका बिदअत में यक़ीन हो यानी इस्लाम धर्म की उन बातों में जो पैग़ंबर मोहम्मद के वक़्त में नहीं थीं।

बादशाह सलामत ने जवाब दिया, "सभी बड़े लोग उनके पीछे पड़े हैं और उन्हें मौत की सज़ा देना चाहते हैं। उन्होंने फ़तवे तैयार किए हैं। किसी को चैन से नहीं रहने देते। हमें मालूम हुआ कि शेख़ कहाँ है लेकिन हमने सुना-अनसुना कर दिया। कल सुबह कोई शेख़ को दरबार ले आए और उलेमा को बुलाया जाए।"

दिन ऐसे चल रहे थे कि अगर शेख़ मुबारक और उनके बेटे शेख़ अबुल फ़ज़ल या फ़ैज़ी को शीया या मेहदवी साबित कर दिया जाता तो मौत की सज़ा हो सकती थी। इसलिए मिर्ज़ा अज़ीज़ कोका की सिफ़ारिश के बावजूद उस वक़्त शेख़ मुबारक और उनके बेटे उलेमा के साथ बहस में नहीं पड़े। कुछ वक़्त बाद जब उलेमा का ग़ुस्सा ठंडा हुआ तो वो दरबार में हाज़िर हुए।

इस्लाम शाह के दरबार में एक बड़े मेहदवी आलिम शेख़ अलाई ने मख़दूमुल मुल्क मुल्ला अब्दुल्ला सुल्तानपुरी की ऐशो-आराम की ज़िंदगी की नुक्ताचीनी की और सभी दरबारी उलेमा को आड़े हाथों लिया। अब्दुल्ला सुल्तानपुरी अपने ज़माने के कट्टर सुन्नी उलेमा थे। उन्होंने कई बादशाहों का दौर देखा था। जन्नत आशियानी हुमायूँ बादशाह ने अब्दुल्ला सुल्तानपुरी को मख़दूमुल मुल्क और शेख़ुल इस्लाम का ख़िताब दिया था। इस्लाम शाह के दरबार में अब्दुल्ला सुल्तानपुरी का बड़ा रुतबा था। एक बार इस्लाम शाह ने उन्हें अपनी तरफ़ आते देखा तो ख़ादिमों से कहा, "कुछ जानते हो ये कौन हैं जो इस तरफ़ आ रहे हैं?"

"कौन हैं?" ख़ादिमों ने पूछा।

"बाबर बादशाह के पाँच बेटे थे जिनमें से चार ने हिंदुस्तान छोड़ दिया। ये एक बचे हैं।"

एक ख़ादिम ने कहा, "ऐसे बुरे इंसान से ताल्लुक़ रखने का फ़ायदा?"

इस्लाम ख़ान ने कहा, "क्या करूँ? इनसे बेहतर कब मिलेगा मुझे?"

तब इस्लाम शाह ने मुल्ला अब्दुल्ला सुल्तानपुरी को अपने तख़्त पर बिठाया और एक मोतियों की तस्बीह दी जो बीस हज़ार रुपये की थी।

शेख़ अलाई ने दरबारी उलेमा से कहा था, "तुम इस दुनिया के आलिमों में से हो लेकिन दीन के चोर हो। तुमने इतनी ग़लत हरकतें की हैं कि तुम इंसाफ़ के दायरे से बाहर हो गए हो। इस वक़्त भी तुम्हारे घर से साज़ की आवाज़ आ रही है। पैग़ंबर की सच्ची रिवायत के मुताबिक़, गंदगी पर बैठने वाली मक्खी उन आलिमों से बेहतर है जो दरवाज़े-दरवाज़े जाते हैं और बादशाहों तक पहुँचना अपनी ज़िंदगी का मक़सद समझते हैं।"

जब शेख़ अलाई ने दरबार पहुँचते ही क़ुरान की आयतों का मतलब समझाया, क़यामत के दिन की बात की और इस दुनिया की ख़ामियों की तरफ़ ध्यान दिलाया तो इस्लाम शाह पर इतना असर हुआ कि उनके लिए महल के अंदर से नाश्ता

मँगवाया गया। शेख़ ने कुछ भी खाने से इन्कार किया और कहा, ''इस खाने पर मुसलमानों का हक़ है क्योंकि जितना तुम्हारा हक़ है उससे ज़्यादा है तुम्हारे पास। ये इस्लाम के ख़िलाफ़ है।''

उस मुश्किल वक़्त में शेख़ मुबारक ने दरबार में शेख़ अलाई का साथ दिया लेकिन फिर भी शेख़ अलाई बच नहीं पाए।

इस्लाम शाह ने शेख़ अलाई को पास बुलाया और दबी ज़बान में कहा, ''सिर्फ़ मेरे कान में कह दो कि तुम अपने दावों पर शर्मिंदा हो। उसके बाद तुम पूरी तरह आज़ाद हो। जहाँ चाहे जाओ, जो चाहे करो।''

शेख़ अलाई ने इस बात को नज़रअंदाज़ कर दिया तो इस्लाम शाह ने उन्हें कोड़े लगाने का हुक्म दिया। शेख़ पहले ही बीमार थे। तीसरे कोड़े पर उनकी जान चली गई। उनके मरे हुए जिस्म को पागल हाथी के तले कुचला गया। उन्हें दफ़नाने की इजाज़त नहीं दी गई।

शेख़ मुबारक कहते थे, ''ऐसा कोई मज़हब नहीं है जिसमें कोई ग़लती ना हो। ना ही कोई ऐसा मज़हब है जो पूरी तरह ग़लत हो। तो अगर कोई इंसान अपने ज़मीर की आवाज़ पर अपने दीन से अलग किसी बात की हिमायत करता है तो उसके इरादों को ग़लत नहीं समझना चाहिए।''

शेख़ मुबारक के इन ख़यालात ने दरबारी उलेमा को उनके ख़िलाफ़ कर दिया।

शेख़ अलाई शेख़ अब्दुल्ला नियाज़ी के शागिर्द थे। शेख़ अब्दुल्ला नियाज़ी पहले तो शेख़ सलीम चिश्ती के शागिर्द थे, फिर वो मेहदवी हो गए। शेख़ अलाई और शेख़ अब्दुल्ला नियाज़ी ने बयाना को अपना घर बनाया और यहीं से मेहदवी फ़िरक़े को मज़बूत किया। जब एक बार इस्लाम शाह बयाना से गुज़रे तो मख़दूमुल मुल्क अब्दुल्ला सुल्तानपुरी ने शेख़ अब्दुल्ला नियाज़ी के ख़िलाफ़ कार्रवाई की दरख़्वास्त की।

शेख़ अब्दुल्ला नियाज़ी ने बादशाह इस्लाम शाह के सामने आकर कहा, ''अस्सलामअलैकुम।''

बयाना के हाकिम ने शेख़ की गर्दन को पीछे से पकड़ कर झुकाया और कहा, ''मेरे दोस्त, बादशाहों को सलाम करने का तरीक़ा ये है।''

शेख़ ने ग़ुस्से में कहा, ''मैं सिर्फ़ उस तरीक़े को जानता हूँ जो सुन्नत[1] है।''

बादशाह के हुक्म पर शेख़ को बेतहाशा पीटा गया। उन्हें मरा हुआ जानकर शाही लश्कर आगे बढ़ गया। किसी तरह जान बची तो फिर उन्होंने बयाना छोड़ दिया। कहते हैं बाद में मेहदवी रास्ता भी छोड़ दिया।

फ़तहपुर में शेख़ सलीम चिश्ती की ख़ानक़ाह के पास एक वीरान इमारत थी,

1. सुन्नत—जो पैग़ंबर मोहम्मद ने किया या कहा उसे सुन्नत कहते हैं।

जहाँ पहले कभी शेख़ नियाज़ी का हुजरा था। इसी वीरान जगह को जलालुद्दीन मोहम्मद अकबर ने आबाद करके इबादतख़ाना बनवाया।

उन दिनों बादशाह सलामत अकेले में इबादत किया करते थे। सुबह-सुबह एक पुराने हुजरे के पुराने पत्थर पर बैठे दिखते थे। ये हुजरा शाही महल के पास था लेकिन इसके दूसरी तरफ़ कोई आबादी नहीं थी। मुल्ला अब्दुल क़ादिर बदायूँनी कहते थे कि बादशाह सलामत को इतनी फ़तह मिली कि परवरदिगार का शुक्र अदा करने के लिए यहाँ बैठने लगे। लेकिन वजह सिर्फ़ ये नहीं थी। बादशाह सलामत का दिल आज़ाद ख़यालों से भरा हुआ था। वो खुले दिल से हर दीन और फ़िरक़े पर ग़ौर कर रहे थे। वो कहते थे—

''हालाँकि मैं इतनी बड़ी सल्तनत का मालिक हूँ और इसकी पूरी बागडोर मेरे हाथ में है। फिर भी असली बड़प्पन तब है जब वो किया जाए जो ख़ुदा की मर्ज़ी है। अलग-अलग मज़हब और फ़िरक़ों की मौजूदगी मुझे चैन नहीं लेने देती। ये ऊपरी शानो-शौकत मेरे दिल पर बोझ है। किस इत्मिनान से सल्तनत बढ़ाऊँ? कोई दीनदार आए मेरे दिल की बेचैनी दूर करे।''

बादशाह सलामत के दिल में तरह-तरह के ख़याल आते जिसका वो इज़्हार करते।

''हिंदुस्तान के फ़क़ीर कहते हैं कि मौत का ध्यान करके अच्छे काम करें। जवानी और ज़िंदगी का ख़याल ना करें, अपना आराम ना सोचें। लेकिन हमें लगता है कि मौत के ख़याल के बग़ैर हमें अच्छे काम करने चाहिए। ताकि बिना उम्मीद या डर के हम अच्छाई करें, सिर्फ़ इसलिए कि वो अच्छी बात है...

''हमें कोई सही वजह नहीं दिखी कि हिंदुस्तानी अपनी इबादत में घंटा बजाएँ और शंख फूँके। ज़रूर ये चेतावनी के लिए और ध्यान दिलाने के लिए होगा...

''अक़्ल के मुताबिक़ चलना और पुराने तौर-तरीक़ों को नामंज़ूर करना इस ख़ाक़सार[1] की दलीलों से कहीं ऊपर की बात है। अगर पुराने तौर-तरीक़ों को मानना सही होता तो पैग़ंबरों ने सिर्फ़ पिछले पैग़ंबरों के रास्ते पर चलने का काम किया होता।

''पीर होने का मतलब ये है कि दुख को जानने और दूर करने की ताक़त हो, ना कि दाढ़ी बढ़ा कर, चोग़ा पहन कर दुनियावी बातें करके हंगामा खड़ा करने की।''

लगभग बीसवें इलाही सन्, बमुताबिक़ 1575 ईसवी के मार्च की बात है। बादशाह सलामत ने अनूप तलाव के पास चार बरामदों वाला इबादतख़ाना बनाने का हुक्म दिया। जब वो बन कर तैयार हो गया तो उस मौक़े पर गाए ध्रुपद में नए मंदिर के लिए बादशाह को मुबारकबाद दी गई और कामना की गई कि वो हज़ार बरस तक राज करें और इंद्र की तरह चिरंजीवी हों; कवि ने कहा जो आगे की तरफ़ देखने

1. ख़ाक़सार—तुच्छ व्यक्ति।

की समझ नहीं रखते, उनकी स्तुति कैसे की जाए; वो तो संगीत का रहस्य जानने वाले बादशाह का रहस्य जानने में लगे हैं; बारह गुणों की आँच में तप कर बनी उनकी देह से समाज सुधरेगा।

"मंदिर तुमकौं नवल मुबारक होय,
कोटि बरस लौं कीजै राज महराज।
नाना प्रकारनि सौं वे जौ मनाई इम्रत रस रंग छायौ,
काइमदाइन तौलौं चंद्रधरन अरु ब्रह्मांड ताज।
जिनकी मति आगें और की न देखौं अस्तुति कै केंस करौं,
एक रसना मेरैं संगीतरतनागर के भेद पढ़त न्यारे साज।
साहि अकबर प्यारौ चिरंजीव रहौ चरजेवी इंद्रसम,
तोहि देंहों ने बरसत चत्रमास तुम द्वादस झर लायौ वै बिनि के
गुनि ग्रंधप निस्तारन तारन बिधनाँ रचि पचि कैं समाज॥"

बादशाह सलामत ने कहा, "हमने मजलिस इसलिए रखी है ताकि हर मज़हब की सचाई, चाहे वो हिंदू के मज़हब की हो या मुसलमान के मज़हब की, खुल कर सामने आ सके। हमारे दीन के सरपरस्त और आलिमों के दिल के बंद दरवाज़े खुलें ताकि मुसलमान समझें कि दरअसल वो हैं क्या। वो अनजान हैं। वो समझते हैं कि मुस्लिम वही हैं जो कलमा पढ़ते हैं, गोश्त खाते हैं और ज़मीन पर सजदा करते हैं। मुस्लिम वो हैं जो ख़ुद पर जिहाद करें और अपनी ख़्वाहिशों और ग़ुस्से पर क़ाबू करें और क़ानून को मानें।"

बादशाह सलामत को राजा बीरबल ने कविता सुनाई थी कि जिस तरह गन्ने से निकले गुड़ और मिसरी से प्रसाद बन सकता है, कपास के फूल के फूटने से हमारे तन का कपड़ा, सन के सड़ने से वो क़ाग़ज़ जिस पर क़ुरान और पुराण लिखी जाए, तो फिर टूटे-फूटे और सड़े को भी सुधारा जा सकता है।

"टूटे पर ईख ताकी मिस्त्री गुड़ कंद करो ताके ले प्रसाद देव देविन चढ़ाइये
फुटि के कपास पत राखत है आलम की वाके होत वस्त्र कहां लो गिनाइये
सड़े जब सन ताके स्वेत बर्न कागज के तापर क़ुरान औ पुरानहू लिखाइये
कहै कवि ब्रह्म सुनो अकबर बादसाह टूटे फूटे सड़े ताको या बिधि सराहिये"

लेकिन सुधारने का काम इतना आसान नहीं था। एक बार जब बादशाह सलामत ने बड़े सूफ़ी शेख़ मोहम्मद ग़ौस के बेटे शेख़ ज़ियाउल्लाह के लिए इबादतख़ाने में महफ़िलें रखीं और सय्यदों, शेख़ों[1], उलेमा और उमरा को बुलाया तो इसी बात पर बखेड़ा हो गया कि कौन कहाँ बैठेगा। आख़िर झगड़ा ख़त्म करने के लिए बादशाह सलामत ने तय किया कि उमरा पूरब की तरफ़ बैठें, सय्यद पश्चिम की तरफ़, उलेमा

1. शेख़—धर्म गुरु।

दक्षिण की तरफ़ और शेख़ उत्तर की तरफ़। और वो ख़ुद इन सबके पास जा-जा कर बात करेंगे।

अब बादशाह सलामत के पास उलेमा का जवाब देने के लिए अबुल फ़ज़ल और फ़ैज़ी थे। इबादतख़ाने में शेख़ फ़ैज़ी ने उलेमा को ताना दिया कि उनकी गर्मागर्मी का नतीजा पसीने के अलावा कुछ भी नहीं।

"पैवस्ता गर्म बहसो जद्ल बीनमत वले,
न बोवद नतीजा-ए-तुज़ गर्मी मगर अर्क़।"

बादशाह सलामत के शुरुआती दौर में जब पहली बार मख़दूमुल अब्दुल्ला सुल्तानपुरी ने शेख़ अबुल फ़ज़ल को देखा तो कहा, "ये इंसान दीन को कितनी चोट पहुँचाएगा!"

एक रात उलेमा ने इबादतख़ाने में ऐसा हंगामा किया कि बादशाह अकबर ने मुल्ला अब्दुल क़ादिर बदायूँनी से कहा, "आगे से उलेमा में से कोई भी बकवास करे और ग़लत बर्ताव करे तो मुझे बताओ। मैं उन्हें जाने को कहूँगा।"

मुल्ला अब्दुल क़ादिर बदायूँनी के पास आसफ़ ख़ान बैठे थे। आसफ़ ख़ान के वालिद फ़ारस के शाह तहमास्प के ख़ास दरबारी थे। आसफ़ ख़ान के दो भाई फ़ारस में वज़ीर बने। आसफ़ ख़ान का नाम ग़ियासुद्दीन अली क़ज़वीनी था। गुजरात की मुहिम पर बहादुरी के लिए बादशाह सलामत ने उन्हें आसफ़ ख़ान का ख़िताब दिया और सूबे के बख़्शी[1] का ओहदा।

बादशाह सलामत की बात सुनकर मुल्ला बदायूँनी ने धीमे से आसफ़ ख़ान से कहा, "अगर इस हुक्म की तामील करूँगा तो ज़्यादातर उलेमाओं को जाना पड़ेगा।"

बादशाह सलामत ने देख लिया कि मुल्ला अब्दुल क़ादिरी बदायूँनी ने आसफ़ ख़ान से कुछ कहा है। उन्होंने पूछा, "क्या कह रहे हो?"

जब मुल्ला बदायूँनी ने बताया तो बादशाह सलामत बहुत ख़ुश हुए।

मुल्ला अब्दुल क़ादिर बदायूँनी 947 हिज्री बमुताबिक़ ईसवी 1540 की 21 अगस्त को तोदा में पैदा हुए। बारह बरस उम्र में वो तालीम के लिए संभल गए। इसके छह साल बाद वो आगरा आए और शेख़ मुबारक के शगिर्द हो गए। कुछ साल बाद पिता की मौत हुई तो वो बदायूँ चले गए। जब उनका दोबारा आगरा आना हुआ तो बादशाह सलामत ने उन्हें फ़ौरन अपनी महफ़िलों में शामिल कर लिया। मुल्ला बदायूँनी ने कहा, "मुझे उस बहस-मुबाहिसे में शामिल कर लिया गया जिनमें उलेमा अपनी गहराई का ढोल पीट रहे थे और किसी को कुछ नहीं समझते थे... ख़ुदा के फ़ज़ल से अपने दिमाग़ के बूते पर और जवानी के जोश में खुल कर अपनी बात कहने के जज़्बे से मैं अक्सर उन से बेहतर साबित हुआ।"

---

1. बख़्शी—मंसब से जुड़ी ज़िम्मेदारी।

हालाँकि शेख अबुल फ़ज़ल और मुल्ला अब्दुल क़ादिर बदायूँनी दोनों ही एक वक़्त में बादशाह सलामत के पास पहुँचे लेकिन शेख़ अबुल फ़ज़ल बादशाह सलामत के दिल की आवाज़ बने। मुल्ला बदायूँनी उलेमा पर वैसा हमला नहीं कर पाए जैसा कि शेख अबुल फ़ज़ल ने किया।

मुल्ला बदायूँनी को ये अफ़सोस रहा कि एक दिन की इमाम की ज़िम्मेदारी के अलावा बादशाह सलामत ने उन्हें कोई ख़ास ओहदा नहीं दिया। उन्होंने अपने हाल पर लिखा—

> ''आप ने मुझे दरबारी बनाया और बीस का मंसबदार,
> मेरी माँ को पता ना चले मैं कुछ भी नहीं हूँ।''

अबुल फ़ज़ल को भी उसी वक़्त बीस का मंसबदार बनाया गया लेकिन वो तेज़ी से तरक़्क़ी करते गए। मुल्ला बदायूँनी ने एक रोज़ चुपचाप घर जाकर अपने दिल का हाल लिखा—

''मुल्ला मोहम्मद यज़्दी ने सहबा की शान में इंतहाई दर्जे की लानत-मलामत की...उन्होंने बादशाह को शीयों के यक़ीदे की तरफ़ खींचा। हरामज़ादे बीरबर[1] और शेख़ अबुल फ़ज़ल और हकीम अबुल फ़तह गीलानी हद से बाहर हो गए और उन्होंने बादशाह को दीन से दूर कर दिया। बादशाह ने पैग़ंबरी का, वही[2] का और करामातों का इन्कार करना शुरू कर दिया और अपने दीन को आगे बढ़ाया।''

उन्हीं दिनों मेहदवी शेख़ मुस्तफ़ा गुजराती को क़ैद करके फ़तहपुर सीकरी लाया गया। इस्लामी दौर के हज़ार साल होने को थे। मानने वाले मानते थे कि क़यामत आने को है और क़यामत से पहले वो शख़्स आएँगे जो पैग़ंबर के ख़ानदान के होंगे। वो दीन को मज़बूत करेंगे और मुस्लिम उनके बताए रास्ते पर चलेंगे। यही मेहदी होंगे।

ख़ुद शेख़ मुस्तफ़ा गुजराती मानते थे कि मेहदी आकर जा चुके। वो मेहदी थे जौनपुर के सय्यद मोहम्मद। कहते हैं कि जौनपुर के शर्क़ी सुल्तान ने गौड़ के दलपत राय पर जब हमला किया तो उनके साथ सय्यद मोहम्मद और उनके पंद्रह सौ बैरागी थे। सुल्तान की फ़ौज के पाँव उखड़ गए लेकिन सय्यद मोहम्मद ने मोर्चा नहीं छोड़ा। ऐसा हमला किया कि दलपत राय के दो टुकड़े हो गए। कहते हैं कि जब दलपत राय का धड़कता हुआ दिल ज़मीन पर गिरा तो सय्यद मोहम्मद को उसमें उस देवता की तस्वीर दिखी जिसकी दलपत राय पूजा करते थे।

उस वक़्त सय्यद मोहम्मद के मुँह से निकला, ''जब एक मूरत दिल पर ऐसी छाप छोड़ सकती है तो क्या हाल हो अगर परवरदिगार का नूर वहाँ आ जाए!''

---

1. बीरबर—बीरबल का उस वक़्त का नाम।
2. वही—पैग़ंबर के लिए ख़ुदा की तरफ़ से आया हुआ आदेश।

कहा जाता है कि सय्यद मोहम्मद पर इस वाक़ये के बाद से बारह बरस तक रूहानी कैफ़ियत तारी रही। हिज्री 901 बमुताबिक़ 1495 के क़रीब उन्होंने काबे का तवाफ़ करके खुला ऐलान कर दिया कि वो ही मेहदी हैं। अहमदाबाद आकर उन्होंने एक बार फिर से यही ऐलान किया। उलेमा के दबाव में गुजरात के सुल्तान महमूद बेगढ़ा ने उन्हें इलाक़ा छोड़ने पर मजबूर कर दिया। तब उन्होंने बड़ली जा कर एक बार और मेहदी होने का ऐलान किया। उन्होंने कहा, "मुझे ऐलान करने में हिचक थी लेकिन परवरदिगार ने बार-बार मुझे हुक्म दिया कि मैं मेहदी होने का ऐलान करूँ। परवरदिगार ने कहा कि क्या मैं उस से नहीं डरता, लोगों से डरता हूँ?"

गुजरात छोड़ते हुए सय्यद मोहम्मद ने कहा, "क़यामत के दिन बादशाहों और आलिमों का मुँह काला किया जाएगा। अगर मैं सही रास्ते पर हूँ तो इन्हें चाहिए था कि मेरी मदद करते। अगर सही रास्ते पर नहीं हूँ तो मुझे क़ैद करते, मुझ से बात करते और मुझे सही रास्ता दिखाते। सही रास्ता नहीं दिखा पाते तो मुझे मार देते क्योंकि मैं जहाँ जाऊँगा अपनी बात कहूँगा जो उनकी नज़र में लोगों को गुमराह करेगी। उसका नतीजा उनको भुगतना पड़ेगा।"

सय्यद मोहम्मद ने हिज्री 910 के ज़ीक़द महीने की उन्नीस तारीख़ बमुताबिक़ 1505 ईसवी की 23 अप्रैल को बादशाह सलामत की हुकूमत शुरू होने के कोई पचास बरस पहले हेरात में फ़राह नाम की जगह पर आख़िरी साँस ली।

सय्यद मोहम्मद का दावा था कि मेहदी के तौर पर परवरदिगार ने उन्हें इस्लाम को उसकी असल पाकीज़गी तक पहुँचाने की ज़िम्मेदारी दी है। उनका कहना था कि वो सिर्फ़ ख़ुदा, रसूल और क़ुरान के बताए रास्ते पर चलते हैं। सय्यद मोहम्मद मानते थे कि ला इलाहा इल्लल्लाह[1] के ज़िक्र से ईमान वालों के दिल साफ़ हो जाते हैं। इस ज़िक्र की इतनी अहमियत थी कि इसके दौरान दीन की बातें करने की भी इजाज़त नहीं थी। वो साफ़ कहते कि पैग़ंबर मोहम्मद की रिवायतों में जिस मेहदी के आने की बात है, वो ख़ुद वही हैं। मेहदवी को किसी ग़ैर मेहदवी के पीछे नमाज़ पढ़ने की इजाज़त नहीं थी। यहाँ तक कि ग़ैर मेहदवी से जज़िया तक लिया जा सकता था। सय्यद मोहम्मद का पैग़ाम सिर्फ़ मुसलमानों के लिए था। वो ना तो ग़ैर मुस्लिमों के ख़िलाफ़ कुछ कहते थे और ना ही उन से मज़हब छोड़ने की उम्मीद रखते थे।

सय्यद मोहम्मद मानते कि हमेशा अपनी जगह बदलते रहना चाहिए। किसी एक जगह लंबे वक़्त तक रहना मुनासिब नहीं। जिस जगह को वो और उनको मानने वाले अपना घर बनाते, उसे दायरा कहा जाता। दायरे में सख़्ती से शरीयत के मुताबिक़ ज़िंदगी जी जाती थी। एक दिन के बाद दूसरे दिन का खाना-पानी बचा कर रखने की इजाज़त नहीं थी। रात को बर्तन उलट दिए जाते थे ताकि आटा, पानी या नमक, कुछ भी अगले रोज़ के लिए ना बचे।

1. ला इलाहा इल्लल्लाह—कोई रब नहीं अल्लाह के सिवा।

सय्यद मोहम्मद के बाद मेहदवियों ने मान लिया कि मेहदवी आए और चले गए। अब नहीं आएँगे। बस अब क़यामत का इंतज़ार है। इसलिए जब शेख़ मुस्तफ़ा गुजराती को बेड़ियों में जकड़ कर बादशाह सलामत और दरबार के उलेमा के सामने लाया गया तो सद्रुस्सुदूर शेख़ अब्दुन्नबी ने कहा, ''ऐ बादशाह, इंसाफ़ कीजिए। बहुत से लोग कहते हैं कि मेहदी आएँगे और ये थोड़े से मेहदवी कहते हैं कि मेहदी आए और गए। लिहाज़ा ऐ बादशाह, शेख़ मुस्तफ़ा से पूछिए कि वो इस बारे में क्या कहते हैं?''

शेख़ मुस्तफ़ा गुजराती की मेहदवियों के बीच एक बड़ी हैसियत थी। उनके वालिद ख़ुद सय्यद मोहम्मद के हाथ मेहदवी हुए थे। गुजरात में बड़ी तादाद में लोग मुस्तफ़ा गुजराती को मानते थे।

गुजरात की मुहिम के दौरान पटन के मौलाना मोहम्मद बिन ताहिर ने अपनी पगड़ी उतार कर कहा, ''जब तक मेहदवी कुफ़्र ख़त्म नहीं होता, पगड़ी नहीं पहनेंगे।''

उस वक़्त बादशाह सलामत ने अपने हाथ से पगड़ी पहना कर सख़्त क़दम उठाने का वायदा किया लेकिन किया कुछ नहीं।

अजमेर में मुस्तफ़ा गुजराती से बहस में उलेमा ने कहा, ''मक्का के उलेमा ने मियाँ मुस्तफ़ा की मौत का फ़तवा दिया है।''

तब बादशाह सलामत ने मुस्तफ़ा गुजराती से पूछा, ''क्या आप मक्का गए हैं?''

मुस्तफ़ा गुजराती ने कहा, ''नहीं।''

बादशाह सलामत ने पूछा, ''क्या मक्का के उलेमा गुजरात आए हैं?''

मुस्तफ़ा गुजराती ने कहा, ''नहीं।''

जलालुद्दीन मोहम्मद अकबर ने कहा, ''ये कैसे लोग है! मेहदवी की मौत का फ़तवा दे दिया यहाँ आए बग़ैर, मेहदवियों के मक़सद पर बात किए बग़ैर, सिर्फ़ दुश्मनों के बयान पर। सच्चे उलेमा को ऐसा नहीं करना चाहिए।''

इसके बाद जब फ़तहपुर सीकरी में बहस हुई तो मुस्तफ़ा गुजराती ने दरबार में कहा, ''क्या बादशाह ने हज़रत यूसुफ़ और उनके भाइयों की बात सुनी है?''

सल्तनत के सद्रुस्सुदूर शेख़ अब्दुन्नबी ने कहा, ''कई बार।''

बादशाह सलामत ने शेख़ मुस्तफ़ा गुजराती से कहा, ''बताइए, मैंने आपकी ज़बानी नहीं सुनी।''

शेख़ मुस्तफ़ा गुजराती बोले, ''ऐ बादशाह! दस भाई एक माँ से थे। यूसुफ़ और बिन यामीन दूसरी माँ से थे। जलन की वजह से यूसुफ़ के भाइयों ने कहा कि उन्हें मार कर ऐसी जगह फेंक दिया जाए जहाँ कोई इंसान ना हो या अँधेरे कुएँ में डाल दिया जाए। अपने वालिद से खेलने का बहाना कर के यूसुफ़ को बाहर ले गए और

किनान के कुएँ में डाल दिया। बाद में आकर यूसुफ़ को एक सौदागर के हाथ बेच दिया। यूसुफ़ के भाई बहुत थे और यूसुफ़ एक थे। फिर उनके बीच कौन झूठा था?''

बादशाह सलामत ने कहा, ''यूसुफ़ के तमाम भाई गुनहगार और झूठे थे।''

शेख़ मुस्तफ़ा गुजराती ने कहा, ''यूसुफ़ के भाई बहुत थे। किस तरह गुनहगार और झूठे होंगे?''

बादशाह सलामत ने कहा, ''ये बात तो आपने हम पर डाल दी।''

शेख़ मुस्तफ़ा गुजराती बोले, ''मैने हज़रत यूसुफ़ की बात आपके सामने इसलिए पेश की क्योंकि मुल्ला और शेख़ बहुत हैं और कहते हैं कि इमाम मेहदी आएँगे। ये बंदा और उसके भाई थोड़े हैं, और हम कहते हैं कि इमाम मेहदी आकर जा चुके हैं। कौन झूठा है? ऐ बादशाह, इंसाफ़ करो!''

बादशाह सलामत ने माना कि सचाई हज़रत यूसुफ़ के साथ थी।

शेख़ मुस्तफ़ा गुजराती बोले, ''अगर ऐसा है तो हम मेहदवी जो मानते हैं कि इमाम मेहदी आए और चले गए, सही रास्ते पर हैं क्योंकि हम थोड़े हैं। अल्लाह तआला ने फ़रमाया है, 'उनमें के थोड़े ईमान लाए और उनमें के अक्सर बदकार हैं।' हर दौर में हर पैग़ंबर की ज़्यादातर लोगों ने मुख़ालिफ़त की है और थोड़े से लोग ईमान लाए हैं। इसी तरह से इमाम मेहदी के वक़्त में भी बहुत से लोगों ने उनकी मुख़ालिफ़त की, उन्हें मानने से इन्कार किया और सिर्फ़ थोड़े से लोगों ने उन्हें क़ुबूल किया। इस तरह से ये साबित होता है कि इमाम मेहदी आए और गए। ऐ बादशाह, आदम को पैदा करने से पहले तमाम फ़रिश्तों को अल्लाह तआला का फ़रमान हुआ, 'और जब कहा तेरे परवरदिगार ने फ़रिश्तों से कि मैं बनाने वाला हूँ ज़मीन में एक ख़लीफ़ा, फ़रिश्ते बोले, 'क्या तू ख़लीफ़ा बनाता है ऐसे शख़्स को जो फ़साद फैलाए और ख़ून बहाए? हम तो तेरी ख़ूबियाँ पढ़ते हैं और तेरी पाक ज़ात को याद करते हैं।' अल्लाह तआला ने फ़रमाया, 'मैं जानता हूँ जो तुम नहीं जानते।' अल्लाह ने बता दिए आदम को सारी चीज़ों के नाम। फिर उन चीज़ों को फ़रिश्तों के सामने रखा और कहा, 'बताओ मुझे इन चीज़ों के नाम अगर तुम सच्चे हो तो।' फ़रिश्ते बोले, 'तू पाक ज़ात है। हम को कुछ नहीं मालूम सिवाय उसके जो तूने सिखाया। बेशक तू ही अक़्लमंद हिकमत वाला है।' फ़रिश्तों ने कहा, 'बेशक तू हर चीज़ को जानने वाला और ख़लक़त[1] को हुक्म देने वाला है।'

''ग़ौर करने की बात ये है कि तमाम फ़रिश्ते आसमान पर थे और सब नूर से पैदा हुए थे फिर भी वो आदम से जलते थे। तो ऐसे लोग जो गुनहगार हैं और दुनिया की तलब में हैरान हैं, क्यों इमाम मेहदी, मेहदवियों और अल्लाह के तलबगारों से ना जलें। फिर जब फ़रिश्तों ने तौबा की और अल्लाह के फ़रमान पर ईमान लाए

---

1. ख़लक़त—सृष्टि।

तो ख़ुदा की दरगाह में मक़बूल हुए। इसी तरह वो लोग जो इमाम मेहदी को नहीं मानते, इमाम मेहदी के हक़ में दलीलों को सुनते हैं। जिनमें ईमान है वो तौबा करके इमाम मेहदी को मान लेते हैं। इस तरह वो अल्लाह के प्यारे हो जाते हैं। शैतान गुनहगार है। उसने आदम के सामने सजदा करने से इन्कार कर दिया। उसने कहा, 'मैं आदम से बेहतर हूँ।' उसमें ग़ुरूर था। कई हज़ार साल गुज़र गए उसने अब तक तौबा नहीं की। इसी तरह जो इंसान ईमान नहीं रखता, वो तौबा नहीं करता। उसमें बहुत ग़ुरूर है। वो इमाम मेहदी को नहीं मानता इसलिए वो काफ़िर है। अल्लाह ने कहा, 'अल्लाह ने जो ज़ाहिर किया है उससे अगर उनको समझ नहीं आता तो वो काफ़िर से बेहतर कुछ नहीं हैं।'

"पैग़ंबर मोहम्मद ने कहा है, 'जो मेहदी को नहीं मानता, बेशक वो काफ़िर है।' इस हदीस का ज़िक्र *तबक़ाते फ़ुक़हा*[1] में है। ऐ बादशाह, इंसाफ़ कीजिए। अल्लाह ने कहा है, 'ऐ दाऊद हमने तुझे इस ज़मीन पर ख़लीफ़ा बनाया ताकि तुम इंसाफ़ करो,' और पैग़ंबर मोहम्मद ने कहा, 'अल्लाह की रहमत हो उस इंसान पर जो इंसाफ़ करता है और अल्लाह की लानत उस इंसान पर जो इंसाफ़ नहीं करता।' "

ये सुनकर बादशाह सलामत ने कहा, "ऐ शेख़ मुस्तफ़ा, अल्लाह की आप पर रहमत और बरकत हो।"

फिर बादशाह सलामत ने उलेमा से कहा, "आप भी शेख़ के जवाब में कुछ कहें।"

उलेमा ने पूछा, "कितने साल हुए कि इमाम मेहदी आए और गए?"

शेख़ मुस्तफ़ा गुजराती ने कहा, "इमाम मेहदी 905 हिज्री में आए। दसवीं सदी में मेहदी होने का दावा पेश किया। पैग़ंबर मोहम्मद के दीन की हिमायत की। हम लोग उनके बताए हुए रास्ते पर चले। तारीख़ लिखने वाले उस हदीस को मानते हैं कि जिसमें अबू हुरैरा के मुताबिक़ हर सदी के शुरू में अल्लाह की तरफ़ से वो शख़्स भेजे जाएँगे जो उम्मा[2] के दीन में नई जान फूकेंगे।"

शेख़ मुस्तफ़ा गुजराती ने एक शेर पढ़ा—

"आसमान में सूरज निकल आया,
अंधी आँख नहीं देखती तो क्या फ़ायदा।"

शेख़ कहते रहे, "सूरज सर पर है और मेरे हाथ में ढाल है! चींटी चीनी के दाने नहीं चुनती है तो ना चुने! अंधा आदमी नहीं देखता है तो ना देखे! अल्लाह तआला ने क़ुरान मजीद में फ़रमाया है, '...और कर लिया करो दो गवाह मर्दों में से...' दूसरे लफ़्ज़ों में, अल्लाह तआला ने कहा है कि तुम गवाह तलब करो मर्दों में से। अल्लाह तआला ने नामर्दों में से गवाह तलब करने को नहीं कहा। हज़रत मोहम्मद ने कहा,

1. तबक़ाते फ़ुक़हा—इस्लामी क़ानून के माहिरों पर लिखी गई किताब।
2. उम्मा—मुस्लिम समुदाय।

कि दुनिया का तलबगार नामर्द है, आख़िरत[1] का तलबगार औरत है, अल्लाह का तलबगार मर्द है। हज़रत मोहम्मद ने कहा है कि जिस इंसान ने रमज़ान का चाँद देखा है उस पर रोज़ा फ़र्ज़ है। जो उस मर्द की गवाही को मानेंगे, उन पर भी रोज़ा रखना फ़र्ज़ है। इसी तरह हमने क़ुरान और हदीस की दलील देखी और ख़ुदा और रसूल की गवाही सुनी, तो हम पर मेहदी को क़ुबूल करना फ़र्ज़ हुआ। इस वजह से हमने माना और कहा कि इमाम मेहदी आए और गए। और मेरे कहने पर बहुत से लोगों ने इमाम को माना। अगर किसी ने नहीं माना तो उसकी जगह जहन्नुम में होगी। ऐ बादशाह, मैंने क़ुरान मजीद, हज़रत मोहम्मद और उन किताबों से सुबूत दिए जिनका ऐतबार किया जाता है। अब आप अपने उलेमा से भी कहिए कि वो भी क़ुरान, हदीस और उन किताबों से सुबूत दें जिन पर ऐतबार किया जाता है और दलीलों से बताएँ कि उनके मुताबिक़ इमाम मेहदी कब आए।''

फ़तहपुर सीकरी की मजलिस में बादशाह सलामत ने उलेमा से कहा, ''शेख़ मुस्तफ़ा ने अपनी दलीलें पेश की हैं जो आप सब ने सुनीं। अब आप अपनी दलील पेश कीजिए।''

उलेमा ख़ामोश रहे।

शेख़ मुस्तफ़ा गुजराती ने बादशाह से कहा, ''एक दलील और सुनें। अल्लाह तआला ने अपने कलाम में उन लोगों के लिए जो क़ुरान पढ़ते हैं और क़ुरान पर अमल नहीं करते, फ़रमाया है, 'जिन लोगों पर तौरैत[2] मानने की ज़िम्मेदारी थी लेकिन उन्होंने उस ज़िम्मेदारी को उठाया नहीं, वो ऐसे गधे की तरह हैं जो पीठ पर किताबें लादे है।' यानी जो लोग क़ुरान पढ़ते हैं लेकिन उसके मुताबिक़ नहीं चलते, ऐसे गधे की तरह हैं जिनकी पीठ पर पत्थर या लकड़ी लदी है। हज़रत मोहम्मद ने कहा, 'जो आलिम अपने इल्म पर अमल नहीं करते वो गधे की मानिंद हैं।' फिर शेख़ मुस्तफ़ा गुजराती ने एक दोहा पढ़ा—

अरे भोंडे तुझ तन गधा जो बोझ ऊ भुनावें,
कान पकड़ कर लावें चुप कतिया जावें।''

शेख़ मुस्तफ़ा गुजराती कहते रहे, ''अल्लाह तआला फ़रमाते हैं, 'ये टोली चौपायों के मानिंद है बल्कि उनसे भी ज़्यादा गुमराह है...' अल्लाह तआला ने उनको जिस चीज़ के लिए पैदा किया है वो काम करते हैं और ख़ुदा की शान में तस्बीह पढ़ते हैं लेकिन कुछ लोग ख़ुदा को याद नहीं करते, ख़ुदा की बंदगी नहीं करते। इस वजह से वो दोज़ख़ में हमेशा जलेंगे। कुत्तों, सूअरों, गधों और तमाम चौपायों को दोज़ख़ का अज़ाब नहीं है लेकिन जो लोग ख़ुदा और रसूल के ख़िलाफ़ हैं और उसी

1. आख़िरत—परलोक।
2. तौरैत—मान्यता के मुताबिक़ वो आसमानी किताब जो हज़रत मूसा पर उतरी।

हालत में रहते हैं, वो दोज़ख़ में हमेशा जलेंगे। ऐसे लोग जानवरों से बदतर हैं। अल्लाह तआला ने कहा है, 'ऐ अहले किताब[1]! किसलिए तुम हक़ को झूठ से छिपाते हो जबकि तुम्हारे पास इल्म है।' तुम्हें इल्म है कि हज़रत मोहम्मद अल्लाह के असली पैग़ंबर हैं। इसी तरह से इमाम मेहदी की ख़ूबियाँ भी ज़ाहिर हैं फिर छिपाते क्यों हैं? लेकिन जो अंधा है वो क्या देखेगा? हज़रत मोहम्मद ने कहा है कि जो मक्खी गंदगी पर बैठती है वो उन उलेमा से बेहतर है जो बादशाहों के दरवाज़े पर जाते हैं। ऐसे लोग इमाम मेहदी को क्यों मानेंगे? लेकिन जो शख़्स हक़ के तलबगार हैं, इंसाफ़ में यक़ीन रखते हैं, दुनियावी मामलों से दूर हैं वो इमाम मेहदी को मानेंगे और सही मायने में माना है। अल्लाह तआला ने कहा, 'अहले किताब और मुश्रिकों[2] में से जो लोग सच मानने से इन्कार करते हैं वो बदलेंगे नहीं जब तक कि उनके सामने साफ़ सुबूत ना आ जाए।' यानी उन लोगों ने माना कि हज़रत मोहम्मद आएँगे लेकिन जब वो ख़ुदा की तरफ़ से बयान के साथ आए तो मानने से इन्कार कर दिया। इसी तरह उलेमा और शेख़ मानते थे कि इमाम मेहदी 905 हिज्री[3] में आएँगे लेकिन इमाम मेहदी आए तो उलेमा और शेख़ ने झगड़ा कर दिया, सिवाय उन कुछ लोगों ने जो इंसाफ़ और अल्लाह के तलबगार थे। उन्होंने कहा, 'ये वो मेहदी नहीं जिनका वायदा किया गया था।' ये तमाम बातें अब्दुर्रज़्ज़ाक़ काशी की *तफ़्सीरे तावीलात अल क़ुरान* में से हैं।''

शेख़ मुस्तफ़ा गुजराती ने कहा, ''ऐ बादशाह, बंदा कहता है कि एक रुक़्क़ा[4] लिख देता हूँ और तमाम उलेमा और शेखों से कहो कि वो भी एक रुक़्क़ा लिखें कि जो लोग आयत[5] और हदीस के बग़ैर बात करें उनका मुँह काला करके गधे पर बिठाएँ, बाज़ार घुमाएँ और लोग पत्थर मारें।''

शेख़ मुस्तफ़ा गुजराती ने एक काग़ज़ बादशाह सलामत को दिया लेकिन उलेमा और शेख़ों ने लिख कर देने से मना कर दिया। एक बुजुर्ग आलिम ने कहा, ''हम आयत और हदीस को इतना नहीं जानते जितना शेख़ मुस्तफ़ा जानते हैं। वो तो दिन-रात आयत और हदीस पढ़ते हैं।''

बादशाह सलामत ने उलेमा से कहा, ''इस क़द्र इल्म पढ़ा है लेकिन आयत और हदीस पर बहस नहीं करते! आयत और हदीस तो असल है। क्यों आयत और हदीस से वाक़िफ़ ना हुए!''

जलालुद्दीन मोहम्मद अकबर को नज़र के सामने मौजूद अपनी सल्तनत के सद्रुस्सुदूर शेख़ अब्दुन्नबी पर ग़ुस्सा आ गया।

---

1. अहले किताब—वो लोग जिन पर किताब नाज़िल हुई है यानी कि ख़ुदा की तरफ़ से ज़ाहिर हुई है।
2. मुश्रिक—वो इंसान जो ख़ुदा को एक नहीं मानता बल्कि उसके गुणों में औरों को भी शामिल करता है।
3. बमुताबिक़ 1499 ईसवी।
4. रुक़्क़ा—काग़ज़।
5. आयत—क़ुरान के एक अध्याय को सूरा और सूरे के हिस्से को आयत कहा जाता है।

"गधे लाओ! इन उलेमा और शेख़ों के मुँह को काला करो! गधे पर बिठाओ और कूचा-ओ-बाज़ार में घुमाओ!"

बादशाह सलामत का ये कह देना ही काफ़ी था। लोग खड़े होकर बादशाह से माफ़ी माँगने लगे और मजलिस ख़त्म हो गई।

कुछ दिनों बाद शेख मुस्तफ़ा गुजराती को फिर बहस के लिए दरबार में लाया गया। सभी उलेमा ने बाजमात ज़ुहर की नमाज़ पढ़ी लेकिन मुस्तफ़ा गुजराती जमात में शामिल नहीं हुए। उन्होंने अलग ही नमाज़ पढ़ी।

शेख़ अब्दुन्नबी ने बादशाह सलामत से कहा, "शेख़ मुस्तफ़ा से पूछिए कि वो मुसलमानों को काफ़िर क्यों कहते हैं।"

शेख़ मुस्तफ़ा ने जवाब दिया, "ऐ बादशाह, अब्दुन्नबी से पूछिए कि मैंने किसको काफ़िर कहा या कह रहा हूँ। अब्दुन्नबी से ये भी कहिए कि इल्ज़ाम के साथ सुबूत भी पेश करें।"

उलेमा बोले, "अगर हमें काफ़िर नहीं कहते तो हमारी इमामत में नमाज़ क्यों नहीं पढ़ते।"

शेख़ मुस्तफ़ा गुजराती ने बादशाह सलामत से पूछा, "ऐ बादशाह, आप कौन से ख़ानवादे[1] के मुरीद हैं।"

जलालुद्दीन मोहम्मद अकबर ने दोनों हाथों से अपने कान पकड़े और बहुत एहतराम के साथ सर झुका कर कहा, "मैं तो हज़रत ख़्वाजा मुईनुद्दीन चिश्ती का मुरीद हूँ।"

शेख़ मुस्तफ़ा गुजराती ने कहा, "मान लीजिए कोई कहे कि हज़रत ख़्वाजा मुईनुद्दीन चिश्ती बदराह और गुमराह थे और उन्होंने लोगों को गुमराह किया, तो आप क्या कहेंगे?"

बादशाह सलामत ने कहा, "ऐसे इंसान को मैं काफ़िर कहूँगा और अपने हाथों से उसका क़त्ल करूँगा।"

शेख़ मुस्तफ़ा ने कहा, "इमाम मेहदी मेरे पीर हैं। अगर कोई कहे कि इमाम मेहदी और उनको मानने वाले काफ़िर हैं और लोगों को गुमराह कर रहे हैं तो बंदा उनके पीछे नमाज़ कैसे पढ़ सकता है! बंदा किसी को काफ़िर नहीं कहता लेकिन हदीस है कि पैग़ंबर मोहम्मद ने फ़रमाया, 'जो इमाम मेहदी को नहीं मानता वो बेशक काफ़िर है।' ये हदीस *तबक़ाते फ़ुक़हा* में है। मैं सिर्फ़ ये हदीस सुना रहा हूँ। अपनी तरफ़ से किसी को काफ़िर नहीं कह रहा हूँ।"

फिर शेख़ मुस्तफ़ा गुजराती ने बादशाह सलामत से पूछा, "मुल्लाओं से पूछिए कि किसी पर झूठा इल्ज़ाम लगाने की शरई सज़ा क्या है?"

---

1. ख़ानवादा—ख़ानदान।

उलेमा ने जवाब नहीं दिया।

शेख़ मुस्तफ़ा गुजराती बोले, ''क़ुरान में अल्लाह तआला ने कहा है कि जो झूठे इल्ज़ाम लगाते हैं उनको अस्सी कोड़े लगने चाहिए। मुल्लाओं को ये सज़ा मिलनी चाहिए। अल्लाह तआला ने कहा है, 'जो लोग पाक दामन औरत पर इल्ज़ाम लगाते हैं और चार गवाह नहीं पेश करते उन्हें अस्सी कोड़े लगाओ और हरगिज़ क़ुबूल ना करो उसके बाद उनकी गवाही। यही लोग बदकार हैं...' ''

बादशाह सलामत बोले, ''ऐ मुल्ला और शेख़, तुमने शेख़ मुस्तफ़ा पर झूठा इल्ज़ाम लगाया और इसलिए तुमको शरई सज़ा मिलनी चाहिए।''

शेख़ मुस्तफ़ा गुजराती बोले, ''ऐ बादशाह, पैग़ंबर मोहम्मद ने कहा है, 'अल्लाह रहम करे उस पर जिसने इंसाफ़ किया और लानत हो उस पर जिसने नाइंसाफ़ी की।' ''

''ऐ शेख़ मुस्तफ़ा, ये मुल्ला और शेख़ मज़हबी लोग हैं और दीनी मामलों में अवाम की रहबरी करते हैं। आप इनके पीछे नमाज़ क्यों नहीं पढ़ते?'' बादशाह सलामत ने पूछा।

शेख़ मुस्तफ़ा गुजराती ने जवाब दिया, ''हज़रत मोहम्मद ने कहा है कि जो दुनिया का तलबगार है वो नामर्द है, जो आख़िरत का तलबगार है वो औरत है, जो अल्लाह का तलबगार है बस वही मर्द है। ऐ बादशाह, इंसाफ़ कीजिए। अब्दुन्नबी और दूसरे सभी उलेमा से पूछिए कि हदीस और फ़िक़्ह[1] की किताबों से एक मसला पेश करो कि नामर्दों की इमामत में नमाज़ जायज़ है। नामर्दों की इमामत नाजायज़ होने का मसला कई किताबों में है। इसलिए मैंने एक नामर्द के पीछे नमाज़ नहीं पढ़ी।''

बादशाह सलामत ने हँस कर कहा, ''ऐ शेख़ मुस्तफ़ा, सही कहा।''

फिर उन्होंने उलेमा से कहा, ''शेख़ मुस्तफ़ा ने आपके पीछे नमाज़ नहीं पढ़ी क्योंकि आप नामर्द हैं और नामर्द के पीछे नमाज़ पढ़ना नाजायज़ है। अब इसका जवाब दीजिए। क़ुरान, हदीस और जिन किताबों पर ऐतबार है उन से साबित कीजिए कि नामर्दों के पीछे नमाज़ दुरुस्त है।''

सब ख़ामोश रहे तो बादशाह सलामत बोले, ''ऐ शेख़ मुस्तफ़ा, सही जवाब दिया। आप पर अल्लाह की रहमत हो!''

फ़तहपुर सीकरी की इस महफ़िल में सल्तनत के सद्रुस्सुदूर शेख़ अब्दुन्नबी और दरबार के बड़े उलेमा के सामने बेड़ियों में जकड़े शेख़ मुस्तफ़ा गुजराती मौजूद थे। उन्होंने कहा, ''अगर आप चाहें तो मैं एक क़िस्सा और सुनाना चाहता हूँ। अल्लाह से डरने वाले दीनदार लोगों के बीच एक नामर्द बैठा था। ये दीनदार लोग अल्लाह, पैग़ंबर मोहम्मद और मक्का की बातें कर रहे थे। उनमें से एक ने कहा कि वो मक्का जा चुके हैं। इसका सवाब बहुत है। समंदर और जंगल देखे हैं। ये सब सुनकर नामर्द के दिल में मक्का जाने की ख़्वाहिश हुई। वो घर गया और खाना

1. फ़िक़्ह—इस्लामी धर्मशास्त्र।

लेकर मक्का के लिए निकल पड़ा। कुछ ही कोस चला था कि टाँगें दर्द करने लगीं। एक पेड़ देखा तो उस तक पहुँचने की कोशिश की। पेड़ तक पहुँचना भी मुश्किल लगा। बड़ी कोशिश से वहाँ तक पहुँचा और औरतों की तरह रोते-रोते गिर पड़ा। दूर से एक आदमी आता दिखा। जब वो पास आया तो नामर्द ने पूछा मक्का कितना दूर है। उस आदमी ने पूछा कि कब से सफ़र में हो। नामर्द ने बताया कि आज ही निकला हूँ और मक्का जाना चाहता हूँ। उसका घर चंद कोस पर ही था। उस आदमी ने कहा, 'ऐ नामर्द, घर लौट जाओ क्योंकि समंदर को देखकर तुम डर से मर जाओगे।' वो आदमी आगे बढ़ गया। नामर्द उसकी बात से डर गया। वो घर लौट आया। उसके रिश्तेदारों ने उसको डाँटा और कहा कि मक्का जाना मर्दों का काम है।''

क़िस्सा सुना कर शेख़ मुस्तफ़ा गुजराती ने बादशाह सलामत से कहा, ''जैसा कि पैग़ंबर मोहम्मद ने कहा है, सिर्फ़ अल्लाह के तलबगार मर्द हैं। दुनिया के तलबगार नामर्द हैं। इसलिए वो पैग़ंबर को नहीं मानते, दुनिया को नहीं छोड़ते। बादशाहों और अमीर-उमरा के पास जाते हैं और वज़ीफ़ा और दूसरी दुनियावी चीज़ें चाहते हैं। इसके लिए चापलूसी करते हैं। वो अल्लाह में यक़ीन नहीं कर सकते और मज़हबी नहीं हो सकते। दुनिया के तलबगार उस नामर्द की तरह हैं जो मक्के की राह से वापिस आ गए।''

बादशाह सलामत ने कहा, ''आप पर अल्लाह की रहमत हो और अल्लाह आपको बरकत दे।''

जलालुद्दीन मोहम्मद अकबर ने उलेमा से कहा कि वो शेख़ मुस्तफ़ा की बातों का जवाब दें। उलेमा चुप रहे।

बादशाह सलामत कहा करते थे, ''फ़लसफ़े पर बहस हमें इतनी पसंद है कि बाक़ी सब तरफ़ से ध्यान बँट जाता है। हम ज़बरदस्ती ख़ुद को सुनने से रोकते हैं वरना ज़िम्मेदारियाँ नहीं निभेंगी।''

बहरहाल उलेमा की मुख़ालिफ़त के बावजूद शेख़ मुस्तफ़ा को रिहाई मिली और घर लौटने की इजाज़त भी। लेकिन वो गुजरात नहीं पहुँच पाए। उलेमा से बहस के दौरान ही उनकी तबीयत बिगड़ी हुई थी और वो ख़ून थूक रहे थे। उन्होंने बयाना में ही दम तोड़ दिया।

बादशाह सलामत को याद आया कि मख़्दूमुल मुल्क अब्दुल्ला सुल्तानपुरी ने मिर्ज़ा मुफ़लिस नाम के एक शख़्स से एक सवाल पूछा। इससे पहले कि मिर्ज़ा मुफ़लिस जवाब देते, शेख़ अब्दुन्नबी ने एक दूसरा सवाल पूछ लिया। तब

मिर्ज़ा मुफ़लिस ने शेख़ अब्दुन्नबी से कहा, ''छोटे ग़ुलाम रुको, ज़रा बड़े ग़ुलाम की बात का जवाब दे दूँ।''

मिर्ज़ा मुफ़लिस की इस बात का मक्का तक चर्चा रहा।

इसके कुछ दिन बाद उन्होंने बादशाह सलामत से कहा, ''मेरा नाम मुफ़लिस ज़रूर है लेकिन हज़रत से अर्ज़ करने की बदौलत मुझे मुक़द्दस जगहों की ज़ियारत के लिए ज़रूरी नक़द और साज़ो-सामान से कहीं ज़्यादा मिलेगा।''

सही मायने में बादशाह सलामत ने उन्हें इतना सोना और तोहफ़े दिए जितना कि वो मक्का में इस्तेमाल भी नहीं कर सकते थे। मुल्ला मुफ़लिस मक्का गए और उन्हें वहीं की मिट्टी नसीब हुई।

मख़्दूमुल मुल्क अब्दुल्ला सुल्तानपुरी का बुरा वक़्त आ रहा था। बादशाह सलामत की शह पर उन्हें तरह-तरह से परेशान किया गया। एक महफ़िल में उनके बारे में ये सुनाया गया—

''मख़्दूमुल मुल्क ने एक बार फ़तवा दिया कि हज करना अब फ़र्ज़ नहीं है बल्कि नुक़सानदेह है। जब पूछा गया तो उन्होंने कहा कि मक्का जाने वाले दोनों रास्ते दुश्वार हैं क्योंकि ज़मीन के रास्ते फ़ारस से जाने वालों को क़िज़िलबाश[1] परेशान करते हैं और पानी के रास्ते जाने वालों को पुर्तगाली, जिनके राहदारी के परवाने पर मरियम और ईसा मसीह की तस्वीरें होती हैं। इस रास्ते से जाना बुतपरस्ती को मानने की तरह है। इसलिए दोनों रास्ते बंद हैं।''

इसी महफ़िल में मख़दूमुल मुल्क अब्दुल्ला सुल्तानपुरी पर ये इलज़ाम भी लगा—

''ये हर साल के आख़िर में अपनी पूरी जायदाद अपनी बीवी के नाम कर देते हैं और ज़कात देने से बच जाते हैं लेकिन साल ख़त्म होने से पहले ही बीवी से ये जायदाद वापिस भी ले लेते हैं।''

बादशाह सलामत की ज़िंदगी में कई मौक़े आए जब वो उलेमा से मायूस हुए।

ग्वालियर के शेख़ मोहम्मद ग़ौस के एक रिश्तेदार को आगरा की एक गाने वाली से इश्क़ हो गया। जब ये बात बादशाह सलामत तक पहुँची तो उन्होंने उस औरत की शादी अपने एक दरबारी से करा दी। नाकाम आशिक़ सारे पहरों को तोड़ कर रात के अँधेरे में महल में घुसा और अपनी माशूक़ा को लेकर फ़रार हो गया। बादशाह सलामत के हुक्म पर शेख़ ग़ौस के बेटे शेख़ ज़ियाउद्दीन ने इन दोनों को समझाया। जब दोनों सामने आए तो बादशाह सलामत ने कहा कि इनकी शादी करा दी जाए। जब शेख़ ज़ियाउद्दीन इसके लिए राज़ी ना हुए तो नाकाम आशिक़ ने

1. क़िज़िलबाश—लाल टोपी वाले सैनिक; फ़ारस के शाह इस्माईल ने अपनी तुर्की सेना को लाल टोपी पहनाई थी और उसका नाम क़िज़िलबाश रखा था।

ख़ंजर भोंक कर अपनी जान ले ली। अब मसला ये हुआ कि इस आशिक़ को दफ़्नाया कैसे जाए। शेख़ ज़ियाउद्दीन ने कहा, "...ये शहीदे-मोहब्बत है और शहीद के तौर पर ही उसे दफ़्न होना चाहिए।"

सद्रुस्सुदूर शेख़ अब्दुन्नबी ने शेख़ ज़ियाउद्दीन की बात को काट कर कहा, "इसने ज़िना[1] किया है और ये पाक साफ़ नहीं है।"

अपने आशिक़ के जाने के बाद उस गाने वाली की ज़िंदगी भी चंद रोज़ की रही। उसका आख़िरी वक़्त अपने आशिक़ के मज़ार पर झाड़ू लगाते गुज़रा।

बादशाह सलामत को कामयाब इश्क़ की दास्तान *हुस्नो-दिल* पसंद थी। फ़त्ताही नीशापुरी की लिखी दास्तान की एक जिल्द उन्होंने तस्वीरों के साथ बनवाई थी। कहानी उस शहर की थी जिसका नाम जिस्म था और वहाँ के शहज़ादे का नाम दिल। दिल को करामाती पानी आबे हयात[2] की तलाश थी जिसे पाने के लिए वो नज़र नाम के अपने नुमाइंदे को रवाना करता है। बहुत तकलीफ़ें उठाने के बाद नज़र पूरब की उस रियासत तक पहुँचता है जिसका नाम इश्क़ है, जहाँ की शहज़ादी का नाम हुस्न है। शहज़ादी हुस्न उसी बाग़ में रहती है जहाँ आबे हयात की नहर बहती है। शहज़ादी के पास एक ऐसे शख़्स की तस्वीर है जिसका कोई नाम, पता या शिनाख़्त नहीं है।

बादशाह सलामत ने इस दास्तान के साथ जो तस्वीर बनवाई उसमें शहज़ादी हुस्न अपने बाग़ की एक बड़ी आलीशान और ख़ुशनुमा इमारत में बैठी है। सोने के छह तरफ़ा तख़्त के पीछे दीवार पर परियों की तस्वीरें बनी हैं और सामने आबे हयात है। नज़र की मुलाक़ात जब हुस्न से होती है तो वो फ़ौरन पहचान लेता है कि जो तस्वीर शहज़ादी के पास है वो शहज़ादे दिल की है। वो शहज़ादी हुस्न से कहता है, "ये पश्चिम के शहज़ादे की तस्वीर है जिनका नाम दिल है, जिनकी ख़ूबसूरती और कारनामों का दुनिया में चर्चा है।"

ये सुनकर हुस्न को दिल से मोहब्बत हो जाती है और उतार-चढ़ाव के बाद दिल और हुस्न का मिलन होता है।

शेख़ अब्दुन्नबी के हालात सही मायने में उस वक़्त से बिगड़ने शुरू हुए जब बादशाह सलामत ने अपने ज़िंदगी के एक निजी मामले पर उलेमा की राय माँगी।

---

1. ज़िना—शरियत के नियम-क़ायदों के ख़िलाफ़ किसी से शारीरिक संबंध रखना।
2. आबे हयात—अमृत जल।

"कितनी आज़ाद औरतों को निकाह कर के रखना दुरुस्त है?" बादशाह सलामत ने पूछा।

उलेमा ने जवाब दिया, "चार से ज़्यादा आज़ाद औरतों को बयकवक़्त निकाह में रखना मना है।"

जलालुद्दीन मोहम्मद अकबर अब तक अपनी चचेरी और फुफेरी बहन और आगरा के शेख़ बुध की बहू के अलावा आमेर के राजा भारमल, बीकानेर के राय कल्याणमल, नगरकोट के राजा जयचंद और डूँगरपुर के रावत असकरण के ख़ानदान से शादी का रिश्ता जोड़ चुके थे। बीकानेर में तो वो दो शादियाँ कर चुके थे।

बादशाह सलामत ने उलेमा से कहा, "हम तो जवानी में इसके पाबंद नहीं रहे। जितनी औरतों को चाहते थे निकाह में ले लेते थे, चाहे वो आज़ाद हों या ग़ुलाम। अब इसका क्या इलाज हो सकता है?"

इस पर अलग-अलग राय सुनने के बाद बादशाह सलामत ने कहा, "हमने शेख़ अब्दुन्नबी से सुना है कि एक मुज्तहिद[1] के मुताबिक़ तो नौ औरतों से भी निकाह किया जा सकता है।"

उलेमा ने कहा, "हाँ एक मुज्तहिद इब्न लैला का ये रुझान है। आयते पाक में कहा गया है कि, 'अपनी मर्ज़ी की दो-दो, तीन-तीन, चार-चार औरतों से शादी करो।' बाज़ के मुताबिक़ इसके ज़ाहिरी मायने से तो अट्ठारह औरतों तक को जायज़ ठहरा दिया गया है। लेकिन इन सारी रिवायतों की अहमियत कम मानी गई है। इन पर अमल दुरुस्त नहीं होगा।"

बादशाह सलामत सोच में पड़ गए। उन्होंने फ़ौरन सल्तनत के सद्रुस्सुदूर शेख़ अब्दुन्नबी से दरियाफ़्त किया तो शेख़ ने जवाब दिया, "मेरे कहने का मक़सद ये था कि इस मामले में अलग-अलग राय हैं। मैंने इस पर कोई फ़तवा नहीं दिया।"

बादशाह सलामत ने बिगड़ कर कहा, "शेख़ ने तो हम से झूठ बोला। तब कुछ कहा, अब कुछ कह रहे हैं।"

बादशाह सलामत की मुश्किल हल करने के लिए उलेमा ने फ़तवा दिया, "मुता[2] के ज़रिए जितनी चाहे औरतों से निकाह किया जा सकता है। ये इमाम मालिक को मानने वालों में जायज़ है। शीया तो मुता में पैदा होने वाले लड़के को दूसरे लड़कों से ज़्यादा प्यारा मानते हैं, हालाँकि सुन्नी ऐसा नहीं मानते।"

इस पर इतनी बहस हुई कि बादशाह सलामत ने मुल्ला अब्दुल क़ादिर बदायूँनी को बुलाकर पूछा, "तुम क्या कहते हो?"

मुल्ला बदायूँनी ने जवाब दिया, "ये सारा झगड़ा बस एक बात पर ख़त्म हो

---

1. मुज्तहिद—जो अपने दौर की ज़रूरतों के मुताबिक़ क़ुरान और हदीस की व्याख्या करे।
2. मुता—अस्थायी विवाह या एक निर्धारित अवधि के लिए किया गया विवाह।

जाता है। मुता इमाम मालिक और शीया उलेमा की नज़र में मुबाह[1] है और इमाम शाफ़ी और इमाम अबू हनीफ़ा की नज़र में हराम है। जब मालिकी मज़हब का क़ाज़ी इसका हुक्म दे तो उसी वक़्त इमाम अबू हनीफ़ा के मज़हब में भी ये हलाल हो जाता है। बस यही एक काँटे की बात है। बाक़ी सब लड़ाई-झगड़ा है।''

बस बादशाह जलालुद्दीन मोहम्मद अकबर ने उसी वक़्त एक मालिकी को क़ाज़ी बनाकर मुता का फ़तवा ले लिया।

इसके बाद जब शेख़ अब्दुन्नबी पर बेगुनाहों के क़त्ल का इल्ज़ाम लगा तो उनके सितारे और गर्दिश में आ गए।

कश्मीर के शीया-सुन्नी फ़साद में एक शीया का क़त्ल हुआ। इसके बदले में एक सुन्नी मुफ़्ती को क़ैद कर दिया गया और फिर उनका क़त्ल कर दिया गया। जब कश्मीर के हाकिम की तरफ़ से दो शीया मीर मुक़ीम इस्फ़हानी और मीर याक़ूब हसन ख़ान तोहफ़े ले कर पहुँचे तो ये बातें होने लगीं कि सुन्नी मुफ़्ती के क़त्ल के पीछे मीर मुक़ीम का ही हाथ है। शेख़ अब्दुन्नबी ने मीर मुक़ीम इस्फ़हानी और मीर याक़ूब हसन ख़ान दोनों को ही मौत की सज़ा दे दी।

इस सब के बाद जब शेख़ अब्दुन्नबी बार-बार मथुरा के ब्राह्मण के लिए मौत की सज़ा माँगने लगे तो शाही हरम में बेचैनी फैल गई। बादशाह सलामत की कई बेगमें मथुरा के ब्राह्मण की रिहाई की माँग करने लगीं। तैमूरी ख़ानदान में हरम की बेगमात की बहुत सुनी जाती थी लेकिन इस बार फ़रियाद का कोई अंजाम नहीं हुआ। बादशाह सलामत शेख़ अब्दुन्नबी की बहुत इज़्ज़त करते थे और उनकी बात को आसानी से टाल नहीं सकते थे लेकिन उनकी बात को मानना भी उनके लिए मुश्किल हो रहा था। आख़िर शेख़ अब्दुन्नबी ने जब बार-बार पूछा तो बादशाह सलामत ने कह दिया, ''हम आपको जवाब दे चुके हैं। आपको पता है।''

ये सुनकर शेख़ ने घर पहुँचते ही ब्राह्मण को मौत की सज़ा सुना दी।

ब्राह्मण की मौत से तूफ़ान आ गया। अंदर हरम की बेगमात और बाहर दरबार के हिंदुओं ने कहा, ''आपने इन मुल्लों को इतना सर चढ़ा लिया है कि अब ये आपकी भी नहीं सुनते और अपनी ताक़त दिखाने के लिए आपके हुक्म के बग़ैर ही लोगों को मौत के घाट उतार देते हैं।''

इन बातों का बादशाह पर इतना असर हुआ कि एक रात फ़तहपुर सीकरी में अनूप तलाव की महफ़िल में उन्होंने मुफ़्तियों और कुछ और लोगों के सामने ये मसला रखा।

---

1. मुबाह—वो काम जो शरीयत के लिहाज़ से ना तो सही माना जाएगा, ना ही ग़लत।

दौलतख़ाना-ए-ख़ास के पश्चिम की तरफ़ वो इलाक़ा था जहाँ बादशाह सलामत ख़ास-ख़ास लोगों से मिला करते थे। यहीं पर चौकोर हौज़ अनूप तलाव के बीचोबीच बैठने की जगह थी जहाँ बादशाह सलामत की महफ़िल हुआ करती थी।

महफ़िल में एक शख़्स ने कहा, ''पेश किए गए गवाहों से साबित होता है कि शेख़ अब्दुन्नबी ने ग़लत किया।''

महफ़िल में एक और आवाज़ उठी, ''अजीब बात ये है कि शेख़ अब्दुन्नबी तो इमाम अबू हनीफ़ा के ख़ानदान के हैं और हनफ़ी ये मानते हैं कि इस्लामी हुकूमत के मातहत कोई काफ़िर अगर पैग़ंबर के बारे में बदज़बानी करता है तो इसका ये मतलब नहीं कि मुसलमान काफ़िरों की हिफ़ाज़त की ज़िम्मेदारी से बरी हो गए हैं। हनफ़ी फ़िक्ह की किताबों में इस पर बहुत कुछ कहा गया है। समझ नहीं आता कि शेख़ अपने बुज़ुर्ग की बातों के ख़िलाफ़ कैसे गए!''

एकाएक बादशाह सलामत ने दूर बैठे मुल्ला अब्दुल क़ादिर बदायूँनी को पास बुलाया और पूछा, ''तुमने भी ये मसला सुना है कि एक शख़्स के क़त्ल के लिए निन्यानवे रिवायतें हों और उसकी रिहाई के लिए सिर्फ़ एक रिवायत हो तो मुफ़्ती को उस एक रिवायत को तरजीह देनी चाहिए?''

मुल्ला बदायूँनी ने कहा, ''हाँ, जैसा बादशाह सलामत ने कहा है, वैसा ही है। अरबी में कहा गया है कि 'अगर शक-शुब्हा हो तो बेशक सज़ाएँ माफ़ हो जानी चाहिए।' ''

मुल्ला बदायूँनी ने बादशाह सलामत की सहूलियत के लिए अरबी के बाद फ़ारसी में दोहराया।

ये सुन कर बादशाह सलामत ने अफ़सोस कर के कहा, ''शायद शेख़ अब्दुन्नबी को इस बात का इल्म ना हो। तभी तो बेचारे ब्राह्मण को क़त्ल करवा दिया। लेकिन ये भी कैसे मान लूँ कि उनको इल्म नहीं होगा!''

मुल्ला बदायूँनी बोले, ''इसमें कोई शक नहीं कि शेख़ एक बड़े आलिम हैं। इस रिवायत के ख़िलाफ़ हुक्म देने के पीछे उनकी नज़र में कोई वजह होगी।''

बादशाह सलामत ने पूछा, ''क्या मक़सद हो सकता है?''

मुल्ला अब्दुल क़ादिर बदायूँनी ने जवाब दिया, ''आम लोगों के दिलो-दिमाग़ से बग़ावत को ख़त्म करना।''

मुल्ला बदायूँनी ने इस मामले में दलील के तौर पर क़ाज़ी अयाज़[1] की एक रिवायत को पेश किया तो कुछ लोगों ने पलट कर कहा, ''क़ाज़ी अयाज़ तो मालिकी थे। हनफ़ियों के बीच उनके फ़ैसलों का कोई वज़न नहीं है।''

बादशाह सलामत ने मुल्ला बदायूँनी की तरफ़ देख कर कहा, ''क्या कहते हो इस पर?''

---

1. क़ाज़ी अयाज़—मालिकी इस्लामी क़ानून के बड़े विद्वान।

मुल्ला बदायूँनी बोले, ''क़ाज़ी अयाज़ मालिकी थे लेकिन अगर कोई मुफ़्ती उनके फ़तवे के मुताबिक़ फ़ैसला सुनाता है तो ये शरई तौर पर सही है।''

देर तक मुल्ला अब्दुल क़ादिर बदायूँनी इस पर बहस करते रहे। अनूप तलाव पर मौजूद लोगों ने देखा कि ग़ुस्से में बादशाह सलामत की मूँछें शेर के बाल की तरह फड़क रही हैं। बादशाह के पीछे से कई लोगों ने मुल्ला बदायूँनी को इशारा भी किया कि बहस छोड़ें।

आख़िर मुल्ला अब्दुल क़ादिर बदायूँनी की दलीलों को सुनते-सुनते बादशाह सलामत फट पड़े।

''बकवास कर रहे हो तुम!''

मुल्ला बदायूँनी ने एकदम ख़ामोश हो कर तस्लीम किया और अपनी जगह पर आ गए।

जलालुद्दीन मोहम्मद अकबर जब भेरा पहुँचे तो इन मज़हबी झगड़ों का बहुत बड़ा बोझ था उनके सीने पर। उनका सब्र टूट रहा था। मियाँ तानसेन ने बादशाह सलामत को कहा था—

''धीरैं-धीरैं-धीरैं मन, धीरैं ही सब कछु होय।
धीरैं राज, धीरैं काज, धीरैं योग, धीरैं ध्यान, धीरैं सुख-समाज जोय॥
धीरैं तीरथ, धीरैं ब्रत-संयम, धीरैं ही करै सतसंग,
साधुन में बैठ मन को धीरैं राखौय।
'तानसेन' कहैं सुनो साह अकबर
ऐती बड़ी बादसाही धीरैं ही तैं पाई सोय॥''

गुजरात की पहली फ़तह के वक़्त शेख़ मुबारक नागौरी ने जो कहा वो बादशाह सलामत को अक्सर याद आता रहा।

''ख़ुदा ने हज़रत बादशाह की पाक शख़्सियत में लोगों को एक नेमत बख़्शी है। अपनी ख़ूबियों और दुनियावी मामलों के बेहतरीन इंतज़ामात की वजह से हज़रत बादशाह रूहानी दुनिया के पेशवा हैं। इसी वजह से इस तरह की बड़ी फ़तहें हुई हैं।''

बादशाह सलामत को गुजरात फ़तह करके लौटे तीन महीने भी नहीं हुए थे कि फ़तहपुरी सीकरी में एक बुरी ख़बर मिली। गुजरात हाथ से निकलने को था। सूबेदार मिर्ज़ा अज़ीज़ कोका अहमदाबाद में बंद होकर रह गए थे। मिर्ज़ा ख़ानदान के

इब्राहीम हुसैन मिर्ज़ा और मोहम्मद हुसैन मिर्ज़ा बग़ावत पर थे। उनके पिता मोहम्मद सुल्तान मिर्ज़ा का रिश्ता अमीर तैमूर के दूसरे बेटे उमर शेख़ मिर्ज़ा से जुड़ता था और जलालुद्दीन मोहम्मद अकबर का अमीर तैमूर के तीसरे बेटे से। मोहम्मद सुल्तान मिर्ज़ा के बेटे इब्राहीम हुसैन मिर्ज़ा की शादी बादशाह सलामत के चचा मिर्ज़ा कामरान की बेटी गुलरुख़ बेगम से हुई थी। इस तरह से दोनों तैमूरी भी थे और क़रीबी रिश्तेदार भी। जन्नत आशियानी हुमायूँ बादशाह के दरबार में और फिर बादशाह सलामत के दरबार में मोहम्मद सुल्तान मिर्ज़ा ने बहुत इज़्ज़त पाई। उन्हें और उनके बेटों को बादशाह सलामत ने संभल में जागीरें दीं। ग्यारहवें इलाही सन् में जब सौतेले भाई मिर्ज़ा मोहम्मद हकीम काबुल से लाहौर पर चढ़ आए तो बादशाह सलामत ने उन्हें कुचलने के लिए कूच किया। उस मुश्किल वक़्त में मोहम्मद सुल्तान मिर्ज़ा के बेटे इब्राहीम हुसैन मिर्ज़ा और मोहम्मद हुसैन मिर्ज़ा ने बग़ावत का झंडा बुलंद किया और लूटपाट करते हुए दिल्ली तक आ पहुँचे। फिर वहाँ से मालवा चले गए। जब मालवा से निकले तो गुजरात पहुँचे जहाँ चंपानेर, भरूच और सूरत पर उनका क़ब्ज़ा हो गया। बादशाह सलामत की हुकूमत के सतरहवें साल में जब अहमदाबाद सल्तनत का हिस्सा हुआ तो मिर्ज़ा ख़ानदान और शाही फ़ौज का फिर से आमना-सामना हुआ। सरनाल शहर में बादशाह सलामत की फ़ौज के साथ घमासान के बाद इब्राहीम हुसैन मिर्ज़ा को भागना पड़ा। बाद में वो पंजाब में घायल होकर मरे। उनकी बीवी गुलरुख़ बेगम को बेटे मुज़फ़्फ़र हुसैन मिर्ज़ा के साथ दकन में पनाह लेनी पड़ी। मोहम्मद हुसैन मिर्ज़ा को मिर्ज़ा अज़ीज़ कोका ने पटन में हराया। हार के बाद वो भी दकन भाग गए। गुजरात का सूबा मिर्ज़ा अज़ीज़ कोका को सौंप कर बादशाह सलामत सीकरी पहुँचे ही थे कि मोहम्मद हुसैन मिर्ज़ा ने दकन से लौट कर गुजरात के कई इलाक़ों पर क़ब्ज़ा कर लिया। उन्होंने अहमदाबाद में सूबेदार मिर्ज़ा अज़ीज़ कोका को ऐसा घेरा कि वो ना तो बाहर निकल सकते थे और ना कोई उन तक पहुँच सकता था। घबरा कर मिर्ज़ा अज़ीज़ कोका ने बादशाह सलामत को अर्ज़ियाँ और अपनी माँ को चिट्ठियाँ भेजनी शुरू कर दीं। मिर्ज़ा अज़ीज़ कोका की माँ जीजी अंगा ने बादशाह सलामत को दूध पिलाया। इसी वजह से बादशाह सलामत कहा करते थे, ''मैं और मिर्ज़ा अज़ीज़ कोका दूध की नहर से जुड़े हुए हैं।''

जीजी अंगा ने रो-रो कर बादशाह सलामत से कहा, ''जिस तरह भी हो, मेरे बेटे का मुँह दिखाओ।''

बादशाह सलामत ने शाही हरम को और कई हज़ार फ़ौजियों को फ़ौरन रवाना किया। राजा भगवंत दास और कई और उमरा को शाही हरम की हिफ़ाज़त के लिए साथ भेजा। बादशाह सलामत ने कहा, ''हालाँकि ये लोग मुझसे पहले जा रहे हैं लेकिन पहुँचेंगे मेरे बाद।''

राजा भार मल, राजा टोडर मल और भरोसे के कई अमीर–उमरा को फ़तहपुर की हिफ़ाज़त के लिए छोड़ा और कुँवर मान सिंह को हुक्म दिया कि और कछवाहे राजपूतों को लेकर बादशाह सलामत तक पहुँचे।

981 हिज्री की रबीउस सानी बमुताबिक़ ईसवी 1573 की अगस्त की 23 तारीख़, रविवार के दिन, बादशाह सलामत एक ऊँटनी पर सवार हुए और तीन सौ लोगों के साथ कूच कर गए। इसके बाद सीधे रात के खाने के लिए तोदा में रुके। सोमवार सुबह–सुबह तोदा से निकल कर हंस महल पहुँचे। फिर ज़रा सा रुकने के बाद तेज़ रफ़्तार से मुईज़्ज़ाबाद पहुँच गए। थकान के बावजूद आधी रात को रथ पर सवार हो गए और ये हुक्म दिया कि नींद के झोंके में धीरे चलने का हुक्म दें तो उसे नज़रअंदाज़ करके तेज़ रफ़्तार बनाए रखें। मंगलवार को सुबह के नाश्ते के वक़्त ख़्वाजा मुईनुद्दीन चिश्ती की दरगाह पहुँच कर ज़ियारत की और मदद माँगी। दिन भर अजमेर रुकने के बाद फिर घोड़े पर सवार हुए और बुधवार की सुबह मेरता आ गए। बादशाह सलामत यहाँ थोड़ा रुक कर फिर आगे बढ़े और दिन के एक पहर के बाद जैतारण पहुँचे। वहाँ थोड़ी देर पड़ाव किया। अभी दिन का एक पहर बाक़ी था जब शाही लश्कर फिर तेज़ रफ़्तार से आगे बढ़ चला। बादशाह सलामत आधी रात को जोधपुर में सोजत पहुँचे। यहाँ सिर्फ़ भोर तक आराम करने के बाद वहाँ से निकलने को थे कि ख़बर मिली कि आगे भेजी गई फ़ौज और शाही हरम पाली में है। वो कुछ चुने हुए लोगों को लेकर पाली के लिए निकले लेकिन थोड़ी दूर जा कर पता चला कि ख़बर ग़लत है। बादशाह सलामत ने फिर लौट कर सिरोही के रास्ते गुजरात में दाख़िल होने का इरादा किया। ये रास्ता छोटा था लेकिन ख़ैरख़्वाहों ने जालौर से जाने की सलाह दी क्योंकि उन्हें सिरोही का रास्ता ख़तरनाक लगा। जब बादशाह सलामत नहीं माने तो रास्ता दिखाने वाले फ़ौजी शगुना को कहा गया कि वो जालौर के रास्ते से ले जाए लेकिन कहे कि रास्ता सिरोही का है। शाही लश्कर रात को निकला तो रास्ता भटक गया। जुमे की सुबह एक गाँव पहुँचे तो बादशाह सलामत को पता चला कि वो जालौर के रास्ते में हैं। वो नाराज़ हुए लेकिन फिर रुक कर चल दिए। दोपहर तक जालौर पहुँच गए। यहाँ शाही हरम और आगे भेजी गई फ़ौज मिल गई। जालौर में बादशाह सलामत ने थोड़ा वक़्त हरम में गुज़ारा। फिर आधी रात को तेज़ घोड़े पर निकले और शनिवार दोपहर तक पट्टनवाल जा कर रुके। यहाँ पहली तारीख़ का चाँद देखने के बाद निकले तो रविवार ख़त्म होने तक रुके ही नहीं और पटन से बीस कोस की दूरी पर बनास नदी के किनारे दीसा पहुँच गए। वहाँ से आधी रात चले तो सुबह नाश्ते के वक़्त पटन से पाँच कोस दूर बालीसाना आ पहुँचे।

बादशाह सलामत का लश्कर इतना तेज़ था कि आगे भेजे गए फ़ौजी रास्ते में मिलते भी गए और बहुत सारे पीछे छूटते भी गए। पीछे छूटने वालों का इंतज़ार किए

बिना बालीसाना में पूरी फ़ौज को जमा होने का हुक्म हुआ। अपने पास चुने हुए सौ फ़ौजियों को रखकर बादशाह सलामत ने बाक़ी फ़ौज को बरनग़ार, जरनग़ार और ग़ोल में बाँट दिया। ग़ोल की ज़िम्मेदारी बैराम ख़ान के बेटे अब्दुर्रहीम को दी गई। सोलह बरस के नौजवान को मिर्ज़ा ख़ान का ख़िताब मिल चुका था। उनकी बहुत बचपन की यादें इस इलाक़े से जुड़ी थीं। पटन में ही उनके वालिद बैराम ख़ान ख़ानेख़ानां का क़त्ल हुआ और उन्हें अपनी माँ के साथ जान बचा कर भागना पड़ा। कुछ वक़्त पहले जब बादशाह सलामत पहली बार गुजरात फ़तह के लिए यहाँ पहुँचे थे तो अब्दुर्रहीम को भी साथ लाए ताकि पटन में वो बैराम ख़ान का मज़ार देख लें। उस वक़्त उन्होंने अब्दुर्रहीम को बैराम ख़ान की शहादत के बारे में बताया था। बादशाह सलामत ने तब पटन की जागीर भी मिर्ज़ा अब्दुर्रहीम को दे दी।

बरनग़ार का ज़िम्मा मीर मोहम्मद ख़ान किलाँ को दिया गया। जरनग़ार को वज़ीर ख़ान ने सँभाला। मोहम्मद कुली ख़ान तोक़बई और तरख़ान दीवाना के साथ कई फ़ौजी हरावल के तौर पर तैनात किए गए।

सोमवार का दिन ख़त्म होने पर तीन हज़ार फ़ौजियों के लश्कर ने बालीसाना से कूच किया। शगुना को आगे भेजा गया कि वो अहमदाबाद में शाही छावनी को बता दे कि जब बादशाह सलामत की फ़ौज पहुँचे तो वो लोग बाहर आकर मिलें।

पूरी रात और दिन का थोड़ा हिस्सा गुज़र जाने के बाद शाही लश्कर कड़ी पहुँचा जहाँ के क़िले पर क़ब्ज़ा आसान था। लेकिन बादशाह सलामत ने तय किया कि ऐसा करना मुनासिब नहीं क्योंकि इससे दुश्मन को उनके आने की भनक लग जाएगी। वो दो कोस आगे जाकर रुके ताकि लश्कर सुस्ता ले। बुधवार को शाही लश्कर फिर निकला और साबरमती किनारे तक जा पहुँचा। नदी पार सामने अहमदाबाद का क़िला दिख रहा था। जो सफ़र आमतौर पर दो-तीन महीनों में होता था, उसे बादशाह सलामत के लश्कर ने नौ दिनों में पूरा किया।

तानसेन ने बादशाह सलामत की फ़ौज के बारे में कहा था कि बलशाली शाह छत्रपति अकबर के आने से सात द्वीपों और आठ दिशाओं के लोग और राजा थर-थर काँप रहे हैं; बादशाह की गति ऐसी कि उन्होंने रात और दिन क्षण में बदल दिए हैं; उनका लश्कर ऐसे बढ़ रहा है जैसे जीतना ही उसकी फ़ितरत हो; विनती है कि उन की नज़र उतार कर हज़ारों तरह का धन-धान्य तानसेन को दे दिया जाए।

"ए आयौ, आयौ के बलवंत साह, आयौ छत्रपति अकबर।
सप्त द्वीप और अष्ट दिसा नर नरेन्द्र, घर-घर थर-थर डर॥
निसि-दिन कर एक छिन पावै, बरन न पावै लंका नगर।
जहाँ-तहाँ जीतत फिरत सुनियत है, जलालदीन मुहम्मद कौ लस्कर॥
साह हुमायूँ कौ नंदन, चंदन, एक तेग जोधा तकबर।
'तानसेन' को निहाल कीजै, दीजै कोटिन जर जरी नजर कमर॥

साबरमती के दूसरी तरफ़ मोहम्मद हुसैन मिर्ज़ा ने लश्कर देखा तो चिल्ला कर पूछा, ''ये किसकी फ़ौज है?''

इस तरफ़ बैराम ख़ान ख़ानेख़ानां के वक़्त का फ़ौजी सुब्हान क़ुली तुर्क था। उसने जवाब दिया, ''ये बादशाह सलामत की फ़ौज है जो नमकहरामों को ख़त्म करने के लिए आई है।''

मोहम्मद हुसैन मिर्ज़ा ने कहा, ''मेरे आदमी अभी चौदह दिन पहले फ़तहपुर से निकले हैं। अगर ये शाही फ़ौज है तो शाही हाथी कहाँ हैं जो कभी शाही लश्कर से अलग नहीं होते?''

सुब्हान क़ुली तुर्क ने कहा, ''पहाड़ जैसे मस्त हाथी लश्कर के साथ नौ दिनों में चार सौ कोस कैसे आते?''

अब बादशाह सलामत ने लश्कर के ज़िरिह बक्तर की ख़बर ली तो पाया कि रूपसी के बेटे जयमल ने बहुत भारी ज़िरिह बक्तर पहना हुआ है।

रूपसी कछवाहा राजपूत थे और आमेर के राजा भार मल के भाई थे। वो छठे इलाही सन् से बादशाह सलामत की ख़िदमत में थे।

बादशाह सलामत ने रूपसी के बेटे जयमल से पूछा तो उन्होंने कहा, ''बादशाह सलामत इस वक़्त यही हैं। मेरा बक्तर पीछे छूट गया है।''

फ़ौरन बादशाह सलामत ने उन्हें एक ज़िरिह बक्तर दिया। पुराना ज़िरिह बक्तर उतारकर जयमल ने नया पहन लिया। ख़ुश होकर तस्लीम करने के बाद जयमल वहाँ से हटे ही थे कि बादशाह सलामत की नज़र जोधपुर के राजा मालदेव के पोते राजा करन पर पड़ी जिनके जिस्म पर ज़िरिह बक्तर था ही नहीं। तब बादशाह सलामत ने जयमल का वक्तर उन्हें दे दिया। उस वक़्त बादशाह सलामत को ये ध्यान ही नहीं रहा कि रूपसी अपने ख़ानदानी बक्तर को जोधपुर वालों के बदन पर बर्दाश्त नहीं करेंगे।

जब रूपसी ने ग़ुस्से में अपना ख़ानदानी ज़िरिह बक्तर माँग लिया तो बादशाह सलामत ने कहा, ''हमने अपनी तरफ़ से एक ज़िरिह बक्तर दिया है। वो फ़तह की तावीज़ है। तुम्हारी बात मुनासिब नहीं है।''

रूपसी बादशाह सलामत को कोई जवाब नहीं दे पाए। अपने सारे हथियार फेंक कर बस इतना बोले, ''ख़ैर मैं मैदाने जंग में यूँ ही जाऊँगा।''

जलालुद्दीन मोहम्मद अकबर ने कहा, ''हमारे जाँनिसार निहत्थे लड़ें तो ये हम से भी नहीं होगा कि ज़िरिह बक्तर में छुप कर लड़ें। हम भी ऐसे ही तीरो-तलवार के मुँह पर जाएँगे।''

बादशाह सलामत के ज़िरिह बक्तर पर क़ुरान की आयतें लिखी थीं और ये लिखा था कि ये बादशाह सलामत का ख़ास लिबास है।

''पैराहने ख़ासे बुलंद इक़बाल शहंशाह अकबर ग़ाज़ी।''

उनकी ढाल पर बारह राशियों के निशान थे। लोहे की ढाल पर सोने का काम था और लिखा था—

"बुलंद इक़बाल शहंशाह अकबर।"

इस नाज़ुक वक़्त पर राजा भगवंत दास घोड़ा दौड़ाते हुए रूपसी के पास आए। उन्होंने रूपसी को समझा-बुझा कर हालात को सँभाला। रूपसी ने माफ़ी माँग ली। राजा भगवंत दास ने कहा, "बादशाह सलामत, रूपसी ने भंग पी थी और कुछ बात नहीं। उसे माफ़ कर दीजिए!"

बादशाह सलामत ने रूपसी को माफ़ करके बात को वहीं ख़त्म कर दिया।

अब बादशाह सलामत अपने तेज़ रफ़्तार सफ़ेद घोड़े की तरफ़ बढ़े।

उन्हें हाथी की तरह घोड़ों का भी बहुत शौक़ था। उनके छह ख़ासा अस्तबल में से हरेक में अरब और फ़ारस के चालीस घोड़े थे। घोड़ों की आमदोरफ़्त लगातार बनी रहती थी। ईरान, तूरान, अरब, तुर्की, तुर्किस्तान, बदख़्शाँ, शिरवान, क़िरग़िज़, तिब्बत और कश्मीर जैसे इलाक़ों से कारोबारी घोड़े लेकर आते थे। तोहफ़े के तौर पर और कई दूसरे मक़सद से घोड़े अस्तबल से भेजे भी जाते। कुल मिला कर शाही अस्तबल में बारह हज़ार घोड़े थे। बादशाह सलामत के हुक्म से ख़ासा घोड़े पर छींट के कपड़े का अरतक[1], गर्दन के बाल को ढँकने के लिए यालपोश, ऊनी तौलिया, बाल से बिनी मोटे कपड़े की किनारी वाली ज़ीन, ज़ीन को घोड़े के जिस्म से मज़बूती से बाँधने के लिए पुश्त तंग[2], नकेल और नख़्ता[3] हुआ करता था।

बादशाह सलामत सवार होने को थे कि उनका घोड़ा बैठ गया। मौजूद लोगों ने घोड़े के बैठने को अपशगुन माना तो राजा भगवंत दास ने कहा, "हज़रत फ़तह मुबारक!"

बादशाह सलामत बोले, "सलामत रहो। लेकिन कैसे कहा?"

राजा भगवंत दास ने जवाब दिया, "इस रास्ते में तीन शगुन बराबर देखता चला आ रहा हूँ। हमारे दीन की किताबों में लिखा है कि जब फ़ौज मुक़ाबले के लिए तैयार हो और सेनापति का घोड़ा सवारी के वक़्त बैठ जाए तो फ़तह उसी की होगी। दूसरी बात ये कि हज़रत हवा का रुख़ देखें किस तरह बदल गया है! बुज़ुर्गों ने लिखा है कि जब ऐसा हो तो समझ लो कि मुहिम अपनी है। तीसरी बात ये कि रास्ते में देखता आया हूँ कि गिद्ध, चील और कौए लश्कर के साथ-साथ आ रहे हैं। इसे भी बुज़ुर्गों ने फ़तह की निशानी माना है।"

फ़तहपुर से अहमदाबाद के तेज़ सफ़र में जैतारण से निकलने के बाद बादशाह सलामत की शिकार की ख़्वाहिश हुई थी। उसी वक़्त एक काला हिरण

1. अरतक—घोड़े का कंबल।
2. पुश्त तंग—एक तरह की रस्सी।
3. नख़्ता—लगाम का वो हिस्सा जो घोड़े के सर पर लगता था।

दिखाई दिया तो बादशाह सलामत ने कहा, ''अगर एक तेज़ चीता इस हिरण को पकड़ ले तो ये इस बात की निशानी होगी कि मोहम्मद हुसैन मिर्ज़ा हमारे हाथ आ जाएँगे।''

ये कह कर बादशाह सलामत ने पिंजरे से अपने शिकारी चीते को छोड़ा और काला हिरण उसकी गिरफ़्त में आ गया।

इसके बाद जालौर के रास्ते में बाईं तरफ़ एक बाघ दिखा तो लश्कर के फ़ौजी उसका शिकार करने पर आमादा हो गए। बादशाह सलामत ने उन्हें रोक कर कहा, ''हिंदुस्तान के तजुर्बेकार लोग मानते हैं कि बाघ या बाघ जैसा कोई जानवर बाईं तरफ़ आ जाए तो ये अच्छा शगुन है। ऐसे में उसे मारा नहीं करते।''

जन्नत आशियानी हुमायूँ बादशाह एक सफ़ेद मुर्गे को किशमिश खिलाया करते थे। ये मुर्ग़ा रात ख़त्म होने पर बाँग दिया करता था ताकि नौकर-चाकर जाग जाएँ। एक रोज़ वो सफ़ेद मुर्ग़ा सामने था तो जन्नत आशियानी ने सोचा, 'अगर तक़दीर हमारे साथ है तो ये मुर्ग़ हमारे कंधे पर बैठ कर बाँग देगा।'

जौहर आफ़ताबची उन दिनों जन्नत आशियानी की ख़िदमत में थे। उन से सुना है कि मुर्ग़े ने फ़ौरन हुमायूँ बादशाह के कंधे पर बैठ कर बाँग दी। जन्नत आशियानी ने ख़ुश हो कर मुर्गे को एक चाँदी का छल्ला पहना दिया था।

शाही फ़ौज को दरवाज़े पर देख कर मोहम्मद हुसैन मिर्ज़ा ने अपने साथी हब्शी सिपहसालार इख़्तियारुल मुल्क गुजराती को शहर की घेरेबंदी पर छोड़ा और अपनी फ़ौज के साथ निकल आए। बादशाह सलामत को इंतज़ार था कि दूसरी तरफ़ से मिर्ज़ा अज़ीज़ कोका हिम्मत कर के क़िले से निकलेंगे तो इस तरफ़ से शाही लश्कर हमला करेगा। लेकिन जब मिर्ज़ा अज़ीज़ कोका की तरफ़ से कोई आहट नहीं हुई तो बादशाह सलामत ने ख़ुद अपने घोड़े को नदी में उतार दिया। शाही लश्कर उस पार पहुँचा तो पंद्रह सौ मुग़लों के साथ मोहम्मद हुसैन मिर्ज़ा ने शाही फ़ौज की आगे की टुकड़ी पर हमला कर दिया। मोहम्मद हुसैन मिर्ज़ा के अफ़ग़ान और हब्शी फ़ौजियों ने शाही लश्कर के जरनग़ार को निशाना बनाया। उनके लगभग सात हज़ार फ़ौजियों के सामने शाही फ़ौज के हालात बिगड़ते देखकर बादशाह सलामत ने नारा बुलंद किया, ''या मुईन!''

नारा लगाते ही बादशाह सलामत और उनके फ़ौजी मोहम्मद हुसैन मिर्ज़ा की फ़ौज पर टूट पड़े। मुश्किल लड़ाई थी। एक ऐसा वक़्त आया जब बादशाह सलामत सिर्फ़ अपने दो लोगों के साथ दुश्मनों से घिर गए। दुश्मन की फ़ौज में से किसी ने बादशाह सलामत के घोड़े के सर पर तलवार से वार किया। बादशाह सलामत ने जवाबी वार किया तो उनका भाला हमलावर के ज़िरिह बक्तर के आर-पार हो गया। जब बादशाह सलामत ने भाला वापिस खींचने की कोशिश की तो वो टूट गया और

ज़ख़्मी फ़ौजी भाग निकला। एक दूसरे फ़ौजी ने बादशाह सलामत की जाँघ पर हमला करने की कोशिश की लेकिन कोई नुक़सान नहीं हुआ। अब शाही फ़ौज में ये अफ़वाह उड़ गई कि बादशाह सलामत के बारे में कोई बुरी ख़बर है। मायूसी फैलने को थी कि बादशाह सलामत ने ललकारा, ''बहादुरो! जल्दी आओ और इन बदमाशों का काम तमाम करो।''

पीछे से शाही लश्कर के और फ़ौजियों ने आकर मोहम्मद हुसैन मिर्ज़ा की फ़ौज का क़त्ले आम शुरू किया तो बादशाह सलामत एक तरफ़ आकर मैदाने जंग का मुआयना करने लगे।

जंग के इस तरीक़े को बादशाह सलामत के दरबार में कुछ वक़्त बाद आने वाले ईसाई पादरी आंतोनियो मोन्सेराते ने इस तरह बयान किया—

''घुड़सवारों की फ़ौज आधा घेरा बनाकर मोर्चा सँभालती है। ये दाएँ, बाएँ और बीच की पाँत में मोर्चे पर तैनात होते हैं। घुड़सवारों के पीछे पैदल और उनके पीछे हाथी...हमला इस तरह से होता है कि दुश्मन की फ़ौज घिर जाए—मंगोल[1] कभी पूरी फ़ौज से नहीं लड़ते। अगर छह हज़ार मोर्चे पर दिखते हैं तो पीछे बीस हज़ार छिपे होंगे, जो कि आगे के दस्ते की मदद के लिए आते हैं, अगर हालात बिगड़ जाएँ या हार हो जाए। ये फ़ौजी अक्सर हार को अचानक जीत में बदल देते हैं।''

अभी बादशाह सलामत फ़तह के लिए अल्लाह का शुक्र अदा करने के बाद ये पता लगा ही रहे थे कि मिर्ज़ा अज़ीज़ कोका अभी तक अहमदाबाद से बाहर क्यों नहीं निकले कि एक दूसरे कोका के बारे में बुरी ख़बर मिली।

ज़ैन ख़ान कोका और उनके बड़े भाई सैफ़ ख़ान कोका की माँ पीचा जान अंगा ने बादशाह सलामत को दूध पिलाया था। ये रिश्ता सिर्फ़ दूध का नहीं था, बल्कि उस से भी गहरा था। सुनते हैं कि बात बादशाह सलामत के बचपन की थी। सैफ़ ख़ान कोका पेट में थे। उस से पहले उनकी माँ को सिर्फ़ बेटियाँ हुई थीं। पीचा जान अंगा के पति ने साफ़ कह दिया कि अब की बार भी बेटी हुई तो वो मियाँ बीवी का रिश्ता नहीं रखेंगे। तब परेशान होकर होकर पीचा जान अंगा ने मरियम मकानी हमीदा बानो बेगम से बच्चा गिराने की इजाज़त ले ली। जब वो हमीदा बानो बेगम से मिल कर बाहर निकलीं तो नन्हे मिर्ज़ा अकबर ने उन से कहा, ''इस बात का कभी ज़िक्र ना करना। ख़ुदा आपको एक बेटा देगा।''

मिर्ज़ा अकबर बहुत छोटे थे लेकिन उनकी बात पर अमल कर के पीचा जान अंगा ने बच्चा नहीं गिराया और सैफ़ ख़ान कोका दुनिया में आए। इसीलिए सैफ़ ख़ान कोका मानते थे कि उनकी ज़िंदगी बादशाह सलामत की बदौलत है। साबरमती नदी के पास जंग के मैदान में जब वो आख़िरी बार देखे गए तो ज़ख़्मी हालत में

1. मंगोल—यहाँ मतलब मुग़ल फ़ौज से है।

'अजमेरी अजमेरी' पुकार रहे थे और बादशाह सलामत को ढूँढ़ रहे थे। बादशाह सलामत को पता चला कि सैफ़ ख़ान कोका बहादुरों की तरह लड़े और दुश्मन को भारी नुक़सान पहुँचा कर शहीद हुए।

अभी वो दुख में डूबे हुए थे कि शाही लश्कर के दो लोग मोहम्मद हुसैन मिर्ज़ा को पकड़ के ले लाए। बादशाह सलामत ने उस शख़्स को देखा जो मुजरिमों की तरह उनके सामने खड़ा था, जिन से उनका ख़ानदानी रिश्ता था। जब दोनों ही आदमियों ने मोहम्मद हुसैन मिर्ज़ा को पकड़ने का दावा किया तो बादशाह सलामत के बहुत क़रीबी दरबारी राजा बीरबल ने मिर्ज़ा से ख़ुद ही पूछ लिया, ''इन में से किस ने पकड़ा?''

मोहम्मद हुसैन मिर्ज़ा ने ज़ख़्मी हालत में जवाब दिया, ''बादशाह सलामत के नमक ने।''

मोहम्मद हुसैन मिर्ज़ा ने पीने को पानी माँगा तो बादशाह सलामत के एक ख़ादिम ने उनके सर पर एक दुहत्थड़ मारा और कहा, ''ऐसे नमकहराम को पानी!''

बादशाह सलामत ने अपने ख़ादिम को रोका और ख़ुद अपनी छागल से पानी पिलवाया।

जलालुद्दीन मोहम्मद अकबर ने मोहम्मद हुसैन मिर्ज़ा को डाँटा-डपटा और फिर उनकी जान बख़्श दी। उनके पीछे बँधे हुए हाथ को आगे की तरफ़ बँधवा दिया। उसके बाद उन्हें राय सिंह के हवाले कर दिया गया।

राय सिंह जोधपुर के राजा मालदेव की चौथी पीढ़ी के थे और बीकानेर के राय कल्याण मल के बेटे थे। सरनाल की हार के बाद जब इब्राहीम हुसैन मिर्ज़ा ने नागौर पर क़ब्ज़ा किया तो राय सिंह ने उनका मुक़ाबला किया और उन्हें हराया। इसके बाद जब बादशाह सलामत गुजरात की तूफ़ानी मुहिम पर निकले तो राय सिंह को आगे भेजा गया। मोहम्मद हुसैन मिर्ज़ा के ख़िलाफ़ इस जंग में वो बादशाह सलामत के साथ बहादुरी से लड़े।

इसके बाद जब मोहम्मद हुसैन मिर्ज़ा के कोका शाह मदद को सामने लाया गया तो बादशाह सलामत ग़ुस्सा बर्दाश्त नहीं कर पाए। शाह मदद वही थे जिन्होंने बादशाह सलामत की पहली गुजरात फ़तह के वक़्त सरनाल की लड़ाई में राजा भगवंत दास के बेटे भूपत की जान ली थी। भूपत के जाने का बादशाह सलामत को बहुत अफ़सोस था। उन्होंने सोग में शहज़ादे सलीम की बीवी, राजा भगवंत दास की बेटी, को आमेर भेजा था। बादशाह सलामत ने अपनी शमशीर से उसी वक़्त शाह मदद की जान ले ली। वहाँ मौजूद फ़ौजियों ने लाश के टुकड़े-टुकड़े कर दिए।

मोहम्मद हुसैन मिर्ज़ा को बख़्शे अभी घंटा भर भी नहीं हुआ था कि इख़्तियारुल मुल्क गुजराती अपने फ़ौजियों को लेकर उस तरफ़ बढ़े जहाँ बादशाह सलामत

मौजूद थे। बस उसी वक़्त राय सिंह के राजपूतों ने मोहम्मद हुसैन मिर्ज़ा को हाथी से उतार कर शमशीर से मार डाला।

इख़्तियारुल मुल्क गुजराती के फ़ौजी इस तरह से भागे कि शाही फ़ौज ने उनकी कमान से ही तीर निकाल कर उन पर निशाना लगाया। ख़ुद इख़्तियारुल मुल्क भागने की कोशिश में पकड़े गए। जब सोहराब बेग नाम के एक फ़ौजी ने उन्हें पकड़ा तो वो बोले, "तुम तुर्कमान दिखते हो। तुर्कमान तो मुर्तज़ा अली के गुलाम हैं। मैं बुख़ारा के सय्यदों में से हूँ। मुझे मत मारो।"

सोहराब बेग ने जवाब दिया, "मैंने आपको पहचान लिया है। मैंने आपका पीछा किया है। आप इख़्तियारुल मुल्क हैं।"

ये कह कर सोहराब बेग ने तलवार के एक वार से इख़्तियारुल मुल्क का सर क़लम कर दिया।

अभी थोड़ा चैन मिला ही था कि एक और लश्कर आता देख कर शाही फ़ौज चौकन्ना हो गई। लेकिन ये मिर्ज़ा अज़ीज़ कोका की फ़ौज थी जो अहमदाबाद के क़िले से इख़्तियारुल मुल्क गुजराती की घेराबंदी हटने के बाद बाहर निकली थी। बादशाह सलामत ने अपने कोका को गले लगाया।

सोहराब बेग ने आकर इख़्तियारुल मुल्क का सर बादशाह सलामत के क़दमों में रख दिया। जलालुद्दीन मोहम्मद अकबर के हुक्म से दो हज़ार सरों का कल्ला मीनार बनाया गया। इख़्तियारुल मुल्क और मोहम्मद हुसैन मिर्ज़ा के सर आगरा और फ़तहपुर भेजे गए जहाँ उन्हें शहर के दरवाज़ों से लटकाया गया ताकि लोग सबक़ हासिल करें।

फ़तह के बाद बादशाह सलामत ग्यारह रोज़ वहीं रुके। कुल तैंतालीस दिनों में गुजरात की मुहिम मुकम्मल कर के जब उनके क़दम फ़तहपुर सीकरी में पड़े तो जश्न मना।

मियाँ तानसेन ने कहा कि सभी नर-नारी अपने लाडले के स्वागत के लिए उमड़ पड़े; शहनाई, बीन, रबाब, नगाड़ा और झाँझ की आवाज़ के बीच लोग हाथी-घोड़े और पैदल सैनिकों के साथ धूमधाम में शामिल हुए; गीत गाए गए और इत्र छिड़का गया जिससे चारों तरफ़ ख़ुशबू फैल गई।

"सब समूह करि हितू नर नारी हरषित लै,
चले करन लाड़िले के मंगन की।
सहनाई कर लियैं और टंकोरन,
बीन रवाव-नगारेन की, झांझ झनकारन की॥
बाजत ए धूमधाम, धावत याके अनेक दल,
गजदल पगदल अश्वदल संगन की।

'तानसेन' सब नगर नर नारी प्रफुल्लित भए,
गुनीजन गावत छिरकत अतर गुलाब, सुवास आवत सुगंधन की॥"

बड़े हाथी दरवाज़े के सामने बादशाह सलामत घोड़े पर ही थे जब तीनों शहज़ादों ने आकर उनके क़दम चूमे। अमीर-उमरा और उलेमा सबने इस्तक़बाल किया। बादशाह सलामत को एक बार फिर शेख़ मुबारक के लफ़्ज़ याद आए।

शेख़ मुबारक ने कहा था, "ख़ुदा ने हज़रत बादशाह की पाक शख़्सियत में लोगों को एक नेमत बख़्शी है। अपनी ख़ूबियों और दुनियावी मामलों के बेहतरीन इंतज़ामात की वजह से हज़रत बादशाह रूहानी दुनिया के पेशवा हैं।"

ये बात बादशाह सलामत को इतनी पसंद आई थी कि वो दरबार में अक्सर इसका ज़िक्र करने लगे। हवा के इसी रुख़ को देखते हुए शेख़ मुबारक के बेटे, फ़ैज़ी के भाई, शेख़ अबुल फ़ज़ल ने कहा, "जब भी कोई शहंशाह अपनी नेकनीयती की वजह से दीन, तालीम और इंसाफ़ के मामलात को ऐसे लोगों पर छोड़ देता है जो ऊपर-ऊपर से अच्छे हों, तो सच्चे लोगों का असर कम होने लगता है। दानवों की राह पर चलने वाले टेढ़े लोग और सल्तनत के अमीर-उमरा मिलकर साज़िश करते हैं और तंगनज़री का बोलबाला हो जाता है। ख़ानदान बर्बाद हो जाते हैं। लोगों की इज़्ज़त लुट जाती है।"

भेरा के बियाबान में बादशाह सलामत को याद आया कि उन्होंने उलेमा से पूछा था, "अगर सिक्के और मोहर पर अल्लाहो अकबर दर्ज कराएँ तो कोई हर्ज तो नहीं।"

हाजी इब्राहीम ने अपने मिज़ाज के मुताबिक़ टका-सा जवाब दे दिया, "इससे तो कुछ और बातों का शुब्हा होता है। अगर आप वल ज़िक्र अल्लाहो अकबर[1] दर्ज करा लें तो ये शुब्हा ख़त्म हो जाएगा।"

हाजी इब्राहीम शाही बुलावे पर इबादतख़ाने की महफ़िलों में शामिल हुए लेकिन उन्होंने दरबारी अदब-आदाब को मानने से साफ़ इन्कार कर दिया था। दीन के मामले में बिना लाग-लपेट के अपनी बात कहा करते थे।

बादशाह सलामत ने हाजी इब्राहीम की बात पर बिगड़ कर कहा, "ये ख़ुदाई का दावा नहीं है। हमारा मक़सद तो ये दिखाना है कि लफ़्ज़ एक जैसे हैं। इस बात को दूसरी तरफ़ ले जाने का क्या मतलब?"

जलालुद्दीन मोहम्मद अकबर कहा करते थे, "हिंदुस्तान में कभी भी पैग़ंबरी का दावा नहीं हुआ। वजह ये है कि यहाँ तो ख़ुदाई का दावा होता है।"

इसीलिए जिसकी उलेमा इजाज़त नहीं देते थे वो बात मियाँ तानसेन ने बहुत

---

1. वल ज़िक्र अल्लाहो अकबर—और ज़िक्र है अल्लाहो अकबर।

आसानी से कह दी। उन्होंने कहा कि महाबली अकबर तख़्त पर ईश्वर के अवतार के तौर पर विराजमान हैं; वो आने वाले की हर मुराद पूरी करते हैं, देश की सेवा करते हैं और सोने भरे थाल बख़्शते हैं; शाह जलालुद्दीन अकबर गुणी लोगों के कार्य पूर्ण करने वाले ईश्वर हैं।

''तखत बैठौ महाबली ईश्वर होय अवतार।
देस देस के सेवा करत हैं, बकसत कंचन थार॥
जोई आवत, सोई फल पावत, मन इच्छा पूरन आधार।
'तानसेन' कहै साह जलालदीन अकबर,
गुनी जनन के काज करन कौं कियौ करतार॥''

बादशाह सलामत को याद था कि सल्तनत के शुरुआती साल में कितनी आसानी से उन्होंने एक मामले को सुलझाया था।

थानेसर में एक तालाब के किनारे पूरी नाम के फ़िरक़े को बैठने का इख़्तियार था। यहाँ आने वाले तीर्थयात्री दान-पुण्य किया करते थे जो पूरी फ़िरक़े के संन्यासियों को मिलता था। एक रोज़ कूर संन्यासियों ने आकर पूरी फ़िरक़े के संन्यासियों को वहाँ से ज़बरदस्ती हटाया। पूरी फ़िरक़े ने उस वक़्त अंबाला में मौजूद बादशाह सलामत से फ़रियाद की और कहा, ''हम में ताक़त नहीं कि मुक़ाबला करें लेकिन फिर भी भगवान पर भरोसा कर के लड़ेंगे और मर जाएँगे या अपनी जगह वापिस लेंगे।''

इसके जवाब में कूर संन्यासियों ने कहा, ''हालाँकि पूरी संन्यासी इस जगह पर कुछ वक़्त से हैं लेकिन इस जगह के वारिस हम हैं। अब हम यहीं बैठेंगे और जब तक हम में जान है, ये जगह हमारी ही रहेगी।''

बादशाह सलामत ने थानेसर पहुँच कर दोनों फ़िरकों को समझाया लेकिन कोई नहीं माना तो लड़ाई छिड़ गई। जब बादशाह सलामत ने पाया कि पूरी फ़िरक़े के संन्यासी कमज़ोर पड़ रहे हैं तो उन्होंने अपने फ़ौजियों को उनका साथ देने को भेजा। बादशाह सलामत के पीछे शाही निशान तूमनतोक़, सायबान और अलम लिये लोग खड़े थे। ख़ुद बादशाह सलामत अपने भूरे घोड़े पर बैठे जंग के मैदान को देख रहे थे। अब शाही लड़ाकों और पूरी संन्यासियों ने ऐसा हमला किया कि कूर संन्यासियों के पाँव उखड़ गए। उनके सबसे बड़े संन्यासी आनंद कूर और कई और संन्यासियों को मौत के घाट उतार दिया गया। इसके बाद बादशाह सलामत इत्मिनान से आगे बढ़ गए।

भेरा के आसमान पर पूनम का चाँद चमक रहा था। बादशाह सलामत चीख़ रहे थे, ''हिंदू गाय खाएँ। मुसलमान सूअर खाएँ। जो नहीं खाएँ तो हुडियार को कड़ाही में राँधो और जो हुडियार से सूअर हो जाए तो हिंदू मुसलमान मिल कर खाएँ, जो गाय हो जाए तो हिंदू मुसलमान मिल कर खाएँ। जो सूअर हो तो मुसलमान खाएँ और जो गाय हो तो हिंदू खाएँ तो कुछ दैवी चमत्कार होगा।''

दरबार के उमरा ना तो बादशाह सलामत की ये बात समझ पाए और ना ही वो समझ पाए जो इसके बाद हुआ।

बादशाह सलामत ने अपना ताज उतारा और कहा, ''नाई को बुलाओ और मेरे बाल साफ़ कराओ।''

दरबार में सन्नाटा छा गया। बादशाह सलामत ने सल्तनत के शुरुआती दौर से अपने बुज़ुर्गों की रीत छोड़ कर हिंदुओं की तरह लंबे बाल रख लिये थे। आज रात अचानक उन्होंने लंबे और ख़ूबसूरत बालों को छोटा कराने का फ़ैसला कर लिया था।

जब नाई डर कर भाग गए तो बादशाह सलामत ने अपनी लाल और सुनहरी म्यान में से कटार निकाल ली और ख़ुद अपने बाल काटने लगे। शाह फ़तहुल्ला ने हिम्मत करके बादशाह सलामत के हाथ पकड़ लिये। ज़ैन ख़ान कोका और शेख़ फ़रीद ने बादशाह सलामत के हाथ से कटार ले ली।

शाह फ़तहुल्ला ने कहा, ''आपको बाल कटवाने ही हैं तो कटवा लीजिए।''

शाह फ़तहुल्ला के कहने पर वहाँ मौजूद सभी अमीर-उमरा अपनी पगड़ी बग़ल में दबा कर खड़े हो गए। बादशाह सलामत के बाल उतरवाने के बाद अमीर-उमरा ने भी बाल उतरवाए। लेकिन इस पर भी बादशाह सलामत का ग़ुस्सा ठंडा नहीं हुआ। कोई समझ नहीं पा रहा था कि वो जुनून की हालत में क्या कहते जा रहे हैं। जब आधी रात हो गई तो शाह फ़तहुल्ला धीरे-धीरे उन्हें अंदर ले गए।

बाहर बादशाह सलामत की दोआशियाना मंज़िल से कुछ मील दूर हाँफते-भागते जंगली जानवरों पर घेरा कस चुका था। अब जानवरों के एक तरफ़ नदी थी और दूसरी तरफ़ भेरा और गिरझाक के बीच कसा गया साठ मील से ज़्यादा का फ़ौजी घेरा।

क़मरग़ह खेलना बादशाह सलामत को तैमूरी और चंगेज़ी विरासत में मिला था। सात पीढ़ी पहले ताक़तवर मंगोल ख़ान तोख़्तामिश पर चढ़ाई के दौरान अमीर तैमूर की फ़ौज पर बुरा वक़्त आ गया था। तोख़्तामिश का सिलसिला चंगेज़ ख़ान के सबसे बड़े बेटे जोची से जुड़ता था। और वो बिखरी हुई मंगोल ताक़त को फिर से एक करने का मंसूबा बना रहे थे। ताशकंद से चार महीने के सफ़र के बाद अमीर तैमूर की दो लाख की फ़ौज भूख और थकान का शिकार हो रही थी और अभी तक

तोख़्तामिश का कोई नामोनिशान नहीं था। उस वक़्त अमीर तैमूर ने क़मरग़ह का हुक्म दिया था। फ़ौज की बीच वाली पाँत को अपनी जगह पर बने रहने को कहा। बाईं और दाईं पाँत ने आगे बढ़ते-बढ़ते घेरा कस दिया। जब तरह-तरह के जानवर शिकारी घेरे में आ गए तो सब से पहले अमीर तैमूर ने शिकार खेला और फिर उनकी फ़ौज ने। दो लाख फ़ौजियों के घेरे के बाद जो क़मरग़ह खेला गया उसने अमीर तैमूर की फ़ौज को तोख़्तामिश पर हमला करने के लिए तरोताज़ा और तैयार कर दिया।

अमीर तैमूर से भी पहले ये एक मंगोल तरीक़ा था ठंड के मौसम में गोश्त जमा करने का और जंग के लिए तैयार रहने का। मंगोल फ़ौजी एक बड़ा घेरा बनाकर कसते जाते और जब ये घेरा बहुत कस जाता तो ख़ान[1] की कमान से निकले पहले तीर से शिकार की शुरुआत हो जाती। शिकार के वक़्त से पहले इस घेरे से अगर एक भी जानवर भाग जाता या कोई वक़्त से पहले शिकार कर लेता तो इसके लिए ज़िम्मेदार फ़ौजी को सज़ा मिलती थी।

क़मरग़ह खेलना तैमूरी और चंगेज़ी रिवायत में सिर्फ़ शिकार नहीं था। ये फ़ौज को चुस्त-दुरुस्त रखने और इलाक़े को क़ाबू में रखने का तरीक़ा भी था। ख़ुद बादशाह सलामत को शिकार का इतना शौक़ था कि आगरा और अजमेर के बीच हर कोस मीनार[2] पर उनके ही शिकार किए गए हिरन के सींग लगे थे।

बैराम ख़ान से आज़ाद होने के बाद बादशाह सलामत हिसारे-फ़िरोज़ा से गुज़रे तो शिकारियों ने बताया कि इस इलाक़े में चीता पाया जाता है। तब बादशाह सलामत के हुक्म से खोदी गई खाइयों में कई चीते फँसे। इन चीतों को पिंजरे में डालकर शाही चीताख़ाने में शामिल कर लिया गया। ये पहला मौक़ा था कि बादशाह सलामत ने ख़ुद चीतों को पकड़ा। यहाँ तक कि जब एक चीते के गले में रस्सी बाँधी जा रही थी तो उन्होंने ख़ुद उसके दोनों कानों को जकड़ रखा था।

इस के कुछ ही बाद बादशाह सलामत ने पहला बड़ा शिकार खेला था। वो मालवा से आगरा की तरफ़ शिकार खेलते हुए लौट रहे थे जब नरवर के पास एक बाघिन ने अपने पाँच बच्चों को बचाने के लिए ख़ूँख़ार तरीक़े से हमला कर दिया। लश्कर के लोगों के रोएँ खड़े हो गए और पसीने छूट गए लेकिन बादशाह सलामत ने घोड़े पर बैठे-बैठे ही तलवार के एक वार से उस बाघिन को ख़त्म कर दिया। बाघिन के बच्चे लश्कर के लोगों के तीर, तलवार और भाले का शिकार हुए।

जलालुद्दीन मोहम्मद अकबर ने बारहवें इलाही सन् के पहले रोज़ बमुताबिक़ 11 मार्च, 1567 को अपनी उस वक़्त तक की ज़िंदगी का सबसे बड़ा क़मरग़ह खेला

1. ख़ान—सरदार।
2. कोस मीनार—बड़े रास्तों पर हर कोस पर बनी मीनार को कोस मीनार कहा जाता था।

था। लाहौर के पास दस मील के इलाक़े में लोगों ने हाँका लगाकर घेरा कसना शुरू किया। महीने भर में जब पंद्रह हज़ार जानवर छोटे से घेरे में कस गए तो बादशाह सलामत ने पूरे पाँच रोज़ दिन-रात तीर, तलवार, भाले और बंदूक़ से शिकार किया। बादशाह के चीते तक ने शिकार किया। उस के बाद अमीर-उमरा और हरम के ख़ादिमों को मौक़ा मिला। फिर दरबार के ख़ादिमों ने शिकार किया और आख़िर में घुड़सवार और पैदल सवारों ने।

अब भेरा में जो घेरा पड़ा था वो बादशाह सलामत की पूरी ज़िंदगी का सबसे बड़ा क़मरग़ह था। आरिफ़ क़ंधारी ने इस वक़्त बादशाह सलामत के इरादों के बारे में कहा :

"वो जहाँ भी अपने शिकारियों के साथ शिकार पर जाते, उनके साथ के लोगों के दिलो-दिमाग़ में तो वहशत होती ही, उस इलाक़े के जानवरों और परिंदों में भी ख़ौफ़ की लहर दौड़ जाती। यहाँ तक कि अगर परिंदों ने उनके आने की ख़बर सुनी होती तो उनकी ताक़त में होता तो बत्तख़ की तरह वो पानी में डूब जाते। अगर बत्तख़ को उड़ कर बचना आता तो वो उड़ जाती। कुत्ता डर से हिरन पर भौंकने लगता। शेर शिकारियों से बच भागता। यानी बादशाह कुछ महीनों तक इसी तरह चलते रहे। हालाँकि उनका इरादा शिकार खेलना था लेकिन पहला असली मक़सद था अपनी रिआया के हालात को जानना। अगर कोई ज़ुल्म करता तो उसको सज़ा दी जाती। दूसरा, फ़ौजी लश्कर का मुआयना करना। वक़्त मिलता तो काबुल जाना चाहते थे लेकिन मुनासिब नहीं होने की वजह से इरादा छोड़ दिया।"

अमीर-उमरा और ठाकुरों की रात परेशानी में गुज़री कि जाने सुबह बादशाह सलामत ग़ुस्से में क्या कर बैठेंगे। हिंदू ठाकुर सुबह पूजा-पाठ कर के शंख और चक्र लगाकर मौत के लिए तैयार बैठे थे कि बादशाह सलामत रात के ही कपड़े पहने उनके ख़ेमों के सामने से गुज़रे।

बादशाह सलामत ने ठाकुरों से कहा, "तैयार हो जाओ हम फिरंग[1] पर चढ़ाई करेंगे।"

इसके बाद बादशाह सलामत ने अपनी पगड़ी उतारी और उसके कई टुकड़े कर दिए। उन्होंने हर ठाकुर को एक टुकड़ा और गंगाजल दे कर कहा, "जब हम फ़िरंग चलेंगे तब ये निशानी माँग लेंगे।"

उस वक़्त भेरा के एक फलदार पेड़ के नीचे एकाएक बादशाह सलामत पर अजीब सा जज़्बा हावी हो गया। वो ख़यालों में ऐसे गुम हो गए कि देखने वालों को लगा कि जैसे किसी दूसरी दुनिया से बात कर रहे हैं।

---

1. फिरंग—यूरोप के ईसाई। यहाँ मतलब पुर्तगालियों से।

बादशाह सलामत की ज़िंदगी में ऐसा कई बार हो चुका था। पहली बार ये उस वक़्त देखा गया जब जन्नत आशियानी हुमायूँ बादशाह ने मिर्ज़ा अकबर के पास किसी को भेजा। उस शख़्स ने जो देखा वो उसके लिए हैरतअंगेज़ था।

"मैंने पाया कि वो ज़मीन पर हैं। उनकी नूरानी शख़्सियत पर सुकून तारी था और लगता था कि वो सो रहे हैं। सच तो ये है कि फ़रिश्तों से बात कर रहे थे। उनका मुबारक हाथ कभी-कभी हिलता जैसे सोच में हों। वक़्त-वक़्त पर उस ज़बान से, जहाँ मोती गिरते थे, ये आवाज़ आ रही थी, 'इंशा अल्लाह मैं दुनिया की सरज़मीं के बेहतरीन हिस्से को क़ाबू में करूँगा और दुनिया के सातों इलाक़ों के दर्दमंदों की ख़्वाहिशात पूरी करूँगा।' "

भेरा के पेड़ के नीचे जो हाल हुआ उसे शेख़ अबुल फ़ज़ल ने कुछ ऐसे समझाने की कोशिश की—

"एक गहरी ख़ुशी ने उनके जिस्म को क़ाबू में कर लिया। आम लोगों का कमज़ोर दिमाग़ उस वक़्त के बयान को समझ नहीं पाएगा। ना ही हर पहुँचा हुआ फ़क़ीर उस समझ तक पहुँचेगा। कुछेक ही दूरअंदेश, बहुत में से थोड़े, समझ पाएँगे क्योंकि उनके पास वो नज़र की ख़ूबी है। जब तक हज़रत बादशाह के साथियों ने वो प्याला नहीं पिया, वो इस मज़हबी कैफ़ियत को कैसे समझेंगे? और उस मय को पिये बग़ैर कौन जानेगा कि ये कहाँ से आई है?

"इस पाक महफ़िल के कई साफ़ समझ रखने वालों ने सोचा कि हज़रत बादशाह को दीनी ठिकाना मिल गया और उन्होंने मन की मुराद पा ली। कुछ ने सोचा कि उनकी किसी पाक रूह से मुलाक़ात हो गई। कुछ को लगा कि बयाबान के ख़ामोश जानवरों ने उन तक अपनी बात पहुँचा दी है। कुछ ने सोचा कि जंगल के जानवरों ने अपनी बेज़ुबान ज़ुबान से ख़ुदाई राज़ उन तक पहुँचाए हैं।"

शायद उस लम्हे में बादशाह सलामत के ज़हन में वो ख़याल आया जिसका वो ज़िक्र किया करते थे, "बेशक शिकार में बहुत सी ऐसी बातें हैं जो बादशाही ज़िम्मेदारियों से मेल खाती हैं। लेकिन इनमें सबसे बड़ी बात है किसी की जान बख़्शना।"

इसके बाद जो हुआ उसकी किसी को उम्मीद नहीं थी। कई दिनों से क़मरग़ह की तैयारी चल रही थी। हाँका लगा-लगा कर जानवरों को शिकार के लिए तैयार किया जा रहा था ताकि वो इतने छोटे घेरे में आ जाएँ कि बादशाह सलामत उनका शिकार कर लें। बेशुमार शेर, भरल[1], मारख़ोर[2], ख़रगोश, लोमड़ी, रीछ, नील गाय, सियार और हिरन छोटे से घेरे में कस दिए गए थे। इस लम्हे की बादशाह सलामत

1. भरल—भेड़ और बकरी के बीच का जानवर, जिसके सींग पीछे की तरफ़ मुड़े होते हैं। अंग्रेज़ी में इसे 'ब्लू शीप' कहते हैं।
2. मारख़ोर—ऊँचे ख़ूबसूरत सींग और गर्दन और पीठ पर दाढ़ीनुमा बाल वाली एक तरह की बकरी।

ने एक तस्वीर बनवाई थी। भेरा के पेड़ के नीचे एक चट्टान पर बिछे लाल कपड़े पर बादशाह सलामत भूरे जामे और हरे यार पैराहन में बैठे थे। पटके में कटार लगी थी। सर की लाल पगड़ी पर सफ़ेद काम था और उस पर सरपेंच लगा था। गले में दो मालाएँ थीं। निगाहें भरल की लाश को टकटकी लगाए देख रही थीं। पीछे ख़ादिम उनकी बंदूक़ और तलवार लिये खड़े थे। यही वो अजीब कैफ़ियत का लम्हा था जब उन्होंने अचानक हुक्म दिया कि पूरा घेरा खोल दिया जाए और एक-एक जानवर को जाने दिया जाए। बादशाह सलामत की कैफ़ियत से चारों तरफ़ लोग हैरत में पड़ गए। उनका बाज़ लिये खड़ा एक ख़ादिम दूसरे ख़ादिम को देखने लगा जो हैरत से अपनी उँगली चबा रहा था।

तेज़ रफ़्तार हरकारों को रवाना किया गया ताकि एक भी जानवर की जान ना जाए। हज़ारों जानवर एकाएक आज़ाद हो गए। बादशाह सलामत ने भेरा के उस पेड़ के नीचे फ़क़ीरों में ख़ैरात की। वहीं उन्होंने एक इमारत और एक आलीशान बाग़ बनवाया जिसका नाम रखा मक्का-ए-ख़ुर्द[1]।

लगभग पचास हज़ार फ़ौजियों ने बादशाह सलामत के सौतेले भाई मिर्ज़ा हकीम की सरहद पर क़मरग़ह की तैयारी की। क़मरग़ह ख़त्म करते ही बादशाह सलामत ने काबुल जाने का ख़याल भी छोड़ दिया और अपने सौतेले भाई को यहीं से आँख दिखा कर लौट जाने का इरादा कर दिया।

बादशाह सलामत ने कहा, ''मेरी यही ख़्वाहिश है कि मिर्ज़ा बर्बरियत के रास्ते को छोड़ दें और हमारी इनायतें पाएँ। ऐसा ना हो कि नौजवान और नातजुर्बेकार होने की वजह से, और छोटे लोगों की सोहबत में, वो हमें आता देख कर अपना इलाक़ा छोड़ कर चलें जाएँ और उज़बकों से मिल जाएँ। हालाँकि क़ाबिल और दूरअंदेश लोग मानते हैं कि छोटा भाई बेटे की तरह होता है लेकिन मुझे लगता है कि ये फ़रमाबरदार बेटा नहीं है, और भाइयों की मुलाक़ात नामुमकिन है। कहीं बेहतर है कि मैं दूर से अच्छी सलाह दूँ। हो सकता है कि उनकी सोई हुई तक़दीर जाग जाए। और वो फ़रमाबरदारी के रास्ते पर आ जाएँ, भटकना छोड़ दें और उस तरफ़ के राही बनें जहाँ ख़ुशी है! अगर बुरे लोगों की बातों में आकर वो फ़रमाबरदारी और ख़ुशगवार ख़िदमत के आला रास्ते से भटक गए हैं और एहसानफ़रामोश हो गए हैं तो बड़प्पन का तक़ाज़ा है कि उनकी बात ना सुनें जो दूर की नहीं सोचते।''

सरहद पर इतनी बड़ी फ़ौज का जमा होना मिर्ज़ा हकीम को थर्राने के लिए काफ़ी था। अब मिर्ज़ा हकीम की सगी बहन सकीना बानो को इस पैग़ाम के साथ भेजा गया कि अगर वो बादशाह सलामत की बातों को मानें तो शहज़ादा सलीम की शादी उनकी बेटी से हो सकती है।

1. मक्का-ए-ख़ुर्द—छोटा मक्का।

भेरा में पेड़ के नीचे जो कैफ़ियत हुई वो अपनी तरह की पहली नहीं लेकिन आख़िरी ज़रूर थी। उस दिन के बाद बादशाह सलामत को किसी ने उस कैफ़ियत में नहीं देखा। पाँच दिन दोआशियाना मंज़िल में आराम करने के बाद बादशाह सलामत एक नए मज़बूत इरादे के साथ बिलकुल सीधे रास्ते से फ़तहपुर सीकरी कूच कर गए।

दूसरा भाग

ईसाई पादरियों के साथ बादशाह अकबर

"इस ही बीच नगर मैं सोर। भयौ उदंगल चारिहु ओर॥
घर घर दर दर दिए कपाट। हटवानी नहिं बैठे हाट॥
भले बस्त्र अरू भूसन भले। ते सब गाड़े धरती तले॥
हुंडवाई गाड़ी कहुं और। नगदी माल निभरमी ठौर॥
घर घर सबनि बिसाहे सस्त्र। लोगन्ह पहिरे मोटे बस्त्र॥
ओढ़े कंबल अथवा खेस। नारिन्ह पहिरे मोटे बेस॥
ऊँच नीच कोउ न पहिचान। धनी दरिद्री भए समान॥
चोरि धारि दीसै कहुँ नांहि। यौ ही अपभय लोग डरांहि॥
धूम धाम दिन दस रही बहुरौ बरती सांति।
चीठी आई सब निक समाचार इस भाँति॥
प्रथम पातिसाही करी बावन बरस जलाल।
अब सोलह सै बासठै कातिक हूओ काल॥

जैन कवि बनारसी दास ने देखा कि बादशाह सलामत की मौत की ख़बर से शहर में अफ़रातफ़री फैल गई थी। लोग अपने घरों के दरवाज़ों को बंद कर के बैठ गए और दुकानदारों ने दुकान पर बैठना छोड़ दिया। लोगों ने अपने बही-खाते कहीं गाड़ दिए और नग़दी और दूसरे माल को हिफ़ाज़त से छुपा दिया। लूटपाट के डर से लोगों ने अच्छा कपड़ा और क़ीमती ज़ेवरात पहनना छोड़ दिया। यहाँ तक कि ऊँचे और नीचे का फ़र्क़ भी मिट गया। ये अफ़रातफ़री दस दिनों तक रही।

बनारसी दास के दादा मूल दास नरवर में मुग़ल अमीर के मोदी थे और नाना मदन सिंह चिनालिया जौनपुर के नामी जौहरी। पिता खरक सिंह ने बंगाल के अफ़ग़ान सुल्तान सुलेमान के दीवान धन्ना राय के लिए चार परगनों से वसूली का काम किया। फिर इलाहाबाद में जवाहरात का कारोबार किया। ख़ुद बनारसी दास ने जवाहरात के अलावा और भी कई कारोबार किए लेकिन कोई ख़ास कामयाबी नहीं मिली। विक्रम संवत 1662 के कार्तिक महीने बमुताबिक़ अक्तूबर 1605 में जलालुद्दीन मोहम्मद अकबर की मौत के वक़्त बनारसी दास जौनपुर में थे।

आगरा के क़िले में जब बादशाह सलामत की तबीयत में कमज़ोरी आई और पेट की बीमारी हुई तो उन्होंने अपना हाल हकीम अली गीलानी को बताया। हकीम

गिलानी ने नब्ज़ देख कर कहा, "अच्छा हो कि हज़रत बादशाह कुछ ना खाएँ ताकि पेट में मौजूद हवा निकल जाए। कल जब आपका हाल ठीक हो जाएगा तो बदन में ताक़त लाने के लिए इलाज होगा।"

उस रोज़ बादशाह सलामत ने कुछ नहीं खाया। अगले रोज़ हकीम गीलानी ने बिना घी के शोरबा लेने को कहा। जब सलामत को ये खाना रास नहीं आया तो वो परेशान होकर ज़नानख़ाने में चले गए। कमज़ोरी बढ़ती गई तो अगले रोज़ सभी शाही हकीम जमा हुए। बादशाह सलामत के इलाज पर हकीम अली गीलानी और हकीम जलालुद्दीन मुज़फ़्फ़र में बहस हो गई। जब इस बहस का बादशाह सलामत को पता चला तो वो बोले, "हमने अपने आपको हकीम अली को सौंपा है। जो सही समझें वो करें।"

हकीम अली गीलानी मुस्तैदी से इलाज में जुट गए लेकिन तेज़ बुख़ार और पेचिश की वजह से कमज़ोरी इतनी बढ़ी कि बादशाह सलामत बेजान हो गए।

तेईस बरस पहले लगभग इसी मौसम में बादशाह सलामत को पेट की तकलीफ़ हुई थी। काफ़ी वक़्त तक उन्होंने दवा ही नहीं ली। उलटा लोगों को ही समझाते रहे। आख़िर जब वफ़ादारों ने ज़िद की तो इलाज शुरू हुआ। हिंदुस्तानी हकीमों ने फिर भी क़ब्ज़ दूर करने की दवा नहीं दी हालाँकि यूनानी तरीक़े के मुताबिक़ ये दवा देना ज़रूरी था। शेख़ अबुल फ़ज़ल ने हिम्मत कर के कहा, "मैं मानता हूँ कि सब सच्चे हैं और सब के इरादे नेक हैं। अलग-अलग तरीकों से होगा क्या?...अगर क़ब्ज़ दूर करने की दवा नहीं दी गई तो छोटी सी बात बड़ी हो जाएगी।"

शेख़ अबुल फ़ज़ल की सलाह के बावजूद यूनानी इलाज शुरू नहीं हुआ लेकिन जब बादशाह सलामत को ख़ून आने लगा तो मजबूरन यूनानी दवा दी गई और तबीयत में सुधार आया। बादशाह सलामत तीन दिनों तक भूखे रहे और पूरे सतरह दिन उन्होंने बिना तेल के खाना खाया।

फिर चंद साल पहले मालवा के सफ़र पर पेट की इतनी तकलीफ़ रही कि कई दिन परेशान रहे और घोड़े पर सफ़र नहीं कर पाए।

इस वक़्त उम्र के बिलकुल आख़िरी पड़ाव पर बादशाह सलामत यमुना नदी के किनारे अपनी ख़्वाबगाह में लेटे थे।

फ़तहपुर सीकरी से भी पहले बादशाह सलामत ने आगरा में लोदी सल्तनत के क़िले को नए सिरे से बनवाया था। एक ईंट का क़िला आलीशान लाल पत्थर के क़िले में तब्दील हो गया था। इस क़िले में बंगाल और गुजरात की तर्ज़ पर पाँच सौ इमारतें बनीं जो नदी की तरफ़ खुलती थीं। क़िले के बिलकुल दूसरे सिरे पर शहर की तरफ़ खुलने वाला हाथीपोल[1] था, जिससे लोग क़िले में दाख़िल हुआ करते थे। यहीं हाथी पर सवार जयमल और पत्ता की मूर्तियाँ ख़ामोश खड़ी थीं।

---

1. हाथीपोल—हाथी दरवाज़ा।

आरिफ़ क़ंधारी ने बादशाह सलामत के दौर की तारीख़ में लिखा—

''माहिर, बेमिसाल, नेक सीरत कारीगर और पसंदीदा, अनोखे और बेमिसाल काम करने वाले अक़्लमंद और हुनरमंद से ये बात पोशीदा नहीं होगी कि बादशाहों का नाम और शोहरत, बुलंद और आलीशान इमारत की वजह से होता है। जैसा कि लोगों ने कहा है, इमारत बनाने वाला बड़ी उम्र का था। इसका मतलब ये है कि बादशाहों का नाम उनके इन कामों की वजह से देर तक रहता है।

''जब कायनात को बनाने वाले ख़ुदा ने मौजूदा दुनिया और उसके अंदर जो कुछ भी है, उसको बनाने का इरादा किया और ज़मीन और आसमान की लंबाई और चौड़ाई को पैदा किया तो इनको पैदा करने के लिए किसी को हुक्म नहीं दिया। जब ये चीज़ें बन गईं तो अल्लाह ने लोगों से फ़रमाया, 'मेरी बनाई हुई चीज़ों को देखो।' उसके बाद फ़रमाया, 'क्या तुम लोग अपने ऊपर बुलंद आसमान को नहीं देखते हो कि हमने उन्हें कैसे बनाया।'

''इस बात से ये पता चला कि इमारत के बहुत से फ़ायदे हैं जिनको लफ़्ज़ों में बयान नहीं किया जा सकता। और अक़्लमंद लोगों का कहना है कि आदमी की इज़्ज़त और बड़प्पन का अंदाज़ा उसकी इमारत से होता है। और उसकी हिम्मत और शराफ़त का अंदाज़ा उसके घर से।

''इस बात को पेश करने का मक़सद ये है कि दुनिया के बादशाह, कि जिनका फ़रमान रहती दुनिया तक रहेगा, उन्होंने जो इमारत बनवाई वो दारुल-ख़िलाफ़त आगरा का क़िला है।

''अल्लाह तआला ने उन बादशाह अकबर को अपनी ख़ास रहमत अता की जो बादशाहत के लायक़ थे, और जिन्होंने बादशाहत को अपने इंसाफ़, सियासत और अक़्ल से ज़ीनत बख़्शी।

''बाहम्दे अल्लाह तआला[1], दो जहाँ को बनाने वाले ने इस ज़माने के बादशाह, सुल्तानों के सुल्तान, ज़िल्ले इलाही, अल्लाह की ज़मीन के सुल्तान, अल्लाह के बंदों के मददगार अबुल मुज़फ़्फ़र जलालुद्दीन मोहम्मद अकबर बादशाह को हिदायत दी कि वो उस दारुल-ख़िलाफ़त आगरा में क़िले की बुनियाद रखें जो कि हिंदुस्तान के बड़े इलाक़ों में से एक है और नेमतों से भरपूर है। इसके बाद हुनरमंद उस्तादों ने...एक शुभ घड़ी देखकर...बुनियाद रखी। अपने ज़माने के माहिर और हुनरमंद कारीगरों के तेज़ हाथों ने इसकी बारीकी पर काम किया। संगतराशों और चूना मिट्टी का काम करने वाले दो-दो हज़ार उस्तादों ने हर रोज़ काम किया। आठ हज़ार मज़दूरों ने पत्थर और चूना उठाने का काम किया। एक हज़ार गाड़ी फ़तहपुर सीकरी से लाल पत्थर की लाई जाती और एक सौ नावों में जमुना नदी के ज़रिए दारुल-ख़िलाफ़त दिल्ली से पत्थर के टुकड़े लाए जाते।

1. बाहम्दे अल्लाह तआला—अल्लाह की तारीफ़।

"एक लाल पत्थर का क़िला जमुना के किनारे बना जो जन्नत के पुरलुत्फ़ महल सा था। जैसे 'बाग़ जिसके नीचे से नदी बहती है।' "[1]

ख़ामोशी से बहती यमुना के किनारे बादशाह सलामत को उनके पसंदीदा *हमज़ानामा* की कहानी सुनाई और दिखाई जा रही थी। इस वक़्त क़िस्साख़्वाँ उस मुक़ाम पर था जहाँ अमीर हमज़ा फ़िरंगियों के बादशाह मरज़ूक़ को कड़ी शिकस्त दे चुके हैं।

"जब बदनसीब मरज़ूक़ क़िला छोड़ कर भाग गया तो ज़माने के शहज़ादों, बहादुरों और साहिबे-क़िरान ने उस रात बहुत सारे फ़िरंगियों का क़त्ल कर दिया। जंग की आग धधकती रही। अगले रोज़ साहिबे-क़िरान को इत्तिला दी गई। क़िले में दाख़िल होकर वो अपने बेटों और बहादुरों से मिले और उन पर मेहरबान हुए।"

बादशाह सलामत ने थकी हुई आँखों से *हमज़ानामा* की ग़ज़ भर लंबी और ग़ज़ भर चौड़ी तस्वीर को देखा।

दानवों, दुश्मनों और जादूगरों को धूल चटाने वाली ये रोमांचक दास्तानें पैग़ंबर मोहम्मद के चचा अमीर हमज़ा के किरदार के चारों तरफ़ बुनी गई थीं। कहानी इराक़ से शुरू हुई थी, जहाँ बुज़ुर्जमिह्र नाम का ग़रीब और तेज़ लड़का बादशाह क़ोबाद के बदमाश वज़ीर को बेदख़ल कर के उसकी जगह हासिल करता है। वज़ीर की बेवा के पेट से बुज़ुर्जमिह्र और अमीर हमज़ा का दुश्मन जन्म लेता है। ख़ुद अमीर हमज़ा की पैदाइश हैरतअंगेज़ हालात में होती है। जब अगले बादशाह अनूरशीवान को वज़ीर बुज़ुर्जमिह्र से मालूम होता है कि अरब की एक औरत के पेट में वो बच्चा है जो उनके ख़ात्मे की वजह बनेगा तो बादशाह उन सभी औरतों के क़त्ल का हुक्म देते हैं जो माँ बनने वाली हैं। फिर भी हमज़ा बच जाते हैं। जब वक़्त के साथ हमज़ा की बहादुरी के कारनामे बादशाह अनूरशीवान तक पहुँचते हैं तो उन्हें दरबार का बुलावा आता है। अब शुरू होता है उन जंगों का सिलसिला जो साहिबे क़िरान अमीर हमज़ा को दुनिया में दूर-दूर तक ले जाता है। अट्ठारह बरस की दूरी के बाद अमीर हमज़ा मोहब्बत में भी कामयाब होते हैं और बादशाह अनूरशीवान की बेटी से शादी कर लेते हैं।

इस वक़्त अमीर हमज़ा की दास्तान एक अहम मोड़ पर थी। जो तस्वीर बादशाह सलामत के सामने थी उसमें दिख रहा था कि अमीर हमज़ा की फ़ौज ने फ़िरंगियों के क़िले को भेद दिया है। फ़िरंगी औरतें ऊपर से झाँक रही हैं। नीचे लाशें पड़ी हैं। क़िले में लूटपाट शुरू हो गई है और फ़िरंगियों का बादशाह अपने पसंदीदा घोड़े के साथ नाव से फ़रार होने को है।

1. क़ुरान में जन्नत के बारे में ऐसा कहा गया है।

क़िस्साख़्वाँ ने कहा, "अब इस दास्तान पर लौटते हैं। साहिबे क़िरान ने मरज़ूक़ के बारे में पूछा तो शहज़ादे आलमशाह ने कहा, 'या आलमपनाह हमने मरज़ूक़ को दूर-दूर ढूँढ़ा लेकिन जहाँ चाहे देखें उसका पता नहीं मिला क्योंकि वो एक जहाज़ में बैठ कर रवाना हो गया।'

साहिबे क़िरान ने कहा, 'हम चाहते हैं कि कोई मरज़ूक़ की ख़बर लाए...' "

हमज़ानामा की बड़ी तस्वीरों से बड़े-बड़े ख़ौफ़नाक किरदार झाँक रहे थे। फ़ारस के मीर सय्यद अली की निगरानी में पचास चित्रकारों ने इन्हें बनाया था। बादशाही हुक्म से पंद्रह बरस के अर्से में चौदह सौ तस्वीरें बनीं जिन्हें जलालुद्दीन मोहम्मद अकबर बहुत शौक़ से देखा करते थे। इसी दौर में ख़ुद बादशाह सलामत को बड़ी-बड़ी फ़तहें हासिल हुईं।

बादशाह सलामत की ख़्वाबगाह में ज़मीन पर बिछी गहरे लाल रंग की क़ालीन पर बेलबूटों के बीच शिकार का मंज़र था। बैलगाड़ी पर शिकार के लिए चीता मौजूद था। एक अजीबो-ग़रीब जानवर जैसा परिंदा सिमुर्ग़ एक ऐसे जानवर का शिकार कर रहा था जो हाथी और शेर का मिला-जुला रूप था, और ये गजसिंह एक साथ सात हाथियों का शिकार कर रहा था।

आज जलालुद्दीन मोहम्मद अकबर अपने संदल के बिस्तर से उठने की हालत में नहीं थे। जिन बाज़ुओं से महाबली ने सल्तनत बनाई थी, वो अब हिलने से इन्कार कर रहे थे। बुझती हुई ज़िंदगी रह-रह कर उस गुज़रे हुए वक़्त की तरफ़ लौट रही थी जब सुल्तानुल इस्लाम[1], कहफ़ुल अनाम[2], अमीरुल मोमिनीन[3], ज़िल्ले इलाही, महाबली और ईश्वर के अवतार ने दीन और दुनिया दोनों में बड़ी जंगें लड़ीं और बड़ी फ़तहें हासिल कीं।

आख़िरी वक़्त की तन्हाई में बादशाह सलामत को अपना एक दोहा याद आया।

"पीथल[4] सूँ मजलिस गई तानसेन सूँ राग,
हंसबो रमिबो बोलबो गयो बीरबर साथ।"

गुज़रे वक़्त से तानसेन की आवाज़ ज़िंदगी भर की जद्दोजहद की याद दिला रही थी। पाँव तक के हलके रंग के लंबे जामे में, कमर में दाहिनी तरफ़ ख़ंजर लगाए, लंबे क़द और गहरे रंग के मियाँ तानसेन दरबार में खड़े होकर दिलकश आवाज़ में गाते थे।

"कासी, कास्मीर, कामरू, करनाटक, बूँदी, बुंदेलखंड।
मालवा, मुलतान, मेवाड़, खुरासान, बलख, बुखार, गोकुलमंड॥

1. सुल्तानुल इस्लाम—इस्लाम के सुल्तान।
2. कहफ़ुल अनाम—सृष्टि को पनाह देने वाले।
3. अमीरूल मोमिनीन—मुसलमानों के प्रमुख।
4. पीथल—पृथ्वी राज राठौर जो बीकानेर के योद्धा, कवि और अकबर के क़रीबी थे।

बीजापुर, बंग, बदखसान, रूम, स्याम भरत सम दंड।
कहत 'तानसेन' सुनौ हुमायूँ के नंदन जलालुद्दीन अकबर जाके डर डरात ब्रह्मंड॥''

पचास बरस की हुकूमत में बादशाह सलामत जिस मुहिम पर गए वहाँ फ़तह हासिल की। ना एक जंग हारे, ना ही हिंदुस्तान के बाहर से किसी की हमला करने की हिम्मत हुई। बादशाह सलामत मानते थे, ''शहंशाह को हमेशा नए इलाक़ों को क़ब्ज़े में करने की कोशिश करनी चाहिए वरना पड़ोसी हथियार उठा लेते हैं। फ़ौज हमेशा जंग करती रहे वरना आरामतलब हो जाएगी।''

बादशाह सलामत के दरबार की शानो-शौक़त दुनिया को चकाचौंध कर दिया करती थी। इसी को देखकर मियाँ तानसेन ने कहा था—

''चढ़ौ चिरंजीव साह अकबर साहनसाह
बादशाह तखत बैठो छत्र फिरै निसान।
दिल्लीपति तुम नबी जी के नायब अति सुंदर सुलतान।
चारौं देस लिये कर जोर कमान,
राजा राव, उमराव सब मानत तेरी आन।
कहैं 'मियाँ तानसेन' सुनियौ महाजान,
तुम से तुम ही और नाहीं दूजौ गुनीं जनन के राखत मान॥''

जब बदख़शाँ के हुक्मरान बादशाह सलामत की मदद माँगने फ़तहपुर सीकरी आए तो उनके इस्तक़बाल के लिए रास्ते के दोनों तरफ़ पाँच हज़ार हाथी मौजूद थे, जिनके ऊपर फ़िरंगी मख़मल और ज़रबफ़्त के कपड़े थे और सोने-चाँदी की जंजीरें। हर दो हाथी के बीच सुनहरे पट्टों में चीते थे, जिन पर मख़मल और महीन मलमल का कपड़ा था और ऐसी बैलगाड़ियाँ थीं जिन के बैल की लगाम में सोने के काम के कपड़े बँधे थे। सुनहरी ज़ीन पहने अरब और फ़ारस के घोड़े तैनात थे। बादशाह सलामत के कपड़ों में सादगी के बावजूद सोने के धागे का काम था। ताज में जो सरपेंच लगा था वो बदख़शाँ का बेशक़ीमती लाल था जो मरियम मकानी हमीदा बानो बेगम ने बादशाह सलामत के पहले बेटे की पैदाइश के मौक़े पर दिया था। दौलत का ये हाल था कि फ़तहपुर सीकरी में बीस गज़ लंबे, बीस गज़ चौड़े और तीन गज़ गहरे तालाब में सोने-चाँदी और ताँबे के बीस करोड़ तंका[1] के सिक्के थे, जो बादशाह सलामत ने अमीर-उमरा, आलिम, ग़रीब और दीनदार लोगों में बाँटे थे।

फ़्लोरेंस के कारोबारी फ़िलिप्पो सासेट्टी ने लिखा था, ''इस इलाक़े का एक बड़ा राजा, जो तैमूर का वंशज है, जिसका नाम महान मुग़ल है, उसका बहुत बड़ा दरबार है और बेशुमार लोग हैं। अपने मंसबदारों के साथ वो हमेशा मुहिम पर रहता

1. तंका—एक तरह का सिक्का।

है। वो बहुत साज़ो-सामान ख़रीदता है...जब भी कोई विदेशी कैंबे[1] उतरता है तो वो चाहे कोई भी और कहीं का भी हो, दरबार के चार कारिंदे उसका इस्तक़बाल करते हैं और उसके रहने का और ज़रूरतों का इंतज़ाम करते हैं। उसके बाद बिना फ़िक्र वो अपना सामान उतारता है। उसका मुनाफ़ा जोड़ कर सामान की क़ीमत लगाई जाती है।''

चौबीसवें इलाही सन्, बमुताबिक़ 1579 ईसवी, में शाही फ़र्राशख़ाने[2] में आग लगी तो एक करोड़ के ज़रबफ़्त, फ़िरंगी मख़मल, सिक़रलात[3], अतलस और ज़रदोज़ी के ख़ेमे और शामियाने के साथ बेशक़ीमती क़ालीनें जल कर राख़ हो गईं लेकिन कहते हैं कि बादशाह सलामत का इस तरफ़ ध्यान तक ना गया।

यादें बादशाह सलामत को बहुत पहले के एक मंज़र की तरफ़ खींच कर ले गईं।

भेरा से लौटने के कुछ साल बाद की बात थी। फ़तहपुर के दरबार की शानो-शौकत के बीच एक बुज़ुर्ग बादशाह सलामत के सामने ख़ामोश खड़े थे। कभी उनका ये रुतबा था कि बादशाह सलामत उनकी जूतियाँ उठाते थे और बड़े-बड़े अमीर-उमरा मिलने का इंतज़ार करते थे। आज वो मुजरिम की तरह बादशाह सलामत की सख़्त बातों को सुन रहे थे। वो दिन लोगों की याद में ताज़ा थे जब शेख़ अब्दुल नबी सद्रुस्सुदूर हुआ करते थे। दीन के मामले में पूरी सल्तनत में उनसे बड़ा कोई नहीं था। लेकिन अब भेरा से लौटने के बाद बादशाह सलामत दीन में किसी इंसान को अपने से बड़ा मानने को तैयार नहीं थे।

जब उलेमा से तंग आकर बादशाह सलामत ने शेख़ मुबारक से शिकायत की तो जवाब मिला, ''हज़रत बादशाह इस ज़माने के इमाम और मुज्तहिद हैं। शरई और मुल्की मामलों में आपका हुक्म माना जाए, इसके लिए आपको उलेमा की क्या ज़रूरत? सच्चे इल्म से इनका क्या वास्ता, बस एक झूठा नाम है!''

बादशाह सलामत ने कहा, ''आप हमारे उस्ताद हैं। इन मुल्लों से आज़ाद कीजिए।''

उस वक़्त मुल्ला अब्दुल क़ादिर बदायूँनी बादशाह सलामत को क़रीब से देख रहे थे। उन्होंने लिखा, ''इस साल बादशाह सलामत दीन और दुनिया, दोनों की पेशवाई चाहते थे क्योंकि किसी के नीचे होना उन्हें बहुत बड़ा बोझ लगता था।

1. कैंबे—खंभात।
2. फ़र्राशख़ाना—क़ालीन रखने की जगह।
3. सिक़रलात—बहुत मुलायम ऊनी कपड़ा।

उन्होंने सुना था कि पैग़ंबर सइलल्लाहो वआलहि वसल्लम और उनके ख़लीफ़ा, और अमीर तैमूर साहिबे क़िरान, मिर्ज़ा उलुग़ बेग गुरकान जैसे कई ताक़तवर बादशाहों ने ख़ुद ही ख़ुतबा पढ़ा था, तो उन्होंने भी तय किया कि वो भी पढ़ेंगे, जिसकी ऊपरी वजह तो ये थी कि जैसा इन्होंने किया वैसा करें, लेकिन सचाई में वो चाहते थे कि उन्हें इस ज़माने के मुज्तहिद के तौर पर देखा जाए। इसलिए 987 हिज्री के जमादीउल अव्वल के पहले जुमा[1] को अपने महल के पास जो जामा मस्जिद उन्होंने बनवाई थी उसमें ख़ुतबा पढ़ना शुरू किया।''

ये बहुत अहम लम्हा था बादशाह सलामत की ज़िंदगी का। जामा मस्जिद के मिंबर[2] से उन्होंने खुला एलान कर दिया कि वो दुनिया ही नहीं, दीन में भी किसी के नीचे नहीं हैं।

सीकरी की पहाड़ी के सबसे ऊँचे मुक़ाम पर बनी जामा मस्जिद बादशाह सलामत के नए शहर की एक बहुत आलीशान इमारत थी और उनकी सल्तनत की सबसे बड़ी मस्जिद। उन्होंने लाल पत्थर की ये बड़ी मस्जिद बहुत शौक़ से बनवाई थी। मस्जिद के बीच में बहुत बड़ी खुली जगह थी और तीन तरफ़ हुजरे और बरामदा था। पश्चिम यानी काबा की तरफ़ पूरी दीवार में मेहराबें बनी थीं। सबसे बीच वाली बड़ी मेहराब के सामने मिंबर पर बादशाह सलामत खड़े थे। इस बड़ी मेहराब के तीन तरफ़ क़ुरान के सूरा अल–तौबा की आयतें गहरे नीले रंग पर सुनहरे हर्फ़ में लिखी थीं।

''इसके सिवा कुछ नहीं कि आबाद करते हैं अल्लाह की मस्जिदों को वो जो ईमान लाए हैं अल्लाह और आख़िरी दिन पर और क़ायम रखते हैं नमाज़ को और देते हैं ज़कात को और नहीं डरते अल्लाह के सिवा किसी से, फिर उम्मीद है कि ये लोग होंगे राह पाने वालों में से।

''क्या तुमने किया है पानी पिलाना हाजियों का और आबाद रखना मस्जिदे हरम[3] का उस शख़्स की मानिंद कि ईमान लाया है अल्लाह और आख़िर दिन पर और जिहाद किया है अल्लाह की राह में ? नहीं बराबर हैं अल्लाह के नज़दीक और अल्लाह नहीं हिदायत करता ज़ालिमों की क़ौम की।

''जो लोग कि ईमान लाए और हिजरत[4] की और जिहाद किया अल्लाह की राह में अपने मालों और अपनी जानों से, बहुत बड़े हैं दर्जे में अल्लाह के नज़दीक और ये लोग वही हैं मुराद पाने वाले।''

---

1. बमुताबिक़ 26 जून 1579 ईसवी।
2. मिंबर—मस्जिद में वो ऊँची जगह जहाँ से ख़ुतबा पढ़ा जाता है।
3. मस्जिदे हरम—काबा की मस्जिद।
4. हिजरत—इस शब्द का मतलब है एक जगह से दूसरी जगह चले जाना। 622 ईसवी में पैग़ंबर मोहम्मद ने मक्का से मदीना हिजरत की। इसी हिजरत से हिज्री सन की शुरुआत मानी गई।

एक गुंबद बड़ी मेहराब के लगभग ऊपर था जहाँ बादशाह सलामत खड़े थे और दो और दाएँ और बाएँ। मस्जिद के बाहर की तरफ़ बीचोबीच एक बहुत ऊँचा दरवाज़ा था जिसके दाईं और बाईं तरफ़ नाज़ुक मेहराबदार दरवाज़े थे। इन दरवाज़ों के ऊपर छत पर एक क़तार से छोटी-छोटी छतरियाँ बनीं थीं। ख़ास मौक़ों पर छतरियों को रौशन करके उन पर रंगीन कपड़ा बाँध दिया जाता तो मस्जिद बहुत दिलकश दिखती।

बादशाह सलामत के ख़ुतबे की आवाज़ तीनों गुंबदों से टकराकर गूँज रही थी और सीकरी की पहाड़ी से दूर-दूर तक सुनाई दे रही थी।

बादशाह सलामत के सामने बिलकुल दूसरी तरफ़ बादशाही दरवाज़ा था जिसका इस्तेमाल सल्तनत के अमीर-उमरा और वो ख़ुद महल, दरबार और दफ़्तर से मस्जिद की तरफ़ आने के लिए किया करते थे। बाईं तरफ़ बादशाह सलामत के पीर शेख़ सलीम चिश्ती का मज़ार था जो ना सिर्फ़ गुजराती तरीक़े से बना, बल्कि गुजरात के कारीगरों के हाथों बना था। शेख़ सलीम चिश्ती की दरगाह उनके दुनिया से जाने के लगभग दस बरस बाद अब पूरी हो रही थी। संगेमर्मर की दरगाह दिन की धूप में भी आँखों को ठंडक दे रही थी। दरगाह के चारों तरफ़ के छज्जे संगेमर्मर के नक़्क़ाशीदार और घुमावदार टुकड़ों पर टिके थे। दरगाह के गुंबद के नीचे चौकोर हुजरे में शेख़ सलीम चिश्ती का मज़ार था जिसके चारों तरफ़ का बरामदा संगेमर्मर की जालियों से घिरा था। इसी बरामदे के कोने पर काली लकीर से उस जगह की निशानदेही की गई थी जहाँ शेख़ सलीम चिश्ती इबादत किया करते थे। जलालुद्दीन मोहम्मद अकबर के दाहिने हाथ पर बुलंद दरवाज़ा था जो उनकी गुजरात फ़तह की यादगार था। लाल पत्थर और संगेमर्मर के इस बुलंद दरवाज़े पर क़ुरान की आयतें लिखी थीं। सीकरी की पहाड़ी पर ये दरवाज़ा बादशाह सलामत की मज़बूत सल्तनत की निशानी के तौर पर दूर से नज़र आता था। वैसे तो बादशाह सलामत की मर्ज़ी और मिज़ाज के मुताबिक़ बने इस शहर पर दिल्ली सल्तनत, ख़ुरासान, तूरान, मालवा और राजस्थान की छाप थी लेकिन सब से ज़्यादा असर गुजरात का था जहाँ की इमारतों में जैन और हिंदू तर्ज़ का मेल था।

बादशाह सलामत के दिल की आवाज़ शेख़ अबुल फ़ज़ल ने कहा था, "बोला हुआ लफ़्ज़ इंसान की ज़बान से निकल कर हवा के ज़रिए दूसरों के कान की खिड़कियों तक पहुँच जाता है। फिर अपने वज़न को छोड़ कर वो एक अकेली किरण के तौर अपनी पुरानी जगह, ख़याल की दुनिया, में लौट आता है...।"

बादशाह सलामत ने ख़ुतबा शुरू तो किया लेकिन पूरा नहीं कर पाए। इस अहम मुक़ाम पर उनकी ज़बान लड़खड़ा गई और जिस्म काँपने लगा। उनके ख़ास दरबारी शेख़ फ़ैज़ी ने इस मौक़े के लिए एक नज़्म लिखी थी लेकिन बादशाह सलामत मुश्किल से इसके तीन शेर कह पाए—

"ख़ुदा जिसने हमें बादशाहत दी,
अक़्ल से भरा दिल और मज़बूत हाथ दिए।
इंसाफ़ देकर हमारी रहनुमाई की,
इंसाफ़ के अलावा हर ख़याल हमारे दिल से दूर रखा।
उसकी ख़ूबियाँ इंसान की सोच से भी बाहर हैं,
अल्लाहो अकबर उसकी शान कितनी बुलंद है!"

बस इतना ही पढ़ पाए बादशाह सलामत। जुमे की जमात ने देखा कि उन्होंने ख़ुतबा अधूरा छोड़ कर इमाम की ज़िम्मेदारी दरबार के ख़तीब[1] हाफ़िज़ मोहम्मद अमीन को सौंप दी और मिंबर से उतर आए।

शेख़ अबुल फ़ज़ल ने लिखा, "...लेकिन इंसान की उँगलियों के ज़रिए कभी-कभी एक दूसरा रास्ता इख़्तियार होता है। वो क़लम की ज़मीन और स्याही के समंदर को पार कर के काग़ज़ की ख़ुशगवार जगह पर जा उतरता है और पढ़ने वालों की निगाहों के ज़रिए फिर से अपनी असल जगह पर चला जाता है।"

मस्जिद में ख़ुतबा पढ़ने की कोशिश तो पूरी नहीं हुई लेकिन दो महीने में एक ऐसा ऐलान हुआ जिसने दीन और दुनिया दोनों में हलचल पैदा कर दी। शेख़ मुबारक ने महज़रनामा[2] लिखा, जिस पर उस वक़्त के सभी बड़े उलेमाओं ने मोहर लगाई।

"इस महज़रनामे को लिखने का मक़सद ये है कि चूँकि हिंदुस्तान बादशाह के इंसाफ़ और उनकी हुक्मरानी के इंतज़ामात की वजह से हादसों से महफ़ूज़ है, और ये मुल्क अम्नो-आमान का मरकज़ और इंसाफ़ का क़िला बन चुका है, तबक़ा-ए-इंसान में से, चाहे वो ऊँचे या आम लोग हों, ख़ास कर ख़ुदा को जानने वाले उलेमा और हदीसे पाक की बारीक बातों को समझने वाले आलिम, जो कि जंगलों की तरफ़ भटके हुआ लोगों के रहनुमा हैं और इल्म की बुलंदियों पर हैं, उन आलिमों ने अरबो-अजम[3] से इस मुल्क की तरफ़ रुख़ किया और यहाँ आकर रहने लगे। ख़ास इल्म के लोग जो कि इल्मे शरिया और इल्मे फ़िक़्ह के माहिर हैं और मंतिक़[4] और फ़लसफ़े पर महारत रखते हैं, उन्होंने बहुत ग़ौर और फ़िक्र के बाद क़ुरान की इस आयत के मायने—'अल्लाह और उसके रसूल और तुम में जो साहिबे हुक्म हैं उनकी पैरवी करो', और इस सही हदीस के मायने—'बेशक क़यामत के दिन अल्लाह के नज़दीक लोगों में सबसे महबूब इंसाफ़ पसंद इमाम होंगे, यानी जिसने किसी अमीर[5] की पैरवी की गोया उसने मेरी पैरवी की और जिसने अमीर की नाफ़रमानी की,

1. ख़तीब—ख़ुतबा पढ़ने वाला।
2. महज़रनामा—वो प्रमाण पत्र या प्रार्थना पत्र जो बहुत से लोगों की तरफ़ से दिया जाए।
3. अरबो-अजम—अरब के अतिरिक्त बाक़ी संसार, ईरान और तूरान।
4. मंतिक़—तर्क शास्त्र।
5. अमीर—यहाँ मायने हुक्मरान से है।

उसने मेरी नाफ़रमानी की'—को बयान करके और दूसरे बड़े उलेमा की इसी तरह की सही बातों को बता कर ये तय किया कि अल्लाह के नज़दीक सुल्ताने आदिल उन लोगों से ऊपर हैं जो इज्तिहाद कर सकते हैं।

''बादशाह अबुल फ़तह जलालुद्दीन मोहम्मद अकबर सुल्तानुल इस्लाम, कहफ़ुल अनाम, अमीरुल मोमिनीन, ज़िल्ले इलाही, अल्लाह ताक़यामत उनकी सल्तनत को क़ायम रखे, जो अल्लाह के नज़दीक सबसे ज़्यादा इंसाफ़पसंद, अक़्लमंद और आलिम हैं। इस बुनियाद पर अगर किसी दीनी मस्ले के इज्तिहाद की क़ाबिलियत रखने वालों के बीच कोई मतभेद हो जाए तो बादशाह अपनी सही फ़िक्र और रौशन दिमाग़ से लोगों की भलाई के लिए और दुनिया को दुरुस्त तरीक़े से चलाने के लिए किसी एक मुज्तहिद की राय को क़ुबूल करके अपना आख़िरी फ़ैसला दे दें, जो सबको क़ुबूल होगा और बादशाह के उस हुक्म को मानना सभी ख़ासो-आम और सरदारों के लिए लाज़िमी और ज़रूरी होगा। साथ ही बादशाह अगर किसी शरई मामले में अपनी सही फ़िक्र और राय से कोई फ़ैसला दे दें तो उस पर अमल करना सबके लिए लाज़िमी और ज़रूरी होगा और शरिया के ख़िलाफ़ नहीं होगा, और उस हुक्म की मुख़ालिफ़त करने में दीन और दुनिया का नुक़सान होगा।

''ये महज़र अल्लाह की सच्ची मोहब्बत और इस्लाम में दिए गए इख़्तियारात को जारी करने की ख़ातिर, दीन के उलेमा और हिदायत पा चुके आलिमों की मजलिस में लिखा गया। तारीख़ 987 हिज्री का रजब महीना[1]।''

शेख़ मुबारक ने यह महज़रनामा अपने हाथ से लिखा और नीचे अपने दस्तख़त के साथ ये भी जोड़ दिया, ''मैं मर्ज़ी से इस पर दस्तख़त कर रहा हूँ। बरसों से इसके इंतज़ार में था।''

सल्तनत के सद्रुस्सुदूर शेख़ अब्दुन्नबी और मख़दूमुल-मुल्क अब्दुल्ला सुल्तानपुरी ने टालमटोल की तो उन्हें ज़बरदस्ती महफ़िल में वहाँ बिठा दिया गया जहाँ दरबारी अपने जूते उतार कर रखते थे। उन्हें कोई सलाम तक करने वाला था नहीं था। आख़िरकार, मर्ज़ी से या ज़ोर-ज़बरदस्ती से, सल्तनत के सभी बड़े उलेमा ने, और इन दोनों ने भी, महज़रनामे पर मोहर लगा दी।

इस महज़रनामे से फ़तहपुर सीकरी में ऐसा हंमागा मचा कि मुल्ला अब्दुल क़ादिर बदायूँनी ने कहा, ''इस साल नीच लोग जो पढ़े-लिखे होने का दावा करते हैं, लेकिन असल में बेवक़ूफ़ हैं, ऐसा सुबूत ले आए कि बादशाह सलामत साहिबे ज़माँ[2] हैं, जो इस्लाम और हिंदू मज़हब के बहत्तर फ़िरक़ों के मतभेद दूर कर देंगे। शरीफ़ आमूली ने महमूद बसाख़ीवान को पढ़ कर सुबूत पेश किया कि

1. बमुताबिक़ अगस्त 1579 ईसवी के क़रीब।
2. साहिबे ज़माँ—जो पूरे ज़माने पर हावी हो।

साल 990[1] में एक इंसान झूठ को ख़त्म कर देगा...और जफ़्रदान के काफ़िर शीराज़ के ख़्वाजा मौलाना ने मक्का के शरीफ़ों का लिखा दिखाया, जिसमें रिवायत थी कि ये ज़मीन सात हज़ार बरस तक रहेगी और अब चूँकि ये वक़्त पूरा हुआ इसलिए जिस मेहदी का वायदा किया गया वो आएँगे...मौलाना इस पर अपना लिखा हुआ भी लाए। शीयों ने भी अली के बारे में इसी तरह की बकवास कही और ये रुबाई सुनाई, जो माना जाता है नासिरे ख़ुसरो ने लिखी या कुछ के मुताबिक़ किसी और ने—

989[2] में, तक़दीर के मुताबिक़,
सभी तरह के सितारों का मेल होगा।
सिंह राशि के साल, महीने और दिन में
पर्दे से बाहर आएँगे शेरे ख़ुदा[3]।

"इन सब से बादशाह का और झुकाव हुआ कि वो पैग़ंबर की इज़्ज़त पाएँ..."

जब बादशाह सलामत को ऐसी बातों का पता चला तो वो बोले, "या ख़ुदा! नासमझ लोग ये क्या सोच रहे हैं कि जो हाल में दुनिया में आए हैं, ख़ुदा के सहारे ज़िंदा हैं और कमज़ोर अक़्ल के हैं, वो ख़ुदाई में हिस्सा कैसे माँग सकते हैं? और जब इंसानियत को राह दिखाने वालों ने हज़ारों करामात से पैग़ंबरी दिखाई है तो ऐसी बातों पर यक़ीन क्यों? ऐसी बातें मेरे दिमाग़ में कैसे आएँगी? ऐसी बुरी बातें सतही लोगों और बाहरी बातों पर यक़ीन करने वालों के मन में कैसे आती हैं!"

लेकिन एक के बाद एक ऐसी घटनाएँ होती गईं कि शक-शुब्हे दूर होने के बजाए बढ़ते गए। एक रात सीकरी वालों ने देखा कि एक चारपाई को ऊपर खींच कर झरोखे तक लाया गया। ये झरोखा उस ख़्वाबगाह के क़रीब था जिसकी दरो-दीवार पर जलालुद्दीन मोहम्मद अकबर ने सुनहरे हर्फ़ से लिखवाया था—

"बेशक इस इमारत को बहुत इज़्ज़त हासिल है,
बादशाह इसका पूरा लुत्फ़ उठाएँ,
चूँकि इस ख़ूबसूरत मुक़ाम पर एक नज़र डालने से रौशनी होती है,
इसलिए इस मंज़िले आला के मालिक हर पल ख़ुश रहें।
ये शाही महल हर तरह से सबसे ऊँची जन्नत से बेहतर है,
कोई शक नहीं कि ये जन्नत ही है।"

इसी झरोखे पर आकर बादशाह सलामत ने लटकी हुई चारपाई पर मौजूद दिल्ली के बड़े सूफ़ी शेख़ ताजुद्दीन से बात शुरू की। ये बातें रात-रात भर होने

---

1. बमुताबिक़ 1582-83 ईसवी के क़रीब।
2. बमुताबिक़ 1581-82 ईसवी के क़रीब।
3. शेरे ख़ुदा—हज़रत अली।

लगीं। मुल्ला बदायूँनी ने बताया, "शेख़ उन लोगों में से एक हैं जिन्होंने बादशाह सलामत का यक़ीन हमारे दीन में कमज़ोर किया। उन्होंने ये भी कहा कि काफ़िर जहन्नुम में जाएँगे लेकिन ये शायद ही हो, और ना ही ये साबित हो सकता है, कि उनकी जहन्नुम की सज़ा हमेशा के लिए क़ायम रहेगी।"

रात के वक़्त बादशाह सलामत ने मुल्ला मोहम्मद यज़्दी को भी चारपाई से महल की फ़सील तक खिंचवाया। मुल्ला बदायूँनी ने ये भी देखा और चुपचाप अपनी किताब में दर्ज किया, "मुल्ला मोहम्मद यज़्दी ने पहले तीन ख़लीफ़ाओं के बारे में ग़ैरमुनासिब बातें कहीं। सहाबा को, जिन्होंने सहाबा को देखा और सही हिदायत हासिल की और जिन्होंने उनको देखा जिन्होंने सहाबा को देखा और सही हिदायत हासिल की, और गुज़रे ज़माने के पीरों को काफ़िर और ज़िना करने वाला कहा, सुन्नियों पर लानत भेजी और शीयों के अलावा हर फ़िरक़े को लानत भेजी।"

कुछ लोगों ने सुन्नियों को गुमराह किया और कहा कि बादशाह सलामत शीया हो रहे हैं। शेख़ अबुल फ़ज़ल ने जवाब दिया, "बादशाह सलामत की पाक महफ़िलों में शीयों और सुन्नियों की तरफ़ से दावे होते और शहंशाह वही चुनते जो सही होता।"

इस माहौल में नवसारी से दस्तूर मेहरजी राणा की सीकरी आमद हुई जिसे ख़ुद मियाँ तानसेन ने क़रीब से देखा—

"ईयाहू पारसी पढ़े सो कबूल
ईआ धणी[1] पारसी पढ़े सो कबूल
अगर की पीठ चंदन लपेटेउ
जैसोई श्रूखड़ पेड़
ईयाहू पारसी पढ़े सो कबूल।
लंबी लंबी दाहाडी[2] शाह मेहरियार
तेरी मुख पर बरसत नूर
ईयाहू पारसी पढ़े सो कबूल।
कहे तो मियाँ तानसेन
सुनो शाह अकबर
ईआही बहिश्त को फूल
ईयाहू पारसी पढ़े सो कबूल।"

मुल्ला अब्दुल क़ादिर बदायूँनी को लगा कि दस्तूर मेहरजी राणा ने बादशाह सलामत की सोच बदल दी। उन्होंने अपनी किताब में लिखा, "गुजरात के नवसारी

1. धणी—मालिक।
2. दाहाडी—दाढ़ी।

से कुछ आतिशपरस्तों ने आकर दीने-ज़रदुश[1] में कई लोगों को शामिल किया। कुछ हद तक हज़रत बादशाह भी इन में से एक थे। उन्होंने पवित्र आग को दिन-रात जलाए रखने की ज़िम्मेदारी अबुल फ़ज़ल को दी...जवानी के दिनों से अपने हरम में हिंद के राजा की बेटियों की ख़ुशी के लिए होम किया करते थे। हुकूमत के पच्चीसवें बरस[2] में नए साल से हज़रत बादशाह खुल कर सूरज और आग के सामने लेट कर इबादत करने लगे और दरबारियों को हुक्म हुआ कि जब महल में चिराग़ रौशन हों तो वो खड़े हो जाएँ।''

बादशाह सलामत पर दस्तूर मेहरजी राणा का असर एक ख़याल में इस तरह कहा गया—

''मेहरजी राणा बड़ा नेक था,
पूरा बंदा साहेब का,
पादशाह अकबर सदरा[3] पहना,
देख तमाशा मजहब का।''

कहते हैं जब नवसारी से दस्तूर मेहरजी राणा बादशाह सलामत के दरबार पहुँचे तो कुछ ब्राह्मणों ने चमत्कार करके एक थाली को इस तरह से आसमान तक पहुँचा दिया कि वो एक दूसरे सूरज की तरह लगने लगी।

''जगतगुरु ने थाली उराई, खीर जोर से गगन में
उस थाली का सूरज हुवा दो सूरज देखे बादल में
दो सूरज देखे रहेत सारी अचरज हुए अपने दिल में।''

कहने वाले कहते हैं कि उस वक़्त दस्तूर मेहरजी राणा अपनी प्रार्थना से उस थाली को ज़मीन पर ले आए।

दस्तूर मेहरजी राणा और उनके बेटों पर बादशाह सलामत की बहुत मेहरबानियाँ रहीं।

''अल्लाहो अकबर
फ़रमान जलालुद्दीन मोहम्मद अकबर बादशाह ग़ाज़ी।

इस वक़्त एक शाही हुक्म की इनायत हुई है और सूरत की सरकार के नवसारी शहर के पास इलाही गज़[4] के मुताबिक़ तीन सौ बीघा ज़मीन और उस पर उगने वाले ताड़ और खजूर के पेड़ बतौर मददे-मआश माहयार के बेटे काइकोबाद, जो कि पारसी हैं, को ख़रीफ़ की फ़सल से अता की जाती है ताकि वो साल-दर-साल गुज़र-बसर

1. वो धर्म जिसका अग्नि पूजा में विश्वास है। भारत में इसे मानने वालों को पारसी कहते हैं।
2. बमुताबिक़ 1580 ईसवी।
3. सदरा—पारसियों का वो कपड़ा जो बुरी आत्माओं से हिफ़ाज़त के लिए पहना जाता है।
4. इलाही गज़—अकबर के समय का गज़।

में इस आमदनी को लगाएँ और हज़रत के इक़बाल और दौलत को बढ़ाने की दुआ करें। मौजूदा और आने वाले हाकिमों, अमाल[1], करोड़ी[2] और जागीरदारों के लिए लाज़िमी है कि लिखे हुए के मुताबिक़ काम करें और ऊपर बताई गई ज़मीन की पैमाइश करें और चकबंदी करके ज़मीन को ऊपर बताए गए शख़्स को दें। पूरे ख़याल से इस ज़मीन का हमेशा के लिए इंतज़ाम करें और इसमें कभी कोई तब्दीली ना करें। चकबंदी करने और शाही महसूल[3] लेने के बाद मालगुज़ारी, जिहात[4], ख़िराज[5], पेशकश, जुर्माना, ज़ाबिताना[6], मेहराना[7], दारोग़ाना, मेहसलाना[8] पाँच फ़ीसदी और दो फ़ीसदी महसूल और क़ानूनगोई[9] और ज़कात के लिए हर साल परेशान ना किया जाए। उन्हें हर तरह से बरी करके हर साल नए फ़रमान के लिए और परवानचे के लिए परेशान ना किया जाए और ये कि जब ये फ़रमान आला हज़रत की शाही मोहर के साथ जारी हुआ है तो उस पर भरोसा किया जाए।''

मियाँ तानसेन ने कहा कि बादशाह अकबर प्रजा के लिए उस सूरज की तरह हैं जो अँधेरे को दूर करता है; इसी सूरज से डर दूर होता है और इसी से तो आग, पानी, रंग, कविता और योग हैं; जब तक अमर देवता रहे, छत्र धारण किए शाह अकबर रहें।

''तिमिर हरन प्रभात कर दिनकर तेजसकर
जनमन दृग-मनि विभाकर।
सहस किरन भसम करन पतंग गुप्त में को
मिहिरबान महा मार्तंड मिहर॥
चंद तोहीं तें अग्नि पानि नाग तोहीं तें तोहीं तें अनेक रंग
तोहीं तें चोख तोहीं तें भोग गत तोहीं तें छूटत डर।
तेरे उगेतैं सब जगे चंद्रभानु विभावान सभी सविता कविता
'तानसेन' यह विनती करत जौलौं तूं नित ही नित रहे
जो तूं सुर तौलौं रहे छत्र धरे साह अकबर॥''

शेख़ अबुल फ़ज़ल बोले, ''बेशक हर इंसान मानता है कि करम करने वाले का हमें शुक्रगुज़ार होना चाहिए और उनका एहतराम करना चाहिए। इसलिए ये

---

1. अमाल—मालगुजारी वसूल करने वाला।
2. करोड़ी—एक करोड़ से ऊपर की मालगुज़ारी के लिए ज़िम्मेदार व्यक्ति।
3. महसूल—कर।
4. जिहात—बनाए गए सामान पर लगने वाला कर।
5. ख़िराज—दूसरे दीन के लोगों से ली गई रक़म।
6. ज़ाबिताना—एक तरह की मालगुज़ारी।
7. मेहराना—शादी के वक़्त लगाया गया कर।
8. मेहसलाना—मालगुज़ारी वसूल करने वाले को मिलने वाली रक़म।
9. क़ानूनगोई—पटवारियों के काम की देख-रेख करने वाले अफ़सर को रक़म।

हमारे लिए लाज़िमी है कि चाहे हम कमज़ोर हो जाएँ, हम नूर के नूर सूरज के शुक्रगुज़ार हों और उससे मिलने वाले फ़ायदे को गिनाएँ। अक़्लमंद लोगों के मुताबिक़, सही मायने में ये बादशाहों की ज़िम्मेदारी है, जिन पर ये आसमानों का बादशाह सीधी रौशनी डालता है। और इसी वजह से बादशाह सलामत आग और रौशनी का एहतराम करते हैं। लेकिन मैं सूरज की रहस्यमयी नेमतों की या उसकी बड़ी रौशनी से जलने वाले चिराग़ की क्यों बात करूँ? इसके बजाए मुझे उन कमज़ोर दिमाग़ वाले ज़िद्दी लोगों की बात नहीं करनी चाहिए जो बहुत फ़िक्र से कहते हैं कि बादशाह सलामत का दीन सूरज की परस्तिश है और आग की इबादत है? मैं बस मुस्कुरा कर इन लोगों को नज़रअंदाज़ कर देता हूँ।''

शेख़ अबुल फ़ज़ल के भाई शेख़ फ़ैज़ी ने तो यहाँ तक कह दिया—

''जब सुबह के वक़्त बुलंद मर्तबे वाले बादशाह ने
सच्चे दिल से सूरज की तरफ़ नज़र की
तो सूरज ने उस मुबारक चेहरे पर ख़ुदा के एक होने के राज़ खोले
तो तुम कहो यही मेरा रब है और यही अकबर है।''

मुल्ला अब्दुल क़ादिर बदायूँनी इस तरह की बातों से भड़क गए।

''बीरबर ने बादशाह को यक़ीन दिलाया कि सब कुछ सूरज से उगा है। अनाज का पकना, सब्ज़ी और फल का उगना, दुनिया और लोगों की ज़िंदगी का रौशन होना सूरज की वजह से ही था। इसलिए इस जगमगाहट की इबादत करना ही सही था, और इसलिए लोगों को उस तरफ़ मुँह कर के इबादत करनी चाहिए जिधर सूरज उगता है ना कि उस तरफ़ जिधर सूरज डूबता है।''

बादशाह सलामत की सोहबत और उनके रुझान को जानने के लिए लोग फ़तहपुर सीकरी की मुँडेर पर नज़र रखने लगे।

एक रात लोग ये देख कर चौंक गए कि देवी नाम के ब्राह्मण को चारपाई पर बिठा कर बादशाह सलामत की ख़्वाबगाह तक खींचा गया। देवी ने उन्हें ब्रह्मा, महादेव, विष्णु, कृष्ण और राम के बारे में बताया। इस बातचीत के बाद बादशाह सलामत के दिल में पुनर्जन्म ने गहरी जगह बना ली।

यहाँ तक कि ब्राह्मणों ने जलालुद्दीन मोहम्मद अकबर के साथ पिछले जन्म का नाता जोड़ लिया।

''शंकराचार्य के गोत्र में उत्पन्न मुकुंद नाम का एक श्रेष्ठ ब्राह्मण अपने बीस शिष्यों के साथ प्रयाग में तप कर रहा था। म्लेच्छराज बाबर के द्वारा देवताओं की प्रतिमाओं आदि को नष्ट-भ्रष्ट कर दिया गया है, ये जानकर ब्राह्मण मुकुंद ने दुखी होकर अग्नि में अपने प्राणों की आहुति दे दी। उसके बीस शिष्यों ने भी गुरु के मार्ग का ही अनुगमन किया। किसी समय ब्राह्मण मुकुंद ने गौ के दूध के साथ गौ के रोम

का भी पान कर लिया था, इसी दोष के कारण वह दूसरे जन्म में म्लेच्छ योनि में उत्पन्न हुआ। जब हुमायूँ कश्मीर में निवास कर रहा था तब उसे एक पुत्र उत्पन्न हुआ और उसी समय यह आकाशवाणी हुई कि 'तुम्हारा पुत्र बड़ा प्रतापी और भाग्यशाली होगा। यह अकस्मात प्राप्त वर से उत्पन्न हुआ है, अतः इसका नाम अकबर होगा और वह म्लेच्छ या पिशाचों के मार्ग का अनुसरण नहीं करेगा। श्रीधर, श्रीपति, शम्भु, वरेण्य, मधुव्रती, विमल, देववान्, सोम, वर्धन, वर्तक, रुचि, मांधाता, मानकारी, केशव, माधव, मधु, देवापि, सोमपा, सूर तथा मदन, ये बीस जिसके शिष्य हैं, वही पूर्वजन्म का मुकुंद ब्राह्मण भाग्यवश तुम्हारे घर में इस रूप में आया है।'

"ऐसी भविष्यवाणी सुनकर प्रसन्नचित्त हुमायूँ ने भूख से पीड़ित व्यक्तियों को दान दिया और प्रेमपूर्वक पुत्र का पालन लिया। पुत्र की दस वर्ष की अवस्था होने पर वह देहली में आया और शेषशाक[1] को पराजित कर वहाँ का राजा हो गया। उसने एक वर्ष राज्य किया और बाद में उसका पुत्र अकबर राजा हुआ।

"अकबर के राज्य-प्राप्ति के बाद उसके पूर्वजन्म के सात प्रिय शिष्य—केशव, माधव, मधु, देवापि, सोमपा, सूर तथा मदन—इस जन्म में भी पुनः उत्पन्न होकर अकबर के दरबार में आए। मुकुंद ब्राह्मण के शिष्य केशव अकबर के समय के गानसेन[2] नाम से उत्पन्न हुए। पूर्वजन्म के माधव अकबर के समय के वैजवाक[3] नाम से प्रसिद्ध हुए। पूर्व जन्म के मधु अकबर के समय में सभी रागों के ज्ञाता हरिदास गायक नाम से विख्यात हुए। ये मध्वाचार्य-मतानुयायी प्रसिद्ध वैष्णव थे। पूर्व जन्म के देवापि अकबर के समय में बीरबल नाम से प्रसिद्ध हुए। वे पश्चिमी ब्राह्मण थे और उन्हें वाणी की अधिष्ठात्री सरस्वती देवी का अभिमान था। पूर्व जन्म का गौतमवंश में उत्पन्न सोमपा अकबर के समय में मान सिंह नाम से उत्पन्न हुआ और वो आर्य भूपशिरोमणि अकबर का सेनापति बना। पूर्व जन्म का शूर दक्षिण देश में ब्राह्मण कुल में उत्पन्न हुआ। ये पंडित था, इसका नाम हुआ बिल्वमंगल। यह अकबर का मित्र बना। पूर्व जन्म का पूर्वी देश का ब्राह्मण मदन अकबर के समय में चंदल नाम से प्रसिद्ध हुआ। यह नर्तक और रहःक्रीड़ा[4] विशारद था।

"ये सात राजा अकबर के दरबार में स्थित हुए और पूर्व जन्म के श्रीधर आदि तेरह शिष्य दूसरे स्थानों में प्रतिष्ठित हुए। श्रीधर ही पुराणों में निपुण तुलसीशर्मा[5] नाम से प्रसिद्ध हुए। वे नारी से शिक्षा प्राप्त कर राघवानंद के शिष्य श्रीरामानंद की

---

1. शेषशाक—शेर शाह।
2. गानसेन—तानसेन
3. वैजवाक—बैजू बावरा।
4. रहःक्रीड़ा—रास क्रीड़ा, कृष्ण और गोपियों के खेल का मंचन।
5. तुलसीशर्मा—तुलसीदास।

परंपरा में काशी में अत्यंत विरक्त वैष्णव कवि हुए। पूर्व जन्म के श्रीपति अकबर के समय में महान अन्ध भक्त कवि सूरदास के रूप में उत्पन्न हुए। ये मध्वाचार्य के मत में स्थित रहने वाले थे। इन्होंने कृष्णलीला का वर्णन किया। पूर्व जन्म के शम्भु अकबर के समय में चंद्रभट के कुल में हरिप्रिय नाम से उत्पन्न हुए। ये विष्णु भक्त थे और रामानंद के मत में स्थित हुए। पूर्व जन्म के वरेण्य अकबर के समय में अग्रदास नाम के प्रसिद्ध संत थे जो रामानंद के मत में स्थित हुए। ज्ञान ध्यान परायण, भाषा-छंद की रचना करने वाले पूर्व जन्म के कवि मधुव्रती अकबर के समय में कीलक नाम से विख्यात हुए। धीमान् कीलक ने रामलीला की रचना की और रामानंद मत के अनुयायी हुए। पूर्व जन्म के विमल अकबर के समय में दिवाकर के नाम से प्रसिद्ध हुए और भगवती सीता के पावन चरित्र का गान किया तथा वे रामानंद के मत में स्थित हुए। इसी प्रकार पूर्व जन्म के देववान् अकबर के समय में केशव नाम से अवतीर्ण हुए। ये विष्णुस्वामी के अनुयायी बने। *कविप्रिया* आदि की रचना कर इन्होंने प्रेतत्व प्राप्त किया और *राम-ज्योत्सना* नामक ग्रन्थ की रचना कर स्वर्ग प्राप्त किया। पूर्व जन्म के सोम व्यासदास नाम से उत्पन्न हुए। ये निंबादित्य के मतानुयायी हुए। इन्होंने रह:क्रीड़ा ग्रन्थ की रचना कर स्वर्ग प्राप्त किया। पूर्व जन्म के वर्धन चरणदास नाम से विख्यात हुए। इन्होंने *ज्ञानमाला* नामक ग्रन्थ का निर्माण किया और ये रैदास-मार्ग के अनुयायी बने। पूर्व जन्म के वर्तक रत्नभानु नाम से उत्पन्न हुए। ये जैमिनि भाषा के रचयिता थे और रोपण-मत के अनुयायी थे। पूर्व जन्म के रुचि रोचन नाम से उत्पन्न हुए। ये मध्वाचार्य के मतानुयायी थे। इन्होंने अनेक गानमयी लीला करके स्वर्ग प्राप्त किया। पूर्व जन्म के मान्धाता भूपति नाम के कायस्थ हुए। मध्वाचार्य के मतानुसार इन्होंने हिंदी भाषा में भागवत का सुंदर अनुवाद किया। पूर्व जन्म के मानकार ने नारी भाव से स्त्री शरीर को प्राप्त किया और मीरा के नाम से विख्यात राजा की पुत्री हुई। मध्वाचार्य के मत को मानने वाली वह मीरा अत्यंत प्रसिद्ध हुई। उनका प्रबंध भयंकर कलिकाल के लिए मंगलकर होगा।''

अब ये सुनाई देने लगा कि बादशाह सलामत का ब्रज भूमि से गहरा नाता जुड़ रहा है। कहा गया कि जब छत्रपति अकबर ब्रज आए तो हर तरह के राजा काँप उठे क्योंकि उनके बलशाली लश्कर में हाथी, घोड़े, सैनिक, प्यादे और एक से एक बहादुर थे जो तीर-कमान, शमशीर और भाले से लैस थे; चारों तरफ़ कहा जा रहा था कि हुमायूँ के बेटे के वस्त्र पर एक भी दाग़ नहीं है।

> ''आयौ-आयौ रे, ब्रज मंडिल साहि छत्रपती अकबर।
> सप्तदीप, नव-मण्डल, दसौ दिसां नर नरेंद्र काँपैं थर-थर डर॥
> असदल, गजदल, नरदल, प्याददल, ऐक-तैं-एक जोधा अजगर।

एक-तैं-एक सुभट करि आवैं, पावैं कमान गुरज नेजा तंवल समसेर॥
हिंमाउ के नंदन पै बसन न पावत रंक नगर जित तित सुनी।
अतिदल भारी जलालदीन महमद कौ लसकर॥''

फ़तहपुर सीकरी से ब्रज भूमि बहुत दूर ना थी। कहते हैं बादशाह सलामत ने सूरदास के पद सुने तो उनसे मिले और कहा, ''सूरदास जी मुझे परमेश्वर ने राज दिया है और सब गुणीजन मेरा यश गाते हैं। आप भी मेरा कुछ यश गाइए।''

तब सूरदास ने पद सुनाया कि उनके मन में तो जगह नहीं।

''नाहिन रह्यों मन में ठौर॥''

ये सुनकर बादशाह सलामत ने दिल में सोचा, 'ये मेरा यश क्यों गाएँगे। इनको कुछ मेरी बात का लालच हो तो गाएँ। ये तो परमेश्वर के जन हैं।'

सूरदास ने अंत में गाया कि आँखों की प्यास के लिए तो प्रभु के दर्शन अमृत के समान हैं।

''हो जो सूर ऐसे दर्श को इमरत लोचन प्यास।''

इस पर बादशाह सलामत ने पूछा, ''सूरदास जी, तुम्हें तो दिखता नहीं तो आँखों को प्यास कैसे लगती है? ये उपमा कैसे देते हो?''

इस पर सूरदास ने कोई जवाब नहीं दिया तो बादशाह सलामत ने ख़ुद ही कहा, ''इनके लोचन तो परमेश्वर के पास हैं। वहाँ देखते हैं और वर्णन करते हैं।''

बादशाह सलामत ने मन में सोचा, 'इनको कुछ देना चाहिए पर ये तो भगवदीय[1] हैं। इनको किसी बात की इच्छा नहीं।'

कहते हैं एक बार जब बादशाह सलामत ने सुना कि वैष्णव कवि गोविंदस्वामी बहुत अच्छा गाते हैं तो भेस बदल कर गोकुल आए।

बादशाह सलामत को चोरी-छुपे लोगों के बीच जाने की आदत थी। छठे इलाही सन् बमुताबिक़ 1560-61 के क़रीब की बात है। बहराइच में सालार मसूद ग़ाज़ी के मज़ार पर जाने के लिए आगरा से एक बड़ा क़ाफ़िला निकला और शहर के बाहर एक रात रुका। बादशाह सलामत चोरी-छुपे उनकी महफ़िल में चले गए तो किसी उचक्के ने पहचान लिया और बात फैलने लगी। हालात समझते ही बादशाह सलामत ने आँखें चढ़ा लीं। इस पर लोगों ने कहा, ''ये आँखें और हाव-भाव बादशाह के नहीं हैं।''

जब गोविंदस्वामी जसोधा घाट पर राग भैरव अलाप रहे थे तो बादशाह सलामत को यक़ीन था कि वो पहचाने नहीं जाएँगे। लेकिन सुनते-सुनते एकाएक ज़बान से निकल पड़ा, ''वाह, वाह!''

1. भगवदीय—संप्रदाय में दीक्षित वैष्णव।

गोविंदस्वामी उन्हें पहचान कर नाराज़ हुए और बोले, ''ये राग तुच्छ हो गया!''

इस पर जलालुद्दीन मोहम्मद अकबर ने कहा, ''मैं तो बादशाह हूँ।''

गोविंदस्वामी ने कहा, ''तुम बादशाह हो तो बादशाही करो परंतु ये राग तुम्हारे सुनने से तुच्छ हो गया।''

तब बादशाह सलामत ने सोचा, 'एक देश का मैं राजा हूँ और इनको तो तीनों लोक का वैभव फीका लगता है। तो ये क्यों मेरे हुक्म में रहेंगे।'

कहते हैं बादशाह सलामत ने एक कलावंत से वैष्णव कवि कुंभनदास का लिखा पद सुन कर कहा, ''दुनिया में ऐसा महापुरुष कोई और नहीं जिनको ऐसे दर्शन परमेश्वर के होते हैं!''

इस पर कलावंत ने कहा, ''अजी साहेब अब भी हैं।''

ख़ुश होकर बादशाह सलामत ने कुंभनदास का ठिकाना पूछा। कलावंत ने कहा, ''श्रीगोवर्धन[1] के पास जमुनावत गाँव है, वहीं रहते हैं।''

जब बादशाह सलामत के लोग सवारी लेकर कुंभनदास के घर पहुँचे तो वो घर पर नहीं थे। परासोली में थे। परासोली पहुँच कर इन लोगों ने कहा, ''बादशाह सलामत ने याद किया है।''

इस पर कुंभनदास बोले, ''भइया! मैं देशाधिपति का चाकर तो नहीं हूँ। मेरा देशाधिपति से क्या काम?''

इस पर बादशाह सलामत के लोग बोले, ''बाबा हम तो काम को समझते नहीं पर हम को देशाधिपति का हुक्म है कि कुंभनदास जी को ले कर आओ। ये पालकी है, ये घोड़ा है। इस बैठ कर चलिए। हम तो आए हैं, सो आपको ले कर जाएँगे।''

कुंभनदास ने सोचा कि बिना जाए गुज़ारा नहीं। अपनी जूती पहन कर बोले, ''भय्या! मैं तो कभी सवारी पर बैठा नहीं। ऐसे ही चलूँगा।''

जब कुंभनदास पैदल फ़तहपुर सीकरी पहुँचे तो बादशाह सलामत ने कहा, ''कुंभनदास जी आओ बैठो।''

बादशाह सलामत की जड़ाउं रावटी[2] में झालर लगी थी। इस माहौल में भी कुंभन दास के मन में आया कि इस से अच्छा अपना ब्रज का इलाक़ा है जहाँ श्रीगोवर्धननाथ जी खेलते हैं।

बादशाह सलामत ने कहा, ''कुंभन दास जी, तुमने विष्णु पद बहुत किए हैं इसीलिए मैंने तुम्हें बुलाया। कुछ विष्णु पद गाओ।''

इस पर कुंभनदास जी ने सोचा, 'मेरी वाणी के भक्त तो श्री गोवर्धनधर हैं।

1. पुष्टिमार्गीय वैष्णव संप्रदाय में मान्यता है कि भगवान कृष्ण ब्रज के गोवर्धन पर्वत पर प्रकट हुए थे।
2. रावटी—एक तरह का ख़ेमा।

कुछ गाए बिना मेरा काम नहीं चलेगा तो ऐसा गाऊँ कि ये कभी मेरा नाम ना लें। कुछ कठोर वचन सुना दूँ जिस पर बुरा मानें तो क्या करेंगे।'

कुंभनदास को याद आया, 'जिसे श्री कृष्ण ने अपना लिया वो हमेशा सुरक्षित है और चाहे पूरी दुनिया ख़िलाफ़ हो जाए, सर के एक बाल का भी नुक़सान नहीं होगा।' तब कुंभन दास ने एक नया पद कहा—

"भक्तन कौ कहा सीकरी काम॥
आवत जात पन्हैया[1] टूटी बिसर गयो हरि नाम॥
जाको मुख देखे दुख लागै ताको करन परी परनाम॥
कुंभनदास लाल गिरधर बिन यह सब झूठौ धाम॥"

कहते हैं बादशाह सलामत ये सुनकर कुढ़ गए। उसके बाद उन्होंने सोचा, 'इनको कोई लालच होता तो मेरा यश गाते। इन्हें तो अपने परमेश्वर से सच्चा स्नेह है।'

मुल्ला अब्दुल क़ादिर बदायूँनी ने बादशाह सलामत के तौर-तरीकों से चिढ़ कर लिखा, "...हिंदू काफ़िर जिनके बिना काम नहीं चलता, जो बहुत जल्द फ़ौज और मुल्क का आधा हिस्सा होंगे, और मुग़ल और हिंदुस्तानी मुसलमानों में उन जैसा ताक़तवर कोई नहीं, उन से बादशाह सलामत का दिल नहीं भरता। बाक़ी लोग चाहें जो माँगें, मिलते उन्हें लात और घूँसे ही..."

जब फ़तहपुर सीकरी में ये बात कही जाने लगी कि बादशाह सलामत हिंदू हो गए हैं तो शेख़ अबुल फ़ज़ल को जवाब देना पड़ा, "इस ग़लत बात के पीछे था ये कि बादशाह सलामत अपने खुले दिलो-दिमाग़ की वजह से हिंदू ऋषि मुनि से क़रीब से मिलते, हिंदुओं के ओहदे बढ़ाते और मुल्क की बेहतरी के लिए उनके साथ नेकी का बर्ताव करते...तीन वजहों से बुरे लोगों की अफ़वाहों को मज़बूती मिली। पहली, अलग-अलग मज़हब के लोग दरबार में जमा होते और चूँकि हर मज़हब में कुछ न कुछ ठीक है, हरेक को कुछ ना कुछ तारीफ़ मिली। दूसरा, दरबार में सुलहे कुल की वजह से तरह-तरह के लोगों को रूहानी और दुनियावी कामयाबी मिली। तीसरा, ज़माने के बुरे लोगों का टेढ़ापन।"

अभी अफ़वाहों का बाज़ार गर्म था कि शेख़ अब्दुन्नबी और मख़दूमुल अब्दुल्ला सुल्तानपुरी ने सरे आम ये ढिंडोरा पीट दिया कि महज़रनामे पर उनसे ज़बरदस्ती मोहर लगवाई गई है। इस दावे को सच मान लिया जाता तो महज़रनामा ही झूठा साबित हो जाता और दीन की दुनिया में बादशाह सलामत की पेशवाई नाकाम हो जाती। इस नाफ़रमानी की उन्हें सख़्त सज़ा मिली। बादशाह सलामत ने

1. पन्हैया—जूता।

दोनों को मीरे हज[1] बनाकर मक्का भेज दिया। उनके हाथ मक्का के लोगों के लिए तोहफ़े और ग़रीबों के लिए सदक़ा[2] भेजा गया। दोनों को हिदायत मिली कि अब हमेशा वहीं रहकर पैसे के सही इस्तेमाल पर नज़र रखें और अपना बर्ताव दुरुस्त रखें। मक्का के शरीफ़[3] से कहा गया कि इन दोनों को अब हिंदुस्तान ना लौटने दें।

मक्का से बादशाह सलामत के बुज़ुर्गों का क़रीब का रिश्ता था।

फ़िरदौस मकानी बाबर बादशाह ने हिंदुस्तान जीत कर लिखा था—

"सनीचर, रजब की उन्तीस को ख़ज़ाने का मुआयना और बँटवारा शुरू हुआ। हुमायूँ को ख़ज़ाने से सत्तर लाख दिए और इसके अलावा एक पूरा ख़ज़ाना ज्यों का त्यों दिया, जिसका हिसाब-किताब भी नहीं हुआ था। कुछ लोगों को दस लाख, बाक़ी को आठ, सात या छह दिए गए। पूरी फ़ौज को ख़ज़ाने से इनाम दिया गया। अफ़ग़ान, हज़ारा, अरब, बलूच जैसे हर क़बीले के लोगों को उनके रुतबे के मुताबिक़ इनाम मिला। हर कारोबारी और तालिबे-इल्म, यहाँ तक कि फ़ौज के साथ आने वाले हर इंसान ने बहुत इनाम पाया। जो फ़ौज के साथ नहीं थे उन्हें ख़ूब तोहफ़े भेजे गए। जैसे कामरान को सतरह लाख, मोहम्मद ज़माँ मिर्ज़ा को पंद्रह लाख और असकरी, हिंदाल और रिश्तेदारों और बच्चों को बहुत सोना-चाँदी, जवाहरात और ग़ुलाम। उस तरफ़ के बेग और फ़ौजियों को बहुत तोहफ़े गए। समरकंद, ख़ुरासान, काशग़र और इराक़ के रिश्तेदारों को भी सौग़ात गई। समरकंद और ख़ुरासान के शेख़ों को नज़र भेजी गई। मक्का और मदीना भी।"

फ़िरदौस मकानी बाबर बादशाह ने अपने हाथ से लिखी क़ुरान को मक्का भेजा। इसे उन्होंने ख़ते-बाबरी में लिखा था, जो कि उनका ख़ुद का ईजाद किया गया लिखाई का एक तरीक़ा था।

जलालुद्दीन मोहम्मद अकबर को एकाएक याद आया कि काबे के दरवाज़े पर पहरेदार ने उनकी माँ मरियम मकानी हमीदा बानो बेगम को रोक कर पूछा था, "आपके साथ कोई महरम है? क्या आपके साथ आपके शौहर हैं?"

मरियम मकानी हमीदा बानो बेगम ने उस वक़्त मिर्ज़ा शर्फ़ुद्दीन की तरफ़ इशारा कर दिया और काबा में दाख़िल हो गईं।

जब ये बात बादशाह सलामत के कान तक पहुँची तो वो मिर्ज़ा शर्फ़ुद्दीन की जान लेने पर उतर आए। मिर्ज़ा शर्फ़ुद्दीन को जान बचाकर भागना पड़ा।

मरियम मकानी हमीदा बानो बेगम के शौहर जन्नत आशियानी हुमायूँ बादशाह कभी हज पर नहीं गए। ख़ुद बादशाह सलामत ने जब इरादा ज़ाहिर किया भी तो

---

1. मीरे हज—हज के कारवाँ का प्रमुख।
2 सदक़ा—ख़ैरात, दान पुण्य।
3. शरीफ़—मक्का के मुख्य प्रशासक जो कि पैग़ंबर मोहम्मद के क़बीले के ही हुआ करते थे।

दरबारियों ने कहा, ''बड़े लोगों के पास कई काम हैं और उनकी इबादत भी अलग तरह की है।''

गुजरात फ़तह के बाद हज पर जाना आसान था इसलिए बादशाह सलामत की तरफ़ से एक हज का कारवाँ और रुपये-पैसे लेकर एक मीरे-हज जाने लगा था। गुजरात फ़तह के चंद बरस बाद पहले कारवाँ के हाथों छह लाख रुपये और बारह हज़ार ख़िलअत भेजी गई। जब बादशाह सलामत ने मीरे-हज को रुपये और सामान के साथ रवाना किया तो उनके तन पर हाजियों जैसा अहराम[1] था, वो नंगे पाँव थे और उनका सर खुला हुआ था। हाजियों की तरह ही उन्होंने अपने बाल कटवाए। यहाँ तक कि वो कुछ दूर इस क़ाफ़िले के साथ चले भी। उन्हीं दिनों उन्होंने ये हुक्म दिया कि जो भी चाहे सरकारी ख़र्च पर हज कर ले लेकिन कुछ वक़्त बाद ये सिलसिला ख़त्म हो गया।

मख़दूमुल-मुल्क अब्दुल्ला सुल्तानपुरी और सद्रुस्सुदूर शेख़ अब्दुन्नबी की कभी बनी नहीं। दोनों ने ही एक दूसरे को नुक़सान पहुँचाने की कोशिश की। अब्दुल्ला सुल्तानपुरी ने शेख़ अब्दुन्नबी पर इल्ज़ाम लगाया कि उन्होंने ग़ैरमुनासिब बुनियाद पर दो लोगों को कुफ़्र के इल्ज़ाम में मौत की सज़ा दे दी। उन्होंने कहा कि शेख़ अब्दुन्नबी के पीछे नमाज़ पढ़ना सही नहीं है क्योंकि वो एक नालायक़ बेटे हैं और बवासीर के मरीज़ हैं। इसके जवाब में शेख़ अब्दुन्नबी ने सब के सामने अब्दुल्ला सुल्तानपुरी को सख़्ती से डाँटा था। ऐसे आपसी ताल्लुक़ात के बाद अब दोनों मक्का में एक साथ थे।

इस वक़्त मक्का अपनी तारीख़ के तौर पर एक अच्छे दौर से गुज़र रहा था। 1517 ईसवी में तुर्की के उस्मानी सुल्तान सलीम ने मिस्र पर क़ब्ज़ा कर लिया था। मक्का और मदीना पर मिस्र के सुल्तान का इख़्तियार था इसलिए वो भी सीधे तुर्की सुल्तान की निगरानी में आ गया।

मिस्र छोड़ते वक़्त सुल्तान सलीम ने अपने सूबेदार को कहा था, ''हम पैग़ंबर की ख़िदमत करेंगे। मिस्र से हमें और कुछ नहीं चाहिए। हमने सिर्फ़ मुक़द्दस मक्का और मदीना के ख़ादिम का ख़िताब हासिल किया है। मिस्र की सारी आमदनी को हमने पैग़ंबर के नाम वक़्फ़[2] कर दिया। अब से तुम इस वक़्फ़ के लिए ज़िम्मेदार हो। इसकी अच्छी तरह ख़िदमत करना।''

तुर्की सुल्तान ने मक्का और मदीना पर शरीफ़ की हुकूमत को मान लिया और बदले में शरीफ़ ने सुल्तान की सरपरस्ती को क़ुबूल किया। मक्का में जुमे के ख़ुतबे में तुर्की के सुल्तान का नाम पढ़ा गया। ईसवी 1524 से साठ बरस तक शरीफ़ अबू

1. अहराम—हज के लिए निर्धारित लिबास।
2. वक़्फ़—दान की गई वस्तु या संपत्ति।

नोमाए सानी की हुकूमत में मक्का ने ख़ुशहाली और सुकून का दौर देखा। तुर्की सुल्तान और सल्तनत के लोगों की दरियादिली से और शरीफ़ की बेहतरीन हुकूमत से मक्का में रौनक़ आई। काबा की मरम्मत हुई और बेशुमार मदरसे और ग़रीबों और हाजियों के रहने की जगहें बनीं।

जब इस्तंबुल के दरबार तक ये ख़बर पहुँची कि महज़रनामे में बादशाह सलामत को सुल्तानुल-इसलाम और अमीरुल-मोमिनीन कहा गया है तो लोगों के कान खड़े हुए क्योंकि ये ख़िताब तो तुर्की के सुल्तान से जुड़े थे। उस पर से वहाँ ख़बर पहुँची कि हिंदुस्तान में जलालुद्दीन मोहम्मद अकबर के पैग़ंबरी इल्म और इल्हाम[1] की बातें हो रही हैं। बादशाह सलामत को भी इस बात का इल्म हो रहा था कि उनके मज़हबी रुझान से मक्का में बेचैनी है और इस बेचैनी को हवा देने में शेख़ अब्दुन्नबी का हाथ है।

मक्का पैसा भेजने के कुछ वक़्त बाद शेख़ अबुल फ़ज़ल ने वो ख़त तैयार किया जो बादशाह सलामत की तरफ़ से मक्का के शरीफ़ अबू नोमए सानी को भेजा गया :

''सभी तारीफ़ें अल्लाह के लिए जो बड़े करम वाला है और राह दिखाने के लिए चुने गए पैग़ंबर के लिए एहतराम, ख़ुदा के और बंदों का एहतराम जिन पर ख़ुदा की बरकत है ख़ासतौर पर दीनदार लोगों पर।

''सब लोगों की बेहतरी और ख़ुशहाली की तमन्ना है—लोग जो कि बड़ी बरकत वाले ख़ुदा की देन हैं—ताकि लोग ख़ुश रहें और इबादत और बंदगी की ज़िम्मेदारी निभाएँ। ज़ुल्म का साया इंसानियत पर ना पड़े, ख़ासतौर पर ग़रीब और बेसहारा पर। हमारे ज़रिए लोग अपनी-अपनी सलाहियत के मुताबिक़ ख़ुदा की नेमतें हासिल करें, जिन नेमतों को बाँटने की ज़िम्मेदारी ख़ुदा के फ़ज़ल से हमें मिली है। उस मुक़द्दस जगह से जुड़े लोग, जहाँ अच्छाई और नेकी का घर है, जहाँ फ़रिश्तों की फ़ौज उतरती है, जिसकी ख़्वाहिश जन्नत के बाशिंदे भी करते हैं, उस जगह के लोगों की मुराद पूरी होनी चाहिए और उन्हें शाही इनायतों के दायरे में ले आना चाहिए। इसलिए हर साल दरबार के ख़ादिमों में से नेक ख़यालात वाले किसी एक को हाजियों की अगुवाई के लिए मीरे हज बनाया जाएगा और उनके साथ अलग-अलग तबक़ों और ओहदेदारों के लिए तोहफ़े, वज़ीफ़े और बतौर इनाम पैसा और सामान भेजा जाएगा।

''हिज्री 989[2] में ये नहीं भेजा जा सका। कुछ ग़द्दार ख़ादिमों की बग़ावत ने ख़ुदा के बंदों के लिए मुश्किलें खड़ी कर दी थीं। उन बाग़ियों को ख़त्म करने के लिए और ग़रीबों और दबे-कुचले लोगों को इन बाग़ियों से बचाने के लिए बादशाह सलामत ख़ुद हाथियों और बड़ी फ़ौज के साथ पंजाब और काबुल गए और कुछ

1. इल्हाम—ईश्वर की ओर से दिल में आई हुई बात।
2. बमुताबिक़ 1581-82 ईसवी के क़रीब।

दिन वहाँ रहे। ख़ुदाई रहमत का शुक्र कि इन बाग़ियों को कुचल दिया गया। जो लोग अपने बुरे मिज़ाज की वजह से बाग़ी हुए, उन्हें मार डाला गया।

''ख़ुद बादशाह सलामत ने अपनी दरियादिली की वजह से मिर्ज़ा हकीम को माफ़ किया और उन्हें काबुल में इस शर्त पर बिठाया कि शरीया को फिर से लागू करें और ख़ुदा के बंदों की भलाई के लिए कोशिश करें। इन बाग़ियों की नापाक हरकतों की वजह से पैसा और सामान नहीं भेजा जा सका। उम्मीद है कि आयंदा सही वक़्त पर तोहफ़े भेजने में कोई कोताही नहीं होगी।''

मिर्ज़ा हकीम की नाफ़रमानियों की ख़बर बादशाह सलामत तक पहुँचती रही थी लेकिन वो कहते, ''वो हज़रत जन्नत आशियानी की यादगार हैं। बेटा तो मिल सकता है लेकिन भाई कहाँ मिलेगा?''

लेकिन इस बार बादशाह सलामत ने ख़ुद मिर्ज़ा हकीम के ख़िलाफ़ मोर्चा सँभालने का फ़ैसला किया। मिर्ज़ा हकीम पंजाब तक आ चुके थे। जब उन्हें बादशाह सलामत के आने की ख़बर मिली तो वो वापिस काबुल की तरफ़ भागे। पहले आनन-फ़ानन में रावी नदी पार की। फिर चिनाब और उसके बाद भेरा के पास से झेलम को पार करते वक़्त उनके कई हाथी डूब गए। बादशाह सलामत ने हुक्म दिया कि फ़ौज पीछा ना करे कि कहीं मिर्ज़ा हकीम की नाव भी ना डूब जाए।

बादशाह सलामत बोले, ''वो बदनसीब मामलात को नहीं समझते और अक़्ल नहीं हासिल करते तो हम में तो वो अक़्ल है। हम उनकी ज़िंदगी को क्यों ख़त्म करें। हो सकता है वक़्त के साथ अक़्ल आए और सही रास्ता दिखाई दे। फिर अगर देखें तो भाई की अहमियत बेटे से ज़्यादा है।''

बादशाह सलामत एक बड़े क़ाफ़िले को लेकर सिंधु किनारे पहुँचे थे। सबसे आगे अगुवा दल था जो रास्ते से लोगों को हटाता चलता था। उसके बाद हाथी पर सवार नक़्क़ारची और नगाड़ची ज़मीन हिला देने वाली आवाज़ करते हुए चलते थे। फिर बादशाह सलामत की सवारी और उनके थोड़ा ही पीछे उनके ख़ादिम, घुड़सवार और उसके पीछे और हाथी। कुछ लोग रास्ता नापते चलते थे कि आयंदा के लिए ध्यान रहे। जब बादशाह सलामत अपने ख़ेमे पर उतरे तो एक तरफ़ हाथियों की क़तार और दूसरी तरफ़ घुड़सवारों ने इस्तक़बाल किया।

यहाँ पहुँच कर बादशाह सलामत ने मिर्ज़ा हकीम को समझाने के इरादे से एक पैग़ाम भेजा, ''जब एक शहंशाह सज़ा देने से अपना हाथ रोक ले और समझाए और सच बताए, और जिसका नेकदिली के अलावा कोई इरादा ना हो तो ख़ुशनसीब लेकिन ग़लती करने वाले लोग शर्मिंदा हो कर सचाई की तलब लिए उनके दरबार आते हैं और इल्तजा करके भूल सुधार लेते हैं। बुरे और बुरी तक़दीर वाले अपने ग़लत और ख़तरनाक हालात में बने रहते हैं और चालबाज़ियाँ करते हैं और अपनी ग़लत हरकतों को नज़रअंदाज़ करते हैं। अब बेटे जैसा भाई समझ हासिल करे और

कभी ना ख़त्म होने वाली ख़ुशी हासिल करे। आला घरानों के बादशाह और हर मुल्क के बड़े लोग हमारी दरियादिली से रौशन होते हैं। हमसे इतना जुड़ा हुआ नासमझ क्यों हो? कब तक वो ऐसा करेंगे? नीच लोगों की सोहबत में कब तक वो नुक़सान उठाएँगे? ये उनके लिए मुनासिब नहीं दिखता कि मक्खी जैसे लोगों की भुनभुनाहट पर ध्यान दें, बल्कि उन्हें चाहिए कि हमारे आस्ताने पर आकर मुलाज़िमत करें ताकि दूर और पास सबको मालूम हो जाए कि हमारे दिल में उनके लिए प्यार है, और अपनी ज़िंदगी चंद रोज़ सही तरह गुज़ारें और उनकी दुनियावी हैसियत और आने वाले वक़्त का मर्तबा बुलंद हो और वो अच्छा नाम पाकर अपने दिन ख़त्म करें। एक नन्हीं सी चींटी भी कमज़ोरी के बावजूद अपने मक़सद पर निकल पड़ती है कि कहीं बुलंद तक़दीर वालों की तरह उसकी दिल की मुराद पूरी हो जाए। इतने समझदार शख़्स का बेटा बेवक़ूफ़ों की तरह लापरवाही की नींद सो जाए और जुस्तजू के लिए आधा क़दम भी ना उठाए?

''अगर आप कामयाब होना चाहते हैं तो ख़ुद को ही इम्तिहान में डालने का क्या फ़ायदा? कब तक ख़ुद को तलवार की धार पर रखेंगे? अगर शर्म और बुरे बर्ताव की वजह से आप दरबार नहीं आएँगे और डर से अपना दिल ख़िदमत में नहीं लगाएँगे तो हुकूमत के शुरू से लेकर अब तक हमारी रोज़ बढ़ती इनायतें और मुजरिमों के लिए हमारी माफ़ी तो दूर और पास सब को ज़ाहिर है।''

बादशाह सलामत की इस पेशकश का कोई मुनासिब जवाब नहीं मिला। अब ख़ुद सिंधु किनारे ख़ेमा लगाकर उन्होंने शहज़ादे मुराद को एक बड़ी फ़ौज के साथ नदी पार करने का हुक्म दिया। बादशाह सलामत की कोशिश थी कि इस फ़ौज के आगे बढ़ने की ख़बर से ही मिर्ज़ा हकीम रास्ते पर आ जाएँगे। लेकिन डर ये भी था कि कहीं डर से किसी बाहरी ताक़त की मदद ना माँग लें। इसलिए शहज़ादे मुराद को आगे भेज कर नदी के इस पार से ही बादशाह सलामत हालात को तौलते रहे।

कुछ और वक़्त तक मुनासिब जवाब का इंतज़ार करने के बाद वो नदी पार करके आगे बढ़े। बादशाह सलामत के आगे बढ़ने के बाद मिर्ज़ा हकीम के दो पैग़ाम आए जिसमें उन्होंने शर्मिंदगी का इज़हार किया। तब बादशाह सलामत ने शेख़ अबुल फ़ज़ल से कहा कि लश्कर के बीस मंसबदारों से राय पूछ कर बताएँ। जब शेख़ अबुल फ़ज़ल ने देखा कि सब के सब मिर्ज़ा हकीम को माफ़ करके लौट जाना चाहते हैं तो उन्होंने अपनी राय सब के सामने रखी, ''बेहतर है उस काम को पूरा करें जो लगभग होने को है। और उसके बाद तय करें कि सज़ा दी जाए या माफ़ किया जाए।''

शेख़ अबुल फ़ज़ल की बात सुनकर मंसबदार तमतमा गए। उनमें से एक ने कहा, ''मैं समझ रहा हूँ कि आपकी बात से आपका इल्म और सचाई ज़ाहिर होती है। लेकिन समाज के इस अफ़रातफ़री के दौर में ये ज़रूरी है कि अपने साथ

के लोगों के साथ मिल कर काम करें, ख़ास कर उनके साथ जो सल्तनत में ताक़तवर हैं।''

शेख़ अबुल फ़ज़ल ने इस पर कहा, ''उस महफ़िल में जहाँ सच बोलना ज़रूरी है और सलाह-मश्विरे की इस पाक जगह पर जो इस वक़्त कहना ज़रूरी है, वहाँ अपने असली ख़याल के ख़िलाफ़ बोलना सब से ख़राब बात है। ये दीन और दुनिया के ख़िलाफ़ है...ऐसी दुनिया में हिफ़ाज़त क्यों माँगूँ जो जल्द ख़त्म होने वाली है। इस जल्द ख़त्म होने वाली दुनिया में हिफ़ाज़त की ख़ातिर वो चुनूँ जो रूहानी तौर पर नुक़सानदेह है? चूँकि मैंने वाहवाही के लिए बेवक़ूफ़ी की बातें नहीं कीं तो मुझे उम्मीद है कि मेरे दामन पर कोई दाग़ नहीं होगा।''

आख़िर ये तय पाया गया कि हर मंसबदार अपनी राय बादशाह सलामत के सामने रखे और जब तक वो पूछें नहीं, शेख़ अबुल फ़ज़ल की राय ना बताई जाए। लेकिन हुआ ये कि मंसबदारों की राय सुनने के बाद बादशाह सलामत ने शेख़ अबुल फ़ज़ल की राय के बारे में पूछा। बीमारी की वजह से शेख़ उस दिन दरबार से ग़ैर-हाज़िर थे। इस पर मंसबदारों ने कहा, ''वो भी हमारी राय से सहमत हैं।''

बादशाह सलामत ने आगबबूला होकर कहा, ''लगता है मंसबदारों को अफ़ग़ानिस्तान की ठंड से डर लगता है। हम सबको पीछे छोड़ अपने शागिर्दों को लेकर चले जाएँगे।''

अगले रोज़ जब शेख़ अबुल फ़ज़ल की तबीयत सँभली और वो दरबार हाज़िर हुए तो बादशाह सलामत ने नाराज़ होकर पूछा, ''तुमने अपना ख़याल कैसे बदल दिया?''

घबरा कर शेख़ ने पूछा, ''इन लोगों के मुताबिक़ मैंने जो कहा वो किसी एक के कान में था या कि उस महफ़िल में?''

जब एक-एक करके मंसबदारों ने बादशाह सलामत को बताना शुरू किया कि शेख़ अबुल फ़ज़ल ने ये बात भरी महफ़िल में कही तो शेख़ की हालत ख़राब हो गई। उनकी तक़दीर अच्छी थी कि एक मंसबदार ने उम्मीद के ख़िलाफ़ कह दिया, ''उस महफ़िल में शेख़ अबुल फ़ज़ल इन लोगों की राय के ख़िलाफ़ बोल रहे थे। जिस बातचीत का ज़िक्र हो रहा है वो हो सकता है कि कहीं और हुई हो।''

इसके बाद बादशाह सलामत मंसबदारों की राय को दरकिनार कर के काबुल की तरफ़ कूच कर गए लेकिन उनके पहुँचने से पहले शहज़ादे मुराद और मिर्ज़ा हकीम की फ़ौज के बीच काबुल के पास कड़ी टक्कर हुई और मिर्ज़ा हकीम भाग खड़े हुए।

अब बादशाह सलामत उस काबुल शहर में दाख़िल हुए जहाँ पिछली पीढ़ी में दो सौतेले भाइयों की लड़ाई में वो मोहरा बने थे और कामरान मिर्ज़ा ने उन्हें जन्नत

आशियानी हुमायूँ बादशाह की तोपों का सामना करने के लिए क़िले की फ़सील पर बिठा दिया था।

काबुल जीतने के बाद भी बादशाह सलामत ने अपने सौतेले भाई मिर्ज़ा हकीम की जान लेने से साफ़ इन्कार कर दिया। उन्होंने कहा, ''इंसान की औलाद क्यों ख़ुदा की दी हुई अपनी ताक़त का इस्तेमाल बदलती हुई ख़्वाहिशात को पूरा करने में लगाती है? और हम क्यों अपने आराम के लिए भाई की जान लें? या किसी वफ़ादार को मारकर एहसानफ़रामोशी ज़ाहिर करें? अगर मिर्ज़ा ग़लत रास्ते पर ये सोचते हुए गए हैं कि वो सही हैं तो ये एक दीनी काम है। वर्ना वो नासमझी का शिकार हैं। हमें ऐसे लोगों को सताना नहीं चाहिए जो नासमझी के रेगिस्तान में तकलीफ़ उठा रहे हैं।''

हालाँकि मिर्ज़ा हकीम अपने बेटे को भेजने पर राज़ी हुए और ख़ुद पेश नहीं हुए, फिर भी बादशाह सलामत ने उन्हें माफ़ किया और फिर से उन्हें हुकूमत सौंप कर लौट आए।

जब बंगाल और बिहार के बाग़ियों ने बादशाह सलामत के सौतेले भाई मिर्ज़ा हकीम को अपना बादशाह माना था तो जौनपुर के क़ाज़ी मुल्ला मोहम्मद यज़्दी ने फ़तवा दिया कि बादशाह सलामत के ख़िलाफ़ बग़ावत करना फ़र्ज़ है। बंगाल के क़ाज़ी याक़ूब ने कहा कि ये बग़ावत ख़ुदा का क़हर है क्योंकि बादशाह सलामत ने उलेमा से उनकी ज़मीनें छीन ली हैं।

मुल्ला मोहम्मद यज़्दी को किसी बहाने से आगरा बुलवाया गया। शहर से अट्ठारह कोस पहले ही बादशाह सलामत का हुक्म पहुँचा कि मुल्ला मोहम्मद यज़्दी को उनके सिपाहियों से अलग कर के नदी के रास्ते ग्वालियर भेज दिया जाए। मुल्ला मोहम्मद यज़्दी और उनके सिपाहियों को अलग-अलग नाव में रवाना किया गया। जब नाव गहरे पानी में पहुँची तो मुल्ला मोहम्मद यज़्दी को डुबा कर मार डाला गया।

मक्का में मौजूद शेख़ अब्दुन्नबी और मुल्ला अब्दुल्ला सुल्तानपुरी को ये ख़बर तो मिल चुकी थी कि पूरब से मंसबदारों ने और पश्चिम से मिर्ज़ा हकीम ने बग़ावत कर दी है लेकिन बग़ावत कुचले जाने की ख़बर से पहले ही वो गुजरात के लिए कूच कर गए। बादशाह सलामत को अब तक इन दोनों के इरादों का इल्म नहीं था। अपनी तरफ़ से तो उन्होंने शेख़ अब्दुन्नबी और मख़्दूमुल मुल्क अब्दुल्ला सुल्तानपुरी को हुक्म दिया था कि मक्का में अपनी ज़िम्मेदारी निभाएँ और हिंदुस्तान ना लौटें। इसीलिए मक्का के शरीफ़ों को भेजे गए फ़रमान में जलालुद्दीन मोहम्मद अकबर ने इन दोनों का ख़ास तौर पर ज़िक्र किया।

''शेख़ अब्दुन्नबी, मख़्दूमुल मुल्क और हकीमुल मुल्क को भेजा गया है और

हरेक को बही-खाते में दर्ज रक़म दी गई है जो शरीफ़ों और क़ाज़ियों के लिए है। और कुछ और रक़म भी है जो ख़ुफ़िया तौर पर रखी गई है, जिसमें किसी का हिस्सा नहीं है। सय्यदों और क़ाज़ियों की मोहर के साथ रक़म पाने की रसीद भेजी जाए ताकि इत्मिनान हो जाए।

"ये इलज़ाम ग़लत है कि हज़रत बादशाह की तरफ़ से कोई ग़ैर शरई बात कही गई है। मालूम हुआ है कि बदमाशों ने जलन और दुश्मनी की वजह से शेख़ मुईनुद्दीन हाशमी शीराज़ी पर कुछ इल्ज़ाम लगाए थे और उन्हें बदनाम और परेशान करना चाहते थे। शेख़ ने शरीयत के ख़िलाफ़ कुछ कहा हो या किया हो ऐसा हम तक नहीं पहुँचा, बल्कि उनके शाही ख़िदमत में आने के बाद से अब तक सिर्फ़ शराफ़त और ईमानदारी और शरीयते मोहम्मदी को मानने की बातें ही सामने आई हैं। इन बदमाशों को सज़ा और चेतावनी मिलनी चाहिए। शेख़ को हिफ़ाज़त दी जाए और ज़ालिम दुश्मनों से बचाया जाए। हैरत है कि कम समझ वाले लोगों ने झूठी अफ़वाहों को सच मान कर ज़ुल्म किया। ऐसे लोगों को मक्का की मुक़द्दस जगह से निकाल देना चाहिए। और फिर कभी अंदर आने की इजाज़त नहीं देनी चाहिए।

"हमारे लिए इस मुक़द्दस मुक़ाम में दुआ करें..."

शेख़ अब्दुन्नबी और मख़दूमुल मुल्क अब्दुल्ला सुल्तानपुरी के आते-आते बादशाह सलामत को मक्का से एक परेशान कर देनी वाली ख़बर मिली।

बादशाह सलामत के ख़ानदान की तारीख़ में हिज्री 804 के ज़िल हिज्ज महीने की 27 तारीख़ बमुताबिक़ 28 जुलाई, 1402 ईसवी का दिन बहुत अहम था। उस दिन अमीर तैमूर ने एकाएक अंक़ारा पहुँच कर तुर्की के सुल्तान बायज़ीद को हैरत में डाल दिया था। कड़ी शिकस्त के बाद सुल्तान बायज़ीद को जानवर की तरह पिंजरे में क़ैद करके अमीर तैमूर के सामने लाया गया। इस बेइज़्ज़ती का दुनिया में चर्चा रहा। इसलिए ये चुभने वाली बात थी कि जलालुद्दीन मोहम्मद अकबर बादशाह ग़ाज़ी इब्ने हुमायूँ बादशाह इब्ने बाबर बादशाह इब्ने उमर शेख़ मिर्ज़ा इब्ने सुल्तान अबु सईद इब्ने सुल्तान मोहम्मद मिर्ज़ा इब्ने मीरान शाह इब्ने अमीर तैमूर साहिबे-क़िरान को तुर्की का सुल्तान आँख दिखाए।

तुर्की के सुल्तान मुराद तृतीय ने मक्का के शरीफ़ को जो फ़रमान भेजा उस से बादशाह सलामत चौंक गए।

"हज ख़त्म होते ही बादशाह के रिश्तेदार और बाक़ी हिंदोस्तानी अपने मुल्क वापिस जाएँ। हिजाज़ के हुक्मरान हरम के पास ग़ैर शरई हरकतें ना होने दें। बादशाह सलामत के भेजे हुए सदक़े को लोगों में ना बँटने दें।"

साफ़ ज़ाहिर था कि जिस बादशाह के दीन पर शक-शुब्हा उठ रहा था, उसका भेजा हुआ सदक़ा लेना मुनासिब नहीं समझा गया। बादशाह सलामत ने फिर कभी

मक्का के लोगों के लिए सदक़ा नहीं भेजा और उस तरफ़ से रिश्ता पूरी तरह से तोड़ लिया।

अब शेख़ अब्दुन्नबी और मख़दूमुल मुल्क अब्दुल्ला सुल्तानपुरी हिंदुस्तान लौटे तो उन पर बादशाह सलामत का पूरा ग़ुस्सा फूटा।

शेख अब्दुन्नबी फ़तहपुर सीकरी में एक ऐसे बादशाह के सामने मुजरिम के तौर पर पेश हुए जो पहले से कहीं ज़्यादा ताक़तवर और मज़बूत थे। उस वक़्त मुल्ला अब्दुल क़ादिर बदायूँनी बादशाह सलामत के मिज़ाज को देख रहे थे।

"सुल्तान जलालुद्दीन अकबर ने जो बहुत सी ग़लत और इस्लामी शरीयत के ख़िलाफ़ बातें लागू कीं उनमें से एक ये थी कि गाय का गोश्त खाना हराम कर दिया गया। इसकी वजह ये थी कि बादशाह बचपन से ही कट्टर मज़हबी हिंदुओं के साथ उठता-बैठता था और गाय का एहतराम करना हिंदुओं के अक़ीदे के मुताबिक़ दुनिया की सलामती का सबब है और उन हिंदुओं की ग़लत बातें बादशाह के दिल में घर कर गई थीं, और भारत के बहुत-से हिंदू राजाओं की बहुत-सी लड़कियाँ जो हरम में दाख़िल थीं, वो बादशाह के मिज़ाज में बहुत दख़ल देती थीं। और बादशाह गोमांस, लहसुन और प्याज़ के खाने और दाढ़ी वाले और इस तरह के लोगों से परहेज़ करने लगे थे और आज भी परहेज़ करते हैं। हिंदुओं की जो बुरी रस्में वो मजलिसों में अपने तौर पर करते थे, वो आज भी करते हैं। इसलिए हिंदुओं और उनके क़बीले को ख़ुश रखने के लिए, जो भी बातें उस जमात को नापसंद थीं, उन बातों को बादशाह ने बिलकुल छोड़ दिया था, और दाढ़ी मुँडवाने वाले को वो अपना ख़ैरख़्वाह और मुरीद समझते थे और इस तरह दाढ़ी मुँडवाना आम हो गया और दाढ़ी मुँडवाने वाले उलेमा इस के लिए दलीलें पेश करने लगे।"

बादशाह सलामत कहते, "ख़ुदा की रहमत सब पर होती है लेकिन कुछ लोग सही मौसम में भी तैयार नहीं होते और बाक़ी क़ाबिल नहीं होते और फ़ायदा नहीं उठा पाते। कुम्हार का बनाया हुआ इस सचाई को ज़ाहिर करता है।

"पहले मैंने लोगों को मजबूर किया कि वो मेरा दीन मानें और मैंने समझा कि ये इस्लाम है। जब मेरी समझ बढ़ी तो मैं शर्मिंदा हुआ। जब मैं ख़ुद ही मुस्लिम नहीं था तो दूसरों को कैसे मजबूर कर सकता हूँ कि वो मुस्लिम बनें। जिनका दीन ज़बरदस्ती बदला गया उन से क्या उम्मीद की जा सकती है कि वो क़ायम रहेंगे!

"ये मेरी ज़िम्मेदारी है कि सभी लोगों की अच्छी समझ रखूँ। अगर वो ख़ुदा की राह पर चल रहे हैं तो दख़ल देना ग़लत होगा। और अगर वो नहीं चल रहे और नासमझ हैं तो उन्हें रहम की ज़रूरत है।"

माहौल ऐसा बन गया कि बादशाह सलामत की रात की महफ़िलों में दरबारियों के बीच अगर दीन का मसला उठता तो कहा जाता, "ये बात तो मुल्लों से पूछो।

हम तो सिर्फ़ वही सुलझा सकते हैं जिसका ताल्लुक़ इंसान की अक़्ल से है।''

तेईसवें इलाही सन् बमुताबिक़ ईसवी 1578 के अक्तूबर महीने में भेरा से लौटने के कुछ ही बाद बादशाह सलामत ने इबादतख़ाने का दरवाज़ा हर दीन के लिए खोल चुके थे और फ़तहपुर सीकरी की धरती बहुत गर्म हो गई थी। इस पर से शेख़ अब्दुन्नबी की ग़ैरहाज़िरी में तीन ऐसे लोग दस्तक दे चुके थे जिन से इबादतख़ाने में आग भड़क उठी थी।

बादशाह सलामत को वो आग याद थी जो उनके सामने जलाई गई थी। आग की ये लपक उलेमा और गोवा से आए पादरियों के चेहरों पर साफ़ दिख रही थी। बादशाह सलामत ने इंतज़ार किया था कि दरबार के उलेमा और गोवा से आए पादरी अपने दीन को और अपनी किताब को सच्चा साबित करने के लिए इस आग में दाख़िल हो जाएँ।

बादशाह सलामत की पैदाइश से थोड़ा पहले सत्ताईस सितंबर, 1540 ईसवी में पोप पॉल तृतीय की सहमति के बाद यीशु समाज बना जिसका मक़सद था ख़ुदा और पोप की सेवा करना, लोगों को ईसाइयत के रास्ते पर आगे बढ़ने में मदद करना और ईसाइयत का प्रचार करना।

चौबीसवें इलाही सन् बमुताबिक़ 1580 ईसवी के फ़रवरी महीने में इसी यीशु समाज के पादरी रूडॉल्फ़ एकुआवीवा, फ्रांसिस हेन्रीक्स और कुछ बाद अंतोनियो मोन्सेराते फ़तहपुर सीकरी में बादशाह सलामत के दरबार पहुँचे।

बादशाह सलामत पहली बार गोवा के पुर्तगालियों से सूरत के घेराव के वक़्त मिले थे। इसके बाद उनकी ईसाइयों से छुटपुट मुलाकातें शुरू हो गई थीं। इनमें एक थे पादरी ज़िल आनेश परेरा जो बादशाह सलामत के सभी सवालों के जवाब तो नहीं दे पाए लेकिन उनकी सलाह पर बादशाह सलामत ने गोवा एक पैग़ाम भेजा। ये पैग़ाम बादशाह सलामत के एलची अब्दुल्ला और दुभाषिए डॉमिनीक पीरिस गोवा लेकर गए।

''जलालुद्दीन मोहम्मद अकबर
ख़ुदा ने जिन्हें बादशाह बनाया।

''संत पॉल के समाज के बड़े पादरियों को ये मालूम हो कि हम उनके दोस्त हैं।

''हम अपने एलची अब्दुल्ला और डॉमिनीक पीरिस को इस पैग़ाम के साथ भेज रहे हैं कि हमारे पास दो जानकार पादरी भेजें। ये अपने साथ ईसाइयत की

अहम किताबें और इंजील मुक़द्दस[1] लेकर आएँ ताकि मैं ईसाइयत को समझ सकूँ और जान सकूँ कि उसमें सबसे सही क्या है। दिली गुज़ारिश है कि जैसे ही ये एलची पहुँचें, ये उनके साथ आएँ और अपने दीन की किताबें लाएँ। जो पादरी आ रहे हैं उन्हें मालूम हो कि उनका हर तरह से इस्तक़बाल होगा। हम उनके आने से बहुत ख़ुश होंगे और जब हम अपनी ख़्वाहिश के मुताबिक़ ख़ुदाई क़ानून और उसकी सही बातों को समझ लेंगे तो वो जहाँ चाहे चले जाएँ। हम उन्हें इज़्ज़त और इनायत के साथ अलविदा कहेंगे। वो आने में क़तई ना डरें क्योंकि हम उन्हें अपनी हिफ़ाज़त में लेते हैं।''

बादशाह सलामत का पैग़ाम मिलने के कुछ वक़्त बाद ही पादरी रूडॉल्फ़ एकुआवीवा और पादरी फ्रांसिस हेन्रीक्स पानी के रास्ते गोवा से दमन पहुँचे, जहाँ से पादरी मोन्सेराते उनसे जुड़ गए। फिर ये तीनों ज़मीन के रास्ते सूरत, माँडू, उज्जैन, सारंगपुर, सिरोंज, नरवर, ग्वालियर और धौलपुर होते हुए फ़तहपुर सीकरी पहुँच गए। पादरियों को सबसे पहले वो झील दिखी जिसके किनारे कभी फ़िरदौस मकानी बाबर बादशाह ने अपना ख़ेमा लगाया था और जिसके किनारे अब फ़तहपुर शहर बसा था। सीकरी पहुँचे मुसाफ़िरों का ध्यान हिरन मीनार ने खींचा और फिर उस बड़े दरवाज़े ने जिसके दोनों तरफ़ बड़े हाथी थे जिससे बादशाह सलामत और उनसे मिलने वाले लोग दाख़िल हुआ करते थे।

पादरी मोन्सेराते ने ग़ौर किया, ''ये आलीशान महल बुनियाद से लेकर छत के क़रीब किए गए काम तक तराशे हुए पत्थर से बने हुए हैं। दूसरे हिंदुस्तानी राजाओं से अलग ये महल बहुत बड़े हैं। आम हिंदुस्तानी महल मंदिर की तरह नीचा और आम तरीक़े से बना होता है। इन महलों का कुल इलाक़ा इतना बड़ा है कि इसमें आराम से चार बड़ी रिहाइशगाहें हैं जिसमें कि बादशाह का अपना महल सबसे बड़ा और आलीशान है। दूसरा महल रानियों का है, तीसरा शहज़ादों का और चौथा गोदाम और बारूदख़ाने के काम आता है। इन महलों की छत पर ईंटें नहीं हैं और मौसम से बचाव के लिए पत्थर पर मसाला लगता है। इस तरह से ऐसी छतें बनती हैं जो पूरी तरह से नमी से महफ़ूज़ हैं।''

पादरी फ्रांसिस हेन्रीक्स फ़ारस में 1538 ईसवी में पैदा हुए थे और मुसलमान से ईसाई हुए थे। जब वो बादशाह सलामत के दरबार पहुँचे तो बयालीस बरस के थे। पादरी अंतोनियो मोन्सेराते स्पेन में पैदा हुए थे और फ्रांसिस हेन्रीक्स से दो साल बड़े थे। लिज़्बन में 1569 ईसवी के हैज़े के वक़्त उन्होंने बहुत से मरीज़ों की ख़िदमत की थी। इन दोनों पादरियों से छोटे थे पादरी रूडॉल्फ़ एकुआवीवा जो 1550 ईसवी में पैदा हुए थे और सिर्फ़ तीस बरस के थे। उनका ताल्लुक़ नेपल्स के एक बड़े ख़ानदान से था। उन्हें इस टोली का अगुवा बनाया गया था।

1. इंजील मुक़द्दस—पवित्र बाइबल।

सीकरी की पहाड़ी पर जिस दरवाज़े के दोनों तरफ़ पत्थर के दो बड़े हाथी बने थे उससे दाख़िल होकर दौलतख़ाना-ए-आम तक पहुँचा जाता था जहाँ बादशाह सलामत का दरबार लगता था। एक सौ चौदह बरामदों से घिरे इस बड़े दरबार की पश्चिमी दीवार के बीचोबीच वो जगह थी जहाँ ऊँचाई पर बादशाह सलामत तख़्त पर बैठते थे। नीचे जो दरबारी और फ़रियादी बादशाह सलामत से मुख़ातिब होते थे उनका रुख़ उसी तरफ़ होता था जिस तरफ़ मुँह करके नमाज़ पढ़ी जाती है।

इस वक़्त बादशाह सलामत दौलतख़ाना-ए-आम की ऊँचाई से काले चोग़े और काली टोपी वाले पादरियों को देख रहे थे। नीचे दरबारियों के साथ वो ख़ादिम भी खड़ा था जिसके हाथ में लंबा सायबान था जो इतना नीचे से भी बादशाह सलामत के सर तक पहुँच रहा था। बादशाह सलामत फूलदार क़ालीन पर बैठे थे और नीचे दरबारी क़ालीन पर नंगे पाँव हाथ बाँधे खड़े थे।

ये बादशाह सलामत की ज़िंदगी का एक नाज़ुक वक़्त था। अभी पूरब के मंसबदार और पश्चिम में मिर्ज़ा हकीम बग़ावत पर थे। जौनपुर से उनके ख़िलाफ़ फ़तवा आ चुका था। उस पर ये पुर्तगाली उनकी सल्तनत के हाजियों और कारोबारियों के लिए सरदर्द बन गए थे। जद्दाह की तरफ़ जाने वाले और वहाँ से आने वाले जहाज़ों को पुर्तगाली इजाज़त लेनी पड़ती थी। लगभग सात बरस पहले पुर्तगालियों से समझौता हुआ कि हाजियों को राहदारी का परवाना मुफ़्त मिलेगा और उनके जहाज़ों में जो सामान असबाब लौटेगा उस पर चुंगी भी नहीं लगेगी। लेकिन कोई ढाई बरस पहले पुर्तगालियों ने जद्दाह से लौटे एक शाही जहाज़ और पाँच दूसरे जहाज़ों को ज़ब्त कर लिया था। बादशाह सलामत जानते थे कि हिंदुस्तान की सरज़मीन पर उनका दबदबा है तो समुद्र पर पुर्तगाली हुकूमत का।

दरबार में नीचे खड़े पादरियों ने सर उठा कर उस बादशाह को देखा जिन्हें ईसाई बनाने के इरादे से वो यहाँ तक आए थे। जलालुद्दीन मोहम्मद अकबर दुनिया के ताक़तवर बादशाहों में से एक थे और पुर्तगाली ताक़त के लिए एक बड़ा ख़तरा थे। गुजरात फ़तह के बाद दोनों का पड़ोस का रिश्ता हो गया था और इस वक़्त दोनों एक दूसरे को आँकना चाहते थे।

ईसाई पादरियों ने बादशाह सलामत को दुनिया का नक़्शा पेश किया जो गोवा के लाट पादरी ने उनके लिए भेजा था। भरे दरबार में बादशाह सलामत ने पादरियों के लिए ना कोई बेरुख़ी दिखाई, ना कोई गर्मजोशी लेकिन दरबार ख़त्म करके उन्हें अंदर कपूर तलाव की तरफ़ बुलवा लिया और दौलतख़ाने की तरफ़ ले कर चले गए। वहाँ अचानक बारिश आ गई तो पादरियों का दिल ख़ुश करने के लिए पुर्तगाली चोग़ा और टोपी पहन ली और शहज़ादों को भी पहना दी।

चंद दिनों बाद पादरियों ने बादशाह सलामत को चार ज़बानों में बाइबल दी जो कि सात जिल्दों में थी। हर जिल्द को बादशाह सलामत ने अपने हाथों में लिया और

चूम कर पूरे एहतराम के साथ सर पर रखा। इसके बाद बादशाह सलामत ने हुक्म दिया कि ये बाइबल उनके कमरे में रखवा दी जाए।

फ़तहपुर सीकरी के लोगों के लिए ये काले चोग़े वाले पादरी बहुत अजीबो-ग़रीब लोग थे। शहर के लोग उन्हें जहाँ-तहाँ घेर कर कुछ ना कुछ सुना देते।

"स्याहपोश!"

"काफ़िर!"

"तमाशा!"

पादरियों को पहले सराय में ठहराया गया जहाँ की भीड़भाड़ उनको रास नहीं आई। फिर उन्हें दीवानख़ाना-ए-आम के पश्चिम की तरफ़ की इमारत दी गई जहाँ इत्र बनाया और रखा जाता था। पादरियों के लिए ये ख़ुशबूख़ाना ख़ाली कराया गया ताकि वो बादशाह सलामत के पास रहें और ज़्यादा लोगों को ज़ाहिर किए बिना उनसे मुलाक़ात करते रहें।

जलालुद्दीन मोहम्मद अकबर ख़ुद तीनों शहज़ादों—सलीम, मुराद और दानियाल—के साथ पादरी की रिहाइशगाह पर आए। उनके साथ शेख़ अबुल फ़ज़ल और कई और लोग भी थे। बादशाह सलामत ने घर के बाहर जूते उतार दिए। उनकी देखा-देखी बाक़ी लोगों ने भी ऐसा ही किया। बादशाह सलामत ने तीनों शहज़ादों को हिदायत दी कि कलीसा में अदब से पेश आएँ। रोम से लाई गई बीबी मरियम की तस्वीर को बादशाह सलामत और उनके साथ के लोग देखते ही रह गए। बीबी मरियम की बाँहों में नन्हे यीशु को देखकर शहज़ादे इतना ख़ुश हुए जैसे अभी उन से खेलने लगेंगे।

ईसाई पादरियों के फ़तहपुर सीकरी आने के बाद बादशाह सलामत ने एक रोज़ उन्हें एक बहुत बड़ी इज़्ज़त बख़्शी।

सामने दस्तरख़्वान बिछा था और बादशाह सलामत खाने के लिए बैठ चुके थे। आमतौर पर वो चौबीस घंटे में एक ही बार खाते थे। उनके खाने का वक़्त तय नहीं था लेकिन इंतज़ाम कुछ इस तरह के थे कि उन्हें जब भी भूख लगती, घंटे भर के अंदर सौ तरह के खाने पेश हो जाते। बादशाह सलामत ने ना कभी ये पूछा कि खाने में क्या बना है और ना कभी भरपेट खाना खाया।

उन्होंने सुना था कि ख़ुदा को तलाशने वाले एक शख़्स को बेतहाशा खाने की बीमारी थी। सलाह माँगने पर उसे सूखे हुए कद्दू से बना एक कटोरा दिया गया और कहा गया कि इस में अपनी ज़रूरत का खाना लिया करें और इस कटोरी के कोने को घिस कर तिलक लगा लिया करें। उसे एक प्रार्थना भी सिखा दी गई। थोड़े ही वक़्त में वो शख़्स ठीक हो गया।

रोज़ की तरह मीर बकावल की निगरानी में बादशाह सलामत का खाना बना। खाने में यमुना, चेनाब और बारिश का पानी इस्तेमाल होता था और उसमें थोड़ा गंगाजल भी मिलाया जाता था। पानी बादशाह सलामत हमेशा गंगा का ही पीते थे। भरोसेमंद लोग नदी किनारे से पूरी एहतियात के साथ पानी खींचते और बर्तन में बंद करके भेज देते। खाना जब बनता तो शामियाना तान दिया जाता ताकि लोगों की नज़र से दूर रहे। जब खाना निकाला जाता तो खाना बनाने वाले अपनी आस्तीन ऊपर चढ़ाकर, अपने कपड़ों को सँभाल कर, अपने नाक और मुँह को ढक लेते। रोज़ की तरह रसोइए, बकावल, और फिर मीर बकावल के चखने के बाद खाना सोने-चाँदी, ताँबे और चीनी के बर्तन में डाला गया। सोने-चाँदी के बर्तन को लाल कपड़े में और ताँबे और चीनी के बर्तन को सफ़ेद कपड़े में बाँधा गया। हर बर्तन पर मीर बकावल ने मोहर लगाई और खाने का नाम लिखा। एक काग़ज़ पर बर्तन और खाने की पूरी फ़ेहरिस्त लिख कर खाने के साथ अंदर भेज दी गई। इसी तरह से रोटी, दही, अचार, ताज़ा अदरक, नींबू और हरी सब्ज़ियाँ भी भेजी गईं। आगे-पीछे हथियारबंद लोगों की निगरानी में बकावल, ख़ानसामे और नौकर-चाकर ये खाना लेकर अंदर गए। दस्तरख़्वान पर लगने से पहले खाना फिर चखा गया। बादशाह सलामत के खाना शुरू करने से पहले दरवेशों का हिस्सा अलग कर दिया गया।

एक रोज़ खाना खाते वक़्त बादशाह सलामत को एकाएक ख़याल आया, 'जाने किस भूखे इंसान की नज़र इस खाने पर पड़ी है। जब तक वो भूखा है, हम कैसे खा सकते हैं।' उसी के बाद बादशाह सलामत ने हुक्म दिया कि उनके लिए बना खाना उनको मिले जिन्हें खाना नहीं मिला। और इसके बाद उन्हें दिया जाए।

उस दिन बादशाह सलामत ने खाना शुरू करने से पहले अपने दस्तरख़्वान से ईसाई पादरियों के लिए खाना भेजा। और उस दिन के बाद कई बार भेजा। खाना इतना था कि ईसाई पादरी खा भी सकते थे और बाँट भी सकते थे। बादशाह सलामत ने ईसाई पादरियों का इतना ख़याल रखा कि अपने बावर्चीख़ाने से पुर्तगाली तरीक़े का खाना भी बना कर भेजने लगे।

पादरियों के फ़तहपुर पहुँचने के फ़ौरन बाद ही बादशाह सलामत ने उन्हें इबादतख़ाने की महफ़िलों में शामिल कर लिया जहाँ एक बड़ा तूफ़ान खड़ा हो गया। इबादतख़ाने की बातों को सुनने के बाद बादशाह सलामत बोले, ''हमें लगता है कि दीन के अलग-अलग रास्तों के अलग-अलग तौर-तरीक़े और रिवाज हैं। हिंदू, मुसलमान, पारसी, यहूदी और ईसाई सब अलग-अलग हैं लेकिन हर दीन को मानने वाले अपने दीन की बातों को सबसे बेहतर मानते हैं। इतना ही नहीं, वो कोशिश करते हैं कि बाक़ी सबको अपने मज़हब में ले आएँ। अगर वो मज़हब बदलने से मना करें तो उनसे नफ़रत करें और उन्हें दुश्मन मानें। इस बात से हमारे दिल में

संगीन शक–शुब्हा उठता है। इसलिए हम चाहते हैं कि मुक़र्रर दिनों पर सभी मज़हबों की किताबें लाई जाएँ, आलिम मिलें और बात करें ताकि हम उन्हें सुन सकें और हर कोई ये तय कर सके कि सबसे सच्चा और मज़बूत मज़हब कौन सा है।''

फ़तहपुर सीकरी आने के कुछ ही बाद की बात है कि ईसाई पादरी उलेमा से इस बात पर उलझ गए कि असली किताब कौन सी है।

पादरी बोले, ''इंजील मुक़द्दस को सही माना जा सकता है क्योंकि इसका दूसरी मुक़द्दस किताबों से सुबूत मिलता है लेकिन क़ुरान के लिए ऐसा कोई सुबूत नहीं है।''

उलेमा को ये बातें इतनी नागवार गुज़रीं कि बादशाह सलामत ने बहस ख़त्म होने के बाद पादरियों को अलग ले जा कर कहा, ''हम आपसे ख़ुश हैं और आपके दीन को अच्छा मानते हैं लेकिन हमारे लोग बुरे हैं इसलिए ज़रा ज़बान सँभाल कर बात करें।''

पादरियों ने जवाब दिया, ''हम मुल्लों के साथ बातचीत में एहतियात बरतेंगे लेकिन इसलिए नहीं कि हम डरते हैं, बल्कि इसलिए कि ये आपका हुक्म है।''

बादशाह सलामत की बातों से पादरियों को उम्मीद बँधती जा रही थी कि वो ईसाई हो जाएँगे।

एक रोज़ बादशाह सलामत ने कहा, ''हम चाहते हैं कि हमारी सल्तनत में ईसाई हों और गिरजाघर हों, जैसा कि हमने सुना है कि तुर्की में हैं और इस पर किसी को एतराज़ नहीं होना चाहिए क्योंकि यहाँ हिंदुओं के भी मंदिर हैं और उनके अपने इबादत के तरीके हैं।''

ये सुन कर पादरी बहुत ख़ुश हुए। उस रोज़ और बात का मौक़ा नहीं था इसलिए दो–तीन दिन बाद वो बादशाह सलामत से अकेले में मिले और कहा, ''हज़रत बादशाह ने सूबे में यीशु समाज के सबसे बड़े पादरी को फ़रमान भेजकर पादरियों को बुलवाया ताकि ख़ुदाई क़ानून आपको समझाया जा सके। इसके लिए परवरदिगार ने इनायत की और तीन पादरियों को भेजा। हम पूरे जोश और शौक़ के साथ इस मक़सद को पूरा करने के लिए आए हैं। ये हज़रत बादशाह समझेंगे उस बात से जो हम कहने वाले हैं। हम बहुत ख़ुश हो कर यहाँ आए क्योंकि ख़ुदा हमें एक नेक और आलिम बादशाह के सामने लाया, जो ख़ुदाई क़ानून को जानने का इतना ख़्वाहिशमंद है। हम समझ नहीं पाते कि उसका मुनासिब शुक्रिया कैसे अदा करें। हमारी ख़ुशी का ठिकाना नहीं रहा जब हज़रत बादशाह ने कहा कि उनकी सबसे बड़ी ख़्वाहिश ये जानना है कि सबसे सही दीन कौन सा है, और ये कि हम आपको मुतमईन कर दें तो आप इस मज़हब को अपना लेंगे। ये हमारा फ़र्ज़ बन गया है कि दिन और रात कोई कसर ना छोड़ें उस मुक़द्दस काम को पूरा करने में, जिसके लिए हज़रत बादशाह ने हमें बुलाया ताकि सब कुछ कामयाबी से हो जाए, जो ना सिर्फ़ रूह को फ़ायदा पहुँचाए बल्कि

हज़रत बादशाह की ज़िंदगी और रुतबे को बनाए रखे, और कोई परेशानी और बग़ावत ना हो जो ऐसे मामलों में हो ही जाती है, अगर ये ख़ुदा की अमान में ना दे दी जाएँ और एहतियात ना बरती जाए। इसीलिए जिन दिनों में हम आपके सामने नहीं होते, हम इबादत में ख़ुद को और हज़रत बादशाह को ख़ुदा की अमान में सौंप देते हैं ताकि वो हमें इस बड़े और अहम मामले में रास्ता दिखाए।''

हालाँकि पादरी फ्रांसिस हेन्रीक्स फ़ारस में पैदा हुए थे लेकिन वहाँ की ज़बान लगभग भूल चुके थे। अब फ़तहपुर सीकरी आकर वो फिर से फ़ारसी बोलने लगे थे। पादरी रूडॉल्फ़ शेख़ अबुल फ़ज़ल से तेज़ी से फ़ारसी सीख रहे थे। बहुत जल्द वो वक़्त आ रहा था कि उनके पुर्तगाली लहजे के बावजूद लोग उनकी फ़ारसी पर हैरत करते और कहते कि बाहर का कोई शख़्स इतनी उम्दा फ़ारसी कैसे बोल सकता है।

पादरी बादशाह सलामत से कह रहे थे, ''...और ख़ुदा ने हमें इंजील मुक़द्दस में बताई गई दो कहानियों की याद दिलाई जिनसे हज़रत बादशाह वाक़िफ़ हैं, जिसमें राजा के जंग से पहले फ़ौज का जायज़ा लेने की बात है। और उस आदमी की बात है जो एक मीनार बनाने से पहले उसकी क़ीमत के बारे में सोचता है। हमने तय किया कि पहली बात जो हज़रत बादशाह को हमसे और हमें हज़रत बादशाह से तय कर लेनी चाहिए वो ये कि ख़ुदाई क़ानून से मुतमईन होकर उसे मान लेने की सूरत में वो अपना तख़्त कैसे बनाए रखेंगे, और दीन को बढ़ाने के लिए औरों को कैसे इस दीन में लाएँगे...क्योंकि हज़रत बादशाह अगर होने वाले अंजाम से डरे बिना इस में दिल नहीं लगाएँगे और डर से उबरने के तरीक़े नहीं ढूँढ़ेंगे तो अपने मन में पूरी तरह यक़ीन करने के बावजूद उनका जोश ठंडा हो जाएगा और उनकी ख़ुदाई क़ानून को जानने और पूरी तरह समझने की ख़्वाहिश ख़त्म हो जाएगी। अगर हज़रत बादशाह चाहें तो हम इस मसले को सुलझाने की कोशिश करें लेकिन इसमें वक़्त लगेगा, और तब तक हज़रत बादशाह को वो तौर-तरीक़े छोड़ते जाना चाहिए जो ईसाई मज़हब के ख़िलाफ़ हैं। और इसमें भी वक़्त लगेगा। हज़रत बादशाह जितने पादरी चाहेंगे उतने यहाँ आएँगे, लेकिन अगर इस तरफ़ कोई कोशिश ना हुई तो और पादरियों को बुलाने का भी कोई ख़ास फ़ायदा नहीं होगा। इन वजहों से हमें लगा कि दीन के बारे में और समझाने से पहले हमें इस मुद्दे को सुलझा लेना चाहिए। बहरहाल हम हज़रत बादशाह की मर्ज़ी और ख़िदमत के ताबेदार हैं।''

पादरी हेन्रीक्स रुके तो चारों तरफ़ ख़ामोशी छा गई। ख़ामोशी को तोड़ कर जलालुद्दीन मोहम्मद अकबर ने जो कहा उसका इन पादरियों के अलावा कोई चश्मदीद ना था। पादरी रूई विसेंची को गोवा लिखी चिट्ठी में इन पादरियों ने ये ख़ुफ़िया बात बताई।

पादरी रूई विसेंची इलाक़े के सबसे बड़े पादरी थे और यहाँ के यीशु समाज

के सभी पादरियों के ऊपर थे। रोम में यीशु समाज के प्रमुख ने उन्हें यहाँ भेजा था। इन तीनों पादरियों को ख़ुद पादरी रूई विसेंची ने बहुत सलाह-मश्विरे और इबादत के बाद इस मुहिम के लिए चुना था। ये पादरी ख़त लिख कर उन्हें बताया करते थे कि अभी बादशाह सलामत ईसाइयत से कितना दूर हैं।

13 जुलाई, 1580 ईसवी के ख़त में इन पादरियों ने बताया, ''इस बारे में हज़रत बादशाह ने जवाब दिया कि ये ख़ुदा के हाथ में है कि वो सही ज़रिया दे, और ये कि उन्हें अब इस दुनिया में कोई ख़्वाहिश नहीं है। ये कि बीवी, बच्चे और सल्तनत उनके लिए मायने नहीं रखते हैं और अगर कोई और रास्ता ना हुआ तो वो मक्का जाने के बहाने गोवा जाकर ईसाई हो जाएँगे।''

एक रोज़ बादशाह सलामत ने पादरियों के छोटे से गिरजाघर में आकर ईसा मसीह और बीबी मरियम की तस्वीर के सामने अपना ताज उतार कर हिंदू, मुस्लिम और ईसाई तरीक़े से इबादत की। बादशाह सलामत ने कहा, ''ख़ुदा की हर तरह से इबादत होनी चाहिए।''

फिर बादशाह सलामत वहीं ज़मीन पर पादरियों के साथ बैठ कर बोले, ''हम समझते हैं कि ईसा मसीह की करामात एक इंसान से बढ़कर हैं लेकिन हमें बहुत शक है कि ख़ुदा को बेटा कैसे हो सकता है। बाक़ी सब क़ानून से हम मुतमईन हैं। बस ये बात समझ में आ जाए तो हम ईसाई हो जाएँगे।''

पादरियों को बादशाह सलामत के ईसाई होने की उम्मीद कभी बँधती हुई दिखती, कभी टूटती हुई। इस उम्मीद और नाउम्मीदी की वजह ख़ुद बादशाह सलामत थे। वो कभी ज़ाहिर करते कि उनका रुझान ईसाइयत की तरफ़ है, कभी लंबे वक़्त तक ख़ामोश हो जाते।

आख़िर परेशान होकर पादरियों ने बादशाह सलामत से अकेले में मुलाक़ात की दरख़्वास्त की।

मिलते ही बादशाह सलामत ने पूछा, ''आप हमें अब अपने दीन की तालीम क्यों नहीं दे रहे?''

पादरियों ने जवाब दिया, ''हज़रत बादशाह ये ना समझें कि हम अपने दीन की बातें नहीं बता रहे हैं क्योंकि हम बताना नहीं चाहते, बल्कि इसलिए क्योंकि हज़रत बादशाह की ज़िंदगी में हमें वो तैयारी नहीं दिखती जो होनी चाहिए, जैसे गुनाह छोड़ना, सिर्फ़ पहली बीवी के साथ ही रिश्ता रखना और पूरे इरादे के साथ ख़ुदा की बातों को सुनना। अगर कोई भी इल्म हासिल करने के लिए वक़्त चाहिए तो ख़ुदा की बातों को जानने के लिए हज़रत बादशाह को और ज़्यादा वक़्त देना होगा...हम यहाँ दिन-रात रहने को तैयार हैं अगर बादशाह सलामत वक़्त निकालें और सुनने की ख़्वाहिश रखें, बिना टोका-टाकी के जो कि आप करते हैं, और ये ख़ुदाई क़ानून की बेअदबी

है। ये हमारी ग़ैरज़िम्मेदारी होगी अगर हम ऐसे में भी दीन की तालीम दें, और हम ऐसा करना नहीं चाहते। हम पर और हज़रत बादशाह पर पाप आएगा। 'अफ़सोस उस शख़्स पर जो ख़ुदावंद का काम करने में लापरवाही बरतता है।[1]'

रूडॉल्फ़ एकुआवीवा ने यीशु समाज के प्रमुख पादरी एवरार्ड मरक्यूरियन को 18 जुलाई, 1580 ईसवी को चिट्ठी लिखी, "बादशाह सलामत के धर्म बदलने पर हमें शक है। पहले तो ये कि वो हर चीज़ पर शक करते हैं और इसलिए काफ़ी नहीं कि उन्हें दीन के राज़ दीन की किताब के ज़रिए समझा दिए जाएँ, बल्कि वो अपनी अक़्ल से इसे समझना चाहते हैं।"

दो दिन बाद ही गोवा में यीशु समाज के सबसे बड़े पादरी रूई विसेंची को लिखी चिट्ठी में पादरी रूडॉल्फ़ एकुआवीवा ने और दिल खोल कर अपनी मायूसी को ज़ाहिर किया।

"पादरी मोन्सेराते की राय में, और मेरी भी, बादशाह को ख़ुदा का बुलावा है लेकिन कमज़ोर। हमें ये इसलिए लगता है कि वो ना अपने दीन से ख़ुश हैं, ना मुल्लों से और मानो ऐसा सोचते हैं कि उनका दीन ठीक नहीं है। हमें ऐसा इसलिए भी लगता है कि अलग-अलग दीन के बारे में उनके सवाल पैने होते हैं, जिसका एक ही मक़सद होता है, ये जानना कि सबसे सही दीन कौन सा है। दूसरी बात ये कि बादशाह का झुकाव दूसरे दीन से ज़्यादा हमारे दीन की तरफ़ है क्योंकि वो उन्हें सही लगता है...लेकिन उन्हें हमारे दीन की बुनियादी बातों पर गहरा शक है, जैसे हमारा ये अक़ीदा कि ख़ुदा, ईसा मसीह और मुक़द्दस रूह तीनों एक ही हैं, ईसा मसीह का मानव अवतार, उन्होंने जो दुख उठाए, और उनकी मृत्यु। इन बातों को समझने के लिए उन्हें काफ़ी रुकावटों से ऊपर उठना पड़ेगा...पहली रुकावट तो ये है कि वो ख़ुदा की बात पर मुनासिब ध्यान नहीं देते। दूसरा, वो मुक़द्दस किताबों पर यक़ीन नहीं करते और अगर करते भी हैं तो उन्हें उन किताबों की सचाई पर शक है जो हमारे पास हैं। इसलिए वो अपनी अक़्ल के ज़रिए दीन के रहस्यों को समझने और पहुँच से दूर ख़ुदाई रौशनी तक पहुँचने की कोशिश करना चाहते हैं। तीसरी रुकावट ये कि वो बहुत व्यस्त रहते हैं। कुछ तो लोगों के बीच, उनसे मिलने-जुलने में। कुछ उन हिरन, कबूतर, हाथी, ऊँट वग़ैरह देखने में जो उनके सामने रोज़ाना लाए जाते हैं। कुछ वक़्त उन का हरम में बड़ी तादाद में मौजूद औरतों के साथ गुज़रता है। इसलिए उनके पास उन चीज़ों के लिए वक़्त नहीं है जो उनके लिए मायने रखती हैं। 'कुछ लोग जिन्हें वचन सुनाया जाता है राह के किनारे वाले हैं। ज्यों ही वचन का बीज बोया जाता है, शैतान आता है और उनके दिल से वो वचन निकाल ले जाता है।'[2] चौथी रुकावट ये कि बादशाह के पास हर तरह की तफ़रीह का इंतज़ाम है

1. यिर्मयाह 48:10 (बाइबल)
2. मरक़ुस 4:15 (बाइबल)

जिसका अंदाज़ा लगाया जा सकता है, इसलिए 'झाड़ियों में गिरने वाले बीज से मुराद वो लोग हैं जो वचन को सुनते तो हैं लेकिन इस दुनिया की फ़िक्रें, दौलत का फ़रेब और दूसरी चीज़ों का लालच आड़े आकर इस वचन को दबा देता है और वो बेफल रह जाता है।'[1] पाँचवीं रुकावट है उनके अपने लोगों की मुख़ालिफ़त जो यक़ीनन, बहुत ज़्यादा है, क्योंकि एक तरफ़ उनकी माँ हैं, बीवियाँ हैं, दोस्त हैं ज़िद करने के लिए। और दूसरी तरफ़ वो लोग हैं, जैसे कि बंगाल के, जो उन्हें बग़ावत से डराते हैं, ताकि 'आज़माइश के वक़्त'[2], जैसा कि ये वक़्त है उन पर, वो पीछे की तरफ़ लौट रहे हैं। 'कुछ पथरीली ज़मीन पर गिरा जहाँ उसको बहुत मिट्टी ना मिली, और गहरी मिट्टी ना मिलने के कारण जल्द उग आया, और जब सूरज निकला तो जल गया, और जड़ न पकड़ने के कारण सूख गया।'[3] छठी रुकावट ये कि उनमें कुछ ख़ामियाँ हैं जो इस मुल्क की हैं और कुछ जो उन्होंने अपनाई हैं। मुल्की ख़ामियों जैसे नामालूम बातों को जानने की शदीद ख़्वाहिश, और ख़यालात का बदलते रहना, अपनाई गई ख़ामियाँ जैसे शराबनोशी और अपना इक़बाल बुलंद करने की ख़्वाहिश जो उनमें बहुत ज़्यादा हैं।''

एक दिन बादशाह सलामत ने कहा, ''हम चाहते हैं कि पहाड़ी को पुर्तगाली ज़बान लिखना, पढ़ना, बोलना सिखाया जाए। क्या कल से शुरू करने का सही दिन है।''

पादरियों ने कहा, ''कल तो हमारा रविवार है।''

जब बादशाह सलामत के एक हिंदू दरबारी ने भी कहा कि अगला दिन अच्छा है तो अगले रोज़ से शहज़ादे मुराद की पढ़ाई शुरू हुई। वो बादशाह सलामत के दूसरे बेटे थे। वो सीकरी की पहाड़ी पर पैदा हुए थे इसलिए प्यार से बादशाह सलामत उन्हें पहाड़ी कहते थे।

बादशाह सलामत ने पूछा, ''हमारे यहाँ अलिफ़, बे, पे, ते, से से शुरू करते हैं। आपके यहाँ कैसे करते हैं?''

पादरियों ने कहा, ''हमारे यहाँ आ, बे, से से शुरू करते हैं।''

बादशाह सलामत ने कहा, ''हम जब कुछ नया शुरू करते हैं तो दुआ करते हैं और आपको भी अपनी तरह से दुआ करनी चाहिए।''

पादरी मोन्सेराते ने लिखा, ''वो अपने उमरा की तरफ़ मुड़े और उन से दुआ करने को कहा, जो सब ने की। कुछ ने खड़े होकर, कुछ ने बैठ कर अपने हाथ आसमान की तरफ़ फैलाए जैसे ऊपर से गिरने वाली किसी चीज़ को लपकना हो, और फिर हाथ को मुँह पर फेरा।''

---

1. मरक़ुस 4:18–19 (बाइबल)
2. लूक़ा 8:13 (बाइबल)
3. मरक़ुस 4:5–6 (बाइबल)

बादशाह सलामत ने तय किया कि जिस काग़ज़ पर मुराद के लिए पुर्तगाली अक्षर लिखे गए वहाँ सब से ऊपर बिस्मिल्लाह इर्रहमानिर्रहीम[1] की जगह ईसा मसीह का नाम लिख कर शुरुआत की जाएगी, ''ऐ नामे तू जीज़ज़ ओ किरिस्तो।''

ईसा मसीह और बीबी मरियम का नाम लेने के बाद मुराद माथे, चेहरे और सीने को छू कर सलीब का निशान बनाते और सबक़ शुरू करते।

अपने बच्चों के साथ बादशाह सलामत का मिज़ाज सख़्त था। वो प्यार करते थे लेकिन कुछ काम कराना हो तो सख़्ती से पेश आते। यहाँ तक कि कड़ी डाँट पिलाते और दो हाथ भी लगा दिया करते। यही इख़्तियार उन्होंने पादरी मोन्सेराते को भी दिया जो कि शहज़ादे के उस्ताद थे। शहज़ादे मुराद का डर दूर करने के लिए पादरी ने उन्हें समझाया, ''पुर्तगाल में ऐसा रिवाज नहीं है कि अपने माता-पिता या बचपन से देखभाल करने वाली दाई के अलावा कोई भी शहज़ादे से मारपीट करे। ये भी सही नहीं कि बाहर से आया कोई इतने बड़े शहंशाह के बेटे से सख़्ती करे। बादशाह सलामत ने सज़ा का इख़्तियार देते हुए इस बात को नज़रअंदाज़ नहीं किया कि हम इस इख़्तियार का इस्तेमाल नहीं करेंगे।''

जब शहज़ादे ने देखा कि पादरी दूसरे उस्तादों की तरह सज़ा नहीं देते तो वो बिलकुल घुलमिल गए। बादशाह सलामत हर रोज़ शहज़ादे से सबक़ सुनते। तीन महीने के अंदर ही शहज़ादे मुराद ने इतना लिखना-पढ़ना सीख लिया जितना और बच्चे साल भर में सीखते। जब तक पादरी मोन्सेराते फ़तहपुर सीकरी रहे, मुराद के उस्ताद रहे। उनके जाने के बाद ये ज़िम्मेदारी पादरी रूडॉल्फ़ एकुआवीवा ने निभाई।

एक शनिवार पादरी रूडॉल्फ़ ने फ़ारसी में इंजील का वो हिस्सा बादशाह सलामत को पेश किया जिसमें ईसा मसीह की पैदाइश के बारे में बताया गया था। जब अबुल फ़ज़ल ने वो काग़ज़ पढ़ा तो बादशाह सलामत ने बहुत ध्यान से सुना और कई सवाल पूछे। जब पूरा काग़ज़ पढ़ लिया गया तो उलेमा ने ईसाइयत की किताबों पर सवाल उठाए।

अपनी तरफ़ से शेख़ अबुल फ़ज़ल ने महफ़िल को बताया कि किस तरह से ईसा मसीह को ख़ुदा का बेटा माना जाता है। शेख़ अबुल फ़ज़ल के समझाने का तरीक़ा ईसाई पादरियों को बहुत पसंद आया।

ईसाई पादरी शेख़ अबुल फ़ज़ल की बहुत इज़्ज़त करने लगे थे। पादरी मोन्सेराते ने लिखा था, ''हम मुल्ला अबुल फ़ज़ल से हर तरह से ख़ुश हैं क्योंकि बाइबल को समझने और हमारी दीनी किताबों की सचाई के लिए वो एक ईसाई की तरह बोले। ये बादशाह के साथ होते हैं और उनके बड़े चहेते हैं, और मज़हबी मामलों में वो वहीं है जहाँ बादशाह हैं। उन से तेज़ दिमाग़ किसी का नहीं है...हमें बादशाह ने

1. बिस्मिल्लाह इर्रहमानिर्रहीम—शुरू करता हूँ अल्लाह के नाम से जो बहुत मेहरबान और निहायत रहम वाला है।

बताया कि हम उनसे हज़रत बादशाह की तरह ही बात करें, और हमें बादशाह की अक़्लमंदी समझ में आई, जो लोगों की तरफ़ दिखते हैं ताकि वो बग़ावत पर ना उतर आएँ और ऐसा भी ना हो कि हमारे साथ कोई ना हो। तो उनका हुक्म है कि ये एक तो हमारे साथ हो ही। इस तरह से जितना कम से कम हंगामे के साथ हो सके वो हमारे दीन को समझ रहे हैं।''

पादरी मोन्सेराते के मुताबिक़ शेख़ अबुल फ़ज़ल गिरजाघर में दाख़िल हो कर कहा करते थे, ''मुझे बहुत लगाव महसूस होता है इस जगह से। मस्जिद में जाता हूँ तो बिलकुल इस से उलटा ख़याल आता है।''

बादशाह सलामत की महफ़िल में जब पादरियों ने कहा कि ईसा मसीह ख़ुदा हैं तो वहाँ मौजूद उलेमा ने कहा, ''अस्तग़फ़िरुल्लाह!''[1]

मोन्सेराते बीमार रहे थे इसलिए इस तरह की उनकी ये पहली महफ़िल थी। इसके बारे में इलाक़े के यीशु समाज के सबसे बड़े पादरी रूई विसेंची को उन्होंने ख़त लिखा।

''मैं कुछ बातों पर ख़ुश था, कुछ पर नाख़ुश था। बादशाह ने इस पूरी महफ़िल में जिस तरह का बर्ताव किया, उस से मुझे ये लगा कि मुल्लों को ये ज़ाहिर करना चाहते हैं कि वो तमीज़ से सुन रहे हैं। कोई बात भी उन से अनसुनी नहीं रहती और सुनाई जा रही किसी बात को बेहतर समझने के लिए वो कुछ सवाल पूछते। वो सर हिला रहे थे जैसे कि सो रहे हों। दूसरी तरफ़ एक समझदार इंसान की तरह उनकी चमकदार आँखें कमरे में मौजूद लोगों को देख रही थीं। आख़िरकार, जब मोहम्मद की बात हुई, जिन में उनका यक़ीन उतना ही है जितना हमारा पोप पर, तो उन्होंने ऐसा ज़ाहिर किया जैसे उनके बारे में कही गई ग़लत बात से उन्हें अफ़सोस हुआ है और ''नहीं, नहीं'' कह कर मुँह बनाया और झुक गए। मेरा ख़याल है कि मुल्लों को ख़ुश करने के लिए ऐसा किया गया। मैं थोड़ा दुखी हुआ और मुझे शक हुआ कि बादशाह सलामत का हमारी दीनी किताबों के बारे में ऐसा ही यक़ीन है, क्योंकि हमारी कुछ दलीलों पर उन्होंने इतने जोश के साथ दूसरी तरफ़ का साथ दिया कि हमें लगा वो ऐसा ही सोचते हैं...कुल मिलाकर हमारी दीनी किताबों की सचाई पर हुए मतभेद ने मुझे बहुत दुखी किया जो कि इस मामले की सबसे अहम बात है, क्योंकि हमारे दीन का अक़ीदा उस पर आधारित है जो ख़ुदा ने हमारी मुक़द्दस किताबों में नाज़िल[2] किया है, और इंसानी अक़्ल वहाँ तक नहीं पहुँचती। अगर इन पर यक़ीन ना किया जाए तो फिर बाक़ी बातें तो सिर्फ़ ज़िद्दीपने की बहस हैं...''

इस महफ़िल में इतनी गर्मागर्मी हुई कि अगले रोज़ बादशाह सलामत ने फिर कहलवाया कि ज़रा एहतियात से बोलें। पादरियों ने शेख़ अबुल फ़ज़ल के ज़रिए

1. अस्तग़फ़िरूल्लाह—अल्लाह की पनाह।
2. नाज़िल—ख़ुदा की तरफ़ से ज़ाहिर होना।

जवाब भेजा, "हम सच बोलने से नहीं रुक सकते चाहे हमारे सर कट जाएँ। ये सही नहीं है कि वो कहें कि हमारी किताबें झूठी हैं, और इस तरह से उस मुक़द्दस रूह का अपमान करें जिनकी प्रेरणा से ये किताबें लिखी गईं, उन संतों का अपमान करें जिन्होंने इन्हें लिखा, गिरजा और ईसाइयों का अपमान करें जिनमें कई संत और ज्ञानी लोग हैं, और रहे हैं, जो इन किताबों को मुक़द्दस मानते हैं, और हम उनकी किताबों और उनके लिखने वालों के झूठे होने का एलान ना करें। और चूँकि हम में सब्र है जब हमारे ये कहने पर कि ईसा मसीह ख़ुदा हैं वो अस्तग़फिरुल्लाह कहते हैं तो उनमें भी सब्र होना चाहिए जब हम मोहम्मद के बारे में वो कहें जो हम सोचते हैं। हज़रत बादशाह इसे रोकना चाहते हैं तो अपने लोगों से कहें कि हमारी किताबों को झूठा ना कहें।"

इबादतख़ाने में जो तीख़ी बहस के दौर चले उसे शेख़ अबुल फ़ज़ल ने कुछ ऐसे बयान किया—

"सब को एक निगाह से देखने वाले ऊँचे मिंबर पर बैठे दुनिया के हुक्मरान की मौजूदगी में, पुरसुकून महफ़िल का सूफ़ी, फ़लसफ़ी, तक़रीर करने वाले, आलिम, सुन्नी, शीया, ब्राह्मण, जती[1], सेवड़ा[2], चार्वक, ईसाई, पारसी और कई और लोगों ने लुत्फ़ उठाया...दुनिया के बादशाह ने सचाई की जुस्तजू और गहरी समझ से बेहतरीन महफ़िलें रखीं। हर बार आँख और दिल रौशन हुए और रात की इबादत ने नई ऊँचाइयों को छुआ। अँधेरों और पुरानी सोच पर चलने वालों के लिए तहक़ीक़ात की शमा रौशन हुई...शहंशाह का दरबार पूरी दुनिया के सच जानने वालों का घर हो गया और हर दीन और अक़्लमंद लोगों की महफ़िल...अक़्ल का बोलबाला हुआ और इल्म हासिल करने वालों का सितारा बुलंद हुआ। जो तंगनज़र उलेमा और आम आलिम ख़ुद को दानिशमंदी में सबसे आगे मानते थे, उनका बुरा वक़्त आ गया। उनमें से कई के चेहरे से नक़ाब हट गया।"

माहौल ऐसा हो गया कि एक बहस के बाद मुल्ला अब्दुल क़ादिर बदायूँनी ने शेख़ अबुल फ़ज़ल से पूछा, "इन ग़ैर इस्लामी बातों में से आपका अपना झुकाव सबसे ज़्यादा किस तरफ़ है?"

शेख़ अबुल फ़ज़ल ने जवाब दिया, "मज़े लेने के लिए मैं कुछ रोज़ कुफ़्र की वादी में घूमना चाहता हूँ।"

बहस-मुबाहिसे में शेख़ अबुल फ़ज़ल ने उलेमा को इतना नीचा दिखाया कि उन्होंने एक पैग़ाम भेजा, "आप हमेशा हम से ख़फ़ा क्यों रहते हैं?"

इस पर शेख़ ने जवाब दिया, "मैं तो एक इंसान का ख़ादिम हूँ।"

---

1. जती—यति यानी जैनियों में साधु।
2. सेवड़ा—जैन।

दीन की इस बहस में बादशाह सलामत का इतना दिल लगा था कि मिर्ज़ा हकीम के ख़िलाफ़ मुहिम पर निकले तो पादरी मोन्सेराते को साथ लेते गए।

सिंधु नदी के किनारे बादशाह सलामत का ख़ेमा लगा था। रात का वक़्त था और शाही लश्कर के बीचोबीच आकाशदीया चमक रहा था। बादशाह सलामत अपनी दोआशियाना मंज़िल में पादरी मोन्सेराते के साथ बैठे ये देख रहे थे कि नक़्शे पर पुर्तगाल उनकी सल्तनत से कितना दूर है।

एकाएक बादशाह सलामत ने सर उठा कर पादरी मोन्सेराते से पूछा, ''पादरी शादी क्यों नहीं करते? क्या ये ख़ुदा का हुक्म नहीं है कि सभी मर्दों की बीवियाँ होनी चाहिए? ऐसा लगता है कि आप या तो शादी के ख़िलाफ़ हैं या अपनी ही बात को झुठलाते हैं...शादी नहीं करना भी अच्छा है और शादी करना भी अच्छा है।''

पादरी मोन्सेराते ने जवाब दिया, ''हज़रत बादशाह नहीं जानते कि दो अच्छी बातों में एक अक्सर ज़्यादा बेहतर होती है? जैसे चाँदी अच्छा है लेकिन सोना और ज़्यादा अच्छा। अक़्ल सोने से बेहतर है और चरित्र सबसे बेहतर। चाँद ख़ूबसूरत है लेकिन सूरज और भी ज़्यादा।''

बादशाह सलामत सहमत हुए तो पादरी मोन्सेराते ने कहा, ''पादरी शादी नहीं करते ताकि वो इससे बेहतर काम कर सकें। ईसा मसीह जैसा बनें। बीवी-बच्चों और परिवार की परेशानियों के बिना सभी ख़्वाहिशों से ऊपर उठ कर जिएँ। छठे ख़ुदाई हुक्म के मुताबिक़ ईसाइयों को बल्कि पूरी इंसानियत को ऐशो-आराम मना है।''

बादशाह सलामत ने पूछा, ''आप लोग ये कहते हैं ना कि ईसा ख़ुदा हैं! तो ये उम्मीद करना गुस्ताख़ी नहीं है कि आप उन जैसे होना चाहते हैं?''

पादरी ने जवाब दिया, ''हम ये मानते हैं कि ईसा ख़ुदा हैं लेकिन इसके साथ हम ये भी कहते हैं कि वो इंसान हैं। बतौर इंसान शादी नहीं कर के उन्होंने हमारे लिए मिसाल क़ायम की है और इंजील मुक़द्दस में शादी नहीं करने को बहुत अच्छा माना गया है। जहाँ तक ख़ुदा होने की बात है, कोई ग़ुरूर वाला ही होगा जो ईसा जैसा होना चाहेगा। ये तो नामुमकिन मंसूबा है। और ये मंसूबा रखना पागलपन की इंतिहा ज़ाहिर करता है। लेकिन दूसरी तरफ़ इससे इबादत और भक्ति ज़ाहिर होती है और हम उनके नक़्शे क़दम पर चल कर उन ख़ूबियों को अपनी ज़िंदगी में उतार रहे हैं जो उनकी ज़िंदगी में थीं। आख़िर उनके इंसान बनने की कई वजहों में से एक ये भी थी कि हम सच्ची इंसानियत की उनकी ख़ूबियों को अपनाएँ जैसे विनम्रता, त्याग, पवित्रता, ग़रीबी, फ़रमाबरदारी और इस से जुड़ी हुई और ख़ूबियाँ। कितनी ही बारीकी और एहतियात से काम करने वाला चित्रकार क़ुदरत जैसा नहीं बना सकता। वो तो यही कहेगा कि उसे क़ुदरत की ख़ूबी और मज़बूती हासिल करनी है। देखा गया है कि हम सभी अपने दिलों में पूरी जद्दोजहद करते हैं कि हम उन ख़ूबियों में ईसा मसीह जैसे हो जाएँ जो ख़ूबियाँ इंसान पा सकता है। फिर भी हम

काफ़ी पीछे छूट जाते हैं। उन जैसा होने की कोशिश को ईसा मसीह बहुत पसंद करते हैं। इसे क़तई ग़ुरूर या गुस्ताख़ी नहीं माना जाता।''

इस पर बादशाह सलामत ने कहा, ''तो आदम से जो सिलसिला शुरू हुआ वो आप तक आकर ख़त्म हो जाएगा?''

पादरी मोन्सेराते बोले, ''अगर मैं आठ बरस की उम्र में मर जाता या ठीक शादी के वक़्त मर जाता? क्या होता अगर मेरी बीवी माँ बनने के क़ाबिल ना होती या मैं बाप बनने के क़ाबिल, जैसे कि कई लोग होते हैं? क्या होता अगर किन्नर पैदा होता या बना दिया जाता जैसे कि आपके महल में कई हैं? हज़रत बादशाह ग़लती से ऐसा ना समझें कि शादी करने की हिदायत दी गई है। बेशक़ ख़ुदा ने क़ुदरती उसूलों के तहत शादी करने पर ज़ोर दिया है ताकि इंसानी नस्ल बढ़े। और हज़रत मूसा के क़ानून के मुताबिक़, यहूदियों में भी, ताकि दीन और असली ख़ुदा की इबादत बढ़ती रहे...लेकिन इंजील मुक़द्दस के क़ानून के मुताबिक़, जो सभी क़ानून से वैसे ही बेहतर है जैसे कोई भी चीज़ अपनी परछाईं से बेहतर है, इंसानी नस्ल के मुनासिब तौर पर बढ़ जाने के बाद, ईसा मसीह ने शादी के मामले में ये उसूल तय किया कि हर इंसान मर्ज़ी से तय करे और मर्ज़ी से रुक जाए जहाँ चाहे।''

बादशाह सलामत ने रोक कर कहा, ''अगर ख़ुदा ने किसी को नदी पार करने का हुक्म दिया है तो गुनाहगार होगा अगर ऐसा ना करे।''

पादरी ने कहा, ''सही है लेकिन जैसा मैंने कुछ ही पल पहले कहा, शादी करने की हिदायत नहीं है। ना ही ये सोचना ठीक होगा कि जो शादी नहीं करते उनकी औलाद नहीं होगी। रूहानी औलाद होती है। जिनको इंसान ईसाइयत के उसूलों और ख़ूबियों के बारे में बताता है वो एक तरह से उसके बच्चे ही कहलाए, क्योंकि जिनका वो बप्तिस्मा[1] करता है, जो उसके सामने अपने पाप को स्वीकार करते हैं, वो उन रूहानी बच्चों से कम नहीं हुए जिन्हें वो अपने जिस्म से पैदा करता है। मुझे ये कहने की इजाज़त दीजिए ऐ बादशाह कि अगर आप रूडॉल्फ़ और मेरी सलाह मानें और हमारी बात पर यक़ीन करें और रूडॉल्फ़ के हाथों आपका बप्तिस्मा हो तो आप सही और रूहानी तौर पर हुमायूँ बादशाह से ज़्यादा रूडॉल्फ़ के बेटे होंगे। हाँ ये ज़रूर हो सकता है कि कुछ को मजबूरन शादी करनी पड़े।''

''जैसे कौन?'' बादशाह सलामत ने पूछा।

''एक बादशाह जिसे सल्तनत की सुख-शांति के लिए वारिस चाहिए।''

सिंधु नदी के किनारे फ़ौज पचास दिन रुकी। बादशाह सलामत ने पास के जंगल में शिकार कर के अपना वक़्त गुज़ारा। इस दौरान पादरी मोन्सेराते से मुलाक़ातें होती रहीं क्योंकि बादशाह सलामत के पास सवालों की लंबी फ़ेहरिस्त थी।

---

1. बप्तिसमा—माथे पर पानी छिड़क कर या पानी में डालकर पवित्र करने और ईसाइयत में शामिल करने की रस्म।

एक रात बादशाह सलामत ने पूछा, “क़यामत कब आएगी? क्या ईसा मसीह इंसाफ़ करेंगे?”

पादरी मोन्सेराते बोले, “ख़ुदा ही जानता है कि क़यामत कब आएगी। उसकी समझ हमारी पकड़ से बहुत दूर है और इस समझ के मुताबिक़ उसने ये बात हम से छुपा के रखी है। ईसा मसीह ने भी अपने शागिर्दों को ये बताने से इन्कार किया। वो ये नहीं चाहते थे कि हम ये समझ के ग़ाफ़िल हो जाएँ कि क़यामत बहुत दूर है या ये सोच के दुखी हो जाएँ कि बहुत पास है। लेकिन वो चाहते थे कि हम उस दिन की तैयारी करें और उन नेमतों का सही इस्तेमाल करें जो उन्होंने हमें दी हैं, और ना जानते हुए भी कि क़यामत कब आएगी उस दिन से डरें और गुनाह से दूर रहें और जिन चीज़ों की मनाही है उन से दूर रहें, लेकिन ऐसे इशारे मिलेंगे कि लोग अच्छी तरह समझ पाएँगे कि क़यामत पास है।”

बादशाह सलामत ने पूछा, “किस तरह के इशारे?”

पादरी ने जवाब दिया, “ईसा मसीह ने कहा है कि जंग, बग़ावत, सल्तनतों और मुल्कों का ख़त्म होना, हमले, तबाही, एक मुल्क का दूसरे मुल्क और एक सल्तनत का दूसरी सल्तनत पर क़ब्ज़ा...और ये सब हम अपने दौर में बहुत होता हुआ देख रहे हैं।”

पादरियों का वक़्त गुज़रता गया लेकिन ना तो वो बादशाह सलामत को पूरी तरह समझ पाए, ना ही उन्हें समझा पाए।

पादरी मोन्सेराते ने साफ़-साफ़ लिखा—

“...पादरियों को लगने लगा कि सभी धर्मों से कुछ बातें लेकर वो एक नया धर्म शुरू करना चाहते हैं। इसलिए पादरी धीरे-धीरे उनकी महफ़िलों से दूर रहने लगे, क्योंकि इस वक़्त बादशाह रोज़बरोज़ हिंदुओं पर मेहरबान होते जा रहे थे। उनकी गुज़ारिश पर बादशाह सलामत ने बाज़ार में गाय के गोश्त की बिक्री पर पाबंदी लगा दी थी। इसलिए पादरियों को लगा कि इंजील मुक़द्दस के मोती उनके क़दमों के नीचे रौंदने के लिए पेश करना सही नहीं है। इसके अलावा उन्होंने एक उम्दा कारीगरी की लकड़ी की इमारत बनवाई थी जो महल की छत पर सबसे ऊँची जगह पर रखी गई जहाँ से वो भोर का नज़ारा देखते और सूरज की इबादत करते।”

पादरी मोन्सेराते ने तो यहाँ तक कह दिया, “जब बादशाह हरेक को अपना मज़हब मानने की इजाज़त दे रहे हैं तो दरअसल वो हर मज़हब की बेइज़्ज़ती कर रहे हैं।”

जलालुद्दीन मोहम्मद अकबर ने बहुत सी चौंकाने वाली बातें कहीं लेकिन इस बात की तो पादरियों को दूर-दूर तक उम्मीद ना थी कि बादशाह सलामत उन्हें आग में दाख़िल होने को कहेंगे।

एक तीखी बहस के बाद जलेसर के शेख़ कुतुबुद्दीन ने कहा, ''आग जलाई जाए। आप में से एक इंजील लेकर आए और हम में से एक क़ुरान लेकर दाख़िल हो जाए। बादशाह सलामत के सामने हम इस आग से गुज़र जाएँ। जो सही-सलामत निकल जाए उसका दीन और उसकी किताब सच्ची मानी जाए।''

जलेसर के शेख़ कुतुबुद्दीन के बारे में बादशाह सलामत की राय अच्छी नहीं थी। जब उन्हें बताया गया कि शेख़ कुतुबुद्दीन ने करामातें की हैं तो उन्होंने इसका पता लगाया और इस नतीजे पर पहुँचे कि चालबाज़ियों को करामात समझा गया। पता चला कि शेख़ कुतुबुद्दीन जलेसर के सीदे-सादे लोगों को बेवकूफ़ बनाकर आराम की ज़िंदगी गुज़ार रहे हैं।

आग जलाई गई। धू-धू करती लपटों के सामने शेख़ कुतुबुद्दीन ने पादरी का गिरेबान पकड़ कर खींचना चाहा लेकिन वो माने नहीं।

काला चोग़ा और काली टोपी पहने पादरी मोन्सेराते और नौजवान पादरी रूडॉल्फ़ एकुआवीवा के गोरे चेहरों पर आग की लपट दिख रही थी। लगभग तीस साल के पादरी रूडॉल्फ़ एकुआवीवा के चेहरे पर हल्की दाढ़ी थी और वो हैरान-परेशान आग को देख रहे थे। उनसे चौदह बरस बड़े पादरी मोन्सेराते ठीक उनके बग़ल में बैठे थे। वो पादरी रूडॉल्फ़ के मुक़ाबले थोड़ी बड़ी दाढ़ी रखते थे। बादशाह सलामत के सबसे पास गेंहुए रंग के शेख़ अबुल फ़ज़ल बैठे थे। वो मूँछें काली और लंबी रखते थे। बादशाह सलामत की तरह उनकी भी दाढ़ी नहीं थी।

चूँकि बादशाह सलामत के साथ सबसे ज़्यादा वक़्त पादरी रूडॉल्फ़ ने गुज़ारा था इसलिए उन्हें बादशाह सलामत के छुपे हुए इरादों का कुछ-कुछ अंदाज़ा होने लगा था।

पादरी रूडॉल्फ़ एकुआवीवा ने लिखा—

''मुझे डर है कि वो और उनके कुछ लोग मोहम्मदी दीन को ग़लत साबित करने के लिए मेरा इस्तेमाल कर सकते हैं और फिर हमारी मुक़द्दस किताब के कुछ हिस्से को इस्तेमाल करें, हमारे मज़हब के फ़ायदे के लिए नहीं बल्कि किसी और मक़सद के लिए, क्योंकि ऐसे लोग भी हैं जो मानते हैं कि एक दिन बादशाह कुछ नया पेश करेंगे।''

जलती हुई आग में कूदना पादरी रूडॉल्फ़ को सही नहीं लगा लेकिन उन्हें ये भी लगा कि उन्हें डरपोक माना जाएगा। उन्होंने बादशाह सलामत से कहा, ''ऐ बादशाह, चूँकि आप चाहते हैं कि हम और हमारे साथी आग से गुज़र जाएँ और साबित करें कि हमारा यक़ीन ईसा मसीह के मज़हब में है, जो हमें अपने पुरखों से मिला, जो हमें माँ के दूध से मिला, जिसमें हम पले-बढ़े हैं, तो हम ख़ुशी-ख़ुशी ख़ुदा की मदद से एक नहीं सौ आग में दाख़िल हो जाएँगे। ना ही हम चाहते हैं कि हमें करामाती तरीक़े से बचा लिया जाए—ख़ुदा की मदद में यक़ीन होने की वजह से

हम हाथी, सिंह, तेंदुए, पहाड़, सूली, कोड़े, तड़पाने के तरह–तरह के तरीक़ों से नहीं डरते। ऐ बादशाह, आप चाहें तो ये फ़ौरन साबित हो सकता है...लेकिन अगर आप ये आग इसलिए चाहते हैं कि चमत्कार हो जाए—जैसे कि हम ख़ुदा को इतने प्यारे हैं कि आग हमारा नुक़सान नहीं करेगी—तो हम सच कहते हैं कि ख़ुदा में हमारा अपार यक़ीन है लेकिन दूसरे मामलों में हम से अक्सर ग़लत हरकतें हुई हैं और अब भी होती हैं। चूँकि हम गुनहगार हैं और इसलिए दीनी वजहों से हमें लगता है कि हमारे लिए चमत्कार नहीं होगा, ख़ासतौर पर इसलिए कि हमें मालूम नहीं कि ख़ुदा हमें अपना मानता है या कि उसकी राह के रोड़े के तौर पर देखता है। इसके अलावा, आग से ये साबित करना कि बाइबल ख़ुदा की किताब है या नहीं, इस तरह से कि वो किताब और जिसके हाथ में वो किताब है आग से ख़त्म होते हैं या नहीं, ईसा मसीह की ज़िंदगी और शिक्षा के ख़िलाफ़ है, जिनका आप सम्मान करते हैं...जब उन्हें सूली पर चढ़ाया गया और यहूदियों ने चमत्कार माँगा और कहा, 'अगर तुम ख़ुदा के बेटे हो तो नीचे आ जाओ और हम तुम पर विश्वास कर लेंगे।' तब भी उन्होंने कोई ध्यान नहीं दिया। जहाँ तक हमारा सवाल है, जिन लोगों ने भी दीन के लिए तकलीफ़ें उठाई हैं, हम से अच्छे इंसान रहे हैं। फिर भी उनमें से कई आग में जल गए। जहाँ तक हमारी किताब का सवाल है, कई ऐसे गिरजाघर और मकान दीन के दुश्मनों ने जलाए हैं जिनमें इंजील मुक़द्दस रखी है और कई मुसलमान मस्जिदें भी जहाँ उनकी मुक़द्दस किताब रखी है। इसलिए दावे के साथ आग से सच साबित नहीं किया जा सकता। अब मुसलमानों की पेशकश को नज़रअंदाज़ ना करते हुए, अगर आप हमें पक्के तौर पर हुक्म दें कि हम आग में दाख़िल हो कर सच साबित करें तो हमारी माँग है कि आप उनको इस ख़तरनाक काम से बरी कर दें। हालाँकि हमें नहीं लगता उनमें से एक भी अपने दीन और पैग़ंबर का इतना वफ़ादार है, या इतना बेवक़ूफ़ कि ऐसा ख़तरा उठाए। बेशक उनका मिज़ाज ऐसा है कि उन्हें चमत्कार चाहिए लेकिन अगर ये चमत्कार हमारे दीन का कोई सच्चा इंसान करेगा तो वो कहेंगे कि ये जादू–टोने से हुआ है।''

ये बात ध्यान से सुनने के बाद बादशाह सलामत ने कहा, ''आप हमारे कहने पर आए हैं। ख़ुदा ना करे आपको कोई नुक़सान हो। जो शेख़ सचाई साबित करने के लिए आग से गुज़रना चाहते हैं वो एक मुजरिम हैं और उन्हें मौत मिलनी चाहिए। हम चाहते हैं कि वो इस तरह से मर जाएँ ताकि लोग तैश में ना आएँ। आप से गुज़ारिश है कि हमारी मदद करें और ये कह दें कि आप आग में दाख़िल होंगे अगर वो पहले हों तो।''

जब बादशाह सलामत ने शेख़ कुतुबुद्दीन के सामने अपनी बात दोहराई तो पादरियों ने बादशाह सलामत से ज़रा अलग हट कर बात की और कह दिया कि वो किसी की मौत के लिए उनकी मदद नहीं कर सकते।

बादशाह सलामत ने कहा, "आप सिर्फ़ ज़बानी कह दीजिए या ये भी नहीं कर सकते तो सिर हिला कर रज़ामंदी ज़ाहिर कर दीजिए।"

इस पर पादरी बोले, "हम ये भी नहीं कर सकते।"

बादशाह सलामत ने फिर कहा, "हम ख़ुद आपकी मौजूदगी में कहेंगे और आप ख़ामोश रह कर रज़ामंदी ज़ाहिर कर सकते हैं।"

पादरी बोले, "हम ये भी नहीं कर सकते।"

बादशाह सलामत ने कहा, "हम आपकी ग़ैरहाज़िरी में कह देंगे कि आप ऐसा करना चाहते हैं।"

पादरी ने जवाब दिया, "आपको ऐसा नहीं करना चाहिए क्योंकि अगर हम से पूछा गया तो हमें इन्कार करना पड़ेगा...अगर आप हमारे मज़हब में हमारे यक़ीन का इम्तिहान लेना चाहते हैं तो हमें आग में डलवा दीजिए।"

बादशाह सलामत ने जवाब दिया, "हम अपने ग़ुलामों को भी ज़रा सा नुक़सान नहीं पहुँचा सकते। आपको तो बिलकुल नहीं।"

इसके बाद शेख़ कुतुबुद्दीन और दूसरे लोगों की मौजूदगी में ईसाई पादरियों ने कहा, "अगर शेख़ को अपने जुर्म की सज़ा मिले तो ये सबको मालूम होना चाहिए—पहली बात तो ये कि आपके लोग अपने दीन को साबित करें जो उन्होंने अभी तक किया नहीं। उसके बाद ही आग में गुज़र कर सचाई साबित करने की बात हो सकती है।"

आख़िरकार, ना उलेमा आग में दाख़िल हुए, ना पादरी। बादशाह सलामत ने भी उस दिन के बाद इसका इरादा छोड़ दिया।

पादरी एकुआवीवा ने 30 जुलाई, 1581 ईसवी को यीशु समाज के प्रमुख पादरी एवरार्ड मरक्यूरियन को फ़तहपुर सीकरी से जो ख़त लिखा उसमें उनकी परेशानी झलक रही थी।

"पिछले साल मैंने आपको यहाँ के हालात के बारे में लिखा। इस साल मैं फिर और तफ़सील से लिखूँगा क्योंकि वक़्त ने ज़ाहिर किया है कि पिछला साल बिलकुल भी साफ़ नहीं था। हम को ये ज़ाहिर हुआ है कि बादशाह ने ज़्यादातर जो किया पिछले साल और इस साल वो पोशीदा था क्योंकि उन्हें पता था उनके भाई उनके ख़िलाफ़ जंग करने वाले हैं और चूँकि उन्हें दुश्मन का ख़ुद मुक़ाबला करना था, वो पुर्तगालयों से हिफ़ाज़त के लिए उनके दीन से लगाव दिखा रहे हैं।

"यहाँ के लोगों में अब भी बादशाह के बारे में अलग-अलग राय हैं क्योंकि कुछ लोग सोचते हैं कि वो ईसाई हैं, कुछ हिंदू और कुछ मुसलमान। दूसरे बेहतर समझ वाले लोग मानते हैं कि वो ना ईसाई हैं, ना हिंदू और ना मुसलमान। मुझे ये सही लगता है। या शायद वो मुसलमान हैं लेकिन सबकी मानते हैं ताकि सबका दिल जीत सकें। हम नहीं जानते कि वो पुर्तगाल के बादशाह के दोस्त हैं या दुश्मन, लेकिन

हमने कुछ ऐसी बातों को देखा जो हमें ठीक नहीं लगीं। उनकी सबसे बड़ा बादशाह बनने की तमन्ना, और लगता है कि वो इस बात को बर्दाश्त नहीं कर पा रहे कि पुर्तगाल के बादशाह का समुद्र पर राज है और उनके अपने जहाज़ों को पुर्तगाल के बादशाह के बंदरगाहों पर चुंगी देनी होती है; इसलिए हमें डर है कि किसी रोज़ भी जंग छिड़ सकती है।''

उन दिनों नौ पुर्तगाली फ़ौजियों के सर सूरत से फ़तहपुर सीकरी भेजे गए और बादशाह सलामत के सामने पेश हुए। पहले तो बादशाह सलामत और पादरी दोनों ने ही ऐसा ज़ाहिर किया कि वो इस हादसे से अनजान हैं। जब बात बहुत फैल गई तो पादरियों ने बादशाह सलामत से पूछा, ''क्या आपने पुर्तगाली फ़ौजियों के सर देखे हैं?''

बादशाह सलामत ने कहा, ''नहीं देखे। लेकिन हमें दमन और सूरत में लड़ाई का बहुत अफ़सोस है।''

आख़िर जब पादरी बादशाह सलामत को ईसाई बनाने में नाकाम रहे तो पोप तक ने उन्हें ख़त लिखा। बादशाह सलामत जानते थे कि इन पादरियों के ऊपर वो पोप हैं जिनकी हर बात सही मानी जाती है। वो कोई भी मज़हबी क़ानून बदल सकते हैं और बादशाहों को उनकी ताक़त के सामने झुकना पड़ता है।

बादशाह सलामत ने ये भी चाहा कि एक पादरी को पोप के पास अपना पैग़ाम लेकर भेजें।

''आप लोग पोप से ये ज़रूर कहिएगा कि हमें मालूम हुआ है कि वो महान हैं और उनका बड़ा मुक़ाम है क्योंकि वो धरती पर ईसा मसीह की जगह पर हैं और मैंने सुना है कि सभी बादशाह उनके क़दमों में झुकते हैं। कहना कि आप मेरी तरफ़ से आए हैं उनके क़दम चूमने के लिए, चूँकि हम ख़ुद वहाँ आकर उनके क़दम नहीं चूम सकते। कहना कि उनके हुक्म से मुझे कुछ लिख कर भेजा जाए जिससे मैं ख़ुदा तक पहुँचने के रास्ते को समझूँ और अपनी सल्तनत की हुकूमत करने में ख़ुदा से डरूँ और उसके सामने सर झुकाऊँ। ऐसा इसलिए कि जब ज़मीन–आसमान ख़त्म हो जाएँ और हमें क़यामत के रोज़ के ख़ौफ़नाक हिसाब के लिए ख़ुदा के सामने पेश किया जाए तो हम अपनी छोटी सी ज़िंदगी का कोई अच्छा हिसाब दे सकें।''

पोप ग्रेगरी तेरहवें का बादशाह सलामत के नाम ख़त इलाही सन् के छब्बीसवें साल के आख़िर में बमुताबिक़ 1582 ईसवी की अट्ठारह फ़रवरी को आया।

''ख़ुदा के सेवकों के सेवक
ग्रेगरी बिशप
बनाम

अकबर

महान मोगोर[1] बादशाह

अकबर

रहमत रखने वाला ख़ुदा, जिसने आपको ईसाई उसूलों को सुनने के लिए प्रेरित किया, आपको जल्द से जल्द अँधेरे से रौशनी की तरफ़ ले जाए। हमें ये उम्मीद आपके उस रुझान से है, जैसा हमारे कानों तक पहुँचा है, जो आपने ईसाई मज़हब के लिए दिखाया है। सबसे पहले आपने अपने दरबार में हमारे प्यारे बच्चों, यीशु समाज के और सच्चे दीन के पादरियों को बुलाया, पूरी इज़्ज़त से उन से मिले और ख़ुदा के बारे में उनकी बातें सुनीं। ये सब इस बात का सुबूत हैं कि आपमें जोश है, आपने सचाई को हासिल करने के लिए सही क़दम उठाए हैं, लेकिन इतने अहम मामले में ज़रा भी देर करना मुनासिब नहीं कि कहीं आपकी रूह में जो हरकत हुई है, जो बेशक़ ख़ुदा की तरफ़ से हुई है, सोच-विचार की देरी से नाकाम ना हो जाए। मान लीजिए तराज़ू के एक पलड़े में हज़रत बादशाह अपनी सल्तनत, ताक़त, बेटे, बेशुमार रिआया, दुनिया की दौलत, साज़ो-सामान रखें और दूसरे में अपनी आत्मा की गरिमा और मुक्ति, जिसका ईसा मसीह ने उनको वायदा किया जो उनमें यक़ीन करते हैं। अगर सही सही बोलें तो इसके सामने बाक़ी सब कुछ भी नहीं। एक हमेशा क़ायम रहने वाली सल्तनत के सामने एक छोटे अर्से की सल्तनत, जो ख़त्म हो जाती है और जिसमें कुछ भी हो सकता है। अपनी इंसानी ताक़त को ना ख़त्म होने वाली ख़ुशी में बदल डालिए। ख़ुद को जन्नत में एक नए ख़ानदान और ख़ज़ाने के लिए तैयार कीजिए। अगर आप के पाप ख़त्म करने के लिए ज़रूरी होगा तो हो सकता है कि ख़ुदा आपको इस दुनिया की सल्तनत का लुत्फ़ लेने दे। ज़िंदगी छोटी है और इंसान के हालात का कुछ पता नहीं। कहीं आप अपने गुनाहों को ख़त्म करने में कोताही ना कर जाएँ या ख़ुदा की रहमत से इन्कार ना कर दें जो आपको पुकार रही है। फ़िलहाल इस ख़याल को दूर ना होने दीजिए और मेरी सलाह है कि उन पादरियों को पहले की तरह सुनते रहें जिनका ऊपर ज़िक्र है, जिनकी दुआओं और मेहनत से गुज़रे हुए और आने वाले वक़्त में आपको ऐसे मौक़ों पर बहुत मदद मिली और मिलेगी। आपने जिस तरह ख़ुद उनका ख़याल रखा है उसका आपको ख़ुदा की तरफ़ से सिला मिलेगा, जो आपको सचाई को क़ुबूल करने का न्यौता दे रहा है।''

अब फ़तहपुर सीकरी में पादरियों का वक़्त पूरा हो रहा था। बादशाह सलामत ने जो एलची स्पेन और पुर्तगाल के बादशाह फ़िलिप द्वितीय को भेजा उसके साथ अंतोनियो मोन्सेराते चले गए। बादशाह सलामत के दिल में था कि उस्मानी तुर्कों के ख़िलाफ़ पुर्तगाल और स्पेन के बादशाह से समझौता किया जाए लेकिन ना तो एलची वहाँ तक पहुँचे और ना बादशाह सलामत का फ़िलिप द्वितीय के नाम सत्ताईसवें इलाही सन्, बमुताबिक़ 1582, के अप्रैल महीने का ये ख़त—

1. मोगोर—मुग़ल।

''ये उन समझदार लोगों से छुपा नहीं है, जो ख़ुदाई नूर पा चुके हैं और अक़्ल और इल्म की किरणों से रौशन हो चुके हैं, जो कि आसमानी अक्स है, कि मोहब्बत से बड़ा कुछ भी नहीं है, दरियादिली से बेहतर कुछ भी नहीं है क्योंकि दुनिया में अमन और सुलहे कुल दोस्ती और भाईचारे से बनता है। मोहब्बत के नूर से रौशन होने वाले दिल और दिमाग़ से अँधेरा जाता रहता है। ऐसा अगर बादशाहों के बीच हो तो और भी सही क्योंकि उनके बीच अमन का मतलब है दुनिया और दुनिया वालों के बीच अमन। इन बातों पर ग़ौर करके हम अपने दिमाग़ की पूरी ताक़त से ना सिर्फ़ लोगों के बीच प्यार और सुलह क़ायम करने और उसे मज़बूत करने में लगे हैं, बल्कि इन सबसे ऊपर आला बादशाहों के बीच भी—जो ऊँची ख़ूबियों के मालिक हैं—क्योंकि उन्हें ख़ुदाई इनायत का ज़्यादा हिस्सा मिला है। ख़ासतौर पर उन इलाक़ों के आला नुमाइंदों के बीच, जो ख़ुदाई नूर को पाने वाले, ईसाई धर्म को फैलाने वाले हैं, जिनकी ना तारीफ़ की ज़रूरत है ना नाम बताने की। ये फ़ैसला हमारे भाईचारे की वजह से है, ताक़तवर बादशाहों के बीच जिसका दावा अच्छी तरह से माना जाता है, और अच्छे ताल्लुक़ात के लिए ये बहुत ज़रूरी माना जाता है। चूँकि बड़ी मुश्किलों और परेशानियों की वजह से निजी मुलाक़ात में देर हुई है, इसलिए ख़तो-किताबत ही बेहतर तरीक़ा है...हम उम्मीद करते हैं कि दोनों तरफ़ से ख़तो-किताबत के दरवाज़े खुले रहेंगे ताकि हम एक दूसरे को अपने मामलात और ख़ुशगवार उम्मीदों के बारे में बता सकें। आपके रौशन दिमाग़ में इस बात का इल्म होगा कि सभी मज़हबों और हुकूमतों के लोग इस बारे में एक राय हैं कि दीन और दुनिया, ज़ाहिर और ग़ायब, के बीच यक़ीनी तौर पर ये दुनिया, दूसरी दुनिया के मुक़ाबले में कुछ नहीं है। इस दौर के समझदार लोग और हर मुल्क के बादशाह इस ख़त्म होने वाली दुनिया को सुधारने की क्या ख़ूब कोशिशें कर रहे हैं! लेकिन इसके बावजूद वो अपनी बुनियादी ज़िंदगी और अपना बेहतरीन वक़्त दुनियावी चीज़ें हासिल करने में और ऐशो-आराम में लगा रहे हैं और उस भूख को मिटा रहे हैं जो वैसे ही जल्द ख़त्म हो जाएगी। कारोबार, कमज़ोरियों, ताल्लुक़ात और बाहरी हालात से हमारे जुड़ाव के बावजूद अल्लाह ने—जो सबसे ऊँचा है और जिसकी हमेशा रहने वाली इनायतें हैं—रास्ता दिखाया है कि हम में उसकी तलब पैदा हो। हालाँकि हमने कई बादशाहों के इलाक़ों को अपने इलाक़े में शामिल कर लिया है और इलाक़ों को मिलाने का काम और उनके इंतज़ामात हमारे दिमाग़ पर छाए रहते हैं क्योंकि हम पूरी रिआया की ख़ुशी और भलाई चाहते हैं, फिर भी अलहम्दोलिल्लाह हमारे सभी काम का मक़सद शुरू से आख़िर तक यही है कि ख़ुदा हम से ख़ुश रहे और हम वो पाएँ जो सही है।''

अकबर

पादरी फ्रांसिस हेन्रीक्स छब्बीसवें इलाही सन्, बमुताबिक़ ईसवी 1581 की नवंबर में ही गोवा आ गए थे और फिर सबसे आख़िर में सत्ताईसवें इलाही सन् बमुताबिक़ ईसवी 1583 की फ़रवरी में पादरी रूडॉल्फ़ एकुआवीवा भी फ़तहपुर सीकरी छोड़ने को तैयार हुए। जब पादरी रूडॉल्फ़ एकुआवीवा को गोवा वापसी का हुक्म मिला तो इलाक़े में यीशु समाज के सबसे बड़े पादरी का ख़त लेकर वो बादशाह सलामत के पास आए।

पादरी रूडॉल्फ़ एकुआवीवा बादशाह सलामत के चहेते हो चुके थे। फ़तहपुर सीकरी में उनका पूरा वक़्त इबादत में गुज़रता था। यहाँ तक कि वो ये भी भूल जाते कि उनकी टोपी, चश्मा और किताबें कहाँ रखी हैं। अक्सर ऐसे पूरे कपड़े पहन कर सोते या इस तरह से सोते कि जिस्म को तकलीफ़ पहुँचे, आराम ना मिले। बहुत उपवास रखते और बहुत सादा ज़िंदगी जीने की कोशिश करते। एक बार शहज़ादे सलीम को उनके कमरे से ख़ून से सना हुआ कोड़ा मिला था जिससे वो ख़ुद को मारा करते थे। वो इतने शर्मीले थे कि बादशाह सलामत से बात करते तो चेहरा लाल हो जाया करता।

पादरी रूडॉल्फ़ एकुआवीवा को शहादत की इतनी ख़्वाहिश थी कि अक्सर कहते, ''ये मुसलमान हमें कभी शहीद नहीं करेंगे?''

इस पर दूसरे पादरी जवाब देते, ''बादशाह हमें बहुत पसंद करते हैं। किसी की हिम्मत नहीं हमें छूने की।''

ये सुनकर पादरी रूडॉल्फ़ दुखी हो जाया करते थे।

एक बार पादरी रूडॉल्फ़ ने यीशु समाज के प्रमुख को लिखा था—

''ख़त के आख़िर में मुझे आपको ये बताते हुए बहुत ख़ुशी हो रही है कि मैं शहादत के बहुत क़रीब हूँ कि हमने ये कहा और इन्कार नहीं किया कि मोहम्मद ख़ुदा के पैग़ंबर नहीं हैं और ये कि यीशु ख़ुदा के बेटे हैं। वो लोग जैसे ही ये सुनते हैं अपने कान बंद कर लेते हैं। पहले तो जो भी ये कहेगा उसे सज़ा-ए-मौत होगी...मौत की सज़ा को अंजाम देने के लिए बस बादशाह की मौत का इंतज़ार है। इस पर ये कि हिंदू भी हमारा बुरा सोचते हैं क्योंकि हमने पति के साथ उनकी ज़िंदा पत्नियों को जलाने के रिवाज को खुले आम ग़लत माना है। और हमने बादशाह से कहा है कि वो ऐसी बातों को बर्दाश्त करके ठीक नहीं कर रहे।''

बादशाह सलामत कहते थे, ''हिंदुस्तान की पुरानी रीत है कि औरत कितना ही ना चाहे, अपने पति की मौत पर उसे चिता में समा जाना होता है और हँसते-हँसते अपनी बेशक़ीमती ज़िंदगी देनी होती है, ये मानते हुए कि ये पति की मुक्ति का तरीक़ा है। ये मर्दों की अजीब दरियादिली है कि अपनी बीवियों के ज़रिए मुक्ति चाहते हैं।''

जयमल की मौत के बाद उनकी पत्नी, मोटा राजा उदय सिंह की बेटी, ने सती होने से इन्कार कर दिया था। जब बादशाह सलामत को ख़बर मिली कि मोटा राजा

और जयमल के बेटे ज़ोर-ज़बरदस्ती करना चाहते हैं तो उन्हें रोकने के लिए वो ख़ुद ही घोड़े पर सरपट दौड़े थे।

बादशाह सलामत ने पादरी एकुआवीवा की वापसी की दरख़्वास्त सुन कर कहा, ''पादरी मैं आपको बहुत पसंद करता हूँ और आपके पास रहने से मुझे बहुत ख़ुशी मिलती है। आप से मैंने कई बातें सीखी हैं। इससे मुझे जो ख़ुशी हासिल हुई है वो औरों से सीखी गई बाक़ी सब बातों से नहीं हुई। हालाँकि आप अगर जाना चाहेंगे तो मैं रोकूँगा नहीं लेकिन आपका जाना मेरी मर्ज़ी के ख़िलाफ़ होगा और अगर आपने मुझे इस हाल में छोड़ दिया तो इसका गुनाह आपके सर पर होगा।''

पादरी बोले, ''अगर ख़ुदा ने आपको हमारे दीन की सचाई दिखाई तो बेहतर है कि आपके ईसाई बनने से पहले आपके साथ बहुत से ईसाई हों। इसलिए अच्छा हो कि पहले हम दरबार से जाएँ।''

इस पर बादशाह सलामत ने ठंडा सा जवाब दिया, ''हमारा दीन ना कहिए। अगर ख़ुदा हमें सचाई दिखा सकता है तो आपको भी समझ दे सकता है, और जब ख़ुदा हमें सच दिखाएगा तो ताक़त दे कर हमारी मदद भी करेगा।''

अगले रोज़ पादरी रूडॉल्फ़ ने फिर कोशिश करने के इरादे से कहा, ''मुझ से बेहतर और क़ाबिल पादरी मेरी जगह आएँगे, जब आप चाहेंगे।''

तब जलालुद्दीन मोहम्मद अकबर ने ग़ुस्से में आकर कहा, ''और बहस नहीं। कभी भी ख़ुशी से जाने की इजाज़त नहीं दूँगा!''

इस ग़ुस्से को देखकर पादरी कुछ और वक़्त रुक गए। इसके बाद बादशाह सलामत पादरी रूडॉल्फ़ एकुआवीवा पर और मेहरबान हो गए। और उनकी हिफ़ाज़त के लिए और ज़्यादा फ़िक्रमंद।

एक दिन बादशाह सलामत ने उन से कहा, ''ये मुल्ले बहुत दग़ाबाज़ और बदमाश हैं। अब हम अपने कुछ लोगों को तैनात कर रहे हैं जो आपकी हिफ़ाज़त करेंगे और हर जगह आपके साथ जाएँगे ताकि कुछ बुरा ना हो।''

पादरी ने जवाब दिया, ''जब हम दरबार आए तो पुर्तगाली सूबेदार ने हमारी हिफ़ाज़त के लिए बंधक की माँग की लेकिन ख़ुद हमने उसकी मुख़ालिफ़त की थी क्योंकि ये हमारे लिए सबसे बड़े फ़ख़्र की बात है कि हम उस दीन के लिए जान दें जिसको फैलाने की हमारी ज़िम्मेदारी है। और अगर हज़रत बादशाह हमारी हिफ़ाज़त के लिए लोग रखेंगे तो इसका मतलब ये होगा कि हमारा ख़ुदा पर पूरा भरोसा नहीं है, जबकि हमारा फ़र्ज़ है कि हम पूरा भरोसा रखें।''

बादशाह सलामत ने जवाब दिया, ''बेशक आपकी दलील में दम है लेकिन आपको बचाना मेरा फ़र्ज़ है क्योंकि आप यहाँ मेरी हिफ़ाज़त में हैं।''

बाद में बादशाह सलामत ने अपने दरबारियों से कहा, ''तारीफ़ की बात है कि

पादरी उस दीन के लिए जान देने को तैयार हैं जिसे फैलाना उनका फ़र्ज़ है। हमारे अपने मुल्ला अपने दीन के लिए जान देने का कोई इरादा नहीं रखते।''

जब और दिन रुकने के बावजूद बादशाह सलामत ईसाई नहीं हुए तो पादरी रूडॉल्फ़ ने फिर इजाज़त माँगी। जब उन्होंने बहुत मिन्नतें कीं तो बादशाह सलामत इस शर्त पर राज़ी हुए कि गोवा में यीशु समाज के सबसे बड़े पादरी की इजाज़त लेकर वो एक बार फिर आएँगे।

तीनों पादरियों का फ़तहपुर सीकरी दौरा नाकाम रहा लेकिन पादरी रूडॉल्फ़ को एक नया रास्ता दिख रहा था—

''...गोवा में एक ऐसी दीनी पाठशाला खोली जाए जो हिंदू और मुसलमानों के उन बच्चों के लिए हो जो वहाँ हैं या यहाँ से भेजे गए हैं, जिसमें मुसलमानों के लिए फ़ारसी और हिंदुओं के लिए हिंदुस्तानी में पढ़ाई हो। ये एक नई बात होगी क्योंकि बादशाह खुले आम कहते हैं कि उनकी सल्तनत में हर कोई अपने मज़हब को मानने के लिए आज़ाद है।''

जब पादरियों ने दरख़्वास्त की कि एक अस्पताल बनवा दिया जाए जहाँ वो लोगों की ख़िदमत कर पाएँ तो बादशाह सलामत ने पूछा था, ''क्या आप ऐसे लोगों के साथ अच्छाई कर के सवाब कमा सकते हैं जो आपके दीन के नहीं हैं?''

पादरियों ने कहा, ''हाँ। हम वैसे ही करते हैं जैसा ख़ुदा करता है। अच्छों और बुरों के साथ अच्छाई।''

बादशाह सलामत बोले, ''ख़ुदा ऐसा बहुत कुछ करता है जो इंसान नहीं कर सकता।''

बादशाह सलामत इस तरह से दीन की बातों का जवाब अक़्ल से देने की कोशिश करते थे जो पादरियों को बहुत बेतुका लगता था।

सत्ताईसवें इलाही सन् के आख़िर, बमुताबिक़ ईसवी सन् 1583 के फ़रवरी महीने तक आते-आते बादशाह सलामत के दरबार से यीशु समाज के सभी पादरी जा चुके थे। बादशाह सलामत को ईसाई बनाने की एक बड़ी कोशिश नाकाम हो चुकी थी।

पादरी रूडॉल्फ़ के जाने के कुछ वक़्त बाद बादशाह सलामत को एक ख़बर मिली जिसे सुनकर वो ग़म में डूब गए।

गोवा लौटने के बाद पादरी रूडॉल्फ़ को सालसेट भेजा गया था। वहाँ अट्ठाइसवें इलाही साल बमुताबिक़ 1583 ईसवी की 15 जुलाई को जब उन्होंने मूर्तियों को तोड़ा तो गाँव के हिंदुओं ने तैश में आ कर उनकी हत्या कर दी।

बादशाह सलामत ने कहा, ''हाय पादरी! कहा नहीं था मैंने कि ना जाइए? लेकिन आपने मेरी बात नहीं मानी!''

ईसाई पादरियों के फ़तहपुर सीकरी से रवाना होने के कुछ ही वक़्त बाद बादशाह सलामत का ताल्लुक़ एक नए मज़हब से जुड़ा। ईसाई पादरी उलेमा के बीच तूफ़ान मचा कर निकले तो इन नए मेहमानों ने बादशाह सलामत के आसपास मौजूद ब्राह्मणों के दिल में शक-शुब्हा पैदा कर दिया।

चालीसवें इलाही सन् बमुताबिक़ 1595 ईसवी में बादशाह सलामत के लिए गुजरात के उना शहर से आम आए। इन आमों के साथ ही बादशाह सलामत को श्वेतांबर जैनियों के तप गच्छ समुदाय के आचार्य हीरविजया सूरी की मौत का पैग़ाम मिला।

बादशाह सलामत ने हीरविजया सूरी का उस वक़्त नाम सुना जब जैन साध्वी चंपा के छह महीने के व्रत का जुलूस निकला। बादशाह सलामत ने साध्वी चंपा के दीन के बारे में पूछा तो पता चला कि उनके गुरु हीरविजया सूरी हैं। तब उन्होंने गुजरात के सूबेदार शहाबुद्दीन अहमद ख़ान को फ़रमान भेजकर हीरविजया सूरी को दरबार बुलवाया। बादशाह सलामत ने आगरा के दो बड़े जैन भानु कल्याण और थनसिंह रामजी को भी कहा कि वो हीरविजया सूरी को फ़तहपुर सीकरी बुलाएँ। शाही हुक्म के मुताबिक़ सूबेदार ने हाथी, घोड़े और पालकी की पेशकश की लेकिन हीरविजया सूरी ने इन्कार किया और पैदल ही निकल पड़े। अट्ठाइसवें इलाही सन्, बमुताबिक़ 1583 के जून महीने में वो गुजरात से सीकरी पहुँचे। फ़तहपुर सीकरी का जैन समुदाय एक जुलूस में हीरविजया सूरी और उनके साथ आए सड़सठ संतों को शहर के उपाश्रय[1] में लेकर आया। हालाँकि हीरविजया सूरी ने फ़ौरन बादशाह सलामत से मिलने की ख़्वाहिश ज़ाहिर की लेकिन उनकी मुलाक़ात पहले शेख़ अबुल फ़ज़ल से हुई।

बादशाह सलामत ने हीरविजया सूरी से प्रभावित होकर उन्हें जगतगुरु का ख़िताब दिया और उनकी कई ख़्वाहिशों को पूरा किया।

पैंतीसवें इलाही सन् बमुताबिक़ 1590 ईसवी की 16 नवंबर को उन्होंने गुजरात के सूबेदार मिर्ज़ा अज़ीज़ कोका को एक फ़रमान भेजा।

"हमारे सामने पेश होने की इज़्ज़त पाने वाले हीरविजया सूरी सेवड़ा और उनके दीन को मानने वालों की सच्ची साधना और ख़ुदा की जुस्तजू की वजह से ये हुक्म दिया जाता है कि कोई उनके मंदिरों या उपाश्रयों में ना रहे और ना ही उन्हें परेशान करे। अगर कोई अच्छे काम करने वाला इंसान उन इमारतों को फिर बनाना चाहे या उनकी मरम्मत करना चाहे क्योंकि वो गिर गईं या ख़स्ता हाल हैं तो कोई उन्हें ना रोके। ख़ुदा को नहीं समझने वाले कुछ लोग जैन मुनियों पर इल्ज़ाम लगाते हैं कि वो बारिश रोकने जैसे काम करते हैं जो कि ख़ुदा के हाथ में है, और उन्हें इस बेवक़ूफ़ी की वजह से परेशान करते हैं कि वो जादू-टोना करते हैं। हुक्म है कि ऐसा

1. उपाश्रय—संतों के रहने की जगह।

कोई ग़लत बर्ताव ना होने पाए। हाकिम और मुतसद्दी[1] इस फ़रमान को ख़ुदा के फ़रमान के बराबर समझें जो कि उनके हालात को सुधारने का ज़रिया है, और वो इसके ख़िलाफ़ ना जाएँ। इसकी नक़ल अपने पास रख कर ये फ़रमान जैनियों को दे दिया जाए ताकि वो हमेशा के लिए सनद रहे।''

इसके लगभग दो साल बाद बादशाह सलामत ने मालवा, अकबराबाद, लाहौर, मुलतान, अहमदाबाद और सल्तनत के बाक़ी हिस्से के सूबेदारों, जागीरदारों और ओहदेदारों को हुक्म दिया—

''जैन श्वेतांबर दीन के आचार्य हीरविजया सूरी ने गुज़ारिश की कि स्वर्ग को छूने वाले सिद्धाचल, गिरनार, तरंगा, केशरीनाथ और आबू पर्वत, राजगीर के पाँचों पर्वत और बंगाल[2] के समेत शिखर या पार्श्वनाथ पर्वत, और इन पर्वतों के नीचे के मंदिर और कोठियाँ और इसी तरह से जैन श्वेतांबर समुदाय के सभी तीर्थ स्थान उन्हें सौंप दिए जाएँ ताकि कोई भी इन पर्वतों पर या मंदिरों के पास जानवरों को ना मारे...ये गुज़ारिश मुनासिब है और शरीया के ख़िलाफ़ नहीं है। इसलिए हुक्म दिया जाता है कि ये सभी पर्वत और मंदिर जैन समुदाय के नुमाइंदे के तौर पर हीरविजया सूरी को सौंप दिए जाएँ, जिनके लिए ये फ़रमान जारी किया जा रहा है।''

सुनने में आया कि हुकूमत के चालीसवें साल में बमुताबिक़ ईसवी 1595 की 4 सितंबर को रात के वक़्त आम के बाग़ के पास सोए एक ब्राह्मण ने कुछ दैवी दृश्य देखे। यहीं दिन में हीरविजया सूरी का अंतिम संस्कार हुआ था। उना और दीव के जैन संघ ने संदल और केसर में लिपटे उनके शरीर का पंद्रह मन संदल की लकड़ी, तीन मन अगर, तीन सेर काफ़ूर और केसर और दो सेर मुश्क में उना शहर के बाहर आम के बाग़ में अंतिम संस्कार किया।

कहते हैं कि ब्राह्मण ने अगली सुबह जब दैवी दृश्य के बारे में बताया तो हज़ारों की भीड़ वहाँ पहुँची और ये देखकर चौंक गई कि सितंबर के महीने में भी आम के पेड़ पर फल आ गए हैं, जबकि एक रोज़ पहले ही ये पेड़ ख़ाली थे। सुना गया कि ये आम दूर-दूर तक भेजे गए और बादशाह सलामत को भी मिले। जलालुद्दीन मोहम्मद अकबर ने ये बाग़ और इससे लगी बाईस बीघा ज़मीन जैनियों को दे दी।

इसी जगह उनकी चरण पादुकाएँ स्थापित हुईं और ये लिखवाया गया—

''ये सूरियों में श्रेष्ठ हीरविजया सूरी के पाँव के निशान हैं, उनके स्मारक पर जहाँ आत्मीय श्रेष्ठता दिखती है, स्वर्गीय वाहनों की घंटियों के सुनाई देने से और रौशनी के दिखाई देने से। जगतगुरु हीरविजया जो शत्रुंजय के पावन पर्वत पर तीर्थ के लिए गए थे सभी देशों के तीर्थयात्रियों के साथ और भाद्रपाद के शुक्ल पक्ष की

1. मुतसद्दी—अधिकारी।
2. अब झारखंड में।

ग्यारहवीं को निर्वाण प्राप्ति से अंतिम संस्कार के स्थान पर फल आ गए थे। जब बादशाहों के बादशाह बलशाली बादशाह अकबर उनकी त्याग, तपस्या और प्रेम की बातें सुनकर प्रभावित हुए और उन्हें गुजरात से दिल्ली बुलाया और उनसे धार्मिक बातें सुनीं और उन्हें पुस्तकें प्रदान कीं। उनके आग्रह पर बादशाह ने देवर नाम की बड़ी झील में मछली पकड़ने पर पाबंदी लगा दी थी, साल के छह महीने जानवरों को मारने पर पाबंदी लगा दी थी, पावन शत्रुंजय पर्वत पर तीर्थयात्रियों पर लगने वाला कर सदा के लिए माफ़ कर दिया था, जज़िया कम कर दिया था, किसी की मृत्यु के बाद उसकी संपत्ति ज़ब्त करने की प्रथा समाप्त कर दी थी, युद्ध में बंदी बनाने पर रोक जैसे अच्छे काम किए थे।''

हीरविजया सूरी और उनके बाद आए संत भानुचंद्र की वजह से दरबार में जैन धर्म का दबदबा बढ़ने लगा। भानुचंद्र ने बादशाह सलामत को सूर्य के एक हज़ार नामों की अहमियत समझाई इसलिए वो पातशाह अकबर जलालुद्दीन सूर्य सहस्रनामाध्यापक कहलाए। उनकी हिदायत के मुताबिक़ बादशाह सलामत रोज़ सुबह सूरज की तरफ़ मुँह करके ये हज़ार नाम लिया करते थे। जब शहज़ादा सलीम की बेटी मूल नक्षत्र के प्रथम पाद में पैदा हुई तो ये पिता के लिए बहुत नुक़सानदेह माना गया। ज्योतिषियों ने शहज़ादे सलीम से कहा कि वो बेटी का मुँह ना देखें। तब भानुचंद्र ने एक उपाय सुझाया था।

चैत्र शुक्ल पूर्णिमा को बादशाह सलामत और शहज़ादा सलीम के सामने जिना[1] की मूर्ति को पवित्र जल से एक सौ आठ बार विधिपूर्वक स्नान कराया गया। भक्तामर स्तोत्र[2] का पाठ करके आदिनाथ जिना[3] से प्रार्थना की गई। जिस पानी से मूर्ति को स्नान कराया गया उसे बादशाह सलामत ने पूरे एहतराम के साथ अपनी आँखों से लगाया और बेगमात के लिए हरम में भेज दिया।

बादशाह सलामत भानुचंद्र को बहुत मानते थे। सैंतीसवें इलाही सन्, बमुताबिक़ 1592 ईसवी के अगस्त महीने में भानुचंद्र बादशाह सलामत के साथ पैदल कश्मीर गए। जब पीर पंजाल दर्रे पर उनके पाँव में ज़ख़्म हो गया तो बादशाह ने तीन दिन तक पाँव ठीक होने का इंतज़ार किया। कश्मीर में ही जब शिकार के दौरान एक हिरन ने बादशाह सलामत को घायल करके बेहोश कर दिया तो वो पचास दिन बिस्तर पर रहे। कहते हैं, इस दौरान सिर्फ़ शेख़ अबुल फ़ज़ल और भानुचंद्र को उनसे मिलने की इजाज़त थी। ठीक होने पर बादशाह सलामत ने पाँच सौ गायें भिजवाईं जो भानुचंद्र ने ब्राह्मणों को दान कर दीं।

सुनने में आया कि एक बार बादशाह सलामत का सरदर्द किसी तरह से ठीक

---

1. जिना—जिन्होंने इंद्रियों पर जय प्राप्त की है।
2. भक्तामर स्तोत्र—भक्तों को अमरता प्रदान करने वाला भजन।
3. आदिनाथ जिना—पहले तीर्थंकर।

नहीं हुआ तो भानुचंद्र ने उनके माथे पर हाथ रख कर चिंतामणि पार्श्वनाथ[1] की प्रार्थना की और दर्द ठीक कर दिया। जब अमीर-उमरा ने जश्न मनाना चाहा तो बादशाह सलामत ने फ़ौरन जानवरों को हलाल करने पर रोक लगा दी।

जैन धर्म के बढ़ते दबदबे का अंजाम हुआ कि हीरविजया सूरी के वारिस विजयसेन सूरी दरबार में ब्राह्मणों की साज़िश का शिकार होते-होते बचे।

विजयसेन सूरी सैंतीसवें इलाही सन्, बमुताबिक़ 1592 ईसवी के नवंबर महीने की 27 तारीख़ को गुजरात के राधनपुर से निकले थे। शेख़ फ़ैज़ी ने लुधियाना में उनका स्वागत किया। इसके बाद वो लाहौर पहुँचे जहाँ उन दिनों बादशाह सलामत का दरबार था।

ब्राह्मणों ने रामदास कछवाहा के ज़रिए बादशाह सलामत के कान भरने शुरू किए। उन्होंने कहा, "विजयसेन सूरी और उन्हें मानने वाले ना वेदों को मानते ना भगवान को। एक बार भी प्रभु को प्रणाम नहीं करते।"

जब बादशाह सलामत ने जवाब तलब किया तो विजयसेन सूरी ने कहा, "ब्राह्मणों ने जलन की वजह से ऐसा कहा है। वरना ऐसा कोई शास्त्रीय सिद्धांत नहीं है।"

जलालुद्दीन मोहम्मद अकबर ने भट्टाचार्य नाम के ब्राह्मण को विजयसेन सूरी का जवाब बताया। इस पर भट्टाचार्य बोले, "ये सब बातें ये लोग मुँह से बोल रहे हैं, जबकि इनके शास्त्रों में ये बात है नहीं।"

तब बादशाह सलामत के हुक्म से शेख़ अबुल फ़ज़ल के सामने विजयसेन सूरी और ब्राह्मणों की बहस हुई।

शेख़ अबुल फ़ज़ल ने विजयसेन सूरी से कहा, "अगर आप का शिव में विश्वास है तो पंडितों के साथ बात करें।"

तब भट्टाचार्य बोले, "हम मानते हैं कि शिव इस जगत के कर्ता हैं। लेकिन शिव के नाश के बारे में जो आपने कहा है उसके पीछे आपकी क्या युक्ति है?"

इस पर विजयसेन ने कहा, "आपका ये कहना कि शिव ने जगत की रचना की है, सही नहीं लगता। इस पर तो सोचना पड़ेगा। शरीर धर्म और अधर्म से बनता है। धर्म और अधर्म के बिना कोई अंग नहीं। अंग के बिना मुख नहीं। मुख के बिना वचन नहीं। इसलिए वचन का नियंत्रक कोई दूसरा कैसे हो सकता है? जिसकी स्वयं की देह नहीं वो भला जगत की रचना कैसे कर सकता है।"

शेख़ अबुल फ़ज़ल की मौजूदगी में भट्टाचार्य और कई और ब्राह्मण विजयसेन सूरी की बात सुन रहे थे।

"कोई खेल में जुट जाता है तो बालक की तरह उसे सुख मिलना चाहिए। कोई

---

1. चिंतामणि पार्श्वनाथ—चिंता को दूर करने वाले तेईसवें तीर्थंकर।

जगत की रचना करने वाला है तो उसने जो बनाया है उसमें उसे सुखी होना चाहिए। जो जीव जन्म, दुर्गति और दुखी जीवन से अधीर है, उसे बनाने से उन कृपालु की कौन सी कृपालुता सिद्ध होती है?''

विजयसेन सूरी ने साफ़ कहा, ''अगर कर्म के अनुसार सृजन होता है तो इसमें शक्तिहीन शिव की क्या विशेषता है? और अगर ईश्वर की प्रकृति तर्क से परे है तो आप लोग परीक्षा लेने का ढिंढोरा क्यों पीट रहे हैं? अगर सृष्टि निर्माण करने वाले को हम नहीं मानते तो इससे हम निरीश्वर नहीं हो जाते? एक धर्म को अस्वीकार करने पर धर्मी का निषेध नहीं किया जा सकता।''

जगतगुरु हीरविजया सूरी के उत्तराधिकारी विजयसेन सूरी इतने पर भी नहीं रुके। उन्होंने सांख्य और वैशेषिक दर्शन को मानने वालों के ईश्वरवादी होने पर सवाल उठाया और फिर वेदांत पर बात शुरू की।

विजयसेन सूरी ने कहा, ''ये जगत माया से निर्मित है। प्रभु भी इसका कर्ता नहीं। ऐसा मानने वाले वेदांती लोग कैसे ईश्वरवादी माने जाएँगे?''

भानुचंद्र ने लिखा कि विजयसेन सूरी ने भट्टाचार्य और दूसरे ब्राह्मणों का मुँह बंद कर दिया। शेख़ अबुल फ़ज़ल ने जाकर बादशाह सलामत को बता दिया कि विजयसेन सूरी के जवाब बिलकुल सही थे।

बादशाह सलामत के दरबार में ब्राह्मणों और जैनियों की मुलाक़ात पर शेख़ अबुल फ़ज़ल ने कहा, ''ब्राह्मण लोग कृष्ण की इबादत करते हैं जबकि जैन लोग उन्हें जहन्नुम में जगह देते हैं। ब्राह्मण मानते हैं कि जैनियों में किसी से मिलने से बेहतर है कि गुस्सैल हाथी या भूखे शेर का सामना कर लें। हज़रत बादशाह ने सचाई की जुस्तजू में सुलहे कुल के नूर से ज़माने के अँधेरे को दूर कर दिया और अलग-अलग फ़िरक़े अपनी अदावतों को छोड़ कर मिल कर रहते हैं।''

अभी बादशाह सलामत ने अपने इबादतख़ाने के दरवाज़े हर दीन के लिए खोले ही थे कि सल्तनत के बनारस शहर से चौंकाने वाली ख़बर मिली।

शहर की जामा मस्जिद के इमाम ख़ुतबा पढ़ रहे थे—

''सभी तारीफ़ ख़ास हैं अल्लाह तआला के लिए। हम सब उसी की तारीफ़ करते हैं और उसी से मदद चाहते हैं। और हम सब उसी पर ईमान रखते हैं और उसी पर भरोसा करते हैं। और हम अल्लाह तआला से अपने किरदार की बुराइयों से और अपने बुरे आमाल से पनाह चाहते हैं। अल्लाह तआला जिसे हिदायत दे वो गुमराह नहीं होगा, और जिसे हिदायत की तौफ़ीक़ न दे, उसे कोई हिदायत देने वाला नहीं है, और हम गवाही देते हैं कि अल्लाह एक है, उस के सिवा कोई नहीं जिसकी इबादत की जाए। उसका कोई शरीक नहीं है, और हम गवाही देते हैं कि मोहम्मद सइलल्लाहो वआलहि वसल्लम अल्लाह के बंदे और रसूल हैं। ऐ लोगो! तुम अपने

दिलों को अल्लाह की इबादत से मज़बूत कर लो और क़यामत के दिन गुनाहों की माफ़ी पाने के लिए नबी करीम की बारगाह में दुरूद पेश करो। ऐ अल्लाह! मोहम्मद सइलल्लाहो वआलहि वसल्लम पर और उनकी औलाद पर उतनी तादाद में रहमतें नाज़िल फ़रमा जितना कि नमाज़ और रोज़ा रखने वाले लोग हैं। ऐ अल्लाह! मोहम्मद और उनकी औलाद पर उतनी रहमतें नाज़िल फ़रमा जितनी तादाद में हालते-नमाज़ में बैठे और खड़े लोग हैं! और तमाम नबियों और रसूलों और अपने ख़ास फ़रिश्तों पर, और अपने सभी हुक्म मानने वाले बंदों पर रहमतें नाज़िल फ़रमा! ऐ अल्लाह! अपने सभी ईमान वाले मर्द और औरतों और सभी मुसलमान मर्द और औरतों की मग़फ़िरत[1] फ़रमा, चाहे वह ज़िंदा हों या मर चुके हों। बेशक तू दुआओं को क़ुबूल करने वाला है। और मर्तबे को बुलंद करने वाला है। तू अपने रहमो-करम से ऐ अल्लाह! उन तमाम गुज़रे हुए बाइज़्ज़त बादशाहों, रहनुमाई करने वाले अज़ीम बादशाहों पर रहम फ़रमा, जिन्होंने हक़ के साथ सही फ़ैसला किया, और वह लोग इंसाफ़ करने वाले थे। वही लोग जो अपने रब के दिखाए हुए रास्ते पर क़ायम हैं और वही लोग कामयाब हैं। ख़ासकर तख़्त और ताज की रिवायत को तय करने वाले अमीरे कबीर[2], जन्नत के बाग़ में आराम करने वाले, अमीर तैमूर साहिबे क़िरान पर, और शानोशौकत वाले अज़ीम बादशाह अबू सईद बहादुर ख़ान पर, जो अल्लाह तआला के क़रीब रहमत से वाबस्ता हैं। और वो सुल्तान जिनके गुनाहों को अल्लाह ने बख़्श दिया और उन पर रहमतें नाज़िल कीं, जो कि अल्लाह की रज़ा और उनकी रहमत के मसनद पर बैठे हैं यानी सुल्तान उमर शेख़ बहादुर ख़ान पर, और पूरी तरह इंसाफ़ और एहसान करने के लिए मशहूर सुल्तान मीरान शाह बहादुर पर, और बहुत ज़्यादा फ़ज़्ल-व-बख़्शिश करने वाले सुल्तान ख़ाक़ाने आज़म[3], जिनकी शान इतनी बुलंद थी कि उन्होंने अल्लाह के रास्ते में जिहाद और जंग किया, यानी ज़हीरुद्दीन मोहम्मद बाबर बादशाह ग़ाज़ी पर, अल्लाह तआला उनकी क़ब्र को रौशन करे, और उस पर ख़ुशबू बिखेरे! ऐ अल्लाह दुनिया के नेक सीरत बादशह शहीद ग़ाज़ी, अल्लाह के हुक्म के मुताबिक़ जिहाद करने वाले, आरिफ़, हद दर्जे तक दानशील, जिन सा इंसाफ़ करने वाला कोई दूसरा नहीं, अल्लाह के रास्ते में जंगो-जिहाद के झंडे को बुलंद रखने वाले नसीरुद्दीन मोहम्मद हुमायूँ बादशाह ग़ाज़ी, अल्लाह तआला उनकी क़ब्र को साफ़-सुथरा रखे और उनके ठिकाने को जन्नत बना दे।''

''ऐ अल्लाह! जुल्म और नाफ़रमानियों की निशानियों को मिटाने वाले, मुसलमानों के मुल्क और उनके हुकूमत, अरब और अजम, हिंदुस्तान और तुर्किस्तान के

1. मग़फ़िरत—मुक्ति, निजात।
2. अमीरे कबीर—बड़े सरदार।
3. ख़ाक़ाने आज़म—बादशाह की उपाधि।

बादशाहों के सरदार, दुनिया के बादशाहों और हुक्मरानों के रहनुमा, विरासत और क़ाबलियत के ऐतबार से सल्तनत और ख़िलाफ़त के तख़्त पर बैठने वाले बादशाह, जिनके एक लम्हे का इंसाफ़ जिन्नात और इंसान के बादशाहों के इंसाफ़ के बराबर है, यानी अबुल मुज़फ़्फ़र जलालुद्दीन मोहम्मद अकबर बादशाह ग़ाज़ी। अल्लाह तआला उनकी हुकूमत और सल्तनत को हमेशा क़ायम रखे और उनके फ़ज़ल और एहसान हमेशा क़ायम रखे। और उनके एहसान को पूरी दुनिया में फैला दे।

"अल्लाह के बंदो! बेशक अल्लाह तआला इंसाफ़ और एहसान का हुक्म देता है और क़रीबी लोगों को हुक्म मानने और बख़्शिश करने का हुक्म देता है, और नाफ़रमानी, ज़िनाकारी और बुरे कामों से मना करता है। हुक्म देता है ताकि तुम उनको याद करो और अल्लाह तआला का ज़िक्र करो जिसकी ज़ात बहुत बड़ी है। वो क़ायम है और हमेशा रहने वाला है। वो तुम्हारा भी ज़िक्र करता है। तुम उसका शुक्र अदा करोगे तो वो तुम को और ज़्यादा अता करेगा। तुम उससे मगफ़िरत माँगो, वो तुम्हारी मग़फ़िरत करेगा। बेशक अल्लाह तआला का ज़िक्र सबसे आला, सबसे बेहतर, सबसे इज़्ज़त वाला, सबसे अज़ीम और सबसे मुकम्मल है।

"अल्लाह तआला जो करीम है उसकी बख़्शिश और रहमत उस शाहे–जहाँ, दुनिया के बादशाह के बाप दादा पर हमेशा रहे।

"उस बुलंद मर्तबा अमीर तैमूर पर।

"उसके बाद नेक सीरत बादशाह मीरान शाह पर।

"उसके बाद बुलंद मर्तबा वाले बादशाह अबु सईद पर।

"उसके बाद मशहूर और मुबारक बादशाह उमर शेख़ मिर्ज़ा पर।

"उसके बाद दुनिया को पनाह देने वाले बादशाह बाबर ग़ाज़ी पर और दीन की परवरिश करने वाले हुमायूँ बादशाह पर।

"उसके बाद पूरी दुनिया के बादशाह और उसको पनाह देने वाले जलालुद्दीन मोहम्मद अकबर बादशाह ग़ाज़ी पर।

"ऐ अल्लाह! जन्नत का ऊपरी हिस्सा उनका मुक़ाम रहे और ठिकाना सबसे ऊँची जन्नत रहे। ऐ अल्लाह अरब और अजम के बादशाहों के सरदार और इज़्ज़त पाने वाले बादशाह की हुकूमत हमेशा–हमेशा के लिए क़ायम रहे।"

ये ख़ुतबा सुनना था कि बनारस में दीन की दुनिया के एक बड़े नाम शाह तैय्यब ने इमाम को खींच कर मिंबर से उतार दिया और कहा, "जुमे के ख़ुतबे में एक काफ़िर का नाम कैसे लिया!"

बादशाह सलामत की तख़्तनशीनी का ऐलान ही मस्जिद में ख़ुतबे से हुआ था और उसके बाद हर जुमा को उनकी सल्तनत की हर मस्जिद में उनके नाम का ख़ुतबा पढ़ा जाता था। इस ख़ुतबे पर उँगली उठाना जलालुद्दीन मोहम्मद अकबर को खुली चुनौती थी।

इस टकराव के पीछे बादशाह सलामत की वो सोच थी जो उन्हें कई सौ बरस पहले के एक शख़्स से जोड़ती थी। ये वो शख़्स था जिसने इस्लामी दुनिया को एक नया नज़रिया दिया।

इब्ने अरबी 560 हिज्री के रमज़ान महीने की 17 तारीख़ बमुताबिक़ 1165 ईसवी की 28 जुलाई को स्पेन में पैदा हुए। उनका इस्लाम में यक़ीन था लेकिन वो मानते थे कि एक अंदरूनी रौशनी उन्हें रास्ता दिखाती है। इब्ने अरबी का कहना था कि पूरी कायनात में ख़ुदाई नूर ज़ाहिर होता है, इसलिए सारे मज़हब बराबर हैं। वो कहते—

> ''मेरा दिल हर रूप का घर है,
> हिरन की चरागाह, ईसाई संत की इबादतगाह,
> और बुत का मंदिर, ज़ायरीन का काबा,
> पत्थर पर लिखी तौरैत और क़ुरान की किताब।
> मैं प्यार के मज़हब को मानता हूँ,
> और जिस ओर भी जाऊँ प्यार ही मेरा मज़हब है।''

इब्ने अरबी ने कहा था—

''इंसान उस ख़ुदा की इबादत करता है जो उसके अपने अक़ीदे के रूप में है और जिससे वो जुड़ा है। उस ख़ुदा की बड़ाई करना उस ख़ुदा को बनाने वाले की बड़ाई है, उसकी अपनी बड़ाई है। उसकी ख़ूबी या ख़ामी उसको बनाने वाले की है। इसलिए वो दूसरों के यक़ीन को सही नहीं मानता। अगर वो इंसाफ़ पसंद होता तो ऐसा नहीं करता। बेशक ऐसे ख़ुदा की इबादत करने वाला दूसरों के अक़ीदे की नुक्ताचीनी करके अपनी नादानी ज़ाहिर करता है। अगर वो जुनैद की बात को समझता कि 'पानी का वही रंग हो जाता है जो उसके बर्तन का है', तो वो औरों के अक़ीदे में दख़ल नहीं देता, बल्कि ख़ुदा को हर रूप में हर अक़ीदे में देखता। उसकी अपनी राय है। उसके पास इल्म नहीं है। इसलिए ख़ुदा ने कहा है, 'मैं वही हूँ जो मेरा बंदा मुझे समझता है', यानी, 'मैं उसे उसी रूप में दिखता हूँ जो उसके अक़ीदे का रूप है।' ''

इब्ने अरबी का यही वो वहदतुल-वजूद था जिसे बादशाह सलामत ने अपना लिया।

दरबार में कई लोगों को तो यक़ीन था कि इब्ने अरबी ने जैसे इंसाने कामिल[1] का ज़िक्र किया है, बादशाह सलामत वैसे ही हैं। ज़ाहिर है इनमें शेख़ अबुल फ़ज़ल की आवाज़ सबसे बुलंद थी।

''बादशाहत ख़ुदा की देन है। और उस वक़्त तक नहीं मिलती जब तक कि

1. इंसाने कामिल—सर्वश्रेष्ठ मानव।

हज़ार कमाल की ख़ूबियाँ एक इंसान में जमा ना हो जाएँ। ख़ानदान, दौलत और एक हुजूम की हिमायत ही काफ़ी नहीं है इस ऊँची जगह को पाने के लिए। अक़्लमंद लोगों को पता है कि मुबारक ख़ूबियों में से कुछ हैं दरियादिली, बड़ी ताक़त, ऊँची समझ, सच्चा बड़प्पन, कुदरती हिम्मत, इंसाफ़, सचाई, कड़ी मेहनत, सही रखरखाव। और इन ख़ूबियों के अलावा...जब तक ग़ैरमुनासिब ख़्वाहिशात और ग़ैरमुनासिब ग़ुस्से पर क़ाबू पाने की समझ ना हो, तब तक वो इस ऊँचे मुक़ाम को हासिल नहीं कर सकते।''

इब्ने अरबी कहा करते थे कि इंसाने कामिल ख़ुदा के सबसे क़रीब है—

''जिस तरह से एक रौशनी अलग-अलग रंग के शीशों से गुज़र कर अलग-अलग रंग इख़्तियार कर लेती है, उसी तरह से ख़ुदा भी अलग-अलग सलाहियत वाले लोगों में अलग-अलग तरह से दिखता है।''

अपने घर की तन्हाई में मुल्ला अब्दुल क़ादिर बदायूँनी ने ख़ुफ़िया तौर पर लिखा—

''...और हज़रत की नज़र में ये पक्की बात थी कि पैग़ंबर के वक़्त के एक हज़ार साल हो चुके और यही दौर था इस्लाम का जो पूरा हुआ। इसलिए अब उन ख़ुफ़िया मंसूबों को पूरा करने में कोई अड़चन नहीं थी जो उनके दिल में पनप रहे थे। इसलिए उलेमा और शेख़—जो कि ना झुकने वाले लोग थे—के लिए अब और इज़्ज़त ग़ैरज़रूरी मानकर वो बिना ख़ौफ़ के इस्लाम के क़ानून को ख़त्म करने में और अपनी पसंद के ख़यालात लागू करने में जुट गए।''

उस दौर में जो लोग बादशाह सलामत के बढ़ते हुए क़द को देख रहे थे उनसे ये छुपा नहीं कि एक बहुत बड़ी वारदात चुपचाप हो गई। पच्चीसवें इलाही सन्, बमुताबिक़ साल 1580 ईसवी में उर्स के मौक़े पर बादशाह सलामत मुईनुद्दीन चिश्ती की दरगाह पर नहीं गए। और उसके बाद कभी नहीं गए। अब तक का दस्तूर था कि हर साल रजब के महीने में अजमेर जाते और ख़ैरात करते। जो लोग बादशाह सलामत से उम्मीद लगाए बैठे थे उन्होंने उस साल देखा कि शहज़ादे दानियाल ने आकर आरज़ूमंद लोगों की ख़्वाहिशों को पूरा किया।

बादशाह सलामत के दिल में एक ख़याल आने लगा था—

''पीर की रूह से विसाल[1] अगर मक़सद है तो दूर और पास मायने नहीं रखता। अगर इरादा ख़ाक़ की इबादत का है तो ये शिर्क[2] और बुतपरस्ती है।''

तीसवें इलाही सन् बमुताबिक़ ईसवी सन् 1585 की 30 जुलाई को बादशाह सलामत के सौतेले भाई, काबुल के हुक्मरान, मिर्ज़ा हकीम की मौत हुई तो ये डर पैदा हुआ

1. विसाल—मिलन
2. शिर्क—ख़ुदा के अलावा किसी और को ख़ुदा का दर्जा देना।

कि कहीं उनके बच्चों में किसी को बादशाह बनाने की कोशिश ना हो और कहीं उज़बक हुक्मरान कोई दख़लअंदाज़ी ना करें। हालात की नज़ाकत को देखते हुए बादशाह सलामत पंजाब की तरफ़ कूच कर गए। लेकिन जब ये ख़तरा टल गया तब भी वो फ़तहपुर सीकरी नहीं लौटे। उन्होंने आगरा को घर बना लिया और वो शहर छोड़ दिया जो उन्होंने सिर्फ़ इसलिए बसाया था कि उनके पीर शेख़ सलीम चिश्ती वहाँ मौजूद हैं। बादशाह सलामत ने अब अपनी हुकूमत को शेख़ सलीम चिश्ती की दरगाह से दूर कर दिया।

शेख़ अबुल फ़ज़ल ने *अकबरनामा* में खुल कर ऐलान कर दिया कि अब बादशाह सलामत ख़ुद रूहानी दुनिया के पेशवा हो गए हैं।

''हालात की ख़ुशनसीबी से जब भी ये समझ आता है कि एक क़ौम सचाई की इबादत सीख जाती है तो ज़ाहिर है लोग अपने बादशाह के ऊँचे मुक़ाम की वजह से उनकी तरफ़ ही देखते हैं और उम्मीद करते हैं कि वो रूहानी तौर पर क़ौम की पेशवाई करें। क्योंकि बादशाह में और लोगों से अलग एक ख़ुदाई अक़्ल की किरण होती है जो उनके दिल से ऐसी हर चीज़ को दूर कर देती है जिनमें आपस में टकराव है, इसलिए कभी बादशाह को कई चीज़ों में एक तालमेल दिखेगा या इसके बिलकुल उलट, कभी ऊपर से एक दिखने वाली चीज़ में कई चीज़ें दिखेंगी, क्योंकि वो एक आला तख़्त पर बैठे हैं और ग़म और ख़ुशी दोनों से बराबर दूर हैं।

''ये किताब गवाह है कि इस दौर के शहंशाह के साथ ऐसा ही है। भविष्यवाणी करने वालों को ये उस वक़्त ही पता था जब बादशाह सलामत पैदा हुए। वो और ये राज़ जानने वाले सभी लोग ख़ुशी से इसका इंतज़ार कर रहे थे। लेकिन बादशाह सलामत ने अक़्लमंदी में अपने चारों तरफ़ पर्दा कर लिया था जैसे वो इन लोगों की उम्मीदों से अनजान हों। लेकिन क्या इंसान ख़ुदा की मर्ज़ी के ख़िलाफ़ जा सकता है ? ज़माने के भेदभाव में यक़ीन करने वाले लोगों को पहले-पहल हज़रत ने चौंका दिया लेकिन अपने इरादे ज़ाहिर किए बिना वो रह नहीं सकते थे। उनके ना चाहते हुए भी ये इरादे फले-फूले और अब जगज़ाहिर हैं। वो अब क़ौम के रूहानी पेशवा हैं। और मानते हैं कि ये ज़िम्मेदारी निभाना ख़ुदा को ख़ुश करने का एक तरीक़ा है...''

दीन और दुनिया दोनों में पेशवाई का दावा करने वाले जलालुद्दीन मोहम्मद अकबर ने एक बड़ा क़दम उठा लिया। पैग़ंबर मोहम्मद की मक्का से मदीना हिजरत से जो हिज्री सन् शुरू हुआ, उसकी जगह उन्होंने एक नए सन् की शुरुआत कर दी। ये सन् बादशाह सलामत ने अपनी ज़िंदगी के एक अहम पड़ाव से शुरू किया।

इस इलाही सन् को शुरू करने का फ़रमान भी शेख़ अबुल फ़ज़ल ने लिखा।

''अलहम्दोलिल्लाह! इस ताक़तवर सल्तनत में ये दिखता है कि बहुत सारी

घटनाएँ हुईं और बेहतरीन क़दम उठाए गए जैसे कि बड़े शहरों पर क़ब्ज़ा, ऐसे क़िलों पर क़ब्ज़ा जिनको भेदा नहीं जा सकता था, कई और फ़तहें हुईं, ख़ुदाई मदद मिली, जिनमें से कोई एक भी नए सन् की शुरुआत की वजह बन सकता था। अगर हज़रत बादशाह ने चाहा कि नया सन् उनकी तख़्तनशीनी से शुरू हो, जो कि अल्लाह की बड़ी देन और कभी ना ख़त्म होने वाली नेमत है, जिस तख़्तनशीनी के मुबारक दिन से सूरज के मुताबिक़ ये उन्तीसवाँ साल है और चाँद के मुताबिक़ तीसवाँ साल, तो बेशक ऐसा करना शुक्रगुज़ार होने की और इंसानियत की मुरादों के मुकम्मल होने की निशानी है। इसके अलावा, इस अच्छे क़दम से हिज्री सन् के लिए इज़्ज़त की कमी ज़ाहिर नहीं होती। हिज्री सन् जो उस दिन से शुरू होता है जब इंसानों में सबसे बड़े हज़रत मोहम्मद अपने मुख़ालिफ़ों की वजह से हिजरत करके मक्का से मदीना गए थे। ऐसा बुरे मिज़ाज के निकम्मे लोगों की छोटी सोच है...''

मुल्ला अब्दुल क़ादिर बदायूँनी खुल कर कुछ नहीं कह सकते थे लेकिन अपने दिल का हाल उन्होंने अपनी ख़ुफ़िया किताब में लिख दिया।

''हिज्री सन् अब ख़त्म कर दिया गया और एक नया सन् शुरू हुआ जो बादशाह की तख़्तनशीनी के साल से शुरू होता है, यानी 963 हिज्री में। महीनों के नाम वैसे ही हैं जैसे फ़ारस के पुराने बादशाहों के थे...चौदह त्यौहार हैं जो पारसियों के जश्न के मुताबिक़ हैं, लेकिन मुसलमानों के जश्न और उनकी ख़ूबियों को रौंद दिया गया। सिर्फ़ जुमे की नमाज़ बाक़ी रही क्योंकि कुछ बूढ़े बेवकूफ़ लोग पढ़ा करते थे...पीतल के सिक्कों और सोने की मोहर पर *तारीख़े अल्फ़ी*[1] का इस्तेमाल हुआ, जिससे ज़ाहिर था कि मोहम्मद के दीन की मियाद जो एक हज़ार बरस थी, अब ख़त्म होने को थी। अरबी पढ़ने और सीखने को जुर्म माना जाने लगा और मोहम्मदी शरीया, क़ुरान की तफ़्सीर[2] और हदीस को, और उसे पढ़ने वालों को बुरा माना गया...''

मुल्ला बदायुँनी ने कुछ लोगों को यहाँ तक कहते सुना कि बादशाह सलामत फ़ारस के शाह इस्माइल जैसा कोई कारनामा करेंगे। आख़िर शाह इस्माइल को मुर्शिदे कामिल[3] माना जाता था। सुनते हैं कि फ़ौजी उनके ख़ेमे की तरफ़ मुँह करके इबादत किया करते थे।

शाह इस्माइल का हुक्म था, ''हमारे ख़ास मुलाज़िमों और फ़ौजियों में से जो हमारे सर से प्यार करते हैं वो दुश्मन का गोश्त खाएँ।''

ये बात बादशाह सलामत से छिपी नहीं थी कि शाह इस्माइल के फ़ौजी उज़बक बादशाह शैबानी ख़ान के टुकड़े-टुकड़े कर के खा गए।

---

1. तारीख़े अल्फ़ी—अकबर के दौर के ऐसे सिक्के मिलते हैं जिन पर अल्फ़ यानी हज़ार बरस लिखा है।
2. तफ़्सीर—व्याख्या।
3. मुर्शिदे कामिल—आदर्श पीर।

फ़तहपुर सीकरी में रविवार के दिन बादशाह सलामत की महफ़िल में एक बिलकुल नया मंज़र देखा गया। दीने–इलाही में शामिल होने की रस्म रविवार को हुआ करती थी क्योंकि माना जाता था कि इस दिन सूरज का प्रभाव सबसे ज़्यादा होता है। उस रविवार को राजा बीरबल ने अपनी पगड़ी को उतार कर अपने हाथ में लिया और अपना सर बादशाह सलामत के क़दमों में रख दिया। बादशाह सलामत ने राजा बीरबल को सजदे से उठाया और पगड़ी को उनके सर पर रख कर उन्हें मुरीद बना लिया। मानने वाले मानते थे कि क़दमों में सर रखने वालों ने ग़ुरूर और ख़ुदग़र्ज़ी का त्याग किया और बादशाह सलामत ने उन्हें उठा कर एक नई ज़िंदगी दी। बादशाह सलामत ने राजा बीरबल को मुरीदी की एक निशानी दी जिस पर लिखा था—अल्लाहो अकबर।

मुल्ला बदायूँनी ने भी लोगों को मुरीद बनते देखा लेकिन उन्होंने इस मंज़र को कुछ ऐसे याद रखा—

"मैं फ़लाँ फ़लाँ वल्द फ़लाँ फ़लाँ अपनी मर्ज़ी से और पूरे नेक इरादे से अपने बुज़ुर्गों से देखे सुने दीन इस्लाम को पूरी तरह छोड़ रहा हूँ और अकबर शाह के दीने इलाही को अपना रहा हूँ और मुकम्मल अक़ीदत की चार मंज़िलों को क़ुबूल करके अपनी जायदाद, ज़िंदगी, इज़्ज़त और दीन का त्याग करने को तैयार हूँ।"

बादशाह सलामत ने तो चाहा था कि पूरा दरबार उनके सामने सजदा करे लेकिन उलेमा ने इस पर हंगामा कर दिया और कहा कि सजदा तो सिर्फ़ ख़ुदा के सामने हो सकता है। इसके बाद बादशाह सलामत ने तय किया कि सिर्फ़ उनकी निजी महफ़िलों में ही सजदा होगा।

शेख़ अबुल फ़ज़ल ने कहा, "बहुत लोग सजदा करना चाहते हैं क्योंकि इससे दुआएँ मिलती हैं। चूँकि स्याह दिल वाले कुछ लोग इसे इंसान की परस्तिश मानते हैं इसलिए दुनियावी अक़्ल के लिहाज़ से बादशाह सलामत ने सब को उस से बरी कर दिया। यहाँ तक कि उनके अपने ख़ादिमों को भी भरे दरबार में इसकी इजाज़त नहीं थी।"

जलालुद्दीन मोहम्मद अकबर के ये मुरीद दुआ सलाम के तरीक़े से ही पहचान में आने लगे। जब मिलते तो एक कहता, "अल्लाहो अकबर!"

दूसरा मुरीद जवाब देता, "जल्ले जलालहू!"

इनके कुछ नए तरह के तौर–तरीक़े थे। ये लोग मौत के बाद खाना खिलाने की रिवायत में यक़ीन नहीं रखते बल्कि ज़िंदगी में ही खिला दिया करते। ये लोग अपनी सालगिरह पर भी बड़ी दावत देते। बादशाह सलामत के मुरीदों की कोशिश होती कि गोश्त ना खाएँ और अपनी पैदाइश के महीने में तो उस तरफ़ देखे भी नहीं। ये लोग क़साई, मछुआरे और बहेलिए के बर्तन इस्तेमाल नहीं करते और ऐसी औरतों से

जिस्मानी ताल्लुक़ात नहीं रखते जो बूढ़ी हों, बाँझ हों, नाबालिग़ हों या माँ बनने वाली हों।

अब बादशाह सलामत के करिश्मों का ज़िक्र होने लगा। उनके मुरीद शेख़ अबुल फ़ज़ल ने लिखा—

"महज़ उनकी अक़्ल के नूर से या उनकी मुक़द्दस साँस से कई लोगों को वो एहसास हासिल होता जो दूसरे रूहानी लोग चालीस दिन के रोज़े और इबादत से नहीं कर पाते। संन्यासी, जोगी, सेवड़ा, क़लंदर और सूफ़ी जैसे दुनिया छोड़ने वाले लोग और बड़ी तादाद में फ़ौजी, कारोबारी और काश्तकार जैसे दुनियावी काम में लगे लोगों की रोज़ाना आँखें खुल जाती हैं। तुर्क और फ़ारसी, नौजवान और बूढ़े, दोस्त और अजनबी, दूर के और पास के, चाहते हैं कि हज़रत बादशाह के नाम की क़समें खाएँ ताकि अपनी सारी मुश्किलों को हल कर सकें और ख़्वाहिश पूरी होने पर इबादत में झुक जाएँ। दूर बैठे लोग ख़ुफ़िया तरीक़े से ये क़सम खाते हैं और तारीफ़ करते हुए ज़िंदगी गुज़ारते हैं। लेकिन जब हज़रत बादशाह किसी सूबे के हालात को ठीक करने, किसी सल्तनत पर क़ब्ज़ा करने या शिकार करने के लिए दरबार छोड़ते हैं तो कोई गाँव या शहर नहीं जहाँ से आदमी और औरत की भीड़ नहीं आती, ज़बान पर दुआएँ लिये, अपना सर ज़मीन पर झुकाए, मुराद पूरी होने की तारीफ़ या रूहानी मदद पाने का एलान करते हुए। बाक़ी अवाम लंबे वक़्त तक हासिल होने वाली खुशी चाहती है, और चाहती है एकं सच्चा दिल, सही क़दम की सलाह, जिस्मानी ताक़त, अक़्ल और समझ, एक बेटा, बिछड़े दोस्त से मुलाक़ात, लंबी उम्र और रुतबा। हज़रत बादशाह जानते हैं कि लोगों के लिए क्या सही है। सबको तसल्लीबख़्श जवाब देते हैं और मज़हब की परेशानियों का हल ढूँढ़ते हैं। एक दिन भी ऐसा नहीं गुज़रता जब लोग उनसे पानी नहीं फुँकवाते। ख़ुदा ने तक़दीर में क्या लिखा है, ये समझते हुए अब वो अपने मुबारक हाथों में पानी लेकर माँगने वाले की मुराद पूरी करते हैं। इस इलाही तिलस्म से कई ऐसे लोग ठीक हुए हैं जिनकी बीमारी को बहुत नामी हकीमों ने लाइलाज बताया है।"

एक बार अजमेर के पास बादशाह सलामत को कुछ लोगों ने बताया, "इस इलाक़े के पास एक घने जंगल से गुज़रते वक़्त शेर एक आदमी की जान लेने पर उतर आया। तब उस आदमी ने अपने चारों तरफ़ एक लकीर खींची और बादशाह सलामत का नाम लिया। ये मुबारक नाम सुनते ही शेर अपनी जगह रुक गया और उस आदमी की जान बच गई।"

बादशाह सलामत के एक मुरीद और उनके दौर के बड़े शायर क़ासिमे काही ने लिखा—

"शाहे दीन अकबर मोहम्मद का ऐसा रुतबा और रोब है,
अगर कुफ़्र ना होता तो उन्हें दूसरा ख़ुदा कहता।"

बादशाह सलामत के दौर के एक और बड़े शायर शेख़ रहाई ने कहा—

"अक़्ल हैरान है कि आप कौन हैं?
फ़रिश्ता भी हैं, इंसान भी,
ना किसी खान में आप जैसा क़ीमती पत्थर,
ना आसमाँ में आप जैसा तारा।"

जलालुद्दीन मोहम्मद अकबर के दौर में हाज़िरजवाबी के लिए मशहूर शायर मुल्ला शेरी ने तो यहाँ तक कह दिया—

"बादशाह इस साल पैग़ंबरी का दावा करेंगे,
गर ख़ुदा ने चाहा तो वो अगले साल ख़ुदा बन जाएँगे।"

बादशाह सलामत के दरबार में किसी को मुरीद बनाने की ज़बरदस्ती तो ना हुई लेकिन कोशिश ज़रूर हुई। जब आमेर के राजा भगवंत दास को बादशाह सलामत की शागिर्दी क़ुबूल करने को कहा गया तो वो बोले, "मैं तो बिलकुल मान लूँगा कि हिंदू और मुसलमान का दीन बुरा है लेकिन हमें सिर्फ़ ये बता दीजिए कि ये नया दीन क्या है, क्या ख़याल हैं इसके ताकि मैं उसमें यक़ीन कर सकूँ?"

बादशाह सलामत ने थोड़ा सोचा और फिर ज़ोर नहीं देना ही ठीक समझा।

आमेर के इस ख़ानदान की तीन पीढ़ियों से बादशह सलामत का रिश्ता था। राजा मान सिंह की शान में लिखे गए *मानचरित* की शुरुआत ही इस ताल्लुक़ात से हुई। कवि अमृत राय के मुताबिक़ ख़ुद हज़रत बादशाह ने पूछा कि कछवाहों का सुंदर कुल कितना बड़ा है, कैसा है, इनका मूल पुरुष कौन है, इनकी उत्पत्ति किस देवता से किस प्रकार हुई, ये पृथ्वी पर किस देश से आकर उदित हुए, चमके और कौन सा गाँव इनके नाम पर गर्व करता है।

"इक्क वारहॅं वोलि कवियणहॅं इवॅं हुकमु हजरति कियउ
कछवाहे कुल कलित केवहॅं।
कवण पुरुष परिमाण कवण कवण भॉंति उतपत्ति देवहॅं॥
किहॅं देस आण उद्दित अवणि ग्राम नाम गरवत्त।
यह विचित्र जिय जाणि विधि वरणउॅं मानचरित्त॥

राजा भार मल से क़रीब आने के बाद उनकी बेटी यानी भगवंत दास की बहन से बादशाह सलामत की शादी हुई थी। इसी रिश्ते से बादशाह सलामत भगवंत दास के बेटे कुँवर मान सिंह के फूफा लगते थे। बादशाह सलामत कुँवर मान सिंह को इतना मानते थे कि उन्हें फ़रज़ंद[1] कहा करते थे। मान सिंह की शान में कवि नरोत्तम ने मानचरित्र रासो में लिखा कि दिल्लीपति अकबर का राज तुर्कों का नहीं, हिंदुओं

1. फ़रज़ंद—बेटा।

का राज है; वो जीवों को नहीं मारते, हर रोज़ गंगा के पानी से स्नान करते हैं और हरि की सेवा में रहते हैं; अकबर के रूप में अर्जुन आए हैं, जो वेद पुराण का आदर करते हैं, जिन्होंने तीर्थयात्रियों के कर को माफ़ किया, जो हिंदुओं से प्यार करते हैं और तुर्कों से दूर रहते हैं लेकिन पूर्व जन्म में अपने परिवार की हत्या के कारण वो असुर वंश में पैदा हुए हैं, राजा मान उनके भीम हैं।

''अकबरु दिल्लीपति सुविहाँन। दिसा च्यारि वर लीजहि माँन॥
हैंदू राज, तुरक को कहै। राजा जस जंपतु नित रहै॥

हरि हित सेव सदा करै, गंगाजल नित न्हाइ॥
जीव न कोऊ मारई, जुग जगाति नहिन् खाइ॥

पंथ धरौ महि रूपु आनु अकब्बरू अवतरियउ।
सब द्वापर की रीति पाई तेहि अनुसरियउ॥
वेद पुराननि माँनि अ-कर तीरथ जिहिं कीने।
हिंदुन सौं अति नेहु विरगु तुरकनि सौं लीने॥

तौ हरि समीप जिहि बुधि हरिय, कुटम मारि संघारु किय।
धरि असुर जनमु कारन तिनहि, भींव-सेनु संग मानु दिय॥''

मानचरित में कहा गया कि तैमूर वंश में जन्मे बादशाह हुमायूँ के बेटे की तीनों लोकों के बड़े-बड़े वीर पूजा करते हैं, वो दूसरों के दुख दूर करने वाले अवतार हैं, चग़ताई वंश के चक्रवर्ती राजा हैं और पूरी धरती को पालने वाले हैं। कवि अमृत राय संसार के रक्षक और दुनिया की मणि बादशाह जलालुद्दीन के युगों तक जीने की कामना करते हैं।

''तिमरवंसहँ तेउ तिहुपुरह हम्माउँसाही सुअ महावीर वीराविधवंदन।
अवणि अंस अवतार परमपुरुष परदुःखनिकंदन॥
उचित चगत्ता चक्कवई सब पृथ्वी प्रतिपाल।
जहाँगीर जुग जुग जिवउ जगमणि साहि जलाल॥''

राजा मान सिंह ने वृंदावन के भव्य गोविंददेव मंदिर को बादशाह सलामत की शाही इमारतों की तर्ज़ पर बनवाया। मान सिंह ने उस मंदिर में ये लिखवाया कि जब श्रीमान अकबर ने सहज रूप से समस्त पृथ्वी का पालन किया तो सब लोग अपने-अपने धर्म का पालन करते हुए सुखी हुए और भगवान गोविंद के पाँव को निवास योग्य जान कर श्रेष्ठ वैष्णवों ने बार-बार आशीर्वाद दिया।

“श्रीमानर्कवरो यदा भुवमपात् सर्वां निसर्गादसौ
सर्वः सौख्यमवाप सज्जनगणः स्वं धर्ममुच्चैर्भजन्
श्रीगोविंदपदं तदेतदपि तद्वासाय सद्वैष्णवाः
लम्भं लम्भमहो सुखेन ददते तस्मै सदैवाशिषः।”

इतनी इज़्ज़त के बावजूद कुँवर मान सिंह ने बादशाह सलामत को दो टूक जवाब दिया, “अगर मुरीदी का मतलब है जान देने को तैयार होना तो हम जान हथेली पर लिये घूमते हैं। और सबूत की क्या ज़रूरत? हाँ अगर इसका मतलब कुछ और है और दीन से ताल्लुक़ रखता है तो बेशक मैं हिंदू हूँ। अगर आप हुक्म दें तो मैं मुसलमान हो जाऊँ लेकिन इन दोनों मज़हब के अलावा किसी और मज़हब की मौजूदगी का मुझे इल्म नहीं।”

उस रोज़ बादशाह सलामत ने इसका जवाब नहीं दिया और बात वहीं ख़त्म हो गई। लेकिन जब कुतुबुद्दीन मोहम्मद ख़ान और शहबाज़ ख़ान को मुरीद बनाने की पेशकश हुई तो हंगामा हो गया।

कुतुबुद्दीन मोहम्मद ख़ान का सल्तनत में बहुत रुतबा था। वो शम्सुद्दीन मोहम्मद अतका ख़ान के भाई थे। गुजरात की फ़तह के बाद उन्हें भरूच की जागीर और पाँच हज़ार की मंसब दी गई। चौबीसवें इलाही सन् बमुताबिक़ 1579–80 ईसवी के क़रीब उन्हें शहज़ादे सलीम का उस्ताद बनाया गया तो उन्होंने बादशाह सलामत के लिए एक बड़ी दावत का इंतज़ाम किया। इस मौक़े पर उनकी इज़्ज़तअफ़ज़ाई हुई जब बादशाह सलामत ने शहज़ादा सलीम को उनके कंधों पर बिठा दिया।

कुतुबुद्दीन मोहम्मद ख़ान ने कहा, “ये सुनकर पश्चिम के बादशाह क्या कहेंगे जैसे कि इस्तंबुल के सुल्तान? हमारा और उनका दीन एक ही है।”

बादशाह सलामत ने कहा, “इतनी मुख़ालिफ़त कर रहे हो! क्या तुम इस्तांबुल से ख़ुफ़िया काम के लिए हिंदुस्तान आए हो? अगर वहाँ अपनी जगह बनाना चाहते हो तो हिंदुस्तान से जाकर वहाँ के इज़्ज़तदार बाशिंदे हो जाओ। फ़ौरन जा सकते हो।”

इस मौक़े पर शहबाज़ ख़ान और राजा बीरबल में कहा-सुनी हो गई।

दोनों ही बादशाह सलामत के क़रीबी थे और दोनों ने ही दो हज़ार की मंसब पाई। राजा बीरबल अकेले हिंदू थे जो बादशाह सलामत के मुरीद हुए। शाहबाज़ ख़ान ने जोधपुर, मेवाड़ और बिहार में सल्तनत की बहुत ख़िदमत की। वो शरीयत पर चलने वाले इंसान थे। उन्होंने ना कभी शराब पी, ना दाढ़ी बनवाई और ना ही बादशाह सलामत के मुरीद हुए। उनके हाथ में हमेशा तस्बीह होती और उनसे कभी कोई नमाज़ नहीं छूटी।

कहते हैं शहबाज़ ख़ान बहुत ख़ूबियों के मालिक थे लेकिन अगर ज़बान पर लगाम रखना जानते तो और तरक़्क़ी पाते।

एक दिन शाम के वक़्त फ़तहपुर सीकरी की झील के किनारे बादशाह सलामत हवाख़ोरी करते हुए शहबाज़ ख़ान से बात कर रहे थे। शहबाज़ ख़ान की नज़र सूरज पर थी कि कहीं नमाज़ का वक़्त ना निकल जाए। लेकिन बादशाह सलामत ने उनका हाथ पकड़ रखा था।

कुछ दूर खड़े हकीम अबुल फ़तह ने कहा, ''अगर आज इस शख़्स की नमाज़ नहीं छूटी तो हम मानेंगे कि वो दीनदार है।''

जैसे ही नमाज़ का वक़्त हुआ शहबाज़ ख़ान ने बादशाह सलामत से इजाज़त चाही। बादशाह सलामत बोले, ''इस बार नमाज़ ना पढ़ें। हमें अकेला थोड़े ही छोड़ कर जाएँगे आप?''

शहबाज़ ख़ान ने अपना हाथ खींचा और वहीं ज़मीन पर शाल बिछा कर नमाज़ पढ़ने लगे। बादशाह सलामत वक़्त-वक़्त पर उनके सर पर चपत लगा कर उठने को कहते। ये देखकर हकीम अबुल फ़तह ने कहा, ''सारी इनायतें इनको ही ना दिखाइए। और भी ख़्वाहिशमंद हैं।''

ये सुनकर बादशाह सलामत शहबाज़ ख़ान को छोड़कर हकीम अबुल फ़तह के पास आ गए।

बादशाह सलामत की महफ़िल में शहबाज़ ख़ान ने राजा बीरबल से कहा, ''तुम काफ़िर इसी तरह से बोलते रहोगे जब तक कि पैसे से तुम्हारा मुँह ना बंद कर दूँ!''

इस पर बादशाह सलामत ने शहबाज़ ख़ान को ग़ुस्से में देखा और पूरी महफ़िल से कहा, ''तुम्हारे चेहरों पर जूता भर के पाख़ाना ना फेंक दिया जाए!''

आगरा के क़िले में जब बीमार बादशाह सलामत ने अपनी नब्ज़ पर हकीम गिलानी की उँगलियों को महसूस किया तो उन्हें राजा बीरबल की पहेली याद आई।

''कर बोले कर ही सुने श्रवण सुने नहिं ताहि,
कहि पहेली बीरबल सुनिए अकबर साहि॥''

बादशाह सलामत ने इसका जवाब दिया था, ''नब्ज़।''

जब यूसुफ़ज़ई क़बीले के ख़िलाफ़ मुहिम पर राजा बीरबल मारे गए तो बादशाह सलामत दुख में डूब गए। उन्होंने कहा कि बीरबल ने हमेशा दुख अपने पास रखा, बाक़ी सब बाँट दिया लेकिन अब तो दुख भी उन्हें दे गया।

''दीन देखि सब दीन, एक ना दीन्हों दुसह दुख।
सो अब हम कहैं दीन, कछु नहिं राख्यो बीरबल॥''

बादशाह सलामत ने बीरबल के बेटे से पूछा, ''कितनी रानियाँ सती हुईं बीरबल के साथ?''

बीरबल के बेटे ने कहा, ''वीरता, उदारता, बुद्धिमत्ता। कीर्ति रह गई।''

राजा बीरबल छरहरे जिस्म के मालिक थे। दरबारी दस्तूर के मुताबिक़, सभी हिंदुओं की तरह उनका जामा बाईं तरफ़ बँधा रहता था। कमर में पटका और उसमें खंजर और हाथ में इतनी लंबी छड़ी कि सीने तक आती थी। वो सर पर अकबरी तर्ज़ की पगड़ी पहनते थे। चूँकि वो बादशाह सलामत के मुरीद थे इसलिए उनकी एक छोटी तस्वीर जवाहर जड़े कपड़े में लपेट कर पगड़ी में रखते थे। एक ख़ास तस्वीर में मोती जड़े छत्र के नीचे, आठ पाँव के सोने के तख़्त पर बैठे जलालुद्दीन मोहम्मद अकबर के एक हाथ में बाज़ था, दूसरे हाथ में तलवार और पीछे हाथ में खांडा लिए राजा बीरबल।

राजा बीरबल कालपी के त्रिबिक्रमपुर के ब्राह्मण परिवार में पैदा हुए। आमेर के राजा भगवंत दास और रीवा के राजा रामचंद्र के दरबार से होते हुए वो बादशाह अकबर तक पहुँचे और तीस साल तक उनके दरबारी रहे। उनका पैदाइशी नाम महेश दास था लेकिन बादशाह सलामत के दरबार में उन्हें बीरबर यानी वीरवर का ख़िताब मिला जो आम लोगों तक पहुँचते-पहुँचते बीरबल हो गया। उन्होंने अपनी कविता और हाज़िरजवाबी के लिए बहुत नाम कमाया। राजा बीरबल ने ब्रह्म के नाम से कविताएँ कहीं और बादशाह सलामत से कविराय का ख़िताब पाया।

बादशाह सलामत ने फ़तहपुर सीकरी में बिलकुल अपने महल के क़रीब राजा बीरबल के लिए रिहाइशगाह बनवाई। जब राजा बीरबल का महल बन कर तैयार हुआ तो बादशाह सलामत ने ख़ुद वहाँ आकर उन्हें इज़्ज़त बख़्शी।

एक बार जब बादशाह सलामत हाथियों की लड़ाई का लुत्फ़ ले रहे थे तो एक हाथी एकाएक राजा बीरबल की तरफ़ मुड़ गया। अगर बादशाह सलामत घोड़ा दौड़ाते हुए गुस्सैल हाथी के सामने ना आ जाते तो उस रोज़ राजा बीरबल का बचना मुश्किल था।

बादशाह सलामत उन्हें इतना क़रीबी मानते थे कि तीस साल में एक बार भी उनसे नाराज़ नहीं हुए। दोनों की बेतक़ल्लुफ़ी के कई क़िस्से आम हो गए। सुना है कि एक बार बादशाह सलामत, शहज़ादा सलीम और बीरबल शिकार पर गए। गर्मी की वजह से बादशाह सलामत और शहज़ादे सलीम ने अपना नीम आस्तीन[1] और दोशाला उतार कर बीरबल को दिया।

---

1. नीम आस्तीन—छोटी आस्तीन का कुर्ता।

बादशाह सलामत ने मज़ाक़ में कहा, "गधे का बोझ है।"

राजा बीरबल ने फ़ौरन जवाब दिया, "दो गधों का।"

एक बार बादशाह सलामत ने बीरबल से पूछा,

"कौन चाहे है बरसना, कौन चाहे है धूप?
कौन चाहे है बोलना, कौन चाहे है चूप?"

राजा बीरबल ने जवाब दिया,

"माली चाहे जो बरसना, धोबी चाहे धूप,
बादशाह चाहे जो बोलना, चोर चाहे चूप।"

जब बादशाह सलामत ने शहर भर की तवायफ़ों को फ़तहपुरी सीकरी के बाहर शैतानपुरा नाम के इलाक़े में बसाया और हुक्म दिया कि जो भी इन्हें अपने घर ले जाना चाहता है या इन से रिश्ता बनाना चाहता है वो अपना नाम और हालात दर्ज करे। बादशाह सलामत ने कई तवायफ़ों को अकेले में बुलाकर पूछा तो पता चला कि कई अमीर–उमरा ओहदेदारों की इजाज़त के बग़ैर उन से ताल्लुक़ बना रहे हैं। राजा बीरबल अपनी जागीर में थे जब उन्हें मालूम हुआ कि बादशाह सलामत को जो फ़ेहरिस्त मिली उसमें उनका भी नाम है। अमीर–उमरा में कई को चेतावनी मिली, सज़ा मिली और क़ैद तक हुए। ख़ुद राजा बीरबल ने जोगी बनने का फ़ैसला कर लिया लेकिन बादशाह सलामत ने उन्हें समझा–बुझा कर दरबार बुला लिया और कोई सज़ा नहीं दी।

सुनते हैं एक बार बादशाह अकबर ने ओरछा के युवराज इंद्रजीत सिंह की प्रेमिका प्रवीण राय की ख़ूबियों के बारे में सुना तो उन्हें बुला भेजा। प्रवीण राय ने बादशाह सलामत को लिखा कि जूठी पत्तल तो कुत्ते और कौए खाते हैं। जब बादशाह सलामत के हुक्म की नाफ़रमानी हुई तो इंद्रजीत सिंह पर एक करोड़ का जुर्माना लगा। कवि केशवदास इंद्रजीत सिंह के दोस्त थे और राजा बीरबल के भी। उन्होंने राजा बीरबल से एक ख़ुफ़िया मुलाक़ात की और कहा कि अग्नि, पशु, पक्षी, नग, नाग, नदी, लोक और दसों दिशाओं को बनाने वाले ने अनूठी रचना की; देव, अदेव और मनुष्य की रचना करने वाले की कृतियों का वर्णन संभव नहीं है; महाव्रतधारी ईश्वर ऐसे महात्मा को रच कर स्वयं को कृतकृत्य मान रहा होगा; परमेश्वर ने उन्हें अपना ईश्वरत्व दे कर एक और ईश्वर बना दिया।

"पावक पंक्कि पसू नग–नाग, नदी नद लोक रच्यो दस चारी।
केशवदेव अदेव रच्यो नर, देव रच्यो रचना न निवारी।
रचि कै नरनाह वली बरबीर, भयो कृत कृत्य महाव्रतधारी।
दै करतापन आपन ताहि, दियो करतार दू हू करतारी।"

राजा बीरबल ने गदगद होकर छह लाख रुपए दिए और इंद्रजीत सिंह का जुर्माना माफ़ करवा दिया।

राजा बीरबल का रुतबा दरबार में कुछ लोगों को रास नहीं आया। मुल्ला अब्दुल क़ादिर बदायूँनी ने अपनी ख़ुफ़िया किताब में लिखा—

"अपनी जवानी के दिनों से बादशाह सलामत का झुकाव दीन के कई फ़िरकों की तरफ़ रहा जैसे ब्राह्मण, गाने-बजाने वाले और कई और तरह के हिंदू। उनकी बादशाहत के शुरुआत में कालपी से ब्रह्मदास नाम का एक संगीतकार दरबार आया जो सिर्फ़ हिंदुओं की तारीफ़ करता था और बहुत क़ाबिल था। बादशाह सलामत से बातचीत कर के और उनके अजीबोग़रीब मिज़ाज का फ़ायदा उठा कर वो दिन-ब-दिन उनके क़रीब आता गया। यहाँ तक कि ऊँचे रुतबे तक पहुँचा, बादशाह का ख़ासुलख़ास बना और ऐसा हो गया जैसे तुम्हारी जान मेरी जान, तुम्हारा ख़ून मेरा ख़ून।"

जिस इलाक़े में राजा बीरबल की मौत हुई वो तैमूरी सल्तनत के लिए अक्सर दुश्वारी का सबब बनता था। जब पहले-पहल राजपूतों ने अटक पार करने से मना किया क्योंकि इससे उनका धर्म भ्रष्ट हो जाएगा तो बादशाह सलामत ने ये दोहा लिख कर भेजा—

"सबही भूमि गोपाल की या मै अटक कहा,
जाके मन में अटक है वो ही अटक रहा।"

यूसुफ़ज़ई क़बीले से बादशाह सलामत का ख़ानदानी रिश्ता लगता था। फ़िरदौस मकानी बाबर बादशाह ने यूसुफ़ज़ई क़बीले की बीबी मुबारका से शादी की थी। कहते हैं, बात तब की है जब फ़िरदौस मकानी बाबर बादशाह की काबुल पर हुकूमत थी। यूसुफ़ज़ई क़बीले पर चढ़ाई के बावजूद, महूरा पहाड़ी का उनका क़िला हाथ नहीं आया था। यूसुफ़ज़ई ताक़त को आँकने के लिए फ़िरदौस मकानी बाबर बादशाह भेस बदल कर ख़ुद वहाँ गए। यूसुफ़ज़ई क़बीले के बड़े सरदार शाह सुलेमान की पोती बीबी मुबारका ने उन्हें देखा और क़लंदर समझ कर एक नौकरानी के हाथ नान के बीच पका हुआ गोश्त रख कर भेजा।

फ़िरदौस मकानी बाबर बादशाह ने नौकरानी से पूछा, "ये किसने भेजा है?"

जब नौकरानी ने बताया तो फ़िरदौस मकानी ने पूछा, "कहाँ बैठी हैं वो?"

"ठीक सामने ख़ेमे में," नौकरानी ने जवाब दिया।

बस उसी वक़्त बीबी मुबारका की ख़ूबसूरती पर बाबर बादशाह का दिल आ गया। निकलने से पहले उन्होंने वहीं दो पत्थरों के बीच नान और गोश्त को छुपा दिया।

लौट कर जब उन्होंने बीबी मुबारका का हाथ माँगा तो उधर से कई बहाने बने। यहाँ तक कहा गया कि उनकी तो शादी लायक़ कोई बेटी है ही नहीं। तब फ़िरदौस

मकानी बाबर बादशाह ने ख़त लिखा, "मैं ख़ुद बीबी मुबारका को देख चुका हूँ। अगर मेरी बात की सचाई का सबूत चाहिए तो अपने मकान के पास वो खाना ढूँढ़ लीजिए जो मैंने छुपाया है।"

हालाँकि बीबी मुबारका के घर वाले तैयार नहीं थे लेकिन क़बीले के लोगों की राय थी कि बेटी देकर यूसुफ़ज़ई क़बीले को बाबर बादशाह के ग़ुस्से से बचाया जा सकता है।

शादी के बाद फ़िरदौस मकानी बाबर बादशाह पहली बार बीबी मुबारका के पास आए तो वो ख़ेमे में हाथ बाँधे खड़ी थीं। उन्होंने बाबर बादशाह का झुक कर इस्तक़बाल किया लेकिन चेहरे से नक़ाब नहीं हटाया। दीवान पर बैठने के बाद फ़िरदौस मकानी ने बीबी मुबारका को दो बार अपने पास बैठने को कहा लेकिन वो नहीं आईं। बस सर झुकाया और थोड़ा पास आकर खड़ी हो गईं।

बेसब्र हो कर जब फ़िरदौस मकानी बाबर बादशाह ने उनके चेहरे पर से नक़ाब हटाया और उन्हें एक बार फिर बैठने को कहा तो वो झुक कर बोलीं, "एक गुज़ारिश है। इजाज़त हो तो कहूँ?"

इजाज़त मिलने के बाद बीबी मुबारका ने दामन उठा कर कहा, "समझा जाए कि यूसुफ़ज़ई क़बीला इसी में है। मेरी ख़ातिर उनकी ग़लतियों को माफ़ कर दिया जाए।"

बाबर बादशाह ने जवाब दिया, "तुम्हारी मौजूदगी में यूसुफ़ज़ई की सारी ग़लतियों को माफ़ करता हूँ और तुम्हारे दामन में उन्हें पनाह देता हूँ। आज से तुम्हारे क़बीले के लिए मेरे दिल में कोई बैर नहीं।"

बीबी मुबारका ने फ़िरदौस मकानी बाबर बादशाह का और फिर जन्नत आशियानी हुमायूँ बादशाह का दौर देखा और बादशाह सलामत के दौर के शुरुआती साल तक ज़िंदा रहीं।

इस ख़ानदानी ताल्लुक़ के बावजूद नाफ़रमानियों को माफ़ नहीं किया जा सकता था।

बादशाह सलामत के तीसवें साल, बमुताबिक़ 1586 ईसवी, में ज़ैन ख़ान कोका को यूसुफ़ज़ई क़बीले को शिकस्त देने के लिए तैनात किया गया। बजौर पर क़ाबू करने के बाद वो स्वात तक पहुँचे तो उनकी फ़ौज थक चुकी थी। जब उन्होंने और फ़ौज माँगी तो बादशाह सलामत ने शेख़ अबुल फ़ज़ल और राजा बीरबल के बीच पासा फेंक कर बीरबल का नाम तय किया। फिर एहतियातन उन्होंने पीछे–पीछे हकीम अबुल फ़तह को भी भेज दिया।

राजा बीरबल की ना हकीम अबुल फ़तह से बनती थी, ना ज़ैन ख़ान कोका से। पहाड़ी रास्तों पर सफ़र करते हुए राजा बीरबल ने अपने लोगों से कहा, "कैसा बुरा वक़्त है कि हकीम के साथ कोका की मदद के लिए भेजा गया हूँ!"

जब राजा बीरबल और अबुल फ़तह वहाँ पहुँचे तो ज़ैन ख़ान कोका ने दोनों को दावत पर बुलाया लेकिन बीरबल आने को राज़ी ना हुए। उन्होंने कहा कि सब लोग उनके पास आएँ और तय करें कि आगे क्या करना है। ज़ैन ख़ान कोका ग़ुस्सा पीकर राजा बीरबल के पास आ गए। बैठक में राजा बीरबल और हकीम अबुल फ़तह के बीच कहा-सुनी हो गई।

ज़ैन ख़ान कोका ने कहा, "पहाड़ी इलाक़े का काम लगभग पूरा हो चुका है और कराकर और बुनेर के बाग़ी अब फ़रमाबरदारी के रास्ते पर आ गए हैं लेकिन अभी ये सिर्फ़ उनकी बातों में दिख रहा है, हरकतों में नहीं। मैंने और फ़ौज इसलिए माँगी है ताकि कुछ लोग क़िले में रहें और बाक़ी बाग़ियों को सज़ा देने के लिए निकलें। जो फ़ौज अभी आई है वो ये काम करे। मैं और पुरानी फ़ौज इस इलाक़े के बीचोबीच चौकसी रखेंगे। या अगर चाहें तो नई फ़ौज चकदारा के क़िले में रहे और हम जाकर पहाड़ के लोगों को सज़ा दें।"

राजा बीरबल ने हकीम अबुल फ़तह से कहा, "हमें इन दोनों में से कोई भी बात मंज़ूर नहीं। हमें हुक्म है इस इलाक़े पर हमला करने का, इसकी हिफ़ाज़त का नहीं। हम सबको मिलकर दुश्मन को सज़ा देनी चाहिए और फिर इकट्ठे दरबार की राह पकड़नी चाहिए।"

ज़ैन ख़ान कोका बोले, "जिस इलाक़े को इतनी लड़ाई से हासिल किया है वहाँ अफ़रातफ़री क्यों फैलाएँ?"

ज़ैन ख़ान कोका ने सलाह दी कि राजा बीरबल जिस रास्ते पर आगे जाना चाह रहे हैं, वहाँ जाना मुनासिब नहीं है।

ज़ैन ख़ान कोका ने कहा, "अगर आपको मेरी कोई बात पसंद नहीं और आप कूच करना ही चाहते हैं तो उस तरफ़ जाइए जिधर से आए हैं। उस तरफ़ हमारे फ़ौजी तैनात हैं और दुश्मन का ख़तरा नहीं है।"

जब राजा बीरबल और हकीम अबुल फ़तह ने बात मानने से इन्कार किया तो ज़ैन ख़ान कोका ने ज़िद नहीं की। उन्हें लगा कि ये लोग बादशाह सलामत के कान भर सकते हैं इसलिए इनकी बात मान लेना ही बेहतर है।

अब राजा बीरबल और हकीम अबुल फ़तह ने अपनी बात मनवा कर ग़लत तरफ़ कूच करने का फ़ैसला कर लिया। इसके बाद वही हुआ जिस बात का डर था।

शाही फ़ौज और अफ़ग़ान बाग़ियों के बीच घमासान छिड़ गया। ख़ानपुर पहुँच कर जब फ़ौज ने दम लिया तो हमलों और लूटपाट से काफ़ी नुक़सान हो चुका था लेकिन हज़ारों अफ़ग़ानी क़ैद में आ चुके थे और बड़ी तादाद में सामान बरामद हो चुका था।

जब ज़ैन ख़ान कोका ने राजा बीरबल के खेमे में जाकर कहा कि जल्दबाज़ी का नतीजा अच्छा नहीं हुआ, तो जवाब मिला, "अब थोड़ा सा ही सँकरा रास्ता बचा

है। इसे पार कर लें। फिर कुछ रुक कर बाग़ियों को सज़ा देने का काम शुरू करें।''

ज़ैन ख़ान कोका ने जवाब दिया, ''अब आगे जो सँकरा रास्ता है वो सबसे ख़राब है और उस रास्ते पर जाकर सिर्फ़ इज़्ज़त गँवाई जा सकती है। बेहतर हो कि जहाँ हैं वहीं रहे क्योंकि यहाँ काफ़ी जगह है। ऊँचाई से हमले का ख़तरा नहीं और काफ़ी पानी, घास और खाना है। यहीं मज़बूती से बने रहें और बाद में उन बाग़ियों को सज़ा दें जिन्होंने सभी ऊँचाईयों पर क़ब्ज़ा कर लिया है। दूसरा रास्ता ये कि हमारे क़ब्ज़े में दुश्मन के घर वाले हैं और उनकी काफ़ी जायदाद है, तो उन्हें प्यार से लिखा जाए और वफ़ादारी का वायदा लिया जाए। बदले में क़ैदी लौटा दिए जाएँ। बस कुछ को क़ैद में रहने दिया जाए। अगर आप लोगों को ये बात भी ठीक नहीं लगती तो कुछ वक़्त रुक कर दरबार ख़बर भेज देते हैं। वहाँ से फ़ौज आकर दर्रे की ऊँचाई की हिफ़ाज़त करेगी।''

ज़ैन ख़ान कोका की बात नहीं मानी गई और कूच का फ़ैसला हो गया। राजा बीरबल, हकीम अबुल फ़तह, ज़ैन ख़ान कोका और पूरा लश्कर सँकरे पहाड़ी रास्ते पर आगे बढ़ा तो पहले से भी ज़्यादा घमासान हुआ। अफ़ग़ानियों ने हथियार और पत्थरों से ऐसा ज़ोर का चौतरफ़ा हमला बोला कि पता नहीं चला कि घोड़े कहाँ हैं, हाथी कहाँ और इंसान कहाँ। इस जंग में राजा बीरबल ऐसे घिरे कि उनकी लाश तक नहीं मिली। अमीर-उमरा में से किसी की भी मौत पर बादशाह सलामत को इतना ग़म नहीं हुआ था।

राजा मान सिंह की शान में लिखी गई *मानचरित्र रासो* में कहा गया कि कई अमीर-उमरा ने वीरगति पाई; जो भागे वो कलंकित हुए और ख़ुद ब्रह्मदास ब्रह्मा में मिले क्योंकि वो तो माया के वश में नहीं थे; जब बादशाह की आँखों की नींद उड़ चुकी और उन्होंने खाना-पीना छोड़ दिया तो राजा मान सिंह ने वायदा किया कि वो इलाक़े के राजा को बाँध कर धकेलते हुए उनके सामने लाएँगे और उसके क़िले को गिरा कर शहर को जला देंगे।

''ब्रह्मदास ब्रह्महि मिल्यौ, जानत सकल जिहांन।
मन माया बेध्या नहीं, सु क्यौं रहै इहिं थाँन॥
जूझ्यौ ब्रह्मदास वरवीर। अरू उमराउ हजारी मीर।
आए बहुत भगे तिहिं ठांम। कहै मांनु खंडे जिन नाँम॥
पातसाहि मन कल नहीं, नींद न आवै नैन।
मो फौजें जीती सदा, भई जि सुनी न बैन॥
राजा माँनु बुलाइ कै, पूछत हैं सुविहाँनु।
मो दुख जिय मैं अति घनौं, भावत नाहीं खानु॥
दुखु न करइ जिय आपु ईसु जु होइ जिहाँनहि।
को यह घाटी विकट पारि बंधौं जु विहाँनहि॥

बहुत दिनाँ मो भये उठो कहुँ रनह न बाधा।
सो पुजाइ भगवंत आइ अपनै कर साधा॥
कही साहि सकल संचारिकै, नतरू बंधि आगै धरउ।
गढ ढाहि नयर परजारि कै, तर माटी ऊपर करउ॥''

बादशाह सलामत ने खाना खाया और ख़ुश हो कर कहा कि उनकी इज़्ज़त अब मान सिंह के हाथों में है; जब उन्हें विदा करते वक़्त बादशाह ने कहा कि बीरबल उनका ब्राह्मण मित्र था, उसकी देह को ढूँढ़ कर गंगा में विसर्जित कर देना तो राजा मान सिंह बोले कि बीरबल ब्राह्मण हैं तो वो ख़ुद भी हिंदू हैं और वो बीरबल और सभी मरने वालों की अस्थियों को गंगा में प्रवाहित कर देंगे।

''हरष्यौ साहि कह्यौ जब राज। भुजा तुम्हारी है मो लाज।
खायौ खानु भख्यौ मुख पांन। विदा भये आए नृप माँन॥
सकल निसा गत सुख भई, प्रातह बजे निसाँन।
खरभराटु नयरह भयौ, सेन चली नृप माँन॥
कही बात इक साहि तब राज सौं।
मुवौ विप्र इकु मीत हमारौ लाज सौं॥
जब पहुँचौ उहिं थाँन इहै जिय राखियौ।
लौथि सँभारि कढाइ सु गंगह नाखियौ॥
हम हैंदू वह विप्र हौ, जुगतु इहै वह आहि।
तुरक पसू वा संग के, गंग नखाऊँ साहि॥''

राजा बीरबल का शरीर नहीं मिलने का बादशाह सलामत को अफ़सोस रहा। वो कहते, ''काश उसका शरीर मिल जाता तो आग के सुपुर्द हो जाता।''

दरबारियों ने कहा, ''चूँकि वो ज़िंदगी के बंधन से आज़ाद हो चुके हैं, सूरज की रौशनी ही उनको पवित्र करने के लिए काफ़ी है...बशर्ते कि उनको पवित्र किए जाने की ज़रूरत थी भी।''

ऐसी ख़बरें उड़ती रहीं कि बादशाह सलामत के दिल में झूठी उम्मीद जागती रही।

जब बादशाह सलामत तक ये अफ़वाह पहुँची कि राजा बीरबल नगरकोट में जोगियों और संन्यासियों के साथ देखे गए तो उन्होंने समझा कि बीरबल का मन इस दुनिया से उठ गया है, और इसी वजह से उन्होंने फ़क़ीर का भेस इख़्तियार किया है। जब बादशाह सलामत ने किसी को नगरकोट भेज कर तहक़ीक़ात की तो ये ख़बर झूठी पाई गई।

इसके बाद ख़बर मिली कि राजा बीरबल अपनी जागीर कालिंजर में देखे गए हैं। वहाँ से पता चला कि जब उन्हें तेल लगाया जा रहा था तो उनके नज़दीकी

एक नाई ने उनके जिस्म के कुछ निशानों से उन्हें पहचान लिया, लेकिन इसके बाद वो ग़ायब हो गए। जब बादशाह सलामत ने जवाब माँगा तो करोड़ी ने एक ऐसे इंसान को बतौर बीरबल छिपा कर रखा और फिर मार डाला जिसे मौत की सज़ा सुनाई जा चुकी थी। इसके बाद उस करोड़ी ने ये कहला भेजा कि बीरबल दरबार पहुँचने से पहले ही चल बसे।

बादशाह सलामत ने एक बार फिर बीरबल की मौत का सोग मनाया।

सोग का एक ख़त गुजरात भी पहुँचा। लोगों ने देखा कि सूबेदार ने ख़ुद बाहर आकर तस्लीम करने के बाद शाही ख़त को दरबारी दस्तूर के मुताबिक़ पूरी इज़्ज़त के साथ सर पर रखा और क़ुबूल किया। ख़त को सर पर उठाने वाला शख़्स ना सिर्फ़ सूबेदार था बल्कि पाँच हज़ारी मंसबदार भी। हाल ही में उन्होंने ख़ानेख़ानां का सबसे ऊँचा ख़िताब भी पाया था। राजा बीरबल की मौत का दर्द बादशाह सलामत ने अब्दुर्रहीम ख़ानेख़ानां को लिखे ख़त में बयान किया।

''लुत्फ़ और जश्न के दिनों में जब नेकी और ख़ुशी के दरवाज़े पूरी तरह खुले हैं, जब भरपूर ख़ुशी की हर वजह है और फ़तह की मुबारक ख़बरें हर तरफ़ से आ रहीं हैं, स्वात और बजौर की फ़तह के लिए भेजी गई शाही फ़ौज के साथ एक दिल को हिला देने वाला वाक़या हुआ। चाहे अफ़ग़ानों को हरा दिया गया, और ऊपर बताई गई जगहें शाही सल्तनत का हिस्सा हो गईं लेकिन जो शैतान अफ़ग़ान पहाड़ी के अंदरूनी इलाक़े में घात लगाए बैठे थे, उनका पीछा बिना मुनासिब एहतियात और सूझ-बूझ के किया गया। शाही फ़ौज ने उनमें से कुछ को मारा लेकिन जैसा कि ना दिखने वाली ताक़त का हुक्म था, फ़ौज के अक़्लमंद लोगों के हाथ से ताक़त की बागडोर फिसल गई और फ़ौज ग़लत मौक़े पर भारी साजो-सामान के साथ निकल पड़ी। सही इंतज़ाम नहीं होने की वजह से दूर की ना सोचने वाले अफ़ग़ानों ने पहाड़ी के किनारों से हमला किया जिससे शाही फ़ौज इतना परेशान हुई कि वो सही रास्ता भूल गई और कई लोग पहाड़ों से नीचे गिर गए। इससे शाही फ़ौज में काफ़ी अफ़रातफ़री मची और बीरबल की मौत हो गई, जो क़रीबी दोस्तों में अव्वल थे, दरबार में हमारे क़रीबी थे, एक ख़ुशमिज़ाज बेटे थे, एक बेहतरीन साथी थे, वफ़ादार और नेक ख़्वाहिशात रखने वाले इंसान थे, सल्तनत की पाक पनाहगाह की रौनक़ थे, समझ-बूझ और इल्म वाले इंसान थे, पुरकशिश महफ़िलों के साथी थे, वफ़ादार और सच्चे दोस्त थे, सच्ची वफ़ा के बाग़बाँ थे, लगातार सचाई के रास्ते की जुस्तजू में थे, ज़िम्मेदारी निभाने की चाहत रखते थे, दुनिया की पहचान रखते थे, मेलजोल, साथ और इंसानी मिज़ाज के राज़ जानते थे, परेशानियों में डूबे मन को समझते थे...अच्छी गुफ़्तगू करने वालों की महफ़िल में ऊँचा मक़ाम रखते थे, ख़ुशनुमा महफ़िलों के साथी थे...और अक़्लमंद दरबारी थे। राजा बीरबल शहंशाह के लिए

जान कुर्बान करने के लिए तैयार रहते थे और वाक़ई उन्होंने अपनी जान शहंशाह के प्यार में दे दी। उनमें ये ख़ूबी थी कि दुनियावी मामलात की मसरूफ़ियत के बावजूद उनकी तबीयत आज़ाद थी। बज़ाहिर ग़ुलामी के बावजूद मुकम्मल आज़ादी उनकी ख़ूबी थी। बीरबल इस फ़ानी दुनिया से अचानक दूसरी दुनिया में चले गए। बीरबल की काया ख़त्म हो गई और उन्होंने वो रास्ता लिया जहाँ आख़िरकार सब कुछ ख़त्म होता है। बीरबल का अचानक चले जाना ख़ुशी के माहौल में ग़म की बात है। इससे हम ग़म में डूब गए। हालाँकि प्यार और भाईचारे के रास्ते पर चलने वालों को अपने मुर्शिद के लिए जान तक देनी पड़ती है लेकिन बीरबल की बहुत ख़्वाहिश थी कि सल्तनत की ख़िदमत करते हुए ये ज़िम्मेदारी निभाएँ। अचानक हुई तबाही हमारे लिए दुख की बात है।

"दुनिया फ़ानी है और एक ऐसे मयख़ाने की तरह है जिसकी मय में गंदगी भरी है...दुनिया प्यासों को बहकाने वाली मृगतृष्णा है या ऐसी मंज़िल है जिसका रास्ता ऊबड़–खाबड़ और दुश्वार है।

"...ऐसे क़रीबी और वफ़ादार दरबारी के जाने का गहरा दुख है...अफ़सोस कि ख़बर देर से पहुँचने की वजह से अपने प्यारे दोस्त के अंतिम संस्कार में शामिल ना हो सके और उसकी आख़िरी झलक तक ना देख पाए, और ऊपरी मायने समझने वालों के सामने उस इंसान के लिए अपना प्यार ज़ाहिर ना कर सके जिसने हमारे साथ वफ़ा निभाई। हम चाहते हैं कि ये एक सबक़ है ताकि सब ये समझ लें कि शहंशाह उसको कितना अहम मानते हैं जो उनके लिए सच्चा और वफ़ादार रहा। क़रीबी लोग इस बात को जानते हैं लेकिन आम लोग इस सचाई से वाक़िफ़ नहीं होंगे, इसलिए हम चाहते हैं कि उनके लिए प्यार ज़ाहिर करें।

"ये ज़मीन तो आने जाने वाली चीज़ है। ये काली घाटी ख़ून पी कर ख़ुद को भर लेती है और यहाँ एक ख़ून का दरिया बहता है। हमारे ज़हन में उस ग़ैर मौजूद दुनिया के राही, उसकी चालढाल और ख़ूबियाँ अब भी ताज़ा हैं और उनके जिस्म के ग़ायब हो जाने का हमारी गहरी और दूरअंदेश आँखों को कोई फ़र्क़ नहीं पड़ता। इस दुनिया के एक अनोखे इंसान के बज़ाहिर ग़ायब होने से कुछ वक़्त की जुदाई हुई जिसने एक ख़ालीपन और ना बयान होने वाला ग़म दिया है। राज़ की बात ये है कि इस दुनिया में आने से पहले इंसान कुछ नहीं था और हर हाल में इस दुनिया से जाने के बाद भी कुछ नहीं होगा। चीख़ने से बेहतर है कि ख़ामोश रहें और बेचैनी से बेहतर है कि चैन से रहें। इसके अलावा कोई और चारा नहीं कि ख़ुदा की मर्ज़ी में राज़ी हों, ख़ुदाई मर्ज़ी को मानें और ये मानें कि सब पहले से तय था। यही सही रास्ता है।

"ख़ानेख़ानां सब्र रखें, ख़ुदा की मर्ज़ी में राज़ी हों और ग़म ना करें। बाक़ी ज़िंदगी ख़ुदा की बरकत की तलाश में गुज़ारें, उसका शुक्र अदा करते हुए और सचाई की तलाश में।"

अब्दुर्रहीम बादशाह सलामत के बहुत क़रीबी थे। ज्यों-ज्यों उम्र बढ़ती गई बादशाह सलामत उन्हें बड़ी ज़िम्मेदारियाँ देते गए। जब अब्दुर्रहीन बालिग़ हुए तो उन्हें मिर्ज़ा ख़ान का ख़िताब दिया गया और उनकी शादी शम्सुद्दीन मोहम्मद अतका ख़ान की बेटी, मिर्ज़ा अज़ीज़ कोका की बहन, माह बानो से की गई।

हुकूमत के पच्चीसवें साल में जब बादशाह सलामत को एक ऐसे शख़्स की ज़रूरत हुई जो जानकार और अजनबी और दोस्त और दुश्मन का फ़र्क़ किए बिना उनके सामने मुनासिब अर्ज़ियों को रखे, सही वक़्त पर उनके जवाब हासिल करे और अगर पसंदीदा जवाब ना मिले तो दुखी हुए बिना इतनी हिम्मत रखे कि किसी और वक़्त फिर से अर्ज़ी पेश करे, तो उन्होंने मिर्ज़ा ख़ान को मीर अर्ज़ के ऊँचे ओहदे पर रखा।

जब तीसवें इलाही सन् बमुताबिक़ 1575 ईसवी में मिर्ज़ा अज़ीज़ कोका ने नाराज़गी की वजह से गुजरात के सूबेदार का ओहदा छोड़ा तो मिर्ज़ा अब्दुर्रहीम को कम उम्र में ये बड़ी ज़िम्मेदारी मिली। इसके लगभग नौ बरस बाद जब मुज़फ़्फ़र हुसैन मिर्ज़ा ने सर उठाया तो गुजरात एक बार फिर बादशाह सलामत के हाथ से निकल गया। तब बादशाह सलामत ने मिर्ज़ा अब्दुर्रहीम को दूसरी बार गुजरात की सूबेदारी दी। जब उन्होंने मुज़फ़्फ़र हुसैन मिर्ज़ा की कमर तोड़ दी तो उन्हें ख़ानेख़ानां का वो सबसे ऊँचा ख़िताब मिला जो कभी उनके पिता बैराम ख़ान के पास था।

एक बार ख़ानेख़ानां से शायर नज़ीरी निशापूरी ने कहा, "ज़िंदगी में कभी एक लाख रुपए नहीं देखे।"

अब्दुर्रहीम ख़ानेख़ानां ने एक लाख का ढेर लगा दिया तो नज़ीरी ने ख़ुदा का शुक्र अदा किया। इस पर ख़ानेख़ानां बोले, "इस छोटी बात पर क्या ख़ुदा का शुक्र अदा करना!"

उन्होंने पूरी रक़म नज़ीरी निशापूरी को दे दी और कहा, "अब ख़ुदा का शुक्र अदा करना ठीक होगा।"

उनकी ख़ूबियों पर कवि संत ने लिखा कि ख़ानेख़ानां शेर के समान शील और ख़ूबसूरत, पर्वत के समान धीरज रखने वाले, कुबेर की तरह अमीर, कमाल के दानवीर, दर्दमंद, अक़्लमंद, दरवेशों को दर्शन और धन-धान्य देने वाले, गुणों के ग्राहक और सुख चाहने वालों के लिए ख़ज़ाना खोलने वाले हैं।

"सेर सम सील सम धीरज सुमेर सम,
सेर सम साहेब जमाल सरसाना था।
करन कुबेर कलि कीरति कमाल करि,
ताले बंद मरद दरदमंद दाना था॥
दरबार दरस-परस दरवेसन कौ,

तालिब-तलब कुल आलम बखाना था।
गाहक गुनी के, सुख चाहक दुनी के बीच,
'संत' कवि दान को खजाना खानखाना था॥"

कवि गंग ने दरियादिली से क़ायल हो कर अब्दुर्रहीम ख़ानेख़ानां से पूछा—

"सीखी कहाँ नवाबजू, ऐसी देनी दैन।
ज्यों-ज्यों कर ऊँचा करो, त्यों त्यों नीचे नैन॥"

ख़ानेख़ानां ने जवाब दिया—

"देनदार कोउ और है, भेजत सो दिन रैन।
लोग भरम हम पर धरैं, याते नीचे नैन।"

एक बार मियाँ तानसेन ने दरबार में सूरदास का ये पद सुनाया—

"जसुदा बार बार यों भाखे।
है कौन ब्रज में हितू, हमारो चलत गुपाल हिं राखे॥"

जब बादशाह सलामत ने इसका मतलब पूछा तो मियाँ तानसेन बोले, "जसुदा कहती है कि हमारे हित का ध्यान रखने वाला कौन है जो गोपाल को बार-बार मथुरा जाने से रोके?"

शेख़ फ़ैज़ी ने कहा, "बार-बार का मायने रोने से है। इसलिए मतलब है कि जसुदा रो-रो के कह रही हैं।"

राजा बीरबल बोले, "बार-बार का मतलब दरवाज़े-दरवाज़े यानी जसुदा द्वार-द्वार जा का कह रही है..."

वहाँ मौजूद एक ज्योतिषी ने कहा, "बार का मतलब दिन है। इसलिए जसुदा हर रोज़ कहती है..."

आख़िर में अब्दुर्रहीम ख़ानेख़ानां ने कहा, "बार-बार का मतलब है बाल-बाल। यानी जसुदा का हर बाल कहता है...'

सब को सुन कर बादशाह सलामत ने कहा, "तुम में से हरेक ने बार-बार का अलग-अलग मतलब बताया है इसकी वजह क्या है?"

ख़ानेख़ानां ने जवाब दिया, "एक लफ़्ज़ के कई मायने ढूँढ़ना कवि की ख़ूबी है। हर कोई अपनी तरह से मायने ढूँढ़ता है, लेकिन जो मैं कह रहा हूँ वो सही है तानसेन तो गवय्ये हैं, उनकी ज़िम्मेदारी है कि वो बार-बार बादशाह सलामत के दरबार में दरबारी राग गाए हैं। इसलिए उन्होंने ऐसा मतलब समझा। फैज़ी सिर्फ़ एक शायर हैं। वो रोने-धोने के अलावा जानते क्या हैं? बीरबल ब्राह्मण हैं और दरवाज़े-दरवाज़े जाते हैं इसलिए उन्होंने ऐसा मायने बताया। अब बचे ज्योतिषी। तो वो दिन, रात, सितारों, ग्रहों और नक्षत्रों के अलावा क्या जानते हैं?"

आगरा के क़िले की ख़्वाबगाह में बादशाह सलामत ने कवि होलराय को याद किया जिन्होंने कहा था कि ना दिल्ली जैसा तख़्त, ना मुग़लों जैसा वक़्त, ना आगरा जैसा नगर, ना गंग जैसा गुणी, ना तानसेन जैसा तान लगाने वाला, ना मान सिंह जैसा राजा, ना बीरबल जैसा दानी, ना ख़ानेख़ानां जैसा मनुष्य, ना उन सा मनुष्यों का रखवाला, ना टोडर मल जैसा दीवान और पृथ्वी के सभी नौ खंडों, सात द्वीपों और सात समुद्रों में ना जलालुद्दीन मोहम्मद अकबर सा बादशाह।

"दिल्ली ते न तखत, बखत, ना मोगल कैसो
हबै है ना नगर कहूँ आगरा नगर ते।
गंग तै न गुनी तानसेन ते न तानबंद
मान ते ना राजा और ना दाता बीरबर ते।
खान खानिखाना ते न नर नरहरि ऐसो
हूवे है न दिबान कोऊ टोडर टडर ते।
नवौ खंड सात दीप सातहूं समुद्र बीच
हूवे है ना जलालदीन साह अकबर ते॥"

अब ये महफ़िलें तमाम हो चुकी थीं और डूबती हुई ज़िंदगी में सिर्फ़ ख़ामोशी और सूनापन था।

बादशाह सलामत को बाहर से कबूतरों के फड़फड़ाने की आवाज़ आई। उनके पास बीस हज़ार कबूतर थे। उन्होंने कबूतरबाज़ी को इश्क़बाज़ी का नाम दिया था। बादशाह सलामत मानते थे कि कबूतरों के करतब और उनकी उड़ान दरवेशों की याद दिलाते हैं। कमउम्री में बादशाह सलामत ने बहुत कबूतरबाज़ी की लेकिन थोड़ा बड़े हुए तो इसे छोड़ दिया। उसके बाद ग़ौर किया और फिर से कबूतरबाज़ी शुरू की। बादशाह सलामत को मोहना नाम का कबूतर बहुत पसंद था। वो नीले रंग का सीखा-सिखाया कबूतर उन्हें मिर्ज़ा अज़ीज़ कोका ने दिया था। उन्होंने मोहना को शाही कबूतरों का मुखिया बनाया। मोहना से अश्की, परीज़ाद, अलमास और शाह ऊदी जैसे कई उम्दा कबूतर पैदा हुए। जब बादशाह सलामत कबूतरों का मुआयना करते तो सबसे पहले मोहना के ख़ानदान को देखते, उसके बाद बाक़ी कबूतरों को। बादशाह सलामत अपने कबूतरों के करतब का लुत्फ़ उठाते। उन्हें चर्ख़ करतब पसंद था जिसे सीख कर कबूतर हवा में एक पूरा गोल चक्कर लगा लेते और बाज़ी का करतब भी जिसमें कबूतर पाँव ऊपर की तरफ़ करके तेज़ी से उलट जाते।

अब्दुर्रहीम ख़ानेख़ानां को भेजे ख़त में बादशाह सलामत ने अब्दुल्ला ख़ान उज़बक से कबूतर मिलने पर ख़ुशी का इज़हार किया था।

"दुनिया के किसी कबूतरख़ाने में किसी भी नस्ल के कबूतरों की उड़ान की ऊँचाई और करतब कभी भी इन नायाब कबूतरों जैसी नहीं है। ख़ानेख़ानां जैसा

क़रीबी शाही महफ़िलों से दूर हो सकता है लेकिन ऐसे ख़ुशी के मौक़ों पर हमेशा याद रखा जाएगा।

"ख़ानेख़ानां की कमी को महसूस किया गया जब कबूतर पेश हुए। ये महसूस हुआ कि इस मौक़े पर उन से बात नहीं हो सकती। कबूतरों की कई टोलियों ने ख़ामोशी से उन्हें पैग़ाम भेजा। कुछ नई उम्र के करतब दिखाने वाले बुज़ुर्ग कबूतर थे जैसे पुरनिगार जिसमें बहुत ख़ूबियाँ थीं, जिसने ना सिर्फ़ कबूतरख़ाने को दिल से ख़ुश किया बल्कि उनको भी जिनके दिल मुतमईन थे। इन कबूतरों का मानना है कि उनकी ईमानदार इबादत की वजह से ख़ुदाई ताक़त उन्हें ख़ुदा से डरने वाले हज़रत बादशाह की सरपरस्ती में ले आई है, जो कि ख़ूबियों की क़द्र करते हैं, और उनके दिमाग़ में जवानी का जज़्बा आ गया है और उन्हें नई ज़िंदगी और कामयाबी मिली है। इन नई उम्र के कबूतरों ने ख़ैरख़्वाह दरबारियों से, ख़ासतौर पर ख़ानेख़ानां से—जो कि बादशाह के वफ़ादार और दीनदार चेले हैं—दरख़्वास्त की है कि वो ढके-छुपे तरीक़े से यह कबूतर ना माँगे, ताकि कहीं उनकी टोली ना टूट जाए क्योंकि कबूतरों की दिली ख़्वाहिश है कि वो शहंशाह की ख़िदमत में रहें और गुज़रे वक़्त की भरपाई के लिए अपनी ख़ूबी और क़लाबाज़ी दिखाएँ। दुख और परेशानी दूर करने वाले ऊँची नस्ल के एक और कबूतर, जो देखने में बुज़ुर्ग लेकिन काम में जवान, नामी सरसब्ज़ की बेटी सब्ज़गाही, ने भी अपना सलाम भेजा है कि लंबे वक़्त बाद मुराद पूरी हुई और दरबार आने का मौक़ा मिला...इस कबूतर की ख़्वाहिश है कि उसे अपने बेटों और रिश्तेदारों के साथ यहाँ रहने दिया जाए ताकि सही और पुरलुत्फ़ तरीक़े से बादशाह सलामत की ख़िदमत हो सके। हालाँकि उनकी पूरी ज़िंदगी ही माशूकों की तरह औरों को अपनी तरफ़ खींचने में गुज़री है लेकिन कबूतर आख़िर अपने प्यारे बादशाह की तरफ़ खिंचे चले आए हैं। सभी वफ़ादार दरबारी, ख़ासतौर पर ख़ानेख़ानां, को चाहिए कि वो अपनी ख़्वाहिशात के लिए बादशाह के लुत्फ़ में ख़लल ना डालें और इन कबूतरों को माँगने से ख़ुद को रोकें। मिलन से बेहतर जुदाई है।

"कुत्तपर नाम का कबूतर ख़ुरासान की नस्ल का है। हालाँकि नाम तूरान का है। ये कम परों वाले भरोसेमंद कबूतरों का अगुवा है और आसमान में ऊँचा उड़ता है।

'जो हलके वज़न का है वो आसानी से उड़ेगा,
हलका परिंदा जल्द उड़ता है और ऊँचा उड़ता है।'

"एक और है मशाले कलाँ जो आसमान में आग की लपक की तरह उठता है और दरबार पहुँचने को उतावला है। उसकी काली पूँछ ऐसी लगती है मानो कबूतर के आशिकों के जलते दिलों से उठने वाली आग। पुरनिगार नाम का कबूतर लैला की याद दिलाता है जो अपने पाँव की हरकत से लोगों को मोह लेती थी। सभी

कबूतर ऊँची और अच्छी नस्ल के हैं और ख़ुशनुमा हैं। कुछ पुरनिगार जैसे, ज़्यादातर सब्ज़गाही जैसे। आज़ाद कबूतर का हर पर शहंशाह का इंसाफ़ चाहता है। चूँकि दरबार में सभी कबूतर उन्हें और दूसरे लोगों को अपने नायाब कमाल से ख़ुश करने के लिए जमा हुए हैं इसलिए सभी कबूतरों की तरफ़ से शहंशाह की इल्तिजा है कि उनकी टोली ना बिखरे। इस ख़्वाहिश हो पूरा करने के लिए कबूतरों का शहंशाह के इंसाफ़ में पूरा यक़ीन है। उन सब की ख़्वाहिश है कि मुक़द्दस काबा के चारों तरफ़ उड़ने वाले कबूतरों को हज पर जाने वाले किसी शख़्स के ज़रिए पैग़ाम भेजें कि उनकी ख़्वाहिश पूरी करने की दुआ करें।''

कबूतर भेजने वाला ये हुक्मरान वही था जिसकी ताक़त ने एक ज़माने में बादशाह सलामत को बेचैन कर दिया था। छरहरे बदन के अब्दुल्ला ख़ान उज़बक का सिलसिला शैबानी ख़ान के ज़रिए चंगेज़ ख़ान के बड़े बेटे जोची से जुड़ता था। जलालुद्दीन मोहम्मद अकबर के दादा फ़िरदौस मकानी बाबर बादशाह को इसी उज़बक ताक़त ने समरक़ंद से बेदख़ल किया और उन्हें क़ाबुल आना पड़ा, और फिर हिंदुस्तान। फ़ारस के शाह तहमास्प के गुज़र जाने के बाद अब्दुल्ला ख़ान उज़बक ने ख़ुरासान पर हमला कर दिया था और तुर्की के उस्मानी बादशाह ने उत्तरी ईरान पर। बादशाह सलामत ने फ़ारस के ख़िलाफ़ मुहिम में शामिल होने से साफ़ इन्कार कर दिया था। वो ना तो उस्मानी तुर्कों को मज़बूत करना चाहते थे, ना ही उज़बक ताक़त को। जब अब्दुल्ला ख़ान उज़बक ने बलख़ और बदख़्शाँ पर क़ब्ज़ा कर लिया और मिर्ज़ा हकीम के गुज़र जाने के बाद बादशाह सलामत ने काबुल पर तो दोनों की सरहदें मिल गईं। अब बादशाह सलामत लाहौर आ गए ताकि हालात पर नज़र रखें।

इकत्तीसवें इलाही सन् बमुताबिक़ 1586 ईसवी की 3 सितंबर को बादशाह सलामत ने अब्दुल्ला ख़ान उज़बक को एक फ़रमान लिखा, जिसका एक मसौदा हकीम अबुल फ़तह ने तैयार किया और दूसरा शेख़ अबुल फ़ज़ल ने।

अक्सर बादशाह सलामत एक फ़रमान को दो लोगों से लिखवाते थे। एक बार सरहिंद के पास अपने लश्कर में उन्होंने शेख़ अबुल फ़ज़ल और हकीम अबुल फ़तह को एक फ़रमान का मसौदा तैयार करने को कहा। अगले रोज़ जब हकीम अबुल फ़तह पहुँचे तो बादशाह सलामत ने कहा, ''रात कितनी ज़्यादा बारिश हुई। बरसात के मौसम से भी ज्यादा। तुमने फ़रमान लिखा या सोते रहे?''

जब हकीम अबुल फ़तह ने जेब से फ़रमान निकाल कर पढ़ा तो बादशाह सलामत ने शुरू से आख़िर तक बहुत ध्यान से सुना और फिर कहा, ''बहुत अच्छा लिखा है।''

जब शेख़ अबुल फ़ज़ल ने अपना मसौदा पेश किया तो बादशाह सलामत ने कहा, ''हकीम अबुल फ़तह ने अच्छा मसौदा बनाया है। अगर कुछ छूट गया है तो बता दो ताकि वो शामिल किया जा सके।''

इसी तरह से हकीम अबुल फ़तह ने अब्दुल्ला ख़ान उज़बक के नाम का मसौदा बादशाह सलामत को पढ़ कर सुनाया—

''हमें हमेशा फिक्र रहती है कि ख़ुदा हम से ख़ुश रहे। चूँकि लगभग हर मज़हबी मामले में बहुत इख़्तिलाफ़ रहा है, इसलिए इल्म और काम के मामलों में दी गई दलीलों का हमने सुबूत माँगा। मज़हबी सवालों की बारीक पेचीदगियों को सही तरह से समझने के लिए हम आलिमों की समझ का मुआयना कर रहे हैं और परख रहे हैं। उलेमा के मक़सद को, बयानों और दलीलों के मूल को, पिछली और अभी की पीढ़ियों के ईमान को, और पिछले एक हज़ार साल के दौरान सामने आई किताबों में तफ़्सील से लिखे गए कई अलग-अलग ख़यालात को जानने-समझने की कोशिश कर रहे हैं। बहस से ऐसे लोगों का बाज़ार गिरा और उन नासमझ लोगों का बुरा वक़्त आया जिन्होंने दोहरे रवैये के आलिमों के भेस में आकर और तरक़्क़ी हासिल की। इन मामलों की बहस से कुछ क़ाबिल लोग सामने आए जो अब तक फ़र्ज़ी उलेमा की मक्कारी की वजह से गुमनामी में थे। इन फ़र्ज़ी उलेमा ने अक़्लमंद लोगों का भेस बनाकर लोगों के बीच एक अहम जगह बना ली थी और इन लोगों को पीछे धकेल दिया था। ये ऊपर-ऊपर की समझ रखने वाले बेवकूफ़ लोग सही रास्ते से भटक गए और उन्होंने ग़ुस्से में बंगाल के कुछ बद इरादे वाले उमरा को भी बहकाया, जो कि मुल्क के पूरब में बसे थे और अपने नीच मिज़ाज की वजह से बग़ावत का बुरा इरादा रखते थे। वो दरबार से लंबे वक़्त तक दूर थे और बग़ावत का कोई बहाना ढूँढ़ रहे थे। ये नाकाम और मायूस लोग कभी कहते कि हम ख़ुदाई का दावा कर रहे हैं और कभी कहते पैग़ंबरी का। उनका बुरा उनकी करनी से ही हुआ। वो सभी तबक़ों में बदनाम हुए, बाद में ज़लील हुए और ख़त्म हो गए। सच तो ये है कि ख़ुदाई बातों को दुनियावी कामों से नहीं जोड़ा जा सकता। इसी तरह से पैग़ंबरी तक वो लोग नहीं पहुँच सकते जो दुनियावी ख़्वाहिशों से बँधे हों।

''हैरत है कि अब्दुल्ला ख़ान जैसी शख़्सियत ने, ख़ुदा ने जिनकी मदद की है, नाराज़ और बेवकूफ़ लोगों की शरारती अफ़वाहों पर यक़ीन किया और थोड़ा सा भी शक किया। हम अपने तौर पर यक़ीन दिलाना चाहते हैं कि हम हमेशा ख़ुदा की रज़ा से राज़ी हैं और इसलिए हमें झूठी अफ़वाहों का कोई गिला-शिकवा नहीं। जब कम अक़्ल और नीच लोगों ने इल्ज़ाम और बदनामी से ख़ुदा और रसूल को नहीं बख़्शा तो आम इंसान कैसे बच सकते हैं और वो इसकी फ़िक्र करें ही क्यों?

''ख़ुदा का शुक्र कि अपने इल्म और काम में हम हमेशा ख़ुदा और रसूल के कहे के मुताबिक़ चले हैं और हमारा लगातार बढ़ता इक़बाल इस बात का सुबूत है।

''इंसाफ़पसंद बादशाहों की कोशिश रही है इंसानियत को सुकून पहुँचाने की, ख़ुदा को ख़ुश करने की और ऐसा रास्ता इख़्तियार करने की जिससे इंसानियत बुरे लोगों की मार से बच सके ताकि वो ख़ुदा की इबादत में और रोज़ी-रोटी कमाने

में वक़्त लगाएँ। ख़ुदा ने रिआया को हमारी हिफ़ाज़त में दिया और उनकी भलाई के लिए काम करना हमारा मक़सद रहा है। इसके लिए हमने पिछले तीस बरस हिंदुस्तान की सरज़मीं को साफ़ किया है, इस हद तक कि बाग़ी राजाओं के मुश्किल इलाक़े हमारे पास आ गए हैं। काफ़िरों के गिरजाघर और मंदिर अब ख़ुदा से डरने वाले दरवेशों के हुजरे में तब्दील हो गए हैं। सब कुछ हमारी मर्ज़ी के मुताबिक़ हुआ है। सभी मग़रूर लोग अब फ़माबरदार हो गए हैं और फ़तहयाब फ़ौज में शामिल हो गए हैं। इस तरह से, एक बार में ही अलग-अलग लोगों को एक साथ ले आया गया। हम ने ख़ुद ख़ुदा की इबादत और ख़ाक़सारी से दिल को उम्मीद से भर लिया है और इंसाफ़ और दरियादिली से अवाम के दिलों को पुरउम्मीद कर दिया है।''

बादशाह सलामत की हिदायत पर शेख़ अबुल फ़ज़ल ने जो मसौदा बनाया उसमें ना तो उलेमा की नुक्ताचीनी थी और ना ही बादशाह सलामत के दीनी रुझान पर मचे हंगामे का ज़िक्र। हिंदुस्तान में अपने कारनामों के ज़िक्र के बाद बादशाह सलामत ने लिखा कि उनका ध्यान अब बाहर की तरफ़ है।

''हम ने ये सोच रखा था कि इन मामलों से पूरी तरह फ़ारिग़ होने के बाद हम फ़िरंगी काफ़िरों का सफ़ाया करेंगे जो बंगाल की खाड़ी में किनारों तक जज़ीरों में चले आए हैं और परेशानी खड़ी कर रहे हैं। वो मुक़द्दस जगहों की ज़ियारत के लिए जाने वालों को सता रहे हैं। ये फ़िरंगी बड़ी तादाद में हो गए हैं और हाजियों और तिजारत करने वालों के लिए रुकावट बन गए हैं। हमने सोचा कि ख़ुद जाएँ और उस राह के काँटों को साफ़ करें लेकिन फिर हमने सुना कि फ़ारस के कुछ उमरा बादशाह से बाग़ी हो गए हैं और ग़लत हरकतों पर उतर आए हैं तो हमारे मन में आया कि हम अपने उस बेटे को फ़ारस के हुक्मरान की मदद के लिए भेजें जिसके माथे से अच्छा शगुन और जिसकी कुंडली से इंसाफ़ का नूर ज़ाहिर होता है, और इस काम के हो जाने तक कोई और काम ना करें। लेकिन जब तुर्की के सुल्तान ने अपने बुज़ुर्गों के समझौतों को नज़रअंदाज़ किया है और फ़ारस के बज़ाहिर कमज़ोर हालात को देखते हुए कई बार वहाँ फौज भेजी है तो हमने इस बात को नज़रअंदाज़ किया कि फ़ारस के बादशाह सुन्नी रास्ते से भटक गए हैं। हम ने सिर्फ़ पैग़ंबर के ख़ानदान से उनके रिश्ते को ध्यान में रखा और मदद करने का फ़ैसला किया। पुरानी बातों को भुलाना नहीं चाहिए। ख़ासतौर पर ऐसे वक़्त में जब हमने सुना है कि फ़ारस के शाह ने क़ाबिल लोगों को तोहफ़े के साथ मदद की दरख़्वास्त के लिए भेजा है। ज़रूरी है कि हम शाह की मदद के लिए इराक़ और ख़ुरासान की तरफ़ जाएँ और अब्दुल्ला ख़ान हमें ख़ुरासान में मिलें...''

इसके कुछ साल बाद बादशाह सलामत ने अब्दुल्ला ख़ान उज़बक को लिखा—

''...पंजाब में हमारी मौजूदगी का ग़लत मतलब लगाया गया और अफ़सोस कि जो हमारे दिल में नहीं था वो भी कहा गया। हालाँकि हमें शिकार का शौक़ है

और पंजाब की आबोहवा हमारे लिए अच्छी है, लेकिन हमने तय कर लिया, हम आगरा लौट जाएँगे ताकि फ़िज़ूल की बात करने वालों की ज़बान ख़ामोश हो जाए।''

ये लिखने के बावजूद बादशाह सलामत ने पंजाब उस वक़्त तक नहीं छोड़ा जब तक अब्दुल्ला ख़ान उज़बक ज़िंदा रहे। रावी के किनारे एक दरवेश ने अपने हुजरे में किसी के भी आने की पाबंदी लगा दी थी। उस दरवेश का कहना था, ''मैं ख़ास तरह की इबादत कर रहा हूँ। जब तक तूरान के सिपहसालार अब्दुल्ला ख़ान उज़बक की मौत नहीं हो जाती, मैं ना तो यहाँ से जाऊँगा और ना ही किसी को जाने दूँगा।''

बादशाह सलामत ने इस पर कहा, ''अगर इनकी ही दुआएँ सुनी जाती हैं तो ऐसी बेवक़ूफ़ी की दुआएँ ना माँगें, बल्कि मेरी ख़ुशहाली के लिए कमर कस लें।''

बादशाह सलामत की हुकूमत के तैंतालीसवें साल के पहले दिन ही ख़बर आई कि तूरान के बादशाह अब्दुल्ला ख़ान उज़बक दुनिया से गुज़र गए। जब कुछ लोगों ने जश्न मनाया तो बादशाह सलामत ने रोक दिया और कहा, ''दूरअंदेश लोग ऐसा नहीं करते।''

बादशाह सलामत ने इस सलाह को भी ख़ारिज कर दिया कि अब तूरान पर चढ़ाई की जाए। वो बोले, ''ये कोई हमारी इंसानियत होगी कि तूरान पर चढ़ाई कर दें जब वहाँ अफ़रातफ़री हो ? बेहतर है कि सोग के लिए एक क़ाबिल एलची भेजा जाए जो वहाँ जाकर सलाह दे।''

एक रोज़ बादशाह सलामत को फ़ारस से बुरी ख़बर मिली। शाह अब्बास ने अपने हाथों से बादशाह सलामत के मुरीद और नुक़्तवी, सफ़ीउद्दीन के दो टुकड़े कर दिए थे।

तूरान की तरह बादशाह सलामत के दीनी ख़यालात ने फ़ारस के दरबार को भी बेचैन कर दिया था।

शाह अब्बास की दास्तान लिखने वाले इस्कंदर बेग मुंशी ने *तारीख़े आलम आरा-ए-अब्बासी* में लिखा—

''मुग़ल बादशाह जलालुद्दीन मोहम्मद अकबर के मुलाज़िम शेख़ अबुल फ़ज़ल ने बादशाह को आज़ाद ख़याल का बना दिया और शरई रास्ते से अलग कर दिया था। सय्यद अहमद काशी के नाम शेख़ अबुल फ़ज़ल का भेजा हुआ ख़त उनके काग़ज़ से मिला है जिससे ये बात ज़ाहिर होती है।''

''फ़रमान हज़रत जलालुद्दीन अकबर पादशाह बअमीर अहमद काशी...''

बादशाह सलामत ने ईसवी 1584 में जो फ़रमान भेजा वो बिलकुल वैसा था जैसा कि मुरीदों को भेजा जाता।

''...बतौर नुमाइंदे फ़ारस में काम करें और फ़ारस के लोगों को रास्ता दिखाएँ।

अपने रुहानी तजुर्बात हमें बताएँ और हर मामले में हम से पूछें। जब रुहानी तौर से क़रीब हैं तो दूरी कोई मायने नहीं रखती।''

नुक़्तवी मानते थे कि इंसान की ज़िंदगी ख़ाक़ के नुक़्ते से निकली है। मौत के बाद भी वापसी में उनका यक़ीन था। वो मानते थे कि रूह एक जिस्म से दूसरे जिस्म में दाख़िल हो जाती है। वो सूरज की तरफ़ मुँह करके इबादत करते थे और मेहदी में यक़ीन रखते थे।

नुक़्तवी मान्यता के मुताबिक़ 990 हिज्री बमुताबिक़ 1582 ईसवी के क़रीब सितारों का ऐसा योग होना था कि इस्लाम का दौर ख़त्म होता और उनके मसीहा की सरपरस्ती में नुक़्तवी मज़हब बुलंदी पर पहुँच जाता। नुक़्तवी लोगों को यक़ीन था कि सफ़वी सल्तनत ख़त्म हो जाएगी और उसकी जगह पर एक नया बादशाह और मसीहा सामने आएगा।

वाक़ई वो वक़्त आया जब एक नुक़्तवी फ़ारस के तख़्त पर बैठा। लेकिन एक अजीबो-ग़रीब हाल में। 1587 ईसवी में शाह अब्बास अपने पिता मोहम्मद ख़ुदाबंदा को बेदख़ल कर के तख़्त पर बैठे और फ़ारस में एक मज़बूत हुकूमत का दौर शुरू हुआ। ईसवी 1590 के क़रीब ज्योतिषियों ने पाया कि सितारे किसी शाही शख़्स की जान लेंगे और मुमकिन है कि ऐसा फ़ारस में ही हो। शाह अब्बास की कुंडली का मुआयना करके पाया गया कि दो-तीन दिन बहुत नाज़ुक हैं। तब बला टालने की एक तरकीब निकाली गई। एक नुक़्तवी को फ़ारस के तख़्त पर बिठा दिया गया। ख़ुद शाह अब्बास उनके सामने सजदा करते और दरबारी की तरह खड़े रहते। सल्तनत के अमीर-उमरा ने नए बादशाह के दरबार में हाज़िरी दी। तीन दिन की बादशाहत ख़त्म होते ही उस नुक़्तवी को गोली मार दी गई और लाश को सरे-आम लटका दिया गया।

सफ़ावी सल्तनत के ख़ात्मे की नुक़्तवी भविष्यवाणी को ग़लत साबित करके तख़्त पर लौटने के बाद शाह अब्बास ने चुन-चुन कर नुक़्तवियों को मारा। जो नुक़्तवी बचे वो या तो भाग कर हिंदुस्तान आ गए या फिर गुमनामी की ज़िंदगी जीने को मजबूर हुए।

उन्तालीसवें इलाही सन् बमुताबिक़ 1594 ईसवी के दिसंबर महीने की 14 तारीख़ को बादशाह सलामत ने शाह अब्बास को ख़त लिखा—

''अल्लाहो अकबर! इंसान की अक़्ल, दुनियावी इल्म और समझ बहुत नाकाफ़ी हैं और ख़ुदा का शुक्र है कि उसके जलवे का एक हिस्सा भी बयान से बाहर है। हालाँकि सचाई की नज़र से देखें तो पूरी कायनात ख़ुदा की तारीफ़ की बुनियाद है। चूँकि ख़ुदा का शुक्र पूरी तरह से अदा नहीं हो सकता, इसलिए बेहतर है कि ख़ुद को पैग़ंबरों और पीरों की तारीफ़ में लगाएँ और खुले आम उनके शानदार हालात और उनकी शानदार नेमतों का ऐलान करें जिससे उन्होंने इंसानियत को ग़लत रास्ते

से हिदायत का रास्ता दिखाया। पैग़ंबर मोहम्मद के ख़ानदान की ख़ूबियाँ हैं। उनके पास पैग़ंबरों के राज़ हैं और उनके ज़रिए बख़्शिश हासिल हो सकती है। बहरहाल सही बात तो ये है कि अलग-अलग सतहों के दुनियावी हालात, सचाई की ख़ातिर जान देने वाली बेशक़ीमती शख़्सियतों की ऊँची रूहानियत, ख़ुदा की अज़मत और बड़प्पन का साया हैं और उसकी ही ख़ूबियों का अक्स हैं। ख़ुदा और पैग़ंबरों की ख़ूबियों की बात करने की कोई इंतिहा नहीं। इसलिए बेहतर है कि जिन अहले-अक़्ल का ताल्लुक़ दुनियावी इल्म से है, उनके जाने-माने कारनामों के कुछ नुक़्तों से शुरू किया जाए। ये इबादत की राह पर चलने वाले उन जोशीले राही के लिए अच्छा शगुन है, जिन्होंने जानी और अनजानी शय से ख़ुद को तरोताज़ा करने का फ़ैसला किया है।

''शाह अब्बास ने यादगार सुल्तान हुसैन शामलू के हाथ एक दोस्ताना और पुरख़ुलूस ख़त भेजा जो बहार के मौसम में मिला, जब दिन और रात के बीच का वक़्त था, जिससे हमारा दिल ख़ुश हुआ क्योंकि ये दोस्ती और भाईचारे का ख़त था।

''शाह अब्बास की शिकायत सही है। ख़तो-किताबत में देर हुई या वो रुक गई। रूहानी ताल्लुक़ात के लिए ये ज़रूरी है कि ऐसा ना हो। शाह अब्बास तक ख़बर पहुँच गई होगी कि हम हिंदुस्तान जैसे बड़े मुल्क, जिसे दुनिया के छह हिस्सों में से चार हिस्से का माना जाता है, के अहम मामलात में और राजाओं के साथ लगातार जंगों में मसरूफ़ रहे हैं। ये बड़ा मुल्क जो लंबे वक़्त तक बहुत सारे लड़ाकू और आज़ाद राजाओं की हुकूमत में था, ख़ुदाई मदद से शाही ख़ादिमों ने जीत लिया है। हिंदूकुश से समंदर के साहिल तक के मग़रूर, ताक़तवर और अकड़ दिखाने वाले हुक्मरानों, ख़ास तौर पर बाग़ी राजा और राय, दूर तक ना सोचने वाले पहाड़ों के अफ़ग़ान, रेगिस्तान में रहने वाले घुमक्कड़ बलूची क़बाइली और क़िले में रहने वाले ज़मींदारों को कुचलने का काम पूरा कर लिया गया है। मुल्क को एक करने और यहाँ सुकून क़ायम करने की कोशिश कामयाब हुई और ख़्वाब उम्मीद से ज़्यादा पूरे हुए।

''जब पंजाब दारुल हुकूमत[1] बना तो हम एक क़ाबिल और तजुर्बेकार इंसान को एलची बनाकर ईरान भेजना चाहते थे लेकिन कुछ ज़रूरी मुहिम की वजह से ये टल गया। सबसे अहम मुहिम थी कश्मीर के लोगों को ज़ालिमों से निजात दिलाने की, जो अल्लाह के फ़ज़ल और मुक़द्दस इमामों की दुआओं से पूरी हुई। मज़बूत ज़मीन और दुश्वार लंबे रास्ते, ऊँचे पहाड़, घने जंगल, सँकरे रास्ते और गहरी वादियों के थकाने वाले लंबे सफ़र के बावजूद कूच का ऐलान हुआ और पत्थर काटने वाले कुछ हज़ार हुनरमंद कारीगरों को मंज़िल-ब-मंज़िल आगे बढ़ने का हुक्म हुआ। चूँकि ये लोग पत्थर हटाने और पेड़ काटने में माहिर थे, उन्होंने बहुत

1. दारुल हुकूमत—राजधानी

जल्दी रास्ता साफ़ कर के बना दिया और कश्मीर जीत लिया गया। रिआया ने इंसाफ़ के साए में चैन पाया। ख़ूबसूरती को चाहने वाले तमाम लोगों की पसंदीदी सैरगाहों के जीते जाने के बाद हमने ख़ुदा का शुक्र अदा किया। हम तिब्बत के पहाड़ी इलाक़ों तक गए और पकली और दमतौर के रास्ते लौटे। काबुल और ग़ज़नी में ख़ेमा डाला। स्वात, बजौर, तीराह और बंगश के लुटेरे अफ़ग़ान क़बीलों को कुचला क्योंकि वो तूरान जाने वालों के लिए ख़तरा थे और धोखेबाज़ बलूची और दूसरे घुमक्कड़ क़बीलों को सज़ा दी जिन्होंने ईरान जाने वालों के लिए ख़तरा पैदा कर दिया था।

''शाह अब्बास को देर से ख़त लिखने की वजह थी शाह तहमास्प की मौत के बाद की सियासी अफ़रातफ़री। अब हमें एलची के ज़रिए ये सुन कर चैन मिला कि ईरान में सुकून के हालात बनते जा रहे हैं।

''इंसानियत के दीन में और हुकूमत के क़ायदे में जहाँ तक हमारा दख़ल है, जंग से बेहतर अमन है, लड़ाई से बेहतर मेलजोल है।

''हमने हमेशा दीन के फ़र्क़ को नज़रंअदाज़ किया और माना कि सभी इंसान ख़ुदा के बंदे हैं। हमारी पूरी कोशिश रही है कि इंसानियत की ज़िंदगी में कुछ अमन क़ायम हो। इन उसूलों का असर अक्सर दिखाई दिया है। पंजाब आने के बाद हमारा ये इरादा था कि मावराउन्नहर[1] को जीत लें, कुछ इसलिए कि ये हमारे बुज़ुर्गों की ज़मीन थी और कुछ इसलिए कि पैग़ंबर के ख़ानदान की मदद करें। लेकिन अब्दुल्ला ख़ान उज़बक ने दोस्ती और पुराने ताल्लुक़ात का हवाला देते हुए एलची और ख़त भेजे तो हमने ये इरादा छोड़ दिया। क़ाबिल एलचियों ने भाईचारे का वो सिलसिला शुरू किया जिसने आख़िरकार दोस्ती को मज़बूत किया। चूँकि अमन चाहने वाले इंसान के साथ जंग करना ग़लत है और ख़ुदाई हुक्म के ख़िलाफ़ है इसलिए ये ख़याल छोड़ दिया।

''फ़िक्र कि अभी तक फ़ारस से इत्मिनान दिलाने वाली ख़बर नहीं मिली। उस तरफ़ से आने वालों ने अफ़रातफ़री के हालात के बेहतर होने की ख़बर नहीं दी और ना ही ये साफ़ हुआ कि शाह का क्या ख़याल है। शाह हमें अपना ख़ैरख़्वाह मानें जो मदद करना चाहता है इसलिए फ़ारस के हर रोज़ के हालात पर तफ़्सील से ख़त लिखें। चूँकि ईरान में दूरअंदेश, तजुर्बेकार और अक़्लमंद लोगों की कमी है, हमारी सलाह है कि अच्छी हुकूमत और अवामी बेहतरी से फ़ारस को मज़बूत करें। सही फ़ैसला लें, मज़बूती दिखाएँ और बुरे लोगों की झूठी और शरारती बातों में ना आएँ। अपने पुराने और ख़ानदानी उमरा से अच्छा सुलूक करें। उनकी ख़ामियों को दरियादिली से नज़रअंदाज़ करें। नए उमरा में ईमानदार लोगों का हौसला बढ़ाएँ। अपनी दरियादिली से मक्कार चेहरों को दूर करें। सज़ा-ए-मौत से पहले पूरी एहतियात बरतें क्योंकि मतलबी दुश्मन और टेढ़े मक्कार लोगों की वजह से ज़िंदगी भर के दोस्त जुदा हो

1. मावराउन्नहर—तूरान

सकते हैं। ऐसे मक्कारों से बच कर रहें जो दोस्ती और वफ़ादारी की आड़ में सल्तनत को बरबाद कर सकते हैं। इसलिए उनके अंदर के हालात पर नज़र रखना ज़रूरी है। इस जहाने फ़ानी में मुल्क को ख़ुदा की मर्ज़ी के मुताबिक़ चलाएँ। और आख़िर में सभी फ़िरक़ों के लोगों के दिलों को सुलहे कुल के उसूलों के मुताबिक़ आराम पहुँचाएँ क्योंकि ख़ुदा की माफ़ी हर तरह के अक़ीदे के साथ है। इंसानियत के तरह-तरह के लोग ख़ुदा की नेमत हैं और उनके साथ प्यार का बर्ताव होना चाहिए और उनका दिल जीतने की कोशिश होनी चाहिए। ये याद रखना चाहिए कि ख़ुदा की रहमत सब के लिए है और पूरी कोशिश करनी चाहिए कि सुलहे कुल को अपनाएँ। अपनी बेहतर होती तक़दीर को ध्यान में रखें क्योंकि ख़ुदा अलग-अलग दीन और हालात के लोगों को अता करता है। इसलिए बादशाह, जो कि ख़ुदा का साया, उन्हें भी ऐसा ही करना चाहिए। दरअसल ख़ुदा ने बादशाहों को इस ख़त्म होने वाली दुनिया को चलाने और इंसानियत को रास्ता दिखाने और हर तबक़े के इंसान की इज़्ज़त की हिफ़ाज़त के लिए बनाया है। इस जहाने फ़ानी में लोग जानबूझ कर ग़लतियाँ नहीं करते, तो फिर कभी ना ख़त्म होने वाले दीन के मामलात में लोग ग़फ़्लत क्यों बरतेंगे! हर फ़िरक़ा दो में से किसी एक में होगा। एक वो जो सही राह पर होगा, जिस पर चलना चाहिए। या फिर वो जिसे लोगों ने ग़लती से अपना लिया है और नादानी में उस पर यक़ीन कर रहे हैं, जो सख़्ती के नहीं, नरमी के लायक़ हैं।

''दिल बड़ा होने से एक बेहतर दीनी और दुनियावी सोच-समझ, लंबी उम्र और दौलत तक पहुँचा जा सकता है। इस का एक फ़ायदा ये है कि बेख़याली के ग़ुस्से में दोस्तों को इस शुब्हे में ख़त्म नहीं किया जाएगा कि वो दुश्मन हैं और दोस्त दिखाई देने वाले दुश्मन शैतानी का मौक़ा नहीं पाएँगे। अपनी ज़बान पर क़ायम रहने की कोशिश करें क्योंकि कामयाब हुकूमत की ये अहम बुनियाद है। इसी तरह से हमेशा सब्र रखें क्योंकि मज़बूत हुकूमत ऐसी ही बुनियाद पर टिकी है।''

बादशाह सलामत के दीनी रुझान पर बेचैनी दुनिया के दूसरे दरबारों में ही नहीं, बल्कि बादशाह सलामत के ख़ानदान के अंदर तक पहुँच चुकी थी।

1601 ईसवी में बाग़ी शहज़ादे सलीम का एक फ़रमान बादशाह सलामत तक पहुँचा।

''कुछ शरारती लोगों के उकसाने पर मेरे वालिद ने मस्जिदों के ख़तीब, मुअज़्ज़िन[1] और इमाम की रोज़ी-रोटी का इंतज़ाम ख़त्म कर दिया और जमात में नमाज़ पढ़ने पर पाबंदी लगा दी। उन्होंने कई मस्जिदों को गोदाम और अस्तबल में तब्दील कर दिया है। उन्हें ऐसा नहीं करना चाहिए था। मस्जिदों की देखरेख के लिए

1. मुअज़्ज़िन—जो अज़ान देते हैं।

वज़ीफ़ा फिर से शुरू किया जाए। ख़तीब, मुअज़्ज़िन और इमाम लोगों से नमाज़ पढ़ने को कहें। इस मामले में कोताही बरतने वाले को सज़ा दी जाएगी।''

बादशाह सलामत तो कहा करते थे, ''ऊपरी इबादत तो सोने वाले को जगाने के लिए है। वरना ख़ुदा की तारीफ़ तो दिल से निकलती है ना कि जिस्म से...जो बेसूरत है वो ना सोते में देखा जा सकता है, ना जागते में। उसको सिर्फ़ ख़यालों में देखा जा सकता है।''

एक बार शहज़ादे मुराद ने बादशाह सलामत से पूछा था, ''इबादत तो सही मायने में रूहानी है और दिल में की जाती है लेकिन अगर मेरे लश्कर में कोई पुराने रास्तों पर चलने वाले उलेमा की तरह से माने कि इबादत वो जिस्मानी हरकतें हैं जिसे नमाज़ कहा जाता है, और सुबह से रात तक खाना ना खाना, जिसे रोज़ा कहा जाता है...जबकि दरअसल ख़ुदा की इबादत में जिस्म और जिस्म की हरकतें नहीं होतीं, ऐसे में उसे रोकूँ या छोड़ दूँ?''

बादशाह सलामत ने जवाब दिया, ''अलग-अलग तरह के लोगों का होना ख़ुदाई ताक़त है...वो पूरी दुनिया के साथ सुलहे कुल पर क़ायम रहें। नेक ख़्वाहिशात रखना और नसीहत देना दोनों ही हर इंसान के लिए मुनासिब है। अक़्ल के रास्ते पर आने वाला हर इंसान ख़ुशनसीब है और पुरानी रीत की बंजर ज़मीन में दुखी रहने वाले इंसान मजबूर हैं। ख़ुदा को किसी भी रास्ते से जानना और उसकी इबादत करना अच्छा है। जिस्म की हरकतों को ख़ुदा की इबादत समझने वाले नासमझ को रोकना ऐसा ही होगा जैसे ख़ुदा को याद करने से रोकना।''

बादशाह सलामत ने शहज़ादे मुराद से कहा, ''जो बेमिसाल है उसकी इबादत बोले जाने वाले लफ़्ज़ के दायरे से बाहर है...बेमिसाल की इबादत भी तो बेमिसाल होगी। अगर ख़ुदा ने चाहा तो तुम इस ख़ूबसूरत ख़ुदाई राज़ को समझ लोगे। अभी इस मामले की शुभ शुरुआत के तौर पर यही कहा जा सकता है कि वो अपने मन में ईमानदारी और क़ाबिले-तारीफ़ अमल की बात लाएँ और हमें ख़ुश रखें ताकि हमारी दुआओं से ख़ुदा की इबादत का एक और रास्ता खुल जाए।''

मुराद ने पूछा, ''अगर मुझे किसी दरवेश, योगी, संन्यासी या किसी फ़क़ीर का पता चले तो उनसे मिलने के बारे में क्या हिदायत है?''

बादशाह सलामत ने जवाब दिया, ''इन लोगों से मिलना ख़ुदा की तलाश की निशानी है। इन से ज़रूर मिलो लेकिन दुनियावी मामलात को त्याग देने वालों से मिलने में एहतियात बरतनी चाहिए। अगर ये पता चले कि उन में ख़ौफ़ पैदा करने वाली बातें ज़्यादा हैं तो ना मिलो और अगर पता चले कि अच्छी बातें ज़्यादा हैं तो ज़रूर मिलो।''

अब शहज़ादे ने पूछा, ''कोई एक-दो किताब मुझे मिले जो ज़हन को बुलंद करे और पुरानी सोच को दूर करे तो इससे मुझे हिदायत मिलेगी।''

बादशाह सलामत ने कहा, ''रिवायत के दलदल में ऐसी किताब शायद ही कोई हो लेकिन तुम्हारा ख़याल करके *महाभारत* का तर्जुमा भेज रहा हूँ जो एक अजीब कहानी है।''

बादशाह सलामत की हुकूमत के चालीसवें सन् के पहले फ़रवरदिन महीने के पहले दिन बमुताबिक़ हिज्री 1003 के रजब महीने की नौवीं तारीख़ को बादशाह सलामत ने मुल्ला बदायूँनी की तरफ़ इशारा करके अबुल फ़ज़ल से पूछा, ''हम समझते थे कि ये सूफ़ी मिज़ाज के दूसरी दुनिया के इंसान हैं। लेकिन ये इतने तंग नज़र हैं कि कोई तलवार इनकी तंग नज़री की रग को काट नहीं सकती।''

शेख़ अबुल फ़ज़ल ने पूछा, ''ऐसा इन्होंने किस किताब में लिखा है?''

''*रज़्मनामा* में!'' बादशाह सलामत ने कहा।

जब *रज़्मनामा* के नाम से *महाभारत* का तर्जुमा पूरा हुआ तो बादशाह सलामत ने ख़ुश हो कर अमीर-उमरा से कहा कि अपने लिए उसकी नक़ल बनवाएँ।

मुल्ला अब्दुल क़ादिर बदायूँनी ने बताया, ''बादशाह सलामत ने ये काम इस तरह से शुरू किया। जब उन्होंने *शाहनामा* और *दास्ताने अमीर हमज़ा* को पंद्रह बरसों में सतरह किताबों में लिखवाया और उसकी सजावट में बहुत सोना लगाया...तब एकाएक उनके मन में आया कि ये ज़्यादातर किताबें शायरी और कहानी हैं लेकिन इन्हें पहले-पहल एक शुभ घड़ी में सुनाया गया, जब सितारे आसमाँ पर से गुज़रे, इसलिए इन्हें शोहरत मिली। लेकिन अब उन्होंने ऋषियों-मुनियों की लिखी हिंदू किताबों को, जिन में साफ़ सबूत थे, जिन पर उनका पूरा दीन टिका हुआ था, हिंदुस्तानी से फ़ारसी में करने का हुक्म दिया और सोचा, 'ये मैं अपने नाम पर क्यों ना करूँ? ये बेमानी नहीं है, बिलकुल नयापन है इनमें, और इन से रूहानी और दुनियावी ख़ुशियाँ हासिल होंगी, औलाद और दौलत बहुत मिलेगी जैसा कि इन किताबों में शुरू में लिखा है'। इस तरह से उनका इसमें रुझान बढ़ा।''

आसफ़ ख़ान जाफ़र बेग ने *तारीख़े अल्फ़ी* में बादशाह सलामत के बारे में लिखा, ''उनका दिल इंसाफ़ पसंद है और उनकी ख़्वाहिश है कि अलग-अलग दीन के मानने वाले दूसरे के दीन की सचाई जानने के बाद सब्र से काम लें और तंग-नज़री छोड़ दें। इसलिए उन्होंने हुक्म दिया कि अलग-अलग दीन की वाजिब बातों को हर दीन की ज़बान में किया जाए और हर दीन की पुरानी बातों के बाग़े-गुलाब से जहाँ तक हो सके तंग-नज़री के काँटों को दूर किया जाए।''

रात के वक़्त ख़ुद बादशाह सलामत देवी मिश्र, मधुसूदन मिश्र, रुद्र भट्टाचार्य और शेख़ भावन से *महाभारत* का मतलब समझते और फिर नक़ीब ख़ान, सुल्तान हाजी थानेसरी, मुल्ला शेरी और मुल्ला अब्दुल क़ादिर बदायूँनी को समझा देते ताकि वो अनुवाद करें।

हुआ ये कि मुल्ला अब्दुल क़ादिर बदायूँनी ने *महाभारत* को फ़ारसी में किया तो एक जगह पर एक मुनि ने मौत से पहले कहा, ''ये सही है कि इंसान को नासमझी और ग़ैरज़िम्मेदारी की हदों से बाहर आ जाना चाहिए और सबसे पहले विधाता को जानना चाहिए और जान कर रास्ते पर चलना चाहिए। बिना अमल के ज्ञान से मुतमईन नहीं होना चाहिए। इससे कोई फल नहीं मिलता, बल्कि सचाई के रास्ते पर चलना चाहिए और जहाँ तक हो सके बुरी हरकतों को छोड़ देना चाहिए और ये जान लेना चाहिए कि हर क़दम के बारे में पूछा जाएगा।''

बादशाह सलामत को शक हुआ कि मुल्ला बदायूँनी *महाभारत* को फ़ारसी में करने के बजाय जान-बूझकर उस में क़यामत के दिन के हिसाब की बातें डाल रहे हैं।

''हरामख़ोर, शलग़मख़ोर[1],'' बादशाह सलामत ने ग़ुस्से में कहा।

मुल्ला अब्दुल क़ादिर ने समझाया, ''हिंदुस्तान के लोग अच्छे या बुरे कर्म पर इनाम या सज़ा में यक़ीन करते हैं। उनका यक़ीन इस तरह का है। जब कोई मर जाता है तो पूरी ज़िंदगी का हिसाब उस फ़रिश्ते के सामने पेश कर दिया जाता है जो आत्मा को पकड़ने वाला है और जो इंसाफ़ का राजा भी कहलाता है। उसका अच्छा और बुरा देखने के बाद और ये देखने के बाद क्या ज़्यादा है, वो कहता है, 'इस इंसान की मर्ज़ी है।' फिर उससे पूछता है, 'तुम्हें अच्छे कामों के लिए जन्नत ले जाऊँ ताकि तुम पूरी तरह अपने अच्छे कर्मों के मुताबिक़ मज़े लूटो और उसके बाद तुम्हारे पाप को धोने के लिए नरक भेजूँ, या उससे उलटा करूँ!' ये वक़्त ख़त्म होने के बाद हुक्म होता है कि ये इंसान धरती पर लौट आए और अपने कर्मों के मुताबिक़ रूप लेकर कुछ वक़्त यहाँ गुज़ारे। ये सिलसिला ऐसा ही चलता है, जब तक कि वो पूरी तरह मुक्ति ना पाए और इस दुनिया में आने और जाने से आज़ाद ना हो जाए।''

पूरा दरबार मुल्ला अब्दुल क़ादिर बदायूँनी की बात को ध्यान से सुन रहा था। वो कह रहे थे, ''मैं सिर्फ़ तर्जुमा कर रहा हूँ। इससे ज़्यादा कुछ नहीं। और जो भी हिंदुस्तान के ऋषि मुनि ने लिखा है उसका मैंने बिना तब्दीली के तर्जुमा किया है। अगर मैंने अपने मन से लिखा होता है तो मेरी ग़लती होती।''

उस दिन शेख़ अबुल फ़ज़ल ने मामले को समझ कर मुल्ला बदायूँनी को बचा लिया और बात बिगड़ने से बच गई।

1. शलग़मख़ोर—लालची इंसान।

आगरा के शाही क़िले में नौबत बज रही थी। भोर का वक़्त था। सूरज उगने से एक घड़ी पहले सुरना की आवाज़ आई। फिर जब सूरज उगा तो कुवर्गा[1] की आवाज़ आई और फिर कर्ना, नफ़ीर और बाक़ी साज़। इसके बाद ज़रा रुक के फिर से सुरना और नफ़ीर। भोर की नौबत के एक घंटे बाद नक़्क़ारा बजा और सभी साज़िंदों ने मुबारक धुन बजाई।

बादशाह सलामत का रिआया को झरोखा दर्शन देने का वक़्त था लेकिन वो इस हाल में नहीं थे कि दर्शन दें। कुल ज़िंदगी में गिने-चुने दिन थे जब रिआया के लिए झरोखे पर नहीं दिखे। हुकूमत के तीसवें साल में बीरबल की मौत पर, चौतीसवें साल में हाथी से गिरने पर, इक्तालीसवें साल में हिरन से ज़ख़्मी होने पर, सैंतालीसवें साल में शेख़ अबुल फ़ज़ल की मौत पर और फिर अब ज़िंदगी के आख़िर के चार दिनों में। सुबह के वक़्त इबादत के बाद जब वो झरोखे पर आते तो नीचे बड़ी तादाद में ऐसे लोग होते जिनका दावा था कि बादशाह सलामत के देखे बग़ैर खाना-पानी तो दूर, वो मुँह भी नहीं धोएँगे।

बादशाह सलामत ने अपनी पसंदीदा किताब *अख़लाक़े नासिरी* से सुना था—

''बादशाह अपनी रिआया से वैसे प्यार करे जैसे कोई पिता अपने बच्चों से करता है और रिआया बादशाह से ऐसे जैसे बच्चे अपने पिता से...बादशाह अपनी दर्दमंदी...अक़्लमंदी...अच्छाई को अपनी तरफ़ खींचने और बुराई को दूर करने के लिहाज़ से एक हमदर्द उस्ताद हो; फ़रमाबरदारी, इज़्ज़त, एहतराम और अच्छी सलाह देने के लिहाज़ से...रिआया एक अक़्लमंद बेटे की तरह हो; और आख़िर में ये कि रिआया का बर्ताव आपस में ऐसे भाइयों जैसा हो जिनमें मेलजोल है।''

अपनी रिआया के सामने झरोखे पर आने से पहले बादशाह सलामत रोज़ सुबह उठकर पाँच घड़ी इबादत किया करते थे और तीन घड़ी नहाने-धोने में और रख रखाव में गुज़ारते। सुबह आम दरबार में डेढ़ पहर इंसाफ़ करते और आम इंसान की बात सुनते। हर रोज़ दोपहर का वक़्त ज़नानख़ाने में गुज़रता और वहाँ अर्ज़ी सुनते। दोपहर को दीवाने-ख़ासो-आम में जानवरों का मुआयना होता, नए ओहदे और जागीर देने और मंसब बढ़ाने पर फ़ैसले होते। यहीं ख़ास मेहमानों और एलचियों को बुलाया जाता। जंग में क़ैद हुए लोग भी यहीं पेश होते। आमतौर पर यहाँ चार घड़ी का वक़्त लगता। लेकिन अगर काम ज़्यादा होता तो बादशाह सलामत सूरज डूबने तक यहाँ रहते। इसके बाद रात का वक़्त पढ़े-लिखे लोगों के साथ महफ़िल में गुज़रता। जब सल्तनत का काम बहुत बढ़ गया तो हर काम के लिए एक दिन तय कर दिया गया। रविवार को घोड़ों का मुआयना करते, सोमवार को ऊँट, खच्चर और बैल का, मंगलवार को फ़ौजियों का, बुधवार को वज़ीरों का काम देखते, बृहस्पतिवार का दिन इंसाफ़ के लिए होता, शुक्रवार का लोगों से मिलने के लिए

1. कुवर्गा—एक तरह का नगाड़ा।

और शनिवार का हाथीख़ाने का मुआयना करने के लिए। एक-एक लफ़्ज़ और एक-एक क़दम दर्ज करने के लिए हर रोज़ दो वाक़यानवीस तैनात रहते।

अब बादशाह सलामत बिस्तर पर थे और ये वाक़यानवीस ख़ाली बैठे थे। उनके पास दर्ज करने को कुछ नहीं था।

बादशाह सलामत को संगीत पर लिखी गई किताब *बवरिक़ुल इल्मा* से पढ़ कर सुनाया गया था, "डफ़ मौजूदा दुनिया के चक्र को ज़ाहिर करता है—इसकी खाल का मायने है ज़िंदगी...डफ़ की चोट का मतलब है ख़ुदाई बातों का सामने आना...बिलकुल अंदरूनी राज़ का...अंदर की बुनियादी बातों का बाहर ज़िंदगी पर ज़ाहिर होना।"

शाही क़िले के नक़्क़ारख़ाने से बज रही नौबत में बादशाह सलामत ने एक-एक साज़ को पहचान लिया। भारी और गहरी आवाज़ करने वाले अट्ठारह दमामे, बीस नक़्क़ारे, चार दुहुल, चार कर्ना, नौ सुरना, दो सींग, तीन संज और नफ़ीर।

बाँसुरी जैसे साज़ पर *बवरिक़ुल इल्मा* में कहा गया था, "इसके नौ छेद से मतलब है कान, नाक, आँख, मुँह और गुप्त अंग। नौ और छेद हैं जो बाहर से अंदर की तरफ़ हैं जैसे बग़लें, कोहनी के अंदर का हिस्सा, घुटनों के पीछे, कलाइयों के अंदर का हिस्सा और नाभि।"

बादशाह सलामत ख़ुद बहुत अच्छा नक़्क़ारा बजाते थे। एक बार कश्मीर में बादशाह सलामत को गाने की आवाज़ सुनाई दी तो उन्होंने कहा, "गाने वाले की उम्र बीस से ज़्यादा और तीस से कम है।"

जब पता किया गया तो गाने वाले की उम्र पच्चीस निकली।

नक़्क़ारख़ाने में जलालशाही और नौरोज़ी जैसी दो सौ ऐसी धुनें थीं जो ख़ुद बादशाह सलामत ने बनाई थीं। दरबार में गाए एक ध्रुपद में कहा गया कि बादशाह सलामत देवराज इंद्र से भी ज़्यादा गुणी हैं और सात सुरों का तरह-तरह से प्रदर्शन करते हैं; वो तरह-तरह की बंदिशों और सुरों को समझते हैं और साज़ बजाते हैं; देव, गुणी, गंधर्व सभी उन्हें देख सुन कर ख़ुश हैं; ऐसे उस्तादों के उस्ताद के दर्शन से सब सुखी हैं।

"सुरपत हू कै वाही साहि तिहारे से गुनी गुन पूरौ,
संगीत मत सरस सप्तधाइ के ब्यौरे न्यारे न्यारे करि दिखावत है।
करतार ताकिटि किटि ताकिट किटि
सुर बोध प म ग रे सा बाजै,
धिधिलाग धिलाग धुमकिटि तक थुंना तकट थेई थेई ते,
प्रबंद वद करैं संकीरन सप्त राग,
बिवेश बिवेश करि कैं वर साहि तुम ही आवत है।

देव गुनी गंद्रप ते सब मोहि रहे सो देखत सुनत,
तेरी सभा एसौ को गुनी जाकौ धीरज न आवत।
गावत बजावत गुरनि गुरु जलालदीं महंमद,
ऐसे जाके चहू दरसन संतोष पावत॥''

बादशाह सलामत ने अपने दौर के सबसे बड़े संगीतकार तानसेन को बहुत चाव से बुलाया और बहुत भारी मन से विदा किया।

'पीथल सूँ मजलिस गई, तानसेन सूँ राग...,' बादशाह सलामत ने सोचा।

सत्ताईस बरस के साथ के बाद मियाँ तानसेन की मौत हुई तो बादशाह सलामत के हुक्म पर सभी संगीतकार और गायक गाते-बजाते उनके जनाज़े के साथ क़ब्र तक गए। बादशाह सलामत ने उस वक़्त कहा था कि तानसेन के साथ संगीत की मौत हो गई। बादशाह सलामत के दरबार से लेकर वैष्णव संप्रदाय तक तानसेन का बहुत चर्चा था। वैष्णव संप्रदाय में मियाँ तानसेन का ये क़िस्सा आम था—

''तानसेन बड़ी जात वाले थे। उनकी गायन विद्या का अभ्यास बहुत सुंदर था। दिल्ली में पृथ्वीपति[1] के पास रहते थे। सब गवय्यों में तानसेन जी मुख्य थे। पृथ्वी पर जो कोई राजा और बड़े आदमी होते उनके यहाँ तानसेन जी गाने जाते थे। लाखों रुपयों का इनाम लाते। पृथ्वीपति के कलावंत जानकर सब डरते भी।

''एक दिन तानसेन जी श्री गुसाईं[2] जी के यहाँ गाने के लिए आए। श्री गुसाईं जी ने तानसेन जी को इनाम में दस हज़ार रुपये और एक कौड़ी दी। तब तानसेन जी ने पूछा, 'यह दस हज़ार रुपए तो ठीक है पर कौड़ी किसलिए?'

''श्री गुसाईं बोले, 'तुम पादशाह के कलावंत हो इस के दस हज़ार रुपए और तुम्हारे गायन की क़ीमत हमारे गवय्यों के आगे कौड़ी की है।'

''तब तानसेन ने ये बात कही, 'तो मैं कैसे मानूँ?'

''तब श्री गुसाईं जी ने गोविंदस्वामी को आपने पास बुलाकर आज्ञा दी कि एक पद गाओ। तब गोविंदस्वामी ने सारंग राग में यह पद गाया—

श्रीवल्लभनंदनरूप अनूपस्वरूप कह्यो नहिं जाई॥

''ये सुनकर तानसेन चकित हो गए। उन्होंने सोचा, 'मेरा गायन इनके आगे ऐसा है जैसे मख़मल के आगे टाट। ऐसे है तो कौड़ी का इनाम खरा।'

''तब तानसेन ने गोविंदस्वामी से कहा, 'तो बाबा साहब! मुझे गायन सिखाओ।'

''तब गोविंदस्वामी ने कहा, 'हम तो अन्य मार्गी से बात ही नहीं करते।'

''तब तानसेन श्री गुसाईं के सेवक हुए, पच्चीस हज़ार रुपए भेंट किए और

---

1. पृथ्वीपति—यहाँ मतलब बादशाह अकबर से है।
2. श्री गुसाईं—वैष्णव संप्रदाय के पुष्टि मार्ग के संस्थापक वल्लभाचार्य जी के द्वितीय पुत्र थे श्री गुसाईं।

गोविंदस्वामी के पास गायन विद्या सीखी। श्रीनाथ[1] जी के पास कीर्तन गाने लगे। तानसेन महीने में एक बार पादशाह के पास जाते और ज्यादातर महावन में रहते।''

सुनते हैं एक बार बादशाह सलामत ने तानसेन से पूछा, ''तुमने किस से सीखा है? क्या कोई तुम से बेहतर गाता है?''

तानसेन बोले, ''मैं किस गिनती में हूँ। श्री वृंदावन में हरिदास जी वैष्णव हैं जिनका मैं शिष्य हूँ।''

फिर तानसेन बादशाह सलामत को लेकर वृंदावन पहुँचे। ख़ुद गाने के बाद तानसेन ने हरिदास से विनती की, ''महाराज कुछ आप भी गाइए।''

तब हरिदास जी ने मेघ मल्हार गाया तो चैत-बैशाख में भी बारिश होने लगी।

तानसेन की पैदाइश ग्वालियर के पास बेहट में एक ब्राह्मण मकरंद पांडे के घर हुई। जब कई औलाद हो कर गुज़र गईं तो पड़ोसियों के कहने पर मकरंद पांडे और उनकी पत्नी ग्वालियर के सूफ़ी हज़रत ग़ौस मोहम्मद के पास गए थे। हज़रत ग़ौस मोहम्मद ने मकरंद पांडे की पत्नी को एक तावीज़ दी। कुछ वक़्त बाद उन्हें वो बेटा हुआ जो बाद में तानसेन कहलाया। पन्ना दरबार के गवैय्ये ज़ैन ख़ान ने जलालुद्दीन मोहम्मद अकबर के दरबार पहुँच कर तानसेन की ख़ूबियों को बयान किया तो बादशाह सलामत ने उन्हें लाने के लिए अपने एक सिपहसालार को रवाना किया।

सुनते हैं जब पन्ना के राजा रामचंद्र ने तानसेन को विदाई के वक़्त हीरे का कड़ा दिया तो तानसेन ने वायदा किया, ''जिस सीधे हाथ से ये पहना है उससे किसी और से कोई तोहफ़ा नहीं लूँगा।''

रास्ते में पानी पीने के लिए तानसेन रुके तो ये देखकर हक्का-बक्का रह गए कि ख़ुद राजा रामचंद्र उनकी पालकी को कंधा दे रहे हैं। राजा रामचंद्र ने कहा, ''हमारे यहाँ रीत है कि जब कोई अपना मर जाता है तो उसको कंधा देते हैं। बादशाह ने तुम्हें हमारे लिए मार ही डाला है।''

बादशाह सलामत के अपने पीर शेख़ सलीम चिश्ती तानसेन को बहुत पसंद करते थे। मियाँ तानसेन ने अल्लाह और पैग़ंबर की शान में लिखा पद शेख़ सलीम चिश्ती को सुनाया था। मियाँ तानसेन ने कहा कि पैग़ंबर मोहम्मद में अल्लाह का नूर है; धरती आकाश, जल, थल, पास, दूर सब जगह परवरदिगार व्याप्त है, जो बेमिसाल है, जिसकी ख़ूबी का अंदाज़ा नहीं लगाया जा सकता और जो गुनाहों को बख़्शने वाला है।

1. श्रीनाथ—भगवान कृष्ण।

''पाक मोहम्मद अल्ला रसूल तेरौ ही नूर जहूर।
धन-धन परवरदिगार, गुनाहगार तू बक्सन,
तू ही जग रम रह्यौ भरपूर॥
वेचुन, वेचगुन, बेशुनो, वेनमून
अव्वल आखीर, तू ही निकट, तू ही दूर।
जित देखूँ तित तुही, तुही व्यापि रहनौ जल-थल,
धरनी-आकास 'तानसेन' तू ही हजूर॥'

बादशाह सलामत ने शेख़ सलीम चिश्ती से पूछा था, ''आप इस दुनिया से हमेशा क़ायम रहने वाली दुनिया में कब जाएँगे?''

शेख़ सलीम चिश्ती ने शहज़ादे सलीम के सर पर हाथ रखा और कहा, ''जब शहज़ादे किसी उस्ताद की तालीम से या किसी और तरह से कुछ याद करके सुनाएँगे तो यही निशानी होगी ख़ुदा से विसाल की।''

सुना है कि बादशाह सलामत ने सख़्त हिदायत दी कि शहज़ादे को कुछ ना सिखाया जाए लेकिन एक दिन जब शहज़ादे की उम्र दो बरस ग्यारह महीने की थी तो अनहोनी हो गई।

एक पुरानी नौकरानी लगातार नज़र उतारने की ज़िम्मेदारी पर थी और इस वजह से शहज़ादे के आसपास रहती थी। इस औरत ने नादानी में या जान-बूझकर शहज़ादे सलीम को ये शेर याद कराया—

''या ख़ुदा उम्मीद की कली खिला दे,
हमेशा क़ायम रहने वाले बाग़ से एक फूल दिखा दे।''

शहज़ादे ने जाकर ये शेर शेख़ सलीम चिश्ती को सुनाया तो उन्होंने फ़ौरन बादशाह सलामत को जाकर ये बात बता दी। उसी रात से उन्हें बुख़ार चढ़ गया। अगली सुबह ही उन्होंने तानसेन को बुलवाया और उनका गायन सुनते रहे। उसके बाद उन्होंने बादशाह सलामत को बुलवाया और कहा, ''अब विसाल का वक़्त आ गया है। तुम से विदा लेता हूँ।''

अब ख़ुद बादशाह सलामत की ज़िंदगी का चिराग़ टिमटिमा रहा था।

मुल्ला अब्दुल क़ादिर बदायूँनी ने ख़ुफ़िया तौर पर लिखा था—

''साल में एक बार आने वाली एक ख़ास रात को सब तरफ़ से जोगी आकर जमा होते थे। इस रात को शिवरात्रि कहा जाता था। बादशाह सलामत ख़ास जोगियों के साथ खाते-पीते। इन जोगियों ने वायदा किया कि वो आम लोगों के मुक़ाबले चार गुना जिएँगे। बादशाह इस पर पूरा यक़ीन करने लगे और...ये बात उनके दिमाग़ पर इस पक्के तरीक़े से अक्स हो गई जैसे पत्थर पर लिखी हो। चापलूस दरबारियों

को बादशाह की लंबी उम्र का सबूत मिला। उन्होंने कहा कि चाँद का चक्र अब समाप्त हो रहा है जिसमें कि लोगों की उम्र छोटी होती है और शनि का चक्र शुरू हो रहा है, जो एक नए युग की शुरुआत है और मानव जाति की आयु फिर वो हो जाएगी जो शुरू में थी। इसलिए उन्होंने कहा कि कुछ मुक़द्दस किताबों में लिखा है कि लोग एक हज़ार बरस तक ज़िंदा रह सकते हैं। और उनकी अपनी संस्कृत की किताबों में आया है कि लोगों की आयु दस हज़ार बरस होगी। तिब्बत में ऐसे लामा या भक्त हैं और चीन के ऋषि हैं जो आज भी दो सौ बरस या उससे ज़्यादा जीते हैं। इस वजह से हज़रत बादशाह ने इन लामाओं की तरह हरम में अपना वक़्त कम किया, खाना-पीना कम किया, ख़ासतौर पर गोश्त से परहेज़ किया। उन्होंने सर के बिलकुल ऊपर के बाल मुँडवा दिए लेकिन दाएँ-बाएँ बाल बढ़ने दिए क्योंकि उनका यक़ीन था कि मरते वक़्त मुकम्मल इंसान की रूह गरज के साथ सर से ही निकलती है—जो कि इंसान के जिस्म का दसवाँ छेद है—और मरने वाला इसे सुख का और पाप से मुक्ति का सुबूत माने और ये संकेत माने कि उसकी आत्मा अब किसी बड़े और ताक़तवर बादशाह के शरीर में प्रवेश करेगी।''

बादशाह सलामत की हज़ार बरस जीने की कोशिश नाकाम हुई। उनकी तबीयत लगातार बिगड़ती गई। यहाँ तक कि आवाज़ भी जाती रही।

बहुत साल पहले सतलुज नदी के पास तीन-चार ख़ास शिकारियों के साथ वो जंगली गधों के शिकार पर पैदल ही निकल पड़े थे। वो बंदूक से शिकार करते रहे और जंगली गधों का झुंड आगे निकलता गया। जब बादशाह सलामत को प्यास लगी तो उन्हें अंदाज़ा हुआ कि वो अपने लश्कर से बहुत दूर निकल आए हैं। उनके साथ के लोगों ने भिश्ती को बहुत ढूँढ़ा लेकिन वो नज़र नहीं आया। प्यास से बादशाह सलामत को इतनी कमज़ोरी हो गई कि उनकी आवाज़ बंद हो गई। आख़िर जब भिश्ती पहुँचा तो जान में जान आई।

शेख़ अबुल फ़ज़ल ने इस पर कहा था, ''ये बादशाह सलामत के दिल पर अक्स होने वाला ख़ुदाई पैग़ाम है कि वो अपनी पाक शख़्सियत का ख़याल रखें क्योंकि सही मायने में ये शख़्सियत इंसानियत की निगहबानी करती है, या यूँ कहें कि ऐसा करना ख़ुदाई नेमतों का शुक्रिया करना और ख़ुदाई तोहफ़ों की हिफ़ाज़त करना है।''

अब शाही हकीम का कोई इलाज काम नहीं आ रहा था।

'जब जिस्म के मर्ज़ में हकीम इतनी ग़लतियाँ करते हैं तो जो रूह दिखती नहीं उसके इलाज में क्या दवा काम करेगी?' बादशाह सलामत ने सोचा।

बादशाह सलामत अपने तस्वीरख़ाने के चित्रकार मधु की बनाई तस्वीर देख रहे थे। उनकी हुकूमत के आख़िरी साल की तस्वीर में एक सुल्तान शेख़ नज्मुद्दीन के

सामने नंगे सर हाथ बाँधे खड़ा था। सुल्तान का दिया एक सोने का बर्तन, एक तलवार और एक कफ़न उनके सामने था। ये सोने का बर्तन उस क़त्ल के जुर्माने के तौर पर दिया गया था जिसके लिए सुल्तान ज़िम्मेदार थे।

बादशाह सलामत पीरों-फ़क़ीरों की ज़िंदगी की करामात पर फ़ारसी शायर जामी की किताब *नफ़हतुल उंस* सुन रहे थे।

''शेख़ नज्मुद्दीन के शागिर्द ने उनके बारे में बेअदबी से बात की। हालाँकि ये बेअदबी उनके सामने नहीं हुई, फिर भी उन्हें अपनी करामात से इसका पता चल गया और उन्होंने शागिर्द को कोसा कि वो मर जाए। ख़ौफ़ज़दा शागिर्द के गिड़गिड़ाने पर शेख़ नज्मुद्दीन ने माफ़ तो किया लेकिन वो मुँह से निकली हुई बात वापिस नहीं ले पाए। जल्द ही सुल्तान तक ये अफ़वाह पहुँची कि उनकी माँ और शेख़ नज्मुद्दीन के शागिर्द के बीच कुछ चल रहा है। इस पर सुल्तान ने शागिर्द का ख़ून करवा दिया। शेख़ नज्मुद्दीन ने सुन कर दुआ की कि इस ख़ून के हर्जाने के तौर पर पूरी सल्तनत ही ले ली जाए।''

जलालुद्दीन मोहम्मद अकबर ने तलवार, कफ़न और सोने के बर्तन को ग़ौर से देखा।

''शेख़ नज्मुद्दीन ने कहा कि सुल्तान अपनी जायदाद और सर दोनों गँवा देंगे। इसके बाद जल्द ही चंगेज़ ख़ान ने इस हुकूमत पर क़ब्ज़ा कर लिया।''

नफ़हतुल उंस को उनके दौर के बेहतरीन कातिब अंबरीं क़लम ने लिखा था। बादशाह सलामत इस दुनिया में जिस किताबख़ाने को छोड़ कर जा रहे थे उसमें पिछले पचास बरस में बनवाई, लिखवाई और हासिल की गई, चौबीस हज़ार किताबें थीं।

बादशाह सलामत को वो लम्हा याद था जब जन्नत आशियानी हुमायूँ बादशाह ने फ़ारस से लौट कर उन्हें गले लगाया था। जन्नत आशियानी की ख़ुशी दुगुनी हो गई थी जब नायाब किताबों के साथ मैदाने जंग से ग़ायब हुए दो ऊँट भी उसी वक़्त मिल गए। हुमायूँ बादशाह को जंग के मैदान में ऊँट पर किताबें ले जाने का शौक़ था। इसी शौक़ की वजह से अमीर तैमूर की ज़िंदगी पर लिखी गई किताब *ज़फ़रनामा* गुजरात की मुहिम में ग़ायब हुई। इसके बाद ये किताब लगभग तीस साल बाद बादशाह सलामत को मिली। ये उन चंद किताबों में से थी जिन पर बादशाह सलामत की कच्ची लिखाई दर्ज थी।

बादशाह सलामत को लिखना-पढ़ना कम आता था। शेख़ अबुल फ़ज़ल कहा करते थे, ''ये ख़ुदाई निशानी है कि वो इतने होनहार हैं कि उन्हें ना लिखने की ज़रूरत है ना पढ़ने की।''

जब बादशाह सलामत चार बरस चार महीने और चार दिन के हुए तो जन्नत आशियानी हुमायूँ बादशाह ने ज्योतिषियों से पूछ कर तालीम की शुरुआत का वक़्त

तय किया। ज्योतिषियों ने एक ऐसी घड़ी बताई जो उनके मुताबिक़ कई ज़िंदगियों में एक बार आती है। ये शुभ घड़ी आई और गुज़र गई क्योंकि मिर्ज़ा अकबर उस वक़्त ग़ायब हो गए और बहुत ढूँढ़ने पर भी ना मिले।

बादशाह सलामत की आँखें अभी खुली थीं और शेख़ू को ढूँढ़ रही थीं। शहज़ादे मुराद और दानियाल को भी दिल ढूँढ़ता था लेकिन वो दोनों अब इस दुनिया में नहीं थे।

बस कुछ ही वक़्त पहले दकन से दिल दहला देने वाली ख़बर मिली थी।

बादशाह सलामत को जब सबसे छोटे शहज़ादे दानियाल की शराबनोशी का पता चला तो हुक्म हुआ कि उन पर सख़्त पहरा बिठा दिया जाए ताकि शराब ना मिलने पाए। उस हाल में शहज़ादे दानियाल ने रो-रो कर अपने ख़ादिम से कहा, "'यका ऊ जनाज़ा' में शराब डालकर ले आओ मेरे लिए।"

शहज़ादे दानियाल की पसंदीदा बंदूक़ का नाम ही था 'यका ऊ जनाज़ा' क्योंकि वो मानते थे कि उसकी एक गोली से ही जनाज़ा निकल जाता है।

इनाम के लालच में जब ख़ादिम बंदूक़ की नली में शराब भर कर ले आया तो लोहे के जंग ने ज़हर का काम किया। 'यका ऊ जनाज़ा' से शराब पीते ही शहज़ादे ने बिस्तर पकड़ लिया। उस दिन के बाद उनका जिस्म कमज़ोर होता चला गया। चालीस दिन की बीमारी के बाद सिर्फ़ तैंतीस साल की उम्र में बादशाह सलामत के पचासवें यानी आख़िरी इलाही सन् के पहले दिन बमुताबिक़ 11 मार्च, 1605 ईसवी को वो इस दुनिया से चले गए।

वो हिंदी की बहुत अच्छी कविताएँ लिखा करते थे और ख़ुश शक्ल इंसान थे। अजमेर में ख़्वाजा मुईनुद्दीन चिश्ती की दरगाह के एक ख़ादिम शेख़ दानियाल के घर पर उनकी पैदाइश हुई थी इसलिए दानियाल कहलाए। शहज़ादे को दकन भेजने से पहले बादशाह सलामत ने उनकी शादी अब्दुर्रहीम ख़ानेख़ानां की बेटी जाना बेगम से कर दी थी। बेवा होने के बाद जाना बेगम ने पूरी ज़िंदगी सफ़ेद कपड़ों में गुज़ारी। सर ढकने और बदन सुखाने के लिए भी कभी रंगीन कपड़ा इस्तेमाल नहीं किया।

शहज़ादे दानियाल के बड़े भाई शाह मुराद पहले ही तीस बरस की उम्र में शराबनोशी का शिकार हो चुके थे। शाह मुराद की हलकी सी मूँछें थीं और वो दाढ़ी नहीं रखते थे। उनका भोला-भाला सा भरा भरा चेहरा था।

बादशाह सलामत ने शहज़ादे मुराद को बहुत नसीहतों से नवाज़ा था। हाल की बात लगती थी जब उन्होंने शहज़ादे को मालवा रवाना करते वक़्त कहा था—

''सबसे पहले ख़ुदा की मर्ज़ी को समझो ताकि सही क़दम उठा सको। उसके बाद बाहरी तौर पर अपने को पाक-साफ़ करो। खाना-कपड़ा कोई मक़सद नहीं है। ख़यालात में गहराई होनी चाहिए। ज़ालिमाना कार्रवाई से बचना चाहिए। बीच का रास्ता और मौक़ा मस्लेहत ना छोड़ो। हर हिस्सा अपनी सही जगह पर रहे। ज़्यादा बोलना और हँसना ठीक नहीं। दिन-रात के एक तिहाई से ज़्यादा नींद ठीक नहीं। मुल्क और फ़ौज को बेहतर करने की, सड़कों को महफ़ूज़ रखने की, बदमाशों को क़ाबू में रखने की कोशिश करो। चोर-लुटेरों को कुचल दो। अंदरूनी हालात को बेहतर करने पर ध्यान दो। हवस और ग़ुस्से को अक़्ल के क़ाबू में रखो क्योंकि ख़ुदा ने इंसान पर दो फ़रिश्ते बिठा रखे हैं। एक ये देखता है कि सही काम किया हो, दूसरा देखता है कि ग़लत ना हो। जिनकी अक़्ल सो जाती है, वो इन फ़रिश्तों को ढील दे देते हैं। जिससे ज़िंदगी मिलती है उसे मौत की वजह बना लेते हैं। जो सही है उसे नज़रअंदाज़ ना करो और अक़्ल का साथ दो। चार तत्वों का तालमेल बनाए रखो। बुराई और हवस से दूर रहो। धोखे और दोग़लेपन के इस रोज़ के बाज़ार में एहतियात से काम लो। सबके तौर-तरीकों को देखो और ग़लत हरकतों से परेशान ना हो। प्यार, नफ़रत, धमकी, हौसलाअफ़ज़ाई दायरे से बाहर ना जाए। कुछ के लिए भौं सिकोड़ना ही काफ़ी है, कुछ और के लिए तलवार और ख़ंजर। मज़हब का फ़र्क़ सल्तनत के काम में आड़े ना आए। बदला लेने में ख़ून-ख़राबा ना हो। उन लोगों से सलाह-मश्विरा करो जो अपना काम जानते हों। कोई माफ़ी माँगे तो उसे माफ़ करो। अपनी राय में लचीलापन रखो। दूरअंदेश, सही सोच वाले और बिना किसी लगाव के काम करने वाले इंसान से ही सलाह-मश्विरा करो। आरामतलबी ना करो। मुसीबत में मदद करने से इन्कार ना करो। बहुत नाकामी हो तब भी परेशान ना हो। अपने सभी फ़ायदों से ऊपर इस बात को समझो कि तुम्हारे वायदे पूरे हों। विदेशी किसी भी तरह से परेशान ना हों। इस बात का ख़ास तौर पर ख़याल रखो कि कारोबारी तुम्हारे बारे में अच्छी राय रखें क्योंकि ये राय दूर तक जाती है। हरेक से उसकी क़ाबिलियत के मुताबिक़ ख़िदमत की उम्मीद रखो। चापलूसी की ज़बान से गुमराह ना हो। प्यार इन चार में से किसी एक चीज़ से बढ़ता है। पहला दुनियावी फ़ायदे से। ये देर से हासिल होता है और जल्द चला जाता है। दूसरा, रूहानी फ़ायदे से। ये पहले का बिलकुल उलटा है। तीसरा, अच्छा मिज़ाज। ये ज़िंदगी भर साथ रहता है। उसका हमेशा रहना या ख़त्म हो जाना अक़्ल से तय होता है। चौथा, वफ़ादारी। इन चार बातों से हमें हिमायत करने वालों के हाल पर बारीक नज़र डालनी चाहिए और उनकी हरकतों को क़ाबू में करना चाहिए। ऐसी किताबें पढ़ो जिनसे इल्म हासिल हो और इल्म को ज़िंदगी में अमल में लाओ। साधु-संतों, जटाधारी और नंगे पाँव रहने वालों का दिल जीतो। जिनकी दौलत लुट गई उनको देख कर ख़ुश ना हो। सिपाही के साथ अच्छा रवैया रखो

और उसे सही वक़्त पर तनख़्वाह दो। उसके लिए सबसे माँग कर अच्छे घोड़े, हथियार और ख़ेमे मुहैय्या करो। अच्छी ख़िदमत का इनाम दो। बूढ़े ख़ादिम को नज़रअंदाज़ ना करो। किसान की हौसलाअफ़ज़ाई से चूको नहीं। हर काम पर सच्चे और तेज़ दिमाग़ वाले लोगों को लगाओ ताकि वो बिना पैसे, बड़ाई या तारीफ़ की चाह के अच्छा काम करें। इनकी निगरानी से पीछे ना हटो। सही सोचने वालों की तारीफ़ करो और बेवक़ूफ़ों की ताकीद करो और उन्हें सज़ा दो। क़समों और गवाहों पर इंसाफ़ करके मुतमईन ना हों। ख़ुद पता करो और चेहरा-मोहरा पढ़ो। ऐसे नए क़दम लागू ना करो जिससे फ़ायदा कम नुक़सान ज़्यादा है। बहादुर और तजुर्बेकार लोगों को दर्रों पर तैनात करो और सड़कों की हिफ़ाज़त को नज़रअंदाज़ ना करो। ख़ुशहाली में बुरा वक़्त याद रखो और हर हाल के लिए तैयार रहो। अच्छी सोहबत रखो और सच सुन कर नाराज़ ना हो। अक़्ल के रास्ते पर चलो और ग़ुस्से को क़ाबू में रखो।''

ये नसीहतें देने के अगले दिन बादशाह सलामत ने शेख़ अबुल फ़ज़ल के ज़रिए शहज़ादे को कहलवाया, ''बाप-बेटे एक दूसरे से दूर जा रहे हैं लेकिन रूहानी तौर पर वो एक हो रहे हैं।''

बादशाह सलामत की ज़िंदगी से मुराद और दानियाल जा चुके थे। बेटों में सिर्फ़ शहज़ादा सलीम ज़िंदा रह गए थे। वो अब तक उन्हें देखने नहीं आए थे। गुज़री ज़िंदगी के सुख और दुख के कई लम्हे जलालुद्दीन मोहम्मद अकबर के ज़हन में घूम रहे थे।

सत्ताईसवें इलाही सन् बमुताबिक़ 1582 ईसवी को शाही क़िले से लेकर अब्दुर्रहीम मिर्ज़ा ख़ान के घर तक सोने-चाँदी के फूल बरसाए गए। बादशाह सलामत ने अब्दुर्रहीम मिर्ज़ा ख़ान को शहज़ादे सलीम का उस्ताद बनाया था। जश्न में अब्दुर्रहीम मिर्ज़ा ख़ान ने बादशाह सलामत के लिए सवा लाख रुपए का एक चबूतरा बनवाया। बादशाह सलामत के महफ़िल से जाने के बाद अब्दुर्रहीम मिर्ज़ा ख़ान ने इस क़ीमती चबूतरे को लूटने की इजाज़त दे दी थी। बड़े-बड़े अमीर-उमरा इस चबूतरे के साज़ो-सामान को लूट कर ले गए।

बादशाह सलामत की हुकूमत के तीसवें बरस हिंदुस्तान ने एक मंज़र देखा जो अपनी तरह का पहला था। तैमूरी सल्तनत का शहज़ादा घोड़े पर बैठ कर लड़की वालों के घर गया। फ़िरदौस मकानी बाबर बादशाह और जन्नत आशियानी हुमायूँ बादशाह के ज़माने में शादियाँ लड़के वालों के घर पर ही होती थीं। जलालुद्दीन मोहम्मद अकबर के दौर से शहज़ादों की बारात लड़की वालों के घर जाने लगी। सोलह बरस के शहज़ादे सलीम की पहली शादी राजा भगवंत दास के घर हुई। इस शादी में दोनों

तरफ़ की रस्में निभाई गईं। दो करोड़ तंका मह्र[1] तय हुआ और क़ाज़ी ने निकाह पढ़वाया। शहज़ादा सलीम और राजा भगवंत दास की बेटी ने अग्नि के चारों तरफ़ साथ फेरे लिये। बादशाह सलामत के हुक्म से मायके और ससुराल के बीच दुलहन की डोली पर सोना लुटाया गया। दहेज में राजा भगवंत दास ने घोड़े, हाथी, नौकर-चाकर और सोने-चाँदी के बर्तन दिए।

इस शादी से जब शहज़ादे ख़ुसरो की पैदाइश हुई तो शहज़ादे सलीम ने अपनी बीवी को शाह बेगम का ख़िताब दिया।

शेख़ अबुल फ़ज़ल ने लिखा, "परवरदिगार ने बादशाह सलामत की शख़्सियत को हज़ारों ख़ूबियों से नवाज़ा है। और उनका इक़बाल रोज़ बुलंद होता जा रहा है...हर चीज़ की आमद आसमानी हालात के मुताबिक़ होती है और अपने ख़ास वक़्त पर होती है। बहार के मौसम के शुरुआत में ख़ुदा की बड़ी नेमत, एक पोते की आमद से दुनिया ने एक नई तरक़्क़ी देखी और इंसानियत को नई ताक़त मिली। दीन 24, अमुरदाद[2] के रोज़ दस घंटे और छत्तीस मिनट गुज़र जाने के बाद ये मुबारक मोती लाहौर में शहज़ादा सुल्तान सलीम की ख़्वाबगाह में राजा भगवंत दास की बेटी की पवित्र कोख से सामने आया। इस ख़बर से ख़ुशी हासिल हुई और ज़माना जश्न के लिए तैयार हुआ।"

अब यही ख़ुसरो शहज़ादा सलीम के लिए परेशानी बन गए थे। मिर्ज़ा अज़ीज़ कोका का दामाद और राजा मान सिंह का भांजा होने की वजह से सल्तनत के दो बड़े उमरा का उनकी पीठ पर हाथ था। कहते हैं कि ख़ुसरो ने जब अपने पिता शहज़ादा सलीम से बग़ावत की तो शाह बेगम का दिल टूट गया और उन्होंने अफ़ीम खा कर जान दे दी। शाह बेगम की मौत का शहज़ादे सलीम पर इतना असर हुआ कि पूरे चार रोज़ तक उन्होंने ना कुछ ना पिया। बादशाह सलामत ने फ़रमान भेज कर दिलासा दिया और एक ख़िलअत और ख़ुद अपने सर से उतार कर दस्तार[3] भेजी तो शहज़ादा सलीम को चैन आया।

बादशाह सलामत ने बहुत चाव से शहज़ादे सलीम का रिश्ता जोधपुर के मोटा राजा उदय सिंह की बेटी मानी बाई से जोड़ा। जोधपुर की होने की वजह से शादी के बाद जोध बाई कहलाईं। जब जलालुद्दीन मोहम्मद अकबर शहज़ादे सलीम की बारात ले कर जोधपुर गए तो शादी की रौनक़ का दूर-दूर तक चर्चा रहा और इसके गीत गाए गए।

---

1. मह्र—वो रक़म जो निकाह के समय दुल्हन को दिए जाने के लिए तय होती है।
2. इलाही सन् की तारीख़। ईसवी सन् के मुताबिक़ अगस्त, 1587
3. दस्तार—पगड़ी।

"हरे भरे बाँस कटा मोरे बाबुल
नीका मंढा छ्वाओ रे।
पर्बत बाँस मंगा मोरे बाबुल
पाँव मंढा छ्वाओ रे।
शगनी, नजूमी जोतिषी
सब ही बीच बुलाओ रे।
जैसी लाडली बेटी रे बाबुल
वैसा ही काज रचाओ रे।
मंढे ऊपर कलस बराजे
देखे राजा राव रे।
मस्तक हाथी सोभा देना
बाबुल दिल दरयाओ रे।
सोना भी देना रूपा भी देना
देना जड़त जड़ाव रे।
एक ना दीनी सर कोरे कंघी
मेरी सास ननद बोली बोल रे।
नौ महीने गरभ में राखा
आज ना राखी जाए रे।
भाई को दीनी ऊँची अटरिया
हम को दीना बिदेस रे।
ले बाबुल घर आपना
हम तो चले पिया के देस रे।
म्हारी रे बेटी थारे महलों की चेरी
हम बाँदे गुलाम रे।
थारी रे बेटी म्हारे महलों की रानी
तुम साहब सरदार रे।"

जोधपुर में शहज़ादे सलीम की बारात का मंगलगीतों से स्वागत हुआ। बारातियों को फूलमालाएँ पहनाई गईं और उन पर केसर के पानी का छिड़काव हुआ। नाई ने तोरण को नीचे किया तो शहज़ादे ने हाथी पर बैठे-बैठे ही तलवार से छू कर तोरण दस्तूर की रस्म को अदा किया। इस दस्तूर के बाद ही उनके तोरण के नीचे से गुज़रने की इजाज़त थी। पर्दे की वजह से सासू आरती शहज़ादे की होने वाली सास के बजाए पुरोहितानी ने की। चाँदी की चौकी पर खड़े शहज़ादे को चार बार हल्दी की माला पहनाई गई। इसके बाद माला पहनाने वाली औरत ने इसे ख़ुद अपने गले में डाल लिया ताकि ये ज़ाहिर हो जाए कि जँवाई की जगह दिल में है। इसके बाद

ज़नानी ड्योढ़ी में सास ने रिवाज के मुताबिक़ जँवाई के ललाट पर दही लगाया और शहज़ादे की नाक खींचने की कोशिश की। कहते हैं कि अगर सास नाक खींचने में कामयाब हो जाए तो दूल्हा हमेशा के लिए ससुराल वालों की तरफ़ हो जाता है। इसके बाद दाहिने से बाएँ चार बार आरती कर के दूल्हे की नज़र उतारी गई।

दुल्हन के हाथ में जोशी[1] ने कुमकुम से स्वास्तिक बनाया और मेंहदी में चाँदी का कलदार रुपया[2] रख कर दूल्हे का हाथ दुल्हन के हाथ से जोड़ दिया। दोनों हाथों पर मोली[3] बाँध कर केसरिया कपड़ा लपेट दिया गया। हस्तमिलाप के बाद दूल्हा-दुल्हन ने विनायक जी को नमन किया। फिर उन्हें फेरों के लिए चंवरी[4] के मंडप में लाया गया।

सोलह हरे बाँसों से बने मंडप को फूलों और केले के पत्तों से सजाया गया था। ऊपर मूँज[5] की तणी[6] थी, जिसके बीच में ज़री का कपड़ा था। तणी से ख़ूबसूरत दीए लटकाए गए थे। मंडप के बीचोबीच एक बड़ा कुंडा जौ से भरा रखा था जिस पर ग्यारह कलश सजे थे। दूल्हा और दुल्हन के लिए दो बाजोट[7] लगे थे। दुल्हन को दूल्हे के दाहिनी तरफ़ बिठाया गया। शहज़ादे के कंधे और दुल्हन की फांबड़ी[8] के नीचे वाले पल्ले के बीच गठजोड़ा का वस्त्र बँधा था। चंवरी में अग्नि के चारों तरफ़ फेरे शुरू होने से पहले दुल्हन के भाई ने दूल्हे से कटार ले ली और चार फेरों के बाद साला कटारी का दस्तूर ले कर वापिस की। पहले और दूसरे फेरे के बाद दुल्हन के मामा ने सेवरा[9] दिया। इसके बाद के फेरों में दुल्हन के भाई ने सेवरा दिया। जब तीन फेरे हो चुके तो चौथे फेरे के लिए दूल्हा आगे आ गया। चौथे फेरे के बाद दूल्हा-दुल्हन बाजोट के सामने खड़े हुए और पंडित ने दोनों को एक दूसरे के लिए वचन निभाने का उपदेश दिया। इसके बाद दूल्हे और दुल्हन के बाजोट बदल दिए गए। दुल्हन ने अपने दाहिने पाँव के अँगूठे से चावल की सात ढेरियों को बिखेर कर मिट्टी के उलटे दीए को तोड़ दिया। इसके बाद शहज़ादा सलीम भी इस पत्थर पर पाँव रख कर आगे बढ़े। फिर शहज़ादे ने दुल्हन की माँग भरी। कन्यादान के वक़्त दुल्हन के पिता ने हाथ में जल ले कर गऊ दान किया। परात में दूल्हा-दुल्हन के मेंहदी वाले हाथ धुलाए गए।

---

1. जोशी—राजा के पुरोहित।
2. कलदार रुपया—मारवाड़ का सिक्का।
3. मोली—रंगीन सूती धागा।
4. चंवरी—चारों तरफ़ बाँस लगाकर बनया गया पंडाल।
5. मूँज—एक तरह की रस्सी।
6. तणी—चारों तरफ़ से बँधी रस्सी जो बीच में आ कर मिलती थी।
7. बाजोट—छोटा नीचा आसन।
8. फांबड़ी—फेरों के कपड़ों की ओढ़नी के ऊपर पहनाया गया ज़री का कपड़ा।
9. सेवरा—सर के साफ़े का किनारा खोल कर उसे अपने हाथ में लेकर आशीष देने की रस्म।

लड़की वालों ने गीत गाए कि वो जलालुद्दीन मोहम्मद अकबर का डेरा देखने आए हैं। राजाओं में राठौड़, रानियों में भटियाणी और शहरों में जोधपुर सबसे अच्छा है और यहाँ की बावड़ियों में अमृत जैसा ठंडा और मीठा पानी है; मृगनयनी के जलाल बताएँ कि उनके डेरे में अच्छा क्या है!

"जला सैण म्हें तो राज रा डेरा निरखण आई रे
म्हारी जोड़ी रा जलाल, मिरगानैणी रा जलाल
म्हें तो राज रा डेरा निरखण आई रे जला
जला सैण राजा मांयलो राज भलो राठौड़ी रे॥
राण्याँ मांयली राणी भली भटियाणी रे॥
शहरां मायलो शहर भलौ जोधाणो जी॥
कूवडियाँ रो ठंडो इमरत पाणी रे॥
रातूँ धण रो पेटड़लौ हद दूरव्यौ रे॥
छींटा मांयली छींट भली मुलतानी रे॥
आमलिया पाका री अब रुत आई रे॥"

दुल्हन को ध्रुव तारे का दर्शन कराया गया ताकि उसका सुहाग भी ध्रुव तारे की तरह अमर रहे। इसके बाद दूल्हा-दुल्हन ने विनायक जी की पूजा की। विवाह के बाद सास ने शहज़ादे सलीम की आरती उतारी। रिवाज के मुताबिक़ जँवाई ने सास का पल्ला पकड़ा। पल्ला छुड़ाने के लिए जवाई को नेग दिया गया। शादी तक दुल्हन ने ड्यौढ़ी की मर्यादा का पालन किया और कन्यादान के बाद वो अपने पति के साथ ड्यौढ़ी पार कर रही है इसलिए विदाई के वक़्त दुल्हन ने ड्यौढ़ी पूजा की। मोटा राजा उदय सिंह और महारानी ने दुल्हन को अखंड सौभाग्यवती होने का आशीर्वाद दिया और विदाई गीतों के साथ दुल्हन की नालकी[1] उठी। सोने के कलश वाली नालकी में चार डंडे थे, जिन में हरेक डंडे पर चार-चार कहार तैनात होते थे। उस रोज़ किसी कहार की नौबत ना आई। एक तरफ़ से जलालुद्दीन मोहम्मद अकबर और दूसरी तरफ़ से शहज़ादा सलीम ने आगे बढ़कर ख़ुद नालकी को अपने कंधों पर उठा लिया। ये देखना था कि अमीर-उमरा में होड़ लग गई। तैमूरी ख़ानदान की नई बहू कंधे कंधे होते हुए शाही ख़ेमे में पहुँच गई। बादशाह सलामत ने मनी बाई उर्फ़ जोध बाई को ताज बीबी का ख़िताब दिया।

छत्तीसवें इलाही सन् बमुताबिक़ जनवरी, 1592 ईसवी को ताज बीबी ने एक बेटे को जन्म दिया। पैदाइश के तीसरे दिन जब बादशाह सलामत ने बच्चे को देखा तो इतना ख़ुश हुए कि उसका नाम ही ख़ुर्रम[2] रख दिया। ये पोता बादशाह सलामत

1. नालकी—एक तरह की पालकी।
2. ख़ुर्रम—ख़ुश। यही आने वाले वक़्त का शाहजहाँ था।

को इतना प्यारा था कि उसे हाथी के हौदे पर अपनी गोद में बिठा कर शिकार पर ले जाया करते थे।

आगरा के क़िले में बिस्तर पर पड़े बादशाह सलामत को *तूतीनामा* पढ़कर सुनाई जा रही थी। बादशाह सलामत को ये किताब बहुत पसंद थी। इसे दो सौ से भी ज़्यादा बरस पहले ज़ियाउद्दीन नक़्शाबी ने लिखा था और शाही तस्वीरख़ाने में इसकी तस्वीरें बनीं। ये उस नौजवान कारोबारी की कहानी थी जो अपनी बीवी ख़ुजस्ता से ये कह कर सफ़र पर निकला कि ग़ैरहाज़िरी में उसके तोता और मैना से पूछे बग़ैर कोई क़दम ना उठाएँ। मैना को जान गँवानी पड़ी जब उसने ख़ुजस्ता को अपने आशिक़ के पास जाने से रोक लिया। अब जब तोते से इजाज़त माँगी गई तो उसने ख़ुजस्ता को हर रात एक कहानी सुनाई ताकि मालकिन घर पर ही रहें। बावन रातों की बावन कहानियों में तीसरी रात की कहानी लोग मज़े लेकर सुनते थे—

''दो गहरे दोस्त, सुनार और बढ़ई, अपने वतन से कहीं दूर ख़ुद को हैरान-परेशान पाते हैं। वो साधु-संतों का ऐसा भेस बना लेते हैं जैसे बहुत पक्के दीनदार हों। उनकी वजह से सब लोग मंदिर से बाहर आ जाते हैं। इस मौक़े से ये दोनों मंदिर का सोना चुरा लेते हैं। वतन लौट कर सुनार पूरा सोना अपने पास रख लेता है। तब बदला लेने के लिए बढ़ई सुनार का एक लकड़ी का पुतला बना कर रीछ के दो बच्चों को ये सिखाता कि वो जब भी ये पुतला देखें उसकी तरफ़ जाएँ। जब भी रीछ ऐसा करता है, बढ़ई इनाम में उसे खाना देता है। इसके बाद वो सुनार के दो लड़कों को अग़वा कर लेता है और ये कहता है कि दोनों लड़के रीछ में तब्दील हो गए।''

बादशाह सलामत ने तस्वीर में देखा कि क़ाज़ी की पैनी नज़र के सामने रीछ के बच्चे सुनार से लिपटने को आ रहे हैं और वो अपना पीछा छुड़ाने की कोशिश कर रहा है।

क़िस्साख़्वाँ ने *तूतीनामा* की तीसरी रात की कहानी को पूरा किया, ''क़ाज़ी भी बढ़ई की बात को सही मानते हैं क्योंकि उनकी मौजूदगी में दोनों रीछ सुनार से आ लगते हैं। अपने बच्चों को दोबारा पाने के लिए सुनार दो तिहाई सोना वापिस कर देता है।''

पूरी ज़िंदगी बादशाह सलामत मेहनतकश लोगों की तरह काम करते रहे। वो मज़दूरों के साथ पत्थर तोड़ते और कारीगरों के साथ कारीगरी करते। यहाँ तक कि फ़तहपुर सीकरी में उन्होंने अपने महल के पास ही एक कारख़ाना बनवाया जहाँ

तस्वीरें, गहने, कपड़े, क़ालीन, पर्दे और यहाँ तक कि हथियार भी बनते। बादशाह सलामत इसे देखते और ख़ुद भी हाथ आज़मा कर अपनी थकान दूर करते।

बिस्तर पर लेटे बादशाह सलामत अब सिर्फ़ कहानियाँ सुन सकते थे। ना वो कारख़ाने में जा सकते थे और ना चौगान खेल सकते थे। बादशाह सलामत ने आगरा के पास अपनी तफ़रीह और आराम के लिए एक इलाक़ा बसाया जिसका नाम रखा था नगर चैन। यहाँ उन्हें चौगान में इतना लुत्फ़ आता कि रात के वक़्त भी खेलते। इसके लिए उन्होंने ऐसी गेंद ईजाद की जिसे आग लगा कर अंगारे में तब्दील कर दिया जाता। जब गेंद को मारा जाता तो रात के अँधेरे में इससे चिंगारियाँ फूटतीं।

शेख़ अबुल फ़ज़ल कहते थे, ''ऊपरी तौर पर चीज़ों को देखने वाले लोग इस खेल को सिर्फ़ तफ़रीह मानते हैं। लेकिन ऊँची सोच वाले मानते हैं कि ये तेज़ फ़ैसले लेने की सलाहियत पैदा करने का मौक़ा था। ये इंसान की औक़ात का इम्तिहान है और दोस्ती को मज़बूत करता है। मज़बूत लोग इस खेल में घुड़सवारी सीखते हैं और जानवर तेज़ रफ़्तार के करतब दिखाना और लगाम के क़ाबू में रहना सीखते हैं। इसलिए बादशाह सलामत ये खेल बहुत पसंद करते हैं। बाहर से देखें तो इस खेल से दरबार की शान बढ़ती है लेकिन आला तौर पर देखें तो इससे छिपी हुई ख़ूबियाँ बाहर आती हैं।''

अब बीमारी के इस हाल में बादशाह सलामत ने हाथी की लड़ाई देखने की ख़्वाहिश ज़ाहिर की। उनकी तफ़रीह के लिए शहज़ादा सलीम के हाथी गिरांबार और उसके बेटे शहज़ादा ख़ुसरो के हाथी अपरूप की लड़ाई रखी गई।

बादशाह सलामत कहा करते थे, ''जब मैं हिंदुस्तान आया तो हाथियों की तरफ़ खिंचता गया और मैंने सोचा कि इस ग़ज़ब की ताक़त का इस्तेमाल दुनिया में मेरी ताक़त के उभरने की भविष्यवाणी है।''

सल्तनत सँभालने के कुछ ही साल बाद आगरा के क़िले के बाहर की बात है। बादशाह सलामत तेज़-तर्रार, ताक़तवर और गुस्सैल हाथी हवाई पर उस वक़्त सवार हो गए जब वो मस्त था। इतना ही नहीं, हवाई को उस रनभागा हाथी से लड़ा दिया जो ताक़त में हवाई के आसपास ही था। ये सूरते-हाल देखकर वहाँ मौजूद दरबारियों के होश उड़ गए। लोगों ने अतका ख़ान को बुलाया क्योंकि उन्हें लगा कि बादशाह सलामत उनकी बात नहीं टालेंगे। अतका ख़ान ने ये मंज़र देखा तो रोना-पीटना शुरू कर दिया। वो हाथ उठा कर बादशाह सलामत की सलामती की दुआएँ करने लगे।

बादशाह सलामत ने इस पर कहा, ''ये रोना-पीटना बंद कीजिए। अगर आप चुप नहीं हुए तो हम ख़ुद को हाथी से गिरा देंगे।''

अतका ख़ान की बेचैनी तो कम नहीं हुई लेकिन बादशाह सलामत के सामने वो कुछ कर नहीं पाए।

बादशाह सलामत के हवाई हाथी से मार खाकर रनभागा मैदान छोड़ कर भाग

गया। जब रनभागा यमुना पर बने नाव के पुल पर चढ़ गया तो बादशाह सलामत ने हवाई को उसके पीछे दौड़ा दिया। नाव के पुल के लिए इतना वज़न उठाना मुश्किल था इसलिए पुल डगमगाने लगा। कई जगहों से उसकी नावें उलट गईं। बादशाह सलामत के ख़ादिम नदी में कूद गए ताकि ज़रूरत पड़ने पर उनकी जान बचाई जा सके। अफ़रातफ़री का आलम था। बादशाह सलामत का हाथी सरपट दौड़े जा रहा था। उनके सल्तनत के निशान—सायबान और तूमनतोक़—लिये उनके ख़ादिम नदी के इस पार हैरान-परेशान खड़े रह गए। आख़िर बादशाह सलामत ने रनभागा को नाव का पुल पार करवा कर ही दम लिया।

बादशाह सलामत चौदह बरस के थे जब उन्होंने पहली बार मस्त हाथी की सवारी की थी। उसके बाद से तो उन्होंने पूरी ज़िंदगी सौ से ज़्यादा ऐसे मस्त हाथियों की सवारी की जो अपने महावत को मार चुके थे, शहर को बरबाद कर सकते थे और फ़ौज को परेशान कर सकते थे। उनका मस्त हाथियों पर इतना ज़बर्दस्त काबू था कि हाथी दाँत पर पाँव रख कर उस पर चढ़ जाते। उनके पास ख़ास अपने इस्तेमाल के लिए सौ हाथी थे।

आज ज़िंदगी के आख़िरी वक़्त में जलालुद्दीन मोहम्मद अकबर में इतनी ताक़त नहीं थी कि हाथी की सवारी करें। वो और शहज़ादा ख़ुर्रम झरोखे पर बैठे। शहज़ादा सलीम और उनके बेटे ख़ुसरो घोड़े पर सवार थे ताकि इस लड़ाई को क़रीब से देख सकें। बादशाह सलामत के हुक्म से गिरांबार और अपरूप आमने-सामने थे। गिरांबार इतना ताक़तवर था कि शाही हाथीख़ाने में शायद ही कोई उसका मुक़ाबला कर पाता। अपरूप भी दमख़म वाला हाथी था।

हाथी के चारों तरफ़ बँधे कलावा[1] पर महावत पाँव टिका कर बैठे थे। इस रस्सी पर दुलठी[2] बँधी थी ताकि कलावा मज़बूत रहे। पूँछ से ले कर गले तक एक मोटी डोर भी बँधी थी ताकि ज़रूरत पड़ने पर खींच कर हाथी को क़ाबू में किया जा सके। पूँछ के पास एक पीतल की जंजीर थी और पिछवा[3] भी। दुलठी के नीचे हाथी की पीठ को आराम देने के लिए एक गद्दा लगा था। दोनों तरफ़ की ज़ंजीर से बँधा पिटकच्छ[4] दिख रहा था। इसके अलावा दोनों ही तरफ़ छह-छह ज़ंजीरें थी। तीन ज़ंजीरें कलावा से लगी थीं। पीठ पर बिछे कपड़े पर ख़ूबसूरत घंटियाँ बँधी थीं। ख़ूबसूरती के लिए ही हाथी दाँत, माथे और गले पर बनचौर की पूँछ लगी थी। हिफ़ाज़त और हमले के लिए तय्या[5] और पाखर[6] लगे थे। पाखर के

1. कलावा—हाथी के चारों तरफ़ बँधी रस्सी।
2. दुलठी—हाथी पर बँधी मोटी रस्सी।
3. पिछवा—हाथी के पीछे की तरफ़ बँधी रस्सी।
4. पिटकच्छ—हाथी के पेट के नीचे लटकी घंटी।
5. तय्या—कवच।
6. पाखर—एक तरह का कवच।

ऊपर गजझंप[1] बिछा था। हाथी दाँत की मज़बूती और ख़ूबसूरती के लिए उसमें बालियाँ थीं। दोनों महावतों के हाथ में अंकुश था जिस से हाथी को रास्ता बताया जाता था या रोका जाता था। अगर एक हाथी दूसरे पर हावी हो जाता और महावत के क़ाबू में ना आता तो इसके लिए बादशाह सलामत ने एक तरीक़ा ईजाद किया था। दो हाथियों को छुड़ाने के लिए एक तीसरा हाथी तैयार रखा जाता था। उस रोज़ रनमथन नाम का शाही हाथी इस काम के लिए तैनात था।

हाथी को क़ाबू में करने के लिए बादशाह सलामत ने कई तरकीबों का ईजाद किया था। लौह लंगर वो ज़ंजीर थी जिसका एक सिरा हाथी के सीधे पाँव और दूसरा एक गज़ लंबी लकड़ी के टुकड़े से बँधा था जोकि महावत के पास ही रखा रहता था। हाथी को क़ाबू में करने के लिए इस लकड़ी को नीचे गिरा दिया जाता। इसके अलावा डेढ़ गज़ से ज़्यादा बड़ा मोटा कपड़ा था, जिसका नाम बादशाह सलामत ने अँधियारी से बदल कर उजियाली कर दिया था। बेक़ाबू हाथी की आँखों पर ये डाल दिया जाता ताकि वो कुछ देख ना पाए। बादशाह सलामत ने इसमें तीन भारी घंटियाँ लगवाईं ताकि गिराए जाने पर वो नीचे ही रहे।

मस्त हाथी को क़ाबू में करने के लिए बादशाह सलामत ने आतिशबाज़ी का इस्तेमाल शुरू किया था। एक बाँस में दोनों तरफ़ से बारूद भर दिया जाता और इसके बीचोबीच एक डंडा खड़ा कर के लगा दिया जाता। जब इस चर्ख़ी में दोनों तरफ़ से आग लगती तो ये घूमने लगती और हाथी क़ाबू में आ जाता।

लड़ाई शुरू हुई और कई हमलों के बाद ऐसा लगा कि शहज़ादा सलीम का हाथी गिरांबार भारी पड़ रहा है। जब लड़ाई रोकने के लिए शाही हाथी रनमथन लाया गया तो शहज़ादे सलीम के ख़ादिमों ने महावत पर पत्थर और मिट्टी फेंक कर उसे रोकने की कोशिश की। जब शहज़ादा ख़ुसरो ने दौड़ कर बादशाह सलामत से शिकायत की तो उन्होंने अपने साथ बैठे शहज़ादा ख़ुर्रम से कहा कि वो शहज़ादा सलीम के पास जाएँ।

शहज़ादे ख़ुर्रम ने बहुत अदब के साथ अपने पिता शहज़ादा सलीम से कहा, ''शाह बाबा कह रहे हैं कि हाथी की ये लड़ाई आपकी हुई। फिर इस हमले और नामुनासिब हरकत की क्या ज़रूरत थी?''

इस पर शहज़ादे सलीम ने जवाब दिया, ''ये हमें कुछ इल्म नहीं। हाथी या उसके महावत पर हमले का ना हमारा हुक्म था, ना ही इस में हमारी रज़ामंदी।''

इस पर शहज़ादे ख़ुर्रम ने कहा, ''अगर ऐसा है तो हमें हुक्म दीजिए कि हम आतिशबाज़ी और दूसरे तरीक़ों से हाथियों को छुड़ाएँ।''

शहज़ादा सलीम की रज़ामंदी के बाद शहज़ादा ख़ुर्रम ने चर्ख़ी और बाण चलवाए लेकिन इसका कोई असर नहीं हुआ। रनमथन और गिरांबार एक दूसरे से

1. गजझंप—हाथी का तीन तह वाला कपड़ा।

जूझते हुए नदी में कूद पड़े। गिरांबार लड़ाई छोड़ने को तैयार ना था। एकाएक-एक बड़ी नाव बीच में आ गई और गिरांबार और हमले नहीं कर पाया।

शहज़ादा ख़ुर्रम ने जाकर बादशाह सलामत को सफ़ाई दी, "ग़लत ख़बर दी गई थी। इसमें ना उनकी रज़ामंदी थी, ना उनका ऐसा हुक्म।"

फिर भी अपने बेटे और पोते के बीच की रंजिश को देख कर बादशाह सलामत परेशान हो गए। कहते हैं, इस से उनकी तबीयत और ज़्यादा बिगड़ गई।

एक बार बादशाह सलामत ने कहा था, "पुराने वक़्तों के लोगों की ये बात हमें ठीक नहीं लगती कि सबसे ज़्यादा आज़माइश पैग़ंबरों की होती है, फिर संतों और फिर उसके बाद नेक लोगों की। ख़ुदा अपने चुने हुए बंदों को सज़ा क्यों देगा?"

बादशाह सलामत के सामने मौजूद कुछ फ़लसफ़ी बोले कि ख़ुदा लोगों को आज़माने के लिए ऐसा करता है। जलालुद्दीन मोहम्मद अकबर ने इस पर ताज्जुब से कहा, "जिसे अंदर-बाहर सब पता है वो आज़माइश करे, ये कहाँ तक सही है?"

आज जलालुद्दीन मोहम्मद अकबर के जज़्बात को आवाज़ देने वाला शख़्स मौजूद नहीं था। उस आवाज़ को बादशाह सलामत के वारिस ने हमेशा के लिए ख़ामोश कर दिया था।

कुछ ही साल पहले दरबार के लोगों के चेहरे का रंग उड़ गया और बादशाह सलामत क़ाबू से बाहर हो गए जब शेख़ अबुल फ़ज़्ल का वकील अपनी कलाई पर नीला रुमाल बाँध कर पेश हुआ। तैमूरी रिवायत के मुताबिक़ ये मौत का पैग़ाम था।

शेख़ अबुल फ़ज़्ल से पहले बादशाह सलामत उनके भाई, अपने क़रीबी दरबारी, अबुल फ़ैज़ फ़ैज़ी को खो चुके थे।

चालीसवें इलाही सन्, बमुताबिक़ 1595 ईसवी की 5 अक्तूबर को आधी रात के वक़्त बादशाह सलामत अपने क़रीबी दरबारी अबुल फ़ैज़ फ़ैज़ी के घर पहुँचे।

बादशाह सलामत के ख़यालात को ज़बान देने वाले फ़ैज़ी, जिन्हें मलिकुश्शुअरा[1] का ख़िताब दिया गया, अब बोलने की हालत में भी नहीं थे। बादशाह सलामत ने आहिस्ता से फ़ैज़ी का सर उठा कर कहा, "शेख़ जी हम हकीम अली को लेकर आए हैं। क्या हम से बात नहीं करेंगे?"

फ़ैज़ी की उम्र सिर्फ़ पचास बरस की थी और वो छह महीने से बीमार थे। बेहोशी के हाल में वो बादशाह सलामत की बात का कोई जवाब नहीं दे पाए।

अब बादशाह सलामत ने अपना ताज उतार कर ज़मीन पर फेंक दिया और ज़ोर ज़ोर से रोए। उसके बाद वो शेख़ अबुल फ़ज़्ल को दिलासा दे कर चले गए।

ये बादशाह सलामत की फ़ैज़ी से आख़िरी मुलाक़ात थी। बादशाह सलामत के

---

1. मलिकुश्शुअरा—दरबार के सर्वश्रेष्ठ कवि को मिलने वाली उपाधि।

जाने के कुछ ही देर बाद फ़ैज़ी इस दुनिया से चले गए। अपनी ज़िंदगी में वो अपने दोस्तों से कह गए थे—

"यारो फ़ैज़ी के मज़ार पर आबे ज़मज़म ना छिड़कना,
ये गुनाहों में डूबा बदमस्त तो आग से ही पाक साफ़ होगा।"

बादशाह सलामत के हुक्म पर फ़ैज़ी ने *नल दमयंती, योग वाशिष्ठ, भगवत गीता* और गणित की किताब *लीलावती* का फ़ारसी में अनुवाद किया। उन्होंने एक सौ एक किताबें लिखीं। उन्होंने क़ुरान पर एक तफ़्सीर लिखी जिसमें एक भी नुक़्ता नहीं था।

आलिमों ने कहा, "चाहे कितना भी बड़ा आलिम हो, आज तक किसी ने बिना नुक़्तों के तफ़्सीर नहीं लिखी।"

फ़ैज़ी ने जवाब दिया, "कलमा-ए-तय्यबा[1] जो दीन की बुनियाद है, बिना नुक़्ते के है। तो और क्या सबूत चाहिए आपको?"

फ़ैज़ी अरबी और फ़ारसी के अलावा हिंदी के इतने माहिर थे कि लोग सुन कर झूम जाते। राजा बीरबल को मुख़ातिब एक कविता में फ़ैज़ी ने कहा था कि आश्चर्यजनक ऋतु में कहीं-कहीं पेड़ों से थोड़े-थोड़े पत्ते गिर रहे हैं, कहीं-कहीं पत्तों में कुछ पीलापन आ गया है, कहीं-कहीं सारी पत्तियाँ पीली पड़ रही हैं, कहीं-कहीं दिगंबर की तरह पेड़ कपड़े उतार कर खड़े हैं और कहीं-कहीं हरापन आ रहा है जिसे देख कर दिल ख़ुश है।

"कहूँ-कहूँ थोर-थोर पात गिरै रुखन तें,
कहूँ-कहूँ पातिन मैं आई पियरई है।
कहूँ-कहूँ सारी पीरी पातिन बिलोकित हैं,
कहूँ-कहूँ झरन की झर सी लगाई है।
कहूँ-कहूँ ठाड़े द्रुम देखियत दिगंबर से,
कहूँ-कहूँ कोउ-कोउ डार हरियाई है।
'फ़ैज़' यह बस होत पेखि-पेखि प्रान हाहा,
बेगि कहौ 'बीर' यह कौन ऋतु आई है।"

चंद बरस पहले जब शेख़ अबुल फ़ज़ल की माँ इस दुनिया से चली गईं तो बादशाह सलामत ने घर जा कर दिलासा दिया, "अगर इस दुनिया के लोग हमेशा ज़िंदा रहते और एक बार भी मरते नहीं तो दोस्तों के दिलों में ये ख़याल कैसे आता कि ख़ुदा में दिल लगाएँ और उसकी रज़ा में राज़ी रहें। दुनिया की सराय में कोई ज़्यादा दिन नहीं जिया, इसलिए जिन्हें सदमा पहुँचता है वो सब्र करें।"

---

1. कलमा-ए-तय्यबा—पहला कलमा; ला इलाहा इल्लल्लाहा मोहम्मदुर रसूलअल्लाह। यानी अल्लाह के सिवा कोई और रब नहीं, मोहम्मद अल्लाह के दूत हैं।

लेकिन शेख़ अबुल फ़ज़ल की मौत पर बादशाह सलामत को सब्र नहीं हो पा रहा था। कहते हैं बादशाह सलामत को अपनी औलाद के गुज़रने का इतना अफ़सोस नहीं था जितना कि शेख़ अबुल फ़ज़ल के गुज़रने का।

बादशाह सलामत ने कहा, ''हाय शेख़ू जी, बादशाहत लेनी थी तो मुझे मारा होता। शेख़ को क्यों मारा!''

कहते हैं कि अगर शेख़ अबुल फ़ज़ल और बादशाह सलामत के बीच कभी ग़लतफ़हमी हुई भी तो उसकी वजह शहज़ादा सलीम थे।

एक रोज़ शहज़ादा सलीम ने शेख़ अबुल फ़ज़ल के घर देख लिया कि सवाब के लिए चालीस क़ातिब क़ुरान और उसकी तफ़्सीर की नक़ल कर रहे हैं। उन्होंने सब किताबें उठाकर बादशाह सलामत के सामने पेश कर दीं।

बादशाह सलामत ने कहा, ''हमें वो कुछ और बातों के लिए उकसाते हैं और जब अपने घर जाते हैं तो अलग तरह के काम करते हैं!''

तैंतालीसवें इलाही सन् बमुताबिक़ 1598 को शेख़ अबुल फ़ज़ल और बादशाह सलामत के बीच कुछ वक़्त के लिए दरार आई।

शेख़ अबुल फ़ज़ल ने कहा, ''मैंने अजनबी और जानकार सब के लिए दरवाज़े बंद कर दिए। पुराने लोग कहा करते थे कि ख़िदमत से ऊँचा मुक़ाम मिलता है लेकिन जलन से दोस्त भी दुश्मन हो जाते हैं और जो ना कहा गया वो भी हम से जुड़ जाता है। जब हज़रत मुझे दरबार बुलाते और पुरानी ज़िम्मेदारियाँ सँभालने को कहते तो मेरा जवाब होता, 'चूँकि तक़दीर के फेर से उनके सभी राज़ जानने वाले दिल पर कुछ हद तक मेरे पुराने दुश्मनों की बातों का असर पड़ा है इसलिए बेहतर है कि मुझे मेरे हाल पर छोड़ दें, ताकि मेरी ज़िंदगी का बोझ उतर जाए। अगर वो मुझे ज़बरदस्ती लाएँगे तो उन्हें सिर्फ़ ख़िदमत का दिखावा मिलेगा। होश सँभालने के बाद से ही मेरा दिमाग़ दुनिया की तरफ़ नहीं था। मेरे चाहने ना चाहने से कुछ नहीं हुआ। वो तो बादशाह सलामत की नेकी थी कि मैं दुनिया से बँध गया। अगर वो पुराना जोश चाहते हैं तो वो ख़ुद फ़ैसला करें। वो पूरी तरह जाँच करें ताकि मेरी ईमानदारी साफ़ दिख जाए और जलने वाले शर्मिंदा हों... '.''

बादशाह सलामत की ग़लतफ़हमी दूर हुई तो शेख़ अबुल फ़ज़ल ने सोचा, ''दूरअंदेश बादशाहों पर ये शक नहीं करना चाहिए कि उनकी सोच छोटी है। तुम्हारा सही होना उनके दिमाग़ पर अक्स हो गया। बुरा चाहने वालों का दिल जीतो। किस सोच में हो कि बिना सोचे-समझे बढ़े जा रहे हो और बिला वजह ख़ुद को तकलीफ़ दे रहे हो।''

बादशाह सलामत की हुकूमत के सैंतालीसवें साल बमुताबिक़ 1602 ईसवी के क़रीब शहज़ादा सलीम को हुक्म दिया गया कि राजा मान सिंह के साथ मिल कर

पूरब की बग़ावत को कुचल दें। शहज़ादा सलीम ने हुक्म की तामील नहीं की और इलाहाबाद की तरफ़ शिकार खेलते रहे। जब वो बादशाह सलामत के सामने पेश होने के इरादे से आगरा की तरफ़ बढ़े भी तो बहकावे में आकर इटावा में ही रुक गए।

बादशाह सलामत ने आगरा से लिखा, "अगर दरबार हाज़िर होने का पक्का इरादा है तो हिम्मत दिखा कर अकेले आओ और अपने ख़ादिमों को उनकी जागीरों पर भेज दो। अगर दिल में शक है तो बेहतर है इलाहाबाद जाओ, दिल में इत्मिनान लाओ और जब पूरे भरोसे और हिम्मत में हो, तब आओ।"

ये सुनकर शहज़ादे ने डर के मारे मीर सद्रे जहाँ को माफ़ी का पैग़ाम लेकर बादशाह सलामत के पास भेजा।

मीर सद्रे जहाँ हिंदुस्तानी मुसलमान थे और हरदोई के पिहानी गाँव के रहने वाले थे। कुछ बरस पहले सद्रुरुस्सुदूर के उस ओहदे पर पहुँचे थे जहाँ कभी शेख़ अब्दुन्नबी हुआ करते थे। बादशाह सलामत उनकी बहुत क़द्र करते थे। दीने-इलाही में शामिल हो कर वो बादशाह सलामत के मुरीद हो चुके थे। मुरीद होने के बाद उन्होंने बादशाह सलामत की इजाज़त से दाढ़ी रखी थी। जिन दिनों ये ख़बर आई कि उलेमा को ज़बर्दस्ती मक्का भेजा जा रहा है तो सद्रे जहाँ ने कहा, "कहीं हमारा नाम भी उस फ़ेहरिस्त में ना हो!"

इस पर फ़ेहरिस्त बनाने वाले ने कहा, "आपने कब ख़ुदा का नाम लिया जो आपको ज़बरदस्ती मक्का भेजा जाए।"

जब तूरान के बादशाह अब्दुल्ला ख़ान उज़बक ने बादशाह सलामत पर कुफ़्र का इल्ज़ाम लगाया तो शक-शुब्हे दूर करने के लिए हकीम हुमाम के साथ मीर सद्रे जहाँ को भी वहाँ भेजा गया। मीर सद्रे जहाँ शेर भी कहते थे लेकिन मुफ़्ती बन जाने के बाद उन्होंने शायरी छोड़ दी। मुफ़्ती होते हुए भी वो बादशाह सलामत की महफ़िल में शराब पी चुके थे। उन्होंने शेख़ अब्दुन्नबी के साथ शहज़ादे सलीम को दीन की तालीम दी थी और शहज़ादे उनको बहुत मानते थे।

इस वक़्त मीर सद्रे जहाँ बादशाह सलामत के एलची के तौर पर शहज़ादे के पास मौजूद थे। शहज़ादे सलीम ने कहला भेजा कि ख़ुद सद्रे जहाँ उनकी वफ़ादारी और ज़िम्मेदारी की ज़मानत देंगे। इसके बाद शहज़ादा सलीम इलाहाबाद की तरफ़ लौट गए।

जब बादशाह सलामत ने शेख़ अबुल फ़ज़ल को दकन के मोर्चे से वापिस बुलाया तो शहज़ादे सलीम ने सोचा कि अगर अबुल फ़ज़ल आगरा पहुँच गए तो वो बादशाह सलामत के कान भर देंगे।

शहज़ादा सलीम ने ओरछा के बीर सिंह बुंदेला को पैग़ाम भेजा, "अगर अबुल फ़ज़ल को मार डालोगे तो बड़ा इनाम मिलेगा।"

बीर सिंह बुंदेला पहले ही बादशाह सलामत से बग़ावत किए बैठे थे। शहज़ादा सलीम का पैग़ाम मिलते ही वो शेख़ अबुल फ़ज़ल को मारने को तैयार हो गए। उनके लोग घात लगा कर नरवर के पास बैठ गए। जब शेख़ अबुल फ़ज़ल उज्जैन पहुँचे तो उन्हें चेताया गया कि रास्ता बदल लें लेकिन वो माने नहीं।

सैंतालीसवें इलाही सन्, बमुताबिक़ ईसवी 1602 की 12 अगस्त को, जुमे के रोज़, नरवर से छः कोस दूर सराय बरार पर बीर सिंह बुंदेला के लोग सामने आए। शेख़ अबुल फ़ज़ल के साथ जो थोड़े से लोग थे, उन्होंने समझाया कि बेहतर हो कि दो कोस पीछे जाएँ जहाँ और फ़ौजी मौजूद हैं।

शेख़ अबुल फ़ज़ल बोले, ''मौत से क्या डरना। जब वक़्त आएगा तो टल नहीं सकती। बादशाह सलामत ने मुझे एक दरवेश के बेटे से अमीर, वज़ीर और सिपहसालार बनाया। मेरे बारे में बादशाह सलामत की जो राय है, आज के दिन उसके ख़िलाफ़ जाऊँगा तो लोग मुझे क्या कहेंगे!''

उनके ख़ास ख़ादिम गदाई ख़ान अफ़ग़ान ने कहा, ''फ़ौजी अक्सर ऐसा करते हैं। जब दुश्मन से लोहा लेने का मुनासिब वक़्त नहीं दिखता तो इसमें कोई कायरता नहीं कि हट जाएँ और किसी और मौक़े पर बदला लें। हमारे पास वक़्त है। आप इस ख़तरनाक जगह से हट जाएँ।''

शेख़ अबुल फ़ज़ल ने जवाब दिया, ''इस लुटेरे से भाग कर नहीं जाऊँगा।''

ओरछा नरेश के सलाहकार, गुरु और ओरछा दरबार में ऊँचा मुक़ाम रखने वाले कवि केशवदास के मुताबिक़ गदाई ख़ान अफ़ग़ान ने कहा कि जंग करने के बजाय यहाँ से चले जाएँ क्योंकि बादशाह शेख़ अबुल फ़ज़ल को देख कर बहुत ख़ुश होंगे और शहज़ादे सलीम पर तय करके चढ़ाई की जा सकती है।

''नहीं नवाब पसरु को ठौरु।
भूलि न सत्रुहि सामुहँ दौरु॥
चलु चलु ज्यौं क्यै हूँ चलि जाहि।
तोहि पाए सुख पावै साहि॥
पुनि अपने मन में करि नेम।
जैबौ चढ़ि तहँ साह सलेम॥''

इस पर शेख़ अबुल फ़ज़ल ने कहा कि भागें तो तब जब भागते बने। पाँव में मर्यादा की बेड़ी पड़ी है, अंग-अंग में शर्म लिपटी है और सर पर शाह अकबर की इनायत का भार है। ये सुन कर गदाई ख़ान अफ़ग़ान ने शेख़ की घोड़े की लगाम छोड़ दी। अब शेख़ पूरी ताक़त के साथ मैदान में कूद पड़े।

''भाजौ जौ तौ भाज्यौ जाय
क्यों करि दैहै मोहिं भजाय॥

पति की बेरी पाइ निहार।
सिर पर साहि मया को भार॥
लाज रही अंग अंग लपटाय।
कहु कैसे कै भाज्यौ जाय॥
छोड़ि दई तिहिं बाग बिचारि।
दौर्‌यो सेख काढ़ि तरवारि॥''

शेख़ अबुल फ़ज़ल बहादुरी से लड़े लेकिन घिर गए। बीर सिंह बुंदेला के एक राजपूत सिपाही ने शेख़ अबुल फ़ज़ल को पीछे से भाला मारा जो सीने से पार हो गया। शेख़ ने अपने घोड़े पर नदी के पार कूदना चाहा लेकिन वो गिर पड़े। उनके ख़ादिम हब्शी जब्बार उन्हें घोड़े के नीचे से निकाल कर रास्ते से थोड़ा अलग ले गए। लेकिन शेख़ अबुल फ़ज़ल के घोड़े को देखकर और फिर उनकी हथनी के महावत से पूछ कर बीर सिंह बुंदेला मौक़े पर पहुँच गए। ज़ख़्मी शेख़ अबुल फ़ज़ल के पास बैठ कर बीर सिंह बुंदेला ने उनके सर को अपनी टाँगों पर रखा और अपने कपड़े से उनका मुँह पोंछा।

जब शेख़ की ज़रा आँख खुली तो बीर सिंह बुंदेला ने बैठे-बैठे ही सलाम किया और अपने लोगों से कहा, ''फ़रमान लेकर आओ।''

इसके बाद बीर सिंह बुंदेला ने शेख़ अबुल फ़ज़ल से कहा, ''दुनिया फ़तह करने वाले मालिक ने पूरी इज़्ज़त से आपको बुला भेजा है।''

जब शेख़ ने ग़ुस्से से देखा तो बीर सिंह ने कहा कि वो उन्हें हिफ़ाज़त की जगह ले जाएँगे। इस पर बीर सिंह के आदमियों ने कहा कि ज़ख़्म इतना गहरा है कि कहीं भी ले जाना मुमकिन नहीं।

इस गंभीर हालत में भी शेख़ अबुल फ़ज़ल ने बीर सिंह बुंदेला को आड़े हाथों लिया और सख़्त-सुस्त सुना दिया। उसी वक़्त पेड़ के पीछे से जब्बार ने निकल कर बीर सिंह बुंदेला के सिपाहियों पर हमला कर दिया और कई को ख़त्म कर दिया। वो बीर सिंह तक पहुँचने ही वाले थे कि मारे गए। अब बीर सिंह बुंदेला शेख़ अबुल फ़ज़ल का सर छोड़ कर उठ गए और उनके लोगों ने शेख़ का सर काट कर अलग कर दिया। बीर सिंह बुंदेला ने ये सर शहज़ादा सलीम के पास इलाहाबाद भेज दिया।

जब शेख़ अबुल फ़ज़ल की बेसिर लाश बादशाह सलामत ने देखी तो कहा कि शेख़ कितने शौक़ से उनके पाँव चूमने को आए लेकिन बिना सर और पाँव के आए।

''शेख़े मा अज़ शौक़े बेहद चूं सू ए मा आमदे,
ज़े इश्तियाक़े पाए बोसी बे सरापा आमदे।''

जब अबुल फ़ज़ल का सर शहज़ादा सलीम को मिला तो उन्होंने कहा कि ये

तो बादशाह अकबर के घर के एक शख़्स का क़त्ल है जिससे शहज़ादे की बादशाहत और काबुल के ख़ानदान की हुकूमत पक्की हो गई। कवि केशव ने कहा—

> "सबके सुनत साहि यह कह्यौ।
> दिल्ली के घर को बध रह्यौ।
> बीरसिंह की यहई ठई।
> हमकों सकल साहिबी दई॥
> बीरसिंह हमैं लीन्हे मोल।
> करी साहिबी निपट निडोल।
> फिर थाप्यौ काबिल को राज।
> कीन्हौ सकल खलक को काज॥"

शेख़ अबुल फ़ज़ल अपने इंसाने कामिल का पूरा हाल लिखे बिना ही इस दुनिया से चले गए।

जब बादशाह सलामत ने उन्हें *अकबरनामा* लिखने का हुक्म दिया तो शेख़ ने कहा था, "मेरी रूह को पंख लग गए, मेरी ज़बान में ताक़त आ गई और रूह के समंदर से छिपी हुई चीज़ें एक क़ाबिले तारीफ़ तरीक़े से काग़ज़ के साहिल तक आ गईं।"

बादशाह सलामत क़ानूने वाक़यानवीस का दफ़्तर शुरू कर चुके थे, जो उनकी ज़िंदगी की हर बारीकी को दर्ज किया करता था। शेख़ अबुल फ़ज़ल ने *अकबरनामा* लिखने के लिए इस ब्यौरे को पूरी तरह पढ़ा। उसके अलावा जिस वाक़ये का ज़िक्र किया उसके बारे में बीस से ज़्यादा अक़्लमंद लोगों की गवाही ली। उन्हें इस बात पर हैरत थी कि हाल के वाक़ये के बारे में भी लोगों को इतना अलग-अलग याद है। ऐसे में उन्होंने बादशाह सलामत की राय को सही माना।

अकबरनामा के ज़रिए शेख़ अबुल फ़ज़ल ने जलालुद्दीन मोहम्मद अकबर को एक ऊँचे रूहानी मुक़ाम पर खड़ा कर दिया। वो मानते थे कि बादशाह सलामत में एक ख़ुदाई नूर दिखता है इसलिए *अकबरनामा* का लिखा जाना बादशाह सलामत के लिए बहुत बड़ी बात थी। उनके हुक्म पर गोवर्धन ने उस लम्हे को तस्वीर में क़ैद किया जब शेख़ अबुल फ़ज़ल ने उन्हें *अकबरनामा* पेश किया था।

गोवर्धन ने अपना काम बादशाह सलामत के तस्वीरख़ाने से शुरू किया और उसके बाद शहज़ादा सलीम के तस्वीरख़ाने में शामिल हो गए। बादशाह सलामत के आख़िरी वक़्त में फिर उनके साथ आ गए। गोवर्धन अपनी पैनी नज़र और हलके रंगों के इस्तेमाल के लिए जाने गए।

गोवर्धन की बनाई तस्वीर में निचले सुनहरे तख़्त पर लाल तकिए के सामने बैठे बादशाह सलामत के बहुत पास लेकिन ज़रा नीचे मौजूद शेख़ अबुल फ़ज़ल के हाथों

में *अकबरनामा* का दूसरा हिस्सा था। पहला हिस्सा सामने क़ालीन पर रखा था। दरबार में सब की नज़र बादशाह सलामत और शेख़ अबुल फ़ज़ल की तरफ़ थी। जलालुद्दीन मोहम्मद अकबर के लाल ताज में सफ़ेद मोती की लड़ी थी और उस पर सरपेंच लगा था। उनके हलके रंग के झीने जामे के नीचे पीला पाजामा, गले में जवाहरात और मोती की माला और पटके में लाल म्यान और सुनहरी मूठ वाली कटार थी। शेख़ अबुल फ़ज़ल के हलके रंग के जामे पर हरे रंग का दोशाला था।

शेख़ अबुल फ़ज़ल ने अपने वक़्त में इतना बड़ा रुतबा पाया कि बीरसिंह बुंदेला के क़रीबी केशवदास को भी कहना पड़ा कि वो धर्म की मर्यादा की अटल रेखा थे, ब्राह्मणों और दीनों के रक्षक थे और उन्होंने अकबर की इज़्ज़त के लिए जान दी।

''अवधि धर्म की लेख, दुज दीनन प्रतिपाल तैं।
रन में जुझे सेख, अपनी पति लै साहि की॥''

शेख़ अबुल फ़ज़ल अपनी दरियादिली के लिए जाने जाते थे। बहुत नरमदिल इंसान थे। उन्होंने अपने ख़ादिमों में से किसी की न कभी तनख़्वाह रोकी, ना उसमें कटौती की, ना कोई जुर्माना लगाया और ना कभी किसी को हटाया। वो कहते, ''लोग कहेंगे कि शेख़ अबुल फ़ज़ल ने ग़लत इंसान को रखा और उसमें इंसान की पहचान नहीं है।''

जब वो दकन में थे तो एक बड़े ख़ेमे में हर रोज़ अमीर–उमरा के लिए हज़ार चीज़ें बनतीं और एक और ख़ेमे में सभी ख़ासो–आम के लिए दिन भर खिचड़ी बनती रहती। शेख़ अबुल फ़ज़ल ख़ुद खाने के बहुत शौक़ीन थे। कहते हैं रोज़ बाईस सेर खाना खाते लेकिन दस्तरख़्वान पर कोई चीज़ बेमज़ा लगती तो इस बात को ज़बान पर नहीं लाते। बस अपने बेटे को चखने को दे देते।

शहज़ादा सलीम की बग़ावत किस हद तक जा चुकी थी इसका अंदाज़ा शाही तस्वीरख़ाने के उस्ताद मंसूर की एक तस्वीर से मिला। उस्ताद मंसूर ने *अकबरनामा* और *बाबरनामा* की तस्वीरें बनाई और जानवरों और परिंदों की तस्वीरों के लिए बहुत नाम कमाया। बरसों तक बादशाह सलामत के तस्वीरख़ाने में काम करने के बाद जब वो शहज़ादा सलीम के तस्वीरख़ाने में शामिल हुए तो एक चौंका देने वाली बात हुई। चित्रकार मनोहर के साथ बनाई तस्वीर में उन्होंने शहज़ादा सलीम को एक आलीशान तख़्त पर बिलकुल बादशाहों की तरह बैठा हुआ दिखाया। सुनहरे काम का नीला जामा पहने शहज़ादे सलीम के गले में मोती की माला थी, कमर में कटार और सर पर केसरी पगड़ी। मंसूर ने इस तस्वीर के तख़्त को बनाया था। तस्वीर के हाशिए पर लिखा था, ''मनोहर ने जमशेद[1] जैसे बादशाह की तस्वीर

1. जमशेद—प्राचीन फ़ारस का एक बादशाह।

बनाई जिस पर मंसूर की क़लम ने काम किया। अब बिना ग़लती इन लफ़्ज़ों से साल बताओ—सूरत बादशाह।[1]''

ये शहज़ादे सलीम की बग़ावत का दौर था। इस वक़्त उस्ताद मंसूर ने शहज़ादे की तस्वीर को बादशाह की सूरत कहा और ऐसे लफ़्ज़ों का इस्तेमाल किया जिससे मौजूदा साल की तारीख़ निकलती थी। ज़ाहिर था कि उस्ताद मंसूर शहज़ादे की बादशाहत की ना सिर्फ़ तरफ़दारी कर रहे थे बल्कि उसका ऐलान भी।

जन्नत आशियानी हुमायूँ बादशाह की बहन गुलबदन बेगम और बादशाह सलामत की माँ मरियम मकानी हमीदा बानो बेगम ने बहुत कोशिश की कि शहज़ादे सलीम को माफ़ी मिल जाए। शहज़ादे की नाफ़रमानियाँ बहुत संगीन थीं लेकिन ख़ानदान की बुज़ुर्ग औरतों की बात टालना भी बादशाह सलामत के लिए आसान नहीं था।

एक बार फ़िरदौस मकानी बाबर बादशाह की ग़ैरहाज़िरी में उनके एक रिश्ते के भाई ने काबुल में तख़्ता पलट दिया। ये सब फ़िरदौस मकानी की सौतेली नानी शाह बेगम की शह पर हुआ था। फिर भी क़ाबुल पर फ़तह करते ही बाबर बादशाह सबसे पहले शाह बेगम के सामने गए और अदब से झुक कर बोले, ''अगर माँ के दिल में किसी एक बेटे के लिए ख़ास प्यार है तो वो दूसरे बेटे को नीचा क्यों दिखाए?''

फिर बाबर बादशाह ने कहा, ''मैं बहुत दूर से आ रहा हूँ और देर से जागा हुआ हूँ।''

ये कह कर वो अपनी सौतेली नानी की गोद में सर रख कर सो गए।

तैमूरी ख़ानदान में घर की बुज़ुर्ग औरतों के एहतराम की पुरानी रिवायत थी। जिस तरह से हर ख़ासो-आम को बादशाह सलामत के सामने झुकना होता था, वैसे ही बादशाह सलामत अपनी माँ के सामने झुकते थे।

आख़िर बादशाह सलामत ने शहज़ादा सलीम की नाफ़रमानियों को माफ़ किया। बादशाह सलामत की बीवी सलीमा सुल्तान बेगम को हाथी फ़तह लश्कर, एक ख़ास घोड़े और एक ख़िलअत के साथ शहज़ादे को लाने के लिए भेजा गया। शहज़ादे की दरख़्वास्त पर मरियम मकानी उनका हाथ पकड़ कर बादशाह सलामत के क़दमों तक लाईं। शहज़ादे ने अपने किए पर शर्मिंदगी का इज़हार किया तो बादशाह सलामत ने उन्हें गले लगाया और ऊपर-ऊपर से माफ़ कर दिया लेकिन उनका दिल अब भी साफ़ नहीं हुआ था। फिर भी शहज़ादे का डर दूर करने के लिए उन्होंने अपने सर से पगड़ी उतार कर उन्हें पहना दी। जब बादशाह सलामत ने उन्हें समझा-बुझाकर महाराणा प्रताप के ख़िलाफ़ भेजा तो आगरा से दस कोस दूर जाते ही उन्होंने बहाने बनाने शुरू कर दिए।

---

1. यहाँ फ़ारसी में सूरत का कुल योग 696 और बादशाह का कुल योग 313 है, यानी कुल 1009, जो उस वक़्त हिज्री साल की तारीख़ थी। ईसवी सन् के मुताबिक़ 1600-1601 का साल।

उस वक़्त बादशाह सलामत ने कहला भेजा, ''ज्योतिषियों के मुताबिक़ ये वक़्त लौटने के लिए मुनासिब नहीं है। चूँकि विदाई एक शुभ घड़ी में हुई है इसलिए बेहतर है कि इलाहाबाद जाएँ...।''

अब इलाहाबाद से बादशाह सलामत को परेशान करने वाली ख़बरें मिलने लगीं। शहज़ादे को शराब की लत लग चुकी थी। जब बहुत शराब पीने से भी नशा नहीं चढ़ता तो शराब में अफ़ीम डालकर पीने लगे। बादशाह सलामत को ख़बर मिली कि इस दोहरे नशे की वजह से शहज़ादे का मिज़ाज बिगड़ गया है। मामूली ख़ता पर भी बड़ी सज़ाएँ देने लगे हैं। जब ख़बर मिली कि शहज़ादे ने अपने वाक़यानवीस की खाल ज़िंदा खिंचवा दी, एक ख़िदमतगार को इतना पिटवाया कि वो मर गया और अपने एक ख़ास ख़ादिम का गुप्तांग कटवा दिया तो वो बोले, ''हमने कोशिश की है कि अपनी हुकूमत के दौरान एक चींटी को भी चोट ना आए, और हम नहीं चाहेंगे कि एक बकरी की भी खाल खींची जाए, हालाँकि ये कोई जुर्म नहीं है। हमारे इज़्ज़तदार बेटे की ऐसी हरकत करने की हिम्मत कैसे हुई? उसने वो बिगाड़ने की कोशिश क्यों की जो ख़ुदा ने बनाया है?''

शहज़ादे सलीम को सही रास्ते पर लाने के लिए उनचासवें इलाही सन्, बमुताबिक़ 1604 ईसवी की 21 अगस्त की रात को एक शुभ घड़ी देख कर बादशाह सलामत पानी के रास्ते इलाहाबाद के लिए निकले। अभी वो कुछ ही दूर पहुँचे थे कि नाव रेत में फँस गई और तमाम कोशिश के बावजूद हिली नहीं। यहाँ तक कि बादशाह सलामत को नाव में ही रात गुज़ारनी पड़ी। अगले रोज़ बादशाह सलामत अपने ख़ेमे में आ गए लेकिन तीन दिन ऐसी बारिश और आँधी आई कि वो और उनके ख़ास ख़ादिमों के अलावा बाक़ी सब बिना ख़ेमों के हो गए। अभी बादशाह सलामत आगे के बारे में सोच ही रहे थे कि उनकी माँ मरियम मकानी की बीमारी की ख़बर आई। इस पर भी बादशाह सलामत ने लौटने का इरादा नहीं किया क्योंकि उन्हें लगा कि मरियम मकानी बीमारी का बहाना कर रही हैं ताकि शहज़ादे के ख़िलाफ़ कोई कार्रवाही ना हो। बादशाह सलामत ने अपने पोते शहज़ादे ख़ुर्रम को हालात का पता करने के लिए भेजा। जब ख़ुर्रम ने लौट कर बताया कि मरियम मकानी की हालत वाक़ई नाज़ुक है तो बादशाह सलामत ने इलाहाबाद जाने का इरादा छोड़ दिया और आगरा लौट आए।

बादशाह सलामत ने अपनी माँ को आख़िरी बार देख लिया लेकिन उनकी आवाज़ नहीं सुन पाए। कई बार पुकारने के बाद भी मरियम मकानी के होंठों से आवाज़ नहीं निकली।

बादशाह सलामत बचपन की याद में गुम हो गए। जन्नत आशियानी ने फ़ारस से लौट कर क़ाबुल फ़तह किया था और अपने बेटे मिर्ज़ा अकबर के ख़तने का जश्न

रखा। मिर्ज़ा अकबर बरस भर के रहे होंगे जब जन्नत आशियानी हुमायूँ बादशाह और मरियम मकानी हमीदा बानो बेगम को फ़ारस भागना पड़ा। अब फ़ारस से आने के बाद पहली बार माँ बेटे की मुलाक़ात होने वाली थी। ये देखने के लिए कि बेटा पहचानता है या नहीं, माँ हमीदा बानो बेगम कई औरतों के बीच जा कर बैठ गईं।

आलीशान बरामदे की दीवार पर बनी तस्वीर में घुड़सवारी का मंज़र दिख रहा था। बरामदे में और उसके बाहर खिंचे लाल शामियाने के नीचे फूलदार क़ालीन पर मेहमान महफ़िल का लुत्फ़ ले रहे थे। जन्नत आशियानी के सामने चग़ताई टोपी पहने कई औरतें दायरे की ताल पर नाच रही थीं। दरवाज़े के बाहर से दो लोग नाई पर, एक सुर्ना पर और तीन नक़्क़ारे पर थे। इनके सामने एक आदमी दोनों हाथों में तलवार लिये करतब दिखा रहा था।

आख़िर वो लम्हा आया जब साढ़े तीन बरस के मिर्ज़ा अकबर महफ़िल में दाख़िल हुए। सब हैरत में पड़ गए जब इस हुजूम में भी उन्होंने अपनी माँ को पहचान लिया। वो सीधे हमीदा बानो बेगम की गोद में जा कर बैठ गए।

लेकिन आज मरियम मकानी हमीदा बानो बेगम अपने बेटे से बहुत दूर जा रही थीं। जब उन्होंने बेटे की किसी बात का जवाब नहीं दिया तो जलालुद्दीन मोहम्मद अकबर सिरहाने से उठ गए। चंद दिनों के बाद ही उनचासवें इलाही साल बमुताबिक़ 1604 की 29 अगस्त को मरियम मकानी ने आख़िरी साँस ली। बादशाह सलामत ने बाल, मूँछे और भँवें तक मुँडवाईं। मरियम मकानी हमीदा बानो बेगम को कंधा देने वाले वो पहले थे। उनके बाद बाक़ी उमरा ने कंधा दिया। इसके बाद जनाज़ा दिल्ली के लिए निकला जहाँ उन्हें अपने शौहर जन्नत आशियानी हुमायूँ बादशाह के पास दफ़्न कर दिया गया। जिन्होंने बादशाह सलामत को दूध पिलाया था, उनमें से बीबी रूपा लगभग चौदह बरस पहले इस दुनिया से जा चुकी थीं। बादशाह सलामत को उनके जाने का बहुत ग़म हुआ था। भावल अंगा भी कुछ बरस पहले इस दुनिया से जा चुकी थीं। इसके बाद जब जीजी अंगा की मौत हुई तो बादशाह सलामत को गहरा सदमा हुआ। उन्होंने मूँछ और सर के बाल मुँडवाए और ख़ुद जनाज़े को कंधा दिया था।

जब शहज़ादा सलीम ने सुना कि बादशाह सलामत वापिस लौट गए हैं तो वो शोक मनाने के बहाने आगरा आए। अपना सर बादशाह सलामत के क़दमों में रख कर उन्होंने एक लाख के हीरे, सौ–सौ तोले की दो सौ नौ मोहरें, पचास–पचास तोले की दो सौ मोहरें, पच्चीस तोले की चार मोहरें, बीस तोले की तीन मोहरें और दो सौ हाथी बादशाह सलामत को पेश किए। जलालुद्दीन मोहम्मद अकबर ने अपनी औलाद को गले तो लगाया लेकिन उसकी नाफ़रमानियों को देखते हुए हिरासत में ले लिया। जब बादशाह सलामत ने सख़्ती से डाँटा तो शहज़ादे की नज़र मिलाने की हिम्मत नहीं हुई। हिरासत में शहज़ादे सलीम की शराब पर पाबंदी लगा दी गई। पूरे

दस दिन क़ैद में गुज़ारने के बाद बादशाह सलामत का दिल पिघला और शहज़ादे सलीम को छोड़ दिया गया।

ख़्वाबगाह में एक आहट सी हुई तो बादशाह सलामत ने देखा कि ख़ाने आज़म मिर्ज़ा अज़ीज़ कोका क़दम चूम रहे हैं।

बादशाह सलामत अक्सर कहा करते थे कि मिर्ज़ा अज़ीज़ कोका के साथ वो एक दूध की नहर से जुड़े हैं। आख़िर उनकी माँ जीजी अंगा ने बादशाह सलामत को दूध पिलाया था।

मिर्ज़ा अज़ीज़ कोका को दुनिया और इंसान की अच्छी समझ थी। वो एक बार बोले, ''एक आदमी ने कुछ कहा जो मुझे सच लगा। जब उसने ज़ोर देकर कहा तो मुझे शक हुआ। जब उसने क़सम खाई तो मैं समझ गया कि वो झूठ बोल रहा है।''

दुनियादारी की इतनी समझ के बावजूद मिर्ज़ा अज़ीज़ कोका ने एक चौंकाने वाला क़दम उठा लिया।

मसला उस वक़्त शुरू हुआ जब मिर्ज़ा अज़ीज़ कोका ने दरबार आ कर बादशाह सलामत के दीनी रुझान के बारे में इतनी सख़्त बातें कहीं कि सभी ख़ासो-आम में इसका बहुत चर्चा रहा। फिर वो इस बहाने से दरबार छोड़ कर चले गए कि जंग में उन्होंने दाढ़ी बढ़ाने की क़सम खाई थी इसलिए अब बढ़ा कर ही लौटेंगे।

जब वो कुछ वक़्त तक नहीं लौटे तो बादशाह सलामत ने उन्हें लिखा, ''अब तक दाढ़ी बढ़ी नहीं जो आए नहीं?''

इस पर मिर्ज़ा अज़ीज कोका ने इतनी बदतमीज़ी का जवाब दिया कि उनका ओहदा छीन लिया गया।

बादशाह सलामत की हुकूमत के उन्तालीसवें साल बमुताबिक़ 1593 ईसवी में एक दिन मिर्ज़ा अज़ीज़ कोका की माँ जीजी अंगा ने अचानक बादशाह सलामत के सर पर पानी का एक बर्तन फेरा और फिर उस पानी को पी लिया।

जीजी अंगा ने कहा, ''रात को एक ख़्वाब देखा कि बादशाह सलामत के साथ कुछ बुरा हो गया है। अब ये मैंने अपने ऊपर ले लिया।''

बादशाह सलामत ने कहा, ''उन्हें मुझ में अपना बेटा दिखता है।''

इसके बाद ही उनके बेटे मिर्ज़ा अज़ीज़ कोका बादशाह सलामत को बताए बिना अचानक अपने छह बेटों, छह बेटियों और उनकी माओं के साथ मक्का के लिए रवाना हो गए।

बादशाह सलामत को मिर्ज़ा अज़ीज़ कोका का पैग़ाम मिला—

''इससे पहले भी ताक़तवर बादशाह रहे हैं लेकिन किसी को ये ख़याल नहीं

आया कि पैग़ंबरी का दावा करें। जब तक नाज़िल की गई किताब, चुने हुए साथी और करामात ना हो, लोग कभी क़बूल नहीं करेंगे। काफ़िरों के ख़िलाफ़ लड़ी जंग की वजह से मुझे तुर्की के उस्मानी सुल्तान के दरबार में आज़म ख़ान का ख़िताब मिल सकता है...लेकिन तय किया है कि मक्का में बादशाह सलामत के नाम का मदरसा चलाऊँगा। बादशाह जिसे चाहें ख़ाने आज़म बना लें।''

बादशाह सलामत ने फ़ौरन ही मिर्ज़ा अज़ीज कोका के ख़त का जवाब दिया :

''जब हम उम्मीद कर रहे थे कि अज़ीज़ कोका उस दरबार में पेश होंगे, जहाँ कि पेश होना ख़ुशनसीबी की निशानी है क्योंकि इससे तरह-तरह की इनायतें मिलती हैं, ये बताया गया कि ख़ान अपने ख़ानदान और नौकरों के साथ हज पर चले गए। हैरत है कि तुम्हारे जैसा ईमानदार साथी और वफ़ादार इंसान बादशाह के इख़्तियारात को नज़रअंदाज़ कर के और तहज़ीब को दरकिनार कर के बिना इजाज़त चला गया। इससे भी ज़्यादा हैरत इस पर कि अपनी माँ की इजाज़त नहीं ली जो कि हर ख़ुदा के बंदे के लिए हर हाल में लाज़िमी है, ख़ासतौर पर ऐसे हाल में जब ख़ुदा की इबादत का सवाब भी माँ की इजाज़त के बाद ही मिलता है। जब सवाब की ख़्वाहिश थी तो बिना इजाज़त कैसे चले गए? क्या वजहें थीं या डर था जिनकी वजह से कोका ने ये क़दम उठाया?

''चाहे जितना भी बारीकी से कोका की ग़लती को समझने की कोशिश करें, दरबार के दूरअंदेश से दूरअंदेश लोग भी इसको समझ नहीं पाए। तुमने ये कैसे सोचा कि बादशाह इस गुज़ारिश को नामंज़ूर कर देंगे। अगर उस मुक़द्दस मुक़ाम पर जाना था तो इजाज़त लेकर जाते ताकि इतने लंबे और ख़तरनाक सफ़र का कुछ नतीजा निकलता और दूसरी दुनिया में इनाम मिलता। क्या वजह हुई कि माँ से पूछे बिना या हमें बताए बिना ही चले गए। और ऐसा करके बादशाह के लिए और अपनी माँ के लिए ज़िम्मेदारी को भूल गए और इस दुनिया और दूसरी दुनिया दोनों में नुक़सान उठाया।''

''अफ़सोस कि अज़ीज़ कोका ने ग़लतियाँ की हैं और उन्हें मनगढ़ंत डर और झूठे शक इतना सता रहे हैं कि उनकी दूरअंदेशी चली गई और वो ग़लत रास्ते पर चले गए, जो ना अक़्ल के लिहाज़ से सही था और ना शरीयत के लिहाज़ से। अगर ख़ुदा की मोहब्बत इतनी शिद्दत से थी और इजाज़त मिलने की देरी से जाने का सही वक़्त और मौसम निकल जाता तो अपने ख़ानदान को पीछे छोड़ कर अज़ीज़ कोका अकेले ही चले जाते और बादशाह को ये बता देते कि शदीद ख़्वाहिश और वक़्त की कमी की वजह से वो सफ़र पर निकल रहे हैं और अपना ख़ानदान बादशाह की सरपरस्ती में छोड़ रहे हैं। बादशाह से गुज़ारिश कर सकते थे कि उनकी जागीर को बेटों के नाम कर दिया जाए, जो कि देखभाल की सलाहियत रखते हैं। चूँकि तुम भरोसे के लायक़ इंसान हो और तुम्हारी ख़्वाहिशें मायने रखती हैं, इसलिए ये कर दिया जाता। अगर

मिर्ज़ा बादशाह की गहरी मोहब्बत को नहीं भी समझ पाए और उन्हें ख़याल नहीं भी आया तो कम से कम अपना ख़ानदान बादशाह को भेज देते। ये कहला भेजते कि तवाफ़ की बहुत ख़्वाहिश है और ये गुज़ारिश करते कि हरेक को वो शाही सरपरस्ती में देते हैं। लड़कों का फैसला हम पर छोड़ते, जिसके कि अच्छे नतीजे होते। क्या शैतान सवार हो गया या क्या बुरा दिमाग़ में आया कि सही रास्ता छोड़ दिया?

''मिर्ज़ा के ख़ानदान और ख़ासतौर पर उनकी माँ जीजी की ख़िदमत बादशाह सलामत के दिल पर अक्स है, इसलिए कोई ग़ुस्सा बाक़ी नहीं, सिवाय एक दुख के और ये कि ऐसी हरकतें कितनी ही तकलीफ़देह क्यों ना हों, उनका असर ज़्यादा वक़्त नहीं रहेगा। दुख या नाराज़गी की कोई वजह नहीं है और बादशाह नहीं चाहते कि वो ग़लत रास्ते पर पड़ जाएँ या परदेस में ख़त्म हो जाएँ। अगर उन्हें शाही ख़ुलूस का एक हज़ारवाँ हिस्सा भी पता होता तो ऐसा ख़ौफनाक तनाव ना पालते और लोगों की लानत-मलामत का निशाना ना बनते। अब भी कुछ नहीं बिगड़ा है और वो कोई रुकावट ना समझें, बल्कि बादशाह के बड़प्पन को ध्यान में रखकर, बादशाह को ख़ुश करने और हैरान-परेशान माँ का दुख दूर करने के लिए फ़ौरन लौट आएँ और उनकी ज़ख़्मी रूह को सुकून पहुँचाएँ और ख़ुद को इस दुनिया और दूसरी दुनिया में परेशानियों से बचाएँ।

''हमारी लंबे वक़्त से ख़्वाहिश रही है कि तुर्की के उस्मानी सुल्तान के पास एक क़ाबिल एलची भेजें ताकि मोहब्बत का रिश्ता मज़बूत हो। इस ख़त के बाद हम तुर्की के सुल्तान को लिखेंगे। उम्मीद है कि जल्द मुलाक़ात होगी और इस पैग़ाम के मिलने से पहले कोका दरबार लौट आएँगे।''

मुल्ला अब्दुल क़ादिर बदायूँनी ने बताया, ''...आज़म ख़ान मक्का से लौट आए जहाँ शरीफ़ों के हाथ उन्हें काफ़ी तकलीफ़ उठानी पड़ी। मक्का जाकर उन्हें जो सवाब कमाया वो उन्होंने दीने-इलाही में शामिल हो कर बरबाद कर दिया। सजदा किया और मुरीदी के सारे क़ायदों को माना। दाढ़ी काट दी...जिस अबुल फ़ज़ल का बहुत एहतराम करते थे, उन से नए दीन के क़ायदे-क़ानून सीखे और ग़ाज़ीपुर और हाजीपुर की जागीर पाई।''

शहज़ादा सलीम को ख़ुसरो के ससुर मिर्ज़ा अज़ीज़ कोका और मामा राजा मान सिंह की साज़िश का डर था, इसलिए वो जब बादशाह सलामत को देखने आए तो ऐन मौक़े पर अपनी नाव से उतरे नहीं। वापिस लौट गए।

अभी बादशाह सलामत में साँसें बची थीं लेकिन अमीर-उमरा को पता था कि वो ज़्यादा नहीं बचेंगे।

राजा मान सिंह और मिर्ज़ा अज़ीज़ कोका ने अमीर-उमरा को जमा कर के कहा, ''ताक़तवर और बड़े शहज़ादे सलीम का किरदार सब को पता है और बादशाह सलामत भी उन्हें अच्छा नहीं मानते। वो किसी हाल में नहीं चाहते कि शहज़ादा सलीम उनके वारिस हों। हम सब को सुल्तान ख़ुसरो को तख़्त पर बिठाने के लिए राज़ी होना चाहिए।''

ये सुनना था कि सल्तनत के बड़े अमीर सईद ख़ान बोल पड़े, ''ये आप क्या कह रहे हैं कि शहज़ादा सलीम के रहते हम उनके बेटे को तख़्त पर बिठाएँ! ये चग़ताई क़ानून और रस्मो-रिवाज के ख़िलाफ़ है। ये कभी नहीं होगा।''

शहज़ादा सलीम वापिस अपने महल लौट चुके थे लेकिन आगरा के क़िले में बाज़ी ख़ुसरो के ख़िलाफ़ पलट रही थी। अमीर-उमरा एक-एक कर के राजा मान सिंह और मिर्ज़ा अज़ीज़ कोका का साथ छोड़ने लगे।

इन हालात से बेख़बर शहज़ादा सलीम नाव से भागने के बारे में सोच रहे थे। उनके क़रीबी उन्हें डरा रहे थे, ''हज़रत यहाँ ग़ाफ़िल बैठे हैं। वहाँ आपके दुश्मनों ने अपना काम कर लिया और सुल्तान ख़ुसरो को तख़्त पर बिठा दिया। अब क़िले की तोपें आपकी तरफ़ होंगी।''

उसी वक़्त शहज़ादा सलीम के सामने अमीर-उमरा का ताँता लगने लगा। शाम तक मिर्ज़ा अज़ीज़ कोका भी आ गए। अब शहज़ादा सलीम ने सल्तनत के बड़े अमीर-उमरा के साथ बादशाह सलामत के पास जाने का फ़ैसला किया।

बादशाह सलामत का अब बिलकुल आख़िरी वक़्त था। हकीम अली गिलानी हाथ खड़े कर चुके थे।

बादशाह सलामत ने हमेशा हकीम अली गिलानी की बात को माना था। एक बार जब मिर्ज़ा असद बेग ने दकन से लौट कर हुक़्क़ा पेश किया तो बादशाह सलामत ने दवाओं के माहिर से इसके बारे में पूछा।

दवाओं के माहिर ने कहा, ''इसका हमारी किताबों में ज़िक्र नहीं है लेकिन ये एक नई ईजाद है और इसके तने चीन से लाए जाते हैं। फ़िरंग के हकीमों ने इसकी बहुत तारीफ़ लिखी है।''

उस वक़्त तक बादशाह सलामत ने ना हुक़्क़ा देखा था, ना पिया था।

पूछने पर मिर्ज़ा अज़ीज़ कोका ने कहा, ''ये तंबाकू है जिसके बारे में मक्का मदीना में लोग ख़ूब जानते हैं। बतौर दवा हज़रत बादशाह के लिए लाया गया है।''

जब बादशाह सलामत ने हुक़्क़ा गुड़गुड़ाना शुरू किया तो हकीम अली गिलानी ने उन्हें रोकना चाहा। बादशाह सलामत बोले, ''असद बेग को ख़ुश करने के लिए थोड़ा पी लूँ।''

मिर्ज़ा असद बेग ने ज़िंदगी के सतरह बरस शेख़ अबुल फ़ज़ल की मुलाज़िमत में गुज़ारे थे। शेख़ अबुल फ़ज़ल के क़त्ल के बाद उन्होंने बादशाह सलामत के

दरबार में जगह पाई और कई बार अहम काम पर भेजे गए। अभी दकन से बादशाह सलामत के तोहफ़े लेकर लौटे थे।

जब बादशाह सलामत ने हुक्के के दो-तीन कश और लिये तो हकीम अली की परेशानी बहुत बढ़ गई। जब हकीम अली ने फिर रोका तो बादशाह सलामत ने हुक्का ख़ाने आज़म मिर्ज़ा अज़ीज़ कोका को पकड़ा दिया।

हकीम अली गिलानी ने बादशाह सलामत से कहा, ''इस दवा का पहले इस्तेमाल नहीं हुआ है। इसके बारे में हकीमों ने कुछ नहीं लिखा। ऐसी अनजान चीज़ों के बारे में हम हज़रत बादशाह को क्या बता सकते हैं? हज़रत बादशाह का ये पीना मुनासिब नहीं।''

मिर्ज़ा असद बेग ने हकीम से कहा, ''फिरंगी इतने बेवकूफ़ नहीं कि इसके बारे में ना जानें। उनमें ऐसे अक़्लमंद लोग हैं जो कभी ग़लती नहीं करते। किसी चीज़ को पूरी तरह जाने-समझे बग़ैर आप ऐसे नतीजे पर कैसे पहुँच सकते हैं जिस पर हकीम, बादशाह, बड़े लोग और उमरा यक़ीन कर लें? चीज़ों को उसकी ख़ूबी और ख़ामी के मुताबिक़ समझना चाहिए।''

हकीम अली गिलानी ने कहा, ''हम ऐसा नहीं करेंगे कि फ़िरंगियों के रास्ते पर चलें और बिना आज़माए ऐसा रास्ता अपनाएँ जिससे हमारे अपने अक़्लमंद लोग सहमत नहीं।''

मिर्ज़ा असद बेग बोले, ''अजीब बात है! हर रिवाज दुनिया में कभी ना कभी नया होता है। आदम से लेकर आज तक रिवाज धीरे-धीरे बनते हैं। जब लोगों में कोई नया चलन आता है और दुनिया में लोग अच्छी तरह जान जाते हैं तो हर कोई उसे अपना लेता है। हकीमों और अक़्लमंदों को चाहिए कि किसी चीज़ की अच्छाई और बुराई के मुताबिक़ ही फ़ैसला करें। हो सकता है अच्छाई का फ़ौरन पता ना चले। इसी तरह से चीन की ये पैदावार पुराने वक़्तों में नहीं थी। ये अभी पाई गई है और कई बीमारियों में फ़ायदेमंद है।''

असद बेग की इस बात पर बादशाह सलामत बोले, ''सही कहा। हमें सिर्फ़ इस वजह से दूसरे मुल्कों के अक़्लमंद लोगों की चीज़ों को ठुकराना नहीं चाहिए कि वो हमारी किताबों में नहीं हैं। ऐसा करेंगे तो तरक़्क़ी कैसे करेंगे?''

हकीम अली और कुछ कहते लेकिन बादशाह सलामत ने रोक दिया और ईसाई पादरी को अंदर बुला लिया। पादरी ने तंबाकू की बहुत तारीफ़ की लेकिन वो भी हकीम अली को मुतमईन नहीं कर पाए। उस दिन के बाद बादशाह सलामत ने हुक्का पिया भी नहीं।

इस बार हकीम अली का कोई इलाज काम नहीं आया। पहले आठ दिन तक उन्होंने कोई दवा ही नहीं दी। जब कमज़ोरी और बीमारी बहुत बढ़ गईं तो दवाएँ दीं लेकिन

हर दवा ने उलटा काम किया। बादशाह सलामत को हकीम अबुल फ़तह गिलानी और वैद्य नारायण मिश्र की याद आई जो अब इस दुनिया में नहीं थे। ख़ैरख़्वाहों ने तो सोचा था कि इन हकीमों की मौत का मायने ये है कि बादशाह सलामत को कभी इलाज की ज़रूरत ही नहीं होगी।

बीमारी की हालत में बादशाह सलामत ने हकीम अली गिलानी से कहा, ''हालाँकि तुमने कोई ख़िदमत नहीं की, हमने तुम्हें ये सोच कर एक दरवेश से ऊँचे रुतबे तक पहुँचा दिया कि एक दिन तुम हमारे काम आओगे। हुआ इसका उलटा।''

हकीम अली गिलानी ने जब पेचिश को रोकने के लिए तेज़ दवा दी तो क़ब्ज़ हो गया। इस क़ब्ज़ को दूर करने की दवा दी तो फिर पेट ख़राब हो गया। और यही जानलेवा साबित हुआ।

आख़िर बीमारी के उन्तीसवें दिन हकीम अली गिलानी ने हार मान कर बादशाह सलामत का इलाज छोड़ दिया।

ईसवी 1605 के अक्तूबर महीने की 25 तारीख़ बमुताबिक़ बादशाह सलामत के आख़िरी इलाही सन् की आख़िरी शाम उनके सिरहाने सूरा-ए-यासीन[1] पढ़ने का वक़्त आ गया था।

बाहर ईसाई पादरी बादशाह सलामत से मिलने की कोशिश कर चुके थे लेकिन अब उन्हें अंदर बुलाने वाला कोई नहीं था।

चंद रोज़ पहले जब पादरियों को ख़बर मिली कि बादशाह सलामत की हालत नाज़ुक है तो वो उन्हें ईसाई बनाने की आख़िरी कोशिश के लिए वहाँ पहुँच गए।

जलालुद्दीन मोहम्मद अकबर के दरबार में मौजूद पादरी जेरोम ज़ेवियर ने उस रात का हाल लिखा—

''कुछ देर बाद वो महल जाने के लिए उठे और इस तरह से गए जैसे कि अच्छी सेहत में हों और तंदुरुस्ती के दिनों से भी ज़्यादा अच्छे हों। जब वो चले गए तो हम वहीं उनके लौटने का इंतज़ार करते रहे। जब आधी रात हो गई तो वो अपनी इबादतगाह की तरफ़ जाने के लिए वहीं से गुज़रे। हमने ग़ौर किया कि वो बिना किसी सहारे के चल रहे हैं और हमेशा की तरह हँस-बोल रहे हैं। आख़िरकार हमने तय किया कि बात करने का ये मुनासिब वक़्त नहीं है क्योंकि उनमें बीमारी का कोई लक्षण नहीं दिख रहा है। उसके बाद वो इबादत के लिए चले गए। ये सोच कर कि वो ठीक हैं, हम आधी रात को चले आए। अगली सुबह वो बिलकुल अच्छी हालत में झरोखे पर दिखे। जो मैंने कहा वो शनिवार की रात थी। रविवार को भी वो ठीक थे लेकिन सोमवार को कहा जाने लगा कि बादशाह मरने वाले हैं।''

ये ईसाई पादरियों की बादशाह सलामत से आख़िरी मुलाक़ात थी।

1. सूरा-ए-यासीन—क़ुरान का वो हिस्सा जो अक्सर आख़िरी वक़्त में लोगों के पास पढ़ा जाता है।

पादरी बादशाह सलामत को ईसाई तो नहीं बना पाए लेकिन उनसे कई बड़ी रियायतें हासिल करने में कामयाब रहे।

''फ़रमान जलालुद्दीन मोहम्मद अकबर बादशाह ग़ाज़ी...''

गुजरात के ख़ंभात में गिरजा बनाने के फ़रमान पर बादशाह सलामत की गोल मोहर पर अमीर तैमूर से लेकर बादशाह सलामत तक सब के नाम थे। सब से बीच में बादशाह सलामत का नाम था। उनके ठीक ऊपर अमीर तैमूर का। इसके अलावा जन्नत आशियानी हुमायूँ बादशाह, फ़िरदौस मकानी बाबर बादशाह, उमर शेख़ मिर्ज़ा, सुल्तान अबु सईद मिर्ज़ा, सुल्तान मोहम्मद मिर्ज़ा और अमीर तैमूर के तीसरे बेटे जलालुद्दीन मीरान शाह के नाम थे।

''...ये बात हमारे इल्म में आई है कि यीशु समाज के पादरी खंबायत शहर में इबादतगाह बनाना चाहते हैं। इसलिए ये शाही फ़रमान जारी किया जाता है कि खंबायत के हाकिम किसी तरह भी रास्ते में ना आएँ और उन्हें इबादतगाह बनाने दें ताकि वो अपनी इबादत कर सकें। ये ज़रूरी है कि बादशाह के इस फ़रमान की हर तरह से तामील हो। इलाही सन् के बयालीसवें साल के फ़रवरदिन महीने की पच्चीस[1] को जारी किया गया।''

चालीसवें इलाही सन् बमुताबिक़ ईसवी सन् 1595 के मई महीने की पाँच तारीख़ को बादशाह सलामत के न्यौते पर ईसाई पादरी तीसरी बार दरबार में हाज़िर हुए। पिछली दो बार की तरह इस बार भी बादशाह सलामत ने गोवा फ़रमान भेज कर ईसाइयत के बारे में जानने की ख़्वाहिश ज़ाहिर की थी। पादरी अंतोनियो मोन्सेराते, पादरी रूडॉल्फ़ एकुआवीवा और पादरी फ्रांसिस हेन्रीक्स के लौट जाने के कुछ बरस बाद गोवा के पादरी लाहौर पहुँचे जहाँ उस वक़्त बादशाह सलामत का दरबार था। पिछली बार की तरह इस बार भी कुछ वक़्त गुज़ार कर वो नाकाम लौटे। तीसरी बार जो पादरी गोवा से आए उनमें पादरी जेरोम ज़ेवियर थे जो कि यीशु समाज के पहले बड़े प्रचारक पादरी फ्रांसिस ज़ेवियर[2] के रिश्तेदार थे। पादरी जेरोम ज़ेवियर छब्बीस बरस से यीशु समाज में थे और उनका ज़्यादातर वक़्त वसई, कोच्चि और गोवा में गुज़रा था। पादरी जेरोम ज़ेवियर के साथ बनुआ द गुआ थे जो 1562 ईसवी में पैदा हुए और पादरी जेरोम से बहुत छोटे थे। वो आठ बरस

1. बमुताबिक़ अप्रैल, 1597।
2. पादरी फ्रांसिस ज़ेवियर को पुर्तगाल के सम्राट जॉन तृतीय की गुज़ारिश पर ईसाई धर्म के प्रचार के लिए भेजा गया और वो गोवा आए। यहाँ से वो एशिया के कई इलाकों में प्रचार के लिए गए। दिसंबर, 1552 ईसवी में चीन के पास एक टापू पर उनकी मृत्यु हुई। उनका शरीर गोवा लाया गया और बोम जीसस के गिरजाघर में रखा गया और आज भी वहीं है। 1622 ईसवी में पोप ग्रेगरी पंद्रहवें ने उन्हें संत का दर्जा दिया।

लाहौर में रहे और फिर चीन की सरहद पर मारे गए। पादरियों में इमानुयेल पीनेरो भी थे जो 1556 ईसवी में पैदा हुए थे। वो कुल मिलाकर हिंदुस्तान में तेईस बरस रहे। उन्होंने लाहौर में आम ईसाइयों के बीच पादरी की ज़िम्मेदारी निभाई। उनका दख़ल दीन में भी था और दुनिया में भी। बादशाह सलामत के दरबार में वो अंग्रेज़ कारोबारियों का रुतबा और हैसियत कम करने की कोशिश करते रहे।

उस दौर के दो बहुत ताक़तवर बादशाहों की अपनी-अपनी वजह से पादरियों पर नज़र थी। 1596 ईसवी में स्पेन और पुर्तगाल के बादशाह फ़िलिप द्वितीय ने गोवा में अपने सूबेदार मतियास अलबुकर्क को लिखा—

"गोवा में यीशु समाज के सबसे बड़े पादरी का शुक्रिया अदा करें कि उन्होंने दीन से जुड़े लोगों को मुग़ल दरबार भेजा। हमारे सूबेदार ऐसे कामों को बढ़ावा दें...हमें बताते रहें कि पादरियों को क्या कामयाबी मिल रही है।"

दूसरी तरफ़ जलालुद्दीन मोहम्मद अकबर पादरियों से मिलने को इतना बेचैन थे कि उनके पहुँचने के अगली रात ही उन्हें हाज़िर होने का हुक्म दिया। जब ये तीनों पादरी बादशाह सलामत और शहज़ादा सलीम के सामने पेश हुए तो उन्होंने महसूस किया कि बादशाह सलामत के दिल में पादरी रूडॉल्फ़ एकुआवीवा की याद ज़िंदा है। बादशाह सलामत ने पादरियों को वो किताबें भी दिखाईं जो पादरी रूडॉल्फ़ ने उन्हें दी थीं। उन्होंने पादरियों को बीबी मरियम की और ईसा मसीह की वो तस्वीरें भी दिखाईं जो उन्हें पादरी रूडॉल्फ़ एकुआवीवा से मिली थीं। ये तस्वीर देख कर पादरी दोनों हाथ थाम कर घुटनों के बल बैठ गए। उनकी देखा-देखी शहज़ादा सलीम के बेटे शहज़ादा ख़ुसरो भी बैठ गए।

बादशाह सलामत ने मुस्कुरा कर शहज़ादा सलीम से कहा, "देखो अपने बेटे को!"

बादशाह सलामत के दरबार का हाल पादरियों को वैसा ही मिला जैसा कि उस वक़्त था जब पादरी पहली बार आए थे।

बादशाह सलामत ने पूछा, "पादरी मोन्सेराते को तुर्कों ने क्यों क़ैद किया और उन से इतना बुरा सुलूक क्यों किया?"

पादरी ज़ेवियर ने बताया, "अरबी और तुर्क लोग ईसाइयों के दुश्मन हैं, ख़ास तौर पर पादरियों के, जिनके साथ वो इसलिए हर तरह का बुरा सुलूक करते हैं क्योंकि वो मोहम्मदी दीन के ख़िलाफ़ हैं। हालाँकि अरबी और तुर्कों को चाहिए कि पादरियों से प्यार करें क्योंकि वो उन्हें मुक्ति का सच्चा रास्ता दिखाते हैं।"

फिर पादरी ज़ेवियर ने एक ऐसे पादरी का क़िस्सा सुनाया जिन्हें मार डाला गया था क्योंकि वो अपना दीन छोड़ कर इस्लाम को अपनाना नहीं चाहते थे।

ये सुन कर दरबार के कई लोग भड़क गए। उन में एक पादरी ज़ेवियर के दोस्त थे। उन्होंने कहा, "बोलने में एहतियात बरतें। यहाँ मौजूद सभी लोग मुसलमान हैं।

उनके दीन को बुरा कहेंगे तो वो आपके ख़ून के प्यासे हो जाएँगे। और मैं आपका सच्चा और पक्का दोस्त होने के बावजूद जब सुनता हूँ कि आप हमारे पैग़ंबर को बुरा कह रहे हैं तो इतना ग़ुस्सा आ जाता है कि आप में ख़ंजर घोंप सकता हूँ।''

हिंदुस्तान आने के बाद पहला बड़ा दिन पड़ा तो पादरी बनुआ द गुआ ने नए गिरजाघर में ईसा मसीह की पैदाइश की इतनी ख़ूबसूरत झाँकी बनाई कि हिंदुओं और मुसलमानों की भीड़ लग गई। इस मौक़े पर फ़ारसी में गीत गाए गए, जिनमें हिंदुस्तानी लफ़्ज़ों का भी इस्तेमाल हुआ। इन गीतों से लोगों को ईसाइयों और उनके दीन के बारे में नई बातें पता चलीं। कई लोग ईसा मसीह की तस्वीर के सामने लेट गए। कई लोग चढ़ावा लेकर भी आए। एक औरत बोली, ''मैंने बीबी मरियम से बेटा माँगा था। मुराद पूरी हो गई तो शुकराना लाई हूँ।''

छ्यालीसवें इलाही सन्, बमुताबिक़ 1601 ईसवी, के बड़े दिन का वक़्त था जब बादशाह सलामत को आगरा में पता चला कि गिरजाघर में बीबी मरियम की तस्वीर देखने के लिए भारी भीड़ उमड़ी है। आम लोगों से लेकर अमीर–उमरा तक सब वहाँ जा रहे थे।

हुआ ये था कि पादरियों को दो बरस पहले पुर्तगाल से ये तस्वीर मिली थी, जो कि रोम की एक तस्वीर की नक़ल थी। ये तस्वीर पोप ग्रेगरी नवम उस वक़्त रोम लाए थे जब वहाँ हैज़ा फैला था। माना जाता था कि इस तस्वीर से चमत्कार हो सकते हैं। पादरियों ने इस तस्वीर को बादशाह सलामत से छिपा कर रखा था कि कहीं वो माँग ना लें।

बड़े दिन के मौक़े पर बीबी मरियम की तस्वीर गिरजाघर में रखी गई। इसके दोनों तरफ़ मोमबत्तियाँ जलाई गईं और इस पर दो पर्दे डाले गए। एक पर्दा हलका झीना सा और दूसरा उम्दा रेशम का। जब गिरजाघर भर गया तो पर्दा हटाया। लोगों को बताया गया कि बीबी मरियम और ईसा मसीह दुनिया को सच्चा रास्ता दिखाने के लिए आए थे। इस तस्वीर का इतना असर हुआ कि एक दिन में ही दस हज़ार लोग इसे देखने को आ गए। पहले दो दिन निचले तबक़े के लोग पहुँचे लेकिन उसके बाद तो उलेमा और उमरा भी आए।

जब बादशाह सलामत ने कहा कि ये तस्वीर उनके सामने लाई जाए तो पादरियों ने जवाब दिया कि इसे गिरजाघर में देखना ही मुनासिब होगा। बादशाह सलामत तो मान गए लेकिन दरबार के अमीर–उमरा ने कहा कि उनका इतनी दूर जाना मुनासिब नहीं होगा। आख़िरकार अगली रात को ये तस्वीर बादशाह सलामत के सामने लाई गई। जैसे ही तस्वीर पर से कपड़ा हटा, बादशाह सलामत ने पूरे अदब के साथ तख़्त से उतर कर कहा, ''ये तस्वीर हमारे वालिद जन्नत आशियानी को मिल जाती तो इसके बदले में वो मुँहमाँगी ख़्वाहिश पूरी कर देते।''

उस रात बीबी मरियम की तस्वीर बादशाह सलामत की ख़्वाबगाह में रख दी

गई ताकि उनकी बेगमात और बेटियाँ भी देख लें। सुबह तस्वीर को गिरजाघर भेज दिया गया लेकिन मरियम मकानी हमीदा बानो बेगम की ख़्वाहिश पर एक बार फिर लाया गया। तीसरी बार ये तस्वीर इसलिए लाई गई ताकि बादशाह सलामत के तस्वीरख़ाने के कलाकार इसकी नक़ल बना लें।

शेख़ अबुल फ़ज़ल ने कहा था, ''फ़िरंग के मुसव्विर नायाब तरीक़ों का इस्तेमाल कर के अक्सर हमारे अंदर का हाल ज़ाहिर कर देते हैं और सिर्फ़ बाहरी हालात को समझने वालों को अंदरूनी मायनों की तरफ़ ले जाते हैं।''

बादशाह सलामत को ईसाई बनाने की कोशिशें होती रहीं। जवाब में बादशाह सलामत ने पादरी ज़ेवियर को बताया कि उन्होंने असली ख़ुदाई ज़बान जानने की कोशिश की थी लेकिन नाकाम रहे। उन्होंने पादरी को बीस बरस पहले का क़िस्सा सुनाया—

''हमने तीस ऐसे बच्चों को एक जगह बंद कर दिया जो इतने छोटे थे कि उन्होंने बोलना नहीं सीखा था। इस बात की कड़ी निगरानी रखी गई कि उनकी ख़िदमत के लिए तैनात औरतें भी उन्हें कोई ज़बान ना सिखाएँ ताकि इस तजुर्बे से ये पता चल सके कि ये बच्चे बड़े होकर क्या ज़बान बोलेंगे। जो ज़बान बोलेंगे उसी मुल्क का दीन हम मान लेंगे। लेकिन जब बच्चों को वहाँ से निकाला गया तो पता चला कि कोई भी बच्चा एक लफ़्ज़ तक नहीं बोल सकता। इसी वजह से हमने तय किया कि हम अपना दीन नहीं बदलेंगे।''

इसी दौरान बाग़ी शहज़ादे सलीम ने भी पादरी ज़ेवियर को ख़ुद अपने हाथ से ख़त लिखा। शहज़ादे की शिकायत थी कि पादरी ज़ेवियर ने अपनी कोई ख़बर नहीं भेजी। ख़त के साथ बतौर तोहफ़ा उन्होंने एक काली ख़िलअत भी भेजी। चूँकि शहज़ादे बग़ावत पर थे इसलिए पादरियों ने एहतियातन बादशाह सलामत को ख़त और चोग़ा दोनों दिखा दिया। बादशाह सलामत ने काली ख़िलअत को अपने हाथों में लिया और देख कर वापिस कर दिया।

शहज़ादे सलीम का ईसाई पादरियों से पुराना ताल्लुक़ था। उन्हें फ़तहपुर सीकरी में पादरी मोन्सेराते, पादरी रूडॉल्फ़ और पादरी हेन्रीक्स के साथ बचपन की मुलाक़ातें याद थीं। शहज़ादा सलीम की मुलाज़िमत में एक इतालवी था जिसके ज़रिए उन्होंने पादरी ज़ेवियर को यक़ीन दिलाया कि वो पहले जैसे हैं, बदले नहीं हैं।

शहज़ादे ने पादरी ज़ेवियर से कहा, ''आप में से कोई मेरे पास रहे। अगर बादशाह सलामत की इजाज़त के बग़ैर नहीं आ सकते तो ये इजाज़त हम दिलवाएँगे।''

पादरियों ने जवाब दिया, ''यही तरीक़ा अच्छा होगा हमारे आने का। इसके अलावा कोई और नहीं।''

चव्वालीसवें इलाही सन् बमुताबिक़ ईसवी 1598 के जुलाई महीने की 16 तारीख़ थी। गर्मियों के दिन थे। बादशाह सलामत का दरबार लाहौर से आगरा आ चुका था और पादरी ज़ेवियर भी उनके साथ आ गए थे।

पादरी ज़ेवियर को दुनिया के इस हिस्से में यीशु समाज के सबसे बड़े पादरी का ये ख़त मिल चुका था—

"चूँकि आप पाँच साल से बादशाह के साथ हैं और मुल्क की ज़बान सीख चुके हैं इसलिए मुझे कोई शक नहीं कि वो आपको अच्छी तरह समझते हैं। क्योंकि उन्होंने आपको इंजील मुक़द्दस को सुनने के लिए बुलाया है इसलिए ये गुज़ारिश कीजिए कि उन्हें आपसे और क्या दरकार है, ताकि मैं तय कर पाऊँ कि आपको कहाँ भेजूँ।"

बादशाह सलामत को खुश देखकर उस रोज़ पादरी ज़ेवियर ने कहा, "अकेले में आप से कुछ कहना चाहता हूँ।"

जब बादशाह सलामत उन्हें एक तरफ़ ले गए तो पादरी ज़ेवियर ने उन्हें ख़त पढ़ कर सुनाया और कहा, "हमारे लिए बड़ी आज़माइश और दुख की बात है कि बिना कुछ हासिल किए आपके दरबार में रहे। जिस रोज़ हम आपके दरबार आए, उस रोज़ किए गए वायदों के मुताबिक़ हमारी गुज़ारिश है कि हज़रत बादशाह हमारी बात सुनें ताकि अपनी मुक्ति के बारे में जानें, सचाई को जानें, जो कि आपने कहा था कि जानना आपकी ख़्वाहिश है।"

पादरी ज़ेवियर की बात सुनने के बाद बादशाह सलामत बोले, "हम मानते हैं कि हमने आपको सच जानने और समझने के लिए बुलाया ताकि हम उस क़ायदे को क़ुबूल करें और मानें जो हमारी नज़र में सबसे ज़्यादा अक़्ल के मुताबिक़ है। लेकिन अब हम दकन जा रहे हैं जहाँ हम गोवा के बहुत पास रुकेंगे। वहाँ हमें दूसरे मामलात की फ़िक्र कम होगी और आपकी बात पर ध्यान देने का बहुत वक़्त होगा। आपको हमारे पास इसलिए भेजा गया है क्योंकि हमारी ख़ास ख़्वाहिश है कि आप से बात करें और आपको सुनें। लेकिन आप ये कैसे कह सकते हैं कि जो वक़्त आपने हमारे साथ गुज़ारा वो किसी काम का नहीं। पहले मुसलमानों का हमारी सल्तनत में इतना रुतबा था कि अगर कोई कहता कि ईसा मसीह असली ख़ुदा हैं तो उसे सीधे मौत के घाट उतार दिया जाता, जबकि आप अब बिना ख़तरे के ये बातें लोगों के बीच जा कर कह सकते हैं और अपने दीन का प्रचार कर सकते हैं।"

अपने दीनी रुझान की वजह से जगह-जगह भटकने के बाद जब फ़ारस के शरीफ़ आमूली ने हिंदुस्तान में बादशाह सलामत के दरबार में पनाह पाई तो मुल्ला अब्दुल क़ादिर बदायूँनी ने कहा, "...हिंदुस्तान एक बड़ा मुल्क है और उसकी सरज़मीं में ऐश करने का मैदान बड़ा है और किसी को किसी से कोई मतलब नहीं हैं यहाँ। जो आदमी जैसा चाहता है, रहता है।"

पादरी ज़ेवियर ने अपनी चिट्ठी में बादशाह सलामत की हुकूमत के आख़िरी दौर का हाल लिखा है।

"हालाँकि मुग़ल मुल्क में, जहाँ कि मोहम्मदी दीन और बुतपरस्ती बहुत मज़बूत है, ईसाइयत फैलाने का काम कुछ ख़ास हुआ नहीं। फिर भी जो थोड़े ईसाई यहाँ हैं, उनके ज़रिए ईसा मसीह की शान अक्सर ज़ाहिर होती है, अपने दीन पर क़ायम रहने की उनकी मुस्तक़िल मिज़ाजी से और अपनी इबादत की लगन से भी, जो लाहौर के पुराने ईसाइयों में दिखती है और आगरा के नए ईसाइयों में भी। इन दोनों जगहों पर गिरजाघर हैं और अच्छी तादाद में ईसाई हैं जिनकी अक़ीदत हर मुमकिन तरीक़े से बढ़ाई जाती है। इसके अलावा काफ़िरों पर हमारे गिरजाघरों की ख़ूबसूरती का और गिरजाघरों में प्रार्थना के दौरान पहने गए कपड़ों का भी बहुत असर पड़ता है। इन ऊपरी बातों से हमारा दीन इन लोगों की नज़र में ऊँचा होता है क्योंकि ये लोग काफ़िर होने के बावजूद, अक्सर अपनी मर्ज़ी से गिरजाघर आते हैं और चढ़ावा लाते हैं, कभी ईसा मसीह के लिए, कभी उनकी मुक़द्दस माँ के लिए, जिनके ज़रिए वो ज़रूरत के वक़्त में ख़ुदा तक अपनी बात पहुँचाते हैं ताकि उनकी बात सुन ली जाए।"

पादरी इमानुयेल पीनेरो से लाहौर के हिंदू और मुसलमान तरह-तरह के सवाल पूछते।

वो पूछते, "इस पर ना यक़ीन होता है, ना ये बात समझ में आती है कि ख़ुदा को बेटा कैसे हो सकता है?"

पादरी ने पूछा, "क्या ख़ुदा देख-सुन सकता है?"

लोग कहते, "हाँ।"

पादरी ने फिर पूछा, "ख़ुदा के ना आँख है, ना कान। फिर कैसे मुमकिन कि वो देख सुन सकता है?"

लोग कहते, "किसी ऐसे तरीक़े से जो कोई समझ नहीं पाया।"

पादरी इमानुयेल पीनेरो जवाब देते, "बस इसी तरह से जो कि कोई समझ नहीं पाया, ख़ुदा का बेटा भी है।"

उन्हीं दिनों लाहौर के सूबेदार क़ुलिज ख़ान और शहर के हिंदुओं के ताल्लुक़ात पादरियों से बिगड़ गए।

क़ुलिज ख़ान की पुश्तें चग़ताई सल्तनत की ख़िदमत में रही थीं। इस वजह से बादशाह सलामत उनकी बहुत क़द्र किया करते थे। उनकी बेटी की शादी शहज़ादे दानियाल से हुई थी।

एक बार शहज़ादा दानियाल से जुड़े मंसबदार और दकन के दीवान ख़्वाजा अबुल हसन ने कहा, "हज़रत बादशाह का जामा दोहरे ऊनी कपड़े का है जबकि मेरा एकहरा, और उनके जामे का घेर कितना बड़ा है।"

इस पर क़ुलिज ख़ान ने जवाब दिया, ''ख़्वाजा तुम्हारे जामे के नीचे चंद गाँव बियाबान हैं। हज़रत बादशाह के जामे के नीचे पूरी कायनात है। इसलिए उनका जामा इतना बड़ा है।''

सूरत का क़िला फ़तह करने के बाद क़ुलिज ख़ान को बादशाह सलामत ने क़िले की ज़िम्मेदारी दी। इसके बाद वो वज़ीर बने। राजा टोडर मल की मौत के कुछ वक़्त बाद वो सल्तनत के दीवान बने। हुकूमत के चव्वालीसवें साल में जब बादशाह सलामत ख़ांदेश गए तो क़ुलिज ख़ान को आगरा की ज़िम्मेदारी दी गई। हुकूमत के छ्यालीसवें साल में वो पंजाब में तैनात हुए।

कुलिज ख़ान को इतना दीनदार माना जाता था कि उनके एक रिश्तेदार के हवाले से एक अजीबोग़रीब दास्तान सुनने में आई थी।

''1000 हिज्री[1] में जब कुलिज ख़ान को जौनपुर की जागीर मिली तो उन्होंने एक इमारत की बुनियाद डालने का काम शुरू किया। खुदाई के दौरान एक पक्का गुंबद दिखाई दिया। मेरी नज़र के सामने कुलिज ख़ान शहर के अमीर-उमरा के साथ दस दिन सुबह से शाम लगे रहे जब तक कि गुंबद पूरी तरह नज़र नहीं आ गया। कुलिज ख़ान ने लोहे के दरवाज़े पर लगा मन भर का ताला तोड़ा और भारी भीड़ के साथ गुंबद में दाख़िल हुए। उन्होंने पाया कि खिचड़ी दाढ़ी रखे गेहुँए रंग का एक आदमी क़िब्ला[2] के सामने जोगी की तरह बैठा है।

दरवाज़ा खुलने और लोगों के दाख़िल होने की आवाज़ पर उसने सर उठाया और हिंदी में पूछा, ''क्या राजा रामचंद्र का अवतार हो चुका है?''

लोगों ने जवाब दिया, ''हो चुका है।''

उसने पूछा, ''क्या सीता जिन्हें रावण उठा कर ले गया था रामचंद्र के पास आ गईं हैं?''

लोगों ने कहा, ''आ गईं हैं।''

उसने पूछा, ''क्या मथुरा में कृष्ण का अवतार हो चुका है?''

लोगों ने जवाब दिया, ''चार हज़ार साल पहले वो आए और जा चुके।''

उस आदमी ने पूछा, ''क्या मोहम्मद, जो असली पैग़ंबर हैं, अरब में आ चुके?''

लोगों ने जवाब दिया, ''एक हज़ार साल पहले वो दुनिया से जा चुके और उनके दीन ने बाक़ी सभी दीन को बेकार साबित कर दिया है।''

उसने पूछा, ''क्या गंगा नदी अब भी बहती है?''

लोगों ने कहा, ''वो दुनिया की रौनक़ है।''

फिर उस आदमी ने बाहर आने की गुज़ारिश की। क़ुलिज ख़ान ने पास-पास

---

1. बमुताबिक़ 1591-92 ईसवी।
2. क़िब्ला—काबा या काबे की दिशा, जिस तरफ़ मुँह कर के नमाज़ पढ़ी जाती है।

सात ख़ेमे लगाए और ये जोगी हर रोज़ ख़ेमा बदलता रहा। आठवें रोज़ बाहर आकर उसने इस्लाम के मुताबिक़ नमाज़ पढ़ी। नींद और खाने से वो अलग तरह का इंसान हो गया। छह महीने ज़िंदा रहा। किसी से बात ना की।''

क़ुलिज ख़ान कट्टर सुन्नी थे। लाहौर के सूबेदार होते हुए भी हर रोज़ मदरसे में कुछ वक़्त दीनी मामलों की पढ़ाई में गुज़ारते। यहाँ तक कि लाहौर के जो लोग उनके क़रीब आना चाहते, वो दिल लगा कर दीनी मामलों की पढ़ाई करते।

एक रोज़ क़ुलिज ख़ान ने पादरियों से पूछा कि वो ईसा मसीह को क्या मानते हैं। पादरियों ने जवाब दिया, ''हम मानते हैं कि बिला शक-शुब्हा वो ख़ुदा के असली बेटे हैं।''

ये सुनकर कुलिज ख़ान ने बात बदलने की कोशिश की और कुछ दूसरी बातें करने लगे लेकिन पादरी अपनी बात पर अड़े रहे और दलीलें देते रहे।

तब कुलिज ख़ान ने कहा, ''आप चुप नहीं रहेंगे तो हमें आपका सर क़लम करना पड़ेगा।''

पादरियों ने जवाब दिया, ''अगर आपकी ये मर्ज़ी है तो हम ख़ुशी से अपना सर कटाएँगे। हमारा इरादा ना सिर्फ़ आपको बल्कि पूरी दुनिया को अपने दीन के बारे में बताने का है और अगर हमारी हज़ार ज़िंदगी होती तो तब भी हम ऐसा ही करने में क़ुर्बान करते।''

बात इतनी बढ़ी कि सूबेदार क़ुलिज ख़ान को ग़ुस्सा आ गया। वो बोले, ''तुम आवारा हो और दुनिया में घूम-घूम कर इंसानियत को गुमराह कर रहे हो। अब अपने घर में रहो। कोई गया-गुज़रा तुम्हारे घर आ जाए तो उसे अपने दीन के बारे में बताओ। मेरी मौजूदगी में कभी पैग़ंबर के बारे में ग़लत ना कहना।''

पादरियों ने जवाब दिया, ''घर के अंदर, शहर के बीचोबीच, सड़क पर, खुली जगह में, दूर और पास की हर जगह पर ईसाइयत की सचाई बताएँगे क्योंकि हमें इसीलिए यहाँ भेजा गया है।''

इस झगड़े के बाद शहर के कुछ हिंदुओं की शिकायत कुलिज ख़ान को मिली। इन हिंदुओं की ख़्वाहिश थी कि पादरी मुल्क छोड़ कर ही चले जाएँ और जो लोग ईसाई हुए हैं वो धर्म को त्याग दें।

ईसाई पादरी की एक चिट्ठी में उन इल्ज़ामों का ज़िक्र है जिनकी फ़ेहरिस्त हिंदुओं ने सूबेदार कुलिज ख़ान को दी।

''...उनके हाथों में पादरियों पर संगीन इल्ज़ाम की फ़ेहरिस्त सौंपी गईं। इन में से जो सबसे हलके इल्ज़ाम थे उनमें ये था कि वो इंसान का गोश्त खाते हैं, बच्चे चुरा कर पुर्तगाली देशों में बेचते हैं, क़त्ल करते हैं और जादू करके लोगों को अपना दीन छोड़ने और ईसाइयत अपनाने पर मजबूर करते हैं...जो बड़ा

मकान बादशाह ने पादरियों को दिया था, जहाँ बहुत सारे ईसाई रहते थे, वो हमें बेच दिया जाए...''

सूबेदार ने मकान तो पादरियों से ख़ाली करवा दिया लेकिन इससे पहले कि कोई और कार्रवाई होती कुलिज ख़ान पर बुरा वक़्त आ गया। उनका बेटा एक अहम मुहिम में नाकाम रहा, जिसकी वजह से उनका ध्यान पादरियों की तरफ़ से हट गया। आगरा के पादरियों की सिफ़ारिश पर लाहौर के पादरियों को जल्द ही शाही फ़रमान के ज़रिए मकान वापिस मिल गया और मुसीबत टल गई।

सैंतालीसवें इलाही सन् बमुताबिक़ 1602 ईसवी की गर्मियों के दिन थे। आगरा के पादरियों ने बादशाह सलामत से फ़रियाद की, ''आईंदा हमें कोई परेशान ना करे, इसके लिए हमें एक फ़रमान दीजिए जिसमें ईसाइयों के लिए आपकी नेकदिली ज़ाहिर हो ताकि पूरी सल्तनत में सब जान लें कि आप हमें अपना समझते हैं।''

जिस शख़्स को बादशाह सलामत ने फ़रमान लिखने की ज़िम्मेदारी दी, उसे पादरियों ने एक मसौदा सौंपा। मसौदे में ख़ास तौर पर लिखा था, ''हज़रत बादशाह की रिआया ये जान ले कि वो बिना रोक-टोक के ईसाई बनने के लिए आज़ाद हैं।''

इस मसौदे से दरबार में खलबली मच गई।

एक ने कहा, ''फ़रमान में ये बात ना हो!''

एक और दरबारी ने कहा, ''पादरियों को ऐसा फ़रमान माँगना ही नहीं चाहिए था। अब तक जैसे लोगों को ईसाई बना रहे हैं, वैसे ही बनाते रहते।''

ख़ुद मिर्ज़ा अज़ीज़ कोका ने इस फ़रमान को टालने की कोशिश की। उन्हें सल्तनत के वकील का ओहदा अभी मिला ही था और फ़रमान तैयार कर के बादशाह सलामत की रज़ामंदी के लिए पेश करना उनकी ज़िम्मेदारी थी। उनकी टालमटोल के बावजूद आख़िरकार ये फ़रमान जारी हुआ क्योंकि बादशाह सलामत पादरियों को ज़बान दे चुके थे।

मुल्ला अब्दुल क़ादिर बदायूँनी ने ख़ासतौर पर अपनी किताब में लिखा, ''अगर कोई हिंदू, बच्चा या बड़ा, मर्ज़ी के ख़िलाफ़ मुसलमान बनाया जाए तो वो चाहे तो अपने बुजुर्गों के दीन में लौट सकता है। कोई इंसान किसी के मज़हबी मामले में दख़ल नहीं देगा और हर कोई अपनी मर्ज़ी के दीन में जा सकता है...अगर कोई काफ़िर अपने गिरजाघर, मंदिर या यहूदी अपनी इबादतगाह बनाना चाहें या पारसी अपने अंतिम संस्कार के लिए जगह बनाना चाहें तो कोई उन्हें रोके नहीं।''

ईसाई पादरियों की ये बहुत बड़ी ख़्वाहिश पूरी हुई। उन्होंने ख़ुदा और फिर बादशाह सलामत का शुक्र अदा किया।

बादशाह सलामत के हुक्म पर पादरी जेरोम ज़ेवियर ने ईसा मसीह की ज़िंदगी पर एक किताब लिखी। पादरी ज़ेवियर ने इस किताब को इन शब्दों से शुरू किया—

"अलहम्दोलिल्लाह रब्बुलआलिमीन व अलआक़बत ललमतक़य्यन वस्सलातो अस्सलामो अला रसूल मोहम्मद व अला व असहबा ओ अजमईन।"[1]

बादशाह सलामत ने पादरी जेरोम ज़ेवियर की किताब को ध्यान से सुना।

"हज़रत ईसा रूहुल्लाह[2] अलह अलसलाम[3] इब्ने बीबी मरियम रज़ी अल्लाह अन्हा[4] की ख़ूबियों पर ये बेहतरीन और नायाब किताब लिखी गई है। और इसका नाम मिरातुल क़ुद्स[5] है। ये चार हिस्सों में है। और इसे पढ़ कर हज़रत ईसा अलह अलसलाम का पूरा हाल जाना जा सकता है, इंशा अल्लाह तआला।

"जब ईसा मसीह की करामात का पूरी दुनिया को पता चल गया तो ईदीसा के बादशाह अबकर की ख़ुशनसीबी से ये आरज़ू हुई कि उनका दीदार हो। इसलिए उन्होंने एक अक़्लमंद एलची इस पैग़ाम के साथ भेजा, 'अगर वो मेरे मुल्क में आएँ तो आधी बादशाहत ख़िदमत में पेश करूँगा।' उन्होंने एक माहिर चित्रकार भी हमराह भेजा ताकि अगर मुबारक जनाब उनके मुल्क की तरफ़ नहीं आना चाहें तो कम से कम एक तस्वीर तो बन जाए उनकी जो अपनी तरह के अकेले हैं, और ले आएँ ताकि वो तस्वीर तो देख लें, वरना तो वो उन्हें देखने की ख़्वाहिश पूरी ही नहीं कर पाएँगे। ख़ुशनसीबी से एलची ने मिल कर अपने मालिक का पैग़ाम दे दिया। जब ये पता चला कि उस अज़ीम शख़्सियत का वहाँ जाना मुश्किल होगा तो नायाब चित्रकार ने अपनी पूरी कला का इस्तेमाल करके जितनी अच्छी और ख़ूबसूरत तस्वीर हो सकती थी बनाई और बना कर ख़ुश हुए। अगले रोज़ जब उन्होंने तस्वीर को मिला कर देखा तो अपने काम पर शर्मिंदा हुए। अपनी ग़लतियों को दूर करके वो अपनी शर्मिंदगी से उबरे और उन्होंने ख़ुदा का शुक्र अदा किया। जब दूसरे और तीसरे दिन एक बार फिर उन्होंने मुआयना किया तो वो और शर्मिंदा हुए और उन्होंने फिर से तस्वीर बनाई। कुल मिला कर ये काम उन्होंने तीन बार किया। लेकिन जो काम उन्हें एक दिन बिलकुल मुकम्मल और तमाम लगता, अगले दिन उसमें ख़ामी दिखती और वो अधूरा लगता। वो अपने हुनर से मायूस हो गए और दुख और शर्मिंदगी में डूब गए। हज़रत यीशु ने उनके हाल पर दया की और जब वो विदा ले रहे थे तो उन से एक कपड़े का टुकड़ा माँगा, जिसे अपने मुँह पर फेर कर वापिस कर दिया। उस कपड़े पर उनकी बेशक़ीमती तस्वीर बिलकुल दुरुस्त तरीक़े से अक्स हो गई थी। चित्रकार ख़ुश होकर ये तस्वीर अपने मालिक के पास ले गए जिन्होंने पूरी इज़्ज़त, ख़ाक़सारी और ख़ुशी से उसे रखा। और उसकी वजह से फ़तहें हासिल कीं।"

1. अल्लाह की शान की तारीफ़ जो दुनिया का मालिक है और दीनदार लोगों के आख़िरी इनाम का मालिक है और रसूल मोहम्मद और उनके ख़ानदान और उनके साथियों को सलाम।
2. रूहुल्लाह—ख़ुदा की रूह।
3. अलह अलसलाम—उनको सलाम।
4. रज़ी अल्लाह अन्हा—ख़ुदा उन्हें सुकून दे।
5. मिरातुल क़ुद्स—पाकीज़गी का आईना।

बादशाह अबकर की कहानी को सुनते हुए बादशाह सलामत ने इस बात पर ग़ौर किया कि ये उन से बिलकुल मिलता-जुलता नाम था।

"ये क़िस्सा मैंने इसलिए बयान किया क्योंकि बादशाहे जहाँपनाह ने हज़रत यीशु के कमाल की अलग दास्तानें सुनीं तो उन्होंने आरज़ू की कि मुबारक दास्तान वो वैसे सुनें जैसे कि थी। इसलिए सचाई की तलाश और इल्म को पसंद करने की वजह से हज़रत ने अपने ख़ैरख़्वाहों में इस सबसे ख़ाक़सार, जिसे शाही आस्ताने पर सर झुकाने की ख़ुशनसीबी हासिल हुई, पादरी जिरोनिमो ज़ेवियर को कहा कि यीशु ने जो कहा और किया उस पर हमारी किताबों में जो भी है उसे फ़ारसी में लिखा जाए। ये सोच कर कि मैं चालीस बरस से इस काम में हूँ और सात-आठ बरस से फ़ारसी सीख रहा हूँ, मैंने सोचा कि मैं ये ख़िदमत कर सकता हूँ और मैंने कमर कस ली और पूरी तरह इस काम में लग गया। मैं बिना आराम, और ज़िंदगी की बुनियादी ज़रूरतों की परवाह किए बिना, ज़िल्ले इलाही के हुक्म को पूरा करने में लग गया क्योंकि शाही हुक्म को पूरा करने में इससे कम कुछ नहीं हो सकता, ख़ासतौर पर ऐसी बातों में जिन्हें इंसान से छिपाना नाइंसाफ़ी होगी और बताना ख़ुदा की इबादत। जैसा कि फ़रिश्ते रफ़ेल ने पैग़ंबर तोबिया को कहा, "बादशाहों के राज़ को पोशीदा रखना नेक बात है लेकिन ख़ुदा के राज़ को साफ़ तौर पर खुल कर कहना क़ाबिले-तारीफ़ है और ये सबको अच्छा लगेगा।" अगर मैंने इस किताब को लिखने और उसकी नक़ल बनाने में लंबा वक़्त लिया तो सचमुच इसलिए हुआ क्योंकि मैंने कई बार इसे एक तरतीब दी और समझा कि ये किताब पूरी हो गई लेकिन हर बार जब पूरा करके मैंने साफ़ मसौदा तैयार किया और फ़ारसी को लतीनी किताबों से मिला कर देखा तो मेरे दिल को तसल्ली ना हुई, और जो बिलकुल मुकम्मल लगता था उसमें इतनी ख़ामी दिखी कि अपने काम पर, अपनी नाकामी और निकम्मेपन पर शर्मिंदा हुआ। बहुत दुआओं के बाद इनायते इलाही और हज़रत ज़िल्ले इलाही के इक़बाल ने मेरी मदद की और इस आख़िरी बार मुझे तसल्ली मिली और मेरे दिल को क़रार आया, इसलिए मुझ में हिम्मत हुई कि इस किताब को सच्चे लोगों के आस्ताने पर रखूँ। हज़रत यीशु की इनायत हो कि हज़रत और जो भी और इसे सुनें, वो ख़ुश हों।

"मैं ये कह सकता हूँ कि हज़रत के दौर में जिन चीज़ों का भी फ़ारसी में तर्जुमा हुआ है उनमें ये क़ाबिले ग़ौर है, क्योंकि ये मालूम नहीं कि ऐसा कुछ किसी और दौर में आया है। फ़ारसीदां ज़बाने लतीन से बेख़बर थे या जो ज़बाने लतीन जानते थे वो फ़ारसी नहीं जानते थे, और धरती माँ ने हज़रत जैसे इक़बालमंद बादशाह को पहले कभी जन्म नहीं दिया, जो इल्म को इतना समझता हो और उसकी सरपरस्ती करता हो। उम्मीद है कि ये काम हज़रत को क़ुबूल होगा और आप ना सिर्फ़ उस चीज़ को देखेंगे जो आपके ख़ादिम ने बहुत मेहनत, बहुत इबादत और मुकम्मल वफ़ादारी से तैयार की है, बल्कि मानेंगे कि मुबारक यीशु ने ऐसी बातें सिखाईं और कीं।

''ये बात छिपी ना रहे कि इस किताब के चार हिस्से हैं। पहले हिस्से में हज़रत यीशु की पैदाइश से लेकर उनके तालीम देने की शुरुआत तक का बयान है। दूसरे हिस्से में उनकी करामात और कमाल और उनकी दी हुई कुछ सीख। तीसरे हिस्से में उनकी मृत्यु, इंसान की गुनाहों से मुक्ति के लिए उन्होंने जो दुख उठाए और लोगों के लिए उनका प्यार। चौथे हिस्से में क़ब्र से उठना और जन्नत तक जाना। मैंने वो सब नहीं लिखा जो मैं लिख सकता था बल्कि सिर्फ़ उतना ही लिखा है कि मुबारक जनाब के बारे में हज़रत जान सकें। इतना मेरी नज़र में काफ़ी है क्योंकि एक हाथी अपने क़दमों के निशान से और शेर अपने पंजे से जाना जाता है।

''अब इस फ़क़ीर की गुज़ारिश है कि मेरी ख़िदमत की ख़्वाहिश का अंदाज़ा मेरी मेहनत से लगाया जाए। दूसरी बात, गुज़ारिश ये है कि हुक्म दिया जाए कि मुक़द्दस महफ़िलों में ये बार-बार पढ़ी जाए क्योंकि ये अच्छाई सिखाने की बुनियाद है, दिल के लिए आराम और रूह के लिए इलाज है। अगर किसी ने ये कहा कि किताबें रूह के लिए दवा हैं तो हज़रत की मुबारक जान के लिए ये और भी सही है क्योंकि हज़रत यीशु ख़ुद कहा करते थे, 'मेरी बात जान के लिए और कभी ना ख़त्म होने वाली ज़िंदगी के लिए दवा है।' इन बातों में लोगों की अक़ीदत बढ़े इसलिए ज़रूरी है कि मैं ये ज़ाहिर करूँ कि ज़्यादातर बातें मैंने इंजील मुक़द्दस से ली हैं और दूसरों की लिखी बातों को नज़रअंदाज़ किया है। बेहतर तसदीक़ के लिए मैंने हाशिए पर लिखा है कि हर कही हुई बात कहाँ से ली गई है ताकि आसानी से ढूँढ़ी जा सके। कम लफ़्ज़ों में ख़ुलासा भी हाशिए पर लिखा है। मसीह की कुछ बातें इतने पाए की हैं कि अक़्ल समझने में नाकाम है और इंसान उलझ जाता है, लेकिन ये और इस जैसी दूसरी बातें पूरी तरह एक दूसरी किताब *आईना-ए-हक़नुमा* में समझाई गई हैं जिसका ज़्यादातर हिस्सा पूरा हो चुका है इंशा अल्लाह!

''यीशु ख़ुदावंद हज़रत की हिफ़ाज़त करें और उन्हें ख़ुद की शनासाई हासिल हो जो कि उनकी सलामती के लिए लाज़िम है। यही उनके बंदों की आरज़ू है।

''हज़रत यीशु ख़ुदावंद की पैदाइश के एक हज़ार छह सौ दोवें साल के उर्दीबिहिश्त[1] की पंद्रहवीं के दारुल-ख़िलाफ़त आगरा में मुकम्मल।''

मुल्ला अब्दुल क़ादिर बदायूँनी ने बादशाह सलामत को बहुत क़रीब से देखा था। उन्होंने चोरी छिपे लिखा—

''बिलकुल बचपन से जवानी तक और जवानी से बुढ़ापे तक हज़रत बादशाह कई दौर से गुज़रे और दीनी तौर-तरीक़ों और फ़िरक़ों की सोच से गुज़रे और वो सब कुछ जमा किया जो लोगों को किताबों में मिलता है, बातों को चुनने के ऐसे तरीक़े से जो उनका ख़ास था और जानने की जुस्तजू से जो इस्लामी उसूल के

1. उर्दीबिहिश्त—इलाही सन् का दूसरा महीना।

ख़िलाफ़ थी। इस तरह से कुछ बुनियादी उसूलों का दीन उनके दिल के शीशे पर नक़्श हो गया और हज़रत बादशाह पर हुए तमाम असरात की बदौलत आहिस्ता-आहिस्ता पत्थर की लकीर की तरह से ये ख़याल उनके दिल में मज़बूत होता गया कि हर मज़हब में सुलझे हुए लोग थे और हर क़ौम में पीर फ़क़ीर और करामात की ताक़त रखने वाले थे। तो अगर सच्चा इल्म हर जगह से हासिल होता है तो सचाई सिर्फ़ एक मज़हब तक ही क्यों महदूद रहे या इस्लाम जैसे एक दीन तक ही क्यों महदूद रहे, जो कि औरों के मुक़ाबले नया है और मुश्किल से हज़ार बरस पुराना है। कोई एक दीन उस बात को क्यों कहे जिससे दूसरा दीन इन्कार करे, और बड़प्पन की हैसियत के बग़ैर बड़प्पन का दावा क्यों करे?''

बादशाह सलामत ने स्पेन के फ़िलिप द्वितीय को ख़त में साफ़ लिखा था, ''चूँकि ज़्यादातर लोग रिवायत की ज़ंजीर में बँधे होते हैं, और अपने पिता, बुजुर्गों, रिश्तेदारों और जानने वालों के तौर-तरीक़ों की नक़ल करते हैं, इसलिए हर कोई दलीलों और वजहों की पड़ताल किए बग़ैर उसी मज़हब को मानता रहता है जिसमें वो पैदा हुआ और तालीम पाई। इस तरह से वो सचाई जानने से रह जाता है जो कि इंसानी दिमाग़ का सबसे आला मक़सद है। इसीलिए हम मुनासिब वक़्त पर सभी मज़हबों के पढ़े-लिखे लोगों से जुड़ते हैं और उनकी बेहतरीन बहस और ऊँचे इरादों से फ़ायदा हासिल करते हैं।''

ये बात लोगों की नज़र से छिपी नहीं कि बादशाह सलामत ने *चंगेज़नामा* में आबाक़ा ख़ान की तख़्तनशीनी की तस्वीर बनवाई थी। चंगेज़ ख़ान के परपोते, फ़ारस के बादशाह आबाक़ा ख़ान बौद्ध थे, और उनका ईसाइयों से क़रीब का ताल्लुक़ था। उन के भाई ने इस्लाम क़बूल किया था लेकिन उनके बेटे अरग़ुन ख़ान बौद्ध ही थे। ख़ुद अरग़ुन ख़ान का एक वज़ीर यहूदी था।

डूबती हुई ज़िंदगी एक गुज़रे वाक़ये की तरफ़ लौट रही थी।

दस्तूर के मुताबिक़ फ़तहपुर सीकरी की पहाड़ी पर दरबार की इत्तला के लिए दमामा पीटा जा रहा था। सभी दरबारी कोर्निश कर के हाथ बाँधे अपनी जगह पर खड़े हो चुके थे।

जब बादशाह सलामत तख़्त पर बैठते तो दरबार के सब लोग कोर्निश करते और फिर अपने-अपने मर्तबे के मुताबिक़ हाथ बाँध कर खड़े हो जाते। शहज़ादे सलीम एक से चार गज़ और शहज़ादे मुराद और शहज़ादे दानियाल एक से छह गज़ के फ़ासले पर खड़े होते लेकिन कभी-कभी बादशाह सलामत प्यार से सबसे छोटे शहज़ादे को और पास बुला लिया करते। इसके बाद तीन से पंद्रह गज़ के बीच वो

दरबारी होते जिन्हें बादशाह रूहानी तौर पर रास्ता दिखाने के लायक़ समझते। इसके बाद बाक़ी अमीर–उमरा और दरबारी होते। दरबार में होने वाले हर वाक़ये को दर्ज करने के लिए वाक़यानवीस खड़े होते। यहीं उन अमीर–उमरा के वकील भी होते जो ख़ुद दरबार में मौजूद नहीं थे। इन वकीलों के अख़बारात[1] से दूर बैठे अमीर–उमरा को दरबार की कार्यवाही का पता चलता रहता।

शेख़ अब्दुन्नबी फ़तहपुर के दरबार में बादशाह सलामत के सामने मुजरिम की तरह खड़े थे।

जलालुद्दीन मोहम्मद अकबर ने बहुत कुछ बर्दाश्त किया था। शेख़ अब्दुन्नबी ने एक बार उन पर छड़ी तक फेंकी थी। सद्रुस्सुदूर के तौर एक ब्राह्मण को सज़ा–ए–मौत दे कर हरम में और दरबार में सख़्त नाराज़गी पैदा की थी। उन्होंने बादशाह सलामत को बीवियों की तादाद के मामले में गुमराह किया था और मक्का में उनके बारे में ग़लतफ़हमी फैलाई थी। उन्होंने दीन के मामले में बादशाह सलामत की पेशवाई को खुली चुनौती दी थी। बादशाह सलामत अब मानते थे कि इल्म के मामले में शेख़ अब्दुन्नबी का हाथ तंग था और ज़बान लंबी।

जलालुद्दीन मोहम्मद अकबर को जब ग़ुस्सा आता था तो लोग थर–थर काँपते थे क्योंकि ग़ुस्से में वो बड़ी से बड़ी सज़ा दे दिया करते थे लेकिन लोगों को बहुत जल्द माफ़ कर देना भी उनके मिज़ाज का हिस्सा था। एक बार बादशाह सलामत ने सिंधु के किनारे एक मंसबदार को नदी पार करने की एक ख़ास जगह ढूँढ़ने के लिए भेजा। वो मंसबदार पच्चीस मील आगे तक गए। उन्होंने इलाक़े के लोगों से पूछा भी, लेकिन ऐसी जगह का कोई पता नहीं मिला। तब उन्होंने सोचा कि आगे जाना बेकार है। लौट कर उन्होंने कहा, ''बादशाह सलामत कोई ऐसी जगह नहीं जहाँ से फ़ौज नदी पार कर सके इसलिए नाव का पुल बनाना होगा।''

बादशाह सलामत ने पूछा, ''क्या तुम उस जगह तक गए जहाँ हमने कहा था?''

जब बादशाह सलामत को पता चला कि वो उस जगह नहीं गए तो मंसबदार को घसीट कर वहाँ तक ले जाया गया और बैल की खाल से बने थैले से बाँध कर नदी में बहा दिया गया। पूरी फ़ौज ने मंज़र देखा कि नदी में बहते हुए वो बादशाह सलामत से जान की भीख माँग रहे थे। आख़िर जब वो शाही ख़ेमे के सामने से गुज़रे तो बादशाह सलामत ने उनकी जान बख़्श दी और बतौर ग़ुलाम उन्हें बाज़ार में नीलाम करवाया। एक दोस्त ने शाही ख़ज़ाने में पैसा जमा कर के उन्हें ख़रीद लिया। बाद में बादशाह सलामत ने उन्हें माफ़ कर दिया।

बहुत पहले यसावुल[2] हामिद बकरी ने दरबार के एक ख़ादिम पर तीर चला

---

1. अख़बारात—उमरा के वकील यानी नुमाइंदे दरबार का जो ब्यौरा भेजते उसे अख़बारात कहा जाता था।
2. यसावुल—चोबदार, दरबार का इंतज़ाम देखने वाला।

दिया था। जब बादशाह सलामत को शिकायत मिली तो उन्होंने मौत की सज़ा सुनाई और अपनी ख़ास तलवार क़ुलिज ख़ान को दी। जब क़ुलिज ख़ान के दो वार पर हामिद बकरी को खरोंच तक ना आई तो बादशाह सलामत ने माना कि यही तक़दीर है और उसकी जान को बख़्श दिया। बस चेतावनी के तौर पर उसे गधे पर बिठा कर घुमाया गया।

कई बरस पहले गुजरात के बाग़ी मसूद हुसैन मिर्ज़ा के साथ लगभग तीन सौ लोगों को अजीबो-ग़रीब हालत में दरबार लाया गया था। जानवरों के सर को उनकी ताज़ा खाल के साथ क़ैदियों के नंगे बदन पर सी दिया गया था। इंसानों की इस महफ़िल में जानवरों के इतने सर थे कि जब बादशाह सलामत ने इस मंज़र की तस्वीर बनाने का हुक्म दिया तो इसका ख़ाका तो बसावन ने बनाया लेकिन रंग भरे जानवरों को बनाने के माहिर उस्ताद मंसूर ने। भैंस, हिरन, काला हिरन, ऊँट, रीछ, बंदर, बकरी, चीता, कुत्ता और घोड़े की खाल में क़ैदी ऐसे लिपटे कि उनके सर के ऊपर जानवरों के सर थे और उनके नंगे बदन पर जानवरों की खाल। उन पर मक्खियाँ भिनभिना रही थीं और वो रहम की भीख माँग रहे थे। दरबारियों के लिए ये तफ़रीह का मौक़ा था। उस वक़्त बादशाह सलामत ने फ़ौरन इन क़ैदियों को जानवरों की खाल से आज़ाद करने का हुक्म दिया था।

फ़तहपुर सीकरी के भरे दरबार में आज माफ़ी का मौक़ा नहीं था। बादशाह सलामत का ग़ुस्सा ऐसा फूटा कि उन्होंने शेख़ अब्दुन्नबी के मुँह पर ज़ोर का घूँसा मार दिया।

शेख़ ने कहा, ''ख़ंजर से क्यों नहीं मारते।''

मक्का जाते वक़्त बादशाह सलामत ने जो रुपए दिए थे उसके हिसाब-किताब की पड़ताल के लिए शेख़ अब्दुन्नबी को एक आम सरकारी मुलाज़िम की तरह राजा टोडर मल को सौंप दिया गया। इसके बाद उन्हें शेख़ अबुल फ़ज़ल की हवालात में भेज दिया गया। एक वक़्त था कि शेख़ अबुल फ़ज़ल उनके सामने फ़रियाद लेकर आए थे और अब ये वक़्त कि वो शेख़ अबुल फ़ज़ल की क़ैद में थे।

उन्तीसवें इलाही सन्, बमुताबिक़ ईसवी 1584 को एक रोज़ बादशाह सलामत को ख़बर मिली कि शेख़ अबुल फ़ज़ल की हवालात में पिछली रात किसी ने शेख़ अब्दुन्नबी का गला घोंट दिया। देर तक लाश पड़ी रही। किसी ने ध्यान नहीं दिया। दोपहर बाद जाकर लोगों को उनकी मौत का पता चला।

जब शेख़ अब्दुन्नबी दुनिया से गए तो मुल्ला अब्दुल क़ादिर बदायूँनी ने कहा—

''ये दुनिया जिसे पालती है,
उसी का ख़ून बहाती है।
उस बच्चे का क्या हाल होगा,
जिसकी माँ ही उसकी दुश्मन हो।''

शेख़ अब्दुन्नबी के साथ मक्का से लौटने के बाद मख़्दूमुल मुल्क अब्दुल्ला सुल्तानपुरी की जब अहमदाबाद में मौत हुई तो उनकी बेहिसाब दौलत का पता चला। उन्होंने अपने लिए जो मक़बरा बनाया था वहाँ सोना ही सोना दफ़्न था। सारा सोना सरकारी ख़ज़ाने में जमा हुआ और उनके ख़ानदान के बुरे दिन आ गए।

मुल्ला बदायूँनी ने अब्दुल्लाह सुल्तानपुरी का अच्छा वक़्त भी देखा था और बुरा भी। उनकी मौत के बाद उन्होंने कहा, "उन्होंने दुनिया में ऐसी औलाद छोड़ी जो आवारा और नाक़ाबिले-ज़िक्र है। और यहाँ यह कह दूँ कि ये पूरी नई नस्ल अपने पैदा करने वालों को शिकायत का मौक़ा देती है। बेशक ये लगता है कि ज़माने की हवा में ऐसे लोगों के अलावा और क्या पनपेगा।

ज़माने में कुछ भी अच्छा नहीं
लगता है ये नामर्दी का ज़माना।"

बादशाह सलामत मानते थे कि इस चंद दिन की ज़िंदगी में तीन तरह के कारवाँ हैं। पहला वो जो बाप से शुरू होकर माँ के पेट तक जाता है। दूसरा, जो रूह बनने और मिट्टी से मिलने तक का है। तीसरा, इस बहुरंगी दुनिया में ग़म और ख़ुशी पाने वालों के अजीब हाल का कारवाँ है, जिसमें रौशन दिल वाले मज़बूत क़दम से आगे बढ़ते हैं और नासमझ परेशान हो जाते हैं।

फ़तहपुर सीकरी के बुलंद दरवाज़े के पूर्वी हिस्से पर बादशाह सलामत ने लिखवाया था, "हज़रत बादशाह, जिनका दरबार कायनात है, ज़िल्ले इलाही जलालुद्दीन मोहम्मद अकबर बादशाह ने दकन और दंदेस—जो पहले ख़ंदेस कहलाता था—को क़ाबू में किया। छियालीसवें इलाही सन् बमुताबिक़ हिज्री 1010[1] में फ़तहपुर पहुँच कर वो आगरा के लिए निकले।

जब तक ज़मीन और आसमान रहेंगे,
जब तक दुनिया में ज़िंदगी रहेगी,
उनका नाम सलामत रहे,
उनकी ज़ात ना ख़त्म होने वाली दुनिया से जुड़ी रहे।

ईसा अलह अलसलाम ने फ़रमाया है, 'ये दुनिया एक पुल है। इस पर से गुज़र जाओ। यहाँ रहो मत।' "

बहुत बरस पहले जब एक शिकार के दौरान बादशाह सलामत घोड़े से गिरे और उनका मुँह पत्थरों से टकराया तो ठीक होते ही उन्होंने दरबार में कहा, "ऐसा लगा कि आख़िरी सफ़र पर निकलने को हूँ और ख़ाली हाथ हूँ।"

बादशाह सलामत ने राजा बीरबल की कविता को याद किया कि इंसान गर्भ

1. बमुताबिक़ ईसवी 1601 के क़रीब।

में बढ़ता है, पालने पर चढ़ता है, प्रियसी की गोद पाता है, फिर हाथी-घोड़े पर चढ़ता है और फिर चार लोगों के कंधों पर चढ़ कर चला जाता है।

''गर्भ चढ़े पुनि रूप चढ़े
पलना पै चढ़े, चढ़ै गोद घना के।
हाथी चढ़े पुनि घोड़ा चढ़े
सुखपाल चढे, चढ़े जोंम घना के।
बैरी और मित्र कै चिंत चढ़े
कवि ब्रह्म भनै दिन बीते मना के।
ईश कृपालु को जान्यों नहीं अब
कांधे चढ़े चले चार जना के॥''

आहट से बादशाह सलामत की आँख खुली तो उन्होंने शहज़ादे सलीम को सामने पाया।

लगभग पंद्रह बरस पहले बादशाह सलामत को जब पेट की बीमारी हुई तो उनकी बेहोशी की बड़बड़ाहट से ये शक हुआ कि शहज़ादे सलीम ने ज़हर देने की कोशिश की है।

''शेख़ू जी! पूरी सल्तनत तुम्हें ही मिलेगी, तो फिर ये सज़ा क्यों?

जान लेने के लिए ये नाइंसाफ़ी क्यों,
अगर माँगते तो मैं ख़ुद दे देता।''

उस वक़्त शहज़ादे सलीम ने अपने कुछ ख़ास लोगों को शहज़ादे मुराद की निगरानी के लिए तैनात कर दिया था। जब बादशाह सलामत की तबीयत ठीक हुई तो हरम की बेगमात और शहज़ादे मुराद ने उन्हें इस बारे में बताया।

बादशाह सलामत की पूरी ज़िंदगी साज़िश के साए में गुज़री थी। बचपन से ही ये ख़ौफ़ था कि कोई उन्हें ज़हर दे सकता है। उन्होंने ख़ुद शेख़ अबुल फ़ज़ल को अपनी सौतेली माँ हाजी बेगम का क़िस्सा सुनाया था।

''जो मोहब्बत हमें उनसे मिली और जो मोहब्बत हम में उनके लिए है वो बयान से बाहर है। जिसे असल बात का पता नहीं वो यही सोचता कि वो मेरी अपनी माँ है। जब हम छह साल के थे तो दाँत के दर्द से परेशान हुए। उन्होंने कहा कि उनके पास आज़माई हुई दवा है। वो उसे लाने चली गईं। मेरी अपनी माँ परेशान हुईं कि ये दवा कैसे दें लेकिन हज़रत बादशाह जन्नत आशियानी का एहतराम करके कुछ कह भी ना पाईं। उन्होंने कोशिश की कि हमें अपने घर ले जाएँ लेकिन हम हाजी

बेगम को छोड़ने को तैयार ना हुए। उसी वक़्त हाजी बेगम दवा लेकर आ गईं और चूँकि वो असल हालात से वाक़िफ़ थीं इसलिए पहले तो बिना कुछ कहे उन्होंने मेरी ख़ातिर थोड़ी सी दवा ख़ुद ली और फिर हमारे दाँत पर दवा लगाई। वहाँ मौजूद लोगों को चैन मिला और हमें भी आराम मिल गया।''

आज बादशाह सलामत में शहज़ादा सलीम को ना तो सज़ा देने की ताक़त थी और ना प्यार करने की। उनके इशारे पर शेख़ू को ताज पहना दिया गया। फ़िरदौस मकानी बाबर बादशाह, जन्नत आशियानी हुमायूँ बादशाह और जलालुद्दीन मोहम्मद अकबर का हिंदुस्तान का ताज अब सलीम के सर पर था। जलालुद्दीन मोहम्मद अकबर ने अमीर तैमूर की तलवार की तरफ़ इशारा किया जिसे शेख़ू ने अपनी कमर में बाँध लिया।

सलीम ने आख़िरी बार उनके सामने सजदा किया तो बादशाह सलामत ने इशारे से उन्हें जाने की इजाज़त दी।

जलालुद्दीन मोहम्मद अकबर के पोते, शहज़ादे ख़ुर्रम, लगातार तीमारदारी में थे। उनकी माँ ताज बीबी ने कई बार कहलवाया, ''इस अफ़रातफ़री के माहौल में वहाँ रहना मुनासिब नहीं है।''

शहज़ादे ख़ुर्रम ने कहा, ''जब तक शाह बाबा की साँस चल रही है, उन से अलग होने का सवाल ही नहीं उठता।''

जब शहज़ादा सलीम आख़िरी बार बादशाह सलामत को देख कर निकले तो उन्होंने ख़ुर्रम को वहाँ और रुकने नहीं दिया। उन्हें साथ लेकर अपने महल आ गए।

अपनी आख़िरी तस्वीर में बादशाह सलामत हलके रंग के जामे में थे। उनके चेहरे पर एक थकान और बेज़ारी थी। मनोहर की बनाई तस्वीर में उनके गले में न कोई माला थी और ना जिस्म पर कहीं कोई ज़ेवरात। पटके में एक ख़ंजर जरूर था। जलालुद्दीन मोहम्मद अकबर के पीछे उनके दोनों पोते ख़ुसरो और ख़ुर्रम परेशान खड़े थे।

अब तक शहज़ादा सलीम के वफ़ादार राम दास कछवाहा ने क़िले और असलहे पर अपने आदमियों को तैनात कर दिया था। राम दास कछवाहा का ताल्लुक़ ग़रीब घर से था। अपनी मेहनत और ख़िदमत से वो बादशाह सलामत के वफ़ादार बने। वो अपने दो सौ राजपूतों के साथ हर वक़्त चौकी पर तैनात रहते थे क्योंकि बादशाह सलामत का ज़नानख़ाने में आने-जाने का कोई तय वक़्त नहीं था। राम दास कछवाहा का दिल इतना बड़ा था कि अगर किसी चारण या संगीतकार को कुछ देते तो फिर हर साल उसे वो रक़म मिलती रहती। उन्हें चौपड़ खेलने का इतना शौक़ था कि दो-दो दिन तक खेलते रहते लेकिन हार जाते तो बदतमीज़ी पर उतर आते। जब उनका बेटा नमन दास बिना इजाज़त दरबार छोड़ कर अपने वतन चला गया तो राम दास की गुज़ारिश पर उन्हें वापिस लाने की कोशिश हुई। नमन दास आने

को तैयार नहीं हुए और मारे गए। राम दास ग़म में डूब गए। उस वक़्त ख़ुद बादशाह सलामत ने चौकी पर आकर राम दास को दिलासा दिया था। आज कछवाहों में राजा मान सिंह ने शहज़ादा ख़ुसरो का साथ दिया तो राम दास ने शहज़ादा सलीम का।

नक़्क़ारख़ाने से नौबत अभी बज कर ख़त्म हुई थी। बादशाह सलामत ने ज़िंदगी में आख़िरी बार नौबत सुनी। सल्तनत और बादशाहत की सलामती के इस ऐलान के बावजूद अब ये साफ़ था कि मौत का वक़्त आ पहुँचा है। जिस जिस्म को सालगिरह पर सूरज के सन् के मुताबिक़ सोने और ग्यारह क़ीमती चीज़ों से और चाँद के सन् के मुताबिक़ चाँदी और सात तरह की चीज़ों से तौला जाता था, वो अब साथ छोड़ रहा है।

पचासवें इलाही सन् बमुताबिक़ 1605 ईसवी की 25 अक्तूबर को बादशाह सलामत की ज़िंदगी की आख़िरी रात सिर्फ़ उनके क़रीबी रिश्तेदार और सद्रुस्सुदूर पास मौजूद थे। देखने वालों ने देखा कि बादशाह सलामत की ज़बान बिलकुल ख़ामोश है। कोई नहीं जानता कि उन आख़िरी लम्हों में उन्होंने *सूरा-ए-यासीन* को समझा या सुना भी।

''क्या इंसान देखता नहीं कि हमने उसे शुक्राणु से पैदा किया और फिर वो खुला मुख़ालिफ़ बन कर खड़ा हो गया?

अब वो हम से तुलना करता है और अपनी पैदाइश को भूल जाता है। कहता है, 'कौन इन हड्डियों को ज़िंदा करेगा जब कि ये बिखर चुकी हैं?'

कहो, 'उन्हें वही ज़िंदा करेगा जिसने पहले उन्हें पैदा किया था, और वो सृष्टि का हर काम जानता है।

वही जिसने तुम्हारे लिए हरे-भरे दरख़्त से आग पैदा कर दी
जिसको तुम जला रहे हो।

क्या वो जिसने आसमानों और ज़मीन को पैदा किया, वो इन जैसों को पैदा नहीं कर सकता?'

क्यों नहीं! जबकि वो सब कुछ जानने वाला दुनिया बनाने वाला है!
वो तो जब किसी चीज़ का इरादा करता है तो उसे हुक्म देता है
कि 'हो जा' और वो हो जाती है।
महान है वो जिसके हाथ में हर चीज़ की मुकम्मल बागडोर है,
और उसी की तरफ़ तुम लौटाए जाओगे।''

बादशाह सलामत की आँखों से आँसू की बूँद निकली और पचास बरस की हुकूमत के बाद वो इस फ़ानी दुनिया को छोड़ कर चले गए।

ईसाई पादरियों की पच्चीस बरस की कोशिश नाकाम हुई। वो दिल मसोस कर

बोले, ''जैसे जिए वैसे मरे। ना किसी को पता किस दीन में जिए, ना किसी को पता किस दीन में मरे।''

आगरा वालों ने बुधवार की सुबह एक अजीब सा मंज़र देखा। क़िले की दीवार को तोड़ कर एक चोर दरवाज़ा बनाया गया जिससे जलालुद्दीन मोहम्मद अकबर का जनाज़ा बाहर निकला। पचास बरस में ऐसा पहली बार हुआ कि जलालुद्दीन मोहम्मद अकबर शाही दरवाज़े से बाहर नहीं निकले। हिंदुस्तान के नए बादशाह सलीम ने कुछ दूर कंधा दिया और फिर लौट आए। नंगे सर और नंगे पाँव अमीर-उमरा जनाज़े के साथ थे। उनके कंधों से होते-होते अर्श आशियानी[1] जलालुद्दीन मोहम्मद अकबर अपनी आख़िरी आरामगाह तक पहुँच गए।

दूर जौनपुर में बनारसी दास अपनी घर की सीढ़ी पर बैठे थे जब ख़बर आई कि बादशाह सलामत ने आख़िरी साँस ली है। सुनते ही बनारसी दास का सर चकराया और वो ग़श खा कर सीढ़ी से नीचे गिर पड़े। इतना ख़ून बहा कि आँगन लाल हो गया।

''संबत सोलह स बासठा। आयौ कातिक पावस नठा॥
छत्रपति अकबर साहि जलाल। नगर आगरे कीनौं काल॥
आई खबर जौनपुर मांह। प्रजा अनाथ भई बिनु नाह॥
पुरजन लोग भए भयभीत। हिरद ब्याकुलता मुख पीत॥
अकसमात बानारसी सुनि अकबर कौ काल।
सीढ़ी परि बठ्यौ हुतो भयौ भरम चित चाल॥
आई तवाला गिरि पर्‌यौ सक्यौ न आपा राखि।
फूटि भाल लोहू चल्यौ कह्यौ देव मुख भाखि॥
लगी चोट पाखान की भयौ गृहांगन लाल।
हाइ हाइ सब करि उठे मात तात बेहाल॥
गोद उठाय माइ नैं लियौ। अंबर जारि घाड मैं दियौ॥
खाट बिछाइ सुबायौ बाल। माता रुदन करै असराल॥''

बादशाह सलामत की मौत के आठवें रोज़ आधी रात के वक़्त अब्दुर्रहीम ख़ानेख़ानां को दकन के दौलताबाद में ये बुरी ख़बर मिली। अपने दामाद शहज़ादा दानियाल की मौत के बाद वो दकन के सूबेदार हो चुके थे। ख़बर मिलते ही उन्होंने अपने मंसबदारों को बुलाया और काले कपड़ों में अपने ग़म का इज़हार किया। इसके फ़ौरन बाद कपड़े बदले और जहाँगीर बादशाह के नाम का ख़ुतबा पढ़वाया और अपने वकील को अर्ज़ी और तोहफ़ों के साथ दरबार रवाना किया। जहाँगीर बादशाह ने इन तोहफ़ों

1. अर्श आशियानी—जिनका मुक़ाम आसमान में है। मौत के बाद अकबर को ये नाम दिया गया।

को क़ुबूल किया और उन्हें एक बार फिर दकन की सूबेदारी पर तैनात कर दिया। तोहफ़े के तौर पर जहाँगीर बादशाह ने उनके लिए एक जड़ाऊ तलवार भेजी।

कुछ वक़्त बाद बुलावे का फ़रमान आया तो अब्दुर्रहीम ख़ानेख़ानां ने दस्तूर के मुताबिक़ बाहर आकर तस्लीम किया और फ़रमान को सर पर रख कर पूरी इज़्ज़त के साथ अंदर ले गए।

जहाँगीर बादशाह ने ख़ुद वो मंज़र बयान किया जब ख़ानेख़ानां दरबार पहुँचे। ''वो इतने ख़ुश थे कि उन्हें नहीं पता था कि सर के बल आए हैं या कि पाँव के बल। अफ़रातफ़री में मेरे क़दमों में आ गिरे। बहुत प्यार के साथ हमने उन्हें उठाया, गले लगाया और उनके चेहरे को चूमा। उन्होंने हमें नज़राने के तौर पर अलग-अलग तरह के सामान के अलावा क़रीब तीन लाख रुपए की मोती की दो तस्बीह, कुछ माणिक और पन्ना पेश किए।''

जहाँगीर बादशाह ने जब सुना कि राजा मान सिंह अपने भांजे ख़ुसरो के साथ बंगाल भागने की फ़िक्र में हैं तो उन्होंने मान सिंह के भाई माधव सिंह को भेजा। माधव सिंह ने राजा मान सिंह से कहा, ''बादशाह के ख़िलाफ़ ऐसा करने का क्या फ़ायदा?''

राजा मान सिंह बोले, ''मैं क्या करूँ! शहज़ादे कम उम्र हैं और उन्हें इन बातों की कोई समझ नहीं। मुझे उनकी तसल्ली के लिए ये सब करना पड़ा। अगर बादशाह वायदा करें कि उनको कोई नुक़सान नहीं होगा तो उन्हें लेकर आऊँगा।''

बादशाह सलामत के वायदे के बाद राजा मान सिंह शहज़ादा ख़ुसरो के साथ दरबार पहुँचे। जहाँगीर बादशाह ने ख़ुसरो को गले लगाया और चूमा।

कुछ दिनों की ग़मी के बाद नए बादशाह अपना महल छोड़ कर पूरे जुलूस के साथ क़िले में दाख़िल हुए। उन्हें हिंदुस्तान के पीरों फ़क़ीरों ने कभी बताया था कि बादशाह जलालुद्दीन मोहम्मद अकबर के गुज़र जाने के बाद नूरुद्दीन नाम का शख़्स सुल्तान बनेगा। उन्होंने पहला दरबार किया और नूरुद्दीन जहाँगीर बादशाह का नाम इख़्तियार किया।

जौनपुर में बैठे बनारसी दास ने कहा—

''अकबर कौ नंदन बड़ौ साहिब साहि सलेम।
नगर आगरे मैं तखत बैठौ अकबर जेम॥
नांउ धरायौ नूरदीं जहाँगीर सुल्तान।
फिरी दुहाई मुलक मैं बरतै जहं तहं आन॥''

क़िस्सा तमाम

पहली फ़रवरदिन 25	24 मुहर्रम 988	12 मार्च, 1580	चैत्र 11, 1636
पहली फ़रवरदिन 26	5 सफ़र 989	11 मार्च, 1581	चैत्र 7, 1638
पहली फ़रवरदिन 27	15 सफ़र 990	11 मार्च, 1582	चैत्र 2, 1638
पहली फ़रवरदिन 28	15 सफ़र 991	12 मार्च, 1583	चैत्र 14, 1639
पहली फ़रवरदिन 29	9 रबीउल अव्वल 992	11 मार्च, 1584	चैत्र 10, 1641
पहली फ़रवरदिन 30	18 रबीउल अव्वल 993	11 मार्च, 1585	चैत्र 6, 1641
पहली फ़रवरदिन 31	29 रबीउल अव्वल 994	11 मार्च, 1586	चैत्र 1, 1643
पहली फ़रवरदिन 32	11 रबीउस सानी 995	11 मार्च, 1587	चैत्र 12, 1644
पहली फ़रवरदिन 33	22 रबीउस सानी 996	11 मार्च, 1588	चैत्र 8, 1644
पहली फ़रवरदिन 34	4 जमादीउल अव्वल 997	11 मार्च, 1589	चैत्र 5, 1646
पहली फ़रवरदिन 35	14 जमादीउल अव्वल 998	11 मार्च, 1590	फाल्गुन 15, 1646
पहली फ़रवरदिन 36	24 जमादीउल अव्वल 999	11 मार्च, 1591	चैत्र 11, 1647
पहली फ़रवरदिन 37	6 जमादीउस सानी 1000	11 मार्च, 1592	चैत्र 8/9, 1649
पहली फ़रवरदिन 38	4 जमादीउस सानी 1001	11 मार्च, 1593	चैत्र 4, 1649
पहली फ़रवरदिन 39	28 जमादीउस सानी 1002	11 मार्च, 1594	चैत्र 30, 1650
पहली फ़रवरदिन 40	9 रजब 1003	11 मार्च, 1595	चैत्र 10, 1652
पहली फ़रवरदिन 41	21 रजब 1004	11 मार्च, 1596	चैत्र 8, 1652
पहली फ़रवरदिन 42	2 शाबान 1005	11 मार्च, 1597	चैत्र 4, 1654
पहली फ़रवरदिन 43	13 शाबान 1006	11 मार्च, 1598	फाल्गुन 14, 1654
पहली फ़रवरदिन 44	23 शाबान 1007	11 मार्च, 1599	चैत्र 9/10 1655
पहली फ़रवरदिन 45	5 रमज़ान 1008	11 मार्च, 1600	चैत्र 7, 1657
पहली फ़रवरदिन 46	15 रमज़ान 1009	11 मार्च, 1601	चैत्र 3, 1657
पहली फ़रवरदिन 47	26 रमज़ान 1010	11 मार्च, 1602	चैत्र 13, 1658
पहली फ़रवरदिन 48	7 शव्वाल 1011	11 मार्च, 1603	चैत्र 9, 1660
पहली फ़रवरदिन 49	19 शव्वाल 1012	11 मार्च, 1604	चैत्र 6, 1660
पहली फ़रवरदिन 50	30 शव्वाल 1013	11 मार्च, 1605	चैत्र 2, 1662

सौजन्य : ***दि जुलूसी सानेह्ज़ ऑफ़ द मुग़ल एंपरर्ज़ ऑफ़ इंडिया,*** **रघुबीर सिंह**
श्री नटनागर शोध संस्थान, सीतामऊ

अहम घटनाएँ

1483 : ज़हीरुद्दीन मोहम्मद बाबर की पैदाइश।
1494 : बाबर के पिता उमर शेख़ मिर्ज़ा की मृत्यु।
बाबर की तख़्तनशीनी।
1508 : नसीरुद्दीन मोहम्मद हुमायूँ की पैदाइश।
1524 : फ़ारस के शाह तहमास्प की तख़्तनशीनी।
1526 : पानीपत की पहली लड़ाई में बाबर के हाथों इब्राहीम लोदी की हार।
1527 : खनवा के मौदान में बाबर के हाथों राणा सांगा की हार।
1530 : ज़हीरुद्दीन मोहम्मद बाबर की मृत्यु।
नसीरुद्दीन मोहम्मद हुमायूँ की तख़्तनशीनी।
1539 : चौसा की लड़ाई में शेर शाह के हाथों हुमायूँ की शिकस्त।
1540 : कन्नौज की लड़ाई में शेर शाह के हाथों हुमायूँ की फिर शिकस्त।
1541 : हुमायूँ की हमीदा बानो बेगम से शादी।
1542 : जलालुद्दीन मोहम्मद अकबर की पैदाइश।
1543 : हुमायूँ और हमीदा बानो बेगम की फ़ारस की तरफ़ रवानगी।
नन्हे अकबर हुमायूँ के भाइयों की गिरफ़्त में।
1544 : हुमायूँ की फ़ारस में शाह तहमास्प से मुलाक़ात।
1545 : हुमायूँ की वापसी।
शेर शाह की मृत्यु।
1553 : कामरान मिर्ज़ा को अंधा किया गया।
1555 : सरहिंद में हुमायूँ के हाथों सिकंदर सूर की हार।
1556 : हुमायूँ की मृत्यु।
जलालुद्दीन मोहम्मद अकबर की तख़्तनशीनी।
हेमू का दिल्ली पर क़ब्ज़ा।
पानीपत की दूसरी लड़ाई में हेमू की हार।
स्पेन (और बाद में पुर्तगाल) के सम्राट फ़िलिप द्वितीय की तख़्तनशीनी।
1557 : मिर्ज़ा कामरान की मृत्यु।
1558 : मिर्ज़ा असकरी की मृत्यु।
1560 : बैराम ख़ान की बर्ख़ास्तगी।
1561 : बैराम ख़ान की हत्या।
अकबर की मालवा पर विजय।
1562 : अकबर की पहली अजमेर यात्रा।
आमेर के राजा भार मल की बेटी से शादी।
अधम ख़ान की मृत्यु।
1563 : तीर्थयात्रा पर लगने वाला कर माफ़।
1564 : अकबर पर क़ातिलाना हमला।
उज़बक बग़ावत।
जज़िया की समाप्ति।
जुड़वाँ बेटे हसन और हुसैन की पैदाइश और मृत्यु।
आगरा के क़िले का निर्माण शुरू।

1566 : मिर्ज़ा बग़ावत।
1568 : फ़ैज़ी की दरबार में हाज़िरी।
चित्तौड़ विजय।
1569 : रणथंभोर विजय।
सलीम की पैदाइश।
1570 : मुराद की पैदाइश।
1571 : सीकरी में नए शहर का निर्माण शुरू।
1572 : गुजरात विजय।
दानियाल की पैदाइश।
1573 : नौ दिनों में सीकरी से अहमदाबाद का तूफ़ानी सफ़र, अहमदाबाद विजय।
1574 : शेख़ अबुल फ़ज़ल और मुल्ला अब्दुल क़ादिर बदायूँनी की दरबार में हाज़िरी।
पटना पर हमला।
बिहार और बंगाल के कुछ हिस्सों पर विजय।
बादशाह की गतिविधियों को दर्ज करने के लिए एक नए दफ़्तर क़ानूने वाक़्या नवीस की शुरुआत।
किताबों के अनुवाद के लिए एक नए दफ़्तर की शुरुआत।
उस्मानी (ऑटोमैन) सुल्तान मुराद तृतीय की तख़्तनशीनी
1575 : गुलबदन बेगम और सलीमा सुल्तान की हज पर रवानगी।
इबादतख़ाने का निर्माण।
धर्म पर हफ़्तावार बहस की शुरुआत।
नवसारी के दस्तूर मेहरजी राणा की दरबार में मौजूदगी।
1576 : हल्दीघाटी का युद्ध।
बंगाल विजय।
फ़ारस के शाह तहमास्प की मृत्यु।
1577 : मथुरा के ब्राह्मण को सज़ा–ए–मौत।
दुमदार तारे का दिखना।
1578 : भेरा में एक बड़े शिकार का इंतज़ाम और अकबर के 'हालते अजीब'।
शेख़ मुस्तफ़ा गुजराती की मौत।
1579 : अकबर की ख़ुतबा पढ़ने की कोशिश।
महज़रनामा।
शेख़ अब्दुन्नबी और अब्दुल्ला सुल्तानपुरी की मक्का रवानगी।
अकबर की अंतिम अजमेर यात्रा।
1580 : मिर्ज़ा हकीम की बग़ावत।
बिहार और बंगाल में बग़ावत।
जौनपुर से अकबर के ख़िलाफ़ फ़तवा।
ईसाई पादरियों के पहले दल की दरबार में हाज़िरी।
1581 : मिर्ज़ा हकीम की अकबर के हाथों शिकस्त।
1582 : पोप ग्रेगरी तेरहवें का अकबर के नाम ख़त
दीने–इलाही की शुरुआत।
महाभारत का फ़ारसी अनुवाद शुरू।
जैन संत हीरविजया सूरी को फ़तहपुर सीकरी आने का न्यौता।
1583 : अब्दुल्लाह ख़ान उज़बक की बल्ख़ पर विजय।

1584 : इलाही सन् की शुरुआत।
शेख़ अब्दुन्नबी की हत्या।
1585 : अब्दुल्लाह ख़ान उज़बक की बदख़्शान पर विजय।
अकबर ने सीकरी छोड़ा।
मिर्ज़ा हकीम की मृत्यु के बाद क़ाबुल पर क़ब्ज़ा।
1586 : अबुल फ़ज़ल को *अकबरनामा* लिखने का आदेश।
कश्मीर विजय।
अकबर ने लाहौर को राजधानी बनाया।
राजा बीरबल की हत्या।
1587 : ख़ुसरो की पैदाइश।
रामायण का फ़ारसी अनुवाद।
फ़ारस के शाह अब्बास की तख़्तनशीनी।
1589 : राजा टोडरमल की मृत्यु।
राजा भगवंत दास की मृत्यु।
मियाँ तानसेन की मृत्यु।
सिंध विजय।
रहीम द्वारा *तुज़ुके बाबरी* का अनुवाद।
1591 : ईसाई पादरियों का दूसरा दल लाहौर पहुँचा।
1592 : क़ंधार विजय।
उड़ीसा विजय।
ख़ुर्रम की पैदाइश।
1593 : शेख़ मुबारक की मृत्यु।
1595 : ईसाई पादरियों का तीसरा दल लाहौर पहुँचा।
फ़ैज़ी की मृत्यु।
उस्मानी सुल्तान मुराद तृतीय की मृत्यु।
1598 : अब्दुल्ला ख़ान उज़बक की मृत्यु।
अकबर ने लाहौर छोड़ा।
सम्राट फ़िलिप द्वितीय की मृत्यु।
1599 : मुराद की मृत्यु।
1600 : अहमद नगर विजय।
सलीम की बग़ावत।
1601 : अकबर की आगरा वापसी।
1602 : शेख़ अबुल फ़ज़ल की हत्या।
अकबर के हुक्म से ईसा मसीह पर फ़ारसी में किताब।
1604 : दानियाल की मृत्यु।
हमीदा बानो बेगम की मृत्यु।
1605 : जलालुद्दीन मोहम्मद अकबर की मृत्यु।
नूरूद्दीन मोहम्मद जहाँगीर की तख़्तनशीनी।

बादशाह अकबर सूर्य की अराधना करते हुए

सौजन्य : इंडियन म्यूज़ियम, कोलकाता

शहज़ादा सलीम राजा मान सिंह के साथ
सौजन्य : रामपुर रज़ा लाइब्रेरी